FEB 0 8

W9-AVJ-281

Lord Peligroso

Lord Peligroso

Sabrina Jeffries

Traducción de Iolanda Rabascall

TERCIOPELO

Título original: *The Dangerous Lord*
Copyright © 2000 by Deborah Martin Gonzales

Primera edición: junio de 2009

© de la traducción: Iolanda Rabascall
© de esta edición: Libros del Atril, S.L.
Marquès de l'Argentera, 17. Pral.
08003 Barcelona
correo@terciopelo.net
www.terciopelo.net

Impreso por Brosmac, S.L.
Carretera de Villaviciosa - Móstoles, km 1
Villaviciosa de Odón (Madrid)

ISBN: 978-84-92617-21-0
Depósito legal: B. 19.544-2009

Felicity no sabía cuán peligroso podía ser él...

Para evitar que una amiga se case con Ian Lennard, el ignominioso vizconde de Saint Clair, Felicity Taylor decide revelar el turbio pasado de Lennard en la columna de cotilleos que escribe de forma periódica y anónima para un diario de Londres. Sin embargo, la desafortunada no podrá ni imaginar la incontenible furia que su acción desatará en Saint Clair cuando este alevoso truhán —desesperado por tener un heredero— se entere de que acaba de quedarse sin prometida. La sorpresa no se hará esperar, ya que esta vez el astuto lord pondrá sus ojos precisamente en... ¡ella! Amenazada con ser desenmascarada y desacreditada ante la sociedad entera, ¿qué alternativa le queda si no es casarse con él?

... hasta que se casó con él

Una esposa era meramente una necesidad para asegurar su fortuna, o al menos eso era lo que Ian creía hasta que conoció a Felicity. Sin embargo, esa fémina audaz se asemeja a él tanto en ingenio como en pasión... aunque se comporte como una fierecilla indomable. Sus férvidos besos y sus tiernas caricias lo tientan a confiar en ella y a abrirle el corazón, mas Ian es plenamente consciente de que los secretos que guarda con tanto celo podrían apartarla para siempre de su lado. Por ello, nada resultaría más inadecuado que enamorarse de su nueva e indómita prometida.

Una de las mejores escritoras en el género de la novela romántica del panorama actual.

Rexanne Becnel, autora de *The Bride of Rosecliffe*.

A Rexanne, sin la que este libro no habría sido posible.

Capítulo uno

La libertad de prensa es el segundo privilegio más importante que posee el pueblo inglés y debería de ser defendido aún cuando los resultados nos parezcan alarmantes, ya que la alarma induce a la reforma, y la habilidad de reformar la sociedad es el primer y principal privilegio del pueblo inglés.

The Evening Gazette, 5 de diciembre de 1820
LORD X

Diciembre de 1820, Londres, Inglaterra

Algún mentecato estaba nuevamente difundiendo rumores infundados sobre su persona.

Ian Lennard, el vizconde de Saint Clair, llegó a esa conclusión en el momento en que pisó el club de caballeros del que era socio y el portero lo recibió con un guiño de complicidad y murmuró: «Enhorabuena, milord», mientras cogía su abrigo.

Por el amor de dios, el portero sombrío del club Brooks le había guiñado el ojo. ¡Le había guiñado el ojo! Puesto que no esperaba ninguna felicitación, Ian supuso lo peor. Miró con recelo a ambos lados mientras recorría el amplio pasillo con las paredes suntuosamente forradas de tela hasta la sala de lectura, donde había quedado con su amigo Jordan, el conde de Blackmore. De repente se le ocurrió una idea que lo tranquilizó: quizá el portero había empinado el codo más de la cuenta y simplemente lo había confundido con otro miembro del club.

Pero en ese mismo instante, un grupo de caballeros a los que apenas conocía interrumpió su conversación para felicitarlo. Los comentarios: «¿Quién es la elegida?» y «Así que lo ha vuelto a hacer, ¿verdad? ¡Menudo bribón!» llegaron acompañados de más guiños de connivencia. No era posible que todos lo estuvieran confundiendo con otra persona.

Resopló con desgana. ¡Sólo Dios sabía qué cuento se habrían inventado esta vez acerca de él! Hasta ese momento había oído las historias más inverosímiles, aunque su favorita era la que lo ensalzaba a la altura de un héroe por rescatar a la hija del rey de España del escondite de unos piratas berberiscos a los que había derrotado él solito con una pasmosa facilidad, y el cuento concluía proclamando que su hazaña le había reportado una fabulosa mansión en Madrid a modo de recompensa. Por supuesto, el rey de España no tenía ninguna hija —ni legítima ni ilegítima—, e Ian jamás se había topado con ningún pirata de Berbería. La única verdad en toda esa increíble patraña era que una vez Ian había tenido el honor de ser presentado al rey de España y que la familia de su madre poseía una mansión en Madrid.

Pero los chismes, por su propia naturaleza, no requerían apoyarse en ninguna base verídica, así que negarlos carecía de sentido. ¿Por qué iba alguien a querer creerlo cuando la calumnia era mucho más fascinante que la realidad? Consecuentemente, en dichos casos Ian se limitaba a ofrecer su típica respuesta: una afirmación ambigua y una mirada burlona cuyo objetivo era desembarazarse de los ilusos y de los curiosos.

Prácticamente ya había llegado a la sala de lectura cuando el duque de Pelham lo asaltó a traición.

—Buenas noches, mi querido viejo amigo —lo saludó el orondo lord con un inusitado tono desenfadado—. Precisamente lo estaba buscando para invitarlo a una pequeña cena que voy a ofrecer mañana en mi casa; sólo se tratará de usted y de unos pocos caballeros más con sus enamoradas. Ah, y no olvide venir con su nueva querida; me muero de ganas de conocerla.

Ian clavó la vista en los zapatos de ese aborrecible tipo.

—¿Mi nueva querida?

Pelham le propinó un codazo amistoso.

—Ya no tiene sentido que intente ocultar la identidad de esa mujer, Saint Clair. El gato —¿o quizá debería decir «la gatita»?—se ha escapado del saco, y todo el mundo quiere conocerla para saber hasta qué punto lo tiene encandilado.

¿Una querida? ¿Ése era el rumor? ¡Vaya! ¡Qué decepción! ¡Por lo menos esta vez podrían haberlo encumbrado a la altura de un legendario salteador de caminos!

—Mire, Pelham, le aseguro que cuando tenga una nueva querida aceptaré llevarla a una de sus cenas, pero hasta entonces me veo obligado a declinar la invitación. Y ahora, si me disculpa, tengo una cita.

Ian dejó atrás al duque pasmado con la boca abierta y aceleró el paso hacia la sala de lectura. ¡Una querida! ¡Pero si ni tan sólo recordaba la última vez que había tenido una querida! Desde luego, eso había sido mucho antes de regresar a Inglaterra, antes de verse forzado a buscar esposa.

Aunque tampoco era que no pudiera conseguir una amante si se lo propusiera, pero prefería concentrar todas sus energías en el cortejo formal de una fémina sin tener que soportar los ataques de celos de la que sería su futura esposa. Probablemente Pelham no era capaz de comprender esa reflexión, puesto que el principal objetivo de ese elemento en la vida era acostarse con tantas vírgenes como fuera posible. Ese tipo era un cerdo.

Entró en la sala de lectura y distinguió de inmediato el pelo cobrizo de Jordan, que destacaba como una baliza sobre la butaca de tela adamascada oscura ubicada al lado de una consola de madera de caoba. Su amigo estaba sentado cómodamente, leyendo un periódico. Ian se dejó caer en la silla que había frente a la butaca y eligió un puro de la cigarrera, con el único deseo de pasar una agradable velada, fumando y leyendo la prensa, y departiendo con su mejor amigo.

Mientras cortaba la punta del puro, Jordan levantó la vista.

—¡Ah! ¡Por fin estás aquí! Me preguntaba qué era lo que te demoraba tanto. Tengo una terrible curiosidad por saber qué es lo que ha sucedido. Dime, ¿ha aceptado ella? ¿Debo felicitarte?

Por un segundo, Ian pensó que Jordan se refería a los rumores de su querida, pero entonces se acordó.

—¿Te refieres a Katherine?

—Claro, la hija de sir Richard Hastings, ¿a quién pensabas que me refería? ¿Acaso te has declarado a alguna otra mujer en estos últimos días?

Ian sonrió.

—No, sólo a Katherine. Con una basta, ¿no crees?

—¿Así que hay boda o no?

—Todavía no lo hemos concertado.

Jordan achicó los ojos.

—Supongo que esa muchacha no habrá sido capaz de rechazarte.

—No exactamente. —Ian encendió el puro con la llama de una vela próxima e inhaló con fuerza—. Ha recurrido a esa vieja táctica femenina de solicitarme un poco de tiempo para considerar mi propuesta, lo cual probablemente haya sido idea de lady Hastings. Esa mujer es un tiburón embutido en una falda; lo único que desea es conseguir un buen partido para su hija obligándola a actuar como una insufrible mojigata. Me dio pena ver a Katherine tartamudear, intentando decirme que tenía que considerar la propuesta.

—Perdona que te lo diga —lo interrumpió Jordan— pero no comprendo qué es lo que le ves a esa muchacha. Es sosa a morir, aburrida y timorata. No fue capaz de dirigirme ni dos palabras seguidas cuando nos presentaron. Y es obvio que no te casas con ella por su insignificante fortuna, ni por sus amistades, puesto que su padre es un simple *baronet*.

Ian ahogó una risotada.

—Ya veo por dónde vas, te refieres a si estoy enamorado, ¿no? Mira, no busco amor, sólo quiero una esposa. A pesar de tu experiencia inusual, normalmente estos dos conceptos no van unidos. Todo lo que busco es una esposa respetable y que sea buena persona.

Lo cierto era que lo último que Ian necesitaba era una joven hermosa y fascinante, capaz de seducir a cualquier hombre. Ya le costaba mucho no despreciarse a sí mismo por verse obligado a arrastrar a una mujer hasta una situación familiar tan complicada.

Al menos se sentía reconfortado al pensar que quien se casara con él obtendría algo que no había tenido antes.

—Bueno, ya sabes que la señorita Hastings no te rechazará. Demostraría ser una verdadera idiota si se atreviera a hacerlo —remachó Jordan mientras retomaba la lectura del diario que sostenía entre las manos.

—Sí —asintió Ian, aunque casi deseaba que ella lo rechazara. No le apetecía en absoluto casarse.

«Tampoco se trata de si me apetece o no; esa chica encaja en mis propósitos y punto», se recordó a sí mismo.

Si al menos ella no se mostrara tan tímida cuando él la miraba... ni saltara como un conejito asustado cuando él hablaba. Ian sabía por qué reaccionaba así; los rumores sobre su persona hacían que se sintiera comprensiblemente incómoda con él. Pero su descomunal cohibición lo sacaba de quicio. Bueno, seguramente cuando estuvieran casados y ella lo conociera mejor, se relajaría. Y con el paso del tiempo, él también aprendería a soportar su timidez.

De repente, Jordan lanzó un bufido y acercó el diario a la cara para examinarlo con más detenimiento.

—Espero que la señorita Hastings no sea celosa, o quizá sí que finalmente se atreva a rechazarte.

—¿Por qué lo dices? —Ian soltó una bocanada de humo.

—En esta columna afirman que hace más de un año que tienes una querida.

—¿Columna? ¿En el diario? Me estás gastando una broma, ¿no?

—De ningún modo; hablo en serio. —Jordan alzó el periódico—. Mira, aparece aquí, en *The Evening Gazette*.

—¡Santo cielo! ¿Pero de dónde sacan esas patrañas? —Los ojos de Ian se achicaron como un par de rendijas—. Eso explica por qué algunos me han felicitado esta noche. A ver, déjame leerlo.

Jordan le pasó el diario.

—Es la columna que lleva por título: «Secretos de sociedad», ya sabes, los cotilleos de la alta sociedad que escribe un tal Lord X.

—Nunca leo la columna de Lord X. —Ian apenas tenía tiempo de leer las noticias cada día, así que menos aún para perder el rato leyendo los chismes que un sujeto anónimo escribía en un diario tan sensacionalista como *The Evening Gazette*. Asió el periódico al tiempo que comentaba—: Me sorprende que tú leas esta bazofia.

Jordan se encogió de hombros.

—Me divierte el sentido del humor que muestra ese periodista anónimo. Además, alguna gente a la que ataca se merece una buena crítica.

—Incluido yo, supongo —concluyó Ian con sequedad mientras echaba una ojeada a la página.

—No, hombre; el periodista se limita a halagar el buen gusto que demuestras al elegir mujeres.

—Eso está por ver.

Hablar acerca de la vida privada de algunos personajes era un hábito normal en la prensa, pero se comentaba que Lord X era un adepto a esa práctica. No se le escapaba ningún chismorreo sobre la prensa rosa y el corazón; nada era demasiado privado para él. No sólo había basado su profesión en la exposición de las extravagancias de los miembros de la alta sociedad, sino que además parecía divertirse de lo lindo con ese trabajo. Pero claro, era fácil expresar lo que uno pensaba cuando lo hacía de un modo anónimo.

Sintiéndose preso de una terrible impaciencia, Ian saltó los párrafos en los que Lord X se dedicaba a moralizar sobre la prensa, sus comentarios acerca del escándalo en la casa de lady Minnot y su crítica implacable sobre los excesos del conde de Bentley, cuya suntuosa nueva mansión suponía una «abominación en esa era en que las viudas de los soldados se morían de hambre». Entonces se fijó en su nombre:

A pesar de los numerosos rumores referentes a los seis años que el vizconde de Saint Clair ha permanecido ausente de Inglaterra, el caballero mantiene tan celosamente ocultos sus idilios amorosos que nadie sabe nada acerca de sus amantes. Por eso, vuestro fiel colaborador se quedó francamente sorprendido al ver al vizconde entrar en una casa en Waltham Street acompañado por una bella y misteriosa mujer. Tras realizar las investigaciones pertinentes, he descubierto que el dueño de la casa es el propio vizconde, y que esa dama reside allí desde hace prácticamente un año. Otros caballeros se jactarían de tal tesoro, en cambio lord Saint Clair oculta a su amante, lo cual sólo demuestra que la discreción es indudablemente una de sus mejores virtudes.

Ian volvió a leer la noticia; las palabras le taladraban la cabeza. ¡Maldición! Waltham Street. Debería de haberse figurado que al hablar de su «amante» todos se referían en realidad a la señorita Greenaway.

¿Pero cómo había descubierto Lord X lo de esa mujer, y qué era lo que realmente sabía? ¿La había interrogado? Aunque probablemente ella no estuviera dispuesta a revelar nada, los periodistas de la calaña de Lord X podían ser muy persuasivos. Ian tendría que hablar con ella inmediatamente para asegurarse de que tenía cuidado con lo que contaba a desconocidos.

Alzó la cara súbitamente y vio a Jordan que lo miraba con una ostensible curiosidad.

—¿Y bien? ¿Quién es ella?

Lentamente, Ian arrancó la página del periódico, la dobló por la mitad y se la guardó en el bolsillo.

—Te diré lo que no es: no es mi querida. Lord X se equivoca.

Pero Ian no pensaba tolerar calumnias de ese tipo. Si Lord X sabía lo de Waltham Street, probablemente sabría otras cosas, y antes de que las revelara en su abominable columna, Ian estaba dispuesto a detenerlo.

—¿Pero es verdad que posees una casa en Waltham Street? —inquirió Jordan, intrigado.

Por un momento, Ian sintió deseos de contestarle a su amigo que eso no era de su incumbencia, pero sabía que entonces lo único que conseguiría sería despertar más la curiosidad de Jordan.

—Tengo una casa en Waltham Street, pero no para los fines que ese Lord X sugiere. Se la he dejado prestada a una amiga de la familia que está atravesando unos momentos muy difíciles, nada más.

—¿De verdad?

—De verdad —contestó sin parpadear—. Ese rumor es infundado.

Jordan se volvió a recostar en la butaca y cruzó los brazos encima del pecho.

—Y esa amiga de la familia... ¿es tan bella como Lord X sostiene?

—¿Por qué lo preguntas? —espetó él, airado.

Un destello malicioso emanó de los ojos de Jordan.

—Porque eso explicaría tu falta de interés por el atractivo

físico de la señorita Hastings. Si tienes una bella amante oculta...

—¡Maldita sea, Jordan! ¿Es que no me has oído?

—Lo siento, mi querido amigo, pero no me trago eso de que uno esté dispuesto a ayudar a una bella mujer que atraviesa una etapa difícil ofreciéndole cobijo en una de las casas que posee en el barrio más suntuoso de la ciudad.

—No espero que lo comprendas. —Ian apagó el puro visiblemente irritado—. Te falta madera noble.

—Mi esposa disentiría contigo en esa aseveración —rebatió Jordan, con una sonrisita maliciosa.

—¿Ah, sí? Pues si no recuerdo mal, casi echaste a perder su reputación durante las primeras semanas que la conociste, y pasaste por alto todas mis objeciones. Sólo cuando te diste cuenta de las tonterías que estabas cometiendo, decidiste casarte con ella.

Con una mirada fulminante, Jordan abrió la boca para replicar, pero acto seguido la cerró y escrutó a Ian.

—Oh, sí, claro, ya veo lo que pretendes: estás intentando desviar mi atención del tema que nos ocupa.

—No es verdad. —Eso era realmente lo que había intentado, y la táctica normalmente funcionaba con Jordan, cuyo temperamento estallaba ante la más leve provocación. Jordan jamás se había visto forzado a aprender de los peligros que se derivaban de un temperamento indomable, tal y como le había tocado hacer a Ian—. Además, te lo repito: no es mi amante.

—Pues Lord X afirma que sí que lo es.

—Lord X es un botarate. Tendré que hablar con ese miserable para que deje de ultrajar a mi amiga públicamente. —Su voz adoptó un tono más duro—. Sé cómo tratar a los de su calaña.

—Eso si eres capaz de desenmascararlo. —Jordan rebuscó en la cigarrera—. Nadie conoce su verdadera identidad.

—Alguien ha de saberlo. Normalmente suele haber un confidente, un criado o un familiar que puede aportar pistas. Y seguramente corren rumores...

—Siempre hay rumores. —Jordan apartó un puro y eligió otro—. Se habla de Pollock, a pesar de que ambos sabemos que ese sujeto no tiene agallas para hacer algo así. Alguien ha sugerido a Walter Scott, pero no hay nadie que lo sepa a ciencia cierta. Lord X sabe cómo mantener el anonimato.

—De eso no me cabe la menor duda —remachó Ian con sequedad—. Si no, uno de sus enemigos le podría cortar esa lengua tan afilada en un callejón oscuro cuando menos se lo esperase.

Jordan lo miró fijamente a los ojos.

—¿Eso es lo que piensas hacer?

Ian se echó a reír.

—¿Cortarle la lengua? ¿Y qué haría con ella después? Dudo que haya ningún carnicero dispuesto a pagar bien por una lengua tan chismosa. —Cuando la única reacción de Jordan fue esbozar una leve sonrisa y dar una calada nerviosa al puro que acababa de encender, Ian se lo quedó mirando atónito—. ¡Por Dios! ¿Lo has preguntado en serio?

Desde que Ian había regresado a Inglaterra, el abismo que lo separaba de su amigo de la infancia se iba expandiendo más y más cada día que pasaba. De repente, se sintió indignado.

—¿De veras piensas que sería capaz de cortarle la lengua sólo porque ha escrito esas tonterías sobre mí?

—No, claro que no. —Jordan se encogió de hombros—. Lo siento; son todos esos estúpidos rumores que circulan sobre ti y tu pasado tan sanguinario... De verdad, lo siento, pero es que siempre olvido que únicamente se trata de sandeces...

—Sí, eso es: sandeces. —Al menos algunos de los comentarios. Pero no estaba dispuesto a hablar sobre «su pasado tan sanguinario» con su mejor amigo. Eso sí que realmente agrandaría el abismo entre ellos—. Mira, no deberías hacer caso de esas calumnias.

—Y tú no deberías provocar a nadie, actuando de esa forma que sólo incita rumores, ni animar a ese hombre a escribir más comentarios acerca de ti.

—No te preocupes, cuando haya acabado con él, no le quedarán más ganas de meterse ni conmigo ni con mis amigos —bufó Ian. Cuando Jordan enarcó una ceja, Ian añadió—: Tranquilo, sólo quiero hablar con ese tipo. Estoy seguro de que lograré convencerlo con algún chantaje o con alguna manipulación o amenaza, especialmente a un sujeto tan cobarde como él, que necesita ocultarse detrás de un pseudónimo.

Jordan se relajó un poco.

—¿Y cómo piensas dar con él?

—Si uno sabe cómo buscar, puede encontrar a cualquier persona en este mundo. —Ian se levantó y miró tranquilamente a su amigo—. Primero hablaré con su jefe, el editor de *The Evening Gazette*.

—¿John Pilkington? No te proporcionará ninguna información. Le encanta ese juego de ocultar la identidad de su corresponsal más popular.

Quizá era cierto, pero incluso John Pilkington tenía sus puntos débiles. Ian era un maestro a la hora de usar las debilidades de un hombre con el fin de descubrir lo que quería.

—Entonces será mejor que me ponga a trabajar ahora mismo, ¿no te parece? —concluyó, girándose rápidamente hacia la puerta.

—Te veré la semana que viene, en el baile que ha organizado Sara para inaugurar su nueva casa en el campo, ¿no? Emily tiene muchas ganas de ir, aunque no nos quedaremos a dormir. A Emily no le gusta ausentarse demasiado tiempo de casa, ahora que está tan ocupada con nuestro hijo recién nacido, pero nos pasaremos por allí un rato para disfrutar de la velada. Y a ver cuándo te acercas por casa a ver al bebé.

—Nos veremos en la fiesta. Prometí llevar a Katherine y a sus padres en mi carruaje.

Katherine. Quién sabía cómo iba a reaccionar ante ese chisme; le dolía que ella pudiera considerarlo tan vil como para mariposear con otras mujeres mientras la cortejaba.

Bueno, lo que estaba claro era que Lord X no se atrevería a mencionar Waltham Street en ninguna de sus columnas otra vez, Ian se aseguraría de ello. Primero avisaría a la señorita Greenaway para que se pusiera en guardia ante preguntas insidiosas y luego acabaría con ese tal Lord X. Ese tipo se lamentaría del día en que decidió no centrarse únicamente en la actitud escandalosa de Bentley.

Capítulo dos

La condesa de Blackmore ha dado a luz recientemente a su primer vástago, así que su esposo puede respirar tranquilo: ya cuenta con un heredero. Tanto la madre como el bebé se encuentran en perfecto estado, por lo que sin duda no tardaremos en ver cómo lady Blackmore reanuda su magnífica labor benéfica con aquellos más necesitados. Dicha dedicación por parte de una persona tan destacada ha de ser necesariamente comentada, sobre todo por su singularidad.

The Evening Gazette, 8 de diciembre de 1820
Lord X

*E*l proyectil rojo que atravesó volando la ventana del estudio de la señorita Felicity Taylor se asemejaba sin lugar a dudas a una pieza de fruta. Al oír el chirrido de las ruedas de un carruaje que se detenía en seco en la calle y los gritos de un cochero malhumorado que empezó a soltar una sarta de improperios, Felicity dio un brinco de la silla y salió al pasillo.

—¡William, George y Ansel! ¡Venid aquí ahora mismo! —gritó por el hueco de la escalera, mirando hacia el piso superior.

Un silencio sospechoso pendía en el aire. Entonces, uno a uno, los tres chiquillos de seis años con idéntico corte de pelo, asomaron la nariz por la barandilla y la miraron con una expresión de incuestionable culpabilidad.

Felicity frunció el ceño y contempló a sus hermanos trillizos.

—¡Que sea la última vez que bombardeáis un carruaje con fruta! ¿Me habéis oído? Y ahora decidme: ¿Quién de los tres ha lanzado la manzana? —Cuando los chiquillos balbucearon sus típicas frases de excusa, ella agregó—: Os quedaréis sin postre en la cena, hoy y todos los días, hasta que el culpable de esa fechoría decida confesar.

Dos cabecitas se giraron instantáneamente con aire acusador en dirección a una tercera. Por supuesto que era Georgie. Era tan tremendo como todos los que se llamaban como él: igual que el difunto rey George III —loco de atar— y que su esperpéntico hijo, George IV, que ese mismo año acababa de ocupar el trono de Inglaterra.

La mueca delatora de sus hermanos consiguió que la carita de Georgie se sonrojara.

—Yo no la he lanzado, Lissy, de verdad. Me la estaba comiendo, y era tan jugosa que cuando me asomé a mirar por la ventana...

—¿Te asomaste por la ventana? Ya sabes que no debes hacer eso —lo reprendió ella—. Te lo he dicho un millón de veces, sólo los chiquillos sin una pizca de educación se asoman por la ventana y lanzan objetos a los pobres transeúntes desprevenidos.

—¡Yo no la he lanzado! ¡Ha resbalado! —protestó el pequeño.

—Ya, igual que ayer por la noche, cuando tu libro de gramática latina «resbaló» y casi perforó el techo de un carruaje, o como esta mañana, cuando esa bola de nieve «ha resbalado» de tus manos y le ha dado de lleno al vicario.

La cabecita de Georgie se movía compulsivamente hacia arriba y hacia abajo.

—Exactamente, como esta mañana.

Ella lo miró con los ojos encendidos. Lamentablemente, fulminar a Georgie con la mirada no ejercía ningún impacto en ese diablillo incorregible, ni en él ni en sus hermanos.

Nada amedrentaba a esos arrapiezos, aunque eso era comprensible. Los trillizos todavía no se habían recuperado de la repentina muerte de su padre el año anterior, ni ella tampoco. Nunca llegaron a conocer a su madre, que falleció unas horas después de dar a luz a los trillizos. Pero su padre lo era todo para ellos. Los chiquillos consideraban a su hermana como una pobre sustituta, puesto que las deudas que su padre había dejado a su muerte la mantenían demasiado ocupada como para poder dedicar el tiempo necesario a la labor de educar a sus hermanos.

Felicity emplazó ambas manos en las caderas y miró fijamente a Ansel, el más chismoso de los trillizos.

—¿Dónde está James?

—Estoy aquí. —Su cuarto hermano apareció detrás de los otros, su apariencia desgarbada sobresalía por encima de las cabezas inclinadas de los trillizos.

—Pensé que los estabas vigilando —lo amonestó ella, visiblemente irritada.

Al instante, Felicity se arrepintió del tono tan severo que acababa de utilizar, ya que James se puso colorado como un tomate.

—Lo siento, Lissy. Estaba leyendo. Intento mantenerme al día con los estudios, hasta que pueda regresar a Islington Academy.

Islington Academy, su querido colegio que ya no podían pagar, igual que tampoco podían costearse los trajes caros ni las fornituras de plata que solían utilizar cuando su padre aún vivía.

—Está bien, James, no te preocupes. Haces bien en estudiar.

Aunque sólo Dios sabía cuándo —si es que algún día eso era posible— el muchacho podría retomar sus estudios.

Felicity soltó un suspiro de desolación. No debería de haberle pedido a su hermano de once años que vigilara a esos malandrines. Su aplicado hermano era tan poco diestro en la tarea de hacer de niñera de esos tres monitos traviesos como un cachorro expuesto a tres lobeznos. Pero ella no podía costearse los servicios de una niñera competente.

Con niñera o no, Georgie necesitaba que alguien le metiera el miedo en el cuerpo antes de que sus otros dos hermanos empezaran a imitar sus técnicas.

—Bueno, Georgie, supongo que tendremos que llamar al médico.

A Georgie se le desencajó la mandíbula.

—¿Qué... qué quieres decir?

—Es obvio que tienes un problema con las manos, puesto que cuando intentas agarrar un objeto siempre se te acaba cayendo; quizá es que te tiemblan, así que será mejor que avise al doctor para que te examine.

—¡No necesito ningún médico, Lissy! ¡De verdad, no lo necesito! —Alzó las manos y las mostró por encima de la barandilla—. ¿Lo ves? ¡A mis manos no les pasa nada!

Felicity se dio unos golpecitos en la barbilla con las yemas de los dedos, fingiendo escepticismo.

—No sé... Quizá un médico pueda curarte esos temblores. Podría recomendarnos algún tratamiento, ya sabes, como comer ojos de rana triturados o algo parecido.

Georgie se puso lívido.

—¿Ojos de... rana?

—O darte aceite de hígado de bacalao tres o cuatro veces al día.

Georgie detestaba el aceite de hígado de bacalao.

—¡De verdad, Lissy! ¡Te juro que no volverá a suceder! —estalló Georgie—. La próxima vez que me asome por la ventana, tendré muchísimo cuidado... Quiero... quiero decir, la próxima vez que esté cerca de una ventana.

—Eso espero. —Felicity se fijó en las risitas burlonas de los otros dos y añadió—: Si alguno de vosotros cree que le tiemblan las manos, decídmelo. Estaré encantada de avisar al médico.

Su comentario surtió el efecto deseado, y los dos se pusieron serios de golpe.

—Ahora id a jugar. Pero sin causar problemas, ¿entendido?

Los trillizos no se movieron. Agarrado de la barandilla, Ansel la miró con carita de pena.

—Quizá podrías contarnos un cuento.

—Sí, ése del pavo real que se come al dragón —añadió William esperanzado. Los pavos reales y las criaturas fantásticas eran una verdadera obsesión para William.

—¡No, ése no! —se aventuró a decir Georgie—. ¡Cuéntanos el del caballero malvado que se cae del caballo en una ciénaga y empieza a resbalaaaaaaaarle la armadura!

A Felicity se le hizo un nudo en la garganta al escuchar el desmedido entusiasmo del pequeño.

—Ahora no puedo, cielo. Lo siento, pero tengo que acabar este artículo. El señor Pilkington ha enviado al señor Winston para que pase a recogerlo y no puedo tenerlo ahí obligándolo a esperar.

—No me gusta el señor Winston —se quejó Ansel—. Cómo me gustaría que se cayera dentro de una ciénaga.

Mejor no decírselo, pero el señor Winston le había servido de modelo cuando ella se había inventado ese cuento para sus hermanos.

—El señor Winston huele mal y es muy, muy feo —añadió Georgie—. Cuando te mira, me entran ganas de pegarle un puñetazo en la nariz. ¡Es tonto, eso es lo que es!

—¡Georgie! —Felicity intentó mostrarse ofendida, pero le resultaba difícil, cuando la elección de las palabras de su hermano era tan acertada—. ¡Vigila lo que dices, o tendré que lavarte la boca con aceite de hígado de bacalao! —Cuando él pestañeó perplejo, ella agregó—: Además, aunque no me guste nada el señor Winston debemos comportarnos de una forma civilizada con él, si quiero mantener mi empleo en ese periódico.

—¡Pero lo odio! —gritó Georgie—. Todos lo odiamos, ¿a que sí?

—Sí. Si estuviera aquí, le daría un fuerte puñetazo en la nariz —convino Ansel vehementemente.

—¡Y yo lo retaría a un duelo con una espada! —añadió William, como si estuviera acostumbrado a desenvainar espadas a diario.

—Yo... yo... —James dudó unos instantes, ya que carecía de los instintos sanguinarios de sus hermanos—. Bueno, yo también haría algo.

—No, no lo harías, porque yo no lo permitiría. —Felicity disimuló la sonrisa ante el mero pensamiento de sus hermanos pequeños actuando como soldaditos, maniatando al señor Winston—. Hagamos un trato: si no os metéis en ningún lío mientras jugáis en vuestra habitación durante una hora, os contaré los dos cuentos, el del pavo real que se come al dragón y el del malvado caballero.

—¡Hurra! ¡El pavo real que se come al dragón y el malvado caballero! —corearon los trillizos mientras se marchaban corriendo a su habitación.

¡Qué tremendos que eran! Jamás iban andando a ningún sitio, siempre trotando.

James la miró con el semblante avergonzado.

—Te prometo que esta vez los vigilaré mejor.

—Sé que lo harás, cielo. —Felicity le propinó una sonrisa maternal—. Eres un buen chico, y una gran ayuda. Y ahora ve con ellos.

James sonrió satisfecho y salió disparado detrás de sus hermanos. Felicity se dijo a sí misma que debería esforzarse más por no regañarlo innecesariamente. El pobrecito tenía la sensibilidad de un poeta.

Aunque James no se había mostrado ni la mitad de afectuoso con su padre.

Una poderosa sensación de rabia se adueñó de ella, e instintivamente alzó la vista hacia el cielo.

—¿Ves lo que has hecho, Dios? ¿Por qué permitiste que papá se cayera en el Támesis mientras estaba borracho? Podrías haber obrado uno de tus milagros, no sé, separar las aguas del río o algo así. Antes solías hacer bastantes milagros. Pero no, esta vez permitiste que papá se ahogara. Ojalá que él no te dé ni un segundo de tregua, allí arriba, jugando a cartas todo el día justo al lado de las puertas celestiales y bebiendo alcohol en las luminosas calles doradas del cielo. —Las lágrimas le anegaron los ojos—. Aunque papá era un buen arquitecto, espero que te esté edificando todas tus execrables mansiones al revés.

Al bajar la cabeza se encontró con la mirada pasmada de la criada. La muchacha apartó la vista súbitamente de su señora y empezó a barrer atropelladamente la moqueta de nuevo.

«Maldición», pensó Felicity, notando un repentino azoramiento. Bah, daba igual; ya iba siendo hora de que los pocos empleados de la casa se acostumbraran a escuchar sus diarias diatribas contra Dios. ¡Como si una casa llena de unos mocosos traviesos no fuera suficiente como para inducir a una persona normal a maldecir a Dios! ¿Cómo iba a conseguir ningún objetivo en la vida, con sus hermanos a cuestas? Gracias a Dios que la señora Box se ocuparía de los cuatro niños durante los días en que ella estaría ausente. Necesitaba escapar de su ejército de soldaditos de hojalata, de los trillizos en particular.

Pero primero tenía que terminar el trabajo. Entró precipitadamente en el estudio que antes había sido de su padre, se sentó detrás de la mesa cerca de la ventana y examinó el folio emborronado de tinta.

Hummm... ¿Por dónde iba? ¡Ah, sí! «Y para acabar, unos breves consejos referentes a la moda, que se pueden deducir de las esperpénticas opiniones que profesa el duque de Pelham: Lo que las jóvenes señoritas necesitan para refrenar sus pasiones es hacer un buen uso de ese antiguo artilugio llamado cinturón de castidad. De ese modo, no nos veremos sometidos al alud de noticias sobre jovencitas que se fugan de casa».

Hundió la pluma en el tintero y tachó el plural de «esperpénticas opiniones». Sabía que toda esa parrafada requería un tono más burlón, pero le resultaba difícil concentrarse en esos instantes, así que decidió que cuando terminara de redactar la columna dedicaría unos minutos a rehacer ese párrafo.

¿Pasiones? ¡Ja! Eran las pasiones del duque lo que las jóvenes debían evitar, como ella tan bien sabía. Si a ese tipo lo inmovilizaran de medio cuerpo para abajo con un cinturón de castidad, más de una aplaudiría. Aunque para que el método realmente fuera efectivo, deberían atarle también esas manos tan sobonas y taparle con un vendaje esa boca tan repulsiva.

El pensamiento le resultó tan gratificante que se acomodó en la silla para regocijarse por unos instantes con la imagen de Pelham maniatado e inofensivo por una vez en su vida. Después sólo habría que atar a ese degenerado a un carruaje en marcha y...

El sonido de las trepidantes ruedas de un carruaje le pareció tan real que Felicity dio un respingo y se incorporó de la silla. A través de la ventana, divisó un carruaje que se acercaba por la calle cubierta de nieve, con las ruedas rompiendo en mil pedazos la fina capa de agua helada que se había formado en la superficie de los charcos. Cuando se detuvo delante de su casa, Felicity dejó escapar un bufido muy impropio de una dama. El odioso señor Winston acababa de llegar.

Volvió a concentrarse en el artículo. Maldición. No había tenido tiempo de revisarlo por si encontraba algún error, y aún le quedaba concentrarse en esa dificultosa frase en el segundo párrafo que deseaba cambiar...

En la calle, y fuera de la línea de visión de Felicity, Ian permanecía oculto entre las sombras, observando al señor Winston mientras éste hurgaba en sus bolsillos en busca de unas monedas con las que pagar al cochero. Rápidamente, Ian apareció en escena y saludó al cochero al tiempo que sacaba unas monedas y pagaba lo que el señor Winston debía. Sin esperar ni un segundo, empezó a hablar en un tono distendido:

—¿Puede esperar un momento, por favor? El caballero aún necesitará sus servicios. —A continuación le plantó al señor Winston una sonrisa del tamaño de una carretera—. Pilkington se alegrará de que lo haya encontrado a tiempo.

Winston lo miró desconcertado.

—¿Se puede saber quién diantre es usted?

—Soy el nuevo empleado que Pilkington ha contratado esta mañana. —Lo cierto era que Pilkington todavía estaba entrevistando a los candidatos que se habían presentado para ocupar el puesto vacante en el diario, pero Winston desconocía ese detalle—. Me ha pedido que venga aquí a buscarlo y que le diga que necesita que vaya al mercado Haymarket inmediatamente. Me ha dicho que recoja yo mismo el artículo de Lord X. —Cuando Winston lo escrutó con suspicacia, Ian añadió—: Se ha desatado una pelea cerca de Picadilly Circus, y Pilkington quiere que vaya a cubrir el reportaje ahora mismo.

—¿Una pelea? —El repentino brillo malicioso que apareció en las pupilas del individuo le confirmó a Ian que había juzgado correctamente a su interlocutor. Winston estaba literalmente lamiéndose los labios ante la idea de presenciar actos violentos en plena calle, en el centro de Londres—. Comprendo. Bueno, si es así... —Tras un fugaz golpe de cabeza de Ian en señal de aprobación, el hombre se mostró satisfecho con el parco abrigo de lana y el sombrero de piel de castor que Ian le acababa de entregar para ocultar su pinta de vizconde y parecer un simple trabajador—. Entonces de acuerdo. Sólo ha de llamar a la puerta y decirles que viene de parte de Pilkington.

Mientras el señor Winston entraba en el carruaje de nuevo y le ordenaba al cochero que emprendiera la marcha, Ian sonrió para sí mismo. Tres días de sobornos a secretarias y de intenso seguimiento del señor Winston habían dado finalmente resultado; las técnicas que Ian había aprendido en la guerra resultaban siempre infalibles. Ahora ya no necesitaba averiguar el verdadero nombre de Lord X; había localizado la casa del individuo y eso le bastaba.

Subió con cautela los peldaños resbaladizos por el hielo hasta la entrada principal de la casa y se fijó en el diseño gótico de la puerta y en el curioso picaporte en forma de monstruo alado; éste último le resultaba familiar. ¿Dónde lo había visto antes? Ahora no se acordaba, así que se dijo que más tarde tendría que hacer un ejercicio de memoria. Acto seguido, se dedicó a examinar la fachada del edificio entre los copos de nieve que caían incansablemente del cielo. La casa era un ejemplo perfecto de estilo gótico, con ventanas acabadas en forma de arco puntiagudo y un excelente trabajo de tracería. Sin lugar a dudas, la casa de un caballero. Bueno, eso ya lo esperaba.

La pluma ponzoñosa de Lord X era definitivamente aristocrática. Ian había analizado detenidamente las columnas de ese escritor, y a pesar de que seguía considerando que sólo contenían cotilleos, ahora comprendía por qué las duquesas organizaban reuniones con la intención de comentar esas columnas, y por qué todas las sirvientas y los lacayos de Londres se gastaban esos peniques que tanto esfuerzo les costaba ganar en un ejemplar de *The Evening Gazette*. Y por qué Pilkington protegía a su principal fuente de información con tanto celo.

Lord X era el sueño de cualquier editor: agudo e ingenioso, con un estilo sugestivo y una habilidad innata para descubrir los secretos mejor guardados. Repartía tanto halagos como críticas con un tono informal y ameno. Al igual que uno de los profesores de Ian en el prestigioso colegio de Eton, diestro en el sarcasmo más refinado, Lord X criticaba con una fineza digna de ser ponderada. Sus víctimas eran principalmente los miembros de la alta sociedad que ejemplificaban lo peor del ser humano: una desdeñosa indolencia ante las necesidades o los sentimientos de los demás, una arrogancia descomedida, y una propensión a la vida licenciosa.

Sin duda por eso aparecía Ian en la columna. Dadas las numerosas batallitas atribuidas al vizconde de Saint Clair, Lord X probablemente lo consideraba el hijo del mismísimo diablo. Ian se estremeció con un escalofrío. Quizá ese periodista no anduviera tan desencaminado, pero aunque fuese o no verdad lo que contaba de él, Lord X tenía que aprender a ser más discreto con la vida de sus víctimas. Y la intención de Ian era enseñarle esa lección en particular.

El golpe seco en el picaporte obtuvo una respuesta instantánea, aunque la anciana con el pelo cano que abrió la puerta pareció perpleja al verlo.

—¿Qué desea, señor?

Ian se quitó el sombrero con un gesto rápido, y un montón de copos de nieve salieron despedidos en todas direcciones.

—Soy el señor Lennard del diario *The Gazette*. —Pensó que no pasaría nada por utilizar su verdadero apellido; Lord X probablemente sólo lo conocía por su título—. He venido a recoger el artículo.

La mujer se secó las manos mojadas y enrojecidas en la falda y luego se apartó para dejarlo pasar.

—Entre, por favor —mientras él aceptaba la invitación, ella añadió con un tono distendido—. Soy la señora Box, el ama de llaves. ¿Hoy no viene el señor Winston?

—Ha tenido que ir a otro sitio, así que yo lo reemplazo.

—Ah, bueno, espere un momento; iré a buscar el artículo.

—De hecho —la interrumpió Ian mientras ella empezaba a dirigirse hacia la imponente escalinata de roble que partía del mismo vestíbulo hacia el piso superior—, el señor Pilkington me ha pedido que hable con vuestro señor en persona.

—¿Mi señor? —Una expresión de desconcierto matizó más las profundas arrugas en la frente de la anciana. Entonces estalló en una risotada—. Ese señor Pilkington... Siempre tan bromista. No se lo ha contado, ¿eh?

—¿Contarme el qué?

—Oh, nada. No pienso echar a perder la broma. Ahora mismo iré a avisar a «mi señor». —Se alzó la falda y empezó a subir las escaleras al tiempo que murmuraba entre risitas—: Así que el señor, ¿eh?

Ian se la quedó mirando boquiabierto. Qué criada más extraña. Ni siquiera le había cogido el abrigo y el sombrero. ¿Y acaso no había ningún mayordomo, ningún lacayo en la casa? ¡Qué excentricidad!

Atravesó el vestíbulo hasta el perchero de hierro forjado y colgó el abrigo y el sombrero, luego se dedicó a examinar la estancia revestida de mármol. Seis años trabajando como espía le habían enseñado a usar el método de la observación minuciosa para desenmascarar los secretos en cualquier situación, pero ese recibidor le resultaba tan enigmático como su dueño.

La estancia no pretendía ser ostentosa en absoluto. Estaba decorada con mobiliario de mala calidad, una moda absurda por la que algunos se decantaban en esa época. Sobre la pequeña consola arrimada a la pared, únicamente había una bandeja de plata para el correo. El amplio espejo emplazado encima de la sobria mesita estaba enmarcado con una delicada moldura curvilínea. Le pareció extraño que un hombre que escribía de una forma tan despiadada contra la sociedad mostrara unos gustos tan refinados.

Quizá la esposa de ese tipo se había encargado de la decoración. Eso explicaría esos toques tan femeninos —unos bordados por aquí, una tela ribeteada por allá...—. Pero si en esa casa había una mujer, ¿cómo era posible que la mansión ofreciera ese aspecto tan descuidado? La barandilla de metal de la escalinata no estaba pulida, y a las moquetas les hacía falta una limpieza a fondo. ¿Dónde estaban los sirvientes a esas avanzadas horas del día en las que todo el mundo debería estar trabajando? El fuerte aroma de sebo era un indicio de que el dueño no podía costearse velas de cera de abeja, pero ese detalle no le pareció nada inusual.

Los minutos pasaban, Ian empezó a impacientarse. Quería acabar con ese asunto de una vez por todas, para ir a casa de Katherine y concretar los planes de la boda. Había estado retrasando el próximo encuentro con ella desde que se enteró de ese chisme sobre él en la columna, diciéndose a sí mismo que seguramente Katherine necesitaría tiempo para superar el daño que ese artículo le habría podido causar. La gente ya había empezado a murmurar a espaldas de la joven acerca de lo poco agraciada que era, de su excesiva timidez, de sus pocas posibilidades para encontrar esposo. Seguramente a Katherine le habría causado un enorme disgusto la desafortunada noticia publicada sobre la supuesta amante deslumbrante, así que Ian pensó que con ir a verla únicamente empeoraría las cosas.

Pero él no era más que un ruin mentiroso, y lo sabía. La verdad era que cuando estaba con Katherine anhelaba estar en cualquier otro sitio. Le molestaba la forma tan servil con que ella asentía para darle a entender que estaba de acuerdo con todo lo que él decía, mientras permanecía absolutamente callada. Y cuando Katherine se mostraba dispuesta a hablar, su ingenuidad también lo molestaba.

La mayoría de los hombres se habría sentido más que satisfecho con una esposa dócil e ingenua. Por eso precisamente la había elegido, para que no le causara ninguna clase de problemas, especialmente en el desagradable trance con su tío. Así que, ¿por qué le costaba tanto casarse con ella?

No, mejor no pensar en esa incomoda cuestión. Se casaría con ella y punto, por más que fuera lo opuesto a lo que sus impulsos egoístas le dictaban. Katherine encajaba en sus planes. Además, sabía que no era nada conveniente dejarse llevar por las emociones más primitivas, puesto que eso conducía inevitablemente a la desgracia. Era necesario pensar antes de actuar, y no hacer caso a sus instintos carnales. Había aprendido esa terrible lección diez años antes, y sus esfuerzos por alejar de su mente esa clase de tentaciones le habían permitido sobrevivir durante todos esos años. Por consiguiente, ahora no estaba dispuesto a dar el brazo a torcer; pensaba ganar la batalla, no sólo con Lord X, sino también con su tío tan pérfido.

Ian acabó por perder la paciencia y se encaminó hacia la escalinata con paso firme, pero al cabo de unos segundos se detuvo en seco y se dio la vuelta rápidamente a causa del estrepitoso ruido que oyó justo a sus espaldas. Aún tuvo tiempo de presenciar cómo un prominente trozo de yeso que debía de haberse desprendido del techo se hacía añicos en el suelo, justo a escasos pasos de donde él había permanecido inmóvil durante bastantes minutos, esperando.

Sus ojos se achicaron como un par de rendijas. No, no era yeso lo que acababa de estamparse contra el suelo. Propinó una suave patada al objeto en cuestión y una masa pegajosa se le enganchó a la bota; se quedó sorprendido al descubrir que lo que había tomado por un trozo de yeso no era más que una bola de nieve sucia, y mantuvo la vista fija en la bola mientras ésta empezaba a deshacerse sobre el suelo de mármol.

En ese instante, desde el hueco de la escalera le llegó el murmullo agitado de unas voces infantiles.

—¡Hemos metido la pata! ¡No es él! ¡Es otro señor!

Ian asomó la cabeza por el hueco de la escalera y miró hacia arriba. Entonces descubrió tres pares de ojos que lo observaban ateridos y con atención. Eran unos ojos idénticos, en unas caritas idénticas, que emergían por la barandilla del piso superior como si se tratara de unos arrapiezos en una farsa teatral. Parpadeó un par de veces seguidas, pero no, no estaba viendo visiones. Los tres pequeños diablillos en lo alto de la escalera eran idénticos. Y uno de ellos sostenía un cubo vacío en la mano.

—¿Normalmente soléis dar la bienvenida a vuestros huéspedes con tanta cordialidad?

Una nueva cara asomó por la barandilla, un mozalbete un poco mayor que los otros diablillos y con una expresión tan alarmada que contrastaba con las caritas curiosas de los otros niños.

—¡Oh, Georgie! ¿Se puede saber qué has hecho esta vez? ¡Lissy nos arrancará la piel!

¿Lissy? ¿La institutriz, quizá? Porque esos chiquillos debían de ser los hijos de Lord X. Hummm... Unos trillizos idénticos, no era nada usual. Ian añadió esa información a los detalles que ya había ido almacenando en la mente; en toda su vida no recordaba a ningún caballero que se hubiera jactado jamás de tener trillizos idénticos.

El muchacho que no era uno de los trillizos bajó corriendo la escalera, y los otros decidieron seguirlo. Cuando los tuvo a los cuatro más cerca, Ian descubrió que el mayor también se parecía a los trillizos.

—Por favor, señor —le imploró el mozalbete mientras se detenía en seco delante de Ian—. No lo han hecho con mala intención.

—¿Ah, no? —Inclinándose hacia delante, Ian hurgó entre la nieve sucia—. Un pedazo de carbón, tres o cuatro piedras, y un trocito de hielo. —Recogió algo con una forma más o menos esférica y juagueteó con eso entre el dedo pulgar y el dedo índice—. ¿El corazón de una manzana, quizá? Diría que sólo esta pieza podría causarle un buen chichón a un hombre y, además, le dejaría la ropa hecha un asco.

—No queríamos atacarlo a usted, señor —dijo uno de los

trillizos con escasos ánimos—. Pensábamos que era el señor Winston.

Con una enorme dificultad, Ian ahogó una sonrisa.

—Ya entiendo. Ese tipo no os cae demasiado bien, ¿eh?

—Se hace el chulo delante de Lissy —murmuró el chico mayor.

Ian irguió la espalda y acto seguido sacó un pañuelo del bolsillo para limpiarse la mano.

—¿Quién es Lissy?

—Nuestra hermana —anunció otro de los trillizos.

—Ya veo. —Cuatro hijos y una hija. Lord X tenía que mantener a una familia considerablemente numerosa—. Bueno, gracias a Dios no soy el señor Winston, y también doy gracias a Dios de que hayáis fallado la puntería.

—Le pedimos perdón, señor, sinceramente —dijo el muchacho mayor con un tono suplicante—. No solemos comportarnos así. Pero es que esperábamos a ese hombre del periódico y...

—Yo he venido en su lugar —lo interrumpió él.

—Entonces, ¿es usted escritor, como Lissy? —inquirió uno de los trillizos.

—No exactamente. —Inexplicablemente, Ian se recriminó a sí mismo por haber mentido a un niño—. ¿Vuestra hermana es escritora?

—Oh, sí, escribe un poco de todo. —Continuó el trillizo con un orgullo más que evidente— pero...

—¡Calla! —lo amonestó su hermano mayor con firmeza. Entonces alzó la cara con aire arrogante hacia Ian—. Ya lo sabía que usted no era escritor.

—¿Ah, sí? ¿Y cómo lo sabías?

—Todos los escritores llevan los dedos manchados de tinta, en cambio usted no.

Ian examinó sus manos con una fingida solemnidad.

—Me parece que tienes razón.

—Lissy tiene manchas de tinta en los dedos —continuó uno de los trillizos— porque escribe...

—Ya te he dicho que te calles, Georgie —volvió a atajarlo su hermano mayor—. No debemos hablar de eso. Lissy dice que no es un trabajo muy femenino, eso de escribir historias.

Ian se esforzó por no sonreír. Podía imaginarse a su hermana como una muchachita de unos quince años a la que le gustaba imitar a su padre mientras se afanaba también por aprender a comportarse como una fina señorita.

El ama de llaves apareció súbitamente en lo alto de la escalera. Cuando vio a los niños, perdió la compostura y se puso a chillar.

—¡Niños! ¡No molestéis al caballero!

Mientras bajaba precipitadamente la escalera, se fijó en el montoncito de nieve que se deshacía en el suelo que los chicos intentaban ocultar con sus cuerpecitos, como si fueran un grupito de médicos alrededor de un paciente en apuros.

Las cejas canosas de la anciana se crisparon, y sin dudarlo ni un segundo, la mujer se llevó a los muchachos hacia una esquina del vestíbulo.

—Supongo que lo habéis sacado del balcón, ¿verdad? Os lo juro, los Reyes Magos sólo os traerán carbón este año, especialmente si vuestra hermana les cuenta lo mal que os portáis.

Las miradas de pánico en las caritas de los trillizos consiguieron despertar en Ian su dormido instinto protector.

—Se equivoca. Uno de los lacayos entró en la casa y al quitarse el abrigo derramó toda esa cantidad de nieve —alegó, esperando que hubiera algún lacayo cerca—. Indudablemente habría resbalado si los muchachos no hubieran bajado corriendo la escalera para avisarme. —Cuando las caritas de preocupación se iluminaron de agradecimiento, Ian procuró contrarrestar su repentino sentimentalismo con una mirada implacable—. Estoy seguro de que limpiarán toda esta porquería para que usted no tenga que hacerlo. Me parece que son unos chicos encomiables.

—Sí, lo haremos, ¿no es así, muchachos? —ordenó el mayor a sus hermanos.

—Sí, claro, queremos ayudar...

—Sí, queremos hacerlo...

—Ahora mismo lo haremos...

—Muy bien, muchachos —convino la señora Box, con las comisuras de los labios temblando ante la imperiosa necesidad de sonreír—. A ver si lo dejáis todo limpio. James, ve a buscar la fregona. Georgie, puedes usar ese cubo que tienes a mano.

A continuación, el ama de llaves miró a Ian y esbozó una sonrisa.

—Le agradezco que sea tan considerado, señor. A veces son un poco traviesos, pero también pueden ser unos angelitos cuando se lo proponen.

Ian intentó imaginar a los trillizos con caritas angelicales, pero no pudo.

—Me parece que no les gusta el señor Winston.

—Para serle honesta, señor, a ninguno de nosotros nos gusta ese tipo. Y hablando de él, el artículo aún no está listo, pero si quiere puede subir a recogerlo usted mismo; supongo que no tendrá que esperar demasiado rato. —El ama de llaves echó un vistazo hacia los muchachos, que estaban esparciendo la nieve en lugar de recogerla—. ¿Verdad que no le importa que no le acompañe? Si no los vigilo, son capaces de dejar el vestíbulo tan resbaladizo como una pista de patinaje sobre hielo.

—No se preocupe. —Quizá así tendría la oportunidad de observar a Lord X sin que éste se diera cuenta.

—Es la primera puerta a la izquierda. —La señora Box señaló hacia el piso superior—. Puede entrar. La puerta está abierta.

—Gracias —murmuró, y sin perder un segundo subió corriendo las escaleras.

Cuando encontró la habitación, se dispuso a entrar, pero se detuvo en seco en el umbral de la puerta. Al parecer no había entendido bien las indicaciones de la anciana, puesto que en esa estancia sólo había una mujer joven y diminuta inclinada sobre una mesa. Ian estudió su perfil con interés: tenía una mandíbula angulosa y el tono de su tez era más bien aceitunado, en lugar del color alabastro rosado que tan de moda estaba entre las jóvenes en esa época.

Debía de ser Lissy, la hermana de los muchachos. A juzgar por su estatura, debía de ser muy joven; probablemente Ian la doblaba en edad, pero sin embargo no podía apartar los ojos de ella. Su pelo era lo que más le llamaba la atención: una cascada de rizos de color canela desaliñadamente recogidos en un moño con la ayuda de dos agujas de tejer cruzadas en forma de X. Jamás había visto a una fémina tan despreocupada por su apariencia. Era evidente que el dobladillo de su vestido de color azul celeste estaba remendado, y a sus zapatos no les iría nada mal que un zapatero les diera un retoque.

Entonces ella se inclinó para abrir un cajón de la mesa, y a Ian se le secó la boca. Por todos los santos, qué posaderas, con esas dulces curvas perfectamente delineadas debajo de su traje de muselina fina. Sabía que no debería mirarla de ese modo tan lascivo, ¿pero cómo iba a resistirse? Por más joven que fuera esa muchacha, ya poseía la figura perfectamente proporcionada de una cortesana. No le extrañaba en absoluto que el señor Wilson se hiciera el gallito con ella.

Ian necesitó realizar un enorme esfuerzo para apartar la mirada de esa visión tan fascinante e inspeccionar el pasillo en busca de otra puerta. Pero no había ninguna otra puerta. Por un instante estuvo tentado de preguntarle a la joven dónde podía encontrar a su padre, y con tal propósito carraspeó para aclarar la garganta.

Justo en el momento en que se fijaba en que ella estaba escribiendo algo con esos dedos manchados de tinta que su hermano había descrito, la joven dijo sin darse la vuelta:

—Adelante, señor; sólo necesito hacer una pequeña corrección más y ya se podrá llevar el artículo.

Ian se quedó perplejo por dos motivos: el primero, por su voz calmosa y segura, un indicador de que la mujer no era tan joven como había supuesto, y el segundo, porque era obvio que ella esperaba a alguien.

Al señor Winston.

«¡Por todos los demonios! —pensó Ian, reprendiéndose a sí mismo por haber tardado tanto en darse cuenta—. Lord X es una mujer.»

Capítulo tres

Cierta dama debería tener mucho cuidado con el idilio que su esposo —por cierto, el sujeto en cuestión es un caballero muy conocido— mantiene con una cantante de ópera afamada por aceptar regalos sin jamás entregar su corazón. Según los rumores, ese ruiseñor que tan bien canta desea entrar en el castillo, y no tiene ningún inconveniente en desalojar a la pava real con tal de conseguir su objetivo.

The Evening Gazette, 8 de diciembre de 1820
Lord X

*F*elicity tachó una palabra, y acto seguido garabateó otra en el margen de la página.

—Siento la demora, pero es que he tenido una mañana bastante accidentada —se disculpó mientras seguía revisando la hoja en busca de más erratas.

Una voz masculina, suave y cálida como un buen brandy francés, contestó:

—No se preocupe, señorita, tómese todo el tiempo que necesite; estoy disfrutando con esta visión tan privilegiada.

En el instante en que su mente procesó la insolencia del individuo, Felicity se giró con brusquedad, preparada para arremeter contra el nuevo empleado del señor Pilkington con el mismo rapapolvo que había utilizado con el señor Winston el primer día. Pero se quedó helada. Definitivamente, el hombre con esa mirada tan segura y confiada que se hallaba de pie en el umbral de la puerta no trabajaba en *The Gazette*.

Era el vizconde de Saint Clair en persona. Lo reconocería en cualquier sitio.

¡Maldición, maldición y mil veces maldición! ¿Qué hacía ese tipo allí? Sin lugar a dudas, la señora Box lo había confundido con el nuevo empleado del señor Pilkington y lo había invitado a subir. Pero eso no explicaba por qué un caballero de tan distinguida alcurnia deseaba visitarla.

Ian sonrió, o más bien forzó una mueca desabrida en los labios. El resto de su cara, sin embargo, se mantenía inexpresiva, sin aportar ninguna pista de los motivos de la visita. Entró en el despacho con una sobriedad inquietante.

—Supongo que sabe quién soy.

Sí, Felicity lo sabía; aunque antes nunca lo había tenido tan cerca, se había fijado en él en los innumerables eventos sociales en los que ambos habían coincidido. ¿Quién no se fijaría en un hombre como él, casi tan alto como dos de los trillizos juntos? Además, a pocos hombres de su edad les quedaba tan bien el abrigo y los pantalones. Y pocos hombres se podían jactar de ser unos dandis de los pies a la cabeza como él. Su cara, angulosa y con esas líneas tan duras, provocaba comentarios allá donde iba, especialmente a causa del color tostado de su piel que había heredado de su madre española.

Y era imposible no fijarse en esos ojos tan exóticos... almendrados y peligrosos, con unas pupilas que parecían querer absorber a su víctima directamente hasta lo más profundo de su alma oscura. Por algo la gente los describía como «los ojos del diablo». Las mujeres o bien se amedrentaban ante esos dos luceros o se perdían en sus profundidades...

Felicity notó que un escalofrío le recorría la espalda, pero se dijo que no iba a perderse en esas profundidades. ¿Qué diantre le pasaba?

Sí, lo conocía, y demasiado bien, tras haberlo seguido la semana anterior hasta Waltham Street. ¿Podía ser ése el motivo de su visita? ¿Porque lo había mencionado en una de sus columnas?

Pero él no podía saber que ella era Lord X: el señor Pilkington ocultaba celosamente su identidad. Ni tampoco lord Saint Clair podía albergar ninguna razón para quejarse de su artículo. A los hombres de su calaña les encantaba que los demás elogiaran a sus queridas.

Sin embargo, era más conveniente que él no descubriera la verdad. Escondió el artículo rápidamente debajo de algunos papeles detrás de ella, y a continuación se esforzó por esbozar una cándida sonrisa.

—Buenos días, lord Saint Clair. Disculpe mi sorpresa, pero no creo que nos hayan presentado antes.

—Tiene razón, señorita. —Ian dio otro paso y cerró la puerta tras él, un movimiento que incrementó sustancialmente la incomodidad que Felicity sentía. Entonces la escrutó sin disimulo—. Pero yo sé quién es usted —declaró, como si él mismo estuviera sorprendido del descubrimiento—. La he visto en algunos bailes. Usted es la señorita Felicity Taylor. Su padre era Algernon Taylor, el arquitecto.

—Así es. —Cielo santo, qué situación más extraña. ¿Había venido a visitarla y sin embargo no se había dado cuenta de quién era hasta ese momento?

—Me apenó mucho la noticia de la muerte de su padre el año pasado. —Sus palabras contenían un medido tono de pésame, pero su expresión seguía siendo insondable—. Vi su obra en Worthing Manor y en Somerset House. Definitivamente, era un hombre con un gran talento.

Felicity notó un nudo en la garganta.

—Sí, lo era.

Con talento, pero también un irresponsable. Su talento le había abierto las puertas hasta permitirle codearse con los hombres más destacados de la alta sociedad, y su irresponsabilidad y su carácter abierto no le habían permitido ver los peligros que conllevaba vivir por encima de sus posibilidades. Había muerto tal y como había vivido: de forma imprudente. Felicity no albergaba ninguna fantasía sobre ese padre al que tanto había adorado y que tantos disgustos le había causado. Ni tampoco deseaba mantener el contacto con sus amistades de las altas esferas. Endureció la voz al volver a dirigirse al intruso:

—Gracias por el pésame, lord Saint Clair, pero ahora, si me disculpa, tengo bastante trabajo y...

—Veo que él no era el único con talento en la familia —prosiguió el vizconde, como si ella hubiera estado hablando con la pared. Señaló hacia la mesa abarrotada de papeles—.

Por lo que parece, usted también tiene talento con la pluma... Lord X.

A Felicity se le cortó la respiración. ¡Ese sujeto había descubierto su secreto mejor guardado!

O quizá no lo sabía, sino que sólo lo sospechaba. Por si acaso, era mejor andar con pies de plomo.

—¿Se refiere a ese tipo abominable que escribe artículos en el diario? Supongo que no creerá que yo tengo algo que ver con él...

Ian avanzó hacia ella con el ímpetu de un ejército.

—Señorita Taylor, no me tome por un cretino sólo porque se crea conocedora de todas mis andanzas.

Felicity notó cómo se incrementaba la agitación que sentía en el pecho. Retrocedió, pero sólo para topar con la presencia no deseada de la robusta mesa del despacho.

—Sólo un chiflado creería que soy Lord X. Quienquiera que le haya facilitado ese dato, le ha informado mal.

Ian se detuvo a escasos pasos de ella —demasiado cerca, en contra del protocolo de la buena conducta ante una dama—, y ella alzó la barbilla con aire afrentado. Cómo deseaba Felicity bajarle los humos a ese tipo tan arrogante y borrar de un plumazo esa sonrisa socarrona que coronaba su boca insolente, pero su frente quedaba a escasos centímetros de la barbilla del vizconde, y eso hacía imposible mirarlo con porte altivo sin que pareciera una niñita estúpida.

—Nadie me ha dado esa información. Yo mismo he realizado mis propias pesquisas —arguyó él—. Descubrí a Winston, el secuaz de Pilkington, luego lo seguí hasta aquí, me inventé una excusa para desembarazarme de él y ocupé su puesto. —Con una absoluta desfachatez, se inclinó por encima de Felicity y empezó a revolver entre la pila de papeles que había sobre la mesa. Un penetrante aroma de *bayrum* la asaltó súbitamente—. El ama de llaves ha tenido la gentileza de invitarme a subir para que recoja personalmente el artículo. —De repente dejó de buscar y una sonrisa maliciosa se perfiló en sus labios. Sosteniendo en alto una hoja de papel, añadió con un tono triunfal—: Este artículo.

Ya no tenía sentido continuar fingiendo. Felicity alzó la barbilla con arrogancia y lo miró con ojos desafiantes.

—Muy bien, lo felicito; ha descubierto mi secreto.

—Así es.

Ian la miró con impasibilidad, con unos ojos aún más inescrutables —si eso era posible—, pero esta vez mucho más cerca de ella. Felicity pensó que sus ojos eran tan misteriosos como la noche... y terriblemente seductores.

Ella desvió la vista y la fijó en un punto distante por encima del fornido hombro izquierdo de su interlocutor.

—No comprendo por qué se ha tomado tantas molestias para encontrarme.

Ian lanzó el papel sobre la mesa, pero no retrocedió ni un centímetro.

—Porque se ha dedicado a escribir mentiras acerca de mí, en la columna de la semana pasada, y no me gusta convertirme en el tema de comidilla a causa de unas falsas especulaciones.

Ella giró la cara rápidamente para volver a mirarlo a los ojos. ¡Pero si sólo había escrito unos simples comentarios acerca de su amante!

—Ésa es una acusación muy grave, lord Saint Clair —replicó con un tono burlón—. Me parece que tendré que retarlo a un duelo para defender mi honor.

Ian enarcó una de sus cejas, tan negras como un tizón.

—La aviso, señorita Taylor, perdería cualquier duelo conmigo. —Su mirada descendió por su nariz y sus mejillas hasta posarse en su boca—. Aunque estoy seguro de que resultaría un ejercicio muy gratificante hasta que la derrotara.

Maldito tenorio. Ese hombre era más peligroso de lo que ella se había figurado. Ahora comprendía por qué algunas mujeres lo encontraban fascinante. Y por qué su tímida amiga, Katherine Hastings, lo hallaba abominable.

—Ha dicho que ha venido aquí para hablar de mi columna —remarcó ella, enojada por el ritmo acelerado de los latidos de su corazón—. Le confieso que estoy confundida sobre qué es lo que dije para que se sienta tan ofendido.

—No juegue conmigo; ya sabe a qué me refiero: al comentario acerca de mi supuesta amante en Waltham Street.

—¿Ésa es precisamente la causa de su enojo? ¿Le importaría ser más concreto, por favor? Es que verá, debo de ser muy estúpida, porque no acierto a comprender dónde está la ofensa.

—En que no es verdad —alegó él, pronunciando cada palabra con una creciente impaciencia, como si estuviera hablando a un niño pequeño—. Ya se lo he dicho antes.

Ian estaba tan cerca de ella que Felicity podía apreciar cada mechón de su pelo perfectamente acicalado, brillante como una tela de terciopelo de primera calidad. Su proximidad, aunada al irritante destello de absoluta confianza que emanaba de sus pupilas, empezaron a preocuparla. En momentos como ése, habría dado una fortuna por ser más alta y más fornida, y por poseer el don de saber pelear con los puños.

Había algo en ese individuo que la alteraba... un propósito oscuro bajo su civilizada apariencia, como un halcón con la cabeza encapuchada. De repente, sintió un incontenible deseo de estar cerca de una puerta por la que poder escapar antes de que le quitaran la capucha al halcón y emergiera el ave de presa, lista para atacar. Con unos movimientos sutiles, intentó apartarse de él y de la mesa, y empezó a avanzar disimuladamente hacia la puerta.

—No crea que voy a dejarla marchar antes de que hayamos acabado —la amenazó Ian con una voz intransigente, al tiempo que se giraba para seguir sus movimientos.

Felicity se detuvo en seco.

—No... no pensaba marcharme.

Aunque eso era precisamente lo que ella deseaba. Hasta ese día, había tenido que lidiar con botarates, incluso había tenido que vérselas con algunos hombres furiosos, hombres que no eran más que unas versiones más altas de sus hermanos irascibles. Pero ese sujeto... con su inteligencia y su irritante calma, quedaba fuera del alcance de su experiencia. Ese hombre imponía obediencia únicamente con su porte y su mirada. No deseaba descubrir qué sucedería si se negaba a obedecerlo.

—Lo que escribí acerca de usted no era una falacia. —Felicity procuró mostrarse tan calmada como él—. Era una especulación que basé en diversos hechos.

—¿Qué hechos? —Sin apartar la vista de ella, Ian apoyó la cadera en la mesa. Cuando cruzó los musculosos brazos por encima del pecho, a Felicity se le erizó el vello de los brazos. El hecho de estar sola con él en esa habitación le aportaba una perspectiva completamente nueva de ese individuo. Cuando lo había visto en público, rodeado por sus allegados, le había resultado fácil ignorar el aire de peligro que emanaba de él de una forma tan inherente, pero ahora que ese hombre había entrado en el viejo despacho de su padre, la situación no le parecía nada fácil.

—¿Y bien, señorita Taylor? —la apremió él, sacándola de su ensimismamiento—. ¿A qué hechos se refiere?

—Ah, sí. —Alzó la mano como para enunciarlos con los dedos—. Usted adquirió la casa en Waltham Street hace un año para la mujer que ahora reside allí. Ella es hermosa, bastante joven, y es evidente que está enamorada de usted. Y se llama señorita Greenaway.

Felicity decidió no exponer el segundo punto; quizá necesitaría recurrir a esa información más tarde, si se complicaba el asunto. No había necesidad de provocar a ese temible vizconde más de lo necesario.

Un silencio incómodo se instaló entre ellos durante unos instantes, hasta que él se separó de la mesa y se puso completamente erguido, mostrando toda su imponente estatura.

—Efectivamente, esos son los hechos; bueno, al menos en la mayor parte. —Ian hizo una pausa mientras se dedicaba a escrutarla con una incómoda minuciosidad, como si pretendiera descubrir los puntos débiles de su adversaria—. Acaba de lanzar una afirmación subjetiva: que ella está evidentemente enamorada de mí. ¿Qué le ha llevado a esa conclusión?

—Hablé con ella en persona. —Aunque eso divergía un poco de la verdad.

—¿En persona? —Un tono de rabia asomó tímidamente en su voz antes de que Ian lograra recomponerse—. ¿Y la señorita Greenaway le contó que está enamorada de mí?

Felicity notó cómo se extendía el rubor por sus mejillas.

—Bueno, no exactamente... Lo que quería decir era que... que... —Por un momento, un extraño impulso de mentir se apoderó de ella. Pero presentía que si lo hacía, él la descubriría inmediatamente—. Para serle sincera, ella se negó a hablar de usted. Me dijo su nombre y me confirmó que usted era el propietario de esa casa, nada más. —La muchacha había accedido a contarle tantas cosas porque Felicity la había asaltado por sorpresa en plena calle justo cuando salía de la casa, pero en el instante en que Felicity sacó a colación el nombre del vizconde, la mujer se azoró y regresó rápidamente a su santuario. Sin lugar a dudas, ese comportamiento delataba su condición.

—¿Y cómo llegó a la conclusión de que ella está enamorada de mí?

«Porque se azoró», pensó Felicity. No obstante, sabía que el vizconde no aceptaría ese alegato como una prueba irrefutable.

—Porque se mostró enigmática. Era evidente que ella intentaba protegerlo de...

—¿Cotilleos infundados? —La voz de Ian resonó con un marcado tono sarcástico—. No puedo imaginar por qué ella querría hacer algo así.

Felicity lo miró sin pestañear.

—Si la relación entre esa mujer y usted no es licenciosa, entonces, ¿por qué iba ella a ocultar ninguna información?

—¿Quizá porque desea proteger su vida privada?

—O porque ella teme que usted se enfade. No me negará que no es consciente de que se ha ganado la fama de ser un hombre demasiado discreto, ya que no le cuenta a nadie, ni siquiera a sus mejores amigos, ni tan sólo a qué se dedica.

Ian rodeó a Felicity, observándola con curiosidad al tiempo que se frotaba la barbilla con la mano derecha.

—Supongo que da crédito a todas las conjeturas acerca de mi persona; me refiero a las habladurías sobre mi pasado, cuando estaba fuera del país.

—Bueno... sí.

Gracias a su notoria reticencia, resultaba imposible descubrir ningún detalle acerca de él, salvo los rumores que circulaban. Lo único que se sabía de él era que había desaparecido de Inglaterra cuando tenía diecinueve años y que había regresado tras la muerte de su padre unos años antes. Nadie sabía dónde había estado ni qué había hecho. Existían innumerables historias acerca de él: que había sido un espía de los franceses y el amante de la esposa de un caballero español; incluso había quien aseguraba que había visto a lord Saint Clair mendigar por las calles de París.

La cuestión era que el vizconde se comportaba de un modo más insondable que un cura atento a una confesión. Y a Felicity no le gustaban los secretos.

Los ojos de Ian destellaron divertidos.

—Veamos, ¿qué rumores ha oído acerca de mí? ¿Que trabajé como asesino a sueldo? ¿Que seduje a Josefina después de su divorcio, y que por eso Napoleón me retó a un duelo?

Ella se mostró totalmente fascinada ante esas confesiones.

—No, eso no lo sabía. —Cielo santo, esa historia podría ser un filón de oro para la columna. Bueno, claro, si lograba convencerlo para que le confirmara el chisme, lo cual le parecía del todo improbable.

—Y supongo que se ha creído cada uno de esos rumores.

—No. Pero a falta de otra información... como la que usted mismo podría ofrecerme... ¿qué esperaba que hiciera?

Ian se detuvo delante de ella.

—Preocuparse de sus propios asuntos en lugar de ir divulgando mentiras sobre mí en su columna.

—¡Yo no cuento mentiras en mi columna!

—Oh, sí, claro, lo olvidaba: realiza especulaciones basadas en determinados hechos.

—Hago lo que cualquier buen periodista hace —replicó Felicity con arrogancia.

Ian esbozó una mueca de fastidio.

—No me haga reír. Los buenos periodistas escriben con profesionalidad y con rigor. Se ocupan de cuestiones que atañen a la nación. No creo que la señorita Greenaway se pueda considerar un asunto de vital importancia para nuestro país. —Cuando ella se dispuso a protestar, él alzó la mano para detenerla—. Así que vio a esa mujer, descubrió que yo le había dado cobijo en una de mis casas, y asumió que ella era mi amante, ¿no es así?

—Era una deducción lógica.

—Pero errónea.

Ya estaban de nuevo como al principio de la conversación.

—Si realmente me he equivocado al juzgar, no tendré ningún reparo en redactar un párrafo en mi próxima columna admitiendo el error. Pero hasta ahora usted no me ha aportado ningún dato que me demuestre que estoy equivocada.

—Y usted no me ha explicado por qué está tan interesada en mis asuntos privados. —Ian se dirigió con paso furioso hacia la mesa en cuya deslucida superficie de madera de roble se apilaban un montón de hojas redactadas por Felicity y se puso a hurgar entre sus notas.

—Dígame, ¿qué posible razón la ha movido a escribir algo sobre mí? ¿La he ofendido de alguna manera sin querer?

Felicity decidió ignorar las desagradables implicaciones de que la venganza motivaba los temas que elegía para comentar en su columna.

—Mire, señor Saint Clair, yo escribo sobre todo el mundo; su historia no es más que una entre un millón.

—Ya, pero en este caso se trata de una frivolidad. —Ian cogió un sobre, lo leyó, y volvió a dejarlo sobre la mesa—. Un hombre le ofrece su casa a una mujer con la que no está casado. Seguramente ese relato no debe de atraer la atención de sus lectores, puesto que eso es algo que suelen hacer todos los hombres.

La insensibilidad que Ian profesaba respecto a esa cuestión moral disparó la indignación de Felicity.

—¡Por eso es precisamente ofensivo! ¡Todos los hombres son iguales! ¡Buscan una virgen para casarse y quieren que su esposa les sea fiel! ¡Sin embargo, no sienten ninguna clase de escrúpulo a la hora de divertirse escandalosamente con tantas mujeres como puedan seducir!

Ian dejó de hurgar entre los papeles de la mesa para observarla con una mirada calculadora.

—Me parece que se olvida de un detalle importante: no estoy casado.

—No, pero tiene intención de casarse.

Ian se quedó paralizado súbitamente, y Felicity se reprendió a sí misma por haber sido tan bocazas. Entonces se le ocurrió que probablemente él había estado intentando pincharla para que revelara los verdaderos motivos que la habían llevado a escribir ese artículo, y que al final ella había picado el anzuelo como una verdadera bobalicona.

Ian avanzó hacia ella con paso ágil, como si el halcón sin capucha hubiera emprendido el vuelo.

—¿Qué quiere decir?

—Nada. Sólo me refería a que es usted un hombre soltero y... y que un día u otro se casará y...

Sin previo aviso, el halcón se precipitó sobre ella.

—Usted sabía que me había declarado a la señorita Hastings, ¿no es cierto?

Felicity tragó saliva, luego asintió con la cabeza.

—Supongo que lo descubrió de la misma forma que lo descubre todo: metiendo las narices en la vida privada de la gente.

—¡No! —Le dolía su insidiosa insistencia en acusarla de actuar siempre con prevaricación—. Lady Hastings me lo contó. Katherine es mi amiga. —Una buena amiga, dulce y leal, aunque tímida como un ratoncito. Ése era el problema. Katherine no tenía ni idea de cómo comportarse con hombres de la calaña de lord Saint Clair.

—Comprendo. —Su mandíbula se tensó visiblemente—. Así que ha decidido exponer mi comportamiento «execrable» en el diario para que su «amiga» desconfíe de mí y no se case conmigo.

Lord Saint Clair no iba desencaminado, aunque la verdadera intención de Felicity había sido inducir a los padres de Katherine a desconfiar de él. La pobre Katherine se había negado a romper el compromiso con el vizconde con tal de que sus padres —especialmente su madre— no se enfadaran. Incluso le había confesado a Felicity que si lady Hastings pudiera darse cuenta de que lord Saint Clair no era un buen hombre, aún albergaría la esperanza de poder rechazarlo.

Felicity había aconsejado a su amiga que se opusiera a la voluntad de su madre, pero Katherine no se atrevía. De todos modos, Felicity probablemente no habría interferido en los asuntos sentimentales de su amiga si no se hubiera enterado de que el vizconde tenía un pasado oscuro y misterioso y una amante. Sólo con pensar que su querida amiga se iba a casar con un ser tan detestable se le helaba la sangre. Había conocido a demasiadas «amiguitas ocasionales» de su padre como para no saber en qué tipo de maridos acababan convirtiéndose esa clase de hombres.

Tras esa reflexión, se sintió más segura de su posición, y se atrevió a mirarlo con porte desafiante.

—Pensaba que Katherine y sus padres deberían saber dónde se metían.

Ian la acribilló con unos ojos tan gélidos como dos trozos de mármol negro.

—Y no podía comentarles esos detalles en privado, no, claro, porque de haberlo hecho, habría revelado su detestable afición a meter las narices en la vida de los demás.

Ella cruzó los brazos por encima del pecho. Ya había escuchado suficientes insultos y amonestaciones por parte de ese arrogante señorito.

—Mire, lord Saint Clair, yo no soy quien oculta a una amante mientras se declara a una dama decente...

—Se lo repetiré una última vez: la señorita Greenaway no es mi amante.

—Y supongo que el bebé que ella llevaba en brazos, ese niño que no tenía más de un año, tampoco es suyo.

Ian se quedó helado ante la noticia. Su expresión se tornó taciturna primero, aunque luego adoptó un aire pensativo.

—Así que la vio con el bebé. Ahora entiendo lo que dedujo de esa escena.

—¿Acaso lo niega?

—¿Conseguiría algo con ello? Está totalmente convencida de que voy por ahí engañando a jóvenes mujeres y que tengo una lista de hijos bastardos; no me gustaría destruir sus obcecaciones respecto a mi persona con algo tan inútil como con hechos reales, y no especulaciones.

Felicity pestañeó ante ese insulto a su integridad.

—Adelante; veamos si puede demostrarme que mis deducciones son erróneas.

—De acuerdo. —Abruptamente, Ian empezó a deambular por el despacho de un lado a otro, examinando todos los objetos como si estuviera llevando a cabo un inventario. Abrió una caja de plata que contenía rapé y se sentó en la esquina de una mesa delicada.

—¿Toma rapé, señorita Taylor? —inquirió, como si fuera la pregunta más natural del mundo.

—¡Por supuesto que no! Era de mi padre.

—Así que este despacho era de su padre.

—Sí.

—Ya me lo figuraba. ¿Y la espada para ceñir que hay colgada en esa pared? ¿También era de su padre?

—¿Adónde quiere ir a parar? No, era de mi abuelo.

Ian la contempló con atención.

—Ah, sí, el coronel Ansel Taylor. Los muchachos en el regimiento solían hablar de Ansel *el Yunque*, que tenía una voluntad de hierro.

—¿En el regimiento? ¿Qué hacía usted en el regimiento?

Una sonrisa burlona coronó los labios de Ian.

—Combatí en la Guerra de la Independencia Española.

Ella lo miró con incredulidad. Le parecía inviable. Los hombres con título y fortuna, los primogénitos de una estirpe noble, no se alistaban en el ejército, porque si por desgracia morían en la batalla, romperían la línea sucesoria y la familia perdería el título nobiliario. Ningún padre lo permitiría. Ningún heredero osaría sugerir una posibilidad así. Todo el mundo sabía que el ejército estaba destinado a los hijos más jóvenes y a la pequeña aristocracia.

—¿Eso es lo que estuvo haciendo en Europa durante todos esos años? —preguntó ella, sin preocuparse por ocultar su escepticismo.

—¿Por qué? ¿Acaso también desea escribir un artículo acerca de mis experiencias en la guerra para publicarlo en la prensa?

La expresión desabrida de Ian sólo consiguió incrementar el recelo que Felicity sentía hacia él.

—¿Puede darme alguna razón por la que no debería publicar dicha historia?

—Pensaba que usted estaba segura de que me había dedicado a otras actividades más frívolas —replicó él con una ácida condescendencia.

Felicity lo fulminó con la mirada.

—Ya se lo he dicho: yo no invento patrañas, milord; simplemente me dedico a informar.

—O a especular.

—Cuando estoy relativamente segura de que los hechos confirman mis especulaciones, sí.

—Pues le aseguro que es importante tener en cuenta todos los factores, y no sólo los que le parezcan a usted más interesantes. —Ian avanzó hasta la chimenea, cogió una figurita antigua de madera que descansaba sobre la repisa, una oveja toscamente esculpida, y la inspeccionó con curiosidad; luego volvió a depositarla en la repisa y se giró para mirar a Felicity.

—Su abuelo... ¿hizo amigos durante los años que estuvo en el ejército, algún compañero por el que habría hecho cualquier cosa?

Ella se quedó pensativa.

—Sí, solía cenar una vez a la semana con un hombre que también había sido soldado.

—Entonces estoy seguro de que comprenderá mi situación. La señorita Greenaway es la hermana de un hombre con el que luché en la batalla de Vitoria. Ese soldado murió entre mis brazos en esa misma batalla y, mientras agonizaba, me pidió que cuidara de su hermana. Le prometí que así lo haría. De modo que cuando un sinvergüenza la sedujo y tras dejarla embarazada la abandonó, ella vino a verme. Claro que acepté ayudarla. Por eso le di cobijo en una de mis casas, la que poseo en Waltham Street.

Al principio Felicity se sintió avergonzada por sus prematuras conjeturas. ¿Cómo podía haberse equivocado tanto, haberlo juzgado tan equivocadamente? Una pobre mujer que se encuentra sola y embarazada y...

De repente se fijó en cómo él la observaba, con una mirada calculadora e indiscutiblemente deshonesta. Felicity alzó la vista y la clavó en la espada de su abuelo, y en ese momento se fijó en la medalla de oro del ejército que pendía debajo del arma y que tenía grabados tanto el nombre de su abuelo como su rango.

¡Menudo sinvergüenza! Lord Saint Clair había fingido conocer a su abuelo para consolidar sus mentiras, para conseguir que ella se sintiera avergonzada por haber caído en la trampa de creer a ciegas en las habladurías que corrían acerca de él y juzgarlo erróneamente. Le parecía muy extraño que ese tunante hubiera oído hablar de su abuelo, ¡y mucho menos que hubiera combatido con hombres que lo conocían! Probablemente, la única vez que lord Saint Clair había blandido una espada había sido en los duelos contra los esposos afrentados de las mujeres que había seducido.

¡Ya le enseñaría a ese bribón! ¡Ella no era ninguna pánfila! Le sonrió con hipocresía.

—¡Oh! ¡Qué delicadeza por su parte, ayudar a su amigo! ¡Siento tanto haberme equivocado con usted! Pero ahora mismo pienso enmendar el error. —Sin perder ni un segundo, se dirigió a la mesa y asió la pluma y el artículo que acababa de redactar; acto seguido, garabateó algo sobre el papel—. Veamos, ¿qué tal suena esto?: «El motivo que movió a lord Saint Clair a alojar a una mujer en su casa de Waltham Street no era el que parecía. Después de haberle dado su palabra de que cuidaría de su hermana a su buen amigo, un valiente soldado que murió entre sus brazos en el campo de batalla, el vizconde tuvo la gentileza de hospedarla en una de sus casas cuando un sinvergüenza la dejó embarazada y se negó a...»

—¡No puede escribir eso! —estalló él a su espalda.

Ella fingió releer las palabras.

—Sí, supongo que tiene razón. —Lo miró con ojos desafiantes—. No podría escribir una patraña como ésa. Me convertiría en el hazmerreír de la ciudad.

Ian enarcó las cejas.

—¿Y qué le hace pensar que es mentira?

—Si el hermano de la señorita Greenaway hubiera sido su amigo y usted se hubiera limitado a reaccionar con tanta generosidad para cumplir con la palabra que le dio antes de morir, la gratitud de la señorita Greenaway habría emergido inmediatamente cuando la emplacé a que me hablara de usted, pero no fue así. —Felicity tachó las palabras que acababa de escribir en el artículo, y luego lanzó la hoja bruscamente sobre la mesa—. Además, los primogénitos nunca combaten en las guerras. ¿Por qué iban a hacerlo, cuando hay muchos jóvenes dispuestos a comprar comisiones porque nunca heredarán un título? No, estoy segura de que mientras estuvo por Europa se dedicó a hacer lo mismo que hace aquí: seducir a pobres mujeres inocentes.

Por primera vez esa tarde, el vizconde parecía realmente enfadado. Su mandíbula se tensó convulsivamente.

—¡Me importa un pito lo que piense de mí, pero no voy a tolerar que escriba absurdas especulaciones sobre la señorita Greenaway en su maldita columna!

—¿Por qué no? Debería darme las gracias por fortalecer su reputación entre sus amigos. Estoy segura de que lo habrán felicitado por tener una amante tan bella.

—Así es —respondió Ian sin muestras de avergonzarse—. Pero no me preocupa mi reputación, sino la de la señorita

Greenaway y la de su hijo. Ella no merece que usted arruine su vida con sus cotilleos.

—No sea ridículo. No he arruinado su vida; no publiqué ni su nombre ni la dirección de su casa. Ni siquiera mencioné al bebé. No sería tan cruel como para hacer algo así con una persona de mi mismo sexo. Además, es usted el que debería haberse preocupado de no arruinar su vida, y pensarlo dos veces antes de dejarla embarazada.

—¡Maldita sea! ¡Yo no soy el padre de esa criatura! —Ian estalló con una rudeza muy poco propia de un caballero—. Muy bien, mire, piense lo que quiera, pero antes de escribir le aconsejo que tenga en cuenta a las personas que puede dañar con sus comentarios, como por ejemplo a Katherine, a quien usted describe como su amiga. Con su artículo ha conseguido humillarla públicamente.

—Ésa no era mi intención.

Ciertamente, antes de dar un paso tan drástico, Felicity había sopesado los puntos positivos y los negativos. Si el único motivo que podría haberse interpuesto en la felicidad de Katherine hubiera sido su extrema timidez, Felicity no habría dicho nada, ya que un esposo respetuoso probablemente habría sabido sortear ese defecto. Pero lord Saint Clair no podía ser un esposo considerado ni respetuoso; eso era imposible, si tenía una amante.

Además, también estaba en juego el hombre al que Katherine aseguraba querer. Lady Hastings había obligado a su hija a rechazar a un hombre porque éste pertenecía a una familia de rango inferior a ella. Conociendo a lady Hastings, eso quería decir que él era el hijo pequeño de un caballero o de un mercader. Katherine no había revelado su nombre, pero era evidente que aún lo adoraba. Sin embargo, su amiga no sería capaz de contradecir la voluntad de su madre negándose a aceptar a un pretendiente como lord Saint Clair.

Por eso necesitaba ayuda. Un empujón público, claro y directo, que tuviera por objetivo que su madre reaccionara. Y eso era precisamente lo que Felicity había hecho.

—No me arrepiento de ninguna de mis acciones —añadió ella con petulancia—. Katherine y sus padres tenían que saber qué clase de hombre es usted.

Ian le lanzó una mirada incrédula.

—¿Ah, sí? ¿Y qué clase de hombre soy? ¿Un hombre rico que goza de una buena posición social, un hombre que posee todo lo que una mujer desearía para ser feliz en el matrimonio? Cielo santo, confieso que tiene usted unas nociones ciertamente desconcertantes. ¿De verdad cree que Katherine apreciará su intromisión? ¿Quiere que su amiga se quede sola y soltera el resto de su vida? ¿Quiere privarla de una oportunidad de tener su propia casa, sus propios hijos?

El comentario logró que Felicity recapacitara y pensara en su propia situación.

—Muchas gracias por destacar el lúgubre destino que me aguarda a mí y a los que están en mi situación.

—Usted todavía es muy joven para comprender lo que supone quedarse soltera para toda la vida.

—Y usted no es una mujer, así que no puede comprenderlo —espetó ella, indignada—. Además, no debería dejarse engañar por las apariencias, milord. A pesar de mi pequeña estatura, tengo veintitrés años.

—No me diga —replicó él sarcásticamente, enarcando una ceja.

Era sorprendente cómo un simple movimiento como enarcar una ceja por parte de ese sujeto podía hacerla sentir como una niña de la misma edad que los trillizos. Felicity irguió la espalda para parecer más alta y notó una punzada de dolor en la parte baja de la columna.

—Posiblemente no sea «tan mayor» como usted, pero le aseguro que de algo me sirvió conocer a los aristocráticos amigotes de mi padre para ser más adulta. El matrimonio puede convertirse en un estado tan desagradable como quedarse toda la vida soltera, si una mujer tiene la desgracia de que su esposo sea un libertino despechado de mirada siniestra. Es posible que Katherine no me agradezca que la haya avisado públicamente, ¡pero algún día lo hará!

«Cielos, ahora sí que me he pasado de la raya», pensó Felicity, cuando él se abalanzó sobre ella y la agarró por los hombros. El halcón había decidido atacar a su presa.

—¡Maldita estúpida! ¡No sabe lo que hace! —bramó él.

El fallido intento de intimidarla no dio resultado, ya que el miedo momentáneo que asaltó a Felicity se transformó rápidamente en rabia. Ella forcejeó para zafarse de él y cuando lo consiguió corrió hacia la puerta.

—Sé exactamente lo que hago. A mi manera, plasmo la verdad en una columna. Quizá le cueste comprenderlo, puesto que usted recurre a la práctica del subterfugio, pero éste es mi trabajo, ¡e intento hacerlo con tanta honestidad como puedo! —Abrió la puerta con un ímpetu desmedido y teatral—. Y ahora adiós. Se acabó nuestra conversación.

Ian achicó los ojos como un par de rendijas.

—Ni lo sueñe. —Enfiló hacia la mesa y agarró el artículo—. No pienso irme hasta que escriba que se equivocó en lo referente a que adquirí una casa en Waltham Street para una mujer.

—¿Me está pidiendo que me retracte? —La idea le parecía disparatada. Felicity avanzó hasta la mesa y de un manotazo le arrebató la hoja de papel. Acto seguido la dobló por la mitad y se la guardó en el bolsillo del delantal—. ¡No pienso hacerlo! Primero porque no reniego de mis conclusiones, y segundo porque decir que usted no compró esa casa sería mentir, y a pesar de lo que usted crea, yo jamás miento en mi columna.

Ian sonrió inexorablemente.

—¿Y qué le parecería si hiciese pública la identidad de Lord X? ¿Qué pasaría entonces? ¿Seguiría siendo usted tan popular, si sus lectores descubrieran a la mujer con faldas que se oculta detrás de la fachada de un ingenioso caballero?

Eso era lo último que Felicity podía tolerar, que él la amenazara. Ignorando la punzada instintiva de miedo que sintió en el pecho, lo apuntó con un dedo acusador.

—¡Adelante, señor abusón! ¡Vamos, atrévase a desvelar mi identidad, y le aseguro que no dejaré de hurgar en su vida hasta arruinar su reputación por completo! Antes de que usted consiga convencer a la gente de que yo soy Lord X, y le aseguro que no será una tarea fácil, haré correr ríos de tinta sobre usted.

Ante la mirada fulminante que le propinó el vizconde, ella bajó la voz hasta convertirla en un susurro.

—Primero me plantaré delante de la puerta de Waltham Street donde vive su amante y no me moveré de allí hasta que esa mujer me cuente todas las confidencias inconfesables sobre la vida de lord Saint Clair. Luego buscaré información acerca de usted por los rincones más recónditos de Londres. De un modo u otro, le aseguro que no descansaré hasta descubrir exactamente por qué existen tantos sórdidos rumores vinculados a su persona. ¡Haré que no pueda casarse con nadie en esta ciudad!

Ian no se inmutó ante tales amenazas, pero Felicity tuvo la certeza de que había conseguido algo, al menos en parte, porque si los ojos fueran armas de fuego, a esas alturas ella yacería muerta en el suelo con todo el cuerpo acribillado de balas.

—Así que ambos estamos en una encrucijada —concluyó él con un tono gélido.

Felicity se estremeció. Quizá no había sido una buena idea combatir una amenaza con otra amenaza, especialmente cuando el hombre en cuestión la superaba con creces en poder y en riqueza. Tal y como su padre la había avisado más de una vez cuando ella deseaba rebelarse contra los patronos para los que él trabajaba: «Si quieres salvar la cabeza, no intentes combatir a bastonazos contra un cañón, hijita».

Deliberadamente, suavizó el tono al volver a hablar.

—Pues yo no lo considero una encrucijada; estoy segura de que las cosas seguirán como hasta ahora. Usted se olvidará enseguida de mi artículo, y yo olvidaré que hemos mantenido esta desagradable conversación. Me parece lo más justo.

—¿Le parece «justo» que usted haya aireado una historia escandalosa sobre mí sólo para influir en una de sus amigas a la hora de elegir esposo? Mire, quizá a usted le parezca «justo», si con ello logra dormir con la conciencia tranquila, pero ambos sabemos que lo que ha hecho es una lamentable manipulación.

—Dada su reputación, estoy segura de que usted entiende más de manipulaciones que yo. En este caso, interpreto mi intervención como un servicio que he prestado al sexo femenino. Y ahora si me disculpa, tengo mucho trabajo por hacer, así que adiós.

Ian irguió la espalda.

—Muy bien, señorita Taylor, me marcho. —Enfiló hacia la puerta, mas al pasar a su lado se detuvo, se inclinó hacia ella y bajó la voz hasta que ésta resonó como el temible gruñido de un lobo dispuesto a atacar—. Pero la aviso: como enemigo puedo ser muy peligroso. Si vuelvo a verla merodeando cerca de mi casa en Waltham Street, se arrepentirá del día en que cogió una pluma y decidió escribir injurias sobre mí.

Acto seguido, dio media vuelta y abandonó la habitación con paso airado.

Felicity no dijo nada, no se aventuró a soltar ningún comentario mordaz. Ahora que ese individuo se había ido, necesitó un buen rato para sobreponerse al miedo que se había apoderado de ella súbitamente. Porque a pesar de haberle plantado cara con tanta resolución, a pesar de su insistencia por autoconvencerse de que ese hombre sólo estaba fanfarroneando, temía que sus amenazas fueran ciertas.

Y lo último que necesitaba en esos momentos era un lord peligroso en su vida.

Capítulo cuatro

Sólo es necesario fijarnos en los matrimonios de conveniencia de la señorita Hinton con el señor Bartley y de lady Anne Bowes con el señor Jessup para entender por qué últimamente se ha incrementado el número de parejas enamoradas que se fugan para casarse en secreto. Cuando unos padres demuestran ser tan desdeñosos como para obligar a sus hijas a casarse con lores viejos porque los jóvenes decentes carecen de suficiente dinero para seducir a las mamás codiciosas, las parejas han de seguir los impulsos que les dicta su propio corazón y escapar hasta esa famosa localidad escocesa denominada Gretna Green, donde es posible casarse sin el consentimiento paterno.

The Evening Gazette, 8 de diciembre de 1820
LORD X

*I*an descendió la escalinata enmoquetada de la casa de la familia Taylor con el ceño fruncido, sumido en sus pensamientos. Había llegado la hora de cambiar de estrategia. Porque si la señorita Taylor pensaba que él había tirado la toalla, entonces no se trataba de una solterona con la lengua afilada y demasiado segura de sí misma, sino de una pobre loca.

Él jamás dejaba ningún cabo por atar, y la mojigata señorita Taylor era sin lugar a dudas uno de esos casos clínicos que exigía una actuación drástica. A juzgar por sus ridículos prejuicios contra los aristócratas, Ian dudaba que estuviera dispuesta a mantenerse al margen ante su inamovible intención de casarse con Katherine, especialmente si su amiga ignoraba sus avisos y finalmente accedía a casarse con él. Entonces, ¿qué haría la desquiciada señorita Taylor? ¿Acosar a la señorita Greenaway hasta que la mujer se lo contara todo? ¿O incluso se atrevería a hurgar en su pasado en Chesterley?

No, tenía que acabar con las inoportunas intromisiones de esa muchacha. ¿Pero cómo lograría cambiar la forma de pensar de una mujer que alegaba que exponer a los «libertinos despechados de mirada siniestra» era una causa encomiable? Lamentablemente, ella era demasiado inteligente como para poderla manipular. Se lo había demostrado cuando él intentó hacerle creer ese cuento absurdo de que la señorita Greenaway era la hermana de un soldado moribundo. Y las amenazas tampoco funcionaban. Esa descarada había tenido la osadía incluso de amenazarlo. ¡A él! A un hombre que había fulminado a soldados tres veces más corpulentos que ella.

Maldición. Ahora no tenía tiempo para esa clase de problemas. No podía dedicarse a combatir contra mujeres como la señorita Taylor. Se le acababa el tiempo: antes de dos años, tenía que casarse con una mujer y tener un hijo o perdería Chesterley por culpa de su detestable tío. Se negaba a permitir que eso sucediera, por más sandeces que Lord X escribiera.

Llegó al vestíbulo y se sintió defraudado al ver que los hermanos revoltosos de la señorita Taylor habían desaparecido de vista. Otra conversación con esos chiquillos que demostraban tener tantas ganas de contar cosas podría haber sido muy fructífera para sus fines. Bueno, quizá en otra ocasión; seguramente no le resultaría difícil.

Recogió el abrigo y el sombrero, y se dio la vuelta justo en el instante en que la señora Box aparecía en el vestíbulo. Ante sus ojos tenía a una persona que posiblemente podría proporcionarle información muy valiosa. Además, ella no sabía quién era él en realidad.

Al verlo, la anciana no pudo evitar sonreír burlonamente. Ian sabía el porqué. Su típica arrogancia masculina no le había permitido darse cuenta antes de que Lord X era una mujer, y sin embargo él debería de haberse fijado en el estilo de escritura femenino y la propensión a hablar sobre problemas de las mujeres en los contenidos de esas columnas. Ahora estaba pagando por su falta de visión.

—¿Ya ha hablado con el «señor»? —preguntó el ama de llaves, sus pupilas clavándose en las suyas.

—Ya sabe la respuesta, señora Box. —Ian contestó con un tono tanto burlón como de reproche—. Usted me ha engañado con una gran maestría.

Las mejillas arrugadas de la mujer se sonrosaron.

—He sido un poco mala, lo admito. Pero le aseguro que la tarea de correr detrás de esos tres diablillos, los tremendos Taylor, como yo los llamo, me ha convertido en una persona tan traviesa como ellos en mi vejez.

—¿Vejez? —repitió él lisonjeramente—. Pero si usted no puede tener más de cuarenta años.

Ella movió el dedo índice para reprenderlo.

—Vamos, señor Lennard, no me tome el pelo. Aunque he de admitir que es usted un adulador como hay pocos.

—Sólo con las damas hermosas. ¿Y cómo podría resistirme, cuando esta casa está llena de ellas?

La sonrisa burlona se desvaneció de los labios de la señora Box.

—Espero que no se haya atrevido a adular a la señorita. Eso es algo que ella no soporta. Solía reprender al señor Winston precisamente por eso, por las barbaridades que ese tipo soltaba.

—Ya lo suponía —dijo Ian con sequedad—. Ya me he dado cuenta de que su especialidad consiste en reprender a los hombres.

—Pero siempre con razón, claro, con los hombres que intentan sobrepasarse con ella. —La anciana lo miró con recelo—. No habrá hecho nada por el estilo, espero.

Ian deseó que su expresión de ultraje resultara convincente.

—¡Señora Box! ¡Por el amor de Dios! ¿Por quién me toma? Soy un caballero. ¡Jamás trataría irrespetuosamente a una dama!

Aunque eso era precisamente lo que deseaba. Oh, sí. Porque aunada a la casi irrefrenable necesidad de querer estrangular a la señorita Taylor, también había sentido una atracción hacia ella casi igual de incontrolable. A pesar de todas sus ideas tan absurdas, esa fémina sabía cómo conseguir que un hombre la deseara sin mover ni un dedo. Sin lugar a dudas, era su melena despeinada, con ese aspecto como si acabara de hacer el amor. Y esos labios carnosos y vibrantes que parecían pedir a gritos que alguien los besara...

Maldición. Dadas las circunstancias, esos pensamientos no eran los más convenientes. Ian se obligó a centrarse en su objetivo, y mientras se ponía el abrigo lentamente, se atrevió a preguntar:

—¿Alguna vez el señor Winston se ha excedido verbalmente con ella?

—Esa alimaña hizo algo peor: un día la acorraló contra una pared e intentó manosearla.

Ian sintió unas repentinas y poderosas ganas de agarrar a ese imbécil por el gaznate. Se dijo a sí mismo que estaba meramente reaccionando ante el desagradable pensamiento de imaginar a una joven acosada por un hombre en su propia casa. No tenía nada que ver con la señorita Taylor en particular.

—¿Y cómo reaccionó ella?

—Oh, la señorita sabe cómo defenderse, se lo aseguro. Le propinó una buena patada allí donde más duele, y luego lo amenazó con que si volvía a intentarlo, lo arrastraría por las escaleras hasta echarlo de la casa a patadas. Desde entonces, ese tipo jamás ha vuelto a hacer tonterías.

Ian sonrió socarronamente. Debería haber imaginado que la señorita Taylor no reaccionaría como la típica mujer. Desde el momento en que posó en él esos letales ojos verdes y le mostró el lado más afilado de su lengua, él se dio cuenta de que esa muchacha no era como las demás.

—Así que a ella no le gusta el señor Winston —rumió él en voz alta—. ¿Tiene algún pretendiente? ¿O está prometida?

—Eso sería ideal. Podría arruinar sus planes de boda de la misma forma que ella estaba intentando arruinar los suyos.

La señora Box lo miró con cara de complicidad.

—No, no está prometida, y tampoco tiene demasiados pretendientes, que digamos. Pero yo creo que eso es porque aún no ha encontrado al hombre adecuado, ¿comprende lo que quiero decir?

Cuando la anciana sonrió con picardía y le guiñó el ojo, Ian comprendió que ella había malinterpretado la intención de sus preguntas, y tuvo que contenerse para no echarse a reír. Aún podría sacar partido de esa confusión. Se inclinó hacia el ama de llaves con un aire de confidencialidad.

—Le contaré un secreto, señora Box. Estoy intrigado por su señora, aun cuando ella me odia.

La señora Box arrugó el labio superior y esgrimió una mueca de incredulidad.

—Eso no es posible. Ella no puede odiar a un tipo tan agradable como usted. Lo que ha de hacer es no desistir en el intento, ¿me ha oído? Ya sé que a veces ella parece tener un corazón de hielo, pero eso es porque...

El ruido seco de un portazo en el piso superior interrumpió las confesiones de la anciana. Él y la señora Box alzaron la vista y descubrieron a la señorita Taylor de pie, en la puerta del despacho, que los miraba con evidentes muestras de indignación.

—Señora Box, ¿puede subir un momento, por favor? Necesito hablar con usted. —La mirada fulminante que le lanzó al vizconde seguramente habría sido suficiente para derretir la nieve que caía en la calle—. ¡Y en cuanto a usted, lord Saint Clair, si no se marcha de esta casa inmediatamente y deja de molestar a mis criados ahora mismo, haré que mi lacayo lo eche a patadas!

—Ya se lo dije, me odia —se lamentó él dirigiéndose a una boquiabierta señora Box. Acto seguido, le propinó a la señorita Taylor una sonrisa maliciosa—. No veo qué daño puede causar que hable un poco con sus criados, después de que usted haya interrogado a mis amigos.

—¡Joseph! —vociferó ella, como dando a entender que pensaba cumplir su estúpida amenaza.

Aunque Ian podría derribar a cualquiera de esos lacayos incluso con las manos atadas a la espalda, ya había dicho lo que quería. Ya interrogaría a la señora Box en otro momento más oportuno.

Se llevó la mano al sombrero y se inclinó en señal de saludo.

—No hace falta que moleste a su lacayo; ahora me marcho. —Luego miró a la señora Box y agregó—: No se preocupe, ya continuaremos con nuestra interesante conversación en otra ocasión.

El eco de la amenaza airada que le lanzó la señorita Taylor de que lo acribillaría a balazos si se atrevía a hablar con alguno de sus criados de nuevo lo persiguió hasta la puerta principal. Ian sonrió burlonamente para sí mismo. Así que doña perfecta no era tan insensible a las amenazas como pretendía, ¿verdad? Bueno, esa pequeña bruja pronto descubriría las consecuencias de importunar al vizconde de Saint Clair. Todas las mujeres tenían sus puntos débiles y él pensaba averiguar cuáles eran los de la señorita Taylor, aunque para ello tuviera que sobornar a todos sus criados.

Descendió las escaleras hasta la calle sintiéndose más animado. Hizo una señal a su cochero, quien se había quedado esperándolo con el carruaje un poco más abajo en esa misma calle, se detuvo unos instantes al final de las escaleras para aspirar el aire helado y desprenderse de la sofocante sensación que emanaba de la casa de los Taylor y de su dueña y señora. La nieve confería un aspecto invernal a la calle anegada de barro. En esos momentos el suelo estaba prácticamente cubierto por un fino manto blanco, pero pronto la nieve se convertiría en una peligrosa capa de hielo que haría imposible que ningún hombre en su sano juicio se atreviera a deambular por la ciudad.

Al imaginar la transformación de la nieve en hielo pensó en la señorita Taylor: pura, blanca e inocente a primera vista. Pero el hielo era hielo, tanto bajo la apariencia de unos copos de nieve ligeros como una pluma o en forma de una peligrosa capa sólida y prensada, y la única manera de deshacer esa capa era sometiéndola al calor de las llamas o sumergiéndola en el agua inofensiva. Pues bien, él deseaba someter a la señorita Taylor al calor del fuego. Muy pronto la tendría garabateando una retracción por escrito.

Pero primero tenía asuntos más importantes que tratar. Empezaba a oscurecer y aumentaba el espesor de la capa de nieve. Ian había sido invitado —junto con Katherine y sus padres— a pasar unos días en la casa de campo de lady Worthing, la hermana de Jordan. Habían acordado desplazarse hasta allí esa misma tarde en su carruaje y tenían que hacerlo antes de que las carreteras quedaran bloqueadas a causa de la nieve, por lo que lo más indicado era partir de inmediato. Apenas le quedaba tiempo para pasar por su casa, recoger el equipaje y cambiarse de ropa antes de ir a recoger a la familia Hastings.

Con sólo imaginar que tenía que pasar dos horas en un carruaje con esa familia se puso nuevamente de mal humor. Probablemente a esas alturas todos ellos habrían leído esa maldita columna. No podría hablar con Katherine en privado, y aunque pudiera, tampoco estaba seguro de qué le diría. Sin embargo, tenía que decirle algo, aunque sólo fuera para forzarla a tomar una decisión. Estaba harto de buscar esposa. Y sólo le quedaban dos años para tener un heredero. Su primer hijo quizá fuera una niña, o tal vez tendrían que pasar bastantes meses antes de que Katherine se quedara embarazada.

El cochero detuvo el carruaje delante de él, Ian entró y le ordenó al cochero que se pusiera en marcha de inmediato. Mientras se alejaban de la casa de los Taylor, él miró hacia la ventana del piso superior, la que correspondía al despacho de la señorita Taylor, pero no vio ninguna señal de ella. Probablemente esa pequeña bruja se había marchado a encerar su escoba voladora y a añadir unos cuantos sapos más a la pócima que estaba preparando en una gran marmita.

Se la imaginó inclinada sobre un caldero humeante, mostrando prominentemente ese trasero tan atractivo capaz de conseguir que a cualquier hombre se le hiciera la boca agua, deseando acariciar ese suave...

¡Maldición! Ya estaba de nuevo con pensamientos lascivos respecto a esa mujer, como el libertino de poca monta que ella pensaba que era. Tendría que poner freno a esa clase de pensamientos. Esa fémina únicamente traía conflictos, simple y llanamente, y su atractivo físico sólo conseguía hacerla más conflictiva.

Lo más adecuado era concentrarse únicamente en su prometida, mil veces menos problemática; esa mujer a la que la señorita Taylor parecía dispuesta a desalentar y a apartarla de su lado. Necesitaba inventar alguna explicación sobre el artículo con la que pudiera convencer a Katherine de su intención de serle absolutamente fiel.

Suspiró. La ironía del caso era que eso era exactamente lo que se proponía. Jamás había estado a favor de la infidelidad. Su padre, aunque tenía un montón de defectos, jamás le fue infiel a su madre; Ian admiraba esa virtud. A Ian le molestaban los caballeros que se jactaban de defender ideas «sofisticadas» en cuanto al matrimonio; los consideraba unos tipos deleznables, superficiales, y preocupados únicamente de sus propios placeres. Pero convencer a Katherine de ello le resultaría difícil. ¿Cómo iba a conseguir que ella creyera en su palabra, en vez de al famoso Lord X, cuando siempre se mostraba tan recatada con él?

Cuando llegó a la casa de los Hastings una hora más tarde, aún no había decidido qué le diría a Katherine, y eso lo irritó aún más. Así que cuando el mayordomo lo condujo hasta la salita, Ian estaba de un pésimo humor. Después de que el criado anunciara su presencia, Ian todavía aumentó su mal humor al presenciar la escena que se abría ante su vista.

En la salita decorada con una distinguida elegancia, la normalmente altiva lady Hastings se hallaba encaramada al apoyabrazos de un sillón de color lavanda como una ardilla sobre una rama, con la cabeza erecta y los ojos inquietos, mirando en todas direcciones, como si quisiera advertir el peligro que la acechaba. Sir Richard, que apenas podía caminar, se había puesto de pie con un enorme esfuerzo y avanzaba por la exquisita alfombra Aubusson con la ayuda de un bastón hacia una mesita rinconera que exhibía una destacable selección de botellas de brandy.

¿Dónde estaba Katherine? ¿Por qué no formaba parte de esa extraña reunión familiar?

—¡Lord Saint Clair! —exclamó lady Hastings tan pronto como Ian entró en la sala—. ¡Adelante, pase! ¿Le apetece una taza de té? —Alzó una campanilla de plata y la hizo sonar repetidamente, hasta que el tintineo resonó en toda la salita como un estridente coro de ópera.

—¡Ya basta, Agnes! —le ordenó su esposo—. ¡Por el amor de Dios! ¿Quieres dejar de una vez esa maldita campana? ¡No es cuestión de ponernos a tomar el té en un momento como éste!

Lady Hastings esbozó una mueca de consternación al tiempo que con grandes aspavientos daba unas palmaditas en un asiento cercano con una energía nada normal en ella.

—¡Claro que tomaremos té! No le haga caso, lord Saint Clair; venga y siéntese aquí a mi lado.

Había algo que no marchaba bien; cualquiera se habría dado cuenta.

—¿Qué sucede? —preguntó Ian a sir Richard, sin hacer caso a su esposa.

—No pasa nada —proclamó lady Hastings mientras fulminaba a su marido con la mirada—. Ahora no es el momento de hablar de eso, Richard.

—De nada sirve fingir —replicó su esposo al tiempo que llegaba a la mesita rinconera—. Mis hombres no han podido hallar ni rastro de ellos. Si no fuera por estas piernas, yo mismo habría ido, pero... —Hizo una pausa y se sirvió una generosa cantidad de brandy en un vaso.

—No deberías beber alcohol —lo amonestó ella al tiempo que se incorporaba y caminaba hacia su esposo.

El comportamiento de esa pareja estaba acabando con la paciencia de Ian.

—¿Que no hay rastro de quién?

—De mi hija —declaró sir Richard. Su esposa soltó un agudo gemido, pero él se adelantó a cualquier otra muestra de protesta—. Tiene derecho a saber la verdad, Agnes. —Miró a Ian fijamente a los ojos—. Usted se había declarado a nuestra hija, pero ella no le había dado ninguna respuesta, ¿no es así?

Ian notó una desapacible sensación en el estómago.

—Así es.

¿Había huido para no tener que volver a verlo? ¿Tanto le había afectado la noticia de ese maldito artículo?

Sir Richard se llevó el vaso de brandy a la boca, pero su esposa se lo apartó antes de que pudiera tomar un sorbo, por lo que él la miró con evidentes muestras de enfado. Luego volvió a fijar la vista en Ian.

—Me temo, lord Saint Clair, que nuestra hija se ha escapado; se ha fugado... con otro hombre.

¿Fugado? ¿La tímida Katherine que se sobresaltaba cada vez que él intentaba hablar con ella? Ian no pudo contener un acceso de ira.

¡No, no y mil veces no! ¡Maldición! ¡Otra vez no! Lo mismo le había pasado el año anterior con Sophie, la hija de lord Nesfield, que se fugó con un abogado. ¿Pero qué les pasaba a las jóvenes esos días, que mostraban esa tendencia a huir para casarse en secreto con hombres sin el consentimiento de sus padres?

¡Seguramente, él tenía la peor suerte del mundo! A pesar de sus esfuerzos por elegir a mujeres sosas y razonables, únicamente encontraba a aquellas cuya naturaleza tranquila enmascaraba unas pasiones desenfrenadas. La pasión jamás había formado parte de sus declaraciones de amor, pero claro, él había supuesto que una mujer sensata no querría esa clase de emociones fugaces. Sin embargo, ahora se daba cuenta de que estaba totalmente equivocado. Maldición.

—¿Con quién se ha fugado? —preguntó Ian.

Sir Richard le arrebató el vaso de brandy a su esposa y vació su contenido de un solo trago. Se secó la boca con la palma de la mano antes de contestar.

—Con nuestro administrador, el señor Gerard.

Con el administrador de los Hastings. Katherine había huido con un hombre al que probablemente conocía desde hacía bastante tiempo. De repente Ian tuvo una corazonada.

—¿Había tenido Katherine alguna aventura con su administrador, señor?

—Sí —contestó sir Richard en el mismo momento en que su esposa exclamaba—: ¡No!

—¿Sí o no? —inquirió él en un tono frígido.

Sir Richard fulminó a su esposa con la mirada.

—¿Por qué no se lo cuentas, querida? No creo que te guste lo que yo tengo que decir al respecto.

Ella le lanzó una mirada furibunda, y acto seguido se encaró a Ian dándose la vuelta con tanto ímpetu que el ruido de su falda de muselina resonó en toda la sala.

—Verá, lord Saint Clair, mi hija se enamoró del señor Gerard hace bastantes años. —Miró a su esposo enarcando una ceja—. Le dije a mi marido que despidiera a ese hombre, pero él alegó que no iba a pasar nada entre ellos dos. Cuando yo insistía, él solía contestar: «Sólo se trata de una fantasía infantil; Katherine no hará nunca nada malo. No quiero tener que sacrificar a un buen administrador por semejante tontería».

En otras circunstancias, Ian se habría reído ante la inesperada habilidad por parte de lady Hastings para imitar a su esposo. Pero en esos momentos no estaba de humor.

—Siga.

—Richard pensaba que ella lo superaría, pero no fue así. Entonces, el año pasado, ese sujeto tuvo la desfachatez de pedir su mano. Nuestra respuesta fue un no tajante, como podrá suponer, por unos motivos más que obvios: el señor Gerard no cumplía los requisitos necesarios ni de posición social ni de fortuna.

—Necesarios para ti —la corrigió su esposo.

Lady Hastings irguió la espalda.

—Mira, Richard, no puedes recriminarme eso; sabes perfectamente que tenía razón al insistir en esas cuestiones. Y tú deberías haber despedido a ese tipo en el momento en que nos confesó sus sentimientos.

Su marido se apoyó en la mesita rinconera.

—Pensaba que era un hombre honrado. Además, temía que si lo despedía él decidiera fugarse con esa cabeza de chorlito por despecho y que, en cambio, si continuaba trabajando bajo mis órdenes, no se atrevería a arriesgar su posición. Tanto él como nuestra querida hija parecieron aceptar la situación. —Miró a Ian como si quisiera implorarle que lo creyera—. Lord Saint Clair, cuando apareció y Katherine accedió a festejar formalmente con usted, supuse que había dejado atrás todas esas fantasías infantiles. —Sir Richard centró la atención en su esposa por unos momentos—. No sabía que ella no estaba contenta con el cortejo.

Ian no tuvo que preguntarle a ese hombre lo que quería decir. Por lo visto, había subestimado el temor que Katherine mostraba hacia él.

Su esposa alzó la mano y la movió ligeramente como si pretendiera borrar las palabras de su marido.

—Mi esposo no sabe lo que dice. Katherine estaba muy contenta hasta que...

Lady Hastings hizo una pausa, Ian notó una angustiosa sensación de ahogo en el pecho. Empezaba a comprender la situación.

—Hasta que ese odioso artículo apareció publicado en el diario —continuó la dama, mientras se le encendían las mejillas de pudor—. Ya sé que a los hombres jóvenes les gusta divertirse, pero de verdad, lord Saint Clair, ¿no podría haber sido un poco más discreto? Cuando el señor Gerard leyó la columna, no perdió ni un instante en venir a vernos y echarnos en cara que íbamos a casar a «su angelito» con un mujeriego ruin incapaz de apreciarla.

Ian soltó un bufido. Sabía que ese artículo le traería únicamente problemas. ¡Maldita fuera esa embrolladora, la bruja de la señorita Taylor!

Lady Hastings suspiró.

—Por supuesto, yo le dije que se ocupara de sus asuntos, y Richard lo despidió —en mi opinión, demasiado tarde—. Pero todo fue en vano. Mi adorable niñita obediente se quedó impresionada ante su galantería. Huyó con él al día siguiente.

Ian se la quedó mirando con la boca abierta.

—¿Hace tantos días? ¿Y no me han dicho nada hasta ahora? ¿Ni siquiera han tenido la cortesía de notificármelo por escrito? Una breve nota, no sé, algo como: «Apreciado lord Saint Clair: Nuestra hija se ha fugado con el administrador, lamentamos mucho todos los inconvenientes que esta noticia le pueda causar». ¡Con eso habría bastado!

Lady Hastings dio un respingo y abrió la boca con la intención de reprender al vizconde por su inesperada reacción furibunda, pero su esposo se apresuró a intervenir.

—Está en todo su derecho a sentirse enojado, Saint Clair. Yo intenté decírselo en el momento en que sucedió, pero Agnes tenía la esperanza de que mi hombre de confianza encontrase a Katherine antes de que llegara a Escocia. Ahora he perdido la esperanza, puesto que mi asistente nos ha enviado una nota comunicándonos que ha perdido el rastro de la pareja. Me temo que mi hija y el señor Gerard se casarán antes de que volvamos a verlos.

En la sala reinaba ahora una sorda quietud, únicamente quebrada por el chisporroteo del fuego en la chimenea y el sordo traqueteo de los cascos de los caballos fuera en la calle.

—Entonces supongo que no hay nada más que hablar —concluyó Ian.

—Así es. Le agradezco que se muestre tan comprensivo.

Ian asintió con la cabeza. Lentamente, empezaba a digerir la idea de que se había quitado un enorme peso de encima, librándose de la insípida Katherine. Una parte de él odiaba el hecho de que todos sus planes se hubieran venido abajo, pero otra parte se sentía aliviado de haber podido escapar de ese futuro tan gris que lo aguardaba al lado de esa muchacha.

—Me temo que no iremos a casa de los Worthing tal y como habíamos planeado —añadió sir Richard—. Por favor, presénteles nuestras más sinceras disculpas.

—Por supuesto. —Ian se quedó callado unos instantes, y después dijo con una absoluta honestidad—: les deseo lo mejor con su nuevo yerno. No les molestaré más con ningún asunto concerniente a su hija.

Ésa era otra de las ventajas del desastre: Ian no tendría que soportar la hipocresía de lady Hastings nunca más. Se dirigió hacia la puerta, pero lady Hastings intentó detenerlo.

—¡Un momento! Suponga por un instante que Richard se equivoca, que logramos recuperar a nuestra hija, casta y pura. Quizá entonces...

—Lady Hastings —la interrumpió Ian al tiempo que se daba la vuelta, sus pupilas clavándose en las de la dama—. No quiero una esposa que está enamorada de otro hombre, por más casta que sea.

Las mejillas de la dama volvieron a sonrojarse.

—¡Y, sin embargo, usted ha tenido la desfachatez de cortejar a mi hija mientras olía a la ramera de su amante!

—¡Agnes! —exclamó su marido consternado.

Ian miró con hostilidad a la impúdica mujer.

—Si yo estuviera en su lugar, lady Hastings, tendría más cuidado a la hora de creer todo lo que escribe Lord X, especialmente dadas las circunstancias. Los españoles tienen un refrán que dice: «quien critica, intereses o envidia esconde», y es evidente que Lord X no muestra ningún respeto por nadie.

Acto seguido, y sin mediar ni una palabra más, abandonó la casa de los Hastings.

Capítulo cinco

Se espera que una multitud asista al primer baile festivo de Navidad que el conde de Worthing y su esposa ofrecerán en el condado de Kent. Promete ser el evento más memorable de la temporada de fiestas, si la nieve lo permite y las carreteras están transitables. Además, será una buena ocasión para aquellas mentes curiosas que deseen contemplar el diseño póstumo que el fallecido señor Algernon Taylor llevó a cabo en la casa solariega que el matrimonio Worthing adquirió hace escasamente un año.

The Evening Gazette, 9 de diciembre de 1820
Lord X

*F*elicity alzó la vista cuando la señora Box entró en su cuarto, con el pelo blanco coronando su cara sonrosada como una bola de nata. El ama de llaves portaba un cuadro debajo de un brazo, y con el otro sostenía unas enaguas dobladas recién planchadas.

—¡Gracias a Dios que se han secado! —exclamó Felicity, al tiempo que agarraba las enaguas.

—¡Cielo santo! ¡Pero si todavía no tiene preparado el equipaje! —La señora Box depositó el cuadro en el suelo y miró con cara de preocupación el arcón medio lleno emplazado a los pies de la cama de Felicity—. ¡Ya debería estar en camino! ¡Debería haberse marchado ayer por la noche. Es una descortesía, llegar a la casa de los Worthing un día después del esperado.

—Peor habría quedado si hubiera recorrido a pie las carreteras cubiertas de nieve a media noche. —Felicity guardó las enaguas en el arcón. ¿Se las apañaría con sólo dos? Bueno, tendría que hacerlo, no le quedaba más remedio. Igual que se veía obligada a continuar despilfarrando el dinero que tanto le costaba ganar en trajes vistosos y en joyas de imitación. Las damas de la alta sociedad no la invitarían a esas maravillosas fiestas si ella no fuera «la adorable hija de Algernon» sino «la pobre señorita Taylor, completamente arruinada». Entonces, ¿cómo se las apañaría para obtener el material con el que ilustraba sus artículos?

Sin embargo, sabía que el hecho de llegar tarde a una recepción tampoco le ayudaría a mejorar su reputación. Al recordar quién había sido el causante de que no hubiera podido partir la noche anterior se puso de mal humor.

—Si quiere echarle la culpa a alguien, desahóguese con ese detestable lord Saint Clair. Gracias a él, ayer por la noche tuve que desplazarme hasta la sede del diario para deslizar mi artículo por debajo de la puerta. Cuando regresé a casa, la capa de nieve en la calle era tan gruesa que no me atreví a viajar, especialmente sola en la oscuridad. Se lo aseguro, si alguna vez vuelvo a ver a ese hombre...

—Cuidado, querida; es posible que los Worthing también lo hayan invitado a la fiesta.

Felicity esbozó una mueca de fastidio.

—Por favor, Dios, no lo permitas, bajo ninguna circunstancia; no envíes a ese sujeto tan arrogante a la fiesta de los Worthing, o no respondo de mis acciones.

La señora Box ignoró la petición que Felicity acababa de postular a Dios.

—Aún no me lo puedo creer. El vizconde de Saint Clair en persona, haciéndose pasar por un empleado de *The Gazzette*. ¡Y usted regañándolo como si fuera un niño pequeño! No creo que eso fuera una idea acertada, querida.

—¿Cómo que no? —exclamó Felicity—. ¡Me importa un bledo si ese tipo es vizconde o no! ¡Y aunque fuera un duque! Ese hombre se merecía un buen rapapolvo. Se comportó del modo más despótico y engañoso que uno pueda llegarse a imaginar. Ese hijo de...

—Y ahí tenemos otro problema: debería vigilar más ese lenguaje tan insolente; me parece que adquirió demasiados malos hábitos de su padre, que en paz descanse. Esas damas en la mansión de los Worthing no le dirigirán la palabra si ven que despotrica como una verdulera. —La criada la miró con ternura—. Además, a mí me gustó el vizconde, con su imponente figura, alto y fornido, y esos músculos... Que Dios me perdone, pero por unos momentos deseé tener treinta años menos. El vizconde no se asemeja en absoluto a los caballeros que su padre solía traer a esta casa. Esos hombres no eran nada guapos. En cambio, el vizconde es atractivo, incluso con esa tez tan morena.

—¡Atractivo! —exclamó Felicity, intentando no pensar en que ella también había pensado que esa mirada tan confiada y ese pelo oscuro le conferían un aspecto terriblemente seductor—. Si a usted le gustan los hombres abusones y arrogantes, supongo que entonces tiene razón en encontrarlo atractivo. El vizconde me dejó claro que creía ser mejor que yo sólo porque soy una mujer. Por eso tuve que ponerlo a raya; estoy segura de que no volverá a molestarme.

—¡Qué pena! No le haría daño a nadie, que se casara con un vizconde.

—¡Pero qué tonterías dice! Sabe perfectamente bien que ese tipo jamás se casaría con una mujer de baja extracción. Y aunque lo hiciera, ¿debería yo aceptar a cualquier hombre razonablemente atractivo que osara poner sus pies en esta casa? ¡Tiene una amante, por el amor de Dios! ¡Jamás podría mantenerme impasible respecto a esa cuestión!

—No esté tan segura de que no podría hacerlo, tratándose de un joven de tan buena posición social. Además es rico, ¿verdad?

—Seguramente sí, porque si no, no podría mantener a su amante. —Le pareció que su criada la miraba con escepticismo, y añadió tercamente—: No me importa si tiene una maldita fortuna o no. Lo que sí que tiene son muchos defectos.

La señora Box dobló un traje de baile y lo colocó en el arcón. Felicity lo sacó. La señora Box apretó los labios con desaprobación y volvió a depositar el traje en el arcón debajo de otras prendas de ropa.

—Querida, una fortuna puede contrarrestar un sinfín de defectos que un hombre pueda tener, especialmente cuando su cara y su cuerpo no tienen ni un solo defecto, si quiere saber mi opinión...

—No me interesa su opinión —espetó ella, aunque decidió dejar de pelearse con la señora Box en cuanto a la elección del vestido para el baile. Sabía que si lo sacaba del arcón, la anciana volvería a colocarlo cuando ella le diera la espalda.

—Me limito a remarcar que pronto no tendremos más remedio que vender los escasos objetos de plata que quedan en la casa para poderles comprar pantalones a los niños. Y hablando de esa cuestión, creo que deberíamos vender esto.

El ama de llaves señaló el cuadro que había depositado en el suelo hacía un rato.

—No, ese cuadro no —terció Felicity, al ver el objeto.

—Pues me parece que podríamos conseguir bastante dinero —insistió la señora Box.

Probablemente la anciana tenía razón, a pesar de que el pintor no fuera conocido. Sin embargo, Felicity no soportaba la idea de desprenderse del cuadro favorito de su padre. Entre unas gruesas pinceladas en las que predominaban los tonos dorados y escarlatas, se podía ver a un sultán en su harén. Su padre había alegado que la obra le gustaba por los colores y las líneas sinuosas, pero ella sospechaba que lo que realmente le atraía eran esas mujeres tan ligeras de ropa.

Aunque le costara mucho, Felicity tenía que admitir que también era su cuadro favorito. Odiaba admitirlo, pero le gustaba el sultán vestido con tan poca ropa. Era tan diferente a los hombres ingleses, moreno, bello y arrogante...

«¡Santo cielo! ¡Pero si es la viva imagen de lord Saint Clair!», —pensó Felicity al tiempo que soltaba un bufido. Ahora comprendía por qué había encontrado al vizconde tan fascinante el día anterior. Quizá sí que sería una buena idea vender ese cuadro...

—Consideraré su consejo —le contestó.

—Creo que tendrá que hacer algo más que eso. Esta semana apenas le queda dinero, ni siquiera para las propinas que tendrá que darles a los criados de los Worthing.

Felicity apretó los dientes.

—No pienso darles nada. —Cuando la mueca de la señora Box expresó tanto el horror como su absoluta desaprobación, Felicity añadió—: No volveré a pisar esa casa jamás, así que ¿qué me importa si los criados me critican cuando me marche sin haberles dado ni un miserable céntimo?

La anciana soltó un suspiro exasperado.

—Hijita, no puede seguir así. Si en casa de los Worthing se sintiera atraída por algún joven...

—Sí, claro, un caballero encantador con el que casarme. ¿Es ésa la única solución que me propone? Sabe que ya lo he intentado, pero ningún hombre con decoro aceptaría esposarse con una mujer que no tiene dinero y que además va acompañada de cuatro hermanos a los que hay que mantener, y los que no tienen decoro son... bueno... esos son inaceptables.

—Querrá decir que son inaceptables según su elevado grado de exigencia —remachó la señora Box alzando la barbilla con insolencia.

—¿Y cuál debería ser mi grado de exigencia? A mí me tocará vivir con ese tipo, acostarme con él... y no a usted ni a los chicos. —Si se enamorase de alguien, quizá... Pero no, los hombres no se casaban con mujeres como ella por amor. Se desposaban con mujeres sorprendentemente bellas o con flores delicadas o con muñequitas de porcelana, no con una solterona con la lengua tan afilada como la suya.

«Tampoco es que quiera casarme», se dijo a sí misma malhumoradamente.

—Existen muy pocas cosas que no sacrificaría por mi familia, y mi felicidad es una de ellas. Mientras el señor Pilkington continúe pagándome con regularidad y no se entrometa en la redacción de mis artículos, seguiré escribiendo la columna para el periódico y ganando lo que pueda.

—¡Qué pena! Ese dinero apenas es suficiente para subsanar todas las deudas que había contraído su padre. Sus acreedores están empezando a dudar de mi palabra, cuando les aseguro que su padre le dejó una sustanciosa fortuna. ¿Cuánto tiempo cree que continuarán creyendo ese cuento chino?

La señora Box se había inventado una mentira muy conveniente sobre la herencia del señor Taylor después de que ella y su señora descubrieran que únicamente disponían de una precaria renta de cien libras anuales, un viejo carruaje, y una montaña de deudas. Por supuesto, puesto que James era el primogénito, había heredado la casa y sería suya hasta que pasara a su primogénito —si alguna vez tenía hijos—. Pero la casa estaba totalmente hipotecada. Hasta ese momento la mentira de la señora Box había mantenido a los acreedores a distancia, pero ¿hasta cuándo funcionaría? Aunque si la alternativa era casarse por dinero...

—Cuando esos tipos sin escrúpulos se den cuenta de que estamos sin un céntimo, sabe perfectamente bien que se nos echarán encima como hienas, y la obligarán a declararse en bancarrota —continuó la señora Box—. Su hermano perderá la casa que su pobre padre diseñó con tanto amor.

Cansada de escuchar esa vieja historia, Felicity cerró el arcón con una fuerza descomedida.

—Si eso sucede, los chicos y yo montaremos un circo.

—Hablo en serio, señorita. Debería empezar a pensar en el futuro.

¿Qué futuro? Ella no tenía futuro, y ambas lo sabían, a pesar de que Felicity no estuviera preparada para admitirlo.

—Se me ocurre una idea —dijo Felicity con la cara iluminada—. Según los rumores, lord Worthing había sido corsario. Mientras esté en su mansión, le pediré que redacte una carta de recomendación para sus amigos forajidos. Los chicos serían unos buenos piratas, ¿no cree? Pavoneándose con esos magníficos sables en la cintura y encaramándose al mástil con la agilidad de un mono y...

—Que Dios la perdone. La Marina inglesa seguramente no permitiría esa barbaridad. —La señora Box cruzó los brazos sobre su amplio pecho—. Lo que debería preguntarle a lord Worthing es si alguno de sus amigos necesita una esposa.

—¿Se refiere a sus amigos piratas? —Cuando la señora Box la reprendió con la mirada, Felicity añadió impíamente—: La verdad es que no me importaría casarme con un pirata, siempre y cuando se bañe con regularidad y mantenga su pata de palo tan brillante como los chorros del oro. O a lo mejor podría encontrar uno con un parche en el ojo...

—¡Ya he oído suficientes tonterías por hoy! —gruñó la señora Box—. Mire, lo único que digo es que si lord Worthing y su esposa la aprecian lo suficiente como para invitarla a una fiesta en su casa...

—Sólo me han invitado porque papá diseñó su casa, y quieren que la vea ahora que está terminada.

La invitación la había pillado totalmente por sorpresa, ya que apenas conocía a lady Worthing, y no sabía nada de su esposo excepto los rumores que circulaban sobre él.

—Sigo insistiendo en que debería sacar el máximo partido de la ocasión.

—Oh, no se preocupe, lo haré, especialmente en el baile de esta noche. Estoy segura de que me enteraré de suficientes escándalos como para llenar muchas páginas. Ya lo verá, cuando escriba mi próxima columna...

—Usted y sus escándalos y cotilleos. Como si eso fuera suficiente para mantenerla hasta que envejezca. —La señora Box emitió un sonoro chasquido de desaprobación con la lengua, luego recogió el cuadro y abandonó el cuarto con aire indignado, no sin antes culminar su sermón con unas frases de reproche—: Muy bien, no haga caso de la anciana que la ha cuidado toda la vida desde que nació, pero después no me venga llorando cuando se acabe el dinero. Ordenaré a Joseph que suba a recoger el arcón. El carruaje «de alquiler» la está esperando delante de la puerta principal.

El ama de llaves desapareció agitando airosamente las faldas mientras murmuraba:

—Que Dios se apiade de todos nosotros. Jamás imaginé que llegaría a ver el día en que la familia Taylor tendría que alquilar un carruaje porque no puede mantener uno.

Felicity esbozó una mueca de fastidio. La señora Box sabía cómo conseguir que se sintiera mal. Pero al menos esa entrañable anciana se había quedado con ellos, a pesar del irrisorio salario que recibía. Sólo cuatro criados se habían quedado en la casa: la señora Box, Joseph, una criada y la cocinera. Felicity había tenido que vender uno a uno los adorables cuadros de su padre, al igual que sus libros sobre arquitectura y los instrumentos que utilizaba para llevar a cabo sus proyectos. Incluso se había tenido que desprender de las joyas de su madre, excepto de las imitaciones que usaba cuando asistía a algún evento social.

Y a pesar de todos los esfuerzos, aún necesitaban dinero. Los rapaces tenían un apetito voraz, y a ella le tocaba mantener las apariencias. Hacían todos los sacrificios posibles: preparaban sus propias velas de sebo y también elaboraban jabón, comían pollo en lugar de ternera, sólo encendían la chimenea cuando era absolutamente necesario, y racionaban el té. No disponían de ningún pariente que pudiera ayudarlos, y Felicity no podía aceptar un trabajo como institutriz porque tenía que encargarse de sus hermanos. Un día se le ocurrió la idea de ponerse a trabajar como maestra, pero esa profesión estaba peor pagada que la de redactora en el diario. Además, la mayoría de las escuelas le exigirían que viviera en el mismo edificio donde se impartían las clases, y entonces, ¿qué haría con los muchachos?

Así que se pasaba los días escribiendo columnas, haciendo inventario de los objetos que aún quedaban en cada habitación para saber qué podía vender, y rezando por poder mantener a los acreedores alejados de la familia hasta que los chicos fueran suficientemente mayores como para contribuir en los gastos familiares. El señor Pilkington le había comentado una vez que estaría dispuesto a publicar un libro escrito por ella si Felicity le proponía un tema que pudiera despertar una gran polémica, pero hasta ese momento, el editor había rechazado todas las sugerencias que ella le había presentado.

Joseph entró para recoger el arcón, y ella descendió las escaleras con porte abatido y arrastrando los pies detrás de él. La última vez que se había marchado para asistir a un evento similar había sido en compañía de su padre. El duque de Dorchester lo había invitado para que le diera su opinión respecto a una posible restauración en el ala oeste de su mansión ducal. Ella lo había acompañado para tomar notas, tal y como había hecho desde que tenía once años.

Durante la visita a la finca del duque, sin embargo, Felicity descubrió su habilidad para decir lo que pensaba de un modo que despertaba el interés de la gente. A veces la regañaban por sus opiniones tan osadas, pero siempre la escuchaban con atención e incluso ensalzaban su ingenio. En esos momentos le había parecido divertido, nada más. Ahora era la única forma que tenía para obtener ingresos. Por eso le pedía a Dios que nunca perdiera ese talento.

Repitió la oración una hora más tarde, después de soltar una retahíla de consejos a la señora Box sobre los chicos y de pasar por la odiosa despedida bañada de lágrimas y de besos húmedos.

La repitió de nuevo tres horas más tarde, cuando el carruaje entró en la finca de los Worthing por un sendero cubierto de nieve. En ese momento hubiera dado cualquier cosa por saber qué podía esperar de esa visita. Lady Worthing parecía una mujer muy afable, pero ¿quién podía estar segura con esas condesas? A menudo conseguían que se sintiera como una paloma en medio de un corro de pavos reales, incluso cuando se recordaba a sí misma que era más inteligente y astuta que todas ellas.

Sin embargo, no era la anfitriona la que más la preocupaba, sino el anfitrión, el hombre del que se rumoreaba que había sido pirata. Felicity casi deseaba que ese rumor no fuera cierto, ya que un ex pirata sería seguramente otro de esos tipos con las manos muy largas, como los patronos de su padre. Pero antes de que su padre falleciera, le había comentado que los Worthing se pasaban la mayor parte del tiempo en una isla o en el mar —lo cual era muy propio de un pirata—. Su padre había considerado las prolongadas ausencias de ese matrimonio como una bendición, puesto que eso significaba que no lo molestaban durante su trabajo. Desde luego, era cierto que estaban de viaje cuando el desafortunado arquitecto se ahogó en el Támesis.

De repente, el carruaje llegó a la parte más elevada del sendero y la casa emergió ante los ojos de Felicity. En ese instante todos los pensamientos sobre el anfitrión y la anfitriona se desvanecieron de su mente.

—Oh, papá —susurró, al tiempo que notaba un nudo en la garganta. Ahora comprendía por qué los Worthing se habían mostrado tan entusiasmados con el proyecto. Sin lugar a dudas, era la obra cumbre de su padre. Siempre había demostrado su verdadera maestría con el estilo gótico —las líneas curvas de las bóvedas de crucería ojival, los contrafuertes con sus arbotantes, y los arcos apuntados que enmarcaban las ventanas—. Los imponentes elementos estilísticos e irregulares reflejaban la forma de ser de su padre, un ser absolutamente esperpéntico y prodigioso.

Las lágrimas anegaron sus ojos. ¡Maldito fuera su padre por haber permitido que los excesos acabaran con su vida! Si no hubiera sido por su propensión a las juergas —algo que únicamente sus ricos y bien posicionados amigos podían permitirse—, probablemente habría dejado un legado tan prodigioso como el del brillante sir Christopher Wren. Mas en lugar de eso, sólo había dejado una familia prácticamente sumida en la ruina y unos pocos edificios de indiscutible belleza. Había fallecido a los cincuenta años, una edad muy temprana, demasiado temprana para morir.

El carruaje llegó hasta la imponente entrada, y Felicity se aderezó el pelo y se secó las lágrimas que afeaban su rostro. Una vez más, tocaba comportarse como la hija del brillante Algernon, como la inteligente señorita Taylor, la encomiable señorita Taylor.

La arruinada señorita Taylor. Con un suspiro, se preparó para aguantar las miradas condescendientes de los criados cuando se dieran cuenta de que viajaba en un carruaje alquilado. Pero se quedó sorprendida al constatar la genuina simpatía del mayordomo que supervisaba cómo descargaban su arcón.

—Los caballeros han salido a cazar faisanes, señorita, y las damas acaban de partir a su encuentro, para almorzar juntos.

—¿Con este frío?

—Han organizado un almuerzo en la casita de cazadores de la finca. Milady me pidió que le dijera que si usted llegaba a tiempo y no se sentía demasiado cansada, estaría encantada de que se uniera al grupo.

Felicity no estaba cansada, pero le apetecía merodear un rato sola por la casa. Sin embargo, consideró que lady Worthing seguramente preferiría mostrarle la casa en persona. Además, no se hallaba allí de vacaciones, sino por trabajo, y el momento más óptimo para enterarse de cotilleos era indudablemente cuando la gente estaba relajada.

—Creo que me uniré al grupo —declaró.

—Perfecto, señorita. El lacayo le mostrará el camino.

A pesar de las dentelladas del frío aire invernal, el paseo le pareció sumamente agradable, y le proporcionó la oportunidad de apreciar los campos que circundaban la casa solariega. Aunque el crudo invierno había despojado a casi todos los árboles de sus hojas y la hierba estaba seca, por el gran número de árboles y por las sinuosas formas de las colinas que flanqueaban la finca, Felicity supuso que debía de ser un lugar extraordinariamente bello en los meses estivales. Se quedó ensimismada con la graciosa arboleda que emergió a un lado, igual que con el pequeño estanque al otro lado, cuyas aguas congeladas brillaban como un zafiro, y también divisó una larga fila de robles centenarios que probablemente habrían hecho las delicias de su madre. A su padre siempre le había inspirado el ser humano, en cambio su madre prefería la fuerza y la magia de la naturaleza.

Unos minutos más tarde, Felicity avistó la casita de cazadores que el criado había descrito. ¿La había edificado también su padre? No, probablemente no. Él odiaba todo lo que tuviera un aire rústico. Y una casita de madera con el techo de paja y con unos magníficos troncos que conformaban el marco de la puerta seguramente habrían herido su sensibilidad.

El lacayo la invitó a pasar a una escena impregnada de calidez y de energía. Tres hombres formaban un corro frente a la chispeante chimenea, departiendo acerca de las ventajas de sus escopetas, mientras lady Worthing y otra mujer parloteaban animadamente en una esquina, y los criados se afanaban por disponer la mesa con un suculento ágape compuesto por caldo escocés, canapés rellenos de perdiz, carne de venado estofada, y pan recién horneado.

Lady Worthing la vio y se acercó con la mano extendida.

—¡Ah! ¡Por fin ha llegado! Al ver que no venía ayer por la noche, pensé que quizá no tendríamos el placer de contar con su presencia por culpa de la fuerte nevada.

Apabullada por la cordial bienvenida, Felicity aceptó la mano que le tendía la anfitriona.

—Lo siento mucho, pero a última hora tuve que encargarme de unos asuntos en la ciudad, y después no me atreví a viajar de noche con tanta nieve. Sin embargo, al ver que esta mañana ya se había derretido prácticamente toda la nieve, he decidido aventurarme a venir.

Ante el sonido de su voz, uno de los caballeros se dio la vuelta para mirarla. El vizconde de Saint Clair. Felicity se quedó helada, y su pulso la traicionó acelerándose de un modo desmedido mientras él la escudriñaba impúdicamente. ¡Oh! ¿Por qué tenía que estar precisamente él allí? ¿Y por qué de repente se sentía invadida por una extraña sensación de miedo y de turbación a la vez?

Entre las cuatro paredes de la casita de cazadores, él parecía incluso más alto y más amenazador de cómo lo recordaba. A pesar de su indomable pelo y del color de sus mejillas que destacaban aún más su atractivo varonil, el rifle Flintlock que sostenía con una gran naturalidad no la ayudó a apaciguar sus temores. Ataviado con unos pantalones de piel ovina curtida y un abrigo largo de color verde oscuro, el vizconde era la viva imagen de un cazador listo para disparar a cualquier criatura inoportuna que se le pusiera a tiro, y a juzgar por la abultada bolsa de piel de gamo que reposaba a sus pies, era muy diestro con el arma.

Felicity notó que se le tensaban todos los músculos del cuerpo en señal de alarma, pero procuró relajarlos. Se estaba comportando como una verdadera pánfila. Por el amor de Dios, ¿acaso creía que el arrogante lord Saint Clair se atrevería a hacer diana con ella? Sin embargo, tuvo que admitir que se habría sentido mucho más cómoda si el vizconde sostuviera una vara en lugar de una escopeta.

Por supuesto, el hecho de que él conociera su identidad resultaba igual de peligroso. ¿Sería capaz de desenmascararla en público? ¿O se había tomado en serio sus amenazas?

—Me alegro muchísimo de que haya hecho este gran esfuerzo para venir hasta aquí —dijo lady Worthing con un tono cordial mientras su mirada iba de Felicity a lord Saint Clair—. Ahora ya estamos todos.

Felicity apartó la vista del formidable vizconde. ¿Sólo seis invitados? ¿Y tan convenientemente —o inconvenientemente— emparejados? Oh, ahora no le cabía ninguna duda de que su estancia en esa casa iba a ser un verdadero desastre.

—Pero lady Worthing...

—Por favor, preferiría que me tuteara. Y si no le importa, yo también lo haré. ¡Si casi tenemos la misma edad! Y tengo la impresión de que eres tan encantadora como tu padre me había asegurado. Me parece que seremos muy buenas amigas, así que por favor, llámame Sara.

Aturdida ante las muestras extremadamente hospitalarias por parte de la anfitriona, Felicity tartamudeó:

—Yo... yo... será un... un... un honor. Por favor, llámame Felicity. —Hizo una pausa—. Entonces, ¿ya han llegado todos los invitados?

—Sí. Esperamos unas cien personas en el baile de esta noche, pero nadie más se quedará a dormir en la casa. El señor y la señora Kinsley tenían que venir, pero se han visto obligados a cancelar la visita a causa de un contratiempo de última hora. Y los Hastings iban a venir con Ian, pero cambiaron de planes en el último minuto. —Lady Worthing lanzó a lord Saint Clair una mirada indecisa, y acto seguido añadió—: ¡Huy, perdón! ¡Todavía no he presentado a la recién llegada!

Felicity desvió la vista rápidamente hacia un hombre tan alto como lord Saint Clair al que Sara presentó como su esposo, Gideon. Felicity murmuró un saludo mientras lo escudriñaba de arriba abajo. ¿Ese sujeto había sido un pirata? ¡Qué extraño! Con ese pelo tan corto y con un comportamiento intachable, parecía todo un caballero. Quizá el rumor no era cierto, después de todo. Tendría que averiguarlo mientras se hallaba en esa finca, aunque sólo fuera para saciar su propia curiosidad.

Sara presentó a la pareja de más avanzada edad como el marqués y la marquesa de Dryden, los padres de Gideon. Con qué grupo más ilustre —e inusual— se había topado, gracias al talento de su padre. Serían una compañía interesante durante los próximos días, aunque lamentablemente no le proporcionarían demasiado material para su columna. A causa de su parentesco, resultaba imposible utilizar cualquier chisme que le contaran, ya que averiguarían que la única extraña en el grupo había sido la única persona capaz de difundir esos rumores. Además, jamás podría hablar mal de unas personas que se mostraban tan entrañables y con tan pocos aires de grandeza.

Maldición. Su estancia no sólo iba a resultar infructuosa, sino que además se vería obligada a convivir con ese fastidioso vizconde durante unos días.

Entonces se infundió ánimos. Por lo menos el baile de esa noche prometía estar lleno de rumores.

—El padre de Felicity diseñó Worthing Manor —le estaba explicando Sara a su suegra—. Pensé que a Felicity le gustaría ver cómo había quedado, ahora que la rehabilitación ya está acabada. —El resto de los reunidos había empezado a expresar su admiración por la obra cuando Sara añadió—: Oh, lo siento, me olvidaba de presentarte a Ian.

—No te preocupes, la señorita Taylor y yo ya nos conocemos —declaró lord Saint Clair.

Felicity lo acribilló con una mirada asesina. Había llegado el momento tan temido. Ahora seguramente él la desenmascararía delante de sus amigos. Como se atreviera a hacerlo, ella haría que se arrepintiera toda su vida. ¡Vaya si lo haría!

Las palabras de lord Saint Clair parecían haber intrigado a Sara, quien rápidamente preguntó:

—¿De veras? No lo sabía. ¿Dónde os conocisteis, Ian?

—Quizá debería permitir que la señorita Taylor lo explicara —sugirió mientras miraba a Felicity con ojos provocadores y sonreía maliciosamente.

Ella apretó los dientes con rabia. ¿Qué se proponía ese individuo? ¿Que fuera ella la que se delatara a sí misma? ¿O que mintiera, para que luego él pudiera acusarla una vez más de inventarse historias? Pues no pensaba hacer ni una cosa ni la otra:

—Nos conocimos en mi casa. —Cuando los otros los miraron con una patente curiosidad, ella añadió—: Lord Saint Clair vino a darme el pésame por la muerte de mi padre. —Era verdad. Él le había dado el pésame el día anterior, aunque se consideraba un escándalo personarse en casa de una mujer soltera a la que uno no había sido presentado formalmente.

La sonrisa se desvaneció de los labios del vizconde. Ahora era ella la que lo había puesto en evidencia. Si él deseaba desenmascararla, probablemente lo haría ahora sin perder ni un segundo. Quizá fuera lo más conveniente, acabar con esa historia de una vez por todas.

—Cuidado, señorita Taylor; con esa clase de comentarios podría dañar mi reputación de caballero. Me parece que se ha olvidado de mencionar a mis acompañantes, los que nos presentaron en su casa.

Felicity notó cómo se le aceleraba el pulso. Era evidente que él no deseaba arriesgarse a hablar abiertamente de la columna en el diario delante de sus amigos. Esa certeza la envalentonó.

—Ah, sí, claro, sus acompañantes. Es que usted y yo ese día nos enzarzamos en una conversación tan absorbente que casi me había olvidado de ellos. Si no le importa, ¿puede recordarme quiénes eran?

Ian enarcó una ceja y abrió la boca para replicar, y Felicity esbozó una sonrisa victoriosa incluso antes de oír la respuesta.

Entonces intervino Gideon.

—Siento interrumpir, pero ¿podríamos continuar con esta conversación mientras comemos? Salir a cazar con este tiempo tan desapacible me ha despertado un hambre voraz.

Sara se echó a reír.

—Claro que sí, querido.

Agradecida por el hecho de haber salido airosa de esa comprometida situación con el vizconde, Felicity ocupó la silla más cercana al tiempo que lanzaba a lord Saint Clair una sonrisa insolente. A pesar de que Gideon y su padre la flanqueaban, lord Saint Clair se sentó justo enfrente de ella, y su expresión decidida le dio a entender que no tenía ninguna intención de retirarse de la contienda.

Perfecto. Hoy estaba preparada para la lucha.

Tan pronto como todo el mundo estuvo sentado y los criados empezaron a servir los platos, Sara se inclinó un poco hacia delante para captar la atención de Felicity.

—Disculpa la mala educación de mi marido, Felicity. La verdad es que nos pasamos gran parte del año en una isla remota, donde se estila más hablar directamente y con franqueza que aquí en Inglaterra.

—No te preocupes, no me importa que la gente hable con franqueza —repuso Felicity, lanzándole a lord Saint Clair una mirada perspicaz—. Prefiero eso a una actitud engañosa.

Ian alzó la copa de vino y le plantó una sonrisa burlona.

—Ah, entonces supongo que usted jamás participa en esa aborrecible diversión femenina denominada «cotilleo».

Antes de que Felicity pudiera replicar a tal provocación, Sara contestó:

—Típico comentario machista, Ian. Seguramente crees que a las mujeres nos gustan demasiado los chismes, y he de admitir que a veces esa práctica resulta adictiva. Pero incluso los cotilleos tienen su utilidad. El Comité de Señoritas se basa en la difusión de rumores o en la amenaza de hacerlo para convencer a los miembros más recalcitrantes del Parlamento para que secunden nuestras causas. —Sara se sirvió un poco de carne de ciervo estofada de la bandeja que le ofrecía el criado situado de pie a su lado—. Y también tiene una utilidad social, al insistir en que los hombres y las mujeres actúen con más decoro y más discreción con el fin de evitar la censura pública. Con ello se consigue que algunas personas no se conviertan en una mala influencia para los más jóvenes, ¿no estás de acuerdo?

Felicity no había oído nunca una defensa más elocuente de su profesión. Rápidamente añadió dos palabras más a la creciente lista de halagos para definir a la condesa: razonable e inteligente.

Lord Saint Clair desvió sus perturbadores ojos negros de Sara a Felicity.

—Pero ¿y si el cotilleo no es cierto?

Felicity sonrió socarronamente.

—A menudo hay más chismes ciertos que falsos. ¿Acaso no ha oído el refrán: «Donde hay humo, hay fuego»?

La indirecta era clarísima, puesto que lord Saint Clair estaba siempre en el candelero.

—Ya, ¿pero quién es el culpable de haber provocado el fuego? —Ian tomó un largo sorbo de vino de Borgoña—. Si usted prende fuego a mi casa y luego anuncia que hay fuego, eso únicamente prueba que usted es capaz de provocar un fuego que inevitablemente desprenderá humo. En cambio, no es una prueba fidedigna de mis tendencias incendiarias.

—Yo no he provocado ningún fuego... —Felicity se calló en el instante en que se dio cuenta de que los demás la miraban con curiosidad—. Quiero decir, que las mujeres no provocamos incendios, lord Saint Clair. Los hombres intervienen en el inicio de tantos incendios que lo único que podemos hacer nosotras es mantenernos alejadas del humo para no asfixiarnos.

—Seguimos hablando de cotilleos, ¿verdad? —los interrumpió Gideon con sequedad mientras se llevaba a la boca un canapé de becada—. Empiezo a perder el hilo de la conversación, con tanto hablar de fuego.

Sara lanzó a su esposo una mirada reprobadora.

—Eso es porque los hombres pensáis de una forma demasiado literal. Para vosotros todo es o blanco o negro. Los chismes son malos, la verdad es buena. Pero a veces los cotilleos pueden ser buenos y la verdad un antídoto absolutamente desagradable de la vanidad de determinadas personas.

Cuando Ian se dispuso a replicar, ella añadió:

—Además, Ian sólo se queja de los cotilleos porque él ha sido víctima de un desafortunado ataque en *The Gazzette* esta semana.

—¿De veras? —exclamó Felicity con cara de asombro—. Pues no recuerdo haber leído nada acerca del vizconde. Por favor, ¿puedes decirme de qué se trataba?

—Oh, era un chisme acerca de su última amante. —Los ojos de Sara brillaron divertidos—. ¿Cuántas has tenido, Ian, desde que regresaste de Europa? ¿Quince? ¿Veinte? Y eso después de Josefina y de todas esas mujeres españolas. Si tenemos que dar crédito a los cotilleos, entonces supongo que te pasas casi todo el tiempo metido en la cama.

—Ya basta de hablar de esos rumores ridículos y rotundamente falsos —la atajó Ian—. Además, estábamos hablando del magnífico trabajo que el señor Taylor realizó en esta casa. Dime, Sara, ¿fue idea tuya o de él, esa magnífica escalinata ovalada que preside el vestíbulo?

Con esa simple pregunta, Ian consiguió cambiar de tema con tanta facilidad —y eficiencia— que a Felicity no le quedó más remedio que admirarlo. Sólo lord Saint Clair era capaz de desviar la conversación con un tema tan interesante para ella.

Sintió rabia de que el vizconde se hubiera salido con la suya, mas sin embargo enseguida se quedó extasiada con los comentarios de Sara cuando la condesa empezó a relatar paso a paso el portentoso trabajo de rehabilitación que se había llevado a cabo en la magnífica casa solariega. Felicity pronto estuvo inmersa en la conversación, con una viva curiosidad por averiguar más detalles acerca de las últimas semanas de vida de su padre. Al cabo de un rato se percató de que lord Saint Clair la estaba mirando con tanta atención que se preguntó si se habría manchado la barbilla con mostaza, pero no pensaba darle la satisfacción de verla reaccionar airada. En lugar de eso, se limitó a ignorarlo.

Tan pronto como todos hubieron dado buena cuenta del *charlotte* de manzana, los caballeros reanudaron su afición deportiva. Felicity se relajó en el instante en que el abominable vizconde desapareció de su vista por la puerta con sus compañeros. Si fuera posible esquivarlo durante los próximos días...

Lady Dryden decidió regresar a pie a la casa para descansar un rato, pero Sara invitó a Felicity a quedarse en la casita de cazadores y tomar una taza de té juntas. Hacía escasos minutos que hacía que los hombres se habían marchado, pero los criados ya habían despejado la mesa, colocado todos los platos en un carrito con ruedas y ordenado la estancia. Así pues, Felicity se sintió encantada de poderse quedar a solas con su anfitriona.

Sara le ofreció una taza de té, y a continuación señaló un viejo pero cómodo sofá situado cerca de la chimenea. Cuando se sentaron, Sara le sonrió.

—Qué sorpresa constatar que ya conocías a Ian, pero supongo que no debería de sorprenderme; con su obsesión por hallar esposa, estoy segura de que asiste a tantos eventos sociales como tú. —Sara se inclinó hacia delante y agregó—: Se os ve muy a gusto, los dos juntos. No sabía que os conocierais tan bien.

Felicity empezó a protestar ante las conclusiones a las que había llegado la condesa, pero se contuvo. Quizá podría ser una buena oportunidad para enterarse de cómo iban los festejos entre el vizconde y Katherine desde que el artículo de Lord X había sido publicado en *The Gazette*. Katherine y sus padres se habían mostrado muy reservados en los últimos días y se habían negado a recibir visitas, incluso a ella.

Bajó la mirada fingiendo sentirse incómoda con el tema antes de añadir:

—Yo creía que lord Saint Clair ya había encontrado esposa. ¿Acaso no está comprometido formalmente con la señorita Hastings?

Sara dudó unos instantes mientras depositaba la taza de té sobre la mesa, como si no estuviera segura de qué contestar.

—Sí, así era. Pero sé de buena tinta que han terminado.

Felicity se sintió eufórica. ¡Hurra! ¡Su artículo había dado el resultado esperado! ¡Katherine se había librado de ese tipo!

—¿Quiere decir que la señorita Hastings ha roto el compromiso? No me extraña porque... no parecía que estuvieran realmente enamorados.

—Creo que tienes razón. Los motivos que Ian tiene para casarse —ya sabes, lo típico de necesitar un heredero y quizá buscar un poco de compañía— no requieren que uno esté profundamente enamorado de la pareja. Supongo que pensó que la señorita Hastings cumplía los requisitos para ser una esposa apropiada.

—No tan apropiada, si el vizconde necesita una amante —murmuró Felicity sin pensar.

Sara la miró con interés.

—Ah, así que sí que habías leído el artículo en *The Gazette*. Durante la comida fingiste desconocer la noticia.

Esta vez, la sensación de incomodidad de Felicity era genuina. Incapaz de hallar las palabras adecuadas para explicar por qué había provocado a lord Saint Clair, se mostró confusa.

Afortunadamente, Sara no esperó a recibir una explicación.

—No te preocupes; comprendo lo que sientes. No es nada elegante ocultar una amante mientras uno se dedica a cortejar formalmente a otra mujer. Pero Ian nos ha explicado la situación a todos, hoy mismo. —Sonrió con ojos de corderito—. No podíamos parar de gastarle bromas sobre su nueva querida, así que finalmente nos contó toda la historia. Supongo que no debería contártelo, pero no me gusta ver cómo acusan a Ian de una forma tan injusta.

Felicity aguzó el oído.

—¿Injusta?

—Sí, verás, la situación no es como ese periodista expuso en el diario. Ian estaba simplemente ayudando a una amiga de la familia. —Se propinó unos golpecitos en la barbilla, con aire pensativo—. Creo que dijo que esa mujer era la esposa de un compatriota que conoció durante la guerra, ¿o era su hermana? —Sacudió la cabeza repetidas veces—. Ahora no estoy segura, pero parece ser que su amigo murió, y que la pobre mujer estaba atravesando una etapa muy dura, así que Ian decidió ayudarla. Así es él, generoso como hay pocos.

Felicity tuvo que realizar un tremendo esfuerzo para no replicar con unas palabras malsonantes. Los amigos de lord Saint Clair eran tan ilusos como leales, si creían ese cuento chino de que lo único que se proponía el vizconde era ayudar a esa mujer.

—Jamás me lo habría imaginado, que lord Saint Clair hubiera combatido en la guerra. No da la impresión de ser de esa clase de hombres.

—A nosotros también nos sorprendió —se apresuró a añadir Sara—, no por el hecho de que combatiera en la guerra, ya que no es ningún cobarde, pero nos quedamos sorprendidos de que jamás nos lo hubiera contado antes.

—Supongo que es muy modesto en lo que concierne a sus logros —remarcó Felicity con sequedad. Resultaba fácil ser modesto acerca de unos logros no existentes.

—Es cierto, Ian es muy modesto. Y me dolió mucho cuando me enteré de que lo habían criticado tan injustamente en ese periódico. —Sara suspiró—. Afortunadamente, tengo la impresión de que ese cotilleo no le ha hecho mucho daño, sino todo lo contrario; posiblemente ha evitado que cometa un terrible error. Por lo que parece, su prometida tenía sus propias «aventurillas».

—¿A qué te refieres?

—¿No te has enterado? ¡Todo el mundo hablaba de ello esta mañana en Londres! O al menos eso es lo que me ha dicho Emily, mi cuñada. Emily y mi hermano Jordan viven muy cerca de aquí. Esta mañana, cuando venían de la ciudad, han pasado a visitarme. Emily y yo hemos tenido la oportunidad de hablar un rato a solas, y me ha contado algo inaudito. —Sara se inclinó hacia delante con aire conspirador—. Según ella...

Capítulo seis

Cuidado, amigos, con las trampas que nos pueden tender los episodios románticos: la vanidad, los deseos licenciosos, la arrogancia de creer que la persona que despierta nuestras pasiones ha de correspondernos con los mismos sentimientos. Nada resulta tan trágico como una mujer –o un hombre– que interpreta indebidamente una sonrisa amistosa por un festejo.

The Evening Gazette, 9 de diciembre de 1820
LORD X

Con ojo experto, Ian echó un rápido vistazo a la bulliciosa sala de baile de los Worthing. Cómo lo hastiaban esos malditos esfuerzos inútiles. Sólo una cosa conseguía que continuara con ese absurdo jueguecito de buscar esposa: el hecho de saber que si no conseguía su propósito, tendría que entregarle el legado de su padre a un hombre tan mezquino y tan ruin como su tío.

Se fijó en una mujer insípida, engalanada con un vaporoso vestido blanco virginal, y por dentro lo sacudió un calambre al pensar hasta qué punto tan bajo había caído: tener que dedicarse a estudiar a mujeres casamenteras durante un baile de Navidad. No debería de haber retrasado tanto esa búsqueda. Tras la muerte de su padre, cuando se enteró por primera vez de los términos estipulados en el testamento, había perdido unos valiosos meses buscando la forma legal de revocarlo. Las leyes de mayorazgo deberían haberlo protegido. Pero su abuelo, al morir inesperadamente cuando su padre todavía era un niño, no tuvo tiempo de formalizar el derecho de mayorazgo a favor de Ian, dejando a su padre en una posición que le permitía hacer lo que le diera la gana. Y en su típica obsesión manipuladora, su padre había actuado como ya era de esperar: redactando el testamento más abominable que uno pudiera imaginar. Ian se quedó estupefacto al averiguar que no existía ninguna manera posible de revocar esa aberración.

Irritado, empezó a buscar con absoluta desgana una esposa que pudiera darle el heredero que necesitaba para cumplir los términos del testamento. Para su sorpresa, descubrió que no era un soltero deseable, y todo gracias a los absurdos rumores que circulaban sobre él. Mucha gente se había dedicado a especular maliciosamente acerca de su repentina marcha de Inglaterra, y muchos otros habían esparcido el rumor de que había trabajado como espía para los franceses.

Le resultaba imposible enzarzarse en una contienda para negar tantos rumores que demostraban estar tan asentados, especialmente cuando no sentía ningún deseo de explicar lo que realmente había hecho durante todos esos años. Además, hablar acerca de sus actividades por Europa podría suscitar comentarios sobre por qué había huido de Inglaterra, y eso era inaceptable.

Afortunadamente, sus infalibles intentos por comportarse como un perfecto caballero en el último año habían suavizado la opinión pública hacia él, a pesar de que todavía había un buen número de personas que desconfiaban de él con sus hijas. Muchos se mostraban de acuerdo con la creencia de la señorita Taylor de que el humo siempre era indicio de fuego. Algunos probablemente eran incluso capaces de escrutar más allá de su apariencia y distinguir la espantosa tenebrosidad de su corazón.

Y ahora, dos de las mujeres que había escogido habían huido con otros hombres. Dos mujeres más a las que les había declarado su intención de cortejarlas formalmente lo habían rechazado después de que su maldito tío visitara a sus padres.

Era obvio que el tío Edgar había creído que Ian no se enteraría de sus cobardes intentos por conseguir que no encontrara esposa. Pero el tío Edgar no sabía lo mucho que su sobrino había cambiado en los últimos años. Ian ya no era el exaltado mozalbete de diecinueve años que se había escapado de casa por un orgullo de mil demonios. Esta vez se quedaría y lucharía. No permitiría que ese tipo deleznable arruinara las tierras de Chesterley del mismo modo que había hecho con las de su propiedad. Si Ian no podía encontrar esposa a tiempo, revelaría públicamente toda la verdad acerca de ese hombre, aunque eso lo llevara a destruirse a sí mismo en el proceso. Sería capaz de ir directamente al infierno si era necesario, con tal de arrastrar también a Edgar Lennard hasta ese abismo sin retorno.

Lamentablemente, ahora tenía que encargarse de otra persona fastidiosa. Clavó la mirada en una figura sonriente que se hallaba en el otro extremo de la sala de baile. La señorita Taylor. Vestida con un modesto traje más apropiado para una virgen remilgada que para una solterona lenguaraz, departía animadamente con los chismosos más destacados de la alta sociedad: lady Brumley, lord Jameson y las hermanas March.

La señorita Taylor era la única entre ese insufrible grupo que rezumaba un poco de gracia y de estilo. Ian recordó su indumentaria tan descuidada la primera vez que la vio, y la observó llevado por la sorpresa. Esta noche, en cambio, ella se había esmerado en su apariencia. Sus zapatitos con perlas incrustadas eran sin lugar a dudas muy caros, las joyas que lucía eran acertadas y elegantes, y llevaba el pelo recogido con una pinza con perlas mucho más sofisticada que las dos agujas de tejer que había lucido el día previo. La luz de las velas iluminaba el saludable brillo de sus mejillas, robándole la atención al vestido de satén color crema que enfundaba ese cuerpo que sería la envidia de más de una cortesana.

Maldición. Ya estaba nuevamente pensando en ella en esos términos indebidos. Qué estupidez más peligrosa. A juzgar por la forma en que había errado la mitad de los disparos después de la hora de comer, ensimismado en pensamientos absurdos como el repentino resplandor en la sonrisa de la señorita Taylor cuando Sara había ensalzado la obra de su padre, o el brillo irreverente en sus pupilas cuando fingió no haber leído el cotilleo que ella misma había escrito acerca de él.

Maldita fuera esa mujer por ser capaz de invadir sus pensamientos. ¿Y por qué tenía que sentir esa enmarañada atracción hacia ella? Carecía de sentido. Ella era una amenaza para la sociedad y para el sentido común, una mujer que se aprovechaba de la reputación de su padre para escarbar en las vidas de cualquiera que fuera tan iluso como para hablar con ella. Incluso se atrevía a conversar con lady Brumley, la reina de la chismorrería con una boca igual de grande que su cuerpo orondo y que mostraba esa desagradable tendencia a lucir sombreros con motivos náuticos que eran un insulto al buen gusto. A Ian no le costaba nada imaginar los temas tan escandalosos de los que esas dos arpías debían de estar hablando en esos precisos instantes.

—Así que conociste a lady Taylor en su casa, ¿verdad? —preguntó una voz femenina a su lado. Sin mirarla, Ian reconoció el aroma de lavanda de Emily, la esposa de Jordan.

Su pregunta demostraba por qué la atracción sexual era tan peligrosa. Si su mente hubiera estado lúcida por la tarde, no habría subestimado la audacia de la señorita Taylor. Al intentar forzarla para que mintiera, había conseguido el efecto contrario: que ella contara la verdad, y eso había provocado una situación bastante incómoda para Ian, al verse obligado a cambiar de tema para cubrir sus propios pecados.

Apartar la vista de la señorita Taylor le resultó más difícil de lo que él habría deseado.

—Ya veo que has estado hablando con Sara. Sí, conocí a la señorita Taylor en su casa. Sentía un enorme respeto por su padre.

—¿De veras? Vamos, Ian, si ni tan sólo creo que conocieras a Algernon Taylor.

Ian se encogió de hombros.

—No es necesario conocer a un hombre personalmente para admirarlo tanto a él como a su obra.

—Pues debías de haberlo admirado mucho, si te atreviste a visitar a su hija para darle el pésame. Tú nunca vas a visitar a nadie si no es con un motivo claro.

Emily lo conocía demasiado bien.

—Ten cuidado, mi querida y curiosa amiga; me parece que te estás entrometiendo en asuntos que no son de tu incumbencia —susurró él con suavidad.

Emily enarcó una de sus cejas rubias y luego desvió la vista hasta el otro extremo de la sala de baile, hacia la señorita Taylor.

—Es muy guapa, ¿verdad?

Ian no pensó que ése fuera el adjetivo más acertado para describirla. Las muchachas con las que él flirteaba eran guapas. Ella en cambio era pura energía, vital, con carácter, como una intensa rosa roja en medio de un jardín de apagadas azucenas de color pastel.

Pero las rosas tenían espinas, y las espinas de la señorita Taylor estaban repletas de veneno.

—No me interesa, te lo aseguro. —Era sorprendente, que pudiera lanzar una mentira tan simple con esa pasmosa facilidad. Aunque quizá lo más prodigioso de todo era el hecho de admitir que fuera mentira.

—Qué pena, porque ella sí que parece estar interesada en ti.

El comentario lo sorprendió.

—¿Qué quieres decir?

—Según Sara, le ha hecho mil preguntas sobre ti, especialmente cuando se ha enterado de que de nuevo estás soltero y sin compromiso.

Ian esbozó una mueca de fastidio.

—Debería habérmelo figurado, que Jordan no sería capaz de mantener el secreto...

—No le eches la culpa a mi esposo. El rumor estaba en boca de todos esta mañana, antes de que saliéramos de Londres. ¿De verdad crees que una familia puede ocultar durante tanto tiempo que su hija se ha fugado con un hombre?

—No, supongo que no. —Así que la señorita Taylor ya estaba enterada de lo acontecido, ¿verdad? Esa maldita bruja probablemente se estaría regodeando de su éxito, así que... ¿por qué continuaba mostrando esa obsesión por arruinar su vida? Si había preguntado tanto acerca de él, era evidente que seguía con esa firme intención.

Maldición. Tendría que encontrar una nueva estrategia para combatir contra ella.

—La señorita Taylor había leído ese desafortunado artículo sobre ti —continuó Emily—, pero Sara se encargó de aclarar las circunstancias.

Ian frunció el ceño.

—¿De veras?

—Sara pensó que tú apreciarías que una fémina tan agradable como la señorita Taylor supiera la verdad. Después de que nos contaras esta mañana lo de tu amigo el soldado y su hermana, ambas estamos dispuestas a defenderte pregonando la verdad, si es necesario. Te estás comportando de un modo demasiado modesto, y no nos gusta ver cómo mancillan tu nombre.

Ian tuvo que contenerse para no proferir una maldición en voz alta. Ahora la señorita Taylor pensaría que él era un mentiroso recalcitrante. Lo que, en cierto modo, era cierto.

—Creo recordar que os pedí que mantuvierais la historia en secreto para proteger la intimidad de mi amiga.

Emily le lanzó una mirada de reproche.

—Y lo haremos. Lo único que Sara pretendía era ayudarte. Después de todo, has estado buscando esposa desesperadamente, así que es importante que las mujeres solteras y sin compromiso sepan la verdad acerca de ti.

—¿Te refieres a mujeres como la señorita Taylor?

—Pues claro. —Emily agitó el abanico con brío varias veces seguidas—. Estoy segura de que no rechazarás la posibilidad de casarte con una mujer respetable simplemente porque ésta carece de una fabulosa fortuna o no es de noble linaje. Mira, si estás buscando esposa, la señorita Taylor no sería una mala elección.

Ian hizo un esfuerzo para no echarse a reír a carcajadas. Casarse con la señorita Taylor sería un estrepitoso desastre. Con su lengua viperina, siempre dispuesta a escarbar en busca de los secretos más engorrosos, y con su afán por increpar a los hombres de noble linaje, en menos de una semana —mejor dicho, en tan sólo un día— después de la boda, ella estaría metiendo las narices en su vida privada.

Además, esa muchacha jamás aceptaría casarse con él. Todo parecía indicar que su padre le había dejado una considerable fortuna, así que el dinero no podía ser un incentivo. Y puesto que ella lo definía como a un bribón y un libertino, un hombre al que sólo le interesaba acostarse con tantas mujeres como pudiera y que disfrutaba humillando a su prometida, los típicos intereses que podrían atraerla para casarse con él quedaban descartados.

Sin embargo, esposarse con la señorita Taylor supondría un reto tan interesante como peligroso.

«No, ni hablar», se reprochó a sí mismo por haber contemplado la posibilidad.

—Parece que tienes una opinión muy favorable de esa muchacha. Sin embargo, apenas la conoces.

—Es cierto. Pero me gustó en el instante en que Sara nos presentó. Es adorable, divertida, inteligente y directa. Has de admitir que estos días estás bastante irascible y que te muestras demasiado distante. Necesitas una mujer como ella para que te ayude a superar ese estancamiento. Y si, como tantos hombres, lo que buscas es una esposa con una reputación impoluta, ella también tiene esa cualidad.

Ian soltó un bufido.

—¿Intachable? Tengo serias dudas al respecto.

—¿Ah, sí? —Emily lo miró intrigada—. ¿Acaso sabes algo de la señorita Taylor que los demás no sabemos?

Qué pena que no pudiera contarle a Emily que la señorita Taylor era Lord X. Cómo se divertiría al ver a esa criatura con la lengua tan mordaz en evidencia. Pero él aún no estaba listo para una guerra abierta... todavía no.

—Simplemente quería decir que no es lo que aparenta.

—Pues eres el único que opina así —replicó Emily, obviamente decepcionada ante la negativa de Ian de revelar ningún detalle más—. Nadie la ha criticado jamás.

Por eso precisamente la señorita Taylor se movía con tanta impunidad entre las altas esferas sociales. No necesitaba ser socia del club Almack. Secundada por personas de la calaña de lady Brumley, sólo necesitaba ser la hija del reputado Algernon Taylor para tener acceso directo a fiestas y otros eventos prestigiosos y de ese modo obtener todos los cotilleos que necesitaba para nutrir su columna.

Con la seguridad que le confería ese cómodo estado de anonimato, la señorita Taylor ahondaba en todos los chismes y luego exponía su punto de vista sin tener que sufrir la censura de la sociedad. Si ella fuera alguna vez el centro de atención de esa tórrida comidilla especulativa, seguramente no sería tan inflexible consigo misma.

Ian se quedó inmóvil. Qué pensamiento tan intrigante... la señorita Taylor en el ojo del huracán de los cotilleos. Oyó las primeras notas de un vals, y empezó a sonreír. Quizá había llegado la hora de que esa doña perfecta llamada señorita Taylor aprendiera de primera mano con qué facilidad una situación podía volverse contra uno mismo.

Sin darse tiempo a cuestionarse sus motivos, se excusó de Emily y atravesó la sala con paso seguro. Ah, sí, sabía exactamente cómo darle a la señorita Taylor la lección de humildad que tanto necesitaba, especialmente si su reputación era tan «intachable» como Emily alegaba.

Tan pronto como Felicity vio a lord Saint Clair avanzando hacia ella, tuvo el presentimiento de que se avecinaba una tempestad. ¡Que el diablo se llevara a Katherine! Felicity se había arriesgado a seguir a ese degenerado para evitar que su amiga se casara con él, ¡y la muy cara dura se había fugado con el administrador de la familia!

Si hubiera sabido que el señor Gerard era el objeto de los devaneos amorosos de Katherine, jamás la habría animado a hacer semejante majadería. Pero Felicity era tan romántica que se había figurado que Katherine estaba enamorada del hijo de algún terrateniente con una fortuna inferior a la que lady Hastings anhelaba. ¿Pero con un criado, que probablemente sólo perseguía su fortuna? ¡Por el amor de Dios!

Se suponía que Katherine iba a rechazar a lord Saint Clair, y que luego se casaría con un hombre mínimamente apropiado de acuerdo con la clase social a la que correspondía su familia. Pero su amiga le había demostrado ser simplemente una irreflexiva.

Ahora, además de todos sus problemas —que no eran pocos— Felicity tenía un perro enfadado dispuesto a morderle los talones. No le extrañaba en absoluto que lord Saint Clair se hubiera pasado toda la comida pinchándola sin parar. Debía de estar muy furioso. Lo observó angustiada mientras él se le acercaba. Ese tipo tenía la desagradable habilidad de ocultar sus verdaderos sentimientos debajo de una inexpugnable fachada de impasibilidad, y eso comportaba que fuera prácticamente imposible averiguar lo que pensaba. Si Felicity hubiera tenido un mínimo de sentido común, se habría marchado corriendo.

Qué pena que no pudiera hacerlo. ¿Adónde iría?

—Huy, lord Saint Clair viene derechito hacia nosotras, querida —comentó lady Brumley a su lado al tiempo que asentía cordialmente con la cabeza coronada por un sombrero tan elaborado—. ¿Quieres que te lo presente?

—Gracias, pero ya nos conocemos.

Sin duda, la marquesa se encargaría de hacer correr esa noticia. Lady Brumley había cumplido sesenta años con una indiscutible habilidad para convertir cualquier comentario inocente en una fuente natural de cotilleo. Felicity confiaba en lady Brumley para redactar la mitad del contenido de su columna, por algo esa anciana era conocida con el apodo de el Galeón de los Cotilleos; a veces se preguntaba si la marquesa había averiguado quién era realmente Lord X. En esos momentos, hubiera dado cualquier cosa por no ser ella quien se ocultara detrás de ese nombre enigmático.

Mas el conflictivo vizconde ya estaba delante de ellas, esbozando una sonrisa tan alarmante que Felicity se quedó paralizada. Lord Saint Clair saludó fugazmente a la marquesa y luego hizo una reverencia a Felicity.

—Señorita Taylor, ¿me concede el honor de bailar conmigo este vals?

Maldito bribón. Su intención era arrastrarla hasta la pista de baile para poder regañarla a gusto, y él sabía que ella no se atrevería a rechazar la invitación, con lady Brumley ansiosa por no perderse ni una sola palabra.

Bueno, tarde o temprano tendría que enfrentarse a la ira del vizconde.

—Encantada —mintió al tiempo que extendía una mano, aunque empezaba a lamentar el día en que se había topado con ese tipo abominable.

Ian la condujo hasta la pista con toda la gracia de un caballero, luego depositó una mano en la curva de su cintura y con la otra apresó los dedos enguantados de su acompañante.

Felicity soltó un gemido. Que Dios se apiadara de ella. Había accedido a bailar precisamente un vals, y esa danza no se le daba nada bien. En general su forma de bailar dejaba bastante que desear, pero con algunos pasos, como la cuadrilla, podía seguir a su compañero y ocultar los fallos en medio de la multitud. Mas eso no era posible con un vals.

—Lord Saint Clair... —empezó a decir, con la intención de prevenirlo. Pero él ya había empezado a dar vueltas.

«Un-dos-tres, un-dos-tres, un-dos-tres...», cantó ella mentalmente, procurando sin éxito controlar sus pasos para no pisarle.

—Señorita Taylor... —empezó a decir él.

—Chist —lo acalló ella, mirando con una clara envidia a los que la rodeaban, capaces de seguir los pasos tan intrincados de esa danza. Le clavó los dedos en el hombro y explicó—: Estoy contando.

—¿Contando?

—Los pasos, para seguir el ritmo. Soy muy mala con el vals.

Él la miró con recelo.

—Me está tomando el pelo.

Felicity lo pisó sin querer.

—¡Huy! Lo... lo siento —tartamudeó mientras procuraba volver a coger el ritmo, casi obligándolo a detenerse.

Ian volvió a emprender el baile y se mantuvo callado hasta que ella consiguió coger nuevamente el ritmo.

—¿Cómo es posible que no sepa bailar el vals? ¿No asiste cada noche a un evento social?

—Sí, pero no voy para bailar.

Felicity volvió a clavarle los dedos en el hombro. Quizá si él la alzaba un poco del suelo y la hacía girar por la pista, nadie se daría cuenta... Era alto y fornido, y ella ya había echado a perder su porte de dama graciosa al tropezar con él y darle ese pisotón.

Cuando él no contestó a su comentario, Felicity se arriesgó a alzar la vista para mirarlo a la cara. Entonces descubrió unos ojos impenetrables y fríos.

—Lo olvidaba, sólo asiste a esos bailes para enterarse de chismes.

—Para obtener material. —La condescendencia y la soltura con la que el vizconde bailaba empezaban a irritarla—. Usted va para cazar una yegua de cría, no creo que su intención sea más noble que la mía.

—¿Una yegua de cría? ¿Es eso lo que ha obtenido de su interrogatorio a Sara esta tarde?

Felicity se tambaleó. Ian la agarró con fuerza para que no perdiera el equilibrio, sin embargo, no pudo evitar la colisión con otra pareja. Desconcertada, necesitó unos segundos para recuperar la compostura.

—Yo no he interrogado a Sara. Ella me ha ofrecido información.

—Y usted ha realizado sus típicas y tan características especulaciones basadas en indicios e insinuaciones.

—¿Así que no está buscando una esposa que le dé un heredero?

Ian se quedó en silencio, y Felicity aprovechó esos breves instantes para fijarse en otros detalles, además del vals... como el amplio pecho masculino que se abría a la altura de sus pupilas... el aroma a especias y a lino almidonado... los brazos musculosos, que la sostenían con poderío...

En un momento dado, él apartó la mano de su cintura y la extendió hasta depositarla en la parte inferior de su espalda. A pesar de que ella comprendía perfectamente la necesidad que el vizconde sentía de estrecharla por la cintura para evitar que se diera de bruces contra el suelo, Felicity consideró que esas muestras de confianza eran del todo indebidas.

Intentó separarse un poco de él, pero volvió a perder el ritmo y el equilibrio, así que volvió a asirse de su brazo con una fuerza excesiva. Cuando alzó la vista, descubrió que esta vez él la estaba mirando con ojos divertidos.

—Es verdad que no sabe bailar el vals —constató él.

—Claro, ya se lo he dicho. ¿Por qué iba a inventar una tontería así?

—¿Y por qué no? Usted se lo inventa todo.

—Pero no sus motivos para casarse, ¿me equivoco? —remachó ella, con la firme intención de conseguir que él contestara a su pregunta.

Ian soltó un bufido de exasperación.

—Por supuesto que necesito una esposa que me dé un heredero. Ése es el motivo por el que se casan la mayoría de los hombres con un título nobiliario y con una considerable fortuna. —Hizo una pausa antes de proseguir—. ¿Y ahora qué? ¿Piensa publicar esa noticia en la próxima edición del diario *The Gazette*?

Felicity empezaba a sentirse lo suficientemente segura, así que el comentario mordaz no le hizo perder el paso.

—Mire, lord Saint Clair, tengo cosas más interesantes que escribir que acerca de quién es la siguiente afortunada a la que usted ha decidido cortejar.

—Sí, claro, como por ejemplo de la fuga de Katherine.

Así que finalmente decidía sacar el tema a colación, ¿verdad? Felicity inclinó la cabeza y clavó las pupilas en el amplio y vistoso pañuelo que él llevaba exquisitamente anudado en el cuello.

—¿Por qué debería escribir sobre esa cuestión? Ya es de dominio público. Además, a pesar de lo que usted pueda pensar, no voy por ahí intentando truncar la vida de las personas. Después de todo, Katherine es mi amiga.

—Ya la ha humillado bastante, escribiendo esas tonterías acerca de mi supuesta amante. ¿Por qué se muestra ahora tan reticente a la hora de comentar su fuga?

A Felicity no le gustó nada la injusta acusación.

—Acepto que mi artículo haya podido importunarla un poco, pero nada más. La finalidad era que Katherine fuera feliz.

—¿Está segura? ¿Ese criado con el que se ha fugado cumple todos los requisitos que usted exige?

Felicity mantuvo los ojos fijos en el amplio pañuelo, como si estuviera absolutamente fascinada por ese pedazo de tela, antes de contraatacar:

—No sabía quién era, pero estoy segura de que se trata de un hombre encantador que sabrá hacerla dichosa.

—Ya, por su tono deduzco que está usted tan desilusionada con esa huída como yo.

Maldición. ¿Por qué tenía que ser tan directo ese hombre? Además, demostraba una portentosa habilidad para leerle los pensamientos.

—Se equivoca. Por lo menos él sostiene que está enamorado de ella, y eso es más de lo que usted puede aducir.

—Tiene respuestas para todo, ¿verdad? Pero la conozco, señorita Taylor, y usted, al igual que yo, no cree en el amor. —La atrajo más hacia sí, y Felicity quedó pegada a su cuerpo desde los muslos hasta el pecho de un modo imprudente.

Ella intentó apartarlo, pero no lo consiguió.

—Quizá no sea muy diestra bailando el vals —susurró con los dientes prietos—, pero no creo que sea necesario que se arrime tanto a mí. ¿Es que no se da cuenta de que se está comportando de un modo indecoroso?

—Es verdad, tiene razón.

Mas cuando él no se apartó ni un centímetro en respuesta a su reproche, Felicity lo increpó:

—Haga el favor de soltarme.

—No.

En ese instante ella comprendió que la actitud del vizconde no tenía nada que ver con sus pésimas habilidades de bailarina.

—¿Por qué?

—Porque bailar con usted manteniendo una distancia prudente no resulta tan placentero. —Ian coronó el comentario con una sonrisa tan cínica que a ella se le paró el corazón.

Felicity lo pisó a propósito, pero los zapatitos de baile no podían combatir contra sus estupendos zapatos de piel.

—Lord Saint Clair... —empezó a decir.

—Llámame Ian —la atajó él con un tono burlón—. Después de todo lo que sabes sobre mí, no veo por qué razón tenemos que continuar tratándonos con tantos formalismos.

—Mire, sé que está enojado conmigo a causa de la fuga de Katherine...

—Has escrito abiertamente acerca de cuestiones que no eran de tu incumbencia. Has interrogado a mis amigos para obtener información sobre mi vida privada. —Felicity dio un tropezón y volvió a perder el equilibrio, pero él volvió a marcarle el paso y continuó bailando—. Y ni tan sólo tienes la decencia de sentir remordimientos por lo que has hecho.

—¡Porque no he hecho nada malo!

—¿De veras? —Dieron otra vuelta y la luz de las velas iluminó su sonrisa porfiada—. Entonces, seguro que no te importará que ahora invirtamos los papeles.

Felicity se sintió alarmada.

—¿Qué... qué quiere decir?

Ian inclinó la cabeza lo suficientemente cerca de ella como para rozarle la oreja con los labios.

—¿Alguna vez has sido el centro de las habladurías, Felicity?

Ella se quedó helada entre sus brazos. ¡Santo cielo! Por eso le había pedido que bailara con él. Había estado tan ocupada procurando no pisarlo que no se había fijado en la forma tan escandalosa en que él la estrechaba entre sus brazos... Y ahora ya era demasiado tarde.

Giró la cara vertiginosamente hacia un lado y hacia el otro, y por primera vez se dio cuenta de los susurros y de las miradas indiscretas de las parejas que bailaban más cerca de ellos. Ninguna pareja bailaba tan pegada, salvo los tortolitos que estaban festejando... o haciendo algo peor.

—Maldito y despreciable...

—Cuidado, bonita —susurró él socarronamente—. Alguien podría oírte. Y entonces, ¿qué pensarían?

—¡Que es usted un caradura y que carece de la debida educación!

—O que tú has bebido más vino de la cuenta, y por eso me estás permitiendo que me exceda. O que tienes ganas de ocupar el sitio de mi supuesta amante. O cualquier otra suposición de mal gusto, basada sólo en el hecho de que yo te estoy estrechando en público de un modo tan indecoroso.

¡Maldito fuera ese hombre! ¡Sin lugar a dudas, debía de ser la criatura más calculadora y más taimada de toda la faz de la Tierra!

—De acuerdo —gruñó ella después de haber dado otra vuelta—, ya lo he entendido, ¡ahora suélteme!

—Oh, pero si aún no he empezado a demostrarte lo que deseaba demostrarte —murmuró Ian, con una voz tan sedosa como amenazante.

Felicity apenas podía escuchar la música de fondo; el eco de los latidos de su corazón desbocado resonaban en sus oídos de una forma atronadora. Ian la mantenía apresada entre sus brazos de un modo más efectivo que si la hubiera atado con una soga. Para zafarse de él, ella tendría que montar un numerito que lo verían la mitad de los presentes en la sala, y eso únicamente serviría para demostrar que el vizconde tenía razón. Seguramente él disfrutaría como un enano, viendo cómo ella quedaba en evidencia delante de tanta gente importante.

¿Y a qué se refería, con eso de que todavía no había empezado a demostrarle lo que quería demostrarle? A la siguiente vuelta llegaron hasta uno de los extremos de la pista de baile, y Felicity comprendió lo que quería decir. El pánico se adueñó de ella al comprender que se estaban desplazando hacia la cristalera que daba a la terraza.

—No —susurró Felicity, intentando detenerse, pero todo fue en vano; era como intentar frenar una rueda de molino. Al igual que el río poderoso que propulsaba la rueda, Ian se movía inexorablemente, arrastrándola con él, aunque ella no quisiera.

Un par de vueltas más, y se plantaron delante de la cristalera. Ian le soltó la mano sólo el tiempo necesario para abrir la puerta.

—¡No pienso salir ahí fuera a solas con usted! —susurró Felicity entre dientes, pero él la arrastró a través de la puerta hasta la terraza como si fuera una muñequita de trapo.

Zafándose de su mano, ella se dio la vuelta vertiginosamente con la intención de regresar a la sala de baile. Con una velocidad alarmante, él se colocó delante, bloqueándole el paso, y cerró la puerta.

Felicity jadeó nerviosa y se estremeció de frío.

—No pensará tenerme aquí fuera toda la noche. Por el amor de Dios, me estoy quedando helada.

—Toma mi abrigo... —empezó a decir él mientras se desabrochaba un botón.

—¡Ni se le ocurra! —Eso era lo último que ella deseaba, que el vizconde se quitara la ropa en un escenario tan íntimo.

La sonrisa maliciosa de lord Saint Clair le recordó las muecas guasonas de sus hermanos pequeños, cuando estos hacían alguna travesura.

—Simplemente intento actuar como un caballero.

—¡Pues le aseguro que no lo está consiguiendo! —Felicity intentó echar un vistazo por encima del hombro de su interlocutor hacia la sala de baile para ver si alguien se había fijado en su retirada, pero las amplias espaldas del vizconde le bloqueaban la vista. Entonces lanzó una mirada furtiva a su alrededor. Gracias a Dios estaban totalmente solos en la terraza.

—Muy bien, ya ha conseguido apartarme de todos. Ahora dígame, ¿qué es lo que quiere de mí?

—Oh, es muy sencillo: quiero que experimentes lo que uno siente al ver mancillada su impecable reputación a causa de unas «especulaciones» injustas difundidas por una cuadrilla de chismosas. —La sonrisa maliciosa se borró repentinamente de sus labios—. Así es la vida: a veces se gana y a veces se pierde.

¿Cómo se atrevía ese tipo despreciable a aleccionarla?

—¿Ah, sí? ¡Pero si usted no sabe lo que significa jugar limpio! Yo me he ganado mi impecable reputación comportándome siempre de un modo impecable, ¡y estoy segura de que usted no puede decir lo mismo de sí mismo! ¡Si no le gusta la reputación que tiene, no me eche la culpa a mí! ¡No he sido yo la que lo ha empujado a actuar del modo indebido, maldito... maldito canalla!

Ian avanzó hacia ella, tensando la mandíbula peligrosamente.

—Sí, así soy yo. Un pobre desgraciado que no merece casarse con ninguna mujer que se precie de ser decente. Un hombre del que ninguna mujer en su sano juicio se fiaría. —La agarró con fuerza por la cintura, arrimándola temerariamente a su cuerpo, y prosiguió con un tono sarcástico—: ¿Así que por qué he de actuar o tratarte de una forma diferente a las miles de mujeres que he deshonrado?

—¡Maldito...!

Ian no le dio tiempo a acabar de pronunciar el insulto. Sus labios sellaron la boca temblorosa de Felicity.

Ella se quedó tan aturdida durante un momento que no reaccionó. Hacía mucho tiempo que ningún hombre la besaba así, a la fuerza, desde que uno de los patronos de su padre se había atrevido a hacerlo.

Felicity recordaba esa ocasión como una experiencia repugnante. En cambio, ahora no había sido lo mismo.

El beso del vizconde era posesivo y tentador, a diferencia del beso jactancioso y repulsivo que le había propinado el otro individuo. A pesar de que lord Saint Clair había asumido el control absoluto de la acción sin mostrar ni una pizca de consideración por sus sentimientos, no se sentía asqueada. Al contrario, el beso había despertado unas extrañas sensaciones en sus entrañas. La intimidad de la acción había logrado que se derritiera como la mantequilla y perdiera el control de sí misma por unos instantes, algo que jamás le había sucedido antes con ningún otro hombre. Y para su horror, cuando él la soltó y retrocedió un paso, se sintió decepcionada y molesta por unos segundos.

Su irritación creció al notar un incontrolable ardor en las

mejillas. Jamás se sonrojaba, puesto que prácticamente nada lograba ruborizarla. Y pensar que ese maldito vizconde podía hacer que...

—Veo que te has quedado sin habla. —Los ojos de Ian refulgían victoriosos, cuando escrutó su cara hasta fijar la vista en sus labios todavía temblorosos—. ¡Y yo que pensaba que eso no era posible!

Felicity ignoró el insulto.

—¿Es ésta la forma que tiene de acobardar a sus enemigos?

—Sólo a las enemigas bellas. —Ian enarcó una ceja—. Y tú no pareces particularmente acobardada. Qué lástima; me parece que estoy perdiendo facultades.

Desesperada por ocultar la reacción de confusión ante ese inesperado asalto, replicó:

—Hace falta algo más que un beso tosco para acobardarme.

—¿De veras? —Ironizó Ian. Una sonrisa perversa se dibujó en sus labios mientras volvía a ceñirla por la cintura. Cuando ella se arqueó para alejarse de él, Ian le apresó la mandíbula entre el pulgar y el dedo índice con la intención de inmovilizarla—. Entonces estaré encantado de insistir en mi intento.

Felicity se puso tensa, preparada para resistirse esta vez. Pero él la pilló por sorpresa: su boca apenas la rozó, con un movimiento tan sutil y fugaz que a ella se le erizó el vello de los brazos. De un modo pecaminoso, Ian empezó a juguetear con sus labios, con besos tan tentadores como si a un niño muerto de hambre le ofrecieran un caramelo.

Hasta ese momento no se había dado cuenta de lo hambrienta que estaba. Pero la boca del vizconde despertó todas las ansias dormidas en su vientre, y súbitamente sintió un hambre voraz por aquello desconocido, exótico. Entonces él selló sus labios con los suyos, con firmeza, y Felicity perdió el mundo de vista. Los dedos de Saint Clair trazaron la línea de su mandíbula en una caricia insinuante que le dejó toda la piel enfebrecida y temblorosa.

Ian hizo una leve presión con el pulgar debajo de su barbilla para obligarla a abrir la boca bajo la suya, y a continuación hundió la lengua en su interior. Ella se sobresaltó ante la repentina sensación de intimidad, pero él la tranquilizó acariciándole el cuello con la mano, en la base de su garganta, donde su pulso latía desbocadamente... en su hombro desnudo. Cuando ella se relajó ante sus caricias, la besó con más pasión, explorando la boca como si se tratara de un suculento melocotón que deseara saborear. Con cada embestida de su lengua, la probaba y la acariciaba de un modo tan extático que Felicity pensó que acabaría por perder el sentido.

No había esperado esa dulzura tan embaucadora. Los hombres como él no trataban a las mujeres con tanta consideración, ¿no era cierto?

A Felicity le faltaban las fuerzas para oponer resistencia. Jamás habría imaginado que el deseo pudiera ser tan intenso, tan enloquecedoramente seductor. Con las manos temblorosas, se agarró a las solapas del abrigo de Saint Clair, doblando la tela extrafina con puños enfebrecidos. Nc sabía en qué momento entornó los ojos y se abandonó al portentoso influjo de esa boca que se empecinaba en explorar la suya, pero eso tampoco importaba. Repentinamente notó en el vientre el aroma de un licor prohibido, cálido y penetrante, y absolutamente irresistible.

Su instinto la empujó a deslizar la lengua tentativamente dentro de la boca de él, e Ian jadeó. Acto seguido, la estrechó con más fuerza contra su cuerpo, y la besó con una pasión inesperada. El poder del beso había encendido instantáneamente el instinto primitivo de posesión masculina. Ian había perdido el control... y ella lo notó, así como también notó cómo ella misma se perdía inexorablemente bajo la salvaje pasión de ese beso.

Unos placeres exquisitos la invadieron desde la cabeza aturdida hasta la punta de los dedos de los pies congelados. Felicity se sintió absorbida por el tremendo calor proveniente del cuerpo del vizconde, por la desbordante necesidad que emanaba de él, por la imponente estructura de ese cuerpo varonil. Sin embargo, no tenía miedo, ni tampoco sentía ningún deseo de detenerlo. Jamás habría permitido que el vizconde tan frío y calculador la tocara de ese modo, pero todo era distinto con ese hombre tan ardoroso que con esas enormes manos se dedicaba a juguetear con sus costillas, su cintura, sus caderas... Lord Saint Clair recorría su boca con la lengua como si le perteneciera, y lo único que Felicity podía hacer era entregarse lentamente a ese maravilloso estado de abandono y de placer.

De repente, el ruido de unas voces se inmiscuyó en sus sentidos, recordándole la situación comprometida y absolutamente indecorosa en la que se había metido. ¡Y encima en ese lugar! Apartó los labios e intentó detenerlo.

—Lord Saint Clair...

—Llámame Ian —solicitó él, con unos ojos acuciantes de necesidad.

—Ian, me parece que alguien se acerca —avisó ella.

—Pues que venga. —Felicity intentó apartarse, pero él la inmovilizó de nuevo, apresando su cara entre las manos y besándola de nuevo con tanta fuerza que ella prácticamente olvidó el motivo por el que se había atrevido a protestar. Mas cuando oyó un grito ahogado a sus espaldas, lo apartó con un fuerte empujón.

Ian no tuvo más remedio que soltarla. Durante un largo momento, se la quedó mirando fijamente, con unos ojos selváticos, que destellaban hambrientos en la oscuridad.

Entonces, su expresión se tornó inescrutable y su respiración se aquietó. Miró por encima de ella hacia la persona que los había sorprendido, y una sonrisa de satisfacción se extendió por su cara.

Felicity notó que el intenso calor del deseo se esfumaba de su cuerpo en un abrir y cerrar de ojos. Santo cielo. Se había equivocado, por completo. El beso de Saint Clair sólo había sido una estratagema. Ese bribón despiadado era un verdadero experto en el arte de la seducción, y le había hecho creer que entre ellos dos existía algo más, algo mágico, y que él había caído en el sortilegio del mismo modo que ella. Sin embargo, lo único que había hecho era usar esa artimaña para colocarla inevitablemente en una situación engorrosa en público.

Felicity se sintió terriblemente avergonzada, pero el sentimiento pronto dio paso a una incontenible ira. ¡Maldito granuja! Sin poderse dominar, lo abofeteó, y el sonido de su mano contra la mejilla del vizconde resonó en toda la terraza. Mas su airada reacción no consiguió borrar la expresión victoriosa de la cara de lord Saint Clair.

Y pensar que había caído en esa trampa como una idiota... ¡Peor aún, que incluso había disfrutado! Lentamente se dio la vuelta para enfrentarse a la audiencia.

Ante ella se hallaba Sara, su anfitriona. Y a su lado estaba el mismísimo Galeón de los Cotilleos en persona, lady Brumley. ¡Maldito fuera esa bribón por haberla metido en una situación tan delicada!

En un intento por no mostrarse como la mujer descocada que había permitido que ese bribón la besara, Felicity se esforzó por fingir una mueca de sorpresa, como si no se hubiera dado cuenta de que ellas habían sido testigos del espectáculo.

—Oh, les pido perdón, no las había visto. Es que lord Saint Clair y yo estábamos departiendo tan animadamente que...

—Ya lo hemos visto. —Lady Brumley sonrió como una gata que acabara de caer en un cuenco lleno de leche.

—Y si no les importa, queremos continuar nuestra conversación... en privado —apostilló Ian detrás de ella.

A Felicity su tono tan suave le provocó el mismo efecto como si alguien le acabara de frotar sal en una herida que todavía supuraba. Lord Saint Clair había conseguido que sintiera una pasión desmedida, y ella había caído en la ilusión de creer que él también había sentido algo especial. ¿Cómo había podido ser tan estúpida?

—No es cierto. No deseo seguir conversando con lord Saint Clair —repuso ella con vehemencia—. Por lo que parece, el señor vizconde no comprende el significado de la palabra «no». —Con un gran esfuerzo, se dio la vuelta para mirarlo a la cara y añadió—: Buenas noches, lord Saint Clair. Le sugiero que en el futuro demuestre un mayor control de sus manos.

Sus palabras fueron un vano intento de borrar el daño que ya estaba hecho, y ella lo sabía.

—Prometo comportarme como es debido... si usted también se comporta como es debido —se burló él, con una sonrisa triunfal.

Felicity intentó recomponer la dignidad antes de enfilar hacia la vidriera que separaba la terraza de la sala de baile.

Al entrar vio a mucha gente, y le pareció que todos la estaban observando. Desesperada, deseó que el suelo de mármol se abriera por la mitad y se la engullera. Bajó la vista y atravesó la sala con paso veloz. Su cuerpo temblaba, y las lágrimas le escocían en los ojos.

«¡Estúpida! ¡Insensata!», se reprendió a sí misma. Sabiendo la clase de tipo que era, ¿cómo podía haber permitido que el vizconde la besara de ese modo? Le hubiera gustado poder alegar que él la había obligado, pero no era cierto. Lord Saint Clair solo había necesitado acariciarla unos instantes para que ella cayera rendida en sus brazos como una pánfila colegiala.

Hacía mucho tiempo que Felicity se había resignado a no experimentar jamás la llama de la pasión. Las probabilidades de que pudiera casarse eran escasas, y se resistía a saciar sus necesidades por otras vías. Pero aun así, sentía esos terribles deseos en la parte baja del vientre, especialmente cuando contemplaba el cuadro del sultán o veía a alguna pareja de tortolitos. Había deseado que alguien la acariciara como Ian lo había hecho incluso mucho antes de conocerlo a él.

¡Maldito fuera ese tipo por averiguar sus debilidades tan fácilmente!

La sensación de pesadumbre se fue incrementando a medida que se abría paso entre las parejas que bailaban en la pista. Había caído en las redes de ese bribón. Lord Saint Clair había oído a lady Brumley y a Sara que se acercaban, y no obstante, había continuado besándola deliberadamente para poder completar su venganza y arruinar su reputación intachable. Era evidente que el vizconde se había solazado con la actitud estúpida de ella y que se había felicitado a sí mismo al conseguir seducirla tan fácilmente.

Las lágrimas continuaban agolpándose en sus ojos; cada vez le costaba más contenerlas, de la misma forma que la furia que la invadía, mientras huía de las miradas curiosas de la abarrotada sala de baile. ¡Maldito canalla! Así que él pretendía hundir su reputación, ¿verdad? Pues esta vez había ido demasiado lejos. Ahora estaba dispuesta a hacer cualquier cosa con tal de hacerle pagar a ese pedazo de energúmeno arrogante, ese vizconde sin sentimientos, todas sus presunciones y sus tácticas engañosas. Haría que se arrepintiera del día en que pisó la casa de los Taylor.

¡Ohhhhh! ¡Menudos comentarios iba a vomitar en su próxima columna!

Capítulo siete

La semana pasada, un conocido heredero de un título nobiliario fue visto en compañía de una respetable pero humilde señorita en la terraza de lady Bellingham. El padre del heredero insiste en que su hijo sólo buscaba entablar una conversación amistosa con la señorita. Sin embargo, a juzgar por el desdeñoso comportamiento del joven, es posible que el razonamiento de su padre sólo se base en meras ilusiones, en vez de en hechos reales.

The Evening Gazette, 10 de diciembre de 1820
LORD X

*U*nos nubarrones negros se extendían sobre el cielo plomizo al despuntar el alba, a la mañana siguiente del baile, amenazando con precipitarse en forma de aguacero cuando Ian enfiló hacia el comedor de los Worthing con paso ligero. Hacía rato que había desistido de la idea de conciliar el sueño, y en ese momento lo único que deseaba era desayunar solo y tranquilo. Seguramente no habría nadie merodeando por el comedor a esas tempranas horas, aunque fuera domingo y la familia tuviera que prepararse para asistir a misa.

Pero la suerte parecía no estar de su parte. Se detuvo en seco en la puerta del comedor y reprimió un bufido cuando vio a Sara, que lo miraba fijamente desde el otro extremo de una mesa ampliamente surtida.

Maldición, debería habérselo figurado. De toda la gente que podía estar despierta, tenía que ser precisamente ella. Y ahora

Sara sacaría a colación la escandalosa escena de la noche anterior en la terraza.

La escena inexplicable y embarazosa de la noche anterior.

—Buenos días —lo saludó ella con una visible tensión—. Veo que eres muy madrugador.

Ian eligió una silla lo suficientemente alejada de ella como para no propiciar ninguna sensación de apego, pero lo suficientemente cerca como para no parecer descortés.

—Lo mismo podríamos decir de ti. —El criado se apresuró a ofrecerle un huevo hervido. Acto seguido, Ian se sirvió un par de tostadas de una bandeja que había en la mesa.

Sara hizo un gesto con la mano para que el criado se apartara.

—Nunca puedo dormir cuando tengo invitados. Siempre estoy preocupada, procurando que todos se sientan cómodos.

Ian refunfuñó algo entre dientes. Pero su respuesta evasiva no desalentó a Sara.

—Te quedarías sorprendido al averiguar cuánta gente ronda por la casa a estas horas de la mañana. —Pinchó una salchicha de la bandeja con el tenedor—. La señorita Taylor, por ejemplo, hace ya rato que está levantada.

Ian se negaba a hablar de Felicity con Sara.

—¿Hay café?

—Sí. —Sara hizo un gesto al criado, que estaba rodeando la mesa con una humeante cafetera. Miró a Ian fijamente y añadió—: Hace una hora que se ha marchado.

—¿Quién? —inquirió él, fingiendo estar distraído.

—La señorita Taylor, ¿quién si no?

—Ah, sí, ¿quién si no? —repitió Ian con sequedad. ¿Finalmente había conseguido su objetivo de desembarazarse de esa mujer? La idea no le hizo demasiada gracia—. Supongo que habrá decidido marcharse temprano para poder llegar a su casa antes de que empeore el tiempo. Parece que tendremos un día pasado por agua.

—¿A su casa? No, no se ha ido a su casa. Simplemente ha ido a Pickering, al pueblo.

Ian ignoró la repentina aceleración de su pulso. Por supuesto que Felicity no había salido huyendo despavorida. Jamás actuaba como las demás mujeres.

La noche anterior, por ejemplo, él la había besado para amedrentarla, para asustarla, y había esperado que ella reaccionara con horror, consternación, incluso con asco, dadas sus ideas tan conservadoras en contra de las aventuras amorosas. Mas en lugar de eso, había pestañeado y lo había mirado sorprendida, como si nunca antes nadie la hubiera besado como era debido.

Así que... ¿qué diantre se suponía que tenía que hacer él, cuando una criatura tan adorable y llena de vitalidad se lo quedó mirando de ese modo, con los labios abiertos, como invitándolo a penetrarlos, y la respiración entrecortada, con unos jadeos suaves y estimulantes? ¿Ignorarla? Estaba seguro que ni Dios en persona habría podido resistirse a no besarla en ese momento. Definitivamente, su segundo beso no había llevado por intención asustarla ni amedrentarla. La besó porque la deseaba... sí, la deseaba.

Y ella también lo deseaba en esos momentos, aunque luego hubiera intentado disimular. Lo había mirado a los ojos con un ardiente deseo: su cuerpo se había arqueado hasta adaptarse perfectamente a sus brazos... su boca, con ese dulce perfume embriagador, lo buscaba... y sus pechos respingones, totalmente pegados a su torso...

Maldición. Esa clase de recuerdos lo habían mantenido despierto prácticamente toda la noche. Quizá sí que había conseguido desprestigiarla y dañar su reputación, pero gracias a ese beso, el resto de la noche había transcurrido como una inacabable secuencia de imágenes seductoras y deliciosas sensaciones, con esos ojos verdes que lo acechaban entre las sombras, esos labios suplicantes bajo los suyos, esa cintura de avispa entre sus manos, y el ligero frufrú de la tela satinada cuando ella le había permitido que la estrechara entre sus brazos.

Y tampoco podía olvidar su malicioso comentario más tarde: «Por lo que parece, el señor vizconde no comprende el significado de la palabra "no"». Esa mujer era una impúdica fierecilla indomable. Y en sus sueños también se había comportado de un modo igual de impúdico, cuando finalmente Ian consiguió quedarse dormido. Sí, impúdica y descocada; se la había imaginado tumbada en la cama, con su esplendorosa melena con reflejos cobrizos desparramada sobre las sábanas y su glorioso cuerpo medio desnudo, ligeramente cubierto por una fina tela de satén y de encajes. Primero lo había tentado con esa boca tan seductora. Luego lo había besado en los labios, en el pecho... por todo el cuerpo que ardía de deseo.

Ian soltó un bufido. El sueño le había parecido tan real que se había despertado excitadísimo, con el pene tan duro como los pilares de piedra de esa mansión. Maldita fuera, esa mujer era la seducción en persona, y ahora todo lo que él quería era tener una oportunidad de desnudarla para poder gozar de ella con los ojos, con los labios y con las manos.

Esas manos que ahora mantenía cerradas en un puño, bien prietas. Por Dios, ¡cómo la deseaba! Quería que ella le suplicara que la besara. Quería verla debajo de él, jadeando de placer. Le resultaba imposible recordar la última vez que había deseado tanto a una mujer. Ni tan sólo el triunfo que sentía por haberle hecho probar el sabor amargo de los métodos a los que ella misma recurría podían alejar esa terrible sensación de deseo que lo invadía.

—Estoy preocupada por la señorita Taylor —continuó Sara, sorbiendo tranquilamente el té de su humeante taza como si el tema de conversación fuera sólo de un interés fútil—. Ya tendría que haber regresado. Dijo que sólo iba al pueblo a enviar una carta, pero hace rato que se marchó a caballo, y si no regresa pronto, es posible que la sorprenda la tormenta.

Una imagen de Felicity, totalmente empapada, con la tela de muselina pegada completamente a su cuerpo, ciñéndose a cada una de sus curvas, asaltó sus pensamientos antes de que Ian pudiera remediarlo.¿Y por qué había ido a enviar una carta? ¿A quién escribía? Sumido en esos pensamientos, rompió con unos suaves golpecitos la cáscara del huevo y retiró la parte superior. Ah, sí, a sus hermanos, naturalmente; les estaba notificando que ayer llegó a su destino sana y salva.

Cuando él no dijo nada, Sara añadió:

—Espero que no se haya quedado dormida mientras iba montada a caballo. Me ha comentado que esta noche no ha dormido nada bien.

Indudablemente, Sara le echaba la culpa a él por la inhabilidad de Felicity de conciliar el sueño. La expresión severa de su cara no dejaba lugar a dudas, esa expresión que había conseguido que su esposo pirata se comportara con el debido decoro.

Pues él no necesitaba lecciones de decoro. Fingiendo no comprender su indirecta, hundió la cuchara en el centro del huevo y dijo:

—Cuesta mucho dormir bien en una casa ajena, por más que las condiciones sean impecables.

—No creo que haya sido ése el motivo por el que no ha podido dormir.

—¿Ah, no? —Saboreó el huevo—. Entonces quizá la señorita Taylor estaba simplemente muy alterada después del baile. Tengo entendido que esas reacciones son muy frecuentes en las jovencitas.

—Sí, particularmente cuando se han sentido insultadas.

Ian esbozó una mueca de fingida inocencia.

—¿Insultadas? ¿Quién se atrevería a insultar a la señorita Taylor?

—Lo sabes perfectamente. —Sara pinchó la salchicha con tanta saña con el tenedor que él se sintió incómodo—. La pobre se llevó una gran desilusión por la forma en que la trataste ayer.

Ian se sentía en cierta manera culpable. Maldita fuera; no tenía por qué sentirse culpable. No había hecho nada que Felicity no hubiera merecido.

—No la traté mal, te lo aseguro. —Cuando Sara abrió la boca para replicar, él alzó una mano para acallarla—. Se trata de un asunto personal entre ella y yo, así que haz el favor de no inmiscuirte.

—Si hubieras visto cómo...

—Sara... —la avisó él.

—¡Conseguiste hacerla llorar! —exclamó Sara sin poderse contener—. Una jovencita tan dulce como la señorita Taylor. Cuando dimos con ella, estaba llorando desconsoladamente, a pesar de que intentó por todos los medios ocultar su estado de ansiedad.

Ian no podía imaginarse a Felicity llorando por nada, y el hecho de pensar que sus besos pudieran haberla llevado a tal estado de alteración le parecía ridículo, imposible de creer. Depositó la cuchara en la mesa, se recostó en la silla y entrelazó las manos sobre el vientre.

—Veo que tienes ganas de hablar del tema. Veamos, ¿quién iba contigo cuando la encontrasteis?

—Lady Brumley. Fuimos a buscarla porque estábamos preocupadas. Había desaparecido de la sala de baile sin decir palabra, y eso no nos pareció normal.

—¿Preocupadas? Bueno, quizá tú sí, pero dudo que lady Brumley sea capaz de sentir nada más que una intensa sed de chismorreos.

Las mejillas de Sara adoptaron un ligero tono sonrosado.

—Quizá tengas razón. Pero de todos modos la cuestión es que encontramos a la señorita Taylor sentada delante del escritorio en su habitación, con lágrimas en las mejillas y los ojos hinchados de tanto llorar.

Ian se sintió más culpable, aunque se consoló pensando que el llanto de Felicity podría no haber sido genuino. Quizá había oído a Sara y a lady Brumley acercarse por el pasillo y se había puesto a llorar con lágrimas de cocodrilo para darles pena.

—Esa mujer debe de ser realmente una pánfila, si se pone a llorar cada vez que un hombre la besa.

La cara de Sara reflejó su irascibilidad. Lo fulminó con la mirada y acto seguido cortó la salchicha en dos con una incontenible rabia. Ian apretó los muslos en una reacción defensiva.

—No, no se trata sólo de un beso —espetó ella—, y lo sabes muy bien. Yo misma fui testigo de tu abominable indirecta de que la señorita Taylor te había animado a que te excedieras con ella.

Ian se negaba a justificarse en dicha acusación. Sara no sabía toda la historia, y era mejor que no la supiera.

—Además, creo que hiciste algo más que besarla.

Si lo hubiera hecho, Ian estaba seguro de que se acordaría.

—¿Se puede saber a qué diantre te refieres?

Sara soltó el tenedor y el cuchillo con fiereza.

—Ya sabes a qué me refiero, te aprovechaste de ella, por eso ella te dio una bofetada.

Ian la miró con el ceño fruncido.

—¿Ella te dijo eso?

—Dijo que te habías excedido. Y yo misma vi cómo la estrechabas entre tus brazos, ¿recuerdas? Así que no me cuesta nada creer que te excediste poniendo las manos en ciertas partes prohibidas. —Sara se levantó de la silla, retorciendo la servilleta entre las manos con agitación.

Ian estaba a ratos impresionado y a ratos furioso. Realmente, Felicity sabía cómo darle la vuelta a la situación para sacar provecho.

—¿De verdad te dijo que me aproveché de ella, que la toqué allí donde no debía?

Sara se dirigió al aparador y empezó a arreglar las tapas sobre los platos.

—No exactamente. Al vernos se quedó turbada, así que al principio se negó a hablar de la cuestión. Pero yo no podía dejarla sola en ese estado tan alterado. Además, como anfitriona, creí que era mi obligación descubrir qué era lo que habías hecho para importunarla de esa manera. Así que le pregunté si... si te habías comportado de una forma indebida... además de besarla, claro.

Ian farfulló una maldición entre dientes, y Sara se apresuró a añadir:

—Esperaba que dijera que no, de verdad. Pero ella estalló y empezó a lamentarse de que no debería haberse quedado a solas con un hombre de tu reputación, que debería haberte detenido antes de que fueras demasiado lejos.

Sara le lanzó una mirada furibunda y plantó ambas manos en las caderas.

—Ésas fueron sus palabras: «demasiado lejos». Me aseguró que le dolía mucho tener que confesarme el verdadero talante de un hombre al que yo consideraba un amigo, pero que eras un verdadero canalla. Fue realmente específica sobre esa cuestión.

La repentina risotada que Ian lanzó hizo que Sara lo mirara con estupefacción.

—Ya, sí, claro. Le dio mucha pena hacerte esa confesión... Pues te aseguro que dudo seriamente que le doliera tanto ensuciar mi nombre. Probablemente se alegró de ver tu actitud crítica ante mi comportamiento.

—No soy tan poco leal a mis amigos como para hacer algo así —protestó Sara con indignación—. Pero su confesión no me pareció un cuento chino. La situación ha sido realmente compleja entre vosotros dos desde el momento en que ella llegó. No me negarás que la relación que mantienes con ella es bastante curiosa. Has admitido que fuiste a su casa, y ambos sabemos que esa visita no podía tener nada que ver con la muerte de su padre. Tal y como Emily me confirmó, apenas conocías a su padre.

Ian refunfuñó. Lo último que le faltaba era que Emily y Sara se aliaran con Felicity en su contra.

—Dejando de lado mi conexión con la señorita Taylor, sabes perfectamente bien que jamás abusaría de una mujer, por más extraña que te parezca mi relación con ella, y mucho menos en tu propia casa. Mira, nos conocemos desde que éramos niños, así que a estas alturas creo que ya deberías saber que jamás haría una cosa así.

A Sara le tembló el labio inferior, aunque Ian no sabía si era por agitación o por rabia.

—El Ian que conocí cuando Jordan y yo éramos niños nunca haría una cosa así, es cierto. —Su voz contenía un tono de tristeza—. Pero no eres el mismo de entonces. Desde que has regresado de Europa, eres distinto... más duro, más cínico, más... más...

—¿Canalla? —espetó él.

—Iba a decir más enigmático. —El tono de Sara era sosegado, pensativo—. Abandonaste Inglaterra sin decir ni una palabra, ni siquiera a Jordan, y te apartaste de toda tu familia incluso en esos momentos tan duros en que tu tío estaba sufriendo tanto a causa de la muerte de su esposa. No regresaste hasta que falleció tu padre, y entonces empezaste con esa obsesión por hallar esposa del modo más desfachatado que uno pueda llegar a imaginar.

Sara hizo una pausa como si esperara una explicación, pero Ian no tenía nada que decir. Había determinadas cosas de las que no podía hablar, ni tan sólo con sus amigos.

Los labios de ella se tensaron hasta formar una fina línea.

—Y ni siquiera sientes ningún remordimiento a la hora de arruinar la reputación de una joven respetable como la señorita Taylor...

—¡Ya basta de hablar de la señorita Taylor! —Ian se levantó de la silla visiblemente enojado—. ¡Esa chica sabe cuidar de sí misma, te lo aseguro! Y a pesar de lo que os contó a ti y a esa arpía de lady Brumley, no rechazó mis besos, ni tan sólo protestó ante «mis excesos». —Aunque la próxima vez que se vieran, quizá sí que protestaría. Se trataba o bien de comprometerla o bien de estrangularla sin piedad. Ambas posibilidades le parecían igualmente interesantes en ese momento.

—¿Me estás diciendo que ella deseaba tus atenciones?

Ian cerró las manos en un puño.

—Lo que digo es que ella no protestó.

—Te abofeteó, ¿no es así?

Con dificultad, él reprimió los deseos de echarse a proferir imprecaciones.

—Mira, Sara, te pido que confíes en mi palabra de que la situación entre la señorita Taylor y yo no es lo que parece.

—Entonces que...

—No quiero hablar más de este tema contigo. Es un asunto privado. Así que te pido que no te entrometas. —Ian se dirigió hacia la puerta del comedor.

Pero la voz de la anfitriona lo detuvo.

—No puedo mantenerme al margen. Estás en mi casa, y no permitiré que juegues con una joven desvalida delante de mis narices.

Ian volvió el rostro hacia ella con expresión sorprendida. Era la primera vez que Sara se dirigía a él con ese tono displicente. Maldición, verdaderamente Felicity había actuado con una teatralidad muy convincente.

—¿Qué es lo que quieres decir exactamente, Sara?

—Creo que será mejor que te alojes en casa de Jordan durante el resto de los días.

Ian frunció el ceño.

Sara no perdió ni un segundo antes de añadir:

—Ya he hablado de ello con Emily, y está de acuerdo. El bebé no les causa ningún problema, así que ha dicho que estará encantada de que te alojes en su casa. Por supuesto, podrás venir a visitarnos y participar en todas las actividades que hemos organizado, pero por la noche...

—Por la noche no quieres que el gallo duerma en el gallinero —soltó él.

Ella se sonrojó.

—Supongo que es una forma de decirlo.

En otras circunstancias, Ian se habría sentido insultado. Pero Sara estaba meramente reaccionando del modo que Felicity había planeado. No podía culparla por actuar de ese modo. Felicity era una excelente actriz a la hora de fingir sentirse tremendamente ofendida, y Sara era de esa clase de personas proclives a creer en las pobres heroínas mártires.

Pues bien, el martirio de Felicity no había hecho más que empezar, aunque ella no fuera consciente de ello. A pesar de que Ian prefería alojarse en casa de Jordan de todos modos, no pensaba permitir que Felicity creyera ni por un solo instante que había ganado la batalla.

Una idea había ido tomando forma en su mente, una idea que seguramente funcionaría con esa chica tan endiablada que no lo dejaba en paz.

—Muy bien, trasladaré mis pertenencias a casa de Jordan. —Ian continuó avanzando hacia la puerta, pero se detuvo súbitamente para mirar a Sara con una sonrisa socarrona—. Ah, ¿verdad que no te importa transmitirle un mensaje a la señorita Taylor?

Sara lo miró con recelo.

—¿Qué?

—Dile que incluso John Pilkington tiene un precio.

—¿John Pilkington? ¿Quién es? ¿Se puede saber qué...?

—Sólo dile eso. Ella sabrá a qué me refiero.

Acto seguido, abandonó la habitación silbando alegremente.

Capítulo ocho

Las novelas no son una influencia tan negativa para las mentes de los jóvenes como algunos pretenden hacernos creer. ¿Puede alguien negar la inspiración de Defoe en *Robinson Crusoe* o la prudencia contra el orgullo, que es el argumento principal de la novela *Orgullo y Prejuicio*?

The Evening Gazette, 13 de diciembre de 1820
Lord X

«*I*ncluso John Pilkington tiene un precio.»

Con el ceño fruncido, Felicity cerró de golpe el libro de *Los misterios de Udolfo* que sostenía sobre la falda. Maldición. ¿Por qué las insidiosas amenazas de Ian acerca de Pilkington no la dejaban en paz ni siquiera mientras leía una novela? Incluso en casa, cuando tenía que cuidar de los niños, apenas podía reprimir su amor por la lectura. Ahora disponía de unas horas libres para disfrutar de una de sus pasiones favoritas, y sin embargo ese individuo tenía que colarse en sus pensamientos.

Hacía frío en la salita de estar de los Worthing, y el motivo principal era que no habían encendido la chimenea. Felicity se arrebujó con el grueso chal de lana que llevaba sobre el sencillo traje de paseo que se había dejado puesto en lugar de vestirse con un atuendo más elegante para la cena. Sara le había comentado que nadie usaría esa sala, y por ese motivo se había encerrado allí mientras los demás cenaban. Se había excusado para no asistir a la cena arguyéndole a Sara que todavía se sentía demasiado incómoda como para compartir mesa con lord Saint Clair. Los Blackmore habían llegado, e Ian los acompañaba por primera vez en tres días.

Aunque la verdad era que Felicity era una cobarde. No podía soportar la idea de cenar frente a un hombre cuya única fijación era arruinar su vida —¡y plagar sus pensamientos a todas horas!—. Probablemente ese tipo sería capaz de averiguar su gran preocupación y ansiedad por las palabras que él le había dicho a Sara antes de marcharse de la mansión de los Worthing. ¿Y cómo conseguiría contenerse para no revelar impulsivamente algún comentario comprometedor?

Peor aún, ¿cómo sería capaz de no recordar esos besos que él le había dado, o mejor dicho, que le había robado? Y le había robado algo más que eso, le había robado el viejo sueño de poder experimentar la pasión de un macho. Ahora que había visto con qué facilidad podían fingir los hombres, jamás se fiaría de los besos de ninguno de ellos de nuevo. Así que compartir mesa durante la cena con Ian era del todo impensable.

Además, Felicity albergaba otra buena razón para evitarlo: ese hombre tenía sed de venganza. ¿Por qué si no habría soltado esa fanfarronada a Sara? ¿Y por qué esas ganas de venir con los Blackmore a cenar a casa de los Worthing esa noche? El día después de la conversación que él había mantenido con Sara, no había comparecido con los Blackmore a la hora de comer, y al día siguiente se había marchado a Londres por cuestiones de negocios, lo cual le había provocado a Felicity una inmensa sensación de júbilo al pensar que finalmente se había librado de él.

Pero Ian había regresado, y ahora ella estaba realmente preocupada. ¿Por qué había interrumpido su visita a unos viejos amigos para irse a Londres? ¿Qué asuntos podían ser tan apremiantes como para obligarlo a marcharse? ¿Y por qué había regresado?

Felicity podía adivinar algunas de las respuestas. Su regreso podía estar relacionado con la columna. Ella había enviado un artículo a Pilkington por correo urgente el lunes, así que indudablemente éste habría aparecido publicado en *The Gazette* mientras Ian se hallaba en la ciudad. De ser así, seguramente lo habría leído.

A menos que él hubiera evitado su publicación. De nuevo volvió a repetir mentalmente las palabras con las que él la había amenazado. Era muy probable que hubiera intentado sobornar al señor Pilkington para que o bien censurara ese artículo o bien no lo publicara. La cuestión era, ¿cómo reaccionaría el señor Pilkington ante una oferta tan despreciable?

Seguramente no se atrevería a censurarla, porque el señor Pilkington siempre se jactaba de que ella era su mejor corresponsal.

Pero claro... «incluso John Pilkington tiene un precio».

Felicity alzó la vista hacia el cielo.

—¿No podrías darme alguna pista? —le murmuró a Dios—. Ian debe de maquinar algún plan. Quién sabe... bueno, tú sí que lo sabes; Ian posee suficiente dinero como para sobornar al señor Pilkington. Me cuesta creer que mi habilidad literaria pueda perder su influencia con ese editor si Saint Clair lo tienta con una gran suma de dinero.

Felicity dio un respingo al oír una voz femenina familiar que desde la puerta le preguntaba:

—¿Con quién estás hablando?

La condesa entró en la sala con el resto de los invitados detrás de ella: Gideon, el esposo de Sara; lord y lady Blackmore, y lo peor de todo, Ian. Sólo los Dryden estaban ausentes; probablemente se habrían retirado a sus aposentos para descansar.

Felicity se puso en pie, y el libro que reposaba en su regazo se deslizó por su falda y fue a caer al suelo con un golpe seco.

—No... no estaba hablando con nadie. —Le ardían las mejillas. Qué vergüenza, quedar en evidencia delante de toda esa gente, como si fuera una niñita tonta, ¡y especialmente delante de él! ¿Qué era lo que habían oído? ¿Qué había oído él?—. Quiero... quiero decir que... que tengo esa mala costumbre de... de hablar conmigo misma cuando... cuando estoy inquieta o nerviosa.

—¿La ponemos nerviosa, señorita Taylor? —inquirió Ian mientras adelantaba a Sara. Con un rápido movimiento, recogió el libro que a Felicity se le había caído al suelo. Alzó el volumen e ignorando la mano que ella le tendía se lo guardó bajo el brazo—. Le aseguro que no era nuestra intención. —De su voz emanaba un tono sarcástico. Seguramente él había adivinado con una absoluta precisión el motivo por el que ella se había ausentado durante la cena.

Sí, lo había adivinado, y estaba encantado con ello. El vizconde se mostraba abominablemente seguro de sí mismo, y apuesto, terriblemente apuesto, con ese frac color azul cobalto que tan bien le caía sobre esos hombros cuadrados, y esos pantalones de una fina tela de lana *kerseymere* que se ajustaban perfectamente a esos muslos demasiado musculosos para corresponder a un hombre de tan distinguido linaje, y la amplia corbata atada con un nudo simple, como si tuviera cosas más importantes que hacer que esperar a que su ayudante de cámara improvisara un nudo complicado. Al lado de lord Saint Clair y de sus amigos exquisitamente vestidos, ella parecía la criatura más andrajosa del reino, con su vestido de paseo de muselina y su viejo chal de lana.

—Estamos encantados de verla despierta y con tan buena cara —continuó Ian—. Pensábamos que estaba indispuesta; Sara nos dijo que padecía un molesto dolor de cabeza.

—Sí, la señorita Taylor tenía un terrible dolor de cabeza —se apresuró a contestar Sara—. Deberíais haberla visto; casi se desmayó durante el paseo. —La mirada suplicante de Sara a Felicity, como implorándole perdón, parecía pedir a gritos—: «Lo siento, no me acordaba que estabas aquí», o «Lo siento, he tenido que inventarme esa excusa del dolor de cabeza para explicar tu ausencia durante la cena».

Felicity se sintió abrumada ante el creciente sentimiento de culpa que la invadía por háber engañado a la condesa sobre lo que realmente había sucedido la noche del baile. No había sido su intención engañarla; cuando Sara y lady Brumley la sorprendieron en su habitación redactando la próxima columna con una furia desmedida, quiso desembarazarse de ellas.

Pero no lo consiguió. Felicity debería de haberse imaginado que a la solícita condesa no le pasarían desapercibidas sus lágrimas. Y cuando estalló con rabia y dijo que Ian había hecho algo más que besarla, ante la inesperada expresión de indignación de Sara comprendió que sus palabras habían sido mal interpretadas. Pero no se atrevió a aclarar el malentendido, no delante de lady Brumley.

Sin embargo, no imaginó que Sara fuera capaz de solicitarle a Ian que se marchara de su casa por culpa de ese altercado. Al parecer, Felicity había subestimado el fiero sentido de protección que la condesa profesaba hacia cualquier mujer soltera. Tras varias charlas acerca de las ideas reformistas y sobre la comunidad que los Worthing estaban fundando en una isla remota, ahora Felicity conocía mejor a esa dama y comprendía perfectamente por qué Sara había encajado tan negativamente sus quejas acerca de Ian. Y eso lo único que había conseguido era incrementar con creces su sentimiento de culpa. Y sus reticencias a admitir la verdad ante la condesa.

Bueno, por lo menos ahora podía apoyar la mentira piadosa de la anfitriona.

—Sí, tenía un fuerte dolor de cabeza, pero ahora ya me encuentro mucho mejor puesto que he conseguido dormir un rato, así que he decidido bajar en busca de un libro y he descubierto esta plácida salita de estar.

Emily, la otra condesa presente, desvió la vista hacia la chimenea apagada, donde en esos instantes los criados se afanaban por apilar varios leños y encender el fuego.

—No tendrías que haberte quedado aquí sin la chimenea encendida. Podrías haber cogido un resfriado, además de ese desagradable dolor de cabeza.

Felicity recordó que Emily tenía una enorme facilidad para leer los pensamientos de cualquiera, así que se apresuró a murmurar:

—No quería molestar a los criados. Además, no soy nada friolera.

—De todos modos —apuntó Sara—, no deseamos interrumpir tus buscados momentos de soledad. No te preocupes, entenderemos perfectamente si te apetece retirarte a tus aposentos para leer un rato...

—¿Retirarse? —la interrumpió Ian con un tono inapelable—. Ahora que finalmente hemos conseguido disfrutar de su compañía, ¿te atreves a enviarla a la cama? ¡Qué poca consideración con tus invitados, Sara! —Ian no pareció darse cuenta de la mirada de reproche que le lanzó su amiga—. Además, estoy seguro de que tu invitada no rechazará la posibilidad de pasar unos minutos con nosotros, ¿no es cierto, señorita Taylor?

Felicity lo miró a los ojos. El corazón le latía desbocadamente por el mero hecho de mirar a ese diablo directamente a la cara. Él quería que se quedara, y eso era suficiente como para que ella huyera despavorida de la sala, más rápido que si la persiguiera un lobo. Porque si se quedaba, la atacaría sin piedad.

Pero si huía, él no descansaría hasta darle alcance en otra ocasión. Por lo menos allí tenía a Sara de su parte.

—Estaré encantada de quedarme, lord Saint Clair; especialmente ahora, que me encuentro mucho mejor. Además, se ha adueñado de mi libro, por lo que no puedo marcharme.

—Ah, sí, su libro. —Ian lo alzó hasta la altura de los hombros y empezó a leer la cubierta.

—*Los misterios de Udolfo*, escrito por Ann Radcliffe. Hummm... Una novela. Qué interesante. —Miró a Felicity y sonrió socarronamente—. He de admitir que no me sorprende que le gusten las novelas de ficción.

Felicity cruzó los brazos encima del pecho.

—Claro que me gustan las novelas de ficción. ¿Qué otra cosa podría leer cuando tengo dolor de cabeza? ¿Insulsas obras científicas o tediosos tratados comerciales?

Ian se encogió de hombros.

—Al menos esas obras contienen hechos que se basan en la realidad. En cambio, estas novelas son fruto de las invenciones de quienes las han escrito, ¿y cómo puede ayudar a alguien un cuento chino?

Ese hombre se negaba a dar el brazo a torcer. Felicity le arrebató el libro de la mano con rabia, a pesar de los ojos destellantes de diversión de él.

—No me importa lo que usted diga, la ficción se basa en hechos reales. ¿De dónde cree que los escritores sacan los argumentos para sus novelas? De la vida real, y no de las especulaciones de algún científico que se atreve a dilucidar sobre el verdadero sentido de la vida. Las novelas pueden prepararnos mejor para afrontar las dificultades de la vida que las viejas narraciones históricas. De hecho, siempre que puedo animo a mis hermanos pequeños a leer ese tipo de novelas porque suelen ofrecer una visión más acertada de la sociedad que todos esos supuestos hechos impresos en otros libros.

—¿O en diarios? —preguntó él, enarcando una ceja.

Mientras la fulminaba con una mirada reticente, cargada de

amenazas, Felicity se quedó helada. Así que ése era el próximo asalto de ese... ese pedazo de energúmeno. Con el corazón latiendo a mil por hora, aguardó la lluvia de reproches.

Ian se giró hacia Jordan y su esposa, que estaban acomodándose delante de una mesa para jugar a cartas.

—Y hablando de periódicos, Jordan, te he traído un ejemplar de Londres. Hay un artículo muy interesante que deseo mostrarte.

A Felicity las rodillas le empezaron a temblar como un flan. Su columna... tenía que ser su columna. ¿Pero por qué quería que sus amigos la leyeran?

Por fortuna, Emily dijo:

—Creía que íbamos a jugar a cartas. Por eso has sugerido que viniéramos a la sala de estar, ¿verdad?

¿Ian lo había sugerido? ¡Oh, ahora lo entendía! Su corazón la amenazaba con escapársele del pecho mientras desvió la atención hacia los criados que se afanaban por encender velas con el fin de aportar a la sala un ambiente más acogedor. Así que el desplazamiento de toda la comitiva hasta esa sala no había sido a causa de un impulso repentino. Ese pérfido bribón había planeado ese encuentro aparentemente accidental. Debía de haber descubierto su paradero interrogando a algún criado durante la cena. Así que no había duda: ésa era su siguiente batalla. Y ella no estaba preparada.

—Y bien, Ian, ¿no es así? —repitió Emily—. A mí me apetece jugar al *whist*. Casi nunca tengo ocasión de jugar.

Jordan se echó a reír.

—Ya ves lo que sucede cuando le ofreces a una muchachita de pueblo un poco de diversión. A partir de entonces ya jamás se mostrará satisfecha; siempre querrá más.

Emily lo miró con porte malhumorado y replicó:

—Ya sabes que ése no es el único motivo. Nunca hay suficiente gente aquí en el campo para poder disfrutar de unas cuantas partidas, puesto que a Gideon no le gusta nada jugar.

—Es un juego absolutamente estúpido —murmuró Gideon desde la butaca en la que se hallaba sentado cerca del fuego, calentándose las manos.

—Lamentablemente, Emily, ahora tenemos demasiada gente para jugar —apuntó Ian—. No seremos tan desconsiderados como para dejar a la señorita Taylor fuera de la partida.

—Oh, no se preocupen por mí —se apresuró a contestar Felicity—. Prefiero seguir leyendo. De verdad, ustedes cuatro pueden jugar tranquilamente y...

—¡De ningún modo! —remachó Ian—. Haremos mucho ruido y eso probablemente le provocaría de nuevo dolor de cabeza.

Felicity lo miró con evidentes muestras de irritación.

—Entonces quizá será mejor que me retire.

—No, insisto en que deberíamos cancelar nuestros planes. No quiero sentirme responsable de negar a nadie la posibilidad de disfrutar de su compañía, especialmente cuando mañana regresa a Londres. Además, creo que a usted también le parecerá interesante el artículo.

Ian la miraba con ojos burlones, y Felicity se quedó muda, sin saber qué contestar. Oh, cómo anhelaba estrangular a ese bribón. Maldito fuera. ¿Qué tramaba?

Los demás no parecían enojados ante su insistencia por organizar la velada. Emily se había mostrado de acuerdo en que sería injusto dejar a la señorita Taylor fuera del juego. Tampoco nadie protestó cuando Ian solicitó a un criado que fuera a buscar los diarios.

Después de que el sirviente se hubo marchado, él se acomodó en una silla, llenando la estructura con su fabulosa complexión atlética. Así recostado, con las piernas abiertas y los dedos pulgares hundidos en los bolsillos del chaleco, transmitía una imagen de ser un hombre que siempre conseguía lo que se proponía.

—Ahora todos podremos disfrutar de la lectura, señorita Taylor. He traído unos ejemplares de *Ackermann's Repository* para las damas. —La sonrisa con la que la atacó era maliciosamente insidiosa—. Y para Jordan he traído *The Gazette*. Sé que es un ferviente admirador de la columna de Lord X.

Felicity tragó saliva. Nada tenía sentido. ¿Por qué querría Ian que sus amigos leyeran la columna que ella había escrito sobre él? ¿Era simplemente su forma detestable de conseguir que ella se delatara a sí misma? Con un enorme esfuerzo, pronunció en un tono impasible:

—¿No es Lord X ese hombre que escribe una columna con

chismes sobre la alta sociedad? —Se desplazó tranquilamente hasta el lado opuesto de la sala y se acomodó en un sofá tapizado de seda—. Lord Saint Clair, no puedo creer que haya sido capaz de criticar mis preferencias por las novelas de ficción cuando usted lee a un periodista de tan poca monta como Lord X.

—Ian no lee esa columna; más bien odia a ese tipo —intervino Jordan—. En cambio he de admitir que yo lo admiro. Sus comentarios mordaces son un tónico contra toda la hipocresía que circula en los ambientes de la alta sociedad. Lord X demuestra ser muy sagaz, aunque a veces se meta con Ian.

Ian no apartaba la vista de Felicity.

—Sí, es sagaz... a expensas de otra gente.

Felicity empezaba a notar un desapacible ardor en el estómago. ¿Qué diantre quería ese malandrín? Si se proponía desenmascararla en público...

—Eso no es cierto —rebatió Emily—. Ese hombre demuestra tener un buen criterio a la hora de emitir sus juicios. Sólo se mete con los pomposos, los crueles y los desconsiderados. La semana pasada, por ejemplo, elogió a las jóvenes que hacen caso omiso de la ambición avariciosa de sus padres para fugarse con el hombre al que aman.

La inesperada defensa de la joven condesa consiguió levantarle los ánimos a Felicity.

Entonces notó la repentina tensión en la sala antes de que Jordan le lanzara a su esposa una mirada llena de reproches.

—Cariño, no deberías hablar de fugas cuando Ian está presente. Él no lo considera una práctica tan interesante como te lo parece a ti.

Emily se puso colorada.

—Cielo santo... olvidé que... quiero decir que...

El criado se personó en ese instante con los diarios, y lady Blackmore se sintió aliviada después de la incómoda situación que su comentario había originado. Ian frunció el ceño y repasó los ejemplares rápidamente, luego separó uno que parecía *The Gazette* y se lo lanzó a Jordan.

—Bueno, en la última columna de Lord X no se menciona ninguna fuga de amantes, pero me atrevo a augurar que tanto a ti como a Emily os parecerá inmensamente interesante. Parece ser que ese metomentodo no se cansa de escribir sobre mí.

—¿Qué? —Jordan lo miraba genuinamente sorprendido, una reacción que parecía ser compartida por todos los demás en la sala. Felicity se preparó para la tormenta.

Jordan abrió el periódico con brío y empezó a pasar las páginas.

—Ian, creía que querías averiguar la verdadera identidad de Lord X. No me digas que no has podido convencer a ese tipo para que se mantenga al margen de tus asuntos.

Felicity aspiró aire rápidamente al tiempo que fijaba la vista en Ian.

Ian se tomó su tiempo antes de contestar. Era obvio que estaba disfrutando de lo lindo al ver el poder que ejercía sobre ella.

—No he conseguido desenmascarar a Lord X. Pero he hablado con Pilkington. A pesar de que se niega a revelar la identidad de su corresponsal, me ha contado algo muy interesante.

Felicity empezó a notar unos desagradables retortijones en el estómago.

—¿Pilkington? —lo interrumpió Sara—. Pero Ian, ¿no es ése el hombre que mencionaste cuando...? —Sin acabar la frase, empezó a mirar insistentemente a Ian y luego a Felicity, y de nuevo a Ian.

Felicity no podía mirar a su amiga a la cara.

—Pilkington es el editor del diario *The Gazette* —explicó Jordan, sin prestar atención a la tensión reinante en la sala. Repasó el periódico en busca de la columna—. Ah, aquí está.

—Léela en voz alta, por favor —solicitó Ian, pronunciando lentamente cada sílaba.

Ahora sí que Felicity se sentía mal. Una cosa era escribir las palabras a solas en su habitación, invadida por una rabia incontenible, pero escucharlas en boca de uno de los mejores amigos de Ian...

¡Pues no permitiría que Ian la hiciera sentir culpable! Ella estaba en todo su derecho de quejarse, después de las desagradables tácticas a las que había recurrido ese tunante en la terraza. Si su columna lo ponía en evidencia delante de sus amigos, entonces no debería animarlos a leerla. Además, el daño no era comparable a la tremenda humillación a la que la había sometido él esa noche, al modo en que la había incitado a que respondiera a sus besos para luego dejarla en ridículo delante de Sara y de lady Brumley.

Apretó las manos en un puño sobre la falda mientras el tono jovial de Jordan resonaba en la sala:

Cuidado, amigos, no sea que por el mero hecho de leer esta columna provoquéis la ira de lord Saint Clair. Al parecer, al vizconde no le hizo ni pizca de gracia que su nombre apareciera citado aquí la semana pasada. Ese destacado personaje desea hacernos creer que la mujer en Waltham Street no es su amante sino la hermana de un compatriota que conoció durante la guerra a la que está ayudando porque la joven en cuestión atraviesa un momento difícil en su vida.

Si eso fuera cierto, su comportamiento merecería ser elogiado, en lugar de censurado. Vuestro leal corresponsal, sin embargo, considera dudosa esa posibilidad, especialmente la afirmación del vizconde de que ha participado activamente en la guerra. ¿Alguien ha oído hablar de sus gestas o de su valentía en el campo de batalla? Si es así, no dudéis en contactar con *The Gazette*. Estaríamos encantados de poder publicar historias acerca de los años en que el valeroso caballero estuvo combatiendo en Europa contra Napoleón.

No obstante, he de admitir sin ningún reparo que los «años de guerra» del vizconde son tan cuestionables como su altruismo, en cuyo caso sus alegatos insultarían la bravura de todos aquellos hombres que de verdad lucharon por nuestro país.

Jordan lanzó el periódico al suelo absolutamente indignado.

—¡Retiro todos los cumplidos que he dedicado a ese tipo, Ian! ¡Esto es una injuria! ¡Deberías presentar cargos contra él! ¡Ese sujeto no puede ensuciar tu nombre de ese modo! ¡Hay que obligarlo a retractarse de sus insultos o exigirle una satisfacción en un duelo!

Felicity se obligó a continuar mirando a Ian a la cara, procurando no amedrentarse. La falta de expresión en los ojos de Ian demostraban ampliamente que él esperaba ver su reacción. Sin duda esperaba que ella se sonrojara o que perdiera la compostura o que mostrara cualquier otra señal que evidenciara la turbación que sentía.

¡Pues esa alimaña se iba a quedar con las ganas! ¡Porque ella no se arrepentía de ninguna palabra que había escrito! ¡De verdad, no se arrepentía!

Bueno, quizá se había pasado un poço en el último párrafo. Probablemente no debería de haber enfatizado tanto sus dudas personales. Pero en esos momentos estaba muy furiosa, y razones no le faltaban. Él la había humillado públicamente, igual que ella había hecho con él. No, no se arrepentía de lo que había escrito. Ese tipo se merecía todo lo que ella pudiera echarle en cara y más.

—Lo que no acierto a comprender —intervino Emily— es cómo Lord X sabía lo que tú nos habías contado sobre tu amiga. Te prometo que no se lo he comentado a nadie, salvo a los que están en esta sala.

—Ni yo tampoco —apostilló Sara.

Felicity las escuchaba sin dar crédito a lo que oía. ¿Cómo? No podía ser. Las dos condesas debían de habérselo contado a alguien. Sara se lo había contado a ella. Y seguramente la razón por la que Ian les había mentido en primer lugar había sido para asegurarse de que ellas limpiaran su nombre cuando la gente cuchicheara acerca de él.

Ian esbozó una cándida sonrisa y miró a Felicity.

—No te preocupes, Sara. Sé que probablemente se lo habrás contado a unas cuantas personas para defenderme. No te culpo por ello.

—¡Pero es que no lo he hecho! —protestó Sara—. Nos pediste que no se lo contáramos a nadie, ¡y he mantenido mi promesa! —Giró la vista hacia Felicity visiblemente desconcertada.

El ardor que Felicity sentía en el estómago la amenazaba ahora con hacer que cayera desmayada delante de todos. ¿Él les había pedido que no se lo contaran a nadie? ¡Santo cielo! ¿Cómo había averiguado que Sara se lo había dicho únicamente a ella? ¿Qué clase de ser taimado era?

—O tú o Emily se lo debéis de haber contado a alguien más —replicó Ian con una aparente inocencia—. No podíais suponer que el chisme se extendería como la pólvora. Pilkington mismo me dijo que Lord X tiene una mujer que lo ayuda a conseguir información. Sin lugar a dudas, esa mujer se enteró de la verdad durante el baile.

«¡Mentiroso, el señor Pilkington no te ha dicho eso!», pensó Felicity indignada.

Ian añadió maliciosamente.

—Probablemente sea lady Brumley, con su obsesión por los cotilleos...

—¡No! —exclamó Sara—. ¡No le dije ni una palabra! La única persona a la que se lo conté fue a...

Sara se contuvo exactamente en el mismo momento en que Felicity sentía como si una soga le estuviera apretando el cuello sin dejarla respirar. ¡Maldito...! ¡Menudo manipulador!

Ian se recostó de nuevo en la silla con una expresión victoriosa, probablemente solazándose del éxito de sus maquinaciones. Había planificado esa emboscada, había planeado desenmascararla delante de sus amigos, haciéndola caer en la trampa. Para defenderse, ahora no le quedaría más remedio que admitir que ella era Lord X. Pero él no quería eso, —ah, no—, porque revelar su identidad a sus amigos conllevaría contar toda la verdad, ¡incluso confesar los detalles que él les había ocultado!

Así que en vez de eso prefería dejarla como un trapo sucio, culpándola de haber aireado el cotilleo sólo para divertirse. Al menos Lord X tenía un motivo noble; en cambio, la ayudante de Lord X sólo podía ser una mujer mezquina, ¡una bruja sin corazón! ¡Ahora todos la repudiarían!

Felicity miró a Sara, y se quedó asustada al ver la expresión herida de su amiga. Ya la estaban repudiando. Fingiendo no darse cuenta de la conclusión a la que Sara había llegado, buscó frenéticamente una excusa con la que escudarse.

—Me lo contaste a mí, Sara, así que seguramente se lo contaste a alguien más.

Sara la miró con una clara expresión de sentirse traicionada.

—No, sólo te lo conté a ti.

Felicity hubiera deseado protestar, fingir que se sentía insultada, cualquier cosa para borrar esa horrible expresión de la cara de Sara. Pero protestar sólo incrementaría la culpabilidad que se cernía sobre su conciencia. Jamás se habría imaginado que podría sentirse tan mal por lo que una condesa pudiera pensar de ella. Había tenido muy pocas amigas en la vida a causa de la posición tan extraña de su padre, e ingenuamente había pensado que Sara podría convertirse en una buena amiga. ¿Cómo se atrevía Ian a apartarla de su lado?

Ahora todos se unirían contra ella, y la confesión de que era Lord X sólo empeoraría más las cosas. De un modo u otro, ella era la única intrusa. No la creerían cuando les dijera que el secreto de Ian era una patraña. Y no había nadie para secundar su versión. A excepción de la señorita Greenaway, claro, la única otra persona que sabía la verdad, fuera cual fuese.

Felicity se sintió invadida por una súbita esperanza. ¡Claro! ¡La señorita Greenaway! Procurando mantener la calma, le dijo a Ian:

—Lord Saint Clair, quizá no ha sido ninguno de nosotros la persona que ha hablado con Lord X. Es posible que su amiga —esa mujer que vive en Waltham Street— haya ido al diario en persona a explicarlo. Yo lo habría hecho, si hubiera sido el blanco de un chisme injusto.

Un prolongado silencio se formó en la sala mientras todos interiorizaban esa nueva posibilidad. Por primera vez desde que Ian había entrado en la estancia, su expresión de absoluta seguridad se alteró por unos instantes.

—Le aseguro, señorita Taylor, que la señorita G... que mi amiga jamás cometería semejante imprudencia. Ella conoce mis deseos de mantener mi vida al margen de los insidiosos cotilleos.

Sin embargo, Sara parecía más que interesada en hurgar en la hipótesis de Felicity.

—Ya, pero ¿crees que esa mujer arriesgaría su propia reputación sólo para complacerte? Lo dudo. Y aunque estuviera dispuesta a hacerlo, quizá no ha podido soportar ver cómo mancillan tu nombre con falsedades después de que hayas sido tan generoso con ella. Imagina cómo debe de haberle afectado.

—Sara tiene razón —terció Felicity con alivio—. Estoy segura de que esa mujer no habrá podido soportar la presión.

«Vamos, a ver cómo te las apañas ahora, con esa burda historia que te has inventado sobre "tu amiguita"», pensó Felicity con despecho. Ian no podía rechazar su hipótesis sin confesar la verdad, y él no les contaría la verdad a sus amigos después de haberles mentido como un bellaco.

Ian había dejado de sonreír victoriosamente. Sus ojos, clavados en ella, refulgían con rabia. Se levantó bruscamente y avanzó hasta el lugar donde Jordan había tirado el diario.

—La dama en cuestión no fue al periódico. —Recogió el ejemplar, releyó el artículo rápidamente y acto seguido descargó el dedo índice en la columna—. Aquí dice: «Ese destacado personaje desea hacernos creer que...», etcétera. Eso significa que Lord X piensa que soy yo el que va por ahí inventando ese cuento.

—No necesariamente —aclaró Jordan—. Si ese hombre tiene la firme determinación de hundirte con su pluma, probablemente no deseará que sus lectores sepan que tu amiga es la fuente de información, porque eso decantaría la balanza a tu favor. Por eso mismo, lanza su versión de un modo más difuso. Después de todo, tampoco afirma que obtuvo la información ni de ti ni de ninguno de tus amigos, ¿no es cierto?

Sara lanzó a Felicity una mirada como pidiéndole perdón.

—¿Lo ves, Ian? Probablemente no haya sido ninguno de nosotros.

La entrañable defensa de Sara empañó la sensación de triunfo que se había apoderado de Felicity. Sara no merecía ser tratada como una marioneta. Toda la culpa era de Felicity; era ella quien había metido a la condesa en ese tinglado. Tampoco la mirada afrentosa de Ian consiguió hacer que se sintiera mejor. Él estaba en todo su derecho a despreciarla. Felicity jamás tendría que haber permitido que Sara creyera que él se había sobrepasado con ella en la terraza. Pero ahora la situación parecía habérsele escapado de las manos por completo.

—Tampoco importa cómo lo descubrió Lord X —dijo Jordan—. ¿Qué derecho tiene ese hombre a dar por sentado que tú has mentido y que nunca has luchado en la guerra? No aporta ninguna prueba. Sólo por ese motivo, deberías denunciar al periódico. Si yo estuviera en tu lugar, haría que el gobierno llamara la atención al editor de *The Gazette*.

—El gobierno no moverá ni un dedo por una cuestión tan trivial. —Ian miró primero a Felicity y luego a Jordan—. Los servicios que presté en Europa no eran oficiales. Dudo que nadie recuerde mi trabajo.

—Wellington recuerda lo que hiciste —intervino Gideon súbitamente desde su posición solitaria cerca del fuego—. Me comentó que sin tu intervención no habríamos ganado la guerra.

Todos los ojos se giraron hacia él, especialmente los de Felicity.

—¿El duque en persona te lo contó? —inquirió Jordan a su cuñado—. ¿Se puede saber cuándo conociste tú al duque de Wellington?

Gideon se encogió de hombros.

—En una fiesta, supongo, ahora no me acuerdo. Wellington y yo estábamos hablando sobre el papel que jugó la nobleza en las filas británicas. Me acababa de enterar de que Wellington no provenía de una familia aristocrática, sino que le otorgaron el título nobiliario por los servicios que rindió a la patria. Así que le dije que pensaba que era ridículo tener un sistema donde los hombres de la más elevada posición social —los nobles y todos sus hijos primogénitos— no recibían ningún estímulo para defender su país sino todo lo contrario, se los desalentaba con absurdas exigencias de defender el patrimonio familiar para no perder el título nobiliario. En el calor de la conversación, el duque se refirió a Ian como ejemplo de un primogénito —y por lo tanto, un heredero de un título—, que había participado con bravura y lealtad en la guerra.

La consternación que sentía Felicity no la dejaba moverse. ¿Podía ser eso cierto? ¿Ian no había mentido acerca de su intervención en la guerra? Pero... pero... ¡Eso era imposible! ¿Cómo... por qué iba a luchar el primogénito de un vizconde en la guerra?

—Probablemente Wellington estaba demasiado borracho —murmuró Ian.

—Pues si lo estaba, lo disimulaba muy bien —replicó Gideon—. Su comentario despertó mi curiosidad y le hice más preguntas sobre ti, pero de repente él se acordó de que yo había sido un temible corsario americano y cerró la boca. Ya no consideré conveniente insistir más en la cuestión.

—Tampoco habrías sacado más detalles, si hubieras insistido —apostilló Ian con evidentes muestras de tensión—. Me sorprende que el duque te contara algo al respecto, y creo que exageraba en cuanto al insignificante servicio que presté al país.

—Wellington nunca exagera —intervino Jordan, con una nota de admiración en su voz—. ¿Pero se puede saber qué hiciste durante la guerra? ¿Fuiste un espía? ¿Por qué nadie se atreve a hablar de ello?

—Porque no es un tema que pueda despertar el interés de nadie. Además, a mí tampoco me apetece hablar de ello. —Ian miró fijamente a Felicity a los ojos, con una severa mirada de aviso—. Ni que nadie lo comente en un diario.

Felicity jamás se había sentido tan incómoda. Si Ian estaba contando la verdad, entonces ella había cometido un grave error al cuestionar su honor en público.

Evitando su mirada, Felicity se hundió en el armazón duro y compacto del sofá. Ahora estaba en ascuas, y se lo merecía, se lo había ganado... Qué mema que había sido, al asumir que sus hábitos de libertino eran la única faceta de su carácter.

El día que lo conoció no prestó la debida atención a su hermetismo, un hermetismo que únicamente el dolor era capaz de esculpir en el alma de un hombre, la clase de dolor que sólo podía provenir de haber sido testigo de horrendas atrocidades. ¿Por qué se había precipitado tanto al ignorar sus instintos?

¿Por Katherine? No, para ser sincera, había sido por algo más que eso. Habían sido sus prejuicios contra los hombres de su posición social. Él se había comportado de un modo tan... tan típicamente arrogante y reservado sobre sus asuntos que su actitud había cegado a Felicity, sin permitirle tener en cuenta otras consideraciones, como por ejemplo los rumores acerca de sus actividades como espía y su repentina desaparición de Inglaterra, que coincidían con los años de la guerra.

Y la forma con que la había tratado en la terraza había agravado la rabia que sentía hacia él. Pero ella jamás tendría que haber aireado su ira en la columna, especialmente sin saber la verdad. Se había equivocado, y ahora se daba cuenta.

—¿Por qué te tiene tanta manía Lord X? —le preguntó Gideon a Ian—. Quizá deberías interrogar a tus amistades en la alta sociedad para determinar a quién le vas a cortar el cuello.

—No hablemos de cortar cuellos, por favor —le reprochó Jordan a su cuñado—. Ya vuelves a pensar como un pirata, Gideon, y no como un hombre civilizado.

Gideon lanzó a su esposa una mirada divertida que su cuñado no alcanzó a ver.

—Quizá solucionar los problemas al modo pirata resulte más efectivo.

—Sólo si quieres acabar colgado de la horca —replicó Jordan airadamente.

—Ya basta. —Ian alzó las manos—. Gracias por todos vuestros consejos, amigos, pero solucionaré este problema a mi manera. Y te aseguro, Jordan, que me encargaré de ese Lord X sin necesidad de rebanar el cuello a nadie. Os aseguro que no será necesario volver a hablar sobre esta cuestión en el futuro.

A pesar de que hasta ese momento apenas la había mirado mientras hablaba, Felicity sabía que sus palabras iban dirigidas a ella. Cielo santo, ahora sí que se había metido en un aprieto. Después de esa noche, él la pisotearía sobre el fango con toda la fuerza y las armas que tuviera a su disposición. Con el ánimo ahogado, se lamentó de haberse ensañado con él, especialmente teniendo en cuenta su futuro tan inseguro y el de sus hermanos. Debería de haber hecho caso del adagio de su padre de no combatir a bastonazos contra un cañón si lo que uno quiere es salvar la cabeza.

Ya que a pesar de que Felicity deseaba desesperadamente no perder la cabeza en esos instantes, tenía el terrible presentimiento de que ya era demasiado tarde para evitar el impacto del cañonazo.

Capítulo nueve

Según los rumores, cierta duquesa no ha sabido apreciar cierto regalo que su esposo le ha hecho con motivo de su cumpleaños. Tras mostrarle el objeto en cuestión —un cinturón de castidad— ella procedió a lanzarlo al fuego y acto seguido le recriminó que si quería mantener a los hombres alejados de ella, lo que tenía que hacer era dejarse de tonterías y pasar más tiempo en casa.

The Evening Gazette, 13 de diciembre de 1820
Lord X

*F*elicity se precipitó hacia la soberbia escalinata para subir a su aposento, preguntándose cómo había conseguido sobrevivir durante la última hora. ¿Ian un héroe de guerra? Un mentiroso, eso sí, sobre su relación con la señorita Greenaway, y seguramente una sabandija calculadora cuando se trataba de mujeres. Pero al fin y al cabo un héroe.

Ese pensamiento la había atormentado en esos minutos tan extraños que siguieron a la emboscada que le había tendido Ian. A pesar de los intentos por parte de Sara de desviar la conversación hacia otros temas más triviales, no había logrado romper el incómodo silencio que se había instalado en el ambiente.

Casi se puso a gritar de alivio cuando Gideon sugirió que los hombres se retiraran a su estudio para enseñarles los planos de un barco que acababa de adquirir. Un minuto más en presencia de Ian y el torrente de impresiones que amenazaba con ahogarla la habría traicionado irremediablemente. Se había quedado en la sala el tiempo prudente como para asegurarse de que ni Emily ni Sara sospecharan que era ella la confidente de Lord X, antes de excusarse para retirarse a dormir.

Aunque sabía que no podría dormir. Con los dedos crispados, se aferró a la barandilla de la escalera. ¿Cómo podría conciliar el sueño, con la acusadora mirada de condena de Ian grabada en su mente? Se lo merecía, lo sabía, por más que intentara racionalizar los hechos acontecidos y alejarlos de su memoria. No le quedaba más remedio que admitirlo: se había excedido con esas críticas tan mordaces.

Ahogó un sollozo, agarró el libro que llevaba bajo el brazo con más fuerza y subió corriendo los últimos peldaños, ansiosa de alcanzar el santuario de su alcoba. Él no se quedaría impasible ante sus insultos, lo conocía demasiado bien como para pensar lo contrario. Oh, ¿cómo había podido permitir que la situación degenerara de ese modo? ¿Cómo había podido dejar que sus sentimientos cegaran su sentido común? En su situación tan precaria, no tendría que haber provocado a un vizconde.

Llegó al piso superior y avanzó por el pasillo arrastrando pesadamente los pies, ese largo pasillo decorado con bellos tapices de seda y unos imponentes pilares diseñados por su padre. Si su padre estuviera vivo, le aconsejaría qué debía hacer. Él siempre había sabido cómo tratar a los de alta alcurnia, en cambio, esa habilidad jamás había sido una de las virtudes de Felicity. Afortunadamente, después del nacimiento de los trillizos y de la muerte de su madre, ella se había tenido que dedicar al cuidado de los bebés y renunciar a los viajes con su padre. De ese modo, finalmente había conseguido evitar todo contacto con los patronos de su padre, excepto cuando él los invitaba a su casa.

Su casa... Gracias a Dios que al día siguiente regresaría a su casa. Tras los tumultos de las últimas horas, estaba más que deseosa de volver a soportar las peores travesuras de los chicos. Se moría de ganas de desahogarse con la señora Box. Esa mujer calmaría su conciencia culpable y comprendería los motivos que la habían empujado a actuar de un modo tan irracional. Sí, y la señora Box la ayudaría a hallar la forma de evitar la terrible venganza de lord Saint Clair.

Suspiró abatida, abrió la puerta de su habitación y se sintió aliviada al constatar que los criados habían encendido el fuego de la chimenea, habían doblado la magnífica colcha de terciopelo a los pies de la imponente cama, y habían iluminado la estancia con suficientes velas como para que no quedara ni un solo recodo a oscuras. Inmersa en sus pensamientos abrumadores, cerró la puerta y avanzó con paso rápido hacia la cómoda de madera de roble al tiempo que lanzaba el libro sobre la cama al pasar por su lado. Se quitó el chal y abrió la cómoda para guardarlo.

Posó la mirada en el vestido con volantes que la señora Box se había ofuscado en incluir en su equipaje. Había pertenecido a su madre, quien se lo regaló cuando Felicity cumplió dieciséis años, cuando ella aún albergaba mil sueños y esperanzas para su futuro. A esa edad, se había imaginado que un día tendría un esposo que la vería con ese vestido, que la admiraría con el mismo brillo en los ojos igual que su padre había admirado a su madre.

Pero ese sueño jamás se cumpliría, ¿no era cierto? La alocada existencia de su padre y su subsiguiente muerte habían fulminado todas esas esperanzas, la habían empujado a soportar esa terrible posición en la que sólo conseguía sobrevivir escribiendo historias que la obligaban a lidiar con tipos de la calaña de lord Saint Clair.

Las lágrimas anegaron sus ojos. Acarició el vestido mientras se tragaba su pena. No tenía sentido llorar por ese motivo, no, no había nada que hacer al respecto.

Fijó toda su atención en el traje de seda que tenía ante sus ojos y acarició uno de los intrincados adornos en forma de flor. Su madre, a la que siempre había admirado por ser tan diestra con la aguja de coser, había confeccionado ese bello y delicado traje. Felicity lo sacó del cajón y se lo llevó hasta la mejilla para oler el ligero aroma de agua de rosas que aún impregnaba la tela; era el perfume de su madre.

Con una indescriptible necesidad de sentirse cerca de su madre en esos momentos de tristeza, Felicity decidió ponerse el vestido. Se quitó bruscamente el traje de paseo junto con las enaguas, las medias y las ligas, y se puso el precioso tejido sobre la blusita interior. A causa de los movimientos nerviosos se le soltó la melena, y ella sacudió la cabeza a un lado y a otro para que su pelo cayera en una libre cascada, sin prestar atención adónde iban a parar las horquillas que hasta hacía escasos segundos habían conformado su peinado en un recatado moño.

Se dirigió al tocador situado entre las dos ventanas apuntadas de la amplia estancia y contempló su imagen en el espejo oval emplazado sobre el mueble. Por un momento, todo lo que vio fue a una joven ligera de ropa con los ojos enrojecidos y la mirada perdida.

Entonces, un movimiento en el reflejo del cristal la dejó sin aliento. A su espalda había un hombre apoyado en la pared más cercana a la puerta cerrada. ¡Ian! Santo cielo, Ian había venido en busca de venganza.

Sus brazos musculosos estaban cruzados sobre su pecho, y su mirada penetrante mostraba un poder tan oscuro que por un momento Felicity se quedó paralizada, sin tan sólo poder pestañear, como la víctima petrificada de un sortilegio maléfico.

—Adelante, sigue con lo que hacías; no te preocupes por mí. —Ian la estaba devorando con una mirada insolente.

El comentario logró sacar a Felicity de su estado de estupor. Se giró bruscamente para mirarlo al tiempo que estrujaba la falda del vestido con los dedos crispados.

—¡Cómo se atreve! ¿Cuánto tiempo lleva...?

—Te he estado esperando desde que me marché de la salita de estar. Gideon y Jordan creen que regresé a la mansión de los Blackmore, pero no podía irme sin antes hablar contigo.

—¡Aquí no! ¡De ningún modo! Salga de mi habitación ahora mismo y espéreme en la salita...

—¿Qué te espere? —Ian soltó una estentórea risotada—. ¿De verdad crees que soy tan tonto como para fiarme de ti? Antes de que haya alcanzado las escaleras, te pondrás a chillar pidiendo ayuda para que Sara me eche de su casa.

—¿Y qué le hace pensar que no chillaré ahora?

—No lo harás, mientras estés vestida así. —La volvió a devorar con la mirada, exactamente como el sultán en el cuadro que parecía sopesar cómo castigar a sus esposas.

Felicity sintió un escalofrío en la columna vertebral; sin embargo, el miedo que la anegaba se mezclaba con un extraño calor que se extendía desde la cabeza hasta los pechos y las costillas. Maldito fuera ese hombre.

—Además —añadió él—, si chillas y Sara sube corriendo hasta aquí, exigirá una explicación, y te aseguro que esta vez no lograrás convencerla de tu inocencia con este aspecto.

Ian tenía razón. Pero ella no esperaba que ese bribón la acorralara en su propia alcoba.

La sensación de ultraje la ayudó a despejar el miedo. Echó la cabeza hacia atrás con despecho y lo escudriñó con la intención de averiguar sus intenciones. El candelabro que pendía en la pared sobresalía unos centímetros por encima de la cabeza de Ian y lo iluminaba con unos reflejos de lo más perversos; su cara y su cuerpo eran un compendio de sombras bajo la titilante luz de las velas que acentuaban su altura mientras jugaban al escondite con su expresión. No obstante, Felicity no necesitaba ver su cara para saber cómo se sentía su interlocutor. Por primera vez desde que se habían conocido, la voz ronca del vizconde exhibía la incontenible rabia, la furia que lo consumía.

Y esa invasión de su alcoba era una prueba irrefutable de que ella lo había provocado más de lo que se podía esperar. Ningún hombre osaría entrar en la habitación de una mujer soltera por la noche sin recibir una clara invitación... y desde luego, ningún hombre permanecería de pie y en silencio mientras una mujer se desvestía delante de él, a menos que ese hombre albergara unas intenciones nada honestas. Felicity había temido lo peor, pero no ese comportamiento. Por Dios, no esas intenciones.

Un fugaz destello de terror anegó su coraje, ya que al recordar los indeseados excesos de los patronos de su padre que había experimentado en su propia piel, adivinó lo que iba a suceder a continuación. Ella siempre había conseguido pararles los pies a toda esa panda de indeseables antes de que se pasaran de la raya, pero le resultaría imposible luchar contra Ian. Era demasiado corpulento como para dejar lugar a dudas sobre su increíble fuerza, y más teniendo en cuenta la rabia que lo consumía de una forma completamente justificada.

A Felicity se le heló el alma. Con el mayor disimulo que pudo, deslizó la mano por la superficie del tocador en busca de un arma con la que poderse defender del ataque, pero no encontró nada más que un peine, un cepillo de pelo y un montón de horquillas. Se hallaba totalmente indefensa, a menos que no pensara defenderse con las uñas y los dientes.

Pero de un modo u otro, le ofrecería resistencia. Clavó las pupilas en las suyas, procurando mostrar su determinación.

—No ha venido sólo para hablar, porque si no, no habría permanecido quieto entre las sombras, mirándome mientras me desvestía. —Añadió Felicity con un tono acusador—. ¿Ahora se dedica a asaltar a mujeres en sus alcobas? Qué pena. Qué desengaño que se llevará Gideon... porque realmente parece que lo considera todo un héroe.

Ian tensó los labios con rabia.

—Ambos sabemos que Gideon se engaña en esa cuestión, ¿no es así? Porque no importa lo que diga o haga, tú ya te has formado una imagen inamovible de mí. Según los comentarios aparentemente contrastados que has escrito en tu columna, no soy más que un pobre mentiroso, un embaucador, un hombre sin honor.

Cada una de esas palabras estaban pronunciadas con tanta inquina que Felicity sintió su conciencia aplastada por la fuerza descomunal de un yunque.

—Yo no le he llamado mentiroso —se defendió ella—. Simplemente... he cuestionado ciertas aseveraciones que usted ha hecho acerca de su pasado.

—Unas aseveraciones que nunca quise que se publicaran.

—¿Por qué no? Según Gideon, usted no tiene nada de qué arrepentirse.

—Pero tú no lo crees, ¿no? —proclamó él con amargura—. No, claro, tú eres demasiado lista como para dejarte engañar por los argumentos de mis amigos.

Ian ladeó la cabeza, y con ese gesto sus facciones rígidas quedaron expuestas sin querer bajo las velas. Una luz ambarina destellaba de sus airados ojos negros y su barbilla tensa. Oh, sí, lord Saint Clair estaba furioso, más furioso que nunca. Su imagen era intrigante y terrorífica a la vez.

Felicity tragó saliva y asió nuevamente la falda del vestido con los dedos crispados.

—Ahora sí que... sí que lo creo. Pero seguramente comprenderá por qué no lo creí al principio. ¿Cómo iba usted a esperar que yo creyera sus argumentos cuando insiste en ocultar tantos detalles de su pasado? A pesar de todos esos rumores absolutamente contradictorios, nadie ha declarado jamás que haya tenido el honor de luchar a su lado; ni tan sólo existe ninguna mención pública de su carrera militar.

—Porque yo lo prefiero así. Si quisiera hacer público mi historial militar, habría enviado los pormenores a la prensa cuando regresé a Inglaterra hace tres años. Qué pena que tú no hayas sentido la necesidad de consultarme para averiguar mi parecer antes de publicar esos datos.

Felicity se sobresaltó ante el tono acusador.

—Aquí el único culpable de que yo haya hablado de su vida es usted. Sabe perfectamente bien que su historia sobre la señorita Greenaway no se sostiene de ninguna manera. Además, nunca habría escrito más sobre su persona si no me hubiera asaltado en...

—¿Asaltado? —Ian se separó bruscamente de la pared—. ¿Defines un simple beso como una agresión?

—Para mí no fue un simple beso —estalló ella antes de que pudiera contenerse. Después continuó con un tono más sosegado—. Si lo hubiera sido, no habría reaccionado de ese modo.

Su confesión pareció tomar a Ian por sorpresa. Bajó los ojos insondables hasta los labios de Felicity y clavó allí su mirada, recordándole la última vez que los había acariciado con su boca. Los labios de ella temblaron a modo de respuesta.

—Para mí tampoco se trató de un simple beso, te lo aseguro. —La voz de Ian resonó en el silencio de la estancia.

Felicity notó un cosquilleo en el vientre ante tales palabras. Sabía que él mentía, sabía que ese tipo tenía la portentosa habilidad de parecer absolutamente sincero cuando, en realidad, la estaba engañando de la forma más vil que uno pudiera imaginar. Sin embargo, quería creerlo.

El aire se tornó más denso, y el espacio demasiado pequeño para contenerlos a los dos, a pesar de la considerable distancia que los separaba. Estaban solos, más solos de lo que nunca habían estado antes. Nadie sabía que él se había colado en su alcoba, ni la sirvienta a la que Felicity le había pedido que se retirara un poco antes, ni Sara, ni ninguno de los otros convidados y criados de los Worthing.

Y ella iba únicamente ataviada con ropa interior y un fino vestido de seda. Intentó arrebujarse más en su vestido, pero el pedazo de tela parecía tener vida propia, y ante la imposibilidad de abotonarlo, se mantenía abierto o bien por un lado o bien por otro.

Peor aún, los movimientos nerviosos de Felicity parecían atraer irremediablemente la atención de Ian. Unos ojos oscuros como la noche la acechaban, hambrientos y sedientos, desarmando todas sus defensas con la misma eficiencia de un cuchillo afilado. Él ya la había contemplado antes con esa misma mirada, cuando había estado a escasos centímetros de ella, rodeándola por la cintura con esas enormes manos y con los labios pegados a su boca...

Felicity ahogó sus ganas de proferir una maldición y apartó la mirada para clavarla en la pared.

Ian carraspeó.

—Sin embargo, lo que hice no se puede considerar de ningún modo una provocación suficiente tan grave como para que te ensañaras en poner en peligro mi reputación —refunfuñó él, como si estuviera enojado con ella por haber mencionado ese beso.

—Usted puso en peligro mi reputación primero, esa noche en la terraza.

—Eso no es verdad. ¿Acaso has olvidado tu primera columna?

Felicity soltó un bufido de exasperación. Aunque pareciera sorprendente, era cierto, se había olvidado.

—Nuestras opiniones difieren en cuanto a si verdaderamente esos comentarios pusieron en peligro su reputación.

—Consiguieron que mi prometida se fugara con otro hombre. No sé cómo definirás eso, si no es poner claramente en peligro mi reputación.

—Y usted se vengó sin ningún reparo, ¿no es así? Obligándome a besarlo y...

—¿Obligándote? —Ian se acercó a ella, esgrimiendo una mueca de crispación—. ¿Quieres decir que no disfrutaste con mis besos?

—¡Por supuesto que disfruté! —estalló ella. Al ver la mirada de satisfacción del vizconde, añadió—: ¿Cómo no iba a disfrutar? Usted es un tenorio, su especialidad es precisamente hacer que las mujeres disfruten con sus besos. Pero eso no cambia el hecho de que me obligó.

—Yo no soy ningún tenorio. —Se pasó los dedos por el pelo con exasperación—. Deberías saberlo, si realmente te has dedicado a investigar tal y como afirmas haber hecho antes de escribir esas patrañas. En cuanto a obligarte, créeme, si me hubieras abofeteado después del primer beso, no habría continuado ni un segundo más con esa actitud. —Achicó los ojos—. Pero tú me agarraste por la solapa del abrigo para que no me apartara. Aceptaste mis besos, aunque luego alegaras todo lo contrario. Le mentiste a Sara en cuanto a nuestro encuentro; por lo menos ten la decencia de admitirlo.

—Yo no le mentí —protestó ella.

—Le dijiste que me había aprovechado de ti.

—¡No! Ella simplemente... asumió que eso era lo que había sucedido porque... porque...

—Porque le dijiste que yo «me había excedido» contigo. —Ian se le acercó lentamente, con las pupilas brillantes como un par de ágatas sobre una base de plata—. ¿Qué es exactamente eso de que «me excedí», Felicity?

Ella se encogió contra el tocador.

—Estoy segura de que lo sabe mejor que yo, dada su reputación.

—Mi reputación —se jactó él—. Ya casi no sé qué significa esa palabra. Mi reputación se ha visto tan maltrecha por tu culpa y por culpa de todos esos cotilleos. Pero no has contestado a mi pregunta. Si no mentiste, entonces, ¿a qué te referías cuando le dijiste a Sara que yo «me había excedido»?

Ian estaba ahora a escasos centímetros de ella, y a pesar de que Felicity quería escapar, se negaba a dejar que él viera con qué facilidad la intimidaba. Además, el tocador a sus espaldas evitaba su huída.

Procurando mantener cierto aire de solterona intransigente, replicó:

—¡Ya sabe a qué me refiero! Me refiero a que me besó con... con... —Oh, ¿cómo iba una a describir el vuelco que le había dado el corazón a causa de la tremenda excitación que le había producido el beso de un hombre sin parecer una pobre colegiala idiota? Sin sonar demasiado convincente, concluyó—: con enorme entusiasmo.

Ian esbozó una leve sonrisa.

—No lo negaré, pero diría que más bien ambos demostramos un enorme entusiasmo. Sin embargo, Sara no me habría echado de su casa sólo por un beso apasionado. —Sin previo aviso, la rodeó por la cintura con su brazo y la atrajo hacia sí con tanta fuerza que Felicity pudo incluso distinguir los puntitos oscuros de su bigote que empezaban a asomar en su labio superior—. Así que dime, tramposa Felicity, ¿qué hice para que Sara pensara tan mal de mí? Te juro que no recuerdo nada de lo que tenga que avergonzarme.

—¡Eso es porque usted no se avergüenza de nada! —Intentó apartarlo clavándole las palmas de las manos en el pecho, pero lo único que consiguió fue que se le abriera el vestido aún más—. ¡Suélteme! ¡Suéltame, Ian, o... o...! —Su corazón se le encogió de angustia al recordar por qué no podía gritar—. ¡O no me quedará ninguna duda de que no eres más que una despreciable sanguijuela!

Ian dejó escapar una risotada reverberante que resonó en toda la habitación.

—Pero si de eso ya estás totalmente convencida. Además, no te soltaré hasta que me demuestres qué significa para ti eso de «excederse». Sólo para que no cometa el mismo error en el futuro, ya me entiendes.

—¿En el futuro? —masculló ella.

—Aunque te aseguro que preferiría que nuestra relación tocara a su fin, sé que no es cierto. Así que quiero saber qué es lo que está permitido y lo que no. —Deslizando un par de dedos hasta el escote del vestido, acabó de abrirlo sin mostrar ni una pizca de consideración, y a continuación examinó la blusa interior con fascinación.

A Felicity se le aceleró el pulso hasta tal punto que creyó que el corazón le iba a estallar de un momento a otro. Debería gritar que desde luego eso no estaba permitido, sin embargo lo único que acertó a hacer fue inhalar con fuerza para no quedarse sin aire en los pulmones. Acto seguido, él inclinó la cabeza para besarla en ese punto de su cuello que había quedado expuesto por encima de la blusita. Fue una caricia tan íntima que ella se puso tensa de golpe y perdió el equilibrio y cayó contra el tocador; por suerte, pudo agarrarse al borde a tiempo para no darse de bruces contra el suelo.

Ian se aprovechó de su falta de equilibrio para asir el delicado vestido con los puños cerrados y tirar de él lentamente, sensualmente, hasta que éste acabó por separarse por completo de sus hombros. Mientras el traje caía sobre el tocador detrás de Felicity, él enrolló un mechón de su pelo en un dedo y lo besó.

—No lo hagas —susurró ella con voz ronca. Un intenso placer se iba apoderando lentamente de todo su cuerpo traidor. Felicity intentó combatir esos impulsos fieramente. La última vez que había permitido que ese bribón la besara, él la había engañado sin piedad—. No... no deberías...

Ian soltó el mechón de pelo, luego apartó otros mechones rebeldes que le cubrían el hombro y la acarició.

—¿A esto te refieres cuando dices que «me excedo»? —Tiró de la manga de la blusita para que su hombro quedara al descubierto. Ella contuvo la respiración cuando él inclinó la cara para besar la piel desnuda. Su respiración era una caricia sedosa, una promesa tentadora.

Cuando un suave suspiro se escapó de la boca de Felicity, él deslizó los labios hasta la base de su garganta.

—¿O a esto? —Pasó la boca por el delicado hueco como si buscara el punto donde el pulso latía desbocadamente bajo sus caricias, y cuando lo encontró lo besó, luego continuó besándola hasta perfilar con la boca todo el arco de su cuello.

Cuando finalmente alzó la cabeza, sus pupilas desprendían el brillo de unas ascuas casi extinguidas en medio de su cara encendida.

—No, lo había olvidado. Eso son sólo besos, y excederme significa ir más lejos que darte uno o dos besos, ¿no es cierto? Excederme debe de ser algo suficientemente terrible como para conseguir que mi amiga de la infancia dude de mi buena voluntad. Veamos, ¿qué podría ser?

Con la mirada todavía fija en su cara, Ian cogió una manga de la blusita y empezó a tirar de ella. Felicity se sonrojó, emplazó la mano sobre la muñeca de esa mano impertinente en un intento por detenerla, pero en ese momento él acercó la boca a sus labios y ella olvidó por qué él no debería estar allí, con ella, a solas... por qué no debería tocarla de ese modo, besarla así... por qué no se fiaba de él... Felicity se olvidó de todo.

Fue un beso profundo e incuestionablemente posesivo. Ian penetró su boca con la lengua antes de que ella se diera cuenta de que había entreabierto los labios. En ese mismo instante notó una punzada de dolor en la palma de la mano; Felicity se estaba aferrando con todas sus fuerzas al borde del tocador en un vano intento por no caer de nuevo en la tentación de agarrarlo por las solapas, como Ian le había echado en cara antes.

Pero su contención resultó únicamente una pequeña victoria, ya que Felicity se dio cuenta de que no podía mantener el resto de su cuerpo quieto, sin responder a los estímulos a los que se veía sometido al permanecer tan cerca de ese cuerpo masculino, al sentir tanto placer por culpa de esa lengua juguetona, que seguía explorando su boca... o por culpa de esas manos, que le bajaban las mangas de la blusita de una manera tan seductora... o por esa rodilla, que ejercía presión para que ella abriera más las piernas entre la prisión de la fina muselina de su ropa interior. Felicity incluso lo ayudó al ladear la cabeza para que él pudiera besarla a lo largo de la garganta.

Cuando Ian aflojó los lazos de la blusita, sin embargo, ella recuperó en cierta manera el sentido del decoro, y agarró la punta de la tela de muselina antes de que ésta se abriera por completo y revelara sus pechos desnudos.

—¡Para! ¿Pero se puede saber qué crees que estás haciendo?

—Determinar los límites —respondió él con una voz ronca—. Averiguar qué significa eso de «excederme».

—¡Pues precisamente esto que estás haciendo!

—¿Ah, sí? Pero si has dicho que no le mentiste a Sara en cuanto a mi asalto la otra noche, y definitivamente no recuerdo haber hecho esto. —La acribilló con su oscura mirada lasciva, y acto seguido colocó una mano sobre la muselina que cubría sus pechos con tanta desfachatez que a ella se le cortó la respiración—. Pero claro, a veces me falla la memoria. Quizá debería refrescarla.

—No... maldito... maldito... —A Felicity se le quedó la mente en blanco cuando él le acarició un pecho de un modo exquisitamente vergonzoso y embriagador—. ¡Ohhhhh, cielos! —jadeó con una voz gutural que seguramente pertenecía a otra persona, a una mujer descocada.

—¿Te acaricié así la otra noche, Felicity?

Ella entornó los ojos para evitar presenciar su expresión triunfal. Ian extendió la palma sobre su pecho y empezó a realizar un delicioso movimiento rotatorio que consiguió que su pezón se pusiera tan duro como una piedra preciosa.

Felicity jadeó, y él se inclinó más sobre ella; su respiración ejercía el influjo de un interminable beso húmedo en su mejilla.

—Dime, querida, ¿es esto lo que hice? Responde —le exigió en un tono severo.

—No, sabes perfectamente bien que no es eso lo que hiciste —bramó ella, con el orgullo herido.

Cuando Felicity se obligó a abrir los ojos para encararse a la cara triunfal que seguramente tenía ante sí, se quedó sorprendida al no presenciar la esperada expresión.

Una necesidad acuciante fracturaba los rasgos normalmente controlados de Ian.

—Pues es un milagro que no lo hiciera —confesó él con una voz penetrante—. Porque eso era lo que quería. Por Dios, cuánto deseaba tocarte.

La confesión salvó su orgullo herido. Ian no había estado únicamente manipulándola esa noche, sino que había sentido lo mismo que ella había sentido. Y las cosas que le estaba haciendo ahora... los besos, las caricias... eran algo más que una de sus malditas estratagemas.

Esa aseveración renovó todos sus deseos reprimidos, y éstos se extendieron por todo su cuerpo como un viento errante, barriendo a su paso cualquier atisbo de modestia o de recato. Felicity se inclinó sobre su mano, e Ian lanzó un rugido de pura satisfacción masculina. Luego la acarició, frotándole el pezón por encima de la muselina, pellizcándolo gentilmente con unos dedos expertos, buscando el otro pecho y sometiéndolo a la misma tortura deliciosa, gloriosa.

Para el desconsuelo de Felicity, sus caricias despertaron una curiosidad más deplorable. ¿Qué sentiría si él pasara esos dedos tan hábiles por encima de su piel desnuda? ¿O por su boca? ¡Qué pensamientos más escandalosos!

Pero él debió de leerle el pensamiento, ya que acto seguido deslizó la mano por debajo de la blusa para acariciarle su pecho desnudo. Una arrolladora sensación de placer la obligó a entornar los ojos y a suspirar. Santo cielo, eso era mucho mejor que lo que había imaginado. Piel contra piel, esa mano la excitaba hasta límites insospechados. Cualquier objeción pendiente se desvaneció en el aire, hasta que la única sensación que Felicity sintió fue una imperiosa necesidad de experimentar más, de sentir más, de que él la tocara más.

Sus jadeos subieron de tono, como si los movimientos de esa mano insolente —¡no, de esas manos! Ya que ambas estaban ahora dentro de su blusita— ejerciera un influjo mágico que la dejara sin aliento. Jamás habría imaginado que su cuerpo poseía una capacidad tan arrolladora para disfrutar, o que un hombre pudiera descubrir ese matiz con una facilidad tan pasmosa.

—Ian... —murmuró ella, sin saber qué quería decir.

—¿Sí? —Su voz ronca resonó en la distancia—. Por Dios, tienes un tacto divino... eres tan suave... tan dulce...

Ian se arrodilló flexionando una pierna y volvió a tirar de la blusita hacia abajo para poder saborear sus pechos con la boca exactamente tal y como ella había imaginado. Sorprendida tanto por su increíble habilidad de averiguar los deseos de su cuerpo como por lo que estaba haciendo, Felicity apresó su cabeza con las manos. Tenía que detenerlo. Tenía que terminar con esa locura divina.

Sin embargo, lo único que hizo fue acercar más la cabeza a sus pechos y emborracharse con el aroma a tabaco de pipa que emanaba del pelo de Ian. Él jadeó roncamente y deslizó la mano libre alrededor de sus muslos, luego la empujó hacia delante hasta que ella cayó sentada sobre su pierna doblada. Para no perder el equilibrio, Felicity se agarró a sus fornidos hombros. La parte inferior de su blusita se abrió para acomodar sus posaderas a esa posición tan poco convencional y los botoncitos laterales de sus calzas asomaron justo por debajo de sus rodillas. Mientras él la sentaba sobre su muslo con más firmeza, la raja frontal de las braguitas se abrió parcialmente, por lo que su pubis quedó prácticamente en contacto con la pierna de Ian; ahora sólo una fina capa de tela separaba su piel más sensible de la de él.

La impresión dejó a Felicity aturdida momentáneamente. Se hallaba en una postura de lo más indecente. Pero cuando intentó incorporarse para sentarse de un modo más decoroso, sólo consiguió exponerse de una forma más escandalosa. La presión en su parte más íntima era deliciosa; cuando ella procuraba sentarse con más decoro, toda su musculatura inferior se estremecía con una necesidad insoportable que sólo se calmaba ejerciendo de nuevo presión contra el muslo de Ian.

Ya había experimentado esa sensación antes, alguna noche en que había soñado con su sultán. Con lo único que hallaba satisfacción, aunque se sintiera avergonzada de admitirlo, era aplicando presión sobre esa zona. Ella misma había paliado su sed un par de veces, en secreto, sintiéndose culpable. Y ahora recurría al mismo sistema, pegándose a la pierna de Ian.

—Así, muy bien, cabalga sobre mí, sí... así... *ma chérie* —murmuró él con la boca pegada a sus pechos.

Mareada de placer, Felicity no comprendió enteramente lo que él le decía. ¿Qué significaba *ma chérie*? Sin embargo, no necesitó más palabras de ánimo para seguir frotando su parte más íntima contra el muslo de Ian. Nuevamente lo agarró con ambas manos por la cabeza y se inclinó más hacia él, procurando exponer más los pechos a esa boca y a esa lengua tan juguetona. Hundió los dedos entre su pelo enmarañado, ese pelo negro como la noche que le provocaba cosquillas en las yemas de los dedos y que parecía querer escurrírsele como un pez entre los dedos.

Él la estaba haciendo perder el control por completo, clavándole el pene erecto entre las piernas, haciéndole sentir el placer de cabalgar sinuosamente sobre su muslo. La boca de Ian ahora casi devoraba su pecho, despertando en ella unos instintos tan pecaminosos que Felicity pensó que él debía de ser el mismísimo diablo.

Siguió moviéndose sobre su muslo, jadeando de placer cada vez que ese movimiento le provocaba unas sensaciones gloriosas en toda la zona del pubis. Ian apartó la boca de su pecho, sólo para emplazarla sobre su otro pecho, acariciándole con la mano el pezón húmedo y erecto que acababa de abandonar mientras que con la boca y la lengua lamía las curvas repletas de su otro pecho.

Felicity se estaba hundiendo en un placer que la abatía a oleadas, con el aroma a tabaco y la fascinante sensación de él, poseyéndola, inundándola de besos como unas aguas diluvianas, amenazándola con tragársela, con disolverla.

Una necesidad incontenible de conocerlo mejor, más íntimamente, la asaltó. Le abrió las solapas y él se quitó rápidamente el abrigo y lo lanzó al suelo antes de retornar a la deliciosa locura de lamerle el pecho con la lengua. Felicity deslizó la mano por encima de la camisa para notar su estructura musculosa, y quedó fascinada al constatar el modo en que esos músculos se contraían debajo de sus dedos. Ian le pasó su enorme mano por la pantorrilla, luego por la rodilla y por la parte exterior del muslo, por debajo de las calzas, hasta llenar los dedos con la curva de la cadera desnuda, esos dedos fascinantes, pecadores...

De repente, él se puso tenso y apartó la boca de su pecho, aunque seguía con la mano inmóvil sobre su nalga desnuda.

—¿Qué pasa, Ian? —preguntó, decepcionada.

—Chist —la acalló él, mientras ladeaba la cabeza en posición de escucha.

Entonces ella también lo oyó. El sonido de unas voces femeninas y de unos pasos que se acercaban por el pasillo. Felicity se quedó paralizada, con una terrible sensación de ardor en la garganta a causa del miedo. No era posible que él hubiera planeado que los pillaran de nuevo juntos. Y en una posición mucho más comprometedora. Cielos, si Ian había hecho eso a propósito para ponerla en evidencia...

Rápidamente, él sacó las manos de las calzas y la miró con unos ojos tan negros como el carbón. La preocupación que emanaba de esos dos luceros sirvió para confirmarle a Felicity que él no había planeado ese encuentro. La agarró por los brazos y dijo:

—Son Sara y Emily. ¿Has quedado con ellas?

Incapaz de articular ni una sola palabra, Felicity negó con la cabeza. Ian ejerció una presión nerviosa y dolorosa con los dedos sobre sus brazos; todos los músculos de su cara estaban tensos mientras desviaba de nuevo la vista hacia la puerta.

La habitación del bebé se hallaba justo en el cuarto de enfrente, y Felicity se preguntó si ése podía ser el motivo por el que las dos mujeres se habían desplazado hasta ese lugar de la casa. Los pasos se detuvieron en el rellano de la puerta, pero las damas rápidamente bajaron el tono de voz. Debían de pensar que estaba dormida. ¡Cuán equivocadas estaban!

Sólo cuando oyó que abrían y cerraban la puerta al otro lado del pasillo, Felicity soltó todo el aire que había retenido en los pulmones.

Ian dejó de estrecharla con tanta fuerza.

—Felicity. —A pesar de que él meramente susurró la palabra, ésta pareció resonar en la estancia silenciosa.

—¿Sí?

—Esto sí que ha sido ir demasiado lejos.

Ella tuvo que contener sus impulsos para no estallar en una risotada.

—Creo que tiene razón, milord. —Lo más prudente sería que se levantara de esa posición tan indecorosa, que apartara los dedos de ese cabello enmarañado, y que se separase de él. Pero no podía hacer ninguna de esas acciones.

Ian inclinó la cabeza para chuparle el pezón, y Felicity jadeó. Deseando que él volviera a hacerlo, se aferró a él con más fuerza. Su cuerpo lo deseaba, a pesar de que no sabía qué era lo que deseaba exactamente, ¿que la besara, que le lamiera el pecho de nuevo, que le acariciara la cadera...? La boca de Ian se precipitó urgentemente sobre su pecho, chupándolo y lamiéndolo hasta que el deseo que invadía a Felicity se convirtió en algo parecido a un dolor casi insoportable.

Mas cuando ella jadeó y arqueó la espalda hacia él, Ian se quedó quieto. Apoyó la mejilla en el pezón que hasta entonces había estado devorando y le dio un beso en la curva interior del pecho opuesto.

—Dime que pare —solicitó él, con un tono duro y gutural. Sus palabras parecían una súplica honesta.

En su estado de aturdimiento, Felicity necesitó unos segundos para comprender el significado de su petición.

—¿Por qué?

Hubo una larga pausa. Ian apoyó la frente en su pecho y tras un segundo ella vio cómo su cabeza se convulsionaba. Cuando Ian alzó la cara, Felicity se dio cuenta de que estaba riendo, en silencio, sin alegría, pero riendo.

—Sólo tú eres la única virgen en este reino capaz de reaccionar así. —Le propinó un último beso tierno en el pecho y la cogió entre sus brazos para alzarla y separarla de su rodilla. Entonces él también se puso de pie.

A Felicity las piernas temblorosas la amenazaban con no sostenerla. Cuando él la agarró por los hombros para serenarla y luego la soltó rápidamente, ella se sintió presa de una sensación de vergüenza que acabó por teñir sus mejillas con un rojo intenso.

Tarde, demasiado tarde, ella se había dado cuenta de hasta qué punto se habían excedido. Y también en admitir que era él quien había puesto punto y final a esa locura, y no ella. Atropelladamente, se aderezó la blusita y empezó a pelearse con las medias.

—Por todos los santos, seguramente debes de pensar que soy una verdadera descocada...

—No. —Ian emplazó el dedo índice delante de los labios de ella para acallarla—. No, no es cierto. Pero tú eres la última mujer en la faz de la Tierra a la que habría tocado de ese modo. —Con el dedo pulgar perfiló esos labios tan sensuales, y el simple tacto volvió a excitar a Felicity.

Sin apartar los dedos de los lazos de su blusita, contempló esa cara inescrutable, deseando sin sentir ninguna clase de remordimiento que él volviera a besarla. Cuando Ian apartó la mano, en cambio, la intensidad de su frustración la sorprendió.

—Sin embargo, no me arrepiento —añadió él, como si estuviera hablando para sí mismo.

Ni ella tampoco. De repente se había sentido como una sordomuda a la que le hubieran otorgado el don de hablar y de oír. Todas esas veces que había criticado a los hombres por satisfacer sus propias pasiones, no había tenido en cuenta que las mujeres también tenían pasiones, y que éstas podían ser tan poderosas, tan devastadoras, como las que acababa de sentir. La experiencia abría una nueva puerta de interpretación a todas sus presunciones.

Felicity bajó la vista hasta clavarla en los lazos de su blusita, que continuaba medio abrochada entre sus manos, y él intentó ayudarla con unos dedos súbitamente inexpertos y torpes.

—De una cosa no hay duda —continuó él en voz baja—.

Esta vez, tienes todo el derecho del mundo de quejarte de mí a Sara.

—No sería capaz de hacerlo —susurró ella, herida por el mero hecho de que él pudiera pensar algo así.

—¿Por qué no? Nada ha cambiado.

—Precisamente, todo ha cambiado. —Ella no sabía el porqué, pero el mundo entero le parecía diferente, ahora. Él era más decente de lo que ella había esperado, y en cambio ella no tenía ni un dedo de decencia. Sin lugar a dudas, se había convertido en una criatura a la que no reconocía, y todo en el espacio de unos pocos besos y caricias que la habían dejado sin aliento.

Ian le acarició la barbilla y la miró con el semblante preocupado.

—¿No me consideras una alimaña por haberte acorralado en tu habitación y haberme sobrepasado contigo?

Felicity sacudió la cabeza.

—Te has contenido, aún cuando podrías haber hecho todo lo que habrías querido y yo me habría... me habría... —Giró la cara hacia un lado, incapaz de terminar la vergonzosa afirmación.

Cuando él la había besado en la terraza, ella se había convencido de que su impecable capitulación había sido una reacción absolutamente comprensible ante los encantos de un bribón. Se había dicho a sí misma que él la había obligado a besarlo, que la había tomado por sorpresa.

Pero aunque esta noche había empezado igual que la anterior, no había acabado del mismo modo. Ella se había solazado en su pecado, había aceptado cada una de esas caricias. En resumen, se había comportado como una mujer descocada. Sólo la cordura de Ian en el último momento había evitado que ella se entregara completamente a él.

Felicity alzó la cabeza y se miró en el espejo. Incluso parecía una mujerzuela, con los labios enrojecidos, el pelo despeinado, y llevando por únicas prendas una blusita y unas calzas. Soltó un suspiro de angustia al tiempo que recogía el vestido de fiesta del suelo y metía los brazos a través de las mangas opacas.

—No tienes que avergonzarte de nada —le aseguró él, colocando la mano sobre su hombro—. Todo el mundo siente deseos, y las mujeres no son más capaces de controlarlos que los hombres, al revés, para vosotras resulta más duro. La sociedad acepta que los hombres sacien sus deseos carnales cuando les plazca, pero las mujeres respetables han de reprimirse, incluso con sus propios maridos. Por eso a veces las relaciones matrimoniales no resultan fáciles.

La observación la dejó tan sorprendida que se olvidó de sus pensamientos de culpabilidad. Lo escudriñó con interés.

—Ésa es una opinión muy progresista, ¿lo sabías?

—Porque, a pesar de lo que opines de mí, soy un hombre muy progresista —proclamó Ian con sequedad.

Ahora Felicity lo miraba con otros ojos. Sí, había empezado a darse cuenta de ello. Ciertamente, él no era el bribón despechado por el que lo había tomado. ¿Pero qué era? ¿Qué clase de hombre reprimía sus necesidades carnales cuando gozaba tanto de la oportunidad como del motivo para aprovecharse de una mujer? Sólo Dios sabía hasta qué punto ella se habría dejado llevar por ese experto seductor, incluso hasta poner en peligro su reputación, su honor, y su castidad.

—Eres un tipo progresista —asintió ella—. Y te has apiadado de mí, aún cuando no esperaba ese trato... o... no lo merecía.

—¿Apiadarme? —Ian soltó una sonora risotada—. ¿Es eso lo que crees? Qué extraño, me parece que debo de haber perdido la cabeza. —Le acarició la mejilla con dulzura—. Ningún hombre en su sano juicio te rechazaría si tuviera la oportunidad de acostarse contigo. Sí, sin ninguna duda, debo de haber perdido la cabeza.

Esta vez ella no podía dudar de su sinceridad, y las fervientes palabras consiguieron que el deseo más ardiente volviera a bullir en sus venas. Con un enorme esfuerzo, procuró contenerse.

—No, simplemente te has reprimido, lo cual demuestra que eres todo un caballero.

Ian profirió una maldición y se apartó un poco de ella.

—No te engañes, bonita, no lo he hecho por ningún impulso caballeresco, te lo aseguro. Simplemente es que no podría soportar más comentarios mordaces sobre mí en tus malditos artículos.

Felicity no lo creía. Quizá se estaba engañando a sí misma, pero dudaba de que él se hubiera reprimido por temor a sus artículos. Ese hombre no temía a nada ni a nadie, así que menos aún a ella.

Ian fijó la mirada en el otro extremo de la alcoba al tiempo que hundía los pulgares en la cintura de su pantalón.

—¿Así que ahora estamos en paz? ¿O debo esperar más informes acerca de mis actividades en el diario *The Gazette*? —Su cara estaba rígida, expectante, como si no fuera a sorprenderse al escuchar que ella tenía intención de continuar atacándolo sin piedad.

Felicity se sintió apenada de que él pudiera pensar que ella continuaría escribiendo mal acerca de él después de lo que acababan de hacer.

—¿Debo esperar más provocaciones de exponer mi identidad a tus amigos?

Ian la miró con ojos solemnes.

—Me mantendré callado si tú haces lo mismo.

—Entonces de acuerdo. Lord X ya no tiene ningún asunto pendiente con lord Saint Clair y viceversa.

De repente, Felicity se puso triste. Ahora ya no tendría ningún motivo para hablar con él, ni volvería a tener ninguna relación con él.

Ian relajó la mandíbula. La estudió detenidamente, desde los ojos hasta el cuerpo tembloroso, entonces volvió a mirarla a la cara. Ahora su rostro exhibía una expresión de aceptación resignada.

—Eso es probablemente lo mejor. Después de todo, no sería correcto que un vizconde se peleara con su prometida en público.

Ella lo miró boquiabierta.

—¿Prometida?

—Nuestro encuentro aquí esta noche me ha llevado a tomar una decisión. —Se aclaró la garganta mientras nuevamente la repasaba de arriba abajo—. Felicity, tú y yo deberíamos casarnos.

Capítulo diez

El coronel Shelby le comentó a su pobre prometida de toda la vida que, debido a las heridas que había sufrido durante la guerra, consideraba injusto que ella tuviera que continuar adelante con su compromiso matrimonial. Mas cuando la noble muchacha le confesó que lo amaba sólo a él, el coronel cedió complacido. La boda se celebrará en la fiesta de la Candelaria en la iglesia de Saint Martin-in-the-Fields de Londres.

The Evening Gazette, 13 de diciembre de 1820
Lord X

*I*an supo por la expresión de incredulidad de Felicity que el anuncio la había tomado por sorpresa. ¿Qué más podía esperar? Él mismo también estaba sorprendido.

—¿Qué... qué has di... dicho? —tartamudeó ella.

—He dicho que deberíamos casarnos.

Ian no había querido ser tan brusco. En realidad no pensaba declararse, cuando se coló en esa alcoba una hora antes; su única intención era asustarla un poco, darle a entender que no podía continuar lidiando esa ridícula batalla contra él.

Pero entonces ella se puso ese maldito traje de fiesta sin abrochárselo, mostrando más que lo que ocultaba. Jamás tendría que haberla contemplado mientras se desvestía. Debería de haber expuesto su presencia antes que eso sucediera. Pero los tres días lejos de ella habían incrementado su sed, incluso después de leer la difamante columna. Tres días y tres noches recordando esos besos fogosos que le habían hecho suspirar por tocar, por desear su cuerpo, y ella se había desnudado con tanta rapidez que Ian no había sido capaz de mostrarse a la luz y revelar su presencia en la estancia.

Sin embargo, no se arrepentía de nada de lo que había sucedido. Ni tampoco se arrepentía de haberle pedido que se casara con él. Cierto, su decisión había sido precipitada y sus razones complejas y enmarañadas incluso para él. Felicity, con el amor que profesaba por los rumores y con su insaciable curiosidad, era la última persona con la que debería esposarse.

No obstante, la deseaba, la quería en su vida. Ninguna otra mujer era capaz de igualarla en astucia ni de mostrar esa capacidad de sorprenderlo constantemente. Si se casaba con ella, no se moriría ni un segundo de aburrimiento.

La observó mientras ella deambulaba por la habitación. La luz ambarina que desprendían las velas bañaba su cuerpo esbelto, y su delicado vestido le tapaba graciosa y lujuriosamente esas atractivas posaderas.

Otra vez sentía el arrebato del deseo; se estaba excitando de nuevo. Lanzó un bufido al tiempo que aceptaba la verdad: no sólo la quería en su vida, sino que la quería en su cama. Ése era el problema; Ian no estaba pensando con la cabeza —o al menos, no con sensatez—. Porque, de haberlo hecho, no se le habría ocurrido la absurda idea de considerar casarse con esa señorita tan lista que profesaba una inclinación enfermiza hacia los cotilleos.

Pero ya estaba decidido. Necesitaba una esposa, así que, ¿por qué no casarse con una mujer con la que pudiera pasárselo bien? No le cabía ninguna duda de que lo pasaría muy bien con ella; había tenido que recurrir a todos sus esfuerzos para controlarse y no arrancarle la escasa ropa que llevaba puesta para poder satisfacer todos los impulsos carnales que le inspiraba ese cuerpo esplendoroso.

Pero dos cosas lo habían frenado. La primera era la fama que gozaba Felicity de respetable doncella. Iba contra su código moral desvirgar a esa clase de mujeres. La segunda razón —y quizá la más convincente— era la seguridad de que pasar una sola noche con ella no lograría satisfacer su lujuria, y ella nunca le permitiría más. Podía seducirla una vez, pero esa doña perfecta, cuya especialidad eran los chismes, se cortaría el cuello antes de consentir convertirse en la amante de un hombre.

Además, él no necesitaba una querida. Necesitaba una esposa. Y si se casaba con ella, se pasarían todas las noches haciendo el amor para saciar sus pasiones. Ese pensamiento lo excitó de nuevo.

—¿Y bien? —la instó con impaciencia cuando ella asió el atizador del fuego y empezó a remover la lumbre de la chimenea con un aparente porte distraído. Las chispas danzaban en el aire frío iluminando su cuerpo seductor.

—¿Me estás pidiendo que... que me case con... contigo? —A Felicity se le atascaban las palabras en la boca, como si le costara dar crédito a lo que acababa de oír.

—No es una idea tan rara, ¿no te parece?

—No... no lo sé. Quiero decir, sí, sí que lo es. Eres un vizconde.

—Ahora que lo dices, me parece una observación muy astuta —murmuró él, al tiempo que fruncía el ceño y realizaba un gesto de desgana con el brazo—. ¿Y qué tiene eso que ver?

Felicity apoyó el atizador en el suelo y lo miró.

—¿Es que no lo ves? Yo no soy nadie. ¿Por qué ibas a querer casarte conmigo?

Deliberadamente, Ian desvió la mirada hasta su bellísima melena del color de las castañas, repasó los deliciosos pechos que acababa de probar, y continuó descendiendo hasta la parte que deseaba también probar y darle placer... Cuando alzó la vista de nuevo hasta los ojos de Felicity, vio que ella había comprendido.

—Quiero casarme contigo por la misma razón que cualquier hombre se casa con la mujer que desea.

Las mejillas de Felicity volvieron a teñirse de un intenso color rojo, y en ese momento él se dio cuenta de que prácticamente nunca la había visto ruborizarse. Le sentaba bien; decididamente, tendría que hacer que se ruborizara más a menudo, cuando estuvieran casados.

—Pero los hombres de tu posición...

—Ten cuidado, Felicity. Estoy cansado de tus generalizaciones acerca de los hombres de mi posición.

Ella lo miró con desconfianza.

—No puedo creer que no te importe que no sea rica ni pertenezca a la aristocracia ni...

—¿Y por qué debería importarme? Yo tengo suficientes riquezas como para que podamos vivir sin que nos falte ninguna clase de comodidades. No es eso lo que quiero de una esposa.

—Sí, claro, lo olvidaba. —Felicity agarró el borde del vestido con dedos crispados e intentó mantenerlo cerrado. De repente tenía una apariencia muy joven, joven y atormentada, con una mirada ausente y apenada—. Quieres una mujer que te dé un heredero.

—Ése sería uno de tus deberes, sí. —Cuando ella se puso visiblemente tensa, él añadió—: Pero tener hijos es el resultado lógico de satisfacer los propios deseos carnales, y creo recordar que a ti te gusta mucho esa actividad.

Felicity le lanzó una mirada furibunda, ensombrecida por la incomodidad que se había adueñado de ella.

—Tú dijiste que no había nada de malo en sentir esa clase de deseo.

—Y es cierto —le aseguró él, recordando la actitud de vergüenza con que había reaccionado ella al verse incapaz de rechazar sus caricias—. Y el matrimonio hace que el deseo sea mucho más conveniente.

Ian se dio cuenta de que no había dicho las palabras acertadas cuando ella esbozó una mueca de disgusto.

—Sí, claro, el matrimonio lo haría más conveniente, tanto para ti como para mí. Después de todo, ¿por qué recurrir a dos mujeres distintas para colmar todas tus necesidades? ¿Una que te dé un heredero y otra para satisfacer tus... tus impulsos carnales? —Su voz había adoptado ahora un tono amargo—. Piensa en lo conveniente que sería tener sólo una mujer que sirviera ambos fines. ¡Qué concepto más revolucionario!

—Jamás he querido estar con más de una mujer —refunfuñó él, preguntándose cómo era posible que la conversación hubiera adoptado esos derroteros—. Y sí, prefiero tener una esposa a la que desee. Aunque previamente me había resignado a optar por una matrimonio de conveniencia, falto de pasión, ahora me doy cuenta de que puedo tener más. ¿Qué hay de malo en ello?

—Oh, no sé... ¿Qué pensará la señorita Greenaway? —espetó Felicity, alzando la barbilla con petulancia.

El aire se quebró entre ellos y se llenó con una repentina tensión. Ian tendría que haber esperado esa pregunta. Si hubiera estado tan atontado durante la guerra, seguramente lo habrían matado en media docena de ocasiones. Que no hubiera anticipado las objeciones de Felicity era un testimonio de en qué modo esa fémina y su adorable cuerpo lo habían desconcertado.

Ian midió bien sus palabras al contestar:

—No importa lo que ella piense.

—¿Ah, no? Entonces, ¿qué papel jugará en este matrimonio?

—Ninguno. —Su tono denotaba una exasperación palmaria—. Ya te lo dije antes, esa mujer no es mi amante. La estoy ayudando, a ella y a su hijo, nada más.

—¿Y todavía esperas que me crea ese cuento de hadas sobre su hermano, el pobre soldado que falleció en combate? —Cuando Ian la miró con ojos irascibles, ella agregó—: Acepto que me hayas contado la verdad en cuanto a que combatiste por Inglaterra; no puedo ignorar la palabra de un hombre como Wellington. Pero sé que estás mintiendo sobre la relación que mantienes con la señorita Greenaway. No soy tan ilusa como crees.

—Claro que no. —El sarcasmo se escapaba de sus palabras—. Eres demasiado inteligente como para creer en mi generosidad y en mi lealtad hacia un amigo.

Una fugaz expresión dolorida cruzó el semblante de Felicity.

—Me lo merezco, supongo, pero te equivocas; puedo creer que hayas hecho muchas cosas buenas, pero lo que no puedo creer es que esa señorita Greenaway se hubiera negado a compartir conmigo el agradecimiento que profesa por ti. Cualquier mujer en su situación te habría defendido sin dudarlo. O habría ido a *The Gazette* después de que se publicara ese artículo para pedir una retracción.

¿Por qué tenía que ser tan lógica esa maldita mujer?

—La señorita Greenaway comprende —cosa que tú no pareces comprender— que yo prefiera mantener ciertos aspectos de mi pasado bien lejos de la prensa.

—¿Y también que sean un secreto para tu posible prometida?

Ian lanzó un bufido de agotamiento.

—Maldita sea, Felicity...

—Quiero saber qué significa ella para ti. —La pena ensombrecía sus ojos verdes, y cuando volvió a hablar, se le quebró la voz—. No... no creo que sea una petición irrazonable, teniendo en consideración que me acabas de pedir que me case contigo.

Entonces Ian se dio cuenta. ¡Por todos los santos, Felicity estaba celosa! A pesar de que esa idea lo complacía, también complicaba las cosas. Estaba tentado a contarle la verdad y a poner fin a sus absurdas preocupaciones, pero eso requeriría más que una simple explicación sobre cómo había conocido a la señorita Greenaway. Tendría que explicarle por qué estaba ayudando a esa mujer, por qué ella era una pieza crucial en sus planes para vencer a su tío, y por qué él y su tío eran enemigos. Tendría que confiar a la cotilla más afamada de Londres todos los escandalosos detalles de su vida. Y tendría que hacerlo sin siquiera estar seguro de si ella aceptaría casarse con él. Nadie en su sano juicio cometería tal craso error.

Sin embargo, no podía permitir que los celos se interpusieran entre ellos.

Avanzó hacia ella con una firme determinación.

—Te diré lo que no es la señorita Greenaway. No es mi amante ni supone ninguna tentación para mí. No soy el padre de esa criatura, porque de serlo, hace tiempo que lo habría reconocido como hijo legítimo. Y lo más importante, lo que esa mujer supone para mí no es de tu incumbencia. Ella jamás ejercerá ninguna influencia en nuestro matrimonio. Esto es todo lo que necesitas saber.

La rabia emergió en las facciones de Felicity.

—¿Ni siquiera piensas decirme cómo la conociste?

—No. —Ian se detuvo a unos escasos pasos de ella y suavizó el tono deliberadamente—. Confía en mí; no hay ninguna razón por la que su mera existencia en una casa que es de mi propiedad deba preocuparte.

—¿Es tu último comentario sobre el tema?

—Sí.

—Entonces mi respuesta es no.

Ian achicó los ojos.

—¿Tu respuesta a qué?

—A tu petición de matrimonio. No puedo casarme con un hombre que no puede ser honesto conmigo.

Él no daba crédito a lo que oía.

—¿Me estás rechazando porque estás celosa de una mujer a la que simplemente estoy ayudando?

—¡No estoy celosa! —protestó ella, aunque su expresión contradecía sus palabras—. Me... me niego a casarme contigo porque tú no quieres un matrimonio real. Quieres un pacto comercial: yo tengo que cumplir con mi deber de darte un hijo sin interferir en tu vida, y tú a cambio me darás tu nombre y pagarás todos mis vestidos.

—Y te haré el amor —añadió Ian con una voz penetrante, con la clara intención de recordarle a Felicity por qué habían iniciado esa conversación.

Ella retrocedió, acercándose más a la chimenea, y las puntas de sus orejas se sonrosaron.

—Sí, eso también. Pero cualquiera puede ofrecerte ese servicio; lo que pasa es que yo te he parecido conveniente y ya está.

—Créeme, si deseara elegir una esposa por conveniencia, tú no estarías en la lista. ¡Lo último que necesito es acostarme con una cotilla que se dedica a airear públicamente la vida de los demás!

Felicity lo acribilló con la mirada, como si de repente entendiera los propósitos de Ian.

—¡Así que ésa es la razón por la que te me has declarado! ¡Quieres casarte conmigo para que no meta las narices en los desagradables secretos de tu pasado y luego los publique en mi columna!

—¡Oh! ¡Por el amor de Dios! Pero si ya me habías prometido que no te meterías más conmigo. ¿Por qué diantre querría casarme contigo para obtener ese derecho?

—Porque no te fías de mí. Si lo hicieras, me contarías la verdad acerca de la señorita Greenaway.

Ian apretó los dientes en señal de frustración. ¡Maldita fuera esa fémina y todos sus ideales! La mayoría de los hombres no compartían sus secretos con sus esposas; era lo esperado, lo aceptado. Pero ella no lo permitiría. ¡Oh, no! ¡No esa doña perfecta metomentodo, con sus ilusorias ideas sobre cómo deberían comportarse los hombres en un matrimonio! Tendría que haber adivinado que ella jamás aceptaría casarse con él. Pero no, se había dejado guiar por su polla en lugar de por el sentido común.

Bueno, se le había declarado y ya había quedado suficientemente retratado. Ahora lo que debía hacer era sacársela de encima, dejarla con todas sus sospechas. ¿Acaso alguna mujer valía tanto la pena como para pasar por todas esas vicisitudes?

Observó su pose airada, sus delicadas manos plantadas en las caderas, los destellantes ojos expresivos de color esmeralda. Incluso con el pelo recogido con unas ridículas agujas de tejer cruzadas, estaba bellísima, pero ahora, embutida en ese traje de fiesta, estaba irresistible. Jamás había visto a una joven tan llena de vida, de audacia, de la que emanara tan claramente un aroma tan sensual, como una promesa, especialmente cuando se enojaba.

Sí, esa mujer valía tanto la pena como para pasar por todas esas vicisitudes. Ian empezó a pensar que necesitaría algo más que un interludio de seducción y varias conversaciones para convencerla de que se casara con él.

De acuerdo, planearía una estrategia más elaborada. Por algo había sido espía. Y todavía le quedaba un poco de tiempo para ser paciente.

—¿Y bien? —dijo ella, interrumpiendo sus pensamientos—. Supongo que lo comprendes, ¿verdad? No me casaré contigo, Ian, y nada de lo que hagas o digas cambiará mi opinión.

—Eso ya lo sé —replicó él con un tono sosegado.

Felicity lo miró con desconfianza.

—¿Así que piensas tirar la toalla?

—Sí. —Al menos hasta que encontrara la estrategia adecuada.

Ella pareció sorprendida ante su respuesta.

—¿Y el hecho de que yo me niegue a casarme contigo no afectará nuestro pacto?

—¿Qué pacto?

—Que no escribiré nada más acerca de ti en mi columna, si tú no me delatas.

Ian se había olvidado de ese pacto. De repente... ¡Claro! ¡Era un plan perfecto! ¡Ella le acababa de proporcionar en bandeja de plata la estrategia que necesitaba! Él podría usar a su conveniencia ese miedo que ella tenía de ser delatada.

Dándose la vuelta, entrelazó las manos a su espalda y se paseó por la estancia sumido en sus pensamientos.

—Bueno, ése es otro asunto completamente distinto, ¿no te parece? Gracias a las falsas insinuaciones en tu última columna, ahora me he ganado la reputación de ser un cobarde y un mentiroso, lo cual dificultará mi búsqueda de esposa. Básicamente, has arruinado mi vida, y aún tienes la desfachatez de rechazar una proposición totalmente decente y casarte conmigo. Así que... ¿por qué no debería delatarte?

—¡No seas ridículo! Yo no he arruinado tu vida; estoy segura de que hay un montón de mujeres que desean casarse contigo, aunque sólo sea por tu fortuna y tu título nobiliario.

Ian se detuvo cerca del lecho y se encogió de hombros.

—No es fácil hallar esposa cuando uno «goza» de una reputación tan abominable. Hace dos años que busco esposa. —No hacía falta que Felicity supiera ningún detalle más, como por ejemplo que él tampoco había puesto las cosas fáciles a ninguna dama, por lo que en realidad era parcialmente responsable de haber recibido calabazas—. Durante todo este tiempo, lo más cerca que he estado de un festejo formal ha sido con tu querida amiga Katherine, y tú lo has echado a perder con tus declaraciones acerca de mi vida privada.

—¡Unas declaraciones que son ciertas! ¡Yo no tengo la culpa de que tengas una querida!

—Aunque la señorita Greenaway fuera mi amante —cosa que no lo es—, tú fuiste la que expusiste mi relación con ella, y de ese modo arruinaste mi compromiso. En el proceso, empujaste a Katherine a que se fugara con un hombre que probablemente no sea más que un pobre cazafortunas. Tu intromisión nos ha hecho mucho daño tanto a tu amiga como a mí. Seguramente no tendrás la cara tan dura como para negarlo.

Ella irguió la barbilla con arrogancia.

—Sólo admito que escribí lo que me dictaba la conciencia.

A veces Ian encontraba las salidas de esa maldita doña perfecta realmente divertidas.

—¿Y en la segunda columna? ¿Tu conciencia también te dictó realizar esos alegatos infundados sobre mi carrera militar?

Felicity se quedó callada, sumida en unos sentimientos de culpa que su cara retrataba perfectamente.

—De acuerdo, admito que eso fue una equivocación, y lo lamento. —Echó los hombros hacia atrás con una clara ofuscación—. Pero puedo enmendar el error en la próxima columna de Lord X...

—¿Cómo? Te aseguro que Wellington no repetirá sus palabras a Gideon. Nadie en el gobierno osará hablar de mí. Y si presentas únicamente un rumor, con ello sólo conseguirás despertar más dudas entre tus lectores, en lugar de lo contrario. No, has sido tú la que has abierto la caja de Pandora, y ya jamás podrás cerrarla.

—¿Qué quieres de mí? ¡No puedo casarme contigo, Ian!

—Sin embargo, necesito una esposa. —Se frotó la barbilla al tiempo que le lanzaba una mirada especulativa—. Así que... ¿por qué no me proporcionas una sustituta que ocupe tu lugar?

No cabía ninguna duda, su comentario la había dejado perpleja.

—¿Qué... qué quieres decir?

—Mira, tú conoces a muchas jóvenes, y estás al corriente de todos los chismes de la alta sociedad; estoy seguro de que podrías recomendarme a una chica con la que casarme.

—¿Buscarte esposa? —Su expresión de pánico le produjo a Ian una enorme satisfacción—. ¡No seas ridículo! Yo no... no sabría quién o cómo o...

—Entonces, ¿planeas dejarme en esta situación?

—Sí. ¡No! Quiero... quiero decir... —Felicity se quedó un momento callada, luego achicó los ojos—. Hablas como si tuvieras una imperiosa necesidad de casarte enseguida. Pero si esperas un poco a que todos olviden esas habladurías...

—No puedo —espetó él, y acto seguido se maldijo por haber hablado más de la cuenta.

La reacción de Felicity no se hizo esperar. Frunciendo el ceño con una evidente confusión le preguntó:

—¿Por qué no?

Tras tantos años dedicados al espionaje, su habilidad para inventar una excusa en un abrir y cerrar de ojos no le falló, especialmente porque la razón que aludió era casi cierta:

—El hecho de buscar esposa me mantiene alejado de mis tierras. Ya he malgastado dos años en vano dedicándome a esa labor; no puedo permitirme otro año infructuoso. —De repente, se sintió inspirado—. Y puesto que tú te pasas gran parte de tu tiempo en eventos sociales para obtener material para tu columna, mientras yo me paso el mismo tiempo buscando esposa, sería una idea perfecta que ambos nos ayudáramos en nuestras empresas.

Con una mirada de recelo, ella cruzó los brazos por encima del pecho.

—¿Que nos ayudemos? ¿Exactamente cómo me ayudarías tú?

Ian enarcó una ceja.

—No revelando tu verdadera identidad, por supuesto.

Felicity no podía ocultar su alarmante miedo.

-¿Me estás diciendo que si no encuentro una esposa para ti... tú me delatarás?

Ian reprimió las ganas de reír.

—Digamos que si te niegas a ayudarme en mi problema, yo empezaré a difundir un par de rumores acerca de la verdadera identidad de Lord X. No serás capaz de acusarme por ello, dados los rumores que tú has difundido sobre mí.

Felicity se apartó bruscamente de la chimenea y se dirigió al tocador. Apoyó las manos en la superficie de madera con tonos verduscos y clavó la vista en el espejo como si esperase encontrar una respuesta en su imagen reflejada. A Ian se le formó un nudo incómodo en el vientre; no le gustaba recurrir a esa clase de chantajes, pero no veía otra vía para no perderla.

Y no pensaba perderla, aunque para ello tuviera que ingeniar la estratagema más inverosímil. Pensaba solazarse con la visión de esa melena suelta y desparramada sobre su almohada, y disfrutar con el tacto de esas sedosas manos acariciando cada centímetro de piel de su cuerpo. Poseería esos dulces labios de miel y ese cuerpo grácil, repleto de secretos sensuales. Y sí, esa mente tan sutil también sería suya. Lo quería todo. Tan pronto como fuera posible.

En el espejo, vio cómo ella desviaba la mirada hacia él, como anonadada y abatida.

—Y pensar que hace escasamente unos minutos pensaba que eras todo un caballero.

Ian se sintió herido por tal acusación, pero no lo suficiente como para cambiar de parecer.

—Todo el mundo comete errores —dijo él suavemente—. Y tu error ha sido subestimarme. No me comporto como un caballero cuando se trata de conseguir lo que quiero. A estas alturas ya deberías haberte dado cuenta.

Cruzando los brazos sobre los pechos como una doncella cristiana ante un grupo de bárbaros, Felicity se encaró a él.

—¿Y si cumplo mi amenaza y hago públicos tus secretos?

—Vamos, Felicity, ¿realmente deseas iniciar una guerra entre nosotros, en lugar de decantarte por la simple posibilidad de ayudarme a encontrar esposa? —Ian avanzó hacia ella—. Tampoco te pido que arrastres a una mujer hasta el altar para mí. Solamente quiero que tú me halagues ante tus amigas solteras, que me las presentes, y que intentes negar los efectos de tu última columna. Seguramente no serás capaz de pensar que no merezco casarme con nadie únicamente porque creas que no soy la persona apropiada para ti. ¿Acaso soy tan maligno como para merecer tal castigo?

Felicity relajó los hombros. Inclinó la cabeza y jugueteó con los lazos de su vestido.

—No... no, por supuesto que no.

Ian sacó ventaja del momento.

—Piensa en la oportunidad que te estoy concediendo para acabar de arruinar mi vida. Puedes elegir sólo a mujeres con lengua viperina o a mujeres feas o incluso crueles. En mi actual estado de desesperación, me casaría casi con cualquier mujer que me presentes.

Ella alzó la vista y lo miró con desconfianza.

—No sé por qué, pero lo dudo.

Él sonrió.

—¿Lo ves? Me conoces tan bien... Seguro que serás una gran ayuda.

La consternación en la cara de Felicity ante sus palabras era tan transparente que Ian se maravilló de que ella no se diera cuenta de la poca gracia que le hacía verlo casado con otra mujer. Indudablemente, era más terca que una mula. El orgullo no le permitía aceptarlo como esposo. Y tampoco los celos, por más que ella lo negara.

Pues bien, estaba dispuesto a usar esos celos en contra de esa fémina obcecada, hasta que aceptara que verlo cortejar a otra mujer resultaba más penoso que enfadarse con él por el simple hecho de estar protegiendo a la señorita Greenaway. Y si para ello tenía que bailar con diez mil mujeres, lo haría.

Felicity lanzó una rápida mirada al cielo, como si esperara que Dios la iluminara con algún consejo útil ante la propuesta de Ian. Luego bajó la vista para clavarla en él.

—De acuerdo. Veré qué puedo hacer.

—Gracias. —Cuando ella se quedó muda, él agregó—: Y no creas que podrás librarte de este acuerdo cuando regreses a Londres, porque no permitiré que rompas tu promesa.

—De eso no me cabe la menor duda —declaró ella con tono triste y enojado a la vez.

Ian se alegró al verla tan desalentada. Ella ya era suya, aunque se negara a admitirlo.

—Mañana he de marcharme temprano para resolver unos asuntos en Londres, pero mañana por la noche estaré en la fiesta de lord Caswell. Tú también asistirás, ¿verdad?

Ella asintió con la cabeza.

—Perfecto. Allí podrás empezar a trabajar a mi favor. —Ian no pudo resistirse y añadió—: Pero claro, si cambias de opinión en cuanto a mi petición para que te cases conmigo...

—No, no lo haré —lo atajó ella, aunque él notó que esta vez sus palabras carecían de la convicción que había mostrado anteriormente.

—Muy bien, entonces hasta mañana. —Inclinó ligeramente la cabeza y luego enfiló hacia la puerta. No quería marcharse. Lo que deseaba era tumbarla sobre ese lecho de plumas y hacerle el amor hasta el amanecer. Con cualquier otra mujer, eso lo obligaría a casarse con ella.

Pero con Felicity no estaba tan seguro, y no pensaba correr el riesgo intentando comprometerla por miedo a sufrir un fiasco y conseguir precisamente todo lo contrario: encontrarse con una resistencia imposible de vencer.

Mientras abría la puerta, ella lo llamó.

—¡Espera!

Con la mano apoyada en el tirador, Ian se dio la vuelta y la vio dirigirse hacia él con el abrigo, que había olvidado en el suelo. Cuando se le acercó, sin embargo, su mirada se clavó en un punto detrás de él, y el color desapareció de su bello rostro. Lentamente, Ian se giró en dirección a su mirada, aunque ya suponía lo que se iba a encontrar.

Al otro lado del pasillo, de pie en la puerta del cuarto infantil, varias personas parecían haber estado disfrutando de una distendida conversación hasta que él había abierto la puerta: el ama de llaves de Sara, una niñera, otra criada... y Sara y Emily. Todos los ojos se habían ahora posado en él, escrutando su aspecto desaliñado, y en Felicity, que le alargaba el abrigo e iba tan ligera de ropa.

Los criados desaparecieron como por arte de magia, apartando la vista mientras aceleraban el paso por el pasillo, pero Sara y Emily se quedaron de pie, pasmadas. La cara de Sara mostraba toda su consternación, mientras que Emily, en cambio, empezó a sonreír.

Ian no tuvo tiempo de decidir cómo afrontar la incomodísima situación. A pesar de que hubiera deseado sacar provecho de la ocasión y obligar a Felicity a casarse con él, tenía serias dudas de que esa alternativa funcionara. Ella era una mujer demasiado independiente como para dejarse convencer por los consejos de sus amigos, y probablemente jamás lo perdonaría, si la forzaba a casarse con la excusa de que lo hacía para salvar su comprometida reputación.

Pero cuando su mirada se topó con la de Sara, súbitamente tuvo la impresión de que la condesa podría ser una buena aliada. La única forma de ganarse su apoyo, sin embargo, era conseguir que ella tuviera una idea más objetiva de los hechos, y no que creyera a ciegas ese cuento que Felicity le había contado.

—Buenas noches, señoras. —Ian sonrió con imperturbabilidad—. Espero que los niños estén bien. —A sus espaldas oyó cómo Felicity soltaba un bufido, pero no le hizo caso y siguió centrando toda su atención en Sara.

La joven condesa lo miró con reprobación.

—¿Qué estás haciendo aquí, Ian?

—La señorita Taylor ha aceptado ayudarme a buscar esposa —contestó él tranquilamente—. Estábamos comentando la estrategia que seguiremos.

—Sí —chilló Felicity con todo el entusiasmo que fue capaz de fingir—. Lord Saint Clair y yo hemos mantenido una larga conversación sobre esa cuestión.

Mientras Emily esgrimía una mueca de incredulidad, Sara se quedó mirando a Felicity.

—Pero querida, a juzgar por la forma en que vas vestida...

Ian miró a Felicity con desconcierto, preguntándose cómo diantre iba a explicar ese punto. Felicity se aferró al vestido y soltó un suspiro de desaliento. Era evidente que había olvidado que sólo llevaba la ropa interior y un vestido abierto de un modo nada recatado.

—No le eches la culpa a la señorita Taylor —le dijo Ian a Sara, haciendo gala de una enorme magnanimidad—. La sorprendí cuando ella se estaba cambiando para acostarse, y nos animamos tanto con la conversación que nos olvidamos por completo de nuestro aspecto. Además, la señorita Taylor no presta demasiada atención a esas cuestiones.

—¿Tan poca atención que tú has decidido quitarte el abrigo? —Su tono era tan duro y severo como el de cualquier madre—. Mira, Ian, no intentes tomarme el pelo; sé perfectamente qué artilugios utilizáis los hombres, y si crees que permitiré que te aproveches de una mujer en mi propia casa...

—De verdad, Sara, no ha pasado nada —protestó Felicity—. No es lo que parece sino que...

—No intentes defenderlo —le recriminó Sara—. Sé qué es lo que busca.

Ian enarcó una ceja.

—¿De veras? Entonces debes saber que le he pedido a la señorita Taylor que se case conmigo.

Con los ojos desconcertados, Sara desvió la vista hacia Felicity.

—¿Es eso cierto?

—Sí —se apresuró a contestar Felicity—, pero lo he rechazado. Hemos estado hablando sobre esa cuestión, y eso es todo lo que hemos hecho, de verdad.

Ian ocultó una sonrisa triunfal. Felicity posiblemente había pensado que su revelación la salvaría de la peliaguda situación, pero ella no conocía a Sara tan bien como la conocía él. A la condesa le encantaba emparejar a jóvenes, y tanto ella como Emily se morían de ganas de verlo casado. A partir de ese momento tendría a las dos damas de su parte, especialmente si todo apuntaba a que él era razonable y que Felicity estaba actuando pura y simplemente de forma inconsciente.

Después de todo, ¿de qué otro modo podían enfocar la situación? Sin revelar lo que ella sabía sobre la relación de Ian con la señorita Greenaway y cómo lo había averiguado, Felicity jamás podría explicar razonablemente por qué lo había rechazado. Por consiguiente, su negativa parecería inexplicable, y Sara aún tendría más motivos para intentar emparejarlos.

La verdad era que de los ojos de su amiga ya había empezado a emanar un destello familiar.

—¿Has rechazado a Ian?

—Sí. —Felicity miró a Sara y luego a Emily. Cuando se fijó en la amplia sonrisa de Emily, su expresión proyectó todo el pánico que sentía—. Por eso he aceptado ayudarlo, a... a... buscar esposa, porque lo he rechazado. Me dijo que si no me casaba con él, tenía que ayudarlo, y yo he aceptado, y los dos... los dos... hemos mantenido una conversación absolutamente civilizada. Eso es todo lo que ha sucedido... de verdad...

Mientras Felicity se empequeñecía de vergüenza, Sara lanzó a Ian una mirada interrogante, a la que él respondió con una simple sonrisa. Los ojos castaños de la condesa se ensombrecieron.

—Ian, quiero hablar contigo a solas, ¿puedes esperarme en la planta baja, por favor? Pero antes deseo hablar un momento con la señorita Taylor. A solas.

—Por supuesto. —Ian miró a Felicity, cuyos ojos abiertos como un par de naranjas y su tez pálida mostraban la enorme angustia que la acuciaba. Si ella pudiera imaginar lo que Sara iba a hacerle pasar a continuación... En esos momentos, él no la envidiaba en absoluto, porque ya había estado expuesto un par de veces antes a los insufribles intentos por parte de Sara de intentar emparejarlo con alguna otra mujer.

Sin embargo, sintió una perversa necesidad de volverle a

confirmar a Felicity que mantendría la boca sellada acerca de la verdadera identidad de Lord X. Apoyó la mano en su hombro, intentando no reaccionar ante el cosquilleo de placer que sintió al tocarla, y dijo en voz alta, para que las otras dos damas también lo oyeran:

—No te preocupes por mi discreción en este tema, ni por la de mis amigas. Estoy seguro de que sabrán cómo convencer a los criados para que mantengan la boca bien cerrada. A pesar de las tonterías que hayamos podido decir previamente, nadie comentará nada sobre esta cuestión para que no llegue a oídos de Lord X. Ese hombre no se enterará de nada, te lo aseguro; desde luego, no por mi parte.

Felicity clavó las pupilas en las suyas, y entonces Ian distinguió un brillo de agradecimiento. Mas a pesar de que Ian no se dio cuenta, Felicity se sentía terriblemente confundida. ¿Qué tramaba él, con ese comportamiento tan raro? Podría haber usado esa oportunidad para obligarla a casarse con él, y en cambio no lo había hecho. ¿Por qué se mostraba tan cumplidor? ¿Por qué se empecinaba tanto en defenderla, en salvar su honor? ¿Y por qué se negaba tan ofuscadamente a difundir su secreto?

—Y ahora, si me disculpan, señoritas, las dejaré solas —se despidió Ian.

Avanzó con paso decidido por el pasillo, dejando a Felicity sacudiendo la cabeza, aturdida.

—Jamás comprenderé a ese hombre.

—No eres la única —arguyó Sara a su lado. Con una gran gentileza, tomó a Felicity por el brazo—. Ven, querida, entremos en tu alcoba antes de que más criados pasen por aquí y te vean con esta pinta. No temas, te ayudaremos a descubrir cómo has de manejar a Ian.

Esa aseveración dejó a Felicity todavía más desconcertada. ¿Qué era lo que tenía que descubrir? Ella e Ian habían hecho un pacto la mar de simple, y ella les había asegurado a Sara y a Emily que no pensaba casarse con él. ¿Qué más quedaba pendiente?

Sin embargo, era obvio que las dos mujeres no daban el tema por zanjado. Ambas la miraban intrigadas. De repente, Felicity lo comprendió todo: querían hablar de los motivos por los que no quería casarse con él. Con su juiciosa actuación y tras expresar su deseo de casarse con ella, Ian las había convencido de que se estaba comportando como un verdadero caballero, y que en cambio ella era o bien una inconsciente o bien una descocada. Sus dos interlocutoras ansiaban averiguar si se trataba de la primera o de la segunda opción.

El corazón latía desbocadamente en su pecho. ¡Pero si ni tan sólo podía explicarles el motivo por el que lo había rechazado! No sin revelarles lo que sabía de Ian, y eso la conduciría inexorablemente a tener que confesarles su identidad.

«Muy bien, no les voy a decir nada. Qué piensen lo que quieran de mí», pensó Felicity desafiante.

Mas entonces se fijó en la sonrisa de consideración de Sara y se sintió mal, muy mal. Un poco antes, Sara se había puesto de su lado, la había defendido únicamente por la amistad que las unía. Y si ahora le daba la espalda a la condesa, lo único que conseguiría sería perder esa amistad. Ian podría inventar todo lo que le diera la gana sobre ella —tacharla de pánfila, de inconsciente, incluso de ser una fresca—, y lo creerían porque ella no les habría dado ninguna explicación fehaciente.

Su mente estaba ofuscada en la búsqueda de una excusa, una explicación aceptable que le sirviera para aclarar por qué lo había rechazado, pero no acertaba a hallarla. Cualquier motivo requeriría mentir sistemáticamente sobre Ian, y no podía hacer eso, no a Sara. Otra vez no.

Ian se había dado cuenta de ello, ¿no era cierto? Esa rata manipuladora... Estaba absolutamente confiado de que ella no volvería a mentirle a Sara, y que tampoco encontraría ninguna explicación plausible. Sí, confiaba en que ella caería en esa encerrona y que Sara y Emily se pondrían de parte de él, y por lo tanto ella perdería la amistad de las dos.

No podía ganar. A menos que contara la verdad. Súbitamente se sintió más animada. Claro, la verdad... quizá todo era tan simple como eso: desahogarse del peso que no la dejaba respirar, explicarles todo, desde el principio hasta el final, y confiar en el buen sentido común de ambas damas.

Sin embargo, aunque la decisión era muy arriesgada, tanto Emily como Sara parecían unas mujeres muy sensatas. Seguramente la comprenderían y la apoyarían cuando lo supieran todo.

La posibilidad le parecía cada vez más sugestiva, más atractiva. Oh, cuánto deseaba poder confiar en alguien que la pudiera aconsejar debidamente y con toda la franqueza del mundo. Quizá sí que podrían ayudarla a descubrir cómo tenía que manejar a Ian... a descubrir los secretos que él guardaba con tanto esmero, a comprender su insistencia para que lo ayudara a encontrar esposa, cuando el simple pensamiento de imaginárselo con otra mujer le provocaba unos celos insostenibles.

—De verdad, tal y como Ian ha dicho, puedes confiar en nosotras —estaba diciendo Sara—. Nunca difundiríamos ningún chisme sobre ti. Y en cuanto a Lord X, no entiendo por qué Ian lo ha mencionado, si ni tan sólo conozco a ese columnista...

—Sí que lo conoces —la interrumpió Felicity—. Lord X ha estado entre vosotras todos estos días.

Al ver la combinación de confusión e incredulidad de sus caras, Felicity casi se echó a reír, pero se contuvo; quizá a las dos damas no les hacía ni pizca de gracia su confesión. A lo mejor la odiarían, después de lo que iba a contarles.

Entornó los ojos y deseó con todas sus fuerzas que eso no sucediera.

—¿Qué quieres decir? —inquirió Emily—. No pensarás que una de nosotras es...

—No. —Felicity dudó durante unos breves instantes. Era lo mejor que podía hacer, y ya lo había decidido; lo revelaría todo, aunque su decisión le reportara que le retirasen su amistad—. Yo soy Lord X.

Capítulo once

En estos tiempos tan ilustrados, resulta penoso ver las numerosas alianzas matrimoniales que nacen sin ningún respeto por el afecto, la disposición ni la compatibilidad. ¿Qué importancia tiene el éxito político o económico, cuando los dos miembros de la pareja no pueden disfrutar de dicha unión?

The Evening Gazette, 13 de diciembre de 1820
LORD X

Sara estaba sentada en el lecho de Felicity con las piernas recogidas, incapaz de fingir indiferencia mientras observaba a la joven que, deambulando por la estancia escasamente iluminada, relataba su increíble historia. Sara habría cuestionado su veracidad si hubiera detectado algún matiz que no encajara perfectamente con lo que había observado con sus propios ojos en los últimos días.

¿Felicity Taylor era Lord X? ¿Durante todo ese tiempo, el columnista más notorio de Londres se había hospedado en su casa, y ella había sido incapaz de descubrir al impostor? ¡Eso era increíble!

Desvió la vista hacia Emily, que se hallaba sentada en el taburete emplazado delante del tocador. Emily asentía con la cabeza ocasionalmente y murmuraba palabras de aliento para indicar que comprendía el punto de vista de la joven. Eso era del todo comprensible; Emily sabía lo que significaba mantener un pretexto elaborado porque se había visto forzada a mantener un engaño el año anterior para no perderlo todo. Pero en esa ocasión, Emily había actuado para salvar la vida, sin embargo Felicity...

Sara sacudió la cabeza y volvió a fijar la atención en la diminuta figura de Felicity, cuya narración, nutrida de mil y un detalles, contrastaba con su escaso atuendo. Felicity no se asemejaba a ninguna otra jovencita que Sara conociera. Pero claro, tampoco ella ni Emily eran unas mujeres nada convencionales.

Por ese motivo, Sara también comprendía los motivos que habían impulsado a Felicity a actuar del modo en que lo había hecho: su preocupación por el futuro de la señorita Hastings y luego la humillación a la que se había visto expuesta cuando Ian la dejó en evidencia en la terraza. A pesar de que Sara jamás habría sido capaz de iniciar una batalla en público, estaba segura de que habría hecho algo para vengarse. Por el amor de Dios, Ian había jugado con los sentimientos de Felicity, y luego la había dejado como un trapo sucio, como si fuera una descocada. Sara debería haber hecho algo más contundente que echar a Ian de su casa; tendría que haberle propinado un buen tirón de orejas, también. Que se preparara ese bribón, cuando lo pillara más tarde a solas... ¡Menudo rapapolvo pensaba darle!

No obstante, había una cosa que no comprendía. ¿Por qué Ian insistía tanto en mantener el secreto de Lord X? Felicity había dicho que él ocultaba algo, pero Sara se preguntó si su amigo tendría alguna otra razón, una más romántica. Esa posibilidad la intrigaba enormemente.

La joven la estaba mirando ahora sin pestañear, con una expresión de culpabilidad en el rostro.

—Probablemente pensarás que todo esto es una pesadilla —comentó Felicity, aparentemente malinterpretando la concentrada mirada de Sara—. De veras, no sabes cuánto lo siento, haberte hecho dudar de Ian. Todavía creo que obré muy mal. Pero entonces no te conocía. No creía que fueras capaz de comprender lo que realmente estaba sucediendo. Ni que fueras una mujer tan encomiable y tan diferente del resto de... que la mayoría de... —Felicity se detuvo, y su turbación se hizo más obvia.

—¿Qué la mayoría de qué? —la instó Sara.

Felicity tragó saliva con mucha dificultad.

—Que la mayoría de las mujeres de tu clase social. Todas me tratan con una irritante condescendencia. —Desvió la vista, y su mirada se endureció—. Me buscan para que las entretenga contándoles cotilleos o historias acerca de mi padre, pero cuando he acabado, me dejan de lado, como harían con cualquier otro instrumento de diversión, y entonces me veo obligada a defenderme de sus esposos y de sus hijos.

—Lo mismo que tuve que hacer yo —repuso Sara suavemente.

—No. Estoy segura de que no fue lo mismo. A pesar de lo que te he hecho creer esta noche, Ian nunca se ha aprovechado de mí. Eso no es cierto. Yo soy la única culpable de... de...

—¿Haber creído en sus acciones? ¿Haber creído en sus besos? No, no es culpa tuya.

—Pero yo me lo he buscado, con mis desafortunados comentarios en mis columnas —protestó Felicity.

—Pero estabas en todo tu derecho de escribir semejantes críticas —la interrumpió Sara—. Yo no te culpo por eso. A mí tampoco me gustaría en absoluto ver cómo un despechado lord pisotea mis sentimientos.

—Ya, pero tampoco se trataba de eso —apostilló ella en voz baja.

—¿Ah, no? ¿Entonces por qué lo hiciste?

Felicity cruzó los brazos encima del pecho y bajó la vista.

—Fue por los otros. Los otros hombres que conocí a través de mi padre.

Sara contuvo el aliento.

—¿Qué te hicieron esos hombres?

—Oh, nada que se pueda considerar terrible —se apresuró a contestar Felicity, aunque sus brazos se tensaron visiblemente por encima del pecho—. Un beso robado por aquí, una mano insolente por allá... Sólo tenía... tenía once años cuando empecé a acompañar a mi padre a la casa de sus patronos con el fin de tomar notas para él.

Una leve sonrisa se dibujó en sus labios.

—Mi padre tenía una letra terrible. En la mitad de las ocasiones, ni tan sólo era capaz de leer lo que él mismo había escrito, y a mí me encantaba acompañarlo a todas esas fabulosas mansiones. —La sonrisa se desvaneció de sus labios—. Bueno, eso hasta que descubrí cómo era esa gentuza.

—No todos ellos, supongo —intervino Emily.

—¡Oh, no! Sólo algunos de esos hombres. Normalmente solían ser los hijos primogénitos, que querían «entretenerme» mientras mi padre estaba ocupado con sus padres, cuando me convertí en una adolescente suficientemente interesante. Sin embargo, solía mantenerlos a raya en la mayoría de las ocasiones. Y nuestro lacayo me enseñó a... ejem... propinarles un buen rodillazo allí donde más duele.

—Bien hecho —la animó Sara, encantada con los criados protectores.

—Los únicos que me ponían tremendamente nerviosa eran los padres, porque sabía que no los podía tratar con tanto desprecio como a sus hijos, así que tenía que ser más creativa a la hora de repudiarlos.

El mero pensamiento de una jovencita luchando contra las insolencias de un abominable tipo fornido hizo que Sara se sintiera indignada, pero la condesa distinguió el dolor en los ojos de Felicity e intentó contenerse.

—La esposa de uno de esos tipos aborrecibles pilló a su marido mientras éste intentaba aprovecharse de mí... y me acusó ante mi padre y le pidió que me diera una buena tunda de azotes.

—¡Pero él no le hizo caso, supongo! —exclamó Sara horrorizada.

Felicity parecía sorprendida.

—Oh, no. Mi padre jamás nos puso la mano encima. Quizá debería de haberlo hecho con mis hermanos en más de una ocasión, pero bueno, ése es otro cantar. No, mi padre reaccionó airadamente con esa mujer y le dijo que no era más que una vieja bruja celosa con un pulpo por esposo, y se negó a seguir trabajando para ellos. —Su voz se llenó de un marcado tono de reproche—. Necesitó un año para encontrar otro patrono que le pagara bien, y mamá y yo tuvimos que ponernos a trabajar sin tregua, zurciendo ropa, para poder sobrevivir.

Sara vio un destello de amargura en la cara de Felicity, y su tierno corazón se desarmó por completo.

—Así que aprendiste a no quejarte de los hombres con las

manos largas, ¿verdad? Era mejor soportar que te manosearan a ser responsable de los infortunios de la familia.

Una sonrisa fugaz emergió en los labios de Felicity.

—Como siempre, lady Worthing, demuestra usted una mayor percepción que la mayoría.

—¿Acaso has decidido dejar de tutearme? —inquirió Sara dulcemente.

—No merezco su amistad. —La cara de Felicity exhibía todo su remordimiento cuando decidió reiniciar el paseo por la estancia—. Estoy tan avergonzada... Usted ha sido muy considerada conmigo, desde el día en que llegué, y yo únicamente he abusado de su hospitalidad, sobre todo esa noche en la terraza.

—Tonterías —proclamó Emily al tiempo que intercambiaba una mirada significativa con Sara—. Hiciste lo que tenías que hacer para salvar tu honor. Cuando los hombres recurren a la seducción como arma, no nos dejan ninguna otra alternativa que el fraude como defensa. Además, si no recuerdo mal lo que Sara me dijo, lady Brumley también estaba presente. No podrías haber revelado lo que realmente estaba sucediendo ante esa incorregible cotilla.

—Emily tiene razón —convino Sara—. No te culpo por no contarme la verdad. —De repente, una imagen de Ian mirándola contrariado cuando ella lo emplazó a marcharse de su casa emergió en su mente, y la condesa no pudo evitar soltar una carcajada—. Y si realmente existe algún hombre que necesite que le golpeen «allí donde más duele», es decir, en su orgullo, ése es Ian. Tendrías que haber visto su cara cuando lo acusé de aprovecharse de ti en mi propia casa; jamás lo había visto tan ofendido.

—Y tenía razón. —Felicity desvió la vista hasta la superficie del tocador—. Aunque me ha hecho pagar con creces mi versión tergiversada de lo que realmente sucedió.

Sara se puso seria.

—Aún no nos has contado lo que él te ha hecho hoy, después de que te marcharas de la salita de estar y subieras a tu cuarto. Ya suponemos que no estabas simplemente hablando con él, sin embargo, no puedo creer que Ian sea tan mezquino como para... para... quiero decir que él no...

—No. —Pero el rubor que se extendió por las mejillas de Felicity contradecía su negativa—. Volvió a besarme, eso es todo.

Emily soltó una risotada irreverente.

—Si eso es cierto, entonces Ian demuestra ser más caballeroso que mi esposo.

—Y que el mío —añadió Sara, conteniéndose para no reír.

Sus palabras parecieron sorprender a Felicity.

—¡Pero si vuestros esposos son unos caballeros de los pies a la cabeza!

—Exhiben un porte de hombres civilizados, eso no te lo niego. —Sara se reclinó contra una almohada en la cama de Felicity, apoyándose en los codos—. Pero eso es porque no toleraríamos ninguna desfachatez en público. En cambio, en privado, bueno, ésa es otra historia... —No pudo ocultar la sonrisa que curvó socarronamente su boca cuando recordó con qué ardor Gideon le había hecho el amor esa misma mañana.

—Son libertinos, como todos los hombres, ¿no es cierto, Emily?

—Por suerte, sí —repuso Emily, con las pupilas brillantes bajo la tenue luz de las velas.

Felicity dejó de pasearse por la habitación para mirar primero a una y después a la otra con el semblante visiblemente confuso.

—Entonces, esta noche, cuando permití que Ian... cuando él me hizo sentir... ¿No soy una... una...?

—¿Libertina porque sentiste deseo? —Sara sacudió la cabeza, recordando perfectamente bien su tremendo disgusto cuando Gideon la sedujo por primera vez, cuando consiguió que ella lo deseara—. Querida amiga, no hay nada de malo en el hecho de sentir deseo.

—Eso mismo me dijo Ian, también —susurró Felicity.

—No obstante —se apresuró a continuar Sara—, eso no significa que pueda hacerte el amor sin asumir ninguna responsabilidad por sus actos.

Felicity frunció el ceño.

—Oh, pero él desea asumir su parte de responsabilidad, aunque lo único que hayamos hecho sea... —Volvió a ruborizarse—. Bueno, de todos modos, la cuestión es que él quiere casarse conmigo.

—Sí, ya lo hemos oído. Y eso significa que sus sentimientos son sinceros.

—O al menos, su deseo era sincero —añadió Emily con cierto tono cínico.

Sara observó a su cuñada, pensativa. Emily conocía mejor a Ian, puesto que últimamente lo había tratado más. ¿Acaso pensaba que Ian era incapaz de sentir nada más que deseo? Lo dudaba.

—En cualquier caso, lo has rechazado —continuó la condesa, volviendo a fijar su atención en Felicity—. ¿De verdad no quieres casarte con Ian?

—No, no quiero. —Las palabras de Felicity eran convincentes, pero su expresión no. Empezó a deambular nuevamente por el cuarto—. ¿Cómo podría casarme con un hombre cuyo único interés por mí es que le dé un hijo, un heredero? Tengo otras responsabilidades, como por ejemplo cuatro hermanos de los que ocuparme y una casa que depende exclusivamente de mí. Ian no consentiría hacerse cargo de todo eso.

—¿Cómo lo sabes? ¿Se lo has preguntado?

—No, no tengo que hacerlo; él sólo me quiere para que le dé un heredero, y también espera que no me entrometa en sus asuntos. Cree que podrá conseguir los dos objetivos si se casa conmigo. Nuestro matrimonio no sería real, no sería como los vuestros, y eso no es lo que deseo —sentenció con un tono entristecido.

—Me parece lógico —apuntó Emily—. Toda mujer se merece un hombre que la quiera. Pero a juzgar por el modo en que a Ian se le van los ojos cuando tú estás presente, y por la forma en que sólo tú consigues sacarlo de sus casillas —y despertar sus pasiones— creo que él sí que está enamorado de ti.

—Ese hombre no sabe nada de amor —contraatacó Felicity—, o no me mentiría acerca de... de... ¡de esa mujer!

Sara se incorporó, con una visible muestra de interés.

—¿Te refieres a su amiga en Waltham Street?

—¡Sí! ¡Se niega a contarme la verdad sobre ella! Ha tenido la desfachatez de admitir que la señorita Greenaway no es la hermana de un soldado que era amigo suyo y que falleció en combate, pero no quiere decirme lo que ella representa para él. Simplemente espera que yo ignore su existencia.

—¿La señorita Greenaway? —A Sara ese nombre le resultaba familiar. Se llevó un dedo al mentón, intentando recordar dónde lo había oído antes.

Presa de una gran excitación, Felicity se precipitó hacia la cama y se sentó al lado de la condesa.

—¿La conoces? ¿Quién es? ¿Por qué no quiere hablar de ella?

De repente, Sara recordó quién era la señorita Greenaway, y se amonestó a sí misma por no haber caído antes en la cuenta.

—Oh, no tienes que preocuparte por esa mujer —contestó, intentando encubrir su error.

La mirada de traición en los ojos de Felicity era incuestionable.

—Ya, eso también es lo que ha dicho él —suspiró—. Pero no puedo culparte de no querer revelarme la verdad, dada mi profesión.

—¡No! ¡No es por eso! —Sara tomó la mano de Felicity, preguntándose cómo no se había fijado antes en las manchas de tinta en esos delicados dedos—. Simplemente no quiero que saques conclusiones acerca de la señorita Greenaway y de Ian por la poca información que yo pueda darte.

—No importa lo que digas. Sé que él tiene una amante.

—No estoy tan segura. —Sara se debatió un momento, pero Felicity merecía saber la verdad, aunque Ian no quisiera revelársela—. Cuando la conocí, la señorita Greenaway trabajaba para del tío de Ian; era la institutriz de sus hijos.

—Entonces ha de ser bastante mayor; no puede ser la amante de Ian —dedujo Emily, todavía encaramada en el taburete.

—No es tan mayor —la corrigió Sara—. Debe de tener unos treinta y dos años. La señorita Greenaway entró a trabajar en casa de los Lennard cuando sólo tenía veinte años, sólo unos pocos años más que Ian, en esa época. Las tierras de Edgar Lennard eran colindantes con las de Chesterley, por lo que supongo que Ian tenía bastantes oportunidades de verla. Pero jamás supe de la existencia de ninguna historia entre ellos.

—Bueno, pues ahora sí que hay algo entre ellos dos —se lamentó Felicity visiblemente tensa—. Tuvo un hijo un poco antes de que Ian le ofreciera vivir en su casa de Waltham Street. Seguro que es su amante. No sé por qué se niega a admitirlo.

—¿Esa mujer tiene un hijo?

Felicity asintió.

—Ian dice que él no es el padre. —La voz de Felicity sonaba fría y distante, pero Sara podía adivinar que su amiga lo estaba pasando muy mal.

De repente, la condesa sintió una enorme pena por ella.

—Pues quizá deberías confiar en Ian. Es un hombre honorable, a pesar de la impresión que haya podido darte. No me cabe la menor duda de que si él fuera el padre de la criatura, lo reconocería como hijo. Es posible que esa mujer sea la amante de otro hombre, quizá de su tío.

—¿Y por qué no me lo ha dicho, si la historia no es trascendental? ¿Y por qué no la mantiene su tío en vez de Ian? —Felicity se frotó los ojos, y sólo entonces Sara se dio cuenta de que su amiga estaba llorando. Felicity se puso de pie y dio la espalda a las dos damas—. Bah, da igual; no me importa lo que Ian haga con ella. No pienso casarme con un hombre que tiene una amante. Supongo que cualquier otra mujer lo aceptaría, pero yo no.

—Yo tampoco lo aceptaría —terció Emily, intentándole mostrar su apoyo—. Créeme, Jordan sabe que si un día lo sorprendo con otra mujer, le cercenaré cierta parte de su anatomía.

Sara sonrió ante la imagen, pero su sonrisa se desvaneció cuando vio el porte de absoluto abatimiento de Felicity. La pobre muchacha no admitiría que estaba devastada, pero Sara lo sabía. Oh, cómo deseaba poder ayudar aliviar el pesar que nublaba la mente de Felicity.

El problema era que ya no creía conocer a Ian. Con el transcurso de los años, él se había vuelto muy reservado. Como muestra, sólo era necesario fijarse en su conducta en los últimos días. Les había mentido desde el momento en que llegó a su casa: sobre cómo había conocido a Felicity, sobre la mujer que hospedaba en su casa de Londres, y probablemente incluso sobre sus motivos por su precipitado viaje a la ciudad.

Y lo que aún era más preocupante, sus maneras también

habían cambiado. Últimamente siempre se mostraba distante. La única vez que se había comportado como en los viejos tiempos había sido esa noche en el pasillo, mientras hablaba con Felicity.

Hummm... Sara escudriñó a la joven meticulosamente. Quizá Felicity se equivocaba acerca de los motivos de Ian para pedirle que se casara con él. ¿Y si Ian estaba simplemente atravesando un momento de crisis, igual que Felicity, negándose a aceptar que se estaba enamorando de ella, de la misma forma que les había pasado a Gideon y a Jordan?

Una cosa que había aprendido con la experiencia era que los hombres detestaban enamorarse. Combatían contra ese sentimiento, intentaban no prestarle atención, lo llamaban sexo o pasión o lascivia, cualquier cosa menos amor. Un hombre preferiría batallar contra el mismísimo infierno antes que admitir su debilidad por una mujer y cederle el poder para que ella lo dominara. Así que... ¿por qué iba a ser Ian diferente? Cuanto más pensaba en la forma de comportarse de él con Felicity, más sentido le encontraba a esa posibilidad.

—¿Así que qué piensas hacer con todo este embrollo? —le preguntó a Felicity.

La joven se dio la vuelta para mirarlas.

—No lo sé. Ian dice que quiere que lo ayude a buscar esposa.

—¿No os habíais inventado ese cuento antes, para engañarnos?

El rostro de Felicity se ensombreció.

—No, él dice que se lo debo, puesto que con mis columnas he arruinado sus posibilidades y yo me niego a casarme con él. En cierta manera tiene razón, lo sé. Así que me ha pedido que le presente a mujeres casaderas y que lo aconseje sobre con quién ha de esposarse... ya me entendéis, esa clase de colaboración.

«¡Vaya cara más dura!», pensó Sara. Ahora comprendía la argucia de Ian. Su amigo era más astuto de lo que se habría imaginado nunca.

—¿Y tú piensas ayudarlo?

—Supongo que sí. Pero la verdad es que conozco a tan pocas chicas que aceptarían casarse con él que creo que mis consejos caerán en saco roto. —Su voz adoptó un tono más resentido—. Sin embargo, él insiste en que lo ayude, y eso me molesta.

—Quizá lo que te molesta sea imaginarlo con otra mujer.

—¡Tonterías! ¡No quiero casarme con él! —Felicity hablaba como si quisiera convencerse a sí misma—. ¡Y no me importa con quién se case, mientras no sea conmigo!

«¡Y un cuerno! La idea de imaginar a Ian cortejando a otra mujer te está matando», discurrió Sara. E Ian contaba indudablemente con ello para conseguir su objetivo: ganar la mano de Felicity. Qué maniobra tan inteligente. Y eficiente, a juzgar por el terrible estado de ánimo de su amiga.

Quizá Felicity tenía razón, después de todo, e Ian era simplemente el hombre más calculador de toda Inglaterra. Sin ninguna duda, los había utilizado a todos ellos como simples peones de ajedrez. Tanta atención a la estrategia por parte de él no auguraba unos sentimientos nada francos respecto a ella.

Aunque... Lo cierto era que había detectado cierta emoción en los ojos de Ian cuando éste miraba a Felicity...

Sólo existía una forma de descubrir sus verdaderas intenciones.

—Yo podría ayudarte, si quieres —musitó Sara en un tono de fingida indiferencia.

Felicity la observó con interés.

—¿De veras? ¿Cómo?

Sara se encogió de hombros.

—Conozco a varias mujeres casaderas. Podría presentárselas y contribuir a limpiar su mala imagen.

—¡Sí! ¡Eso sería magnífico! De ese modo, yo no tendría que estar cerca de él y... —Felicity se calló abruptamente—. Quiero decir, que tu colaboración me permitiría volver a concentrarme en mis propios asuntos.

—¿Qué asuntos? —inquirió Emily.

—Mi trabajo. Necesito moverme con absoluta libertad en los eventos sociales para poder enterarme de cotilleos para mi columna, y no podré hacerlo si estoy ocupada, intentando ayudar a Ian a encontrar esposa.

—Ah, sí —aseveró Sara, al tiempo que observaba a Felicity con un renovado interés. Qué extraño que una joven tan inteligente y delicada se mostrara tan predispuesta a escribir comentarios escandalosos para un periódico de poco prestigio—. Había olvidado que eres Lord X. Pero seguramente el señor Pilkington podría apañarse sin las columnas de Lord X durante unas semanas.

—Supongo que sí que podría, pero... —Felicity volvió a callarse repentinamente, y miró a Sara y a Emily con unas evidentes muestras de incomodidad—. No me... no me gustaría dejar de escribir la columna. Me gusta lo que hago, y he trabajado muy duro para ganarme la fidelidad de mis lectores; no quiero perderlos. Además, después de todos los bailes en las semanas venideras, no habrá nada hasta que empiece la temporada de fiestas; por eso he de estar libre precisamente ahora.

Sara pensó que la excusa no era nada convincente. Resultaba más que obvio que Felicity tenía otra razón para continuar con ese trabajo. ¿Pero qué? A juzgar por la apariencia de la joven y los rumores que circulaban sobre la herencia que le había dejado su padre, Felicity no tenía problemas financieros.

—¿Y crees que mi colaboración te daría una mayor libertad para poder seguir escribiendo?

—¡Oh, sí! —exclamó Felicity animada.

—Muy bien, entonces te ayudaré. De todos modos, Gideon y yo habíamos decidido pasar las Navidades en Londres este año. Te llevaremos a casa mañana, y luego te acompañaremos a esos eventos sociales a los que Ian espera que asistas. —Observó a Felicity detenidamente—. Estoy segura de que podré encontrarle una esposa sin tu ayuda.

—Por supuesto —remachó Felicity en un tono decaído.

Su expresión alicaída fue todo lo que Sara necesitó para averiguar los verdaderos sentimientos de su amiga. Aún no sabía si Ian bebía o no los vientos por ella, pero Felicity estaba enamorada de él.

—¿Pero crees que a Ian le importará que seas tú quien lo ayude, y no yo? —preguntó Felicity—. Me ha dado la impresión de que él necesita mi ayuda.

Sara desvió la vista hacia Emily, y las dos damas intercambiaron una mirada de complicidad. Claramente, Emily también había adivinado los planes de Ian. Sus esposos les habían enseñado bien cómo reconocer las maquinaciones de los hombres taimados.

—Oh, estoy segura de que Ian aceptará la ayuda de cualquiera —apostilló Emily con un tono distendido, aunque su sonrisa burlona denotaba que no lo creía.

—Hablaré con él esta noche sobre esta cuestión —añadió Sara—. Estoy convencida de que Ian se mostrará encantado de disponer de mi ayuda.

Y un cuerno. Si lo estaba, eso significaría que Ian no tenía ningún interés real en Felicity, tal y como había pasado con lady Sophie y la hija de los Hastings. En tal caso, para Felicity sería más conveniente descubrir la verdad ahora.

Pero Sara dudaba que Ian admitiera la interferencia de alguien en dicho asunto. Jamás había visto a su amigo tan trastornado por una mujer, tan maquiavélico para conseguir su objetivo. Y de una cosa estaba segura: Ian no había acorralado a lady Sophie en su alcoba.

Si los instintos de Sara no le fallaban —como de costumbre—, a Ian no le haría ni pizca de gracia lo que ella pensaba decirle esa noche.

Sin apenas poder contener su ira, Ian miró a Sara fijamente, desde su posición estática al lado de la chimenea de la sala de estar.

—¿Se puede saber a qué diantre te refieres, con eso de que planeas ayudarme a encontrar esposa? ¡No quiero tu ayuda!

—Pero la señorita Taylor me ha dicho que le has pedido que te ayude. —Sara se paseaba tranquilamente por la estancia, recogiendo un periódico por aquí, aderezando un cojín por allá—. No veo por qué has de menospreciar mi ayuda.

—¡Porque no tengo ninguna intención de casarme contigo! ¡Por eso!

Sara alzó la barbilla con petulancia y lo miró sin pestañear.

—Me parece que no te entiendo.

Su voz era fría como un témpano de hielo. Ian escrutó la cara de su interlocutora con ojos recelosos.

—Sí, sí que lo entiendes. Eres demasiado inteligente para tu propio bien. Y sabes perfectamente que la mejor forma de asegurarme la mano de Felicity es conseguir que se dé cuenta de que quiere casarse conmigo.

—¿De veras?

—Sí, mi querida amiga entrometida. Felicity quiere casarse conmigo, y no pienso ceder hasta que lo admita, ¡aunque para ello tenga que bailar con la mitad de las mujeres casaderas de Londres delante de ella!

Ian se sintió invadido por unas repentinas ganas de estampar una de las figuritas de porcelana de Sara contra la pared. Lo último que necesitaba era que Sara echara a perder su plan, especialmente si con ello conseguía incrementar la distancia que lo separaba de Felicity. Bajó la voz, procurando no perder el control.

—Aprecio tu interés por ayudarme, pero lo tengo todo perfectamente organizado. Ya he elegido a la mujer que quiero por esposa, y no deseo que tú te entrometas y lo eches todo a rodar.

—Pero no lo entiendo, Ian, si ella no ansía casarse contigo, ¿por qué vas a malgastar tantos esfuerzos? Seguramente, no desearás casarte con una mujer que no siente nada por ti.

—Ella sí que siente algo por mí, aunque diga lo contrario. Y creo que es la esposa adecuada para mí. Lo único que pasa es que es más terca que una mula y no quiere dar el brazo a torcer sobre... —Se calló súbitamente; de repente se dio cuenta de las intenciones de Sara.

—¿Sobre qué?

Ian achicó los ojos y la miró con suspicacia.

—¿Qué es lo que Felicity te ha contado sobre nuestra disputa?

Sara reaccionó como si se estuviera debatiendo entre contarle algo o no, luego se encogió de hombros.

—Únicamente me ha dicho que se niega a casarse contigo.

—¿Y te ha comentado el motivo?

—Según ella, no eres su tipo. Dice que ella sería la esposa perfecta para ti, pero en cambio no está tan segura de que tú pudieras ser el esposo perfecto para ella.

Ian resopló cansado.

—Eso es sólo porque no me conoce.

—O porque te conoce demasiado bien.

La aseveración de Sara le hizo a Ian más daño del que él habría esperado.

—Gracias por la confianza que me brindas.

Ella ignoró su tono reticente.

—Dime, Ian, ¿por qué crees que ella sería la esposa adecuada para ti? Felicity no es tu tipo; no es ni dócil ni prudente, y tiene una gran familia a la que tú te verías obligado a mantener.

—Puedo permitírmelo.

Sara sonrió inexplicablemente.

—Sí, supongo que puedes. Pero también está lo de su profesión...

—¿Te ha contado lo de su trabajo? —preguntó él con incredulidad.

—¿Que ella es Lord X? —Ella se acomodó en una butaca con aire imperturbable—. Pues claro, me ha contado todo lo referente a vuestra pequeña guerra.

La revelación dejó a Ian sin habla. No había esperado que Felicity confesara esa parte a Sara. ¿Qué significaba eso? ¿Y cómo iban a verse afectados sus planes?

—He de admitir —continuó Sara—, que aunque su confidencia me haya servido para comprender lo que ha sucedido estos últimos días, todavía no entiendo qué razones podéis tener para casaros. Dadas las diferencias que demostráis en tantas cuestiones, me parece que es más que obvio que no estáis hechos el uno para el otro.

—¿Ah, sí? ¿Eso es lo que crees? —Él la miró con el semblante encendido—. Supongo que eso significa que estás de su parte. Crees que tiene razón en su decisión de rechazarme.

Sara se alisó la falda mientras esbozaba una repentina mueca de concentración.

—No, no estoy sólo de su parte, sino de los dos.

Con pasos de gigante, Ian avanzó hasta donde su amiga estaba sentada y se arrodilló ante ella para luego depositar ambas manos en los reposabrazos de la butaca.

—No juegues conmigo, Sara. No estoy de humor. No puedes estar de parte de ella y también de mi parte a la vez, porque yo quiero casarme con ella, y en cambio ella desea permanecer soltera. Así que elige: o me ayudas a mí o la ayudas a ella. O también puedes decantarte por una tercera opción: no entrometerte en este asunto.

La irritable condesa se limitó a sonreírle.

—Necesito más información antes de tomar una decisión.

—¿Qué clase de información?

—¿La amas?

Las palabras explotaron en su mente. ¿Que si la amaba? Ese tema no había salido a relucir en los anteriores cortejos. Que emergiera ahora, con Felicity, le parecía muy desconcertante.

Ian se apartó de la butaca.

—No todos los hombres se casan por esa razón. Sólo porque tú y tu hermano estéis encantados de haberos casado por amor con vuestras respectivas parejas no significa que el resto de la gente actúe del mismo modo.

—¿Entonces por qué quieres casarte con ella?

—Ya sabes el motivo —contestó él, con aire evasivo—. Por la misma razón por la que otros hombres en mi situación desean casarse. Porque necesito una esposa que administre mi casa y me dé hijos.

—Oh, claro, pero... ¿por qué ella? Después de todo, Felicity es de más baja extracción social que tú.

—Pues eso no le importó a tu padrastro, ni a tu esposo, ni a tu hermano, así que no veo por qué puedes pensar que ha de ser importante para mí.

—De acuerdo, así pues no te importa ese motivo. Entonces dime, ¿qué es lo que te importa, que es lo que te hace pensar que deberías casarte con ella?

—Felicity tiene cuatro hermanos —replicó él, reflexionando sobre un hecho que apenas había considerado previamente—. ¿Es necesario que te explique lo que eso significa en cuanto a las enormes probabilidades de que me dé un hijo?

—Pero muchas otras mujeres también podrían darte un hijo. Aún no me has dicho lo que deseo saber. ¿Por qué debería ayudarte a seducir a mi amiga para que te cases con ella, cuando cualquier mujer sería útil para colmar tus propósitos?

Ian se pasó los dedos por el cabello y la miró con porte cansado.

—Sabes que ella estará mejor casada conmigo que en la vieja casona de su padre, cuidando a esos cuatro pícaros, y ahogándose entre pilas y pilas de cotilleos.

—¿Estás seguro? Pues a mí me parece que a ella le agrada su vida tan poco convencional. Según he oído, no tiene dificultades financieras, así que no necesita casarse contigo por dinero. Pero aún no has contestado a mi pregunta. ¿Por qué Felicity?

—¡Porque la quiero! —estalló él—. ¡Es ella la mujer que quiero por esposa!

Ian se arrepintió de su confesión en el momento en que vio la expresión encantada de Sara. Lanzó un bufido de exasperación y desvió la vista hacia otro lado. Maldita fuera esa mujer por haberlo instado a hablar más de la cuenta.

Pero era verdad. Felicity había conseguido despertar en él un instinto primitivo, algo que Ian pensaba haber suprimido mucho tiempo atrás. Excitación. Pasión. El placer indescriptible de besar a una mujer que deseaba con toda su alma. Justo cuando se había resignado a hallar una esposa a cualquier precio, ella había aparecido en su vida como unos fuegos de artificio en una noche serena.

Ahora Ian se había vuelto adicto a la luminosidad que ella desprendía por donde pasaba. Se moría de ganas de poseer esa luminosidad, de hacerla suya. Necesitaba poseerla de todas las formas posibles. Y sólo lo conseguiría si se casaba con ella.

Volvió a clavar la vista en Sara.

—¿Y bien? ¿Te he dado toda la información que precisabas? ¿Me ayudarás a conseguir su mano? ¿O todavía crees que Felicity y yo no estamos hechos el uno para el otro?

—Oh, empiezo a creer que me equivocaba; sí que estáis hechos el uno para el otro. —La condesa le plantó una sonrisa enigmática—. Sí, te ayudaré. Siéntate, Ian. Tenemos que hablar largo y tendido sobre nuestros planes.

Capítulo doce

Lord Hartley ha impuesto unos requisitos estrictos a la que ha de ser la futura esposa de su heredero; particularmente, que tenga una belleza impactante y una inteligencia presentable. Uno sólo espera que su heredero reconozca lo que su padre no parece entender: que una mujer con una apariencia presentable y una inteligencia impactante es mucho más interesante.

The Evening Gazette, 21 de diciembre de 1820
LORD X

*F*elicity contempló fijamente el rostro pálido en el enorme espejo cuadrado emplazado sobre el tocador.

«¡Idiota! ¡Estúpida! ¡Soñadora empedernida!», se reprendió a sí misma.

No tenía ningún motivo para estar tan enojada, y ciertamente ninguna razón para dejar que sus sentimientos se reflejaran en su cara de una forma tan palmaria. En la semana que llevaba en la ciudad desde que había regresado de casa de los Worthing, había asistido a cuatro bailes de Navidad, tres fiestas y un concierto privado. Le había entregado al señor Pilkington seis jugosas columnas por las que él le había pagado convenientemente. Esa noche iba a asistir a la fiesta que lady Brumley organizaba cada año coincidiendo con el día de santo Tomás. Se trataba del baile más prestigioso de la temporada de fiestas al que asistían los personajes más interesantes de toda la sociedad londinense, quienes le proporcionarían un nutrido

material que le serviría para poder ilustrar bastantes columnas, así que... ¿por qué persistía ese estado de desolación?

Por culpa de él, por supuesto. Ese vizconde tan hipócrita,
con esa mirada tan embaucadora.

Ian también asistiría al baile esa noche, y bailaría sin parar,
con una mujer tras otra, buscando esposa con una tranquilidad
pasmosa. Eso era lo que ella quería, ¿no? Lo había rechazado,
así que qué esperaba que hiciera él... ¿caer rendido a sus pies?

Eso era precisamente lo que tanto había anhelado, ¡pobre
ilusa! Pero debería habérselo imaginado; se lo había ganado a
pulso: desde el día en que se conocieron, ella no había hecho
nada más que atormentarlo, y aunque Ian se lo merecía —porque realmente se lo merecía— le dolía ver que...

Volvió a clavar la vista en el espejo y contempló su imagen
reflejada una vez más. No le extrañaba que él hubiera tirado la
toalla con tanta facilidad. ¡Sólo había que mirar esa expresión
tan insípida y esa tez tan pálida! Su imagen respondía a lo que
realmente era: una mujer simple, carente de gracia y de clase.

Furiosa, se aplicó una capa de colorete en las mejillas, y acto
seguido, se la quitó con la misma furia. Ninguna mujer respetable lucía colorete esos días. Su madre sí que había llevado colorete, porque en esa época era una práctica aceptable.

¿Pero qué más daba lo que él pensara de ella? Ahora se habían librado el uno del otro.

—Lissy, ¿qué es ese potingue rojo con el que estás jugando? — preguntó una voz infantil.

Era Ansel el que había hablado, pero todos sus pequeños
soldados de hojalata estaban reunidos a su espalda; esa tarde,
habían invadido su habitación en masa. James estaba sentado
con las piernas cruzadas sobre el arcón cerrado, manteniendo
su postura meticulosamente recta como si hubiera aprendido
esa clase de modales en Islington Academy, su querido y año-
rado colegio. Ajenos a esas muestras de buena conducta, William y Ansel se hallaban tumbados boca abajo en la cama, con
las cabezas apoyadas en los codos, sin parar de dar pataditas al
aire con sus pies descalzos. Y Georgie, para no perder la costumbre, merodeaba por el cuarto en busca de algún elemento
que pudiera permitirle realizar una sonada travesura.

—No estoy jugando. —Felicity depositó sobre el tocador la

cajita de colorete que había pertenecido a su madre con firmeza. No pensaba darle a Ian la satisfacción de verla aparecer toda acicalada y maquillada como una mujer fatal, porque entonces se daría cuenta de cuánto se arrepentía de haberlo rechazado.

¿Arrepentirse? ¡Ja! No se arrepentía de haberse negado a casarse con un hombre para el que las mujeres eran meramente una diversión y una esposa sólo servía para procrear niños bien educados. ¿Casarse con un hombre que mantenía a una amante? ¿Un hombre que, al día siguiente de rechazarlo, se había puesto a cortejar a todas las damas casaderas que se le habían cruzado en el camino? ¡Jamás!

—¿Tienes que ir a algún baile esta noche? —le preguntó Ansel, con su cabecita dorada ladeada mientras la observaba cómo se abrochaba en el cuello el collar de rubíes que había pertenecido a su madre.

—Sí, Lissy, ¿de verdad tienes que ir? —intervino Georgie—. Te has pasado toda la semana de fiesta en fiesta. No entiendo por qué no te puedes quedar con nosotros esta noche.

James aportó una respuesta en nombre de su hermana.

—Lissy necesita obtener material para poder escribir, chicos, y por eso ha de ir a tantas fiestas. Ya lo sabéis. Si no va, entonces no tendremos suficiente dinero para comprar una oca para Navidad. Y eso no os haría nada de gracia, ¿a que no?

Los trillizos sacudieron la cabeza al unísono, y Felicity se esforzó por no sonreír abiertamente.

—Os prometo que mañana me pasaré todo el día con vosotros. El señor Pilkington me ha dado entradas para ir a ver la exposición de figuras de cera de madame Tussaud en el Strand, esa bulliciosa zona en pleno corazón del barrio de los teatros. ¿Os gustaría ir a verla?

Incluso James se incorporó de inmediato.

—¿Podemos ir, Lissy, de verdad? ¿Nos llevarás?

—Os lo prometo. —De pequeña había ido con frecuencia a ver esa exposición, y tenía ganas de descubrir lo que madame Tussaud había agregado a su colección de figuras de cera.

—¿Y podremos entrar en la «galería de los horrores»? —inquirió Georgie con un susurro casi imperceptible.

Felicity frunció el ceño ante la mención de la controvertida sección del museo conocida como la «galería de los horrores», que albergaba las máscaras mortuorias de las aristocráticas víctimas de la guillotina que madame Tussaud había moldeado durante la revolución francesa y que le habían servido como punto de partida de su extraña profesión.

—¡Ni hablar! Después no podríais dormir por la noche a causa de las pesadillas.

—¡No! ¡Yo no tendré pesadillas! —protestó Georgie—. ¡No le temo a nada, Lissy!

Ella miró al cielo con aire irascible, preguntándole a Dios por qué razón había creado chiquillos tan valientes en teoría y tan cobardes en la práctica. Los trillizos se comportaban generalmente como una panda de bravucones... hasta que por la noche sufrían las típicas pesadillas infantiles.

—Ya veremos —resopló ella sin mostrarse animada.

La puerta de la habitación se abrió bruscamente, y la señora Box entró a toda prisa.

—Ya han llegado los Worthing. ¿No me los hará esperar, verdad?

Felicity agarró rápidamente el abanico y se alejó del tocador mientras miraba fijamente a sus hermanos.

—¿Y bien? ¿Qué tal estoy?

—¡Pareces un pavo real! —gritó William, intentando ensalzarla con un buen cumplido.

—¡Qué tontería! ¡No se parece a una pavo real, atontado! —objetó Georgie—. ¡No me dirás que su vestido no tiene ni una sola pluma!

Felicity abrió la boca, luego la cerró, comprendiendo que de nada serviría corregir tantos errores gramaticales de golpe. Definitivamente, George tenía que dejar de pasar tanto tiempo con la señora Box y con Joseph, ya que ninguno de los dos destacaba por sus elevados conocimientos gramaticales.

—Estás muy guapa —sentenció James ingenuamente, ignorando a sus hermanos, que ahora se habían empezado a pelear por las palabras que había pronunciado William. Saltó del arcón y se le acercó con un brazo extendido—. ¿Me concede el honor de escoltarla hasta la puerta, honorable señorita?

Felicity contuvo la risa que se le escapaba de los labios y asintió al tiempo que aceptaba su brazo.

—Será un honor, distinguido señor.

Con una expresión altiva, James hizo una seña con el otro brazo a sus hermanos.

—Si queréis, podéis llevarle la cola, chicos.

—Mi vestido no tiene cola —protestó Felicity, pero ya era demasiado tarde. Tres pares de manos pringosas se peleaban ahora por agarrarle la parte trasera de la falda de color melocotón. Ella se giró con un rápido movimiento para zafarse de ellos, pero eso no los detuvo. De todos modos, su falda se mancharía irremediablemente, cuando pisara la calle anegada de barro. Y a pesar de que los muchachos mantenían la falda lo suficientemente alzada como para mostrar una buena visión de sus enaguas, ella sabía que tenía que darles la oportunidad de participar en la fiesta, porque si no, se comportarían como unas fierecillas indomables el resto de la noche con la pobre señora Box.

Sin embargo, no pensaba permitir que la acompañaran de ese modo hasta el piso inferior, ya que el riesgo de tropezar por las escaleras y caer rodando hasta el último peldaño con sus tres ayudantes tan entusiastas agarrados a su vestido era demasiado elevado. Con unas palabras de agradecimiento, se deshizo de ellos como si se tratara de tres adorables gatitos obedientes.

—Y ahora, chicos, será mejor que os quedéis aquí y...

—Pero queremos hablar con lord Worthing —protestó Georgie—. Él nunca había estado en esta casa antes, ¿no había sido un famoso pirata?

Felicity lo reprendió rápidamente y lo mandó callar, después echó un vistazo al vestíbulo de la entrada, donde los Worthing conversaban animadamente con la señora Box.

—¿Quién te ha contado eso?

—Tú —intervino Ansel—. El día que regresaste del viaje.

Lo había olvidado. Y por supuesto, ellos estaban interesados en las aventuras del pirata en alta mar. Eso era precisamente lo último que Felicity necesitaba, que los trillizos acorralaran a un conde con preguntas directas sobre cómo se debía degollar a un hombre.

—¿Podemos hablar con él, Lissy? —insistió William.

Ella esbozó una sonrisa forzada.

—Esta noche, no. Otro día, ¿de acuerdo? —Ante las expresiones de insatisfacción de los muchachos, ella se inclinó para besarlos en la mejilla—. Mañana veréis un montón de piratas en el museo de madame Tussaud.

Su comentario surtió efecto y borró la desilusión de sus caras.

—Portaos bien con la señora Box —añadió, al tiempo que acariciaba el pelo de Georgie con cariño—. Y no me esperéis levantados; volveré tarde.

Felicity notó cómo sus hermanos pequeños la observaban mientras descendía por las escaleras agarrada del brazo de James. Se estaban haciendo mayores a una velocidad vertiginosa, demasiado vertiginosa. A pesar de que algunos días anhelaba que fueran adultos para que la ayudaran con la terrible carga de los gastos familiares, la mayor parte del tiempo se lamentaba por las circunstancias que pronto los empujarían a convertirse en adultos.

La señora Box alzó la vista, vio a su señora y a James, y sonrió ampliamente.

—Ah, aquí está, milady. Y el joven señor va con ella.

James se puso más erguido, y a Felicity se le formó un nudo en la garganta. Pronto no sería dueño ni señor de nada. Sin ir más lejos, ese mismo día, tres acreedores distintos la habían asaltado —el carnicero, un tendero del barrio de Cheapside, y un compañero de juerga de su padre—. Ese último individuo, un caballero, la había amenazado con llevarla a los tribunales si no le pagaba lo que su padre todavía le debía. Afortunadamente, en esos instantes Felicity llevaba encima dinero suficiente para calmarlo, porque de no haber sido así, no sabía cómo habría reaccionado ese tipo. Pero los otros dos acreedores se habían marchado con las manos vacías.

Santo cielo, necesitaba dinero, mucho dinero. Al paso que iba, jamás conseguiría saldar todas las deudas de su padre.

Esa noche tendría que conseguir más material que de costumbre. Quizá, si pudiera enterarse de suficientes cotilleos, podría ir de extranjis a otro periódico rival y ofrecerle al editor sus servicios, para escribir una segunda columna bajo otro pseudónimo. Si lograra pagar una buena parte de esas tormentosas facturas...

—Estás muy guapa esta noche —comentó Sara cuando Felicity alcanzó el último peldaño de las escaleras. Con una cálida sonrisa, la condesa volvió el rostro hacia James—. ¿Y quién es este mozalbete tan apuesto que te acompaña?

James inclinó levemente la cabeza para saludar a la condesa. Se había quedado absolutamente prendado de ella desde el primer día en que la vio, esa noche que los Worthing habían acompañado a Felicity a casa, de vuelta a la ciudad.

—Supongo que los trillizos ya estarán acostados. —La cara de Sara mostró su decepción—. Me encantan esos pequeños, y pensaba que podría presentárselos a Gideon. Cuando regresamos a la ciudad la semana pasada, ya estaban durmiendo.

—La verdad es que... —empezó a decir James.

—La verdad es que les he prometido llevarlos de excursión mañana —lo atajó Felicity, mirando a su hermano fijamente, como dándole a entender que era mejor no decir nada más—, así que se han ido pronto a la cama.

—Lissy nos llevará a ver la exposición de figuras de cera de madame Tussaud —explicó James—. Los chicos se han puesto muy contentos.

—Ya lo supongo. —Sara rio, luego miró a Felicity con aire especulativo—. Nunca he ido a ese museo. Está en la elegante zona llamada Strand, ¿no es cierto?

—Sí. —Felicity lanzó una mirada furtiva hacia el piso superior, donde sus hermanos permanecían ocultos, espiándolos a través de la barandilla, y luego añadió sin perder la compostura—. Bueno, supongo que será mejor que nos marchemos.

Después de despedirse rápidamente de James, se marcharon.

El viaje hasta la mansión de lady Brumley resultó un verdadero tormento. Sara y Gideon compartían tantas sonrisitas de complicidad y tantas miradas enamoradas que Felicity sintió mucha envidia de su felicidad. También le recordaron a Ian... cuando la había besado, tocado de una forma tan íntima, susurrado palabras tan dulces...

Felicity se puso bien erguida en el asiento del carruaje. Quizá Gideon sabía la respuesta a una pregunta que había plagado su mente en los últimos días.

—¿Gideon, hablas francés?

—Un poco.

—¿Qué significa *ma chérie*?

Él la miró con curiosidad.

—Significa «mi amada».

A Felicity el corazón le dio un vuelco. ¿Ian la había llamado *ma chérie*, esa noche en casa de los Worthing? ¿Por qué? ¿Qué significaba? Nada, a juzgar por el comportamiento de él esa semana.

—¿Quién te llamó *ma chérie*? —inquirió Sara con una sonrisa.

Felicity sonrió con desgana.

—Oh, nadie. Lo leí en un libro.

Sara y Gideon intercambiaron miradas de complicidad.

Afortunadamente, el estruendo en la calle desvió la atención de los ocupantes del carruaje. Para no perder la costumbre, el evento organizado por lady Brumley amenazaba con ser un éxito rotundo. Los carruajes se amontonaban por doquier, aparcados en la estrecha calle como sardinas en una lata. Una cosa era evidente: esa noche Ian tendría a su alcance un montón de mujeres casaderas para elegir a la definitiva.

El pensamiento la deprimió. Con un gran esfuerzo, apartó esa imagen desagradable de su mente. ¿A quién le importaba ese lord libertino de mirada embaucadora? A ella no, eso seguro. Sólo porque la hubiera llamado *ma chérie*, y supiera exactamente cómo manosear tan diestramente el cuerpo de una mujer...

—Maldita sea —murmuró entre dientes.

—Estoy de acuerdo —convino Sara, interpretando erróneamente el motivo de contrariedad de su amiga—. ¡Menudo caos! Pero no te preocupes, nos abriremos paso entre ese hervidero de gente. Ya verás con qué soltura Gideon maneja a la multitud.

Unos escasos momentos más tarde, Felicity comprendió lo que su amiga había querido decir. Cuando Gideon se apeó del carruaje, todos los ojos se posaron en él, y no sólo por su figura imponente. Su reputación le precedía, y todos observaron boquiabiertos al americano de cabellos negros y recios del que se rumoreaba que había sido Lord Pirata. Felicity y Sara tuvieron que afanarse para no perderle la pista, mientras Gideon se abría paso entre la multitud como un filo cortante a través de una barra de hielo. Gracias a Dios. Felicity estaba encantada de poder zafarse de las desagradables dentelladas que les propinaba el frío viento invernal. En cuestión de momentos, los tres entraron en la mansión, y al llegar al rellano de la escalinata que conducía directamente a la sala de baile, un lacayo se encargó de anunciarlos.

—Ahí está Ian —le susurró Sara a Felicity mientras descendían por la escalera y se impregnaban de los diversos olores que flotaban en la atmósfera: los perfumes de las flores que guarnecían la casa, el olor a lana húmeda y a sudor, y el aroma que desprendía el humo de las velas hechas con cera de abeja. Felicity siguió la mirada de Sara y vio a Ian bailando una cuadrilla con gran maestría, con una bella muchacha que debía de tener la mitad de años que él, o por lo menos eso fue lo que Felicity pensó en un ataque de rabia.

—Ah —continuó Sara—. Está bailando con la señorita Trent. Magnífico. Fui yo quien le sugirió esa muchacha, ¿lo sabías? A ella le gusta mucho flirtear, pero proviene de una saga de aristócratas y además tiene tres hermanos. Si logra convencerla para que se case con él, seguramente le dará un heredero.

«¡Y yo tengo cuatro hermanos! ¿O ya no te acuerdas?», pensó Felicity, con ganas de gritar. Por supuesto, ella no provenía de una saga de aristócratas sino que su padre había sido un pobre borracho cuya afición por la bebida lo había llevado a morir ahogado en el Támesis.

«¡Pero eso qué importa!», se dijo, sin apartar la mirada desdeñosa de la pareja que bailaba en la sala. No se casaría con Ian, ni con él ni con nadie.

Felicity vio a Sara de soslayo, que la observaba con curiosidad, e intentó suavizar las facciones.

—¿Ian se ha declarado ya a alguna mujer? Teniendo en cuenta sus quejas por la dificultad de encontrar esposa, me parece que le va muy bien, con tus consejos.

—Sí. —Sara desvió la vista hacia Ian—. De ese modo estoy tranquila, porque sé que ahora tú estás libre para dedicarte a tu trabajo.

—Te lo agradezco mucho —suspiró Felicity con desgana. Sara no había contestado a su pregunta. ¿Se había fijado Ian en alguna mujer en particular?

El estado de abatimiento en la que se hallaba sumida la acompañó el resto de la velada. A pesar de que consiguió bastante información para su columna y concedió varios bailes, la vista se le iba hacia Ian con más frecuencia que la deseada.

Le pareció que algunas de las mujeres que bailaban con él no valían la pena. Ian departió un rato con lady Brumley y con Sara, por supuesto. Luego bailó con lady Jane, una joven demasiado frívola para que él pudiera considerarla como esposa, y con la señorita Childs, cuya reconocida afición por el champán acabaría tanto con la paciencia de Ian como con su fortuna.

Ahora bailaba de nuevo con la señorita Trent, y eso la alarmó. La señorita Trent era inteligente, perspicaz, e incluso con carácter, y lo peor de todo, tenía una espléndida melena rubia y unos dulcísimos ojos azules. La señorita Trent cumplía sin lugar a dudas todos los requisitos de Ian para convertirse en una esposa perfecta, que no le provocara ninguna clase de complicaciones. ¡Maldita fuera! Felicity no podía apartar los ojos de esa rubia abominablemente despampanante.

—Veo que Ian le ha pedido otro baile a la señorita Trent. —Tras disfrutar de un baile con su esposo, Sara había regresado al lado de Felicity—. Creo que es una buena elección para él.

—No sé si Ian será capaz de no fijarse en el poco gusto que esa muchacha profesa a la hora de elegir las joyas y otros complementos —matizó Felicity con un tonillo condescendiente, repasando a la muchacha de arriba abajo—. Fíjate en su horrible bolsito de mano.

—De todos modos, no creo que a Ian le interese el bolsito de la señorita Trent. —De su voz se desprendía un tono burlón, pero cuando Felicity la miró con cara enfurruñada, Sara hizo un esfuerzo por ocultar su regocijo.

—Hablando de hombres y de parejas, el conde de Masefield viene derechito hacia aquí —añadió Sara en voz baja—. Me parece que él también viene a pedirte un segundo baile.

Felicity ojeó su carné de baile.

—Oh, sí, lo había olvidado. Le he prometido un vals. —Gracias a Dios que había tenido tiempo para practicar esa enrevesada danza con James. Había empezado con el pretexto de preparar a James para la vida adulta, pero en realidad, lo que la movía era su falta de habilidad en esa área. Se trataba de uno de los numerosos fallos de su carácter, habilidades y apariencia que tanto la habían atormentado últimamente. Desde que había conocido a cierto vizconde, para ser honesta.

—Parece ser que has conseguido deslumbrar a lord Masefield —comentó Sara—. En muy pocas las ocasiones le he visto bailar dos veces con la misma mujer.

Felicity agitó una mano con aire incrédulo, sin apartar la vista de su carné de baile.

—A ese hombre le gusta mucho hablar, eso es todo, y a mí me encanta escuchar. Es mi profesión, ya lo sabes.

En un tono tenso, Sara dijo:

—Mira, Ian también viene hacia aquí.

Felicity alzó la cabeza de golpe. Sólo a unos escasos pasos por detrás de lord Masefield, Ian se dirigía hacia ellas con una mirada inexplicablemente indignada. Por un segundo, ella esperó que la señorita Trent hubiera mencionado algo que lo hubiera molestado.

Entonces se reprendió a sí misma por ese pensamiento tan pernicioso. Lo que realmente quería era que Ian se casara con alguien de una dichosa vez, para poner punto y final a todas esas elucubraciones que no la dejaban en paz.

Unos momentos más tarde, lord Masefield se personaba delante de ellas. Con una inclinación cortés de cabeza, el apuesto conde ofreció la mano a Felicity.

—Me parece que este baile es nuestro, ¿no es cierto, señorita Taylor?

Ella le plantó una sonrisa encomiable que se amplió cuando vio a Ian que se acercaba.

—Por supuesto, milord —repuso dulcemente.

Aceptando su mano, dio un paso hacia delante, pero Ian se interpuso en su camino para bloquearles el paso.

—Me gustaría que me concediera el siguiente baile, señorita Taylor, si está libre.

¡Maldito bribón! Desde el único y desafortunado vals que habían bailado juntos en la fiesta en casa de los Worthing, Ian no le había pedido ningún otro baile, y sin embargo ahora indudablemente pensaba que ella caería rendida a sus pies por el mero hecho de que le había pedido bailar otra vez juntos. Pues ya podía olvidarse de ello.

—Lo siento, pero tengo el carné lleno. Y ahora, si nos disculpa, había reservado este baile a lord Masefield.

A pesar de que la acribilló con una mirada airada, se apartó para dejarlos pasar haciendo alarde de una absoluta falta de educación.

—Le pido perdón —se disculpó Ian en un tono sosegado, aunque ella sintió clavada en la espalda su mirada reprobadora mientras se alejaba de él.

Desde luego, era obvio que Ian deseaba estrangularla mientras observaba al joven Masefield y a Felicity prepararse para bailar el vals. Menudo idiota, ese Masefield, una verdadera copia de su padre, que también era un idiota. Masefield no merecía bailar con ella, y menos aún dos veces en la misma noche.

Sara se acercó hasta colocarse a su lado.

—¿Te parece inteligente, tu actuación? —lo reprendió en un susurro—. ¿Pedirle un baile cuando hasta ahora lo estabas haciendo tan bien?

—¿Ah, sí? He bailado con más mujeres que pueda contar y aún no he visto ninguna señal de interés por parte de Felicity.

Sara enarcó una ceja.

—Pensé que no tenías ni una sola duda acerca de que ella estaba enamorada de ti.

—Y lo estaba, y lo estoy. —Se pasó los largos dedos por el pelo—. Maldita sea, ya no sé lo que pienso. De lo único que estoy seguro es de que no soporto la idea de estar lejos de ella ni un minuto más, especialmente cuando he visto a ese botarate de Masefield dirigirse hacia aquí. Además, ¿cómo puede ser que ella tenga el carné de baile lleno? Pensaba que estaba aquí para obtener material para sus malditas columnas, ¿no?

—Vosotros los hombres siempre dais por sentado que las únicas que cotilleamos somos las mujeres, pero no es cierto.

Masefield se arrimó más a Felicity, e Ian lo miró con una rabia incontenible.

—Pues no parece que Masefield esté cotilleando. Lo único que hace es aprovecharse de ella descaradamente. Deberías prevenir a Felicity contra ese energúmeno; sólo pretende jugar con ella. Su padre quiere que él se case con una rica heredera, y ese tipo tiene un título nobiliario para atraer a esa clase de niñitas bobaliconas. Además, si tan sólo es un niñato recién salido de la escuela. Seguro que no sabría qué decirle a Felicity si se quedaran los dos solos en una habitación.

—¿Ah, sí? ¿Estás seguro? —preguntó Sara en un tono infructuosamente inocente.

Ian la miró con exasperación. Sara se estaba riendo de él; esa descarada se estaba regodeando con su estallido de mal humor, probablemente pensando que era una clara muestra de sus sentimientos. Pero lo único que denotaba su rabia eran las irreprimibles ganas de acostarse con Felicity Taylor antes de explotar de necesidad.

Una necesidad que había ido creciendo hasta adoptar unas dimensiones descomunales en el momento en que la vio entrar en la sala de baile, con ese vaporoso modelito de gasa y ese escote incipiente. Sólo precisaría un par de segundos para quitárselo y dejarla completamente desnuda. Las mangas holgadas colgaban de los hombros desmayadamente, y la seductora blusita drapeada dejaba entrever una generosa parte de su bello busto cada vez que ella se inclinaba hacia delante. Era un milagro que la tela se mantuviera en su sitio. Seguramente, todos los hombres de la sala estaban expectantes, aguardando el momento en que la blusita cediera y dejara al descubierto la deliciosa piel que encubría.

—¿Y por qué no la reprendes para que no luzca esos vestidos tan provocadores? ¡Vaya descarada! ¡Hace el ridículo!

—Pues yo no veo que nadie se ría de ella. Y su vestido no es más indiscreto que el mío. —Sara ocultó la cara detrás de su abanico, pero Ian sabía que se estaba mofando de él.

—Tú eres una mujer casada y puedes hacer lo que quieras. Pero ella está soltera y sin compromiso, así que no es lo mismo. Deberías hablar con ella y aconsejarle que muestre más decoro con su vestuario. Sin lugar a dudas, ese vestido deja ver más que lo conveniente. Como siga con esa actitud tan inconsciente, echará a perder su reputación.

—Hasta ahora, lo único que podría echar a perder su reputación es la relación que mantiene contigo.

Aunque fuera cierto, a Ian no le sentó nada bien el comentario desfachatado de su amiga.

—Sabes perfectamente bien que intento remediar ese problema convirtiéndola en mi respetable mujer. Estoy cansado de este juego, Sara. No funciona. Necesito una nueva estrategia.

La expresión de Sara se suavizó.

—Te equivocas. Sí que funciona. Ella lo niega, pero está tan celosa como tú. Deberías haber oído sus críticas sobre la incomparable señorita Trent.

Sus palabras lograron amedrentarlo un poco.

—No puedo seguir así, cortejando a mujeres con las que no deseo casarme. Hace mucho tiempo que descarté a la mitad de ellas, y los padres de la otra mitad jamás me aceptarían como yerno si me atreviera a pedir la mano de sus hijas. De todos modos, eso es algo que no pienso hacer. Ella es la única a la que quiero.

—Ten paciencia y...

—No, no puedo más. —No le quedaba tiempo. Tenía que casarse, y pronto. Y la única mujer con la que se casaría sería Felicity—. Ha de haber otra forma de convencerla. Necesito pasar un rato a solas con ella. Aunque de nada serviría llevarla ahora a la terraza, con tanta gente alrededor. No, necesito hablar con ella larga y tendidamente, disponer del tiempo suficiente para convencerla de que se equivoca sobre mí.

—¿O el tiempo suficiente para seducirla?

Ian observó a Sara con atención y por un momento pensó en la posibilidad de mentir. Pero sabía que Sara detectaría esa clase de engaño sin problemas.

—Si es necesario, también.

Tendría que haber seducido a Felicity la última vez que había estado a solas con ella en lugar de considerar una posibilidad más sutil. La sutileza no funcionaba con esa fémina, ni la sutileza ni las amenazas ni los celos.

Sara lo miró con indecisión, y luego suspiró.

—Bueno, no pienso ayudarte a seducirla, pero sé cómo podrías pasar un rato con ella y con sus hermanos. Mañana los llevará a la exposición de figuras de cera.

Una lenta sonrisa empezó a perfilarse por los labios de Ian mientras consideraba todas las posibilidades, tácticas, maniobras.

—¿Te refieres a la exposición en el Strand?

Sara asintió.

—Pero haz que parezca que te los has encontrado por casualidad, o ella jamás volverá a comentarme nada sobre su vida privada.

—De acuerdo. —Por supuesto. Y después, los acompañaría a casa y conseguiría que lo invitaran a cenar. Y luego... Sonrió de oreja a oreja.

—Sé que a veces puedes ser muy perverso —lo avisó Sara—. Pero debo prevenirte de que probablemente tus artes seductoras no sirvan para hacer cambiar a Felicity de opinión; es una mujer muy testaruda.

—Lo conseguiré —se jactó él, a pesar de no haber estado seguro de triunfar con esa misma táctica una semana antes.

Sin embargo, no le quedaba otra alternativa. Lo que había empezado como un deseo nada práctico de poseerla se había acabado convirtiendo en una obsesión. No pasaba ni una sola noche sin que se acostara imaginándosela a su lado, en la cama, ni tampoco conseguía comer sin pensar en devorarla con sus labios. Por el amor de Dios, si incluso oía a veces su risa mientras dormía. Pero eso no era lo peor, no; lo peor era oírla jadear de placer, y esos jadeos penetraban en sus sueños como una deliciosa tortura.

Ella también lo quería. Ian lo sabía. Y lo necesitaba, aunque se negara a aceptarlo.

De acuerdo; la seduciría y conseguiría su propósito.

Porque si con la primera vez que la sedujera no lograba convencerla de que tenía que casarse con él, continuaría seduciéndola tantas veces como hiciera falta, o bien para conseguir que cambiara de opinión, o bien hasta dejarla embarazada. De un modo u otro, Felicity sería su esposa.

Capítulo trece

El baile que lady Brumley ofrece anualmente en el día de santo Tomás promete ser más esplendoroso que ninguno de los anteriores. Tal y como lord Jameson aduce: «Nadie sabe organizar bailes como lady Brumley. Aunque el alcalde de la ciudad se propusiera cerrar su casa en cuarentena, no lograría disuadir a la multitud siempre dispuesta a asistir a las inigualables recepciones que ofrece esta dama».

The Evening Gazette, 21 de diciembre de 1820
Lord X

«*G*racias a Dios que me he librado de él», pensó Felicity mientras se alejaba con lord Masefield con la excusa de que tenía que bailar con él porque se lo había prometido, y lo prometido es deuda. La idea que ese tipo tenía de una conversación animada era una charla sobre las carreras de Ascot. No podía imaginarse a Ian...

¡No! ¿Por qué diantre no podía dejar de pensar en el maldito vizconde? Ese hombre la había estado observando todo el tiempo mientras bailaba el vals con lord Masefield, como un lobo expectante ante una presa que se le acabara de escapar de las zarpas. ¿Cómo se atrevía, después de bailar con la mitad de las mujeres de Londres?

Felicity deseaba que ese tipo abominable eligiera a una mujer sin inmiscuirse en sus sentimientos. Suspiró desalentada. Sabía que la única culpable de esa situación tan desagradable era ella. Después de todo, podría haber aceptado la propuesta de Ian.

Mientras recorría el largo pasillo que conducía al baño, oyó unos pasos a su espalda y una voz gritó:

—¡Señorita Taylor, espere!

Felicity aminoró la marcha y al mirar por encima del hombro hacia atrás vio a un hombre muy alto que se le acercaba; debía de rondar los cincuenta años. No lo reconoció, sin embargo, pensó que sus rasgos le resultaban familiares, y por eso se detuvo a esperarlo.

—No nos han presentado antes —se excusó él—, pero sé quién es usted. Es la hija de Algernon Taylor, ¿no es cierto?

—Efectivamente. ¿Y usted quién es?

—Me llamo Edgar Lennard. —Inclinó la cabeza levemente—. Tengo entendido que es amiga de mi sobrino, lord Saint Clair, el hijo de mi hermano.

Felicity sintió una súbita curiosidad. Así que ese señor era el tío de Ian y el patrono de la señorita Greenaway. Sí, ahora podía apreciar la similitud entre Ian y él en la forma de la frente y en su destacable estatura. Pero ahí acababan las similitudes. Ian era de tez morena y en cambio ese hombre tenía la piel pálida; las facciones de Ian eran más bien duras, en cambio ese hombre se podría definir como de una fineza clásica, a pesar de su edad. A Felicity no le costó nada imaginar a una belleza como la señorita Greenaway convertida en amante de ese individuo. Por lo que era posible que esa teoría fuera cierta.

O no. Felicity se cuadró de hombros. De un modo u otro, ese hombre le diría lo que anhelaba oír tan desesperadamente: qué relación mantenía Ian con la señorita Greenaway.

—Tiene usted razón. Conozco a su sobrino; lo conozco bastante bien.

El individuo apretó los labios con una mueca de desaprobación.

—Entonces desearía hablar con usted un momento, si no le importa.

—Por supuesto que no. «Y de paso, sonsacaré toda la información que necesito», se dijo Felicity.

Edgar Lennard señaló con la mano hacia una puerta entreabierta.

—¿Le parece bien que entremos en esa sala? Preferiría hablar con usted en privado.

—De acuerdo. —Felicity entró en la sala. Pero cuando él cerró la puerta a sus espaldas, ella le lanzó una gélida sonrisa y se apresuró a abrirla de nuevo. No le apetecía nada que la encontraran sola con ese tipo, aunque fuera tan mayor como para poder ser su padre. Además, había algo en él que no le acababa de gustar, y hacía tiempo que había aprendido a fiarse de sus instintos.

El señor Lennard no insistió en volver a cerrar la puerta, pero consiguió que se sentaran alejados de la entrada.

—No le haré perder mucho tiempo —empezó a decir tan pronto como estuvieron sentados—. Últimamente, he oído su nombre vinculado al de mi sobrino.

—¿De veras? —Era obvio que lady Brumley no había perdido el tiempo difundiendo el cotilleo.

—Tal y como seguramente sabrá, Ian está buscando esposa.

—¿De veras? —inquirió Felicity, con aire de ingenua.

—Según los rumores, mi sobrino está a punto de pedirle que se case con él. ¿Es eso cierto?

Santo cielo, los cotilleos habían sido más precisos de lo que Felicity se habría imaginado. Y al parecer habían importunado al señor Lennard. No debería sorprenderle, que a los parientes de Ian no les hiciera ni pizca de gracia que él se casara con una mujer tan inferior a él, tanto en riqueza como en posición social, pero se sintió molesta.

Alzó la barbilla con altivez y replicó:

—Supongo que no esperará que sepa lo que su sobrino piensa hacer, señor. No tengo el don de leer la mente.

El hombre la miró con porte grave.

—Qué pena, señorita Taylor, porque si tuviera ese don, sabría que mi sobrino no es la clase de hombre más conveniente para una joven respetable.

Ella lo miró con la boca abierta. Se había equivocado. Lo que ese tipo intentaba era prevenirla para que no aceptara la propuesta de Ian, en lugar de proteger a Ian de ella. Pero ¿por qué?

—Pues a mí me parece un hombre absolutamente aceptable. —Bueno, si no tenía en cuenta lo de su amante y el hecho de que mantenía más secretos que la tumba de una momia, claro.

—Pero eso es porque no lo conoce. Mi sobrino es un granuja sin igual. Ha malogrado la reputación de un sinfín de mujeres, incluyendo la de la señorita que hace poco se mencionaba en *The Gazette*.

—¿Se refiere a la de su antigua institutriz, la señorita Greenaway?

La pregunta dejó perplejo al señor Lennard.

—¿La conoce?

—Sí.

Las bellas facciones del individuo se ensombrecieron con una mueca de fastidio antes de que pudiera ocultarla tras una falsa sonrisa.

—Supongo que mi sobrino le habrá dicho que ella era mi amante, o algo por el estilo.

Qué extraño que el tío de Ian saltara en defensa de sí mismo sin saber de qué había sido acusado, sin tan siquiera saber si realmente lo habían acusado de algo.

—Su sobrino no me contó nada sobre ella. Pero yo tengo mis... confidentes.

—Entonces espero que le hayan explicado toda la historia sin darle el punto de vista de mi sobrino.

Ya estaba de nuevo con la misma presunción. Felicity guardó silencio y enarcó una ceja como si quisiera dar a entender que sabía más de lo que realmente sabía. Esa treta solía funcionar en sus investigaciones, especialmente cuando la persona a la que interrogaba era culpable de algo.

Y funcionó a la perfección con el señor Lennard. Él se inclinó hacia ella como si pretendiera confesarle una cosa muy importante.

—¿También le han contado sus fuentes el verdadero motivo por el que mi sobrino aceptó encargarse de la señorita Greenaway?

—¿Para provocarlo a usted, quizá? —especuló Felicity.

Lennard se mostró indignado.

—No. Para asegurarse de que ella no fuera por ahí hablando más de la cuenta y explicando cosas desagradables sobre él.

A Felicity cada vez le caía peor ese tipo.

—Vamos, señor Lennard, no me mantenga en suspense.

Puedo ver claramente que se muere de ganas de decirme lo que la señorita Greenaway oculta.

Al parecer, su tono sarcástico no había sido lo suficientemente convincente como para convencer a su interlocutor para que soltara más confidencias.

—Tiene que comprender que sólo le cuento esto porque no soporto la idea de ver mancillado el honor de mi familia por culpa de las reprobables actividades de mi sobrino.

—Adelante. —Dos semanas antes, Felicity habría estado lista para creer cualquier cosa que le hubieran referido acerca de Ian, pero dos semanas antes aún no había sido testigo del honorable proceder de Ian. Le resultaba difícil vincular la preocupación que Ian había demostrado por sus sentimientos y por su reputación la última noche en la mansión de los Worthing con las desagradables implicaciones que ese hombre se empecinaba en defender.

—Supongo que sabe que mi sobrino se marchó de Inglaterra a los diecinueve años.

Felicity asintió.

—Se marchó porque su padre lo echó a causa de lo que le hizo a mi esposa.

El señor Lennard se detuvo un instante para ver la reacción de Felicity, y ella se contuvo para mantener la cara inexpresiva. No obstante, se alegró de que él no pudiera leer sus sentimientos, porque le empezaba a doler el corazón ante la terrible confesión que esperaba oír. Quizá no había sido una buena idea alentar a ese tipo para que soltara sus confidencias.

Ante el silencio de Felicity, él continuó.

—Verá, Cynthia, mi esposa, era mucho más joven que yo, y ella e Ian pasaban mucho tiempo juntos. —Su tono se volvió más duro—. Uno jamás es capaz de comprender qué motivos pueden tentar a un joven a realizar locuras, pero parece que Ian malinterpretó las muestras de afecto por parte de mi mujer. Un día, cuando se quedó a solas con ella, la... la... bueno, digamos que se aprovechó de ella. En un sentido carnal; supongo que ya me entiende.

La acusación quedó suspendida en el aire, de una forma tan repentina, tan repulsiva, y tan imposible de ignorar como una víbora precipitándose desde un árbol al suelo.

—No querrá decir que...

—Sí, él... —Su interlocutor se mostró agitado, y tensó los labios hasta que estos formaron una fina línea—. Lo siento. A pesar de que han pasado muchos años, todavía no soporto hablar de ello. Pero por el bien de usted, será mejor que lo haga. Con una mueca teatral, proclamó súbitamente—: Mi sobrino forzó a mi mujer.

Con cada palabra, un horroroso peso se instaló en el pecho de Felicity, como los interminables golpes propinados por una imprenta sobre una hoja de papel. ¿Podía ser cierto? ¿Podía Ian haber forzado a su propia tía? ¿Con tan sólo diecinueve años?

El secretismo de Ian confería cierta credibilidad a las terribles palabras de ese hombre, y Felicity sintió arcadas ante la mera posibilidad de que fueran ciertas. Pensó en todos los jóvenes herederos que había conocido, los que la habían acorralado en alguna habitación o que se habían arrimado a ella más de la cuenta. Esos lores habían sido educados para creer que eran invencibles, que tenían derecho a hacer lo que les diera la gana. Y no le cabía duda de que les inculcaban esa actitud tan arrogante hacia las mujeres cuando todavía eran unos imberbes; incluso ahora se acordó de la vez que tuvo que zafarse de un mozalbete impertinente de catorce años recién cumplidos.

Pero Ian no se asemejaba al resto de los caballeros que había conocido, ni jóvenes ni viejos. En muchos aspectos, era honorable, y su comportamiento hacia las mujeres era intachable... bueno, salvo por la misteriosa señorita Greenaway. No podía creer que Ian hubiera violado a una mujer, y más específicamente a su tía. Ian le había demostrado un control de hierro. Sí, la había besado a la fuerza, pero había tenido motivos sobrados para continuar, y sin embargo no lo había hecho. Y las otras veces que se habían visto, él le había demostrado tener más control que ella.

Ahora que la impresión inicial ante la terrible acusación del señor Lennard ya había pasado, se preguntó por qué ese tipo demostraba tan buena predisposición a contar un acto tan vil. Si le resultaba tan difícil hablar de ello, ¿por qué se había sincerado con una desconocida? ¿Por las nobles razones que alegaba, de querer protegerla? ¿O por algún motivo no tan noble?

—Si lo que usted dice es cierto, entonces es verdad que Ian

es un ser detestable —sentenció Felicity—. ¿Pero está seguro de que él forzó a su esposa? ¿Se lo confesó ella en persona?

—Sí. Vino a verme llorando, completamente humillada.

—¿Y cómo reaccionó usted, ante tal ultraje?

—¿Cómo dice? —Su interlocutor frunció el ceño.

—Supongo que lo retó a un duelo, como mínimo, por haber insultado a su esposa.

—¿Retar a mi sobrino? ¡No podía retarlo a un duelo! ¡Su padre jamás me lo habría perdonado!

«Sin embargo, se atreve a acusarlo a sus espaldas, sin darle la posibilidad de defenderse. ¡Menuda actitud más noble!», pensó ella.

—¿Y fue entonces cuando lord Saint Clair se marchó de Inglaterra? —dedujo Felicity.

El señor Lennard jugueteó nerviosamente con la corbata.

—Sí, me encaré a él y le exigí que reparara el daño que había hecho. Y como era un cobarde, huyó de Inglaterra a medianoche, con el rabo entre las piernas.

Qué extraño. El duque de Wellington había ensalzado la bravura de Ian y en cambio su tío lo definía como un cobarde. Si Felicity tuviera que apostarse quién de los dos mentía, habría apostado todo su dinero por el señor Lennard.

—Debió de ser terrible para su esposa, ver cómo su torturador huía sin recibir el castigo merecido.

Tras un largo suspiro, él fijó la vista en las manos.

—Cynthia no pudo soportar la vergüenza de haber sido violada por Ian, y se suicidó, dejándome a mí y a nuestros dos hijos sumidos en una terrible depresión. Y todo porque fui incapaz de mantener a mi sobrino alejado de ella.

—Es una historia muy ingeniosa, Edgar —profirió una voz femenina desde el umbral de la puerta—. Además, la has expuesto de un modo absolutamente magistral. Me cuesta admitirlo, pero creo que eres incluso más hábil que yo, a la hora de contar cuentos.

Felicity se dio la vuelta expeditamente hacia la puerta al mismo tiempo que Edgar Lennard se incorporaba de un salto de su asiento. Ante ellos, en el umbral de la puerta, estaba lady Brumley, «el Galeón de los Cotilleos» en persona. Felicity había ignorado a la anfitriona de la fiesta durante toda la noche porque sabía que la marquesa la acosaría con mil y una preguntas acerca de lo que realmente había sucedido en el baile en casa de los Worthing. Pero al verla ahora se sintió indescriptiblemente aliviada. Las sórdidas acusaciones de Edgar Lennard la habían dejado devastadoramente consternada.

Sin embargo, el señor Lennard no parecía contento de ver a la marquesa.

—No te metas en este asunto, Margaret. La señorita Taylor y yo estamos manteniendo una conversación privada.

—Sí, pero en mi propia casa. —Lady Brumley entró en la sala, y los brillantes adornos de su tocado destellaron bajo la luz de las velas. Un dorado turbante de satén con anclas de barco bordadas rodeaba su cabeza como una corona, y de él pendía un enorme broche de oro en forma de barco que se balanceaba cuando ella caminaba, como si realmente estuviera navegando en alta mar.

—No te he invitado a esta fiesta, Edgar. Así que ya te imaginarás mi sorpresa cuando te vi salir disparado de la sala de baile detrás de la señorita Taylor. Qué pena que mis numerosos invitados no me hayan permitido unirme antes a esta interesante conversación.

Los ojitos pintarrajeados de la marquesa revelaban tanta malicia que a Felicity se le erizó el vello de los brazos. Mucho tiempo atrás, el honorable Edgar Lennard había hecho algo tan espantoso como para convertirse en uno de los peores enemigos de la marquesa.

Él se cruzó de brazos con altanería.

—Ya he oído los rumores que estás difundiendo sobre mi sobrino, de que probablemente se declare a la señorita Taylor. Cuando me enteré de que él y la señorita Taylor iban a asistir a tu fiesta esta noche no pude contenerme; pensé que era la ocasión más acertada para averiguar si esos rumores eran ciertos.

—¿Y qué has decidido? —preguntó lady Brumley, con estoicismo.

—A juzgar por el visible ataque de celos que él ha demostrado hacia lord Masefield y la forma en que prácticamente no podía apartar la vista de la señorita Taylor, diría que tienes razón.

Felicity empezó a sentirse molesta por el cauce que iba adoptando esa conversación, especialmente por el hecho de que esas dos personas departían acerca de ella e Ian y la relación que parecían mantener con toda tranquilidad, como si ella no estuviera presente. Abrió la boca para reprenderlos, pero lady Brumley se adelantó.

—Así que has decidido arruinar este posible cortejo del mismo modo que has hecho con los anteriores, ¿verdad? ¿Es por eso por lo que le estás contando esa sarta de mentiras a la muchacha?

—No son mentiras —protestó él.

Dos lacayos fornidos aparecieron en el umbral de la puerta, detrás de la marquesa. Sin necesidad de darse la vuelta, lady Brumley señaló hacia el señor Lennard.

—Éste es el sujeto. Echadlo. —Mientras los lacayos entraban rápidamente en la sala, las velas titilantes iluminaron la sonrisa de lady Brumley—. Una cosa aprendí de ti hace veinticinco años, Edgar, y es a no dejar que mi casa se inunde de bazofia como tú. Me temo que ha llegado la hora de que te marches.

—No tienes derecho a inmiscuirte en este asunto —protestó el señor Lennard mientras los lacayos lo flanqueaban hasta la salida.

—No, pero si mi intromisión sirve para fastidiarte, entonces bienvenida sea; ya sabes que lo que más feliz me hace en esta vida es fastidiarte.

Los lacayos lo acompañaron hasta la puerta, pero antes de marcharse, él se giró y miró a Felicity.

—No escuche las patrañas de esta arpía. Recuerde lo que le he dicho: mi sobrino no es lo que parece.

—¡Echadlo de aquí! —ordenó lady Brumley, y los lacayos arrastraron a Lennard hasta la calle.

Felicity se había quedado de pie, inmóvil y sin habla, con la mente y las emociones enredadas en un entresijo tan enmarañado como un laberinto. No podía creer las acusaciones de Edgar Lennard, sin embargo, el hecho de que lady Brumley no quisiera que nadie oyera esos terribles comentarios también despertaba sus sospechas. ¿Qué era lo que pasaba?

Lady Brumley esperó hasta que ya no llegó ningún ruido

del vestíbulo, entonces cerró la puerta y se dirigió a una mesita rinconera en la que habían dispuesto una botella y varios vasos. Con manos temblorosas, se sirvió una considerable cantidad de un líquido de color púrpura, y acto seguido tomó un buen trago.

—¿Te apetece un poco de vino de Oporto? —le ofreció mientras bajaba el vaso.

—No. —Lo que quería eran respuestas.

Lady Brumley la miró a la cara, sin dejar de agarrar el vaso con sus dedos visiblemente crispados.

—Supongo que no habrás creído esas majaderías que Edgar te ha dicho.

—Ya no sé qué creer.

—Él sólo intentaba disuadirte para que no te cases con lord Saint Clair, eso es todo.

Felicity suspiró.

—Tanto usted como el señor Lennard parecen guiados por una falsa presunción. Lord Saint Clair no ha declarado que quiera casarse conmigo. Por si no se ha dado cuenta, él ha bailado con media docena de damas esta noche, y en cambio no ha bailado conmigo ni una sola vez.

Lady Brumley rompió a reír.

—Que me ahorquen si lo que detecto no son celos. Tienes razón; no ha bailado contigo, pero tampoco he visto a lord Saint Clair besar a ninguna de esas damas apasionadamente en la terraza, mi querida señorita Taylor. O aprovecharse de ellas, tal y como tú alegaste que había hecho contigo.

Felicity soltó un estentóreo bufido. Su mentira emergía de nuevo a la luz.

—Él no... En casa de los Worthing no sucedió nada, sólo un simple flirteo. Él y yo ya lo hemos olvidado.

—Entiendo. —Lady Brumley depositó el vaso sobre la mesita. Acto seguido, enfiló hacia la puerta y la abrió—. Bueno, si no estás pensando en la posibilidad de casarte con ese hombre, entonces es obvio que no te afecta el cuento de Edgar y por consiguiente no quieres oír mi opinión, así que será mejor que regresemos a la sala de baile.

La marquesa esperó a la joven con aire impasible, y Felicity frunció el ceño. ¡Qué mujer tan maquiavélica! Si Felicity admitía que quería saber más, eso confirmaría su interés por Ian. Sin embargo, si no lo admitía, dejaría escapar una oportunidad única. ¿Cómo iba a hacerlo? La atormentaban las desagradables alegaciones del señor Lennard, y necesitaba descubrir si era cierto o no. Estaba segura de que «el Galeón de los Cotilleos» debía de saber más detalles que ninguna otra persona en la ciudad.

Felicity suspiró.

—No he dicho que no esté interesada. Aún soy amiga de Ian... quiero decir, de lord Saint Clair. Así que por supuesto que me interesa cualquier cotilleo que pueda dañar su reputación.

La marquesa esbozó un rápido movimiento con el labio superior que denotaba su regocijo y cerró la puerta de nuevo.

—Amigos, ¿verdad? Hummm... Así que de momento sólo amigos. Bueno, siéntate y te contaré todo lo que sé.

Intentando no mostrar la impaciencia que la carcomía, Felicity se encaramó en el reposabrazos de un sofá y entrelazó las manos crispadas sobre el regazo.

Lady Brumley tomó otro largo trago de vino de Oporto antes de acomodar su orondo cuerpo en una silla almohadillada situada cerca de la chimenea.

—Supongo que Edgar te habrá contado la misma ridícula historia que les ha contado a las otras mujeres a las que Saint Clair ha cortejado: que Saint Clair violó a Cynthia y que ella se suicidó porque no fue capaz de soportar la vergüenza, y que después Saint Clair huyó de Inglaterra.

La historia, contada tan escuetamente, sonaba ridículamente melodramática.

—Sí, el señor Lennard dijo que la mujer vinculada con Saint Clair en el periódico sabe toda la verdad, y que por eso el vizconde le ofreció protección. Dice que lord Saint Clair también se aprovechó de ella.

Lady Brumley agitó la mano en el aire desdeñosamente.

—Bah, bobadas. El único que se aprovechó de ella fue Edgar. Esa mujer, que se llama Penelope Greenaway, no sólo era la institutriz de los hijos de Edgar sino que también se convirtió en su amante cuando su esposa murió. La echó a la calle cuando se enteró de que estaba embarazada, y que el hijo que esperaba era suyo.

—¿Cómo sabe eso?

—Digamos que hace tiempo me obsesioné por averiguar todo lo concerniente a Edgar Lennard y sus asuntos. Y no me resultó difícil, puesto que paga tan mal a sus criados que no muestran ningún reparo a la hora de conseguir algunas monedas extras dándome la información que les pido. —La voz de lady Brumley contenía cierto tono de amargura—. Bueno, la cuestión es que cuando Edgar echó a la señorita Greenaway, yo misma me habría ofrecido a darle cobijo sólo para fastidiarlo, pero lord Saint Clair se adelantó. Puesto que él siente una aversión aún más poderosa que la que yo siento por su tío, pensó que podría sacar partido ayudando a la única mujer que podría hundir a Edgar. Además, ese muchacho tiene un buen corazón, y el bebé de la señorita Greenaway es su primo, después de todo, aunque sea bastardo.

—¿Y cree que ésa es la única razón por la que la está ayudando?

—Por supuesto. No importa lo que Edgar diga, ni tampoco lo que haya difundido cierto columnista... —La marquesa se detuvo un instante para lanzarle a Felicity una mirada de complicidad—. La señorita Greenaway no es la amante de lord Saint Clair.

Entonces, ¿por qué Ian no se lo había explicado?

—Sólo porque esa mujer fuera la amante del señor Lennard en otra época no significa necesariamente que ahora no lo pueda ser de lord Saint Clair —remarcó Felicity, decepcionada de que lady Brumley no aportara unas pruebas más convincentes—. Si lord Saint Clair odia a su tío, resultaría una venganza perfecta, convertir a esa mujer en su amante, ¿no cree?

—¿Y conformarse con las sobras de su tío? Saint Clair es demasiado orgulloso para obrar así.

Felicity admitió que en ese punto la marquesa tenía razón, y se sintió un poco más aliviada.

—Además, Saint Clair no tendría una amante mientras se dedica a cortejar a otra mujer. Los hombres tienen amantes de vez en cuando, es cierto, pero las madres de las chicas casaderas no consienten esos deslices, así que, ¿para qué arriesgarse, especialmente cuando Edgar parece tan dispuesto a evitar por todos los medios que su sobrino se case?

—Sí, ¿y por qué actúa de ese modo, el señor Lennard? No lo entiendo.

Lady Brumley propinó unos golpecitos impacientemente en el apoyabrazos de la silla.

—Supongo que por los típicos motivos: que si Ian muere sin descendencia, Edgar o su hijo heredarán sus tierras. Ésa es una buena razón capaz de motivar a Edgar a disuadir a cualquier joven que se acerque a Saint Clair. Pero no pienso permitir que ese majadero desanime a nadie más con sus sórdidas mentiras.

—¿Está segura de que son mentiras? —preguntó Felicity esperanzada.

—Tan segura como cualquier persona que se precie de conocer bien a esos dos hombres. No es el estilo de Saint Clair, violar a una mujer. Y tú lo sabes tan bien como yo.

Felicity se quedó muda.

—Pero no tiene ninguna prueba —pronunció apenada.

La anciana pareció indecisa unos instantes, como si se estuviera debatiendo entre confesarle algo o no. Luego suspiró.

—Tendría que haber supuesto que no aceptarías mi palabra sin más. Muy bien, entonces te diré que sonsaqué información a los criados de Edgar. No es mucha cosa, pero creo que es lo más cercano a lo que realmente sucedió.

Lady Brumley se ajustó el turbante, y el pequeño broche en forma de barco se meció graciosamente.

—Es cierto que Cynthia Lennard murió poco después de que Saint Clair se marchara de Inglaterra. Pero los criados de Lennard jamás oyeron ni una palabra acerca de que su señora se hubiera suicidado a causa de una violación. No, según ellos, ella murió de amor.

A Felicity se le encogió el corazón.

—¿Quiere decir que lord Saint Clair y la señora Lennard eran amantes?

—Sí, es posible, incluso comprensible. Cynthia tenía veinticinco años, y Saint Clair diecinueve. Era una muchacha hermosa y bastante ingenua. Edgar bebía los vientos por ella, y la convenció para que se casara con él, pero tengo entendido que más tarde ella se arrepintió de haber aceptado. Así que es comprensible que se enamorase del joven sobrino, Ian, y que acabara acostándose con él.

A Felicity esa versión le hizo tan poca gracia como la primera. A pesar de que exoneraba a Ian de la acusación de violación, implicaba que él había mantenido una relación adúltera con su tía. Ese pensamiento le revolvió el estómago.

La marquesa no parecía darse cuenta del alterado estado de agitación de Felicity y prosiguió su relato:

—Los criados creen que Ian se sentía tremendamente culpable de la aventura ilícita y que por eso se marchó del país. Y Cynthia murió de pena, delirando. No obstante, nadie lo sabe a ciencia cierta. Todos los criados que hace diez años trabajaban en casa de Edgar recibieron dinero para que mantuvieran una absoluta discreción acerca del escándalo.

Ahora Felicity podía sentir el latido de su corazón resonando con furia en sus oídos. Esa historia era tan pérfida como la anterior. A los ojos de la ley, se trataba de un incesto, y sin lugar a dudas convertía a Ian en el responsable indirecto de la muerte de su tía. También era una terrible traición al hermano de su padre e incluso a su padre. Le costaba imaginarse a Ian traicionando la confianza de su familia.

¿Pero y si estaba enamorado? Sintió un estremecimiento interior al pensar en esa posibilidad.

Odiaba admitirlo, pero la historia de lady Brumley explicaba un sinfín de cuestiones: por qué Ian se había marchado del país sin decir nada a sus amigos, por qué se mostraba tan reticente a que ella metiera las narices en sus asuntos, y por qué no había querido hablarle de la señorita Greenaway.

Incluso podía explicar por qué se había comportado con tanta prudencia con ella en su habitación. A lo mejor había decidido no seducirla porque había recordado lo que sucedió la última vez que hizo el amor con una mujer respetable.

—De cualquier modo —continuó lady Brumley— es posible que nada de eso sea cierto. Y aunque lo fuera, es agua pasada. Sucedió cuando Saint Clair era un mozalbete. Pero seis años fuera del país lo han convertido en un hombre de los pies a la cabeza, un hombre muy bueno, si quieres oír mi opinión. Ese hombre se merece una esposa, por más que Edgar piense lo contrario o intente disuadir a las mujeres que osen acercarse a su sobrino.

Felicity apenas oyó la conclusión de la marquesa. Se levantó impetuosamente, con una terrible sensación de mareo.

—He de regresar a la sala de baile. Mis compañeros me estarán buscando.

—Pero... pero... Felicity...

—Por favor, lady Brumley, déjeme marchar. Necesito estar un rato sola para pensar.

—Muy bien, pero no te precipites con ninguna decisión. Sabes tan bien como yo que Saint Clair no es un violador de mujeres. Edgar miente; estoy segura de que eres capaz de darte cuenta de ello.

—Sí. —El problema era que la idea de que Ian hubiera mantenido un idilio adúltero con su tía, de imaginárselo acostado con su propia tía y luego huyendo del país, dejando a esa mujer morir de pena, la ponía enferma.

Por supuesto, tal y como lady Brumley había dicho, quizá sólo se trataba de una sarta de mentiras. Teniendo en cuenta las fuentes de dicha información, ¿cómo iba a saberlo? ¿Especialmente cuando Ian se negaba a confiar en ella?

Felicity avanzó hacia la puerta.

—Si lord Saint Clair te pide que te cases con él... —empezó a decir lady Brumley, pero no pudo acabar la frase, porque Felicity la interrumpió.

—No lo hará —susurró, antes de salir de la sala.

Aunque se le declarase de nuevo, ella no podría aceptarlo. Ese oscuro secreto en su pasado todavía lo atormentaba, cualquiera podía darse cuenta de ello. Y mientras Ian se negara a hacer frente a su pasado, un infranqueable abismo continuaría separándolos, como una bestia fea y amenazadora, cada vez que Felicity intentara acercarse a él. Ella siempre se preguntaría si la señorita Greenaway era su amante o si él aún amaba a Cynthia Lennard. No, Felicity no podría comportarse como una de esas mujeres que finge no darse cuenta de las infidelidades que comete su esposo.

Sin embargo, a pesar de los rumores y de las especulaciones y de las probables mentiras, a pesar de todos los secretos que Ian ocultaba, su corazón aún se sobresaltaba cada vez que él la miraba con esos ojos negros.

Maldito fuera ese endemoniado seductor. Desde luego, se estaba tomando su tiempo para vengarse de ella. Felicity acababa de enterarse del chisme más jugoso de su vida, y no sólo no quería escribir acerca de esa historia, sino que además no deseaba pensar en ello. ¡Cómo se reiría Ian si lo supiera! Con tan sólo unos pocos besos y unas caricias fugaces, la había dejado muda; el caballero había conseguido desarmar al reputado Lord X. Ya nunca podría ser la misma.

Capítulo catorce

Ya se puede visitar la exposición de madame Tussaud en el Strand. Circulan un sinfín de historias acerca de numerosas damas que se han desmayado en la «galería de los horrores», y yo me pregunto: ¿cómo es posible? Los esposos de algunas de esas señoras son más feos que un pecado. Si las damas no se desmayan ante la horrorosa visión de sus esposos en la alcoba, no comprendo cómo es posible que una o dos máscaras mortuorias puedan ejercer ese efecto fulminante.

The Evening Gazette, 22 de diciembre de 1820
Lord X

«*I*ncluso un ciego se fijaría en los cuatro malandrines que en estos momentos se apean del carruaje», pensó Ian.

La algarabía que armaban era superior al estrepitoso bullicio que se oía en el Strand: el chirrido de las ruedas mal engrasadas de algunas carrozas, los mazazos de unos albañiles enfrascados en derribar la pared de una espléndida mansión en plena rehabilitación, los estridentes gritos de los tenderos. Fuera, al otro lado de la ventana, avistó a los tremendos Taylor, como los llamaba la señora Box; un terremoto familiar que Felicity intentaba calmar mientras se peleaba con el conductor del carruaje de alquiler, que se había apeado de la percha para señalar hacia cierto punto de su vehículo.

Ian dio un golpe en el techo de su carruaje para avisar al cochero, tal y como habían acordado previamente, y éste puso el vehículo en marcha. El segundo golpe de Ian hizo que el carruaje de Saint Clair se detuviera justo delante del coche de alquiler. Ian se apeó rápidamente, se colocó bien el sombrero y enfiló hacia su presa.

Mientras se acercaba, podía oír la airada voz de protesta de Felicity.

—¡Ya se lo he dicho! No pienso pagar ni un solo chelín por los estropicios. —Cubierta con una vieja capa negra de lana que seguramente había visto épocas mejores, movía insistentemente el dedo índice que mantenía alzado para acentuar cada sílaba de la frase.

El conductor malhumorado cerró la puerta con bruscos modales, pero ésta no se cerró por completo hasta que él elevó unos centímetros el ajado panel e ejerció un poco de presión para cerrarla. Luego volvió a abrirla y ésta volvió a desencajarse del eje, entonces miró a Felicity triunfalmente.

—Ya lo ve, señorita, está rota. ¡No lo niegue!

—Lo único que veo es que usted está intentando timarme. No disputo si está rota o no, sino quién la rompió. ¡Ya estaba así cuando alquilamos su malogrado carruaje!

—¡No! ¡La puerta no estaba rota! —El tipo corpulento cruzó los brazos por encima de su fornido pecho—. Cuido mucho mi carruaje, se lo aseguro, y esa puerta abría y cerraba correctamente antes de que subiera usted con ese hatajo de... de... ¡Esos mocosos son los que han roto la puerta!

—¡Mentira! ¡Probablemente la haya roto usted mismo con sus malos modos!

—La aviso, señorita...

Ian intervino rápidamente.

—¿Cuánto costaría reparar el estropicio?

El conductor se giró vertiginosamente y escudriñó a Ian con hosquedad, recabando en su abrigo hecho a medida y en su costoso traje de lino.

—Bueno, señor, eso depende...

—¿Qué estás... que está haciendo aquí? —Felicity observó el carruaje de Saint Clair con recelo, que se había detenido a escasos metros, y luego miró atónita al recién llegado.

Ian la saludó cortésmente con el sombrero.

—Buenos días, señorita Taylor. Iba de camino a casa de mi

administrador cuando vi el altercado. Pensé que lo mejor que podía hacer era detenerme para ofrecerle ayuda.

—No la necesito —espetó ella con petulancia—. Tengo la situación completamente bajo control.

—Sí, pero por lo que veo, usted y sus hermanos han salido a dar un paseo, y no me gustaría pensar ni por un momento que este pequeño problema pueda enturbiar todo el júbilo de este día. Estaré más que encantado de pagar los desperfectos, si me lo permite.

—¡Ni se le ocurra pagarle ni un chelín a este estafador! No pienso alentar a un ladrón, y él... —Señaló al cochero con un dedo acusador—. ¡Él está intentando timarnos!

—¡Mire, señorita, no voy a tolerar que mienta sobre mí delante de este caballero! —gritó el cochero con ademán beligerante.

Ian apartó a Felicity a un lado. Sin perder de vista al airado cochero, murmuró:

—Por Dios, no te pelees con él por unos miserables chelines. No vale la pena.

—Pero esa puerta estaba rota antes de que nosotros...

—Te creo, ¿pero y qué más da?

—¡Es el principio lo que cuenta!

Ian apretó los dientes.

—Ese principio que pretendes defender acabará metiéndote en un buen lío, tanto a ti como a tus hermanos. —Con un leve movimiento de cabeza, señaló hacia dos individuos corpulentos que, atraídos por la disputa, en esos precisos momentos se apeaban de sus carruajes al otro lado de la calle, probablemente con la intención de ayudar a su compañero. Uno miraba a Felicity con cara de malas pulgas, y el otro andaba contoneándose con chulería. Ambos parecían tener ganas de bronca.

Felicity palideció; Ian prosiguió en un tono más bajo:

—Es tu palabra contra la de ese tipo, y tú eres una mujer con cuatro rapaces rebosantes de energía que estarían más que dispuestos a enzarzarse en una pelea callejera. No es ni el lugar ni el momento más oportuno para increpar a esos grandullones con tus sermones. Yo podría plantarles cara, si quieres, pero me parece que ésa no es la lección de modos que quieres infundir a tus hermanos, ¿o me equivoco?

Felicity pestañeó confusa y desvió la cara hacia los trillizos, que por una vez en la vida se habían quedado mudos, mirando amenazadoramente al cochero, y luego a Ian y a ella.

—No, supongo que no.

—Entonces permite que pague los desperfectos y zanjemos este desagradable tema. A menos que insistas en pagarlos tú misma.

Ella se sonrojó.

—El cochero quiere dos chelines, y yo sólo he traído suficiente dinero para pagar el viaje de ida y de vuelta. Así que si no te importa...

—En absoluto.

—Pero que conste que te lo debo —se apresuró a añadir ella—. Te lo devolveré más tarde.

—De acuerdo.

Ese pequeño detalle quedaría más que olvidado cuando ella accediera a casarse con él. Sin embargo, Ian se quedó sorprendido al ver que Felicity no llevaba dinero encima. ¿Únicamente había salido con dos chelines para pasar todo el día fuera de casa con los cuatro chicos? ¿Tanto temía a los carteristas?

Los dos se giraron nuevamente hacia el cochero, que parecía estar confabulando con sus hercúleos amigotes. El sujeto miró a Ian con un ademán agresivo y provocador, sin siquiera dirigir la mirada a Felicity.

—¿Y bien, señor? ¿Ha accedido pagar, la señorita?

—Sí, dos chelines ha dicho, ¿verdad?

—No, dos guineas.

Ian enarcó una ceja ante la palmaria mezquindad de ese hombre.

—Quizá la señorita no haya entendido bien. —Acercándose al cochero, se inclinó para examinar la puerta desencajada y se fijó en el borde oxidado de la bisagra. Alzó la cabeza—. Así que dos guineas, ¿verdad?

El conductor se rascó la axila al tiempo que esbozaba una mueca de inseguridad, pero su amigo más corpulento le propinó un codazo.

—Así es, señor. Eso es lo que cuesta hoy día arreglar una bisagra.

Ian se puso totalmente erguido.

—Entonces, la persona que le repara el carruaje le está tomando el pelo. Permítame que le haga un favor. Lleve su carruaje al señor Wallace, en Chandler Street, y dígale que quiere que le ponga una nueva puerta y que cargue el gasto a mi cuenta. Por dos guineas, debería por lo menos obtener algo decente. —Sacó su tarjeta de visita y se la entregó al conductor.

El hombre la aceptó con desconfianza, luego parpadeó varias veces seguidas cuando vio el nombre en la tarjeta. Lanzó una mirada nerviosa a sus amigos y farfulló:

—Sólo... sólo quiero que me arreglen la bisagra.

—Lo que usted diga. Wallace se encargará de su carruaje. ¿Está satisfecho?

—Absolutamente, milord. —Miró a Felicity con el ceño fruncido—. Pero aunque había dicho que lo haría, no pienso volver a recoger a esa mujer ni a esos mocosos salvajes.

Ian notó cómo Felicity temblaba de rabia a su lado, y depositó una mano sobre su brazo para tranquilizarla.

—No hará falta. Yo acompañaré a la dama y a su familia de vuelta a casa.

Los músculos de Felicity se tensaron bajo la mano de Ian, y no se relajaron hasta que el avaricioso cochero desapareció de su vista. Acto seguido, se encaró a él con su típica actitud impertinente.

—Fantástico, demuestras ser muy diestro a la hora de controlar situaciones; claro, todo lo arreglas sobornando a la gente con tu maldito dinero...

Ian esbozó una sonrisa burlona.

—Lo admito, no he podido remediarlo; me encanta poner en evidencia a los estafadores, y más aún cuando intentan amedrentar a una mujer.

Ahora que los momentos de tensión habían pasado, Felicity relajó todos los músculos del cuerpo. Al hacerlo, sintió el gélido aire invernal en la cara, y al instante se alegró de que Ian hubiera aparecido y hubiera intermediado en ese lamentable asunto.

—Gracias por tu ayuda —pronunció suavemente.

Entonces, súbitamente, un torbellino de brazos y de piernas acompañados por los cuerpecitos de unos chiquillos exaltados se precipitaron sobre él con toda la delicadeza de una manada de elefantes.

—¡Menuda actuación! —vociferaron los trillizos, y sin poder contener la curiosidad continuaron acosándolo con preguntas mientras se dedicaban a dar círculos alrededor de él—: ¿No es usted el tipo del periódico? ¿Por qué le ha llamado «milord»?

Ian se sintió de repente como un oso acorralado, rodeado por unas criaturas de un tamaño tres veces menor al suyo.

Unas criaturas con los abrigos raídos y con los pantalones hechos jirones. Qué extraño que su hermana los vistiera como menesterosos. Clavó la vista en ella. Ahora que lo pensaba, ¿dónde estaba el elegante vestido a la última moda que Felicity había lucido en casa de los Worthing? Su atuendo hoy se podría definir como de una notable parquedad, pero enseguida se fijó en los bordes deshilados de su abrigo de lana y en su sencillo sombrerito negro descolorido, que sin lugar a dudas había pasado demasiados días expuesto al sol.

—Estaos quietos de una vez, chicos —les ordenó Felicity sin perder la compostura—. Es de mala educación hablar todos a la vez.

Ian apartó la vista de la ajada indumentaria de su interlocutora.

—No me están molestando, aunque he de admitir que preferiría que nos presentaran como es debido. —Ian sonrió al pequeño que se hallaba más cerca—. ¿Cómo te llamas, jovencito?

—Soy William.

El muchacho apenas había acabado de pronunciar su nombre cuando el hermano que estaba a su lado alzó la cabecita.

—Éste de aquí es mi hermano Ansel, y yo me llamo George. Pero todos me llaman Georgie. Y ése es James. Es el mayor.

—Ah. —Ian recurrió a sus habilidades de buen observador para catalogar algunos rasgos con los que identificar a cada uno de los trillizos, y rápidamente se fijó en el lunar de Ansel, la cicatriz en la barbilla de Georgie, y que a William le faltaba un diente—. Encantado de conoceros. Yo soy...

—El vizconde de Saint Clair —proclamó James con cara de pocos amigos. Cuando Ian lo observó con ojos burlones, el hermano mayor encogió sus escuálidos hombros—. Se lo pregunté a la señora Box el día que vino a nuestra casa. —Lo miró desafiante—. El día que Lissy le gritó. Pensé que usted estaba... quiero decir...

—Comprendo —lo interrumpió Ian—. Haces muy bien en cuidar de tu hermana. —Le lanzó a Felicity una mirada significativa—. Necesita que alguien cuide de ella.

Felicity esbozó una mueca de fastidio.

—Bueno, muchachos, creo que ya le hemos robado demasiado tiempo al señor. Estoy segura de que tiene otras cosas más interesantes que hacer.

Antes de que Ian pudiera protestar, Georgie intervino:

—¿Y no puede venir con nosotros a la exposición?

Felicity se apresuró a acicalarle a Georgie el cuello de la camisa y luego contestó:

—Lord Saint Clair ha de asistir a una reunión y no puede perder más tiempo con nosotros.

—Oh, no es una reunión urgente —aclaró Ian. Cuando Felicity lo miró con estupefacción, añadió—: Y nunca he visto una exposición de figuras de cera. Además, he prometido que os llevaría de vuelta a casa en mi carruaje.

—¡Es verdad! ¡Yo lo he oído! —aseveró James con unos ojos tan verdes y vivaces como los de su hermana—. Y con eso nos ahorraremos medio chelín.

Ian empezó a preguntarse si la situación económica de los Taylor estaba tan saneada como le habían asegurado.

La risotada nerviosa de Felicity sólo consiguió ampliar sus sospechas.

—No seas ridículo, James. ¿A quién le importa medio chelín? —Rápidamente miró a Ian—. De verdad, lord Saint Clair, no hay ninguna necesidad de que se preocupe por nosotros. Estoy segura de que se aburrirá solemnemente con nuestra compañía.

—No creo que pueda aburrirme más que si paso el día con mi administrador, al que le divierte enormemente repasar todos los gastos y las cifras de mis finanzas. Por favor, apiádese de mí, y no me sentencie a soportar una aburrida clase matutina de aritmética. —Cuando ella todavía dudó, Ian agregó—: Mire, hagamos un trato, si me permite que los acompañe, más tarde los invitaré a cenar pastelitos de carne y té.

El execrable chantaje funcionó de mil maravillas, ya que los chiquillos se pusieron a chillar y a dar brincos de alegría.

—De acuerdo —suspiró Felicity—, pero después no me culpe por no haberlo avisado. Estos cuatro malandrines pueden ser una verdadera peste, cuando se lo proponen.

—Estoy seguro de que sobreviviré. —Oh, sí. Ian planeaba llevarse tan bien con los cuatro jóvenes Taylor que su hermana se vería obligada a reconsiderar su propuesta de matrimonio.

Mientras los seis personajes se dirigían a la entrada del recinto que albergaba la exposición, Felicity apartó a James a un lado y le susurró algo al oído. El muchacho asintió, y luego se apresuró a correr hasta alcanzar a sus hermanos y les susurró también algo al oído.

A Ian ese comportamiento le pareció muy misterioso, y tuvo que realizar un enorme esfuerzo para no echarse a reír. Así que tenían secretos, ¿verdad? Felicity era una ilusa, si pensaba que con unas cuantas palabras de amenaza iba a conseguir mantener a sus hermanos en silencio. Incluso los tremendos Taylor no tenían nada que hacer con un hombre que una vez había conseguido sonsacar información al principal consejero de Napoleón.

Al final del día, él sabría todos sus secretos. Y entonces, los utilizaría para conseguir que ella se casara con él. ¡Vaya si lo haría!

Les llevó tres horas y la confirmación de que se aproximaban al final de la exposición para que Felicity se relajara visiblemente. Pero todo había salido bien. Los muchachos no habían vuelto a mencionar nada acerca de sus finanzas. Se habían comportado como los hijos de un verdadero caballero... bueno, casi todo el tiempo. La visita a la exposición había resultado placentera, a pesar de la intrusión de Ian.

Ella observó a sus acompañantes con detenimiento. Georgie, Ansel y William estaban arrodillados ante una escultura de cera de un miembro de un antiguo clan de Escocia, espiando por debajo del *kilt* que lucía la estatua para averiguar si realmente esos hombres no llevaban nada debajo de la típica falda escocesa. Ian y James se hallaban de pie delante de ella, leyendo la placa que hacía referencia a una impresionante versión de cera de Bonaparte.

«Mira esos dos, ahí de pie, con una actitud tan parecida», se dijo para sí misma. Tanto Ian como James permanecían con las manos entrelazadas detrás de la espalda, y los dos apoyaban todo el peso del cuerpo sobre una pierna, manteniendo la otra ligeramente flexionada. Incluso se parecían un poco. Los mechones lacios y castaños de James tenían una textura similar al cabello negro y recio de Ian, y ambos tendían a pasarse los dedos por el pelo cuando estaban intranquilos. ¡Pero si podrían ser padre e hijo!

Felicity tragó saliva, y de repente sintió una extraña agitación en el vientre. Ian y su vástago. Y ella podría ser la madre de ese hijo. La idea le pareció de lo más intrigante y reconfortante a la vez. ¿Ian sería un buen padre? A juzgar por su comportamiento hoy, sería un padrazo. Había frenado los impetuosos impulsos de Georgie con una palabra, se había reído con las tonterías de William, y había fingido no prestar atención a la insufrible charlatanería de Ansel.

Pero había sido a su sobrio hermano James al que Ian había cautivado, a pesar de las sospechas iniciales del muchacho. Desde el momento en que Ian describió con un esmerado detallismo los sucesos de la Revolución francesa mientras se hallaban ante la estatua de Robespierre, había conseguido atrapar en la palma de su mano al ratoncito de biblioteca, al hermanito obsesionado por la historia de la humanidad.

Observó a Ian mientras éste leía en voz alta una línea en francés, y luego se la traducía a James. Su francés era soberbio, mucho mejor que el que ella había aprendido hacía mucho tiempo gracias a un tutor francés. Pero claro, Ian había vivido en Francia, haciendo de espía o algo parecido a favor de Gran Bretaña, durante bastantes años. Se puso seria ante ese pensamiento. No sabía qué era realmente lo que él había hecho durante esos años, porque Ian no deseaba hablar del tema. Bueno, ni de eso ni de nada concerniente a su vida. Maldito fuera, por ser tan reservado.

Las conversaciones de la noche anterior aún le abrasaban el pecho. No había conseguido dormir en toda la noche, preguntándose qué parte de todas esas confesiones era cierta. Ian no podía haber violado a nadie, pero sí que podía haber seducido a una mujer, a su tía, aunque... ¿podía ser tan egoísta? Quizá ahora no. ¿Pero cuando tenía diecinueve años? Oh, cómo ansiaba averiguar la verdad. Realmente, necesitaba saberlo. Quizá, si se lo preguntaba...

—¿Cómo es que habla francés tan bien? —James preguntó a Ian de repente.

Ian alzó la vista hacia la escultura, con una expresión dura e impenetrable a la que Felicity ya se estaba acostumbrando.

—Viví seis años en Francia.

James ladeó la cabeza.

—¿Por qué?

Ian desvió la vista hacia el muchacho y se encogió de hombros.

—Porque luché en la guerra.

Felicity estaba todavía recuperándose del hecho de que Ian se hubiera atrevido a admitir sus actividades castrenses a su hermano cuando James replicó:

—Pero Lissy dijo que eso era mentira.

—¡James! —Ella lo apresó por el hombro y lo obligó a girarse para mirarla a la cara—. ¡Yo no te he dicho eso!

—¡Lo escribiste en el periódico! —Los ojos de James se agrandaron como un par de naranjas, expresando su enorme decepción—. Lo recuerdo perfectamente.

Felicity suspiró.

—Ah, te refieres a eso. No sabía que te dedicabas a leer mi columna.

—Todos lo hacemos —confesó James—. Bueno, los trillizos no, pero yo y la señora Box y Joseph y la cocinera, sí. La leemos cada mañana, mientras tú y los trillizos estáis todavía durmiendo.

La revelación la pilló totalmente por sorpresa. Jamás habría imaginado que pudiera contar a su familia entre su audiencia. Sabía que la señora Box leía la columna; eso era de esperar. ¿Pero su hermano? No sabía si mostrarse orgullosa o avergonzarse.

En cualquier caso, era el momento de dejar las cosas claras.

—Lo que escribí sobre Ian fue un error. Me informaron mal. Ian sí que sirvió valerosamente a su país.

—¿Ian? —inquirió James con toda la inocencia de un niño.

Felicity soltó un bufido.

—Lord Saint Clair. Él no mintió. Fui yo la que me equivoqué.

James parecía confundido.

—Pero si tú nunca te equivocas. Eso es lo que todos afirman. Siempre oigo cosas como: «Lord X tiene razón en eso; dice la verdad».

Ella suspiró. ¿Qué era lo que había hecho, por el amor de Dios? Cuando había escrito la última columna de un modo tan irresponsable, no había pensado en el terrible alcance de las posibles consecuencias.

—Ya sé lo que todos dicen —le respondió a su hermano—, y es cierto que intento ser fiel a la verdad. Pero a veces cometo errores, como todo el mundo; nadie es perfecto. Nunca te fíes de todo lo que leas o escuches. A veces alguien puede exagerar los hechos, o simplemente inventárselos.

Felicity debería tomar nota de sus propios consejos y reflexionar sobre la confesión de lady Brumley, y hacer lo mismo con los comentarios del señor Lennard.

Alzó la vista hacia Ian y lo pilló mirándola con una expresión reservada. Hasta que no supiera lo que realmente había sucedido, no podía juzgarlo. No, esta vez no.

Volvió a fijar toda la atención en su hermano.

—Y ahora discúlpate ante lord Saint Clair. No importa lo que creyeras, es de mala educación mencionar un cotilleo.

James miró a Ian, visiblemente incómodo.

—Lo siento mucho, milord, por haberme excedido con mis comentarios.

—No te preocupes. —Ian apoyó la mano en el hombro de James, pero no apartó la vista de ella—. No me importa cuando la gente me hace preguntas, sólo cuando asume conclusiones sin saber todos los detalles.

Felicity se sintió molesta ante la carga de insolencia de la respuesta.

—Quizá la gente asume conclusiones porque usted no contesta a sus preguntas.

—Quizá se trata de preguntas inadecuadas, porque se refieren a cuestiones privadas —contraatacó él.

Ella enarcó una ceja.

—James, ¿por qué no vas a buscar a tus hermanos antes de

que derriben esa escultura? —Tan pronto como el muchacho se alejó de ellos, Felicity sonrió dulcemente a Ian—. El problema contigo es que según tú cualquier cuestión es privada. Supongo que incluso habrás ordenado a tu ama de llaves que no comente con nadie el contenido de tus armarios.

—¿Y tú no? No, supongo que no, conociendo a tu ama de llaves. A la señora Box le encanta hablar sobre ti. ¿Te parece bien si mantengo una larga y distendida conversación con ella cuando os lleve a casa más tarde para ver si me cuenta qué contienen tus armarios? —Su voz se tornó más grave—. Me pregunto si en uno de ellos encontraría ese vestido tan provocador que lucías en la última fiesta.

Ian bajó la vista y la repasó de arriba abajo impúdicamente. Felicity notó cómo se le aceleraba el pulso.

«Dios mío, no, otra vez no», pensó ella, mientras un tumulto de emociones se disparaban por todo su ser: una sensación de deseo, de apetito, de ardor... Para su sorpresa, los ojos de Ian parecían reflejar sus propios sentimientos.

Él inclinó la cabeza para susurrarle cálidamente al oído:

—O tengo una idea mejor, quizá podrías mostrarme tú misma el contenido de tus armarios más tarde, cuando estemos solos.

Felicity sintió un delicioso escalofrío en la espalda. Él aún la deseaba. A pesar de todas las mujeres que había cortejado esa semana, él todavía la deseaba.

Entonces se puso rígida. Sí, era cierto, ¿y todas esas mujeres? Con una mirada desdeñosa, se apartó de él.

—No estaremos solos más tarde. Olvidas que tienes que cortejar a varias mujeres esta noche.

La sonrisa de Ian —oscura, dulce y peligrosa— le provocó a Felicity un agradable cosquilleo que pronto se propagó por todo su cuerpo.

—Ah, pero es que ya he descartado esa posibilidad. He descubierto que a todas las mujeres que he conocido y cortejado la semana pasada les faltaba algo necesario para convertirse en mi esposa.

—¿Ah, sí? ¿Y qué es?

—Ninguna puede igualarte.

Felicity pensó que el corazón le iba a estallar en el pecho, como un pájaro atrapado dentro de una diminuta jaula de cristal. Esas tiernas palabras resonaban en su cuerpo y le provocaban unos sofocos imposibles de dominar.

Georgie se deslizó patinando velozmente por el suelo hasta ellos, seguido de cerca sus hermanos.

—¡Lissy, Lissy! ¡La galería de los horrores es la que viene a continuación! ¿Podemos entrar? ¡Oh, por favor! ¡Por favor!

Felicity dio gracias a Dios por la milagrosa intervención de su hermano; ese travieso malandrín había logrado desviar la atención del apuesto provocador que tenía a sus espaldas, ese galán con sus tentadoras palabras que prometían un encuentro «a solas un poco más tarde».

—Mira, Georgie, ya te dije ayer por la noche que no. La galería de los horrores no es un lugar adecuado para un niño de tu edad.

—Pero Lissy, yo estoy a punto de cumplir doce años —alegó James—, o sea, que ya soy casi un hombre.

James tenía razón, pero ella sabía que no podía dejarlo entrar solo en esa sala sin aceptar que también lo acompañaran los trillizos.

—Lo siento, James, creo que será mejor que demos por concluida la visita ahora.

—Venga, Lissy —imploró Georgie, con unas evidentes muestras de desolación—. ¿Por qué no podemos ir?

Ian decidió intervenir.

—Es cierto, señorita Taylor, ¿por qué no? A mí no me importa visitar esa sala con los chicos, si el problema es que a usted no le apetece entrar.

A Felicity no le hizo ni pizca de gracia esa intrusión en su autoridad.

—No estaba pensando en mí, sino en los chicos —sentenció con un tono implacable—. Esa experiencia podría provocarles pesadillas. Todo el mundo sabe que la galería de los horrores es espeluznante.

Con un brillo de picardía en los ojos, Ian apoyó las manos en los hombros de Georgie.

—Ya, pero los chicos se sienten atraídos por todo aquello que sea espeluznante; es algo innato, a mí también me pasó.

—¿A los seis años? Son demasiado pequeños, se lo aseguro.

—Pues yo no estoy de acuerdo; quizá debería dejarlos que juzguen por sí mismos —argumentó Ian.

¿Dejarlos que juzgaran por sí mismos? ¿Pero Ian se había vuelto loco? ¡Menuda proposición! ¿Permitir que unos chiquillos de seis años decidieran lo que querían hacer? ¡Por el amor de Dios! ¡Si a esa tierna edad todos pensaban que podían volar! Sin ir más lejos, el mes anterior, Georgie había planeado lanzarse desde el balcón de su casa con unas alas de hojalata que él mismo se había confeccionado. De no ser por Ansel, el incontenible chivato de la familia que lo delató, a esas horas tendrían que lamentar un grave accidente.

—¿Puedo hablar con usted en privado, lord Saint Clair? —propuso ella con el porte serio.

—Por supuesto. —Ian la siguió hasta una esquina un poco alejada de los muchachos.

Felicity se contuvo para no ponerse a chillar.

—Sé que hemos tenido nuestras diferencias, pero no puedes permitir que eso influya en tus decisiones. James es suficientemente mayor para entrar en esa sala, lo admito, sin embargo los trillizos son sólo unos críos. Tienen una imaginación desbordante, y se asustan muy fácilmente.

Él la miró con curiosidad.

—¿Los tremendos Taylor, como los llama tu ama de llaves? Me parece que te equivocas; los niños pequeños son más tenaces que lo que tú puedas llegar a creer. Les encantan los buenos sustos.

Ella frunció el ceño.

—Dime, ¿crees que tu madre te habría permitido ver esa clase de cosas?

—No, pero tampoco me habría dejado ir a ver una exposición de figuras de cera. Mi padre no lo habría consentido.

—Y lo entiendo perfectamente. Si a esa temprana edad ya mostrabas interés en estudiar esculturas de cuerpos cercenados...

Un músculo se tensó en la mandíbula de Ian.

—Qué más da si tenía seis o dieciséis años. Igualmente mis padres no me habrían dejado ir. No me permitían asistir a ferias ni a fiestas ni a ver obras de teatro ni... —Se quedó un momento callado—. Mi padre pensaba que esa clase de actividades ociosas no eran productivas. Él era... digamos... un hombre de una extrema rigidez.

Felicity se quedó perpleja ante tal revelación. Era la primera vez que Ian se había referido a su pasado, la primera vez que había comentado algo acerca de sus padres. De repente se sintió exultante al ver que él era capaz de hacer una cosa así; incluso sintió pena por esa triste declaración. Sin embargo, Ian se equivocaba en cuanto a los chicos.

—Estoy de acuerdo en que los muchachos han de divertirse, pero...

—Hagamos un trato. Entra con nosotros, y si consideras que el contenido de esa sala es inadecuado, te prometo que saldremos sin rechistar. Considero que tú, precisamente tú, deberías ser plenamente consciente de lo mucho que exageran los periódicos con tal de vender entradas. Probablemente en esa sala sólo haya unos viejos huesos de perro y un par de hachas.

Ian tenía razón. Felicity lo observó detenidamente, antes de desviar la vista hacia sus hermanos.

—Muy bien, de acuerdo. Echaremos un rápido vistazo. Pero si veo en esa sala algo que se asemeje a un dedo cercenado, te aseguro que...

Los muchachos no acabaron de escuchar la amenaza. En un pispás desaparecieron corriendo hacia el extremo opuesto del vestíbulo, hacia una puerta cubierta por una cortina negra. Un cartel en el que se podía leer CUIDADO en unas enormes letras en negrita, seguida de unas palabras de explicación en letra más pequeña, avisaba acerca de que el contenido de la siguiente sala podía dañar la sensibilidad de algunos visitantes.

Felicity sintió un repentino malestar en el estómago. Y si Ian se equivocaba...

Por su bien, esperaba que no fuera así.

Capítulo quince

A pesar de que no sea acertado excedernos en mimos con nuestros hijos, ¿dónde está realmente el límite? Un padre puede pensar que dos trozos de tarta de manzana son una mera concesión para que su hijo no pase hambre, mientras que otro considerará que dicha acción puede conducir inevitablemente al camino de la perdición. ¿Nos extraña, pues, que los niños crezcan tan desorientados y confundidos?

The Evening Gazette, 22 de diciembre de 1820
LORD X

—*E*stá enfadadísima con nosotros, ¿verdad? —susurró Georgie a Ian, que se hallaba sentado frente a él, en el carruaje.

A Ian le pareció que la pregunta resonaba en la cabina con tanta fuerza que probablemente incluso los transeúntes que paseaban por la calle la habían oído. Desde luego, la habían escuchado todos los ocupantes del carruaje, incluida la mujer con porte rígido sentada al lado del pequeño travieso.

Bajo la tenue luz proveniente de las farolas de la calle que se filtraba por las ventanas, no acertó a ver la reacción de Felicity. Entonces, un destello fugaz iluminó su cara, proporcionándole unos matices plateados en las mejillas y acentuando el brillo de sus pupilas, y a Ian se le cortó la respiración. Jamás la había visto con un aspecto tan triste.

Se removió inquieto en el asiento que compartía con James y con William. El calor era asfixiante. Su carruaje, que normalmente ofrecía un aspecto tan amplio y cómodo, alojaba ahora seis cuerpos apretujados.

—No está enfadada con vosotros, sino conmigo. —Ian ni se preocupó por bajar el tono de voz.

Felicity no le prestó atención.

—¿Por qué? —preguntó Georgie.

—Cree que me equivoqué cuando sugerí la idea de que todos entráramos en la galería de los horrores.

Los chicos empezaron a protestar, alegando que eso no era cierto, que se lo habían pasado muy bien en esa sala.

Entonces Felicity habló.

—No estoy enfadada con ninguno de vosotros, pero tampoco me parece correcto que habléis de mí como si yo no estuviera presente. —Los repasó uno a uno lentamente—. Estoy enfadada conmigo misma. He consentido que entréis en ese lugar horroroso, y no debería haberlo hecho; tendría que haberme mantenido firme en mi decisión.

Ian lanzó un bufido. Ya, mantenerse firme en su decisión de no transigir con él. Y si de verdad ella no estaba enojada, ¿por qué el aire en el carruaje estaba tan enrarecido a causa de las evidentes muestras de reprobación de Felicity?

Maldición, ¿cómo iba a imaginarse que esos malandrines saldrían disparados en todas direcciones cuando sus pequeños cuerpos escurridizos entraran en la galería de los horrores? ¿Cómo iba a imaginarse lo que albergaba esa estancia? De acuerdo, habían sido recibidos por tres cabezas de cera ensangrentadas y empaladas en unos postes, y por varias figuras de malhechores alineadas en las paredes, portando hachas ensangrentadas, espadas ensangrentadas, y otras armas también ensangrentadas. La sangre de cera manchaba los miembros mutilados de sus víctimas, y en uno de los extremos de la sala, la sangre de cera parecía gotear del filo de la guillotina.

¿Acaso era culpa suya que madame Tussaud poseyera esa aberrante obsesión por la cera de color rojo intenso y por el dramatismo escénico?

Al parecer sí, a juzgar por la mirada fulminante que le lanzó Felicity antes de que él también se pusiera a correr por la sala intentando atrapar a cada uno de los mocosos por el pescuezo para reunirlos y guiarlos a la fuerza hasta la salida. Pero sus intentos fueron en vano; ya era demasiado tarde. Cuando logró pillar a Georgie, los chicos habían presenciado los espantos de la galería de los horrores durante unos dilatados quince minutos.

Y de ese modo había empezado el exilio de Ian del corazón de Felicity. Ella le había hablado sólo con monosílabos. Apenas había probado la cena consistente en pastelitos de carne, tarta de manzana y té a la que él los había invitado en un conocido establecimiento de la ciudad, a pesar de que los muchachos habían dado buena cuenta de los suculentos manjares. Ahora se hallaba sentada como una de esas detestables estatuas de madame Tussaud, tan alejada de él como era posible.

Todo había salido tan bien hasta ese momento... Ian no podía creer que todos sus planes para esa tarde se hubieran ido al garete con un simple descuido como ése.

James fue el siguiente en hablar.

—Mira, Lissy, no me parece bien que estés enojada conmigo. Soy suficientemente mayor como para entrar en la galería de los horrores si quiero, así que no me trates como a un niño.

Ian ahogó un bufido cuando vio el enorme esfuerzo que hacía Felicity por contenerse. ¡Fantástico! ¿Por qué tenía que elegir James ese momento tan poco oportuno para declarar su independencia?

James continuó con el mismo tonillo condescendiente que ilustraba perfectamente su corta edad.

—¡Ni que fueras nuestra madre o algo parecido! Si no me hubiera visto obligado a abandonar Islington Academy, podría haber ido solo a ver esa exposición, ¿sabes? Y entonces nadie me habría prohibido entrar en la galería de los horrores.

Ante la mención de Islington Academy, un silencio tan pesante como la nieve invernal que caía implacablemente sobre la ciudad ese invierno aplastó el carruaje. Incluso los trillizos dejaron de importunar. Ian observó a Felicity, cuyos ojos se habían abierto como un par de naranjas en una evidente señal de alarma.

Acto seguido, giró la cara hacia James.

—¿Por qué te viste obligado a abandonar Islington Academy? Eres un muchacho brillante y muy bien educado. No es posible que tuvieran ningún motivo para expulsarte.

James se movió incómodo en el asiento.

—Bueno... yo... no...

—No ha comprendido bien las palabras de mi hermano —lo interrumpió Felicity—. No es que haya abandonado la escuela, simplemente está pasando las vacaciones navideñas en casa.

—As... as... así es —corroboró James, tartamudeando—. Pas... pasando las vacaciones en casa.

Al muchacho se le daba tan mal mentir como a su hermana. Ian continuó observando al mozalbete sin parpadear, cuya defensa de su familia resultaba tan transparente.

—Sabes que no es bueno decir mentiras, James. Quiero la verdad. ¿Abandonaste la academia porque tu hermana necesita dinero?

James lanzó a su hermana una mirada desesperada.

—Lissy...

—No pasa nada, James. —La luz de las farolas iluminó la expresión taciturna de Felicity—. De verdad, lord Saint Clair, no creo que haya ninguna necesidad de presionar al pobre muchacho. Si quiere saber algo, pregúntemelo directamente a mí.

—Muy bien. ¿Necesitáis dinero? —Ian cruzó los brazos encima del pecho—. Si no me contesta, le aseguro que igualmente averiguaré la verdad.

Ella desvió la vista hacia la ventana y clavó las uñas de sus dedos crispados en el pequeño bolso de mano como si quisiera protegerlo de un posible ladrón.

—No necesitamos... quiero decir... en este momento estamos faltos de dinero, porque estamos esperando que se arreglen unos asuntillos de la herencia que nos dejó papá, pero tan pronto como dispongamos de ese dinero...

—¿Que se arreglen unos «asuntillos» de la herencia? ¡Pero si vuestro padre murió hace más de un año!

—Ya, pero surgieron unas trabas legales y... Pero nuestros abogados lo solucionarán. Mientras tanto, sobrevivimos gracias a la columna que redacto para ese periódico.

Ian soltó un estentóreo bufido. ¡Ja! Como si con ese trabajo se pudiera hacer frente a todos los gastos que comportaba el mantenimiento de una casa tan grande como la de los Taylor.

—A lo mejor sería conveniente que alguien interviniera a

favor vuestro y acelerase el proceso. Yo podría hablar con el administrador de vuestro padre...

—¡No! No tiene ningún derecho a interferir en nuestras vidas. Estamos bien, se lo aseguro.

—Pero Lissy... —empezó a protestar James.

—¡Estamos bien y punto! —repitió ella apretando los dientes al tiempo que le lanzaba a su hermano una mirada desafiante—. Estoy segura de que muy pronto se solucionará ese problema con la herencia, y entonces James podrá regresar a Islington Academy.

—Muy bien, haga lo que considere más oportuno. —Ian decidió zanjar el tema. No le parecía conveniente continuar insistiendo en ese asunto, cuando sabía que con unas palabras con la señora Box podría averiguar todo lo que necesitaba saber.

A pesar de que los muchachos parecieron relajarse, Felicity se puso a juguetear con el bolsito que reposaba en su falda con unas evidentes muestras de nerviosismo, y luego empezó a aderezarle la indumentaria a Georgie, y a quitarle una hoja que se le había quedado adherida a los pantalones, y a peinarle el pelo con las manos, hasta que su hermano empezó a gruñir. Era obvio que evitaba mirar a Ian. Esas muestras de agitación resultaron más convincentes que lo que ella pudiera haber admitido con palabras. Ian pensaba averiguar toda la verdad esa misma noche, pero ¿cómo iba a lograr que Felicity lo invitara a entrar en su casa si era tan evidente que se sentía sumamente incómoda?

Unos minutos más tarde, Ian obtuvo la respuesta cuando algo le golpeó las piernas. Bajó la vista y vio a William, que acababa de desplomarse completamente dormido; su cabecita reposaba confortablemente sobre el regazo de Ian. Pobre chiquillo, seguramente a esas horas ya solía estar en la cama. De repente se le ocurrió una idea.

—¿William se ha quedado dormido? —preguntó Felicity, inclinándose hacia delante—. Si le molesta, puedo apartarlo.

—Oh, no, me parece que está la mar de cómodo. —Ian mantuvo la voz en un susurro para no despertar al pequeño—. Supongo que ha sido un día muy largo, plagado de emociones.

—No me dirá que no lo previne.

—Sí, y también me avisó de que podría ser muy aburrido, y sin embargo se equivocó por completo.

Felicity sonrió levemente.

—Dudo que nadie pueda describir la galería de los horrores como una experiencia tediosa. Horripilante quizá, pero aburrida no.

—¿Qué significa «horripilante»? —inquirió Georgie.

—Significa que tu hermana se ha sentido horrorizada ante la visión de tanta sangre —explicó Ian antes de que ella pudiera abrir la boca.

—Pero si no era sangre de verdad. —Georgie le dio unas palmaditas en la rodilla a su hermana, como si quisiera reconfortarla—. Sólo era cera, Lissy. Vamos, no tengas miedo.

Ian no pudo contenerse y se echó a reír, aunque procuró hacerlo suavemente para no despertar a William. Pronto ella se encontró también riendo. Ian se sintió invadido por una reconfortante sensación ante el sonido de esas risueñas carcajadas, y tuvo unas enormes ganas de reestablecer la amistad que parecía haberse enfriado entre ambos.

Cuando los dos dejaron de reír, él carraspeó antes de volver a hablar.

—Siento mucho lo de la exposición. Aunque no estaba de acuerdo con sus motivos para no dejar que los muchachos entraran en la galería de los horrores, no debería haberla presionado de ese modo.

Felicity aceptó la disculpa con una sonrisa melancólica.

—No pasa nada, usted no podía saber lo que había ahí dentro. —Bajó la vista para contemplar a Georgie—. Y me atrevo a decir que, de todos modos, este pequeño malandrín habría encontrado la forma de entrar, aunque yo no le hubiera dado permiso.

—Probablemente sí —admitió Ian, sintiéndose más aliviado.

El silencio que se formó a continuación en la cabina del carruaje resultó extrañamente apacible. ¿Quién habría imaginado que pasearse por la ciudad en un carruaje con tres pequeños leones, un mozalbete, y su primorosa hermana podría resultar una experiencia tan encomiable? Hacía muchos años que no compartía una tarde con niños, prácticamente desde que era un niño y pasaba los días jugando con sus primos pequeños. Ante su sorpresa, tuvo que admitir que echaba de menos esa época.

Tras una brusca sacudida, el carruaje se detuvo y él observó por la ventana. Unas resplandecientes farolas iluminaban la entrada gótica de la casa de los Taylor. La puerta del carruaje se abrió, y los chicos saltaron a la calle, sin apenas fuerzas para correr. Felicity se apeó ayudada por el cochero, y luego se dio la vuelta para coger a William en brazos, pero Ian la apartó con una mano.

—Ya lo llevaré yo a su habitación.

—No se preocupe, no deseo causarle ningún inconveniente más; la habitación de los chicos está en el tercer piso.

—No me importa, y además, supongo que tendrás que encargarte de los otros tres. —Ahora que los muchachos se habían alejado y no podían oírlos, Ian no dudó en tutearla.

Ante la sonrisa de agradecimiento que recibió, comprendió que ella no deseaba subir en volandas a ese chiquillo que debía de pesar unos veinticinco kilos o más hasta el tercer piso. Felicity se apartó para que el cochero pudiera sostener a William mientras Ian se apeaba del carruaje. Cuando el pequeño volvió a estar cómodamente instalado entre los brazos de Ian, lanzó un suspiro de bienestar y escondió la cabecita en el pecho de Ian con una adormilada expresión de confianza.

Ian contempló ensimismado esa carita pegada a su corbata y las finas mejillas manchadas con restos de tarta de manzana. Una incontenible sensación de ternura lo impulsó a estrujar al muchacho cariñosamente contra su pecho. Un día, el niño que tendría entre sus brazos sería su propio hijo. De él y de Felicity.

El pensamiento lo abordó con toda la fuerza de un huracán. Después de lo que había presenciado esa tarde, no le quedaba ninguna duda de que la mujer que tenía delante sería una madre excelente. ¿Pero podría ser él un buen padre? Ansiaba tener la oportunidad de averiguarlo.

Subió despacio las escaleras que conducían a la puerta principal y entró en el vestíbulo.

—¿Adónde lo llevo? —le preguntó a Felicity, quien en esos momentos se disponía a entregar el abrigo al lacayo, un mozo esmirriado indiscutiblemente inadecuado para hacer frente a las demandas físicas de esa clase de empleo. ¿Era ésa la criatura con la que Felicity lo había amenazado con echarlo a la calle la última vez que Ian había estado allí? La mera idea lo hizo sonreír.

—Sígueme —respondió ella, alzando un candelabro y dirigiéndose hacia la escalinata principal.

«He conseguido penetrar en la fortaleza», pensó Ian con satisfacción mientras las imponentes puertas de roble se cerraban a su espalda. Pasándose a William de un brazo al otro, consiguió quitarse el abrigo y entregárselo al lacayo. «Ahora todo lo que tengo que hacer es quedarme aquí el tiempo que haga falta hasta quedarme a solas con Felicity y luego seducirla.»

La señora Box entró precipitadamente en el vestíbulo.

—Oh, buenas noches, milord.

La última vez que Ian había visto a la anciana, Felicity lo había echado con una monumental reprimenda. Sin embargo, el ama de llaves no pareció sorprendida al verlo entrar en la casa tranquilamente, llevando en brazos a uno de los niños.

Él la saludó con cortesía, y ella respondió con una amplia sonrisa. Ian tuvo tiempo de sobra para constatar que la anciana aún sentía aprecio por él antes de que ésta centrara toda su atención en los otros chiquillos y les ordenara que subieran a su cuarto.

—Hace mucho rato que deberíais estar acostados, chicos. Vamos, subid a vuestro cuarto inmediatamente, y no quiero oír ni una sola queja, ¿entendido?

Mientras subían las escaleras, James le refirió a la señora Box todos los eventos del día. Cuando el muchacho comentó cómo Ian los había invitado a cenar y los había llevado de vuelta a casa en su carruaje, la señora Box dijo:

—Oh, es que ese lord es todo un caballero, ¿verdad?

Sin poder frenar el impulso, Ian le guiñó un ojo, y cuando ella le devolvió el guiño, él sonrió.

Vaya, vaya, así que Ian contaba con una aliada... Perfecto. Necesitaría toda la ayuda del mundo para conseguir quedarse un rato a solas con Felicity sin los niños. Especialmente cuando Felicity parecía tener tantas ganas de desembarazarse de él. Esa fémina indomable había subido las escaleras trotando delante de él y ahora avanzaba por el pasillo con paso presto, sin esperarlos.

Mientras estudiaba la espalda delgada y erecta de Felicity, ataviada con un vestido ajustado de lana y cerrado por la espalda con una larga fila de botones, su mente empezó a recrearse con una serie de pensamientos lascivos. Desabrocharía todos esos botoncitos y le quitaría lentamente el vestido hasta dejarla únicamente en paños menores. Estaba prácticamente seguro de que no llevaba corsé. Se desharía de la ropa interior rápidamente; se podía imaginar a sí mismo besando esos hombros desnudos tan suaves y descendiendo lentamente por la columna hasta alcanzar ese adorable trasero.

El pensamiento lo excitó al instante.

Oh, sí, haría eso y mucho más, quizá incluso esa misma noche. Cuando los pequeños estuvieran acostados, o bien ella aceptaba por las buenas su propuesta de matrimonio, o bien él la seduciría hasta conseguir que dijera que sí. De una cosa estaba seguro: de un modo u otro, acabaría con toda esa farsa antes de marcharse de la casa de los Taylor.

Esta vez no resultaría tan difícil convencerla para que se casara con él. Todo a su alrededor parecía confabular a su favor. La barandilla crujía bajo su mano, dejando en evidencia la gran falta que hacía que alguien la reparase. En el piso inferior, Ian recordaba que en su última visita se había fijado en un lienzo colgado en la pared cerca del estudio; en cambio, ahora había desaparecido, y en su lugar sólo se veía un recuadro oscuro sobre el papel de la pared, como una prueba inapelable de que allí había estado colgado. Como era Navidad, habían decorado la casa con ramitas de acebo y de muérdago, pero incluso esos adornos no podían ocultar el terrible estado de los tapices ni la pintura desconchada de las molduras.

Ian se apostaba todo lo que tenía a que el declive en la situación financiera de los Taylor había empezado mucho antes de que el padre falleciera. Sí, ahora no le quedaba ninguna duda. Y si necesitaban dinero, eso significaba que lo necesitaban a él. No era el arma que más le gustara utilizar —se decantaba más por el arte de la seducción— pero si era necesario, se apoyaría también en ese recurso. Primero, sin embargo, tenía que conseguir quedarse a solas con ella.

James se lo puso fácil al dirigirse él solito a su habitación cuando llegaron al rellano del segundo piso. Ahora sólo quedaban los trillizos, una tarea sencilla puesto que uno de ellos ya estaba completamente dormido y los otros dos arrastraban los pies con pesadez debido al cansancio acumulado.

Tan pronto como alcanzaron el tercer piso, Felicity lo guio hasta la habitación infantil en la que había tres camitas idénticas. Sin perder ni un segundo, ella procedió a apartar la colcha y las sábanas de una de las camas.

—Póngalo aquí, por favor.

Después de que él depositara con suavidad el cálido bultito en el lecho, Felicity lo miró con reticencia.

—Gracias, lord Saint Clair. Le agradezco mucho su ayuda. Y gracias por invitarnos a cenar y por traernos a casa. Lo hemos pasado estupendamente.

Felicity miró a Georgie y a Ansel.

—Dad las gracias al señor y deseadle buenas noches.

Ambos obedecieron al instante, y Georgie se puso a hacer muecas y movimientos exagerados para expresar sus ganas de disfrutar de más excursiones futuras. Una palabra de su hermana, sin embargo, fue todo lo que hizo falta para silenciarlo.

—Bueno, ahora he de acostar a los niños. La señora Box lo acompañará hasta la puerta. Ha sido un día maravilloso, pero estoy segura de que tendrá ganas de marcharse.

—Oh, no, de ningún modo. La esperaré abajo.

Los ojos de Felicity reflejaron su incontenible pánico.

—No... no se moleste, de verdad. Estaré aquí un buen rato. Antes de que mis hermanos se acuesten, aún tienen que lavarse la cara y...

—Ya me encargaré yo de todo eso. —La señora Box entró en la habitación y se dirigió a las camas con porte confiado—. De ese modo, todavía podrá estar un rato charlando con el señor. Después de todo lo que él ha hecho por usted y por los chicos, lo mínimo que puede hacer es ofrecerle un buen vino dulce antes de que vuelva a sumergirse en el frío de la noche. —La anciana le guiñó un ojo a Ian—. ¿A que sería todo un detalle, lord Saint Clair?

Ian sonrió.

—Por supuesto. Me apetece mucho tomar una copa de vino dulce. —Sí, un poco de vino en compañía de Felicity; una combinación menos apetecible que un buen brandy en compañía de Felicity, pero para empezar no estaba mal. Más tarde ya saborearían una copa de brandy juntos... y por la mañana, un delicioso desayuno. Ian dudaba que la señora Box estuviera pensando en ese final tan perfecto, pero a él, cada minuto que pasaba, el plan le parecía más atractivo.

—No sé si queda vino dulce —comentó Felicity con unas visibles muestras de desgana, evitando mirar a Ian a la cara.

Cuando salieron al vestíbulo y ella cerró la puerta de la habitación de los niños, Ian se puso a hablar al instante, con la intención de evitar que ella lo instara a marcharse.

—Tienes una casa muy bonita. ¿La diseñó tu padre?

—Sí. —Sin decir ni una sola palabra más, Felicity se precipitó hacia las escaleras.

Ian la siguió.

—Lo suponía. Lo digo porque me he fijado en el monstruo alado del picaporte; es el mismo que el de la mansión de los Worthing. Seguramente a tu padre le encantaban los monstruos alados.

—Sí. —De nuevo, no añadió nada más, pero alzó la falda y descendió las escaleras atolondradamente.

A Ian le costó darle alcance, y cuando lo consiguió la agarró por el brazo para detenerla.

—Felicity, tenemos que hablar.

—No, será mejor que te marches, por favor...

No tuvo tiempo de culminar su súplica. En el piso superior tronó un alarido de terror. Sin duda, se trataba de uno de los chiquillos.

Capítulo dieciséis

Se comenta que la última tentativa poética de Lord Byron está dedicada a Don Juan, el legendario tenorio. Seguramente, dicha obra ayudará a incrementar la fama de Byron, puesto que de todos es sabido que los amantes más apasionados son precisamente los españoles.

The Evening Gazette, 22 de diciembre de 1820
Lord X

—¡*E*ra un monstruo con tres cabezas! —William estaba sollozando, con la carita hundida en el hombro de la señora Box, cuando Ian y Felicity entraron apresuradamente en la habitación—. Y tenía u... un hacha enorme... llena de sangre, que cortaba mu... mucho y... y... —Su cara se contorsionó con una mueca grotesca, antes de volver a gemir aterrorizado.

Felicity sintió una terrible pena por el estado de angustia de su hermano.

—Oh, mi dulce y pobre niñito —gimió ella también, al tiempo que se precipitaba sobre la cama. Apartó a la señora Box y en unos segundos estaba meciendo al chiquillo contra su pecho—. No pasa nada, cariño; Lissy está aquí, contigo, y no te dejaré solo. Ese monstruo no podrá hacerte daño, te lo prometo.

—Pobrecito —sollozó la señora Box—. Menuda pesadilla que ha tenido.

—Sí. —Felicity pronunció el monosílabo en un tono acusador mientras buscaba a Ian en la habitación escasamente iluminada con la mirada pétrea, pero cuando lo vio inmóvil en el umbral de la puerta, con las manos hundidas en los bolsillos, no pudo continuar con la reprimenda. Cada línea de sus facciones sombrías exhibía una incuestionable huella de culpabilidad. La observaba con unos ojos tan llenos de arrepentimiento que resultaba imposible sentirse enojada.

Además, ella tenía tanta culpa como él, por haber permitido que influyera en su decisión. Por lo menos Ian no podía suponer las consecuencias; en cambio, ella no podía alegar la misma excusa.

—Me... me quería mat... matar —susurró William—. Me perseguía para... para...

—Chist, tranquilo, corazón; sólo era una pesadilla. —Felicity mecía al chiquillo entre sus brazos mientras le susurraba palabras cariñosas al oído—. No pasa nada; yo te protegeré.

Podía notar la mirada de Ian sobre su ser, y de repente se acordó de que él deseaba hablar con ella a solas.

«No, esta noche no», pensó. No en esos instantes, cuando estaba emocionalmente tan alterada. Lanzó a la señora Box una sonrisa cansada.

—Me quedaré con William. Sé que tiene muchas cosas por hacer, todavía, pero si no le importa, le agradeceré que acompañe a lord Saint Clair hasta la salida.

La señora Box asintió y se dirigió hacia la puerta.

—¡Noooooo! —gritó William, empujando a Felicity para zafarse de ella y alargando un brazo hacia la puerta.

—¿Quieres que se quede la señora Box? —preguntó Felicity.

—No, quiero que... quiero que se... que se quede lord Saint Clair —tartamudeó el pequeño.

Felicity resopló. Ese hombre había logrado cautivar a sus hermanos con tanta facilidad como había conseguido cautivarla a ella.

—Ven, Ian —dijo en un tono resignado, ya sin preocuparse por si alguien la oía llamarlo por el nombre de pila.

Con un aspecto visiblemente conmovido, Ian desvió la vista hacia las otras camitas, donde los otros dos chiquillos asomaban la nariz por debajo de la colcha. Luego enfiló hacia ella.

—No sé qué tengo que hacer —admitió cuando llegó a la cama.

—Siéntate. —Felicity asintió para indicar el otro lado del colchón de plumas—. Sólo tienes que cogerle la mano.

—Si no les importa, me marcho... —empezó a decir la señora Box, y antes de que Felicity pudiera protestar, la anciana la había abandonado.

Con una extraña sensación en el estómago, Felicity vio cómo la puerta se cerraba detrás del ama de llaves. La tenue luz y el espacio acogedor confería a la habitación infantil una placidez que ella jamás había observado antes. Se sentía extrañamente reconfortada, por el hecho de tener a Ian a su lado, ayudándola con William.

Ian, sin embargo, parecía incómodo. Estrujando la mano pálida de William entre las suyas oscuras, parecía desconcertado, como si estuviera inspeccionando un cofre del que hubiera perdido la llave.

—Estoy aquí, William —dijo finalmente, sorprendiendo a Felicity con su tono tan tierno y gentil.

William se convulsionó con un escalofrío. Acto seguido, alzó su carita anegada de lágrimas para mirar a Ian.

—Era un monstruo.

—Lo sé, pero ahora ya se ha ido.

—No era real —terció Felicity, molesta de que Ian hablara como si esa criatura existiera.

—¡Sí que era real! —protestó William, poniendo morritos de enojo. Volvió a mirar a Ian fijamente—. Y... y... seguro que volverá para... para hacerme daño.

Antes de hablar, Ian miró a Felicity con ojos desafiantes.

—No, no volverá. Entre la señora Box, tu hermana y yo le hemos dado un buen susto.

—Sí, pero sé que volverá —insistió el pequeño—. Quiere... quiere despedazarme, igual que hizo con toda esa gente en la galería de los horrores.

La luz ambarina de las velas reflejó la expresión de consternación en la cara de Ian. Antes de volver a abrir la boca, le revolvió el pelo a William cariñosamente.

—Mira, te diré lo que vamos a hacer. Me quedaré contigo un rato, y si el monstruo regresa, le diré que ni se le ocurra volver a molestarte nunca más. Y no pienso parar de decírselo hasta que me haga caso.

La carita del muchacho se iluminó.

—Quiere... quiere decir... ¿Igual como ha hecho con ese cochero maleducado que estaba molestando a Lissy? ¿Y lo convencerá igual que a él, que lo ha escuchado y luego se ha marchado?

—Sí, del mismo modo —proclamó Ian solemnemente.

—¿Me promete que se quedará hasta que venga? ¿Lo promete?

—Lo prometo —respondió Ian con una resolución que reconfortó el corazón de Felicity.

Ella contuvo la respiración mientras William esgrimía unas muecas divertidas, como si estuviera considerando la propuesta. Luego, agarró la mano de Ian con fuerza entre sus bracitos y se la llevó hasta el pecho antes de recostarse nuevamente en la cama.

—De acuerdo. Seguro que el monstruo le hará caso. Usted es grande, y puede ganarlo, si lucha contra él.

Felicity observó la escena con estupefacción, y después con envidia, cuando William entornó los párpados, manteniendo bien sujeta la mano de Ian contra su corazón como si se tratara de un juguete muy valioso. En cuestión de segundos, oyó la respiración pausada de su hermano y contempló cómo relajaba las facciones mientras se quedaba profundamente dormido.

Las lágrimas anegaron sus ojos. ¿Cuántas veces ella le había asegurado que sólo se trataba de una pesadilla, y sin embargo había sido incapaz de calmar los temores del pequeñín? ¿Cuántas veces había tenido que esperar hasta que él sucumbía al sueño, exhausto de llorar, antes de dejarlo solo de nuevo? Pero Ian había entrado en la habitación con su imponente presencia y sus promesas de calma, y William se había sentido protegido al instante.

Sabía que sus hermanos echaban de menos a papá, sabía que a menudo perseguían a Joseph en busca de un poco de atención, porque el lacayo era el único hombre en toda la casa, pero hasta ese momento no se había dado cuenta de la gran necesidad que tenían de estar junto a un hombre que les transmitiera una fortaleza especial. Sus pobres soldaditos de hojalata sin padre. Se secó las lágrimas con el reverso de la mano, pero otras nuevas pujaban en un intento por aflorar de sus ojos y se escaparon rodando libremente por sus mejillas hasta alcanzar la barbilla y mojar las sábanas arrugadas.

—Lo siento —farfulló una voz desde el otro lado de la cama—. Lo siento mucho, Felicity. Tenías razón, y yo me equivocaba por completo. Jamás debería haberlos llevado a esa maldita sala. —Felicity notó un nudo en la garganta cuando vio con qué dulzura Ian le apartaba el pelo de la frente a William, casi con un gesto paternal.

—No, no es por eso. Probablemente te parecerá ridículo, pero has logrado calmar a mi hermano, y en cambio yo nunca lo consigo. Supongo que estoy un poco... celosa.

—Pero no tienes ningún motivo para estarlo. Por mi culpa él ha sufrido esa pesadilla. Deberían fusilarme.

Eran unas palabras terribles, viniendo de un hombre que generalmente no demostraba sus emociones. Felicity sintió un agudo dolor en el pecho cuando vio la pena que emanaba de las duras facciones del vizconde.

Intentó bromear con él sobre su humor sombrío.

—¿Fusilarte? Oh, no, deberían aplicarte un castigo peor. —Echó un vistazo a los otros dos chiquillos, que afortunadamente también se habían quedado dormidos, y luego agregó—: El castigo debería ir en consonancia con la afrentosa fechoría. Que te decapitaran, sí, eso es lo que merecerías. Entonces podríamos agregar tu cabeza a las que cuelgan de esos postes en la exposición de madame Tussaud.

Ian la miró con ojos sorprendidos a la vez que injuriados.

—Lo digo en broma, Ian. No tienes que culparte por lo que ha sucedido; no podías saber cómo reaccionaría William.

—Pero tú sí.

—Yo lo conozco desde que nació. —Felicity mantuvo el tono animoso—. Además, probablemente tú jamás has tenido pesadillas, por lo que no sabes qué motivos pueden propiciarlas. Supongo que tú debías de ser como Georgie, capaz de dormir plácidamente después de las aventuras más espantosas. William, en cambio, tiene una imaginación desbordante. —Soltó una carcajada nerviosa—. William intenta ser tan duro como Georgie, pero nunca lo consigue.

Ian no dijo nada durante los siguientes momentos y mantuvo las pupilas clavadas en el pecho de William, que ahora subía y bajaba con un ritmo más pausado. Entonces su rostro se ensombreció con impotencia.

—Yo jamás tuve aventuras en la infancia, ni pavorosas ni divertidas, así que jamás sufrí pesadillas.

Felicity contuvo la respiración. Con ganas de sacarle el máximo partido a ese extraño momento de confesiones sinceras, exclamó:

—¡Eso no es posible! ¿Ninguna aventura? ¡Pero si todos los niños tienen aventuras! Seguramente debiste de correr por el bosque como un animal salvaje, o te escapaste para presenciar una de esas horrendas peleas de perros contra un oso encadenado, o algo parecido.

—No. —Ian resopló con tristeza—. Yo era un hijo muy... disciplinado. Jamás me permitían hacer nada que atentara contra el sentido común. Mi padre creía que los herederos tenían que estar preparados para asumir sus responsabilidades desde una edad muy temprana, lo cual significaba que no me permitía ninguna clase de frivolidades. Así que no había ninguna posibilidad de disfrutar de escapadas furtivas por el bosque. Me pasaba las mañanas y las noches con un tutor, y las tardes con mi padre, que me llevaba a pasear por nuestras tierras y me hacía memorizar el nombre de todos nuestros labriegos y a observarlos mientras trabajaban.

Qué forma más horrorosa de malgastar ese periodo tan dorado de la vida que era la infancia. Felicity jamás había considerado ese aspecto de la educación de un gran lord, pero unas tierras tan extensas seguramente conllevaban unas obligaciones también muy extensas.

—¿Por eso todos los lores se comportan con tanta inmoderación cuando vienen a Londres? ¿Porque sus padres no los han dejado disfrutar ni un minuto?

—A juzgar por lo que Jordan me ha contado, no. Mi padre era especial. Supongo que debería de estarle agradecido, puesto que su preparación me ha resultado muy útil para gobernar Chesterley. Pero tampoco habría estado nada mal que de vez en cuando... —Se calló súbitamente.

—Que de vez en cuando, te hubiera dejado divertirte, con una o dos juergas.

Ian se esforzó por sonreír.

—Ya sé lo que estás pensando: que hablo como un niño malcriado.

—O como un hombre al que jamás le permitieron ser niño.

Ian alzó rápidamente la vista y la fijó en ella. Por un breve instante, Felicity consiguió leer tanta información en esos ojos tan tristes que se maravilló de que no se hubiera dado cuenta antes de su estado. A continuación él relajó la expresión y desvió la mirada.

—Bueno, el resultado de esa dura educación fue muy positivo. Me permitió soportar... las adversidades posteriores con más facilidad.

—¿Y tu madre? —preguntó Felicity con excesiva suavidad—. ¿Aprobaba la filosofía de tu padre?

Ian se quedó tanto rato en silencio que Felicity empezó a pensar que no iba a contestar. Entonces él suspiró.

—¿Quién sabe? Ella jamás decía nada. Temía enfrentarse a él. Se casaron porque mi padre necesitaba su fortuna para saldar las deudas de mi abuelo. Fue un matrimonio de conveniencia, pactado entre él y la familia de ella en España. Mi madre le tenía miedo, y dejó que él se encargara de todo —incluso de mí— hasta el día en que ella murió.

A Felicity se le formó un nudo en la garganta al imaginar a Ian en su niñez, viéndose obligado a aceptar todo el peso de los deberes con tan pocas muestras de amor que sirvieran para infundirle ánimos.

—¿Cuándo murió? ¿Y cómo murió?

—¿A qué vienen tantas preguntas? —contraatacó él al tiempo que enarcaba una ceja—. ¿Más carnaza para alimentar el mito?

Ella ignoró la provocación.

—No, te aseguro que estos días intento ir con pies de plomo con el material que publico. Ya no comento nada sobre la familia Saint Clair, ¿y sabes por qué? Pues porque el cabeza de familia es un tipo arrogante que siempre me causa problemas cuando escribo algo acerca de él.

—Veamos si eres capaz de no olvidar esa lección —la amenazó él, aunque ahora estaba sonriendo.

—Entonces, ¿me contarás cómo murió tu madre?

Ian se encogió de hombros.

—No es un secreto. Cuando yo tenía diecisiete años hubo un brote de viruela en el pueblo más cercano a nuestras tierras. Mi padre no creía en el poder de la inoculación, afirmaba que eso podía generar la enfermedad en lugar de prevenirla, pero yo había oído hablar de la vacuna de Jenner en el colegio, así que consulté al médico de la localidad. Siguiendo su consejo, lo organicé todo a espaldas de mi padre para que todos los habitantes de nuestras tierras fueran inoculados.

Felicity no podía imaginar a ninguno de los jóvenes lores de diecisiete años que había conocido capaz de tomar una iniciativa parecida. Le parecía fascinante que Ian lo hubiera hecho. Probablemente, había salvado cientos de vidas con esa acción.

—Lamentablemente, mi madre se negó a ir contra los deseos de mi padre, como de costumbre. Falleció a causa de la enfermedad. —Ian alzó la vista de la cama, sus pupilas brillaban como dos piedras de ónice pulido bajo la tenue luz de las velas—. Y mi padre me echó la culpa a mí, ese maldito chivo viejo. Dijo que yo había traído la viruela a nuestras tierras con las inoculaciones.

—¡Qué injusticia! —A Felicity le dolía el corazón al pensar en el joven Ian, expuesto a una injuria tan atroz como que se le culpara por la muerte de su madre.

Él se encogió de hombros.

—Mi padre tenía unas ideas inamovibles acerca de lo que estaba bien y lo que estaba mal, y yo cometí uno de los pecados capitales, al actuar sin su consentimiento. Nunca me lo perdonó.

—¿Por eso te marchaste de Inglaterra? —susurró ella sin pensar—. ¿Para escapar de la tiranía de tu padre?

La pregunta tuvo un efecto instantáneo. Fue como si la cara de Ian se cubriera repentinamente con una cortina para ocultar los sentimientos.

—Algo parecido. —Antes de que ella pudiera añadir ningún comentario, Ian desvió la vista hasta el pequeño y preguntó rápidamente—: ¿Crees que ya puedo dejar a William ahora?

Felicity suspiró descorazonada. Debería de haber sabido que Ian no respondería a esa pregunta. Incluso después de haber compartido tantos momentos juntos, él no se fiaba de ella.

—¿Felicity? Te he preguntado si crees que el pequeño estará bien si lo dejamos solo —insistió él.

Ella irguió los hombros antes de contestar:

—Sí, creo que sí. William nunca tiene más de una pesadilla en la misma noche.

Ian soltó la mano del chiquillo.

—Entonces creo que aceptaré esa copa de vino dulce.

¿Vino dulce? Felicity no podía imaginar tomar una copa. En esos momentos, en lo único que podía pensar era en la desgraciada infancia y juventud del pobre Ian, que lo habían convertido en el hombre atormentado que era ahora, un hombre incapaz de hablar de su pasado incluso con sus amigos. Ahora comprendía por qué era posible que él se hubiera acercado a su tía, porque debía sentirse totalmente solo; incluso podía comprender qué era lo que lo había empujado a cometer un acto tan impensable.

No, no debía pensar en ello, ni martirizarse a sí misma con mil preguntas y suposiciones. Sin embargo, mientras se levantaba y seguía a Ian hasta la puerta, una sensación de malestar se apoderó de su pecho. Él aún deseaba hablar con ella a solas.

El día anterior, Felicity habría sido tan ilusa como para creer que podía resistirse a los encantos de ese hombre. Pero después de lo que había sucedido ese día, sabía que se engañaba —cuando Ian estaba cerca, era mejor salir huyendo como una liebre—. Y sus últimas revelaciones la habían atraído hacia él de un modo sumamente peligroso.

Mientras avanzaban por el pasillo escasamente iluminado por una única vela, ella pensó que necesitaba el candelabro que había olvidado en la habitación de los niños.

—Espera —empezó a decir, al tiempo que se giraba hacia la puerta.

Mas él la agarró por la cintura y la obligó a darse la vuelta.

—Llevo todo el día esperando este momento. —Entonces, su boca se posó sobre la de ella con un beso implacable que la dejó sin respiración y la desarmó de toda fortaleza posible.

Felicity lo rodeó por el cuello con sus brazos. Si no hubiera también deseado ese momento durante todo el día, quizá podría haber ofrecido cierta resistencia. Pero ahora le resultaba imposible. Había permanecido despierta demasiadas noches recordando sus caricias. Se había pasado demasiado tiempo observándolo mientras él bailaba con otras mujeres, soñando que ella era la afortunada.

Su beso era tal y como lo recordaba, o incluso mejor. Una serie de alientos cálidos que se fundían uno con otro... las cosquillas que le provocaban esos bigotes en las mejillas... el vago aroma familiar a tabaco que emanaba de su pelo.

En un abrir y cerrar de ojos, él la había conquistado hasta conseguir que se le doblaran las rodillas, incapaces de sostener el peso de su cuerpo. Ian sonrió socarronamente.

—Esto es mejor que una copa de vino dulce, ¿no te parece?

Efectivamente. Mucho mejor que ningún licor que ella pudiera imaginar. Por eso precisamente no debía dejarlo actuar. No, no podía volver a suceder. Tomándolo por sorpresa, se zafó de sus brazos y corrió hacia las escaleras. Cuando lo oyó proferir una maldición en voz alta a sus espaldas, aceleró más el paso, pero le costaba avanzar con la escasa luz de la única vela ubicada en el rellano superior de las escaleras.

—Será mejor que te marches, Ian, es muy tarde.

—No pienso irme —bramó él mientras corría tras ella, bajando las escaleras con pasos de gigante.

Felicity pensaba que conseguiría ser más veloz que él, pero todo fue inútil. Al parecer ese hombre tenía la visión de un gato, ya que le dio alcance justo cuando ella llegaba al siguiente piso.

La zarandeó obligándola a darse la vuelta para mirarlo, y al hacerlo vio que la cara de Ian reflejaba los deseos más oscuros que uno pudiera imaginar.

—No hay ninguna razón para que me marche, y lo sabes. Estoy cansado de esta farsa. Estoy cansado de acostarme deseándote y despertarme deseándote aún más. Estoy cansado de ese juego absurdo de cortejar a otras mujeres simplemente para ponerte celosa.

Felicity abrió los ojos como un par de naranjas.

—Sí, por eso las cortejaba —repitió él, interpretando correctamente su reacción—. Pero la única mujer a la que quiero eres tú, desde esa noche en casa de los Worthing.

Ella tragó saliva con dificultad. Debería haber sabido que todo eso no era más que un montaje. Intentó mostrarse airada, pero sin embargo lo único que sentía era un delicioso cosquilleo traidor al saber que él había hecho tantas tonterías para seducirla.

—Si me rechazaras, sería distinto —prosiguió él en voz baja—. Pero no es así. Tú también me deseas. Y la solución perfecta para paliar todas estas malditas pasiones es que nos casemos. De ese modo, tú y yo obtendremos lo que anhelamos, si esta noche llegamos a un acuerdo.

La idea de casarse con él le parecía extremamente atractiva, no sólo para paliar «esas malditas pasiones», como él las llamaba, sino por otros motivos, como por ejemplo el hecho de que los muchachos lo adoraban; además, él podría proporcionarle un futuro: una seguridad y una casa propia, libre de preocupaciones financieras.

Una casa propia, sí, pero con un marido que no confiaría en ella lo suficiente como para explicarle la verdad acerca de su vida. A pesar de que Ian había revelado un poco sobre su pasado esa noche, los aspectos más importantes todavía prevalecían secretos. ¿Cómo conseguiría vivir con un hombre con un ayer tan oscuro que ni tan sólo él soportaba sacarlo a la luz? ¿Podía confiar su futuro y el de los muchachos a un sujeto de semejantes características? Y lo más importante, ¿podía ofrecerle el corazón a alguien que no la amaba, que sólo la quería porque necesitaba un heredero?

No, no podía.

—Te lo vuelvo a repetir: no me casaré contigo.

Maldición. ¿Por qué se expresaba con un tono tan poco firme, como si ni ella misma creyera en sus palabras? A lo mejor estaba demasiado cansada de batallar contra los sentimientos que la abordaban, cansada de intentar afrontar el futuro con un pragmatismo tan cerril.

—Entonces no me queda más remedio que convencerte por otras vías. —Su cara ensombrecida, seductora y tentadora, se acercó más a ella—. Ya es hora de que te des cuenta de lo que te estás perdiendo.

Felicity pensó que el corazón se le iba a escapar por la boca.

—¿Qué... qué quieres decir?

—Ahora lo verás. —Volvió a besarla, esta vez con tanto fervor que ella se sintió mareada. Ladeando la cabeza, encontró un trozo de piel sin cubrir, justo debajo de la oreja, y la besó en ese punto, luego le lamió el lóbulo de la oreja—. ¿Dónde está tu habitación, *ma chérie*? ¿Dónde podemos estar solos?

Ella pestañeó confundida.

—Un momento, un momento...

De repente se sentía como si alguien le hubiera rellenado la mente con algodón.

—No importa —anunció él—. Ya la encontraré. O algún lugar que sea conveniente. —La alzó entre los brazos y avanzó con paso firme por el pasillo oscuro.

Felicity habría opuesto resistencia, sin ninguna duda, si él no la hubiera besado de nuevo. Aunque tampoco fue un beso apasionado. Él simplemente se limitó a rozarle los labios con los suyos, pero el acto fue suficientemente intrigante como para que ella ansiara más. Continuaron avanzando por el pasillo, pasaron por delante de su estudio, de la vieja habitación de sus padres, del cuarto de coser de su madre, y ella se quedó maravillada ante la falta de ganas que tenía de detenerlo.

¿Qué sortilegio se había apoderado de ella? Todo parecía irreal, como si estuviera soñando; sí, un sueño en el que él le pertenecía en todos los sentidos. Ian se detuvo en el umbral de su habitación, y luego entró. Después de depositarla en el suelo, cerró la puerta tras ellos, y giró la llave con un rápido movimiento de muñeca.

El sonido del cerrojo la sacó de ese estado de encantamiento.

—No deberíamos estar aquí... deberíamos... —Pero Felicity se calló súbitamente al tiempo que achicaba los ojos—. ¿Cómo sabías que ésta es mi habitación, Ian? ¿Acaso has estado espiándome?

Él se echó a reír mientras se quitaba la chaqueta.

—Ésta es la única habitación en toda la planta que tiene la chimenea encendida y la cama hecha. No ha sido difícil de deducir.

Entonces ella comprendió lo que él había querido decir al insinuar que le enseñaría lo que se estaba perdiendo. No se refería a unos cuantos besos y a unas caricias, como habían hecho hasta entonces, sino a una seducción completa. ¡Qué ingenua que había sido, por no haberlo comprendido antes!

—¡Ian, esto no está bien!

—Lo siento, bonita, pero estoy completamente en desacuerdo contigo. Creo recordar que todo este lío se originó porque tú te empecinaste en que Katherine no se casara con los ojos vendados. Pues bien, yo te estoy ofreciendo una oportunidad similar. Si estás decidida a convertirte en una solterona para toda la vida, por lo menos sé consciente de lo que te pierdes. —Se quitó el chaleco y empezó a desabrocharse la corbata—. Quiero abrirte los ojos, para demostrarte lo que te perderás si me rechazas, *ma chérie*.

Un irrefrenable temblor se apoderó de sus rodillas. Felicity deseaba que él dejara de llamarla *ma chérie* con esa voz ronca. Esas dos palabras extranjeras le provocaban un agradable cosquilleo en el vientre.

—Mira, Ian, tengo los ojos completamente abiertos. Por si no lo recuerdas, me los abriste la última vez que me tocaste.

Ian ahogó una carcajada.

—Oh, sí, lo recuerdo perfectamente bien. Recuerdo cómo me besaste después, cómo cabalgaste sobre mi muslo, cómo gemiste de placer cuando te acaricié los pechos.

Ella se quedó sorprendida ante esas palabras tan francas, sorprendida y complacida a la vez, ya que despertaron en su mente una retahíla de deliciosas imágenes concupiscentes. Notó como le ardía la piel bajo la mirada confiada de Ian, y tuvo que apartar la vista ante el temor de que él pudiera ver el efecto que le provocaban sus palabras.

—Pero parece ser que no conseguí abrirte los ojos por completo —continuó él—. Estoy seguro de que ésa es la única razón por la que rechazaste mi propuesta de matrimonio. Me pregunto cuál habría sido tu respuesta, si me hubiera acostado contigo. —Acercándose a ella, alzó la mano para acariciarle la mejilla encendida. Deslizó el pulgar hasta llegar a su garganta, y luego repasó lentamente la línea de su barbilla antes de acariciarle el labio inferior—. ¿Por qué no lo averiguamos?

¡Maldito fuera! ¿Por qué no podía decirle que no? ¿Por qué esa negación se había quedado atascada en su garganta?

—No... no creo que sea una... una idea acertada. —Pero Felicity lo dijo con un jadeo sensual, y la cabeza le daba vueltas a causa de las caricias tan íntimas que Ian le estaba regalando por toda la cara; además, no podía evitar rememorar un montón de imágenes lascivas provocadas por las palabras que él había pronunciado anteriormente.

Ian la estrechó por la cintura, y luego rebatió:

—Ya, pero ¿desde cuándo actúas de una forma sensata, *ma chérie*?

Felicity pensó que él tenía razón. Ian volvió a besarla, y ella notó cómo caía en un pozo sin fondo. Perdió la razón, junto con la voluntad y el sentido común. Toda su fuerza quedó sujeta a los desbocados latidos de su corazón y a los deseos libidinosos que se desataban a lo largo de todo su cuerpo ingobernable.

No importaba los mensajes que su mente le transmitía a gritos: que él había intentado seducirla desde esa primera noche en la fiesta de los Worthing, que se trataba de un craso error, que más tarde se arrepentiría si cedía a sus impulsos. En esos momentos, no se arrepentía de nada. No podía. Ni tan sólo podía odiarlo por atacarla por su flanco más débil, explorando sus necesidades más secretas y escandalosas.

Sin oponer resistencia, abrió la boca ante los embates de esa lengua juguetona. Empezaba a creer lo innegable: que se había convertido en una ignominiosa desvergonzada. Las manos de Ian desabrocharon los botones de la parte posterior de su vestido con una sorprendente maestría, y lo único que ella pudo hacer fue entrelazar los brazos alrededor de su cuello. Respondió a cada una de las arremetidas perversas de él con otras de cosecha propia, abandonándose a la maravillosa experiencia, enfebrecida de necesidad. Cuando la mano de Ian se deslizó dentro de su vestido para acariciarle la espalda con una indescriptible sutileza, un lujurioso suspiro se escapó de sus labios.

—Me encanta acariciarte —le susurró él al oído mientras deslizaba la mano por debajo del vestido para estrujarle las nalgas—. Y a ti te encanta que te acaricie, ¿no es cierto?

Felicity hundió la cara encendida en el hombro musculoso, incapaz de admitir en voz alta la dolorosa verdad: las intensas ganas que tenía de que él la recorriera, que le acariciara todo el cuerpo. Cielo santo, ¡en qué mujerzuela descocada se había convertido! ¡Una mujer sensata y respetable rechazaría esas atenciones al instante!

Obviamente, ella no era ni una cosa ni la otra. ¿Pero cómo

podía resistirse a la inminente tentación que él presentaba? Era como si el sultán de sus sueños se hubiera materializado en su habitación. Ian transformaba la lúgubre estancia habilitada con unos sencillos muebles de madera de roble y unas cortinas deshilachadas en un mágico oasis donde todo acto sensual era bienvenido, incluso esperado.

Los ojos oscuros de Ian destellaban con promesas. Él retrocedió un paso y se desabrochó impacientemente los botones de la camisa, y ella aguardó con expectación. Oh, cómo deseaba ver lo que se ocultaba debajo de esa apariencia civilizada.

Felicity se quedó atónita al divisar esa tez del color del café con leche, una piel que atestiguaba su mestizaje, su apasionada sangre española. El vello de su pecho era negro y recio, tan negro como el pelo que coronaba su atractiva cara varonil, pero sin embargo, este vello era rizado, y no liso como su pelo. Ian abrió del todo la camisa, y ella no pudo evitar reseguir con la vista la fina línea de vello que desaparecía por debajo de la cintura de los pantalones.

—¿Te gusta lo que ves? —preguntó él, con una voz gutural.

Felicity dejó escapar un tímido gemido, mientras que con un enorme esfuerzo apartaba la vista de ese torso soberbiamente moldeado. ¿Acaso había perdido toda la decencia? Se lo había quedado mirando fijamente, con las pupilas clavadas en ese punto abultado justo por debajo de la cintura, preguntándose si...

La sonrisa confiada de Ian sólo consiguió empeorar las cosas.

—Supongo que es la primera vez que ves a un hombre desnudo. —Se quitó la camisa de lino y la dejó caer al suelo.

Felicity sacudió la cabeza. A pesar de que había visto el torso desnudo de otros hombres —los pugilistas en la feria de Bartolomé siempre iban sin camisa— jamás había presenciado a uno tan de cerca, ni tan sólo a su padre. Y lo que estaba viendo en esos instantes le dejó la garganta seca. Ian no era tan musculoso como aquellos pugilistas, pero ella siempre había sentido repulsión por esos músculos tan desarrollados. El torso de Ian, en cambio, era terso como una talla, pero exquisitamente esculpido. Ponía en evidencia que él estaba lo suficientemente fornido como para haber transportado a William hasta el tercer piso de la casa sin resollar ni una sola vez.

—Ven. —Ian le cogió la mano y se la llevó hasta su pecho—. ¿Por qué no haces algo más que mirar? —La necesidad acuciante que se desprendía de sus ojos parecía llamarla a gritos—. Acaríciame, igual que yo te acaricié la otra noche. Desde entonces no he podido dejar de soñar contigo, de soñar con tus caricias.

Felicity no necesitó ninguna otra invitación para amoldar los dedos a esos músculos y sentir la tensión de esa piel curtida ante el súbito contacto con su mano. Deseaba sentir ese cuerpo en toda su plenitud, el amplio pecho, las crestas de las costillas, las curvas sinuosas en las caderas. Y el mero acto de tocarlo le provocó los mismos escalofríos impúdicos que ya había sentido antes... en los pechos, en la espalda. Entonces notó una humedad no desconocida entre los muslos, una humedad que evidenciaba su naturaleza lasciva. Cerró las piernas y las mantuvo bien unidas, pero no consiguió paliar la extraña sensación de deseo que había surgido en su parte más íntima.

Como si Ian hubiera notado su estado de alteración, también él se puso a acariciarla, a pesar de que no la tocó en ese punto que ella deseaba. Deslizó los dedos a lo largo de su moño medio deshecho para liberarlo de las horquillas que lo apresaban, y luego le peinó la melena ya suelta que caía sobre sus hombros. A continuación le quitó el vestido hasta dejarla sólo con las calzas y con la blusita larga que cubría casi todo su cuerpo, desde los pechos hasta los muslos.

La contempló de arriba abajo con una mirada hambrienta.

—Me alegro de que no uses esos abominables corsés —proclamó mientras le acariciaba suavemente las costillas con sus manos diestras—. Cuando estemos casados, no llevarás nada más que una fina blusita interior cuando estemos solos.

Ese pensamiento indecente la excitó, y luego la alarmó, ya que se asemejaba demasiado al cuadro del sultán y a sus concubinas ataviadas con escasa ropa.

—No nos casaremos —anunció ella obcecadamente—. No permitiré que me agregues a tu harén como un trofeo más.

—¿Harén? Yo no tengo ningún harén, *ma chérie*. Tú serás mi esposa, mi única esposa. Será mejor que te vayas acostumbrando a la idea.

Felicity apartó bruscamente las manos de su pecho, pero

él apresó una y la llevó hasta el punto abultado en sus pantalones.

—Aquí, acaríciame aquí —le ordenó.

Algo duro se movió debajo de sus dedos, y ella jadeó, forcejeando para apartar la mano, pero él no se lo permitió.

—Sólo tienes que pasar delante de mí para conseguir que me excite de este modo —declaró Ian tensamente—. Jamás he deseado a ninguna mujer como te deseo a ti, jamás.

—Ni siquiera... —Felicity quería concluir la frase con «Cynthia Lennard», pero no podía mencionar ese nombre en un momento tan íntimo—. ¿Ni siquiera a la señorita Greenaway? —acabó con un tono forzado, aunque ahora dudaba que esa mujer fuera realmente su amante.

—¡Por supuesto que no! Jamás he pensado en ella en esos términos. —Ian clavó las pupilas en las suyas antes de inclinar la cabeza hacia ella—. En cambio, no he podido dejar de pensar en ti ni un segundo desde el día en que te conocí.

Esta vez él se apoderó de su boca con una ansiedad casi furiosa, y hundió la lengua con una embestida violenta, sin demostrar ni un ápice de piedad por los finos labios femeninos. El bulto en sus pantalones se puso más duro, y arqueó la espalda para pegarse más a los dedos de Felicity. Le soltó la mano para acariciar su pecho, y ella sintió de repente unas incontenibles ganas de explorar más ese miembro viril tan duro que desprendía calor y que parecía cobrar vida cada vez que lo tocaba.

Ian apartó los labios de su boca y gimió más que habló:

—Por Dios, deja ya de torturarme. —Volvió a alzarla en volandas y avanzó hacia el lecho. Cuando la depositó gentilmente en el borde de la cama, ella se puso rápidamente de rodillas, súbitamente consciente de dónde la había llevado él y del porqué.

Pero antes de que pudiera escapar, Ian la agarró por la blusita para detenerla. Con una sonrisa maliciosa, le levantó la muselina vaporosa por encima de los muslos.

—Ah, no, *ma chérie*, ahora me toca a mí torturarte.

La alarma se disparó en la mente de Felicity, ya que las dos palabras extranjeras le recordaron que bajo las maneras y la apariencia de un lord inglés yacía un tenorio peligroso con sangre española, e incluso un espía medio civilizado, con unos secretos tan profundos que ni tan sólo los cotilleos más afilados lograban arrancar. ¡Y ése era el hombre con el que quería acostarse! ¿Había perdido la cabeza por completo?

En ese momento, Ian deslizó la mano dentro de la ranura de sus calzas para cubrir el oscuro vello en forma de triángulo entre sus piernas, y ella se quedó petrificada. ¿Medio civilizado? ¡Él era un hombre incivilizado de los pies a la cabeza!

—Ian, no deberías... —susurró mientras lo agarraba por la muñeca con los dedos crispados para detenerlo.

—Déjame que te acaricie igual que tú acabas de acariciarme. —Sus ojos negros refulgían al tiempo que palpaba suavemente ese lugar prohibido entre sus muslos, luego empezó a recorrerla, rotando la palma de la mano de una forma tan lenta y sinuosa como ella nunca habría sido capaz de tocarse.

Una ola de excitación y de vergüenza le abrasó el cuerpo al mismo tiempo, y Felicity entornó los párpados, deseando poder esconderse de él. En cuestión de segundos, él descubriría la embarazosa humedad entre sus piernas y se reiría de ella y la despreciaría por ese motivo.

—Hummm... Estás tan cálida y tan húmeda... Lista para mí —comentó Ian con una voz gutural, pero sin ningún atisbo de desprecio.

¿Cómo que lista? ¿A qué se refería? Entonces él deslizó un dedo dentro del pasaje lubricado a causa de la indecente humedad, y Felicity lo comprendió.

Sus pupilas se dilataron enormemente.

—¿Qué... qué te propones...? —Jadeó mientras otro dedo se unía al primero, entrando y saliendo de ella con un movimiento rítmico que logró convulsionarla—. Oh, cielos, Ian...

Sólo el destello de las llamas danzarinas en la chimenea iluminaban la tez morena de Ian, mostrando su semblante triunfal y misterioso, y aportando una dimensión casi celestial a lo que él le estaba haciendo con los dedos...

Esos dedos perversos... tentadores y reincidentes, que la obligaban a contornearse hacia delante para no perder el equilibrio sobre las rodillas.

Ian la estrechó con su otra mano por la cintura; su respiración era ahora igual de entrecortada que la de Felicity.

—Supongo que... que sabrás cómo... cómo un hombre le hace el amor a una mujer, ¿verdad?

—Como... como lo estás haciendo tú —susurró ella.

—No, no exactamente.

Ian volvió a asirle la mano para desplazarla hasta la protuberancia en sus pantalones ajustados, y Felicity pensó que el bulto había aumentado de volumen.

—Te deseo. Deseo penetrarte con «esto», del mismo modo que mis dedos están ahora dentro de ti.

—Lo s... lo sé —tartamudeó Felicity, absurdamente satisfecha de que él se tomara su tiempo para darle explicaciones.

—Quieres decir... ¿Lo has hecho antes? —musitó él, con una nota de incredulidad en su voz. Hundió los dedos aún más dentro de ella con una embestida sedosa, tan deliciosa que Felicity se arqueó contra la palma de su mano.

—¿Qué? —Apenas podía pensar, apenas podía registrar la pregunta. Las contracciones aceleradas que sentía entre las piernas parecían seguir el desbocado compás de los latidos de su corazón, y esos dedos juguetones no hacían más que incrementar el ritmo—. Oh... no... yo nunca... El hijo de lord Faringdon me lo explicó... una vez me dijo que... que quería hacerlo conmigo... pero yo no... dejé que él...

Ian tensó la mandíbula.

—El hijo de lord Faringdon es hombre muerto.

Ante la visión de su expresión asesina, Felicity no pudo evitar sentir un agradable cosquilleo en el pecho.

—Estás... estás celoso.

—Qué va. Por una razón bien sencilla: yo estoy contigo, y él no. —Sin embargo, Ian le dio un beso tan posesivo que la hizo tambalearse, un beso en consonancia con las embestidas posesivas de sus dedos, que habían incrementado el ritmo entre sus piernas hasta conseguir hacerla jadear a causa del incontenible dolor.

Por eso Felicity se quedó aturdida con evidente decepción cuando él retiró los dedos súbitamente. Culminó el beso con una carcajada.

—No te preocupes, *ma chérie*, satisfaré todas tus necesidades. Y tú también satisfarás las mías, gracias a Dios.

Ian se sentó en la cama para librarse de las botas, entonces se puso de pie y se quitó los pantalones y los calcetines mientras ella lo observaba con un interés indecente. ¿Cómo había averiguado él sus necesidades? ¿Cómo podía estar seguro de saber lo que ella quería, si ni tan siquiera ella lo sabía?

A continuación Ian se deshizo de su ropa interior, y Felicity no pudo evitar resoplar de un modo muy poco femenino. El miembro que había emergido orgullosamente entre sus musculosos muslos era grueso y rígido. ¿«Eso» era lo que ella había estado acariciando? ¡Cielo santo!

—Quítate la blusa —le sugirió él. Cuando ella alzó la barbilla con petulancia por el tono imperativo, Ian añadió en un tono más suave—: Por favor, quiero verte desnuda.

Cuando ella aún dudó, completamente paralizada ante la visión de su miembro viril erecto, Ian se acercó más y agarró la blusita con las manos, luego la alzó por encima de su cabeza con un movimiento rápido.

Sintiéndose presa de una repentina timidez, Felicity se hundió sobre sus talones y cruzó las manos por encima de los pechos.

—No temas, *ma chérie*, no tienes nada de qué avergonzarte. —Le apartó los brazos de los pechos con una gran gentileza, y posó la vista en su cuerpo desnudo—. No, ningún motivo. Tu cuerpo haría llorar a Venus de envidia.

Felicity se quedó sorprendida ante tales palabras poéticas, pronunciadas por un hombre que ocultaba sus pensamientos con tanta destreza —aunque ahora no los estuviera ocultando—. La cara de Ian se había iluminado de admiración, y esa reacción consiguió insuflarle confianza y un orgullo indecoroso. Como la mujer joven que era, Felicity había maldecido los atributos femeninos que atraían la atención indeseada hacia su persona cuando había acompañado a su padre. Pero ahora se vanagloriaba de que Ian la deseara.

Que Dios se apiadara de ella, porque verdaderamente había caído muy bajo.

Y era obvio que él quería hacerla caer aún más bajo. Su boca posesiva se apoderó de la suya con un beso que le cortó la respiración, y sus manos la manoseaban ahora por todas partes, acariciando su cintura y sus pechos y sus muslos con tanto esmero que ella no pudo más que colaborar cuando Ian la invitó a tumbarse en el lecho. Entonces él se arrodilló entre sus piernas, y de repente cobró la dimensión de una amenazadora criatura de las tinieblas, con cada centímetro de su cuerpo tenso a causa del deseo incontenible.

Felicity se sintió abierta, expuesta por completo debajo de él, pero la sensación se desvaneció cuando Ian inclinó la cabeza para lamerle primero un pecho y después el otro. Las ardorosas contracciones entre las piernas volvieron a aparecer, esta vez más urgentes e incisivas. Ian parecía interpretar los mensajes de su cuerpo con tanta precisión que deslizó la mano hasta ese punto totalmente mojado para calmar su apremiante necesidad con unas embestidas certeras con los dedos. Sólo cuando ella empezó a jadear sin poder parar debajo de él, Ian le separó los delicados labios de su parte más íntima con la mano y guió el miembro viril hacia su interior.

La intrusión le provocó a Felicity un exquisito placer.

—¡Cielos, Ian! —La parte de él que ejercía presión para penetrarla era más grande y más dura de lo que ella se había imaginado—. No puedes... no es... —Quería decir «correcto», pero se dio cuenta de que eso no era cierto. Sentirlo dentro de ella le parecía el acto más correcto del mundo. Invasivo y desconocido... pero «correcto».

—Sólo te dolerá un momento —le prometió él, adentrándose dentro de ella lentamente, centímetro a centímetro. Un mechón de pelo rebelde cayó por encima de su frente y le tapó los ojos. Ahora Felicity no podía ver lo que éstos reflejaban, pero se fijó en la fina línea tensa de sus labios y pensó que quizá Ian tenía algún problema.

—Se supone que... Quiero decir...

—Sí. —Él le regaló una sonrisa angustiada—. Eres virgen, y la primera vez que un hombre penetra a una virgen es como... si tuviera que derribar una fortaleza.

A Felicity no le pareció del todo convincente esa metáfora tan castrense.

—Pues deberías haberlo pensado antes —replicó ella.

—La verdad es que... —Aminoró los movimientos, y su cara se convulsionó con unos espasmos de tormento y de placer—. Jamás he estado con una virgen.

—Pues ahora estás con una. —Ella se movía hacia delante

y hacia atrás, intentando inútilmente hallar una posición confortable debajo de él.

—No por mucho tiempo, si continúas moviéndote así —jadeó él antes de propinarle una fuerte y definitiva embestida.

Felicity gimió a causa del repentino dolor, pero al cabo de unos instantes las agudas punzadas habían desaparecido. Ahora él estaba plantado tan profundamente dentro de su ser que ella no se atrevía ni a respirar, ni mucho menos a moverse. No era una sensación completamente desagradable. Sin embargo, Felicity se sintió un poco defraudada; había imaginado que hacer el amor era un acto más especial.

—¿Ya está? ¿Ya hemos... acabado?

—¿Acabado? —Los músculos de sus hombros estaban tensos a causa del esfuerzo por no correrse de placer, pero Ian consiguió esbozar una sonrisa—. Oh, no, *ma chérie*. Aunque creo que podemos... confirmar que hemos derribado la fortaleza.

Ian sacó el miembro viril, y luego volvió a clavarlo dentro de ella, y el movimiento fue tan íntimo, tan intrigante, que Felicity abrió los ojos expresivamente a causa de la sorpresa. ¡Que Dios se apiadara de ella! ¡Aún había más! Los movimientos lentos y estudiados de Ian la fascinaban, aunque parecía que él estaba realizando un enorme esfuerzo por contenerse. Sí, ahora no le cabía la menor duda. Cuando él bajó la cabeza y sus labios sedientos buscaron los pezones erectos, Ian apretó la boca y jadeó con dificultad mientras se detenía en un intento de no mover ni un centímetro de la parte inferior de su cuerpo.

Afortunadamente, su paciencia pronto obtuvo el efecto deseado, ya que el cuerpo de Felicity empezó a ajustarse a su tamaño, y luego incluso pareció relajarse. Los gemidos eróticos que él había despertado previamente volvieron a escaparse de sus labios sin que ella pudiera remediarlo, haciéndola convulsionarse debajo de él y aferrarse a su cintura para obtener más, sentir más, poseerlo más.

Ian no necesitó más signos de aliento para continuar. Incrementando el ritmo, su cuerpo se movía frenéticamente sobre ella, dentro de ella. La cama empezó a zarandearse por la fuerza de sus embestidas, sin embargo ella lo incitaba más con sus gemidos suaves y sensuales.

Él apartó los labios de sus pezones erectos para susurrar:

—Ahora eres mía, sólo mía. —Las llamas revoltosas iluminaron sus ojos negros como la noche, y su expresión de placer parecía casi demoníaca, mientras cabalgaba desbocadamente sobre ella—. Quiero que estés siempre a mi lado. Siempre.

Felicity sacudió la cabeza de lado a lado, deseando negar ese alegato aun cuando eso era precisamente lo que anhelaba. Como un posesivo sultán que jamás aceptaría ser poseído, él la había cautivado con cadenas de seda.

Pero... Oh... Qué cadenas tan suaves. Con cada nueva embestida, más se incrementaban sus deseos de nunca separarse de él. Sólo podía pensar en él, no podía respirar sin pensar en él. Ian la había invadido y ahora la conquistaría también. Y Felicity aceptaba gratamente la conquista, maldito fuera. Lo acogía dentro de ella, tal y como él sabía que haría.

La sensación de tormento emergió de nuevo en la parte inferior de la espalda, y volvió a acelerársele el pulso, obligándola a hundir la cabeza debajo de ese exquisito torso varonil.

—Por Dios... Ian... Sí... ¡Sí!

—Córrete de placer... —rugió él—. Córrete de placer, Felicity.

La inesperada explosión la resquebrajó, robándole un grito de los labios mientras su cuerpo se convulsionaba contra el de él. Unos segundos más tarde, Ian alcanzó el éxtasis dentro de ella y gritó unas palabras extranjeras que Felicity no acertó a comprender, sin embargo supo interpretar el mensaje, puesto que el tono de voz reflejaba su propio estado de euforia.

Tras unos momentos, él se desplomó sobre ella con los párpados cerrados, la cabeza echada hacia atrás y los labios aún separados a causa de la respiración jadeante. Entonces el siniestro resplandor del fuego reveló la intensa satisfacción en sus rasgos, y los suavizó... borrando la tensión que lo había mantenido con el ceño fruncido hasta ese momento.

—Ah, *ma chérie*... —Fue todo lo que susurró antes de apartarse de ella y tumbarse a su lado en la cama. Acto seguido, la invitó a colocarse encima de su cuerpo exhausto y flexionó los brazos para estrecharla con fuerza, y así quedaron pegados el uno al otro, desde el pecho hasta las caderas.

Felicity se acomodó con un largo suspiro y apoyó la mejilla

en el torso anegado de sudor. Un adorable estado de satisfacción se propagó por todos sus miembros cansados. Podía oír los latidos del corazón de Ian en la oreja, sentir su respiración —ahora más pausada— a través de la melena enmarañada.

No le sorprendía que él hubiera estado tan seguro de que podría conquistarla si conseguía acostarse con ella. Sin lugar a dudas, la seducción era un arma extremamente poderosa. Ahora entendía por qué circulaban tantas mujeres deshonradas por la ciudad de Londres.

Si pudiera quedarse toda la vida así... con él... creería que el matrimonio entre ellos podría funcionar...

Desalentada, lanzó un bufido. ¿Por qué no podía fingir como una pobre romántica empedernida, y dejarse engatusar por las ilusiones en vez de tener miedo a acabar como la mayoría de las jóvenes damas, que anhelaban algo más de sus maridos que una vida cómoda, sin problemas económicos, y unos vástagos engendrados en noches de lujuria? Una vez Ian le había hablado de amor. ¿Cómo podría un hombre como él ser capaz de amar? Si ni tan sólo conocía el significado de esa palabra, porque nadie jamás se la había enseñado.

Una corriente de aire traidora hizo estremecer su piel desnuda, y Felicity tembló. Ian alargó una mano para asir la colcha, y luego la echó por encima de su cuerpo, arropándola con tanta ternura que ella deseó lanzar todas sus preocupaciones e inseguridades al fuego que ardía en la chimenea.

Sin embargo, nada había cambiado.

No, eso no era verdad. Todo había cambiado. Ahora ella tenía aún más motivos para no casarse con él. Si Ian le hacía el amor de esa manera cada noche, la reduciría a una esclava obsesionada por el placer en cuestión de pocas semanas, mientras que él continuaría manteniendo su corazón —y su alma— infranqueables. Esa posibilidad era demasiado horrible para poderla contemplar.

Felicity se separó un poco de su pecho y contempló la cara relajada del hombre más irritable —y seductor— que conocía.

—Ian... —empezó a decir.

—Chist... —murmuró él, colocando un dedo delante de sus labios—. Ya hablaremos más tarde.

Debajo de ella, Felicity notó cómo el miembro viril de Ian

volvía a reaccionar, y su corazón se desbocó de nuevo a modo de respuesta, como si se tratara de una muchachita coqueta con ganas de flirtear. Maldito fuera, no sería cuestión de semanas; probablemente, sólo de días.

¡Oh! ¿Pero ella a quién intentaba engañar? Si en ese preciso instante lo único que deseaba era convertirse en esclava de esas pasiones.

Con una sonrisa de satisfacción, él bajó la cara para rozarle los labios, y cuando Ian empezó a besarla con un gozo tranquilo y decadente, ella se derritió sobre él como un trozo de mantequilla sobre una tostada.

«De acuerdo», pensó Felicity mientras suspiraba ante el cálido ataque de la boca de Ian, que le provocó un delicioso escalofrío desde el pecho hasta la parte más baja de la espalda. Quizá no perdería nada si se entregaba de nuevo a ese placer una vez más. Mañana ya habría tiempo suficiente para romper con las cadenas de la esclavitud.

Capítulo diecisiete

La ciudad vibra siempre con rumores, pero se necesita un individuo perceptivo para tamizar la verdad de las simples falacias. Lord X es precisamente esa clase de persona.

Cita aparecida en un anuncio
de *The Evening Gazette*,
23 de diciembre de 1820
Lady Brumley

*T*umbado en la cama de Felicity sin poder conciliar el sueño, Ian escuchó como un reloj a lo lejos marcaba las horas. Ya eran las dos de la madrugada. Lanzó un suspiro, y acto seguido hundió la nariz en la melena de la fémina que yacía entre sus brazos para inhalar el dulce aroma. Tenía que despertarla, pero no para hacer el amor de nuevo con ella. No debería haberlo hecho dos veces la noche en que Felicity había perdido la virginidad.

Pero si le había hecho daño la segunda vez, ella lo había disimulado la mar de bien. Jamás habría soñado que una mujer con unas ideas tan firmes sobre moralidad pudiera disfrutar tanto en la cama, como una impúdica desvergonzada.

El mero pensamiento consiguió excitarlo de nuevo, y sin poderse reprimir lanzó un bufido de rabia. No habría ni un segundo más de goce carnal esa noche, ni aunque el cuerpo de ella fuera capaz de soportarlo. Esa noche él debía mantener las apariencias, para que Felicity no tuviera que pasar por la bochornosa situación de convertirse en el tema de comidilla de sus vecinos. Si se quedaba, seguramente todos verían su carruaje en la calle cuando amaneciera.

Sin embargo, no podía soportar la idea de romper su sueño apacible. Si la despertaba, probablemente con ello también despertaría todos sus remordimientos. Felicity no era la clase de mujer que pudiera mostrarse impasible ante el hecho de haber sido deshonrada. Por más que él le dijera que era inevitable, ella se echaría las culpas de lo acontecido.

Y luego también lo culparía a él.

Ian esbozó una mueca de fastidio. Bueno, disponía de muchos años para enmendar el error que había cometido esa noche, muchos años con largas noches invernales en la cama de grandes dimensiones en Chesterley y veranos remolones haciendo el amor en la glorieta del jardín mientras el aroma de las rosas impregnaba el aire y...

Maldición, volvía a estar excitadísimo. ¿Acaso no iba a ser nunca capaz de pensar en ella sin que su polla reclamara tanta atención? Se suponía que el acto de acostarse con una mujer liberaba la necesidad del deseo más febril, en lugar de incrementar esa necesidad hasta límites insospechados. Sin embargo la deseaba ahora, y la desearía cientos de veces más antes de que llegaran al altar de la iglesia donde se unirían bajo los votos sagrados del matrimonio.

Oyó unos pasos en el pasillo, y se quedó helado. ¿Quién podía deambular por la casa a esas horas? ¿Uno de los muchachos? ¡Maldición! Felicity se moriría de vergüenza si uno de sus hermanos la sorprendía en ese estado tan deplorable. Cuando los pasos se detuvieron frente a la puerta de la habitación, Ian se removió incómodo. Llevó la boca a la oreja de Felicity y susurró:

—Despierta, *ma chérie*, vamos, despierta.

—¿Hummm? —resolló ella al tiempo que se oían unos suaves golpecitos en la puerta.

El ruido fue seguido de una voz que Ian reconoció al instante.

—Señorita Taylor, ¿está usted ahí? —preguntó el ama de llaves. El pomo de la puerta giró lentamente, y él dio gracias a Dios por haberla cerrado con llave.

—¡Señorita Taylor! —volvió a repetir la voz, esta vez alzando el tono. A Ian no le quedó ninguna duda de la alarma de la señora Box tras escuchar tres golpes más fuertes en la puerta.

Felicity se despertó de repente sobre él, con una expresión imposible de descifrar en medio de la oscuridad. Primero lo observó con atención, luego desvió la vista hacia la puerta, y luego volvió a mirarlo. Ian podía imaginar lo que estaba pensando, especialmente cuando se incorporó de un saltito y cubrió su desnudez con una sábana. Asustada, empezó a hablar atropelladamente en voz baja, pero él sacudió la cabeza enérgicamente.

—Vamos, querida —imploraba la voz al otro lado de la puerta—. Sé que está ahí dentro. ¡Despierte! ¡Es importante!

Ian soltó un bufido cuando oyó el tintineo de unas llaves. Felicity reaccionó al instante.

—¡Ya voy, señora Box! —Ella le hizo un gesto con la mano para que no se moviera, luego se puso la blusita por la cabeza y corrió hacia la puerta—. ¿Qué sucede? ¿Pasa algo malo? ¿Es uno de los muchachos?

—No, es ese dichoso señor Hodges otra vez —dijo la señora Box a través de la puerta—. Está borracho. Dice que se ha reunido con el abogado de su padre en una taberna y que ha descubierto la verdad sobre...

—No se preocupe, ahora mismo bajo —la atajó Felicity. En un abrir y cerrar de ojos, se envolvió con un voluminoso batín y se abrochó el cinturón antes de salir al pasillo, tomando precauciones para que la señora Box no viera el interior de su cuarto.

—¿Qué es eso que me cuenta del carnicero? —Ian oyó a Felicity preguntar antes de que la puerta se cerrara tras ella. Luego las voces se fueron apagando a medida que se alejaban por el pasillo.

Sin perder ni un segundo, él también saltó de la cama y encendió una vela. Mientras se vestía con la camisa y los pantalones, alcanzó a oír un poco más de la conversación entre las dos mujeres mientras descendían las escaleras. Profiriendo una maldición en voz alta, buscó por todos lados sus botas Hessian hasta que las encontró medio ocultas debajo de la cama. Tan pronto como se las hubo calzado, se precipitó hacia el pasillo sin preocuparse por ponerse ni el chaleco ni la chaqueta.

Del piso inferior llegaban unas voces acaloradas. El primero que había hablado era un hombre, con una buena dosis de mala educación y arrogancia, y el acento de un comerciante de poca monta.

—Y ahora mire, señorita Taylor... como no me dé el dinero que me debe...

—No alce tanto la voz, por el amor de Dios —lo increpó Felicity—. ¿Quiere despertar a todos los de la casa?

—Si con eso consigo que me pague lo que me debe, no le quepa la menor duda que lo haré. No me importa despertar a sus hermanos con mis ladridos, después de todo, esos muchachos son la peste en persona...

Ian bajó las escaleras sigilosamente y los espió a través de la barandilla. El hombre llamado Hodges, una criatura esmirriada embutida en unos pantalones de montar a caballo y en un abrigo que le venía demasiado grande, agitaba las manos violentamente en medio del recibidor escasamente iluminado. La señora Box permanecía de pie entre Hodges y las escaleras, dándole la espalda a Ian, con sus manos regordetas plantadas en sus caderas regordetas.

A unos escasos pasos más lejos, Felicity, con aspecto muy alterado, aferraba con dedos crispados la parte superior del batín para mantenerlo cerrado sobre su garganta.

—Tan pronto como se arreglen unas cuestiones pendientes del testamento de mi padre, le aseguro que recibirá todo el dinero que le debemos.

—¡Y un cuerno! ¡No hay nada que arreglar en ese maldito testamento, y usted lo sabe mejor que yo! Esta noche he hablado con su abogado en la taberna y me ha contado la verdad, toda la verdad, porque estaba borracho. Lo único que su padre le dejó fue una pila de deudas, además de cuatro niños a los que alimentar. Y mi intención es cobrar lo que me deben antes de que todos los demás se enteren de que está completamente arruinada.

Ian ya había oído suficiente. Con el semblante sulfurado, decidió intervenir para ayudar a Felicity.

—Podemos hablar sobre esa cuestión mañana en su tienda, señor Hodges... —empezó a aducir Felicity, pero al instante se encogió al ver que el desagradable individuo se precipitaba sobre ella.

Ciego de ira, Ian bajó las escaleras de dos en dos.

Mientras tanto, el vendedor había agarrado a Felicity por los hombros.

—Puede pagarme con dinero o puede pagarme con placer —decía el sujeto cuando Ian estaba a punto de llegar al recibidor—, pero de un modo u otro, me pagará esta misma noche, pequeña...

Antes de que Ian alcanzara los últimos peldaños, Felicity le había propinado un rodillazo a su acosador en sus partes más íntimas, y luego lo empujó hasta que éste se tambaleó y tropezó con la pierna de la señora Box, quien convenientemente se había colocado detrás del individuo. El tipo perdió el equilibrio y fue a caer de bruces contra el suelo de mármol, doblegado de dolor, protegiéndose los genitales con las manos.

La señora Box reía mientras giraba en torno a la criatura que no cesaba de gimotear.

—Éste será el único placer que recibirá esta noche, maldito... —Pero no acabó la frase sino que dio un brinco al ver cómo Ian se precipitaba como una bestia selvática sobre el señor Hodges.

Ian alzó al escuálido individuo del suelo como si fuera una pluma y lo zarandeó con saña.

—¿Quieres dinero? —Siguió zarandeándolo como si fuera un monigote—. ¿Eso es lo que quieres, asquerosa alimaña?

—¡No, Ian! —gritó Felicity al tiempo que corría hacia él.

Insensible a cualquier cosa excepto a la repulsiva actitud insultante del individuo respecto a Felicity, Ian volvió a zarandear enérgicamente a su víctima, sin prestar atención a los ojos que tenía delante, desmesuradamente abiertos a causa del incontenible terror, y a la cabeza que aleteaba furiosamente hacia delante y hacia atrás.

—¡Ya te daré yo dinero, Hodges! Pero como se te ocurra ponerle la mano encima a mi prometida otra vez, te juro que...

—¿Prometida? —repitió la señora Box, quien al parecer había recuperado de nuevo el habla milagrosamente.

—¡Maldito seas, Ian! ¡Suéltalo ahora mismo! —le ordenó Felicity.

Ian dudó. Después lo soltó de mala manera.

El cuerpo de Hodges temblaba en el suelo como una hoja

delgada, pero reunió fuerzas para ponerse de pie, ahora medio sobrio y con un sentimiento de absoluto ultraje.

—No sé quién se cree que es, señor, pero...

—Es el vizconde de Saint Clair en persona —anunció la señora Box alzando la barbilla con petulancia—. Y por su bien, señor Hodges, será mejor que no lo enoje más de lo que ya lo ha hecho.

El vendedor tragó saliva, luego bajó la mirada para examinar su atuendo arrugado.

—Puede ser un vizconde o el mismísimo Papa de Roma, pero no tenía derecho a agarrarme de ese modo —farfulló—. Es terrible que además de no poder cobrar lo que me deben encima me traten de esa forma tan humillante.

—¡Lo que pretendías era cobrar tu deuda en especie, desgraciado! —rugió Ian.

—Yo de usted me mordería la lengua, señor Hodges —lo previno la señora Box—. Y ahora será mejor que se marche. La señorita y yo pasaremos mañana por la mañana por su tienda a hablar sobre el dinero que se le debe.

—Sería más preciso decir para pagar ese dinero —la corrigió Ian—. Y la señorita Taylor no irá a tu tienda; enviaré a uno de mis hombres en su lugar. —Avanzó un paso hacia el carnicero con aire amenazador—. Pero no te atrevas nunca más a acercarte a la señorita Taylor, ¿me has entendido? O te juro que...

—Ya he comprendido el mensaje, milord —apuntó el hombre rápidamente, alzando una mano—. Ahora me marcho, y no volveré, se lo prometo. Lo único que quería era mi dinero, y si usted dice que mañana...

—Exactamente. Y ahora márchate —bramó Ian.

Hodges voló hacia la puerta.

Tan pronto como hubo desaparecido, Felicity volvió el rostro hacia Ian con los ojos centelleantes de ira.

—No había ninguna necesidad de que intervinieras en este asunto y lo solventaras a tu manera. Tenía la situación absolutamente controlada y...

—¡Sí, ya he visto qué controlada tenías la situación! ¡Maldita sea! ¡Te he librado de las fauces de un lobo hambriento! ¿Qué diantre pensabas hacer cuando ese indeseable se hubiera recuperado del dolor en sus partes nobles?

Felicity alzó la barbilla con altanería.

—Habría llamado a Joseph para que lo echara a patadas.

—¡Tu lacayo no tiene fuerzas ni para echar a un perro moribundo! Pero no temas, cuando estemos casados...

—¡No pienso casarme contigo! Ya te lo he dicho. No me casaré contigo, no después de... —Felicity no terminó la frase sino que desvió la vista hacia el ama de llaves y se sintió repentinamente avergonzada.

—¿Qué quiere decir con eso de que ya se lo ha dicho? —inquirió la señora Box. La anciana observó a Ian con un renovado interés—. ¿Le había pedido a la señorita que se casara con usted antes de esta noche, milord?

Ian iba a replicar que el asunto no era de su incumbencia, pero entonces recapacitó. Si Felicity aún pretendía continuar con esa actitud obstinada en cuanto a casarse con él, probablemente necesitaría tener a la señora Box de su parte.

—La primera vez que le declaré mis intenciones fue hace una semana, en casa de los Worthing. Pero al parecer, vuestra señora necesita más persuasión que la mayoría para comprender qué es lo que más le conviene.

—Le pido que disculpe mi impertinencia, milord, pero no me gustan sus métodos de persuasión —terció el ama de llaves con desfachatez, con una mirada de reproche por la forma en que Ian iba ataviado.

—Si hubiera sabido que Felicity estaba arruinada, no habría tenido que recurrir a tales métodos —espetó él.

—¡No estoy arruinada! —protestó Felicity.

Ian clavó la vista en la señora Box.

—¿Está arruinada sí o no?

—¡Señora Box, si le cuenta algo al vizconde, le aseguro que la despediré de inmediato! —la amenazó Felicity.

—No tema. —Ian reconfortó al ama de llaves—. Ya le daré trabajo en mi casa, pase lo que pase. Y ahora dígame, ¿su señora dispone de la herencia de su padre o no?

La señora Box lo observó con ojos cansados, y luego sacudió la cabeza.

—No tiene ni un penique. Su padre le dejó una renta de cien libras anuales y un montón de deudas. James heredó la casa, pero ahora está casi absolutamente hipotecada.

—Gracias —dijo Ian tensamente, desviando la mirada hacia Felicity.

—¡Señora Box! ¿Cómo ha podido traicionarme? —gritó Felicity encolerizada—. ¡Pensaba que era mi amiga!

—Y lo soy. Pero alguien tenía que hacer algo, querida. Además, si le gusta tanto el vizconde como para acostarse con él, entonces seguro que le gustará lo suficiente como para casarse con él.

La vergüenza que se extendió por las mejillas sonrojadas de Felicity consiguió que Ian sonriera satisfecho.

—Esto es todo por el momento, señora Box. Felicity y yo tenemos que hablar largo y tendido sobre ciertos asuntos.

Aceptando el tono imperativo de Ian como si él siempre hubiera sido el dueño y señor de la casa, el ama de llaves asintió y enfiló hacia el pasillo. Entonces se detuvo, se giró y habló sin vacilar:

—Sería conveniente que uno de esos asuntos que quiere tratar con la señorita fuera el de fijar una fecha para la boda, milord, cuanto antes mejor. No creo que Hodges sepa estarse con el pico cerrado durante mucho tiempo, y puesto que él lo ha visto aquí, esta noche, probablemente habrá imaginado qué es lo que usted y la señorita estaban haciendo. Me refiero a...

—¿Le parece bien el mismo día de Nochebuena, a las once de la mañana? —sugirió él con sequedad, preguntándose cómo era posible que hubiera caído tan bajo como para solicitar la opinión de una simple criada sobre la fecha de su propia boda—. Le aseguro que me casaría con Felicity mañana mismo por la mañana si eso fuera posible, pero necesito tiempo para obtener un permiso especial. La fecha que propongo es incluso anterior a la que yo había planeado, y nos da sólo hoy y mañana por la mañana de plazo para prepararnos... Pero le agradezco su sabio consejo.

Una sonrisa brillante coronó la cara cansada de la anciana.

—De acuerdo, el día de Nochebuena me parece perfecto.

Mientras la mujer se perdía por el pasillo, Ian le ofreció la mano a Felicity.

—Vamos, regresemos a tu cuarto. Me puedo vestir mientras hablamos.

—Ah, no, de ningún modo. No soy tan ilusa como para

ofrecerte otra oportunidad para que me seduzcas de nuevo. —A pesar de que ella hablaba con un tono gélido, el rubor de sus mejillas la delataba. En el último día la había visto ruborizarse más veces que en todo el tiempo que hacía que la conocía, y consideró el indicio como una buena señal. Una mujer jamás se ruborizaba ante un hombre al que detestaba.

Con un porte desdeñoso más apropiado de la vizcondesa en la que pronto se iba a convertir que de la simple hija de un arquitecto que era ahora, Felicity pasó por delante de él y se dirigió hacia una puerta ubicada a medio camino del pasillo.

—Podemos hablar en la salita de estar. —Giró el pomo de la puerta y la abrió sin perder la compostura altiva—. Aunque no creo que lleguemos a ningún acuerdo.

Ian asió una vela de una mesita cercana y la siguió.

—Sabes perfectamente bien que el matrimonio es la única salida que te queda. —Entró en la sala y cerró la puerta tras él.

—¿La única salida?

—Por si no te habías dado cuenta, te he puesto en un compromiso, y estas historias generalmente terminan en boda.

—Generalmente, pero no necesariamente.

Esa fémina era terca como una mula.

—¡Maldita sea! ¡Te he deshonrado, Felicity, ya no eres virgen!

A pesar de que ella pestañeó varias veces seguidas ante sus palabras, se mantuvo de pie con porte indolente.

—De todos modos jamás esperaba casarme.

Las palabras de Sara emergieron súbitamente en la mente de Ian: «Debo prevenirte de que probablemente tus artes seductoras no sirvan para hacer cambiar a Felicity de opinión; es una mujer muy testaruda».

Maldita fuera, no había hecho caso a su amiga, pero obviamente ella había comprendido a Felicity mejor que lo había hecho él. ¿Qué tenía que hacer para conseguir que Felicity escuchara? Depositó la vela cuidadosamente sobre la mesa más cercana, temeroso de estamparla contra el suelo en un arranque de rabia. Hacía muchos años que no perdía el control de sí mismo; se había esmerado mucho para intentar erradicar ese temible defecto de su carácter, y lo había logrado... hasta que conoció a la señorita Felicity Taylor.

Inexorablemente, aplacó la furia que lo asediaba. Felicity era una mujer racional, y por consiguiente debía tratarla como tal.

—Sabes que es la mejor solución para tus problemas económicos y mi necesidad de hallar esposa.

Felicity se limitó a observarlo, con los labios tensos formando una fina línea. Arropada por el batín demasiado grande para su talla, parecía una figurita frágil e indefensa.

—Esa unión resultaría muy conveniente para ti —prosiguió él—. Te convertirás en una vizcondesa y dispondrás de mucho dinero. A tus hermanos no les faltará nada; me haré cargo de esta casa, y me aseguraré de que todos tus criados estén bien remunerados. Seré un esposo increíblemente generoso, te lo aseguro.

—Probablemente todo lo que dices sea cierto. Pero a diferencia de lo que tú piensas, considero que una mujer necesita algo más que un hogar confortable y una generosa suma de dinero para gozar de un buen matrimonio.

—Ya, lo que te preocupa es tu maldita columna, ¿no? Mira, no me importa si continúas...

—No se trata de mi columna —replicó ella con sequedad.

¿Entonces de qué se trataba? Ian reflexionó unos instantes, luego se puso bien erguido.

—Supongo que has disfrutado cuando hemos hecho el amor... Si no me equivoco...

—Sí. —Ella bajó la cabeza, y las largas pestañas ocultaron sus ojos—. Por supuesto que he disfrutado. No soy un témpano de hielo.

Sólo cuando Ian se sintió repentinamente aliviado se dio cuenta de que Felicity lo había hecho dudar de su experiencia en la cama. Esa mujer lo estaba convirtiendo en un verdadero idiota, y empezaba a cansarse de la situación.

—¿Y bien? ¿Qué es lo que quieres de mí?

Si ella hubiera sido una niñita soñadora recién salida de la escuela o una romántica empedernida, Ian habría pensado que deseaba que le declarase su amor imperecedero. Pero Felicity no era ni una cosa ni la otra —a decir verdad, ella se reía cínicamente de todos los hombres—. Y tampoco había mencionado la palabra «amor» cuando había rechazado su última propuesta de matrimonio.

—Felicity, no compliques las cosas más de lo que sea necesario —dijo él impacientándose cuando ella alzó la cara y lo miró con confusión e incertidumbre—. Dime tus concesiones y acabemos de una vez por todas con este asunto. Te concederé todo lo que quieras sin rechistar.

—¿Incluso la verdad acerca de la señorita Greenaway? —soltó ella.

Maldición. Ian tendría que habérselo imaginado. Cuando a Felicity se le metía una idea en la cabeza, no había quién se la sacara.

—Ya te lo he dicho antes. La señorita Greenaway no tiene nada que ver con nosotros. Demuestras ser muy estúpida, si rechazas casarte conmigo sólo por ella.

Felicity se apartó entonces de él, y con paso inseguro se dirigió hasta la ventana. Su grácil figura parecía pequeña y delicada al lado del enorme marco de estilo gótico, y más aún cuando ella se puso a temblar a causa de la corriente de aire que se filtraba a través de la junta. Ian sintió una incontenible necesidad de estrecharla entre sus brazos y protegerla del frío y de los temores que la asaltaban, protegerla de cualquier cosa que pudiera hacerle daño.

Con manos temblorosas, ella intentó cerrar las cortinas de la ventana para evitar el paso del aire.

—¿Y si...? —Se detuvo, como si intentara aunar fuerzas—. ¿Y si estoy rechazándote por culpa de otra persona? ¿Y si no estoy segura de ti por... por... lo que sucedió con Cynthia Lennard?

Felicity había formulado la pregunta con el tono más suave que había podido, pero de todos modos la cuestión lo derribó con la fuerza de un disparo en el pecho. Dios mío, no. No, esa cuestión no. Ahora no. Ian procuró ocultar su reacción, pero sus palabras emanaron con la fuerza de un torrente enfurecido:

—¿Qué es lo que sabes de Cynthia Lennard?

Ella apoyó la frente en la cortina.

—Era tu tía, ¿no es cierto? He oído que... que mantuvisteis un idilio amoroso. Y que ella murió de pena cuando te marchaste de Inglaterra.

¿Felicity había «oído» eso? ¿Dónde? ¿Cómo? El peso de la

culpabilidad le aplastaba el pecho, tanto que apenas podía respirar. Maldición, por más que intentara escapar del fantasma de Cynthia Lennard, jamás lo conseguiría. Su pobre bella y bendita tía Cynthia. No sabía qué era peor, si la historia que Felicity había oído o la verdad. Lo que estaba claro era que él no salía bien parado en ninguna de las dos.

Necesitaba averiguar más información.

—Esta vez te has superado. ¿Dónde has oído ese cuento? Dudo que ni tan sólo lady Brumley pueda rivalizar contigo en cuanto a una imaginación tan depravada.

—Lady Brumley fue precisamente quien me lo contó. —Felicity se apartó de la ventana y empezó a deambular por la sala. Las palabras que pronunció a continuación se escaparon con un tono tembloroso que hacía patente su nerviosismo—. Y a ella se lo contaron los criados de tu tío. Me dio la impresión que detesta a tu tío, y por eso intenta descubrir todo lo que puede sobre él. No sé por qué.

—¿Por qué? Porque él le dio calabazas hace veinticinco años. La dejó plantada en el altar cuando descubrió que su padre no era tan rico como decía. Después de ese ultraje, no le quedó más remedio que casarse con el viejo Brumley. Ella jamás ha perdonado a mi tío por esa afrenta.

Felicity parecía consternada.

—No la culpo.

—Ni yo tampoco, pero seguramente no te costará ver que ese cuento no persigue ningún otro objetivo que pisotear a mi tío. Lo deja como a un pelele idiota y un cornudo. Ésa es la única razón por la que ella te lo ha contado.

Sí, a lo mejor aún podría sacar partido de que hubiera sido lady Brumley quien le había contado una historia que tanto se asemejaba a lo que realmente había sucedido.

—De hecho, ella me lo contó porque... —Felicity tragó saliva—. Porque tu tío me había contado algo aún más execrable.

Ian se puso lívido.

—¿Mi tío?

—Sí, vino a verme un momento en que me quedé sola durante el baile de lady Brumley, y... y me dijo que tú habías... que tú habías violado a su esposa y que ella se había suicidado después porque no había podido soportar la vergüenza.

Ian se dejó caer pesadamente en la silla, vivamente afectado por esa terrible declaración. ¡Maldito fuera tío Edgar y sus mentiras! Poco a poco, su cara se fue tiñendo de rabia; sin poderlo remediar, estalló y contraatacó como un león acorralado.

—¡Y supongo que tú lo creíste!

—¡No! ¡Claro que no! —Felicity dio un paso hacia él y apoyó la mano en su hombro. Sus mejillas sonrosadas se habían encendido hasta adoptar un tono encarnado—. Sé por experiencia propia que tú no violas a mujeres. Desconfié de ese cuento incluso antes de que lady Brumley me asegurara que él estaba mintiendo. Pero tal y como puedes ver, ella no me contó esa historia para vengarse de tu tío, sino para ayudarte. Ella había averiguado el interés que demuestras por mí, y lo único que pretendía era asegurarme de que eres un hombre de carácter noble.

—Comprendo. —Zafándose de su mano, Ian se levantó de la silla—. Lo que esa mujer pretendía era asegurarte que soy un adúltero despreciable. —Por Dios, menuda pesadilla. Las dos versiones eran horribles. No obstante, la verdad era tan horrorosa que no se atrevía a relatársela, especialmente a ella.

—¿Así que se trata de otra patraña? —preguntó Felicity en un susurro.

«Sí», quiso contestar él, pero no pudo, porque sabía que entonces ella querría saber la verdad. Malditos fueran todos por llenar esa bella cabecita de dudas. Y maldita fuera ella por llegar a pensar que había algo de verdad en esas historias.

—Obviamente, tú ya has decidido la respuesta. Crees que me acosté con mi tía, la esposa del hermano de mi propio padre, y que luego la abandoné. —De repente, lo asaltó una desagradable idea. Mirándola fijamente, bramó—: Y has dejado que te haga el amor esta noche incluso cuando pensabas que...

—He dejado que me hagas el amor porque no quería creerlo. Y todavía no lo creo. —Su voz era ahora temblorosa, y de repente él se dio cuenta del dolor que ella había estado intentando ocultar durante todo ese tiempo—. Pero no sé qué es lo que he de creer. Todo el mundo especula acerca de tu vida, bombardeándome a diario con nuevos cuentos sobre el peligroso lord Saint Clair. ¿Y esperas que yo —una mujer que hace menos de un mes que te conoce— pueda discernir la verdad entre las mentiras mientras tú te dedicas a actuar con la teatralidad de un héroe y mantienes un absoluto mutismo sobre todas esas cuestiones?

Su lógica sólo consiguió empeorar las cosas.

—Te has ganado la fama a pulso por escribir mentiras acerca de mí, ¿y aún te sorprende que quiera mantenerme en silencio? ¡Fenomenal!

Los ojos de Felicity destellaban ahora peligrosamente.

—¡Eso que acabas de decir es una burda excusa, no lo niegues! ¿Acaso te he mencionado ni una sola vez en mi columna durante la última semana? Mientras te divertías de lo lindo con todas las damas casaderas de la ciudad, ¿he escrito algo sobre ti o sobre esas mujeres?

—¿Que me divertía con...? ¡Maldita sea, Felicity! ¡Ahora comprendo por qué insistes tanto en averiguar mi pasado! —Ian desvió hacia ella la rabia que sentía hacia sí mismo—. ¡Estás celosa de mujeres con las que jamás me he acostado! ¡Es un milagro que aún me quedara tiempo para luchar en una guerra o para administrar Chesterley, teniendo en cuenta todas las mujeres con las que crees que me he divertido!

Ian empezó a deambular por la sala con una furia incontenible.

—Veamos, hablas de mi tía, a la que por lo que dicen violé cuando sólo tenía diecinueve años. Entonces huí de Inglaterra para fornicar con un montón de mujeres españolas; bueno, eso depende de la fuente de información a la que demos crédito. Ah, y no podemos olvidarnos de Josefina, con la que también se rumorea que me acosté a pesar del hecho irrefutable de que yo soy inglés y ella era enemiga declarada de nuestro país. Y también hemos de mencionar a todas las mujeres a las que he cortejado o con las que al parecer me he acostado en los últimos tres años en Inglaterra.

Ian se detuvo en seco y la miró con el semblante sombrío.

—Y además está la pobre señorita Greenaway, claro. Supongo que aún crees que es mi amante. —Cruzó los brazos sobre el pecho—. ¿Me he dejado alguna mujer de la que desees cuestionar mi relación?

—Sí, te olvidas precisamente de mí, la mujer con la que afirmas querer casarte. Pero al parecer no la quieres lo suficiente como para contarle toda la verdad.

La acusación cayó sobre él con el peso de una impetuosa bofetada. El dolor de Felicity era tan palpable, sus verdes ojos estaban tan tristes... Maldición, Ian no pretendía hacerle daño. Lo que sucedía era que sólo el pensamiento de que ella pudiera averiguar todos los detalles de su azarosa vida le suscitaba un malestar como nunca antes había sentido.

Con una gran frustración, se pasó los dedos por el pelo despeinado. Cómo deseaba contarle toda esa horrible historia de su pasado. Si pudiera hacerlo, se quitaría un enorme peso de encima.

Excepto que cuando ella supiera la verdad, jamás aceptaría casarse con él. No, doña comedida y perfecta se horrorizaría de su confesión.

Y el problema era que él, loco de atar desde que la había conocido, no podía imaginarse su vida sin ella.

—No se trata de una cuestión de confianza —apuntó Ian en un intento de aplacarla—. Seguramente, el mero hecho de que desee casarme contigo te demuestra que confío en ti. Confío en que no deshonrarás el nombre de mi familia, y confío en que serás una buena esposa. Incluso confío en que sabrás gobernar diligentemente mi casa, y que serás la madre perfecta de mis hijos. ¿No te parece suficiente?

Felicity se cuadró de hombros.

—Ian, no soy tan insensible como para no sentirme halagada ante tu cumplido de querer casarte conmigo. Incluso he de admitir que nada anhelo más en este mundo que casarme contigo. Pero no deseo un matrimonio plagado de secretos. ¿Por qué no puedes comprenderlo?

—¿Y por qué tú no puedes comprender que ninguno de mis secretos tiene nada que ver con nosotros? Te estás torturando sin necesidad, con todas esas cuestiones acerca de las mujeres en mi vida. Estás celosa de una mujer que falleció hace diez años, de otra a la que simplemente considero una amiga, y de una antigua emperatriz a la que ni siquiera he tenido el placer de conocer, así que, como comprenderás, mucho menos he podido acostarme con ella. Estás celosa de fantasmas, cuando a la única que quiero es a ti.

Ella suspiró.

—Insistes en interpretar esta cuestión como un simple

arranque de celos. ¡Qué arrogante y vanidoso puedes llegar a ser a veces!

¿Cómo era posible que algunas palabras cobraran esa desmedida fuerza insultante en los dulces labios de una mujer?

—Pues por eso mismo te pido que te cases conmigo —precisó él, en un frágil intento humorístico—. Para que goces de la magnífica oportunidad de atajar mi vanidad y subyugar mi arrogancia.

Ella enarcó una ceja.

—Desde luego, tal y como lo planteas, la idea me parece tentadora. —A continuación añadió—: Aunque no lo suficiente. Hasta que no seas completamente honesto conmigo, no podré casarme contigo, Ian. Siempre pensaría que no confías en mí, y ese pensamiento me roería las entrañas hasta conseguir hacer que te odiara. Te quiero demasiado como para permitir que eso suceda. Lo siento.

Ian se lo esperaba, sin embargo, no podía creerlo. ¿Cómo podía ser tan abominablemente testaruda? Pues bien, no pensaba permitir que ella lo rechazara sólo por un viejo chismorreo y un orgullo herido, no cuando ese matrimonio implicaba no sólo una ventaja para él sino también la salvación para ella. ¡No lo permitiría!

—Mira, Felicity, no te queda ninguna otra alternativa —terció él con aire cansado—. Lo quieras o no, te casarás conmigo.

Ella irguió la espalda.

—Te lo vuelvo a repetir: me importa un bledo si me has puesto en un compromiso y...

—Pero seguramente no te importa tan poco morir de hambre, ¿verdad? ¿Acaso olvidas tu precaria situación financiera? Porque yo no. Si no te casas conmigo, iré en busca de todos los acreedores de tu padre y les contaré que estás arruinada. Sabes perfectamente bien lo que sucederá a continuación. Se abalanzarán sobre esta casa como ratas hambrientas.

La cara de Felicity reflejaba su ostensible indignación.

—¡No serás capaz de hacerlo! Ningún caballero sería tan cruel como para...

—Ningún caballero te abandonaría en tu situación tan comprometida, sabiendo que estás sin un céntimo y encima deshonrada. Haré lo que sea necesario para asegurarme de que te cases conmigo, y si eso significa que he de lanzarte a los lobos hasta que veas tu desatino, lo haré. No seas insensata, Felicity. ¿Cuánto tiempo crees que podrás aguantar cuando esos comerciantes sedientos de dinero se dividan esta casa entre ellos? ¿Cómo piensas vivir cuando te quedes sin techo? ¿Debajo de un puente, alimentando a tus cuatro hermanos que están en una fase tan importante de crecimiento con lo que te pagan por tu columna en el periódico? ¡Eso es impensable!

—¡Tengo expectativas! El señor Pilkington dice que publicará mi libro y...

—El señor Pilkington te dirá cualquier cosa con tal de que sigas escribiendo esa columna por la que te paga una miseria. ¿De verdad crees que a él le importa tu libro? Y aunque fuera así, ese trabajo no te reportaría suficiente dinero para mantener una casa tan grande como ésta. —Ian se acercó a ella y bajó la voz—. ¿Piensas echar por la borda un futuro seguro para tu familia simplemente por tus condenados principios? No, no lo permitiré. Te casarás conmigo pasado mañana, y se acabó esta conversación.

Ian avanzó con paso firme hacia la salida, pero ella lo agarró por el brazo antes de que alcanzara la puerta.

—¡No puedes hacerme esto! ¿Qué clase de matrimonio esperas que tengamos, si yo te odio?

A pesar de comprender los motivos de su súplica, Ian se esforzó por no transigir.

—No me odiarás. Eres demasiado inteligente para cometer ese tipo de error. Sé que tarde o temprano acabarás agradeciéndome lo que he hecho.

—¡Oh! ¡Realmente eres el tipo más arrogante que jamás he conocido! ¡Y también un insensato de los pies a la cabeza, si crees que un día te agradeceré que me hayas obligado a actuar contra mi voluntad!

—Sólo estoy haciendo lo mejor para ti —le recriminó él.

—Ya, y para ti también.

—Exactamente, para mí también. Pero da la casualidad que nuestros intereses confluyen perfectamente.

—¿Ah, sí? Muy bien, lord Saint Clair —espetó ella, pronunciando su título con un tonillo condescendiente—. Pues tengo una sorpresa para ti: quiero un matrimonio de verdad, y sólo podremos tenerlo si eres honesto conmigo. Así que hasta que no lo seas, será mejor que reces para que esta noche hayamos engendrado a tu heredero. Porque ésta será la última vez que te acuestes conmigo, a menos que me obligues también a hacer eso a la fuerza, ¿me has entendido?

La amenaza que le acababa de lanzar lo dejó momentáneamente paralizado. Pero procuró apartar de la mente ese desagradable pensamiento. Felicity ya empezaba a aceptar que se casaría con él; el resto de piezas irían encajando a su debido tiempo.

—Muy bien, pero no creas que lograrás amedrentarme con esa absurda amenaza. Has conseguido acabar con mi paciencia. Nos casaremos el día de Nochebuena, aunque para ello tenga que llevarte a rastras hasta el altar.

Felicity lo miró con porte desafiante.

—Te juro que pienso cumplir mi amenaza.

—Y no lo dudo. —Ian la agarró con suavidad por la barbilla y deslizó deliberadamente el dedo pulgar por encima de su tembloroso labio inferior—. Pero sé cómo excitarte. Recuerda lo que te digo, *ma chérie*, antes del próximo 11 de noviembre, festividad de San Martín, me darás un heredero, y no necesitaré forzarte para conseguirlo.

Él esperó hasta que divisó la duda reflejada en la cara de Felicity antes de soltarla.

—Así que no me importan tus amenazas; te guste o no, nos casaremos. ¿Queda claro?

Ella lo contempló con la cara enfurruñada, pero Ian podía ver la sombra de la derrota en sus ojos.

—¿Y bien? —la apremió él sin perder el tono inflexible.

Con un suspiro de exasperación, Felicity asintió.

A Ian el triunfo le supo a cuerno quemado. Habría deseado convencerla por otras vías. Movido por el impulso, se quitó el anillo con el sello nobiliario de su familia y lo depositó en la fría palma de la mano de su prometida, luego cerró los frágiles dedos manchados de tinta para que aceptara el regalo, aunque sintió una desapacible punzada de culpabilidad.

—Muestra este anillo a cualquier otro acreedor que venga a molestarte. Te notificaré los preparativos de la boda cuando haya obtenido el permiso especial para que podamos casarnos.

Cuando ella meramente permaneció de pie, inmóvil como un mueble, Ian le soltó la mano. Pero cuando la dejó rezagada al abandonar la sala, las amenazadoras palabras de Felicity no quedaron atrás sino que lo acompañaron de camino a la salida: «Ésta será la última vez que te acuestes conmigo, a menos que me obligues también a hacer eso a la fuerza».

¡Que el infierno se la tragara! ¡Haría cualquier cosa que fuera necesaria para demostrarle a esa maldita bruja obstinada que se equivocaba! ¡Cualquier cosa!

Capítulo dieciocho

Mis confidentes me han asegurado que lady Marshall ha sido vista en el Strand con la amante de su esposo. Si eso es cierto, establece un precedente peligroso, ya que desde el momento en que dos mujeres se reúnen para hablar acerca del mismo hombre, es muy probable que el sujeto acabe por perderlas a las dos.

The Evening Gazette, 24 de diciembre de 1820
Lord X

*E*ra la mañana del día de Nochebuena, y Felicity y la señora Box estaban despiertas desde el amanecer. Sólo quedaban dos horas para que se oficiara la boda, y ambas se hallaban en el aposento de Felicity. Ella permanecía rígida, sentada en un taburete, con los brazos totalmente extendidos mientras la señora Box se dedicaba a arreglarle el vestido de novia que había pertenecido a su madre.

—Qué suerte que no estuvieran de moda los vestidos ceñidos en la época en que se casó su madre, porque de haber sido así ahora tendría que llevar un corsé, y sé cómo detesta los corsés —comentó la señora Box.

«Me alegro de que no uses esos abominables corsés. Cuando estemos casados, no llevarás nada más que una fina blusita interior cuando estemos solos», le había dicho Ian.

Casados. Se iban a casar. Una sensación de calor se apoderó de sus pechos y de la parte inferior del vientre ante ese mero pensamiento.

—Maldito sea —murmuró Felicity entre dientes.

—Vamos, querida, no actúe de ese modo. No es el fin del mundo —apostilló la señora Box al tiempo que le ceñía un poco más la cinturilla satinada—. ¡Se va a casar con un vizconde, por el amor de Dios! Quien se ocupará de los chicos y...

—¡Ja! ¡Si ni tan sólo me permitirá celebrar el día de Navidad con ellos mañana!

—¿Acaso puede culparlo? ¿Quién desearía pasar la luna de miel con cuatro chiquillos pegados a la suela de los zapatos? Podría haber sido tan desalmado como para desembarazarse de ellos enviándolos a algún otro sitio, pero no lo ha hecho; los muchachos celebrarán la Navidad aquí, conmigo. Sólo quiere pasar una semana con usted a solas, para enseñarle sus tierras. Es una pena que uno de esos días de la semana coincida con una fecha tan especial, aunque quizá debería haber pensado en ese detalle, cuando decidió acostarse con él ayer.

Felicity fulminó con la mirada al ama de llaves.

—Y ha tomado la determinación de cerrar esta casa, ¡mi casa!

La señora Box obligó a Felicity a levantar más el brazo para estrecharle la manga con un par de agujas.

—Ésta ya no es su casa, y bendito sea Dios por ello. ¿Qué pensaba que pasaría, después de que se casara? ¿Pensaba quedarse a vivir aquí? ¿Separada de su marido?

—Es una idea factible —refunfuñó Felicity.

El ama de llaves se echó a reír.

—No me mienta, querida. Usted no quiere vivir separada de ese reputado tenorio, y lo sabe.

Las lágrimas anegaron los ojos de la novia.

—Maldita sea —susurró, jugueteando nerviosamente con el anillo que colgaba de una fina cadena alrededor de su garganta. Era cierto. A pesar de la desconsideración que le había demostrado Ian, al prácticamente planificar la boca sin su consentimiento –o más bien dicho, pasarle una lista de órdenes– y a pesar de que ella no había hecho otra cosa que lamentarse durante el último día y medio, se sentía secretamente entusiasmada ante la idea de casarse con él. No podía esperar ni un momento más para poseerlo, para que sólo lo poseyera ella, y para que él sólo la quisiera a ella.

Volvió a ponerse rígida. ¿A quererla sólo a ella? ¡Ja! ¡Ese hombre no sabía el significado de ese sentimiento! Él, con todas sus seductoras palabras acerca de ventajas y de generosas sumas de dinero. Y también sobre su heredero. Estaba dispuesto a pagar un elevado precio por su maldito heredero. Muy bien, pronto descubriría que su nueva esposa no pensaba dar el brazo a torcer hasta que no confiara en ella.

Lamentablemente, eso significaba mantenerlo a una distancia prudente hasta que se sincerase. Una lágrima traidora se le escapó del lagrimal. ¡Como si eso fuera tan fácil! Ian sólo necesitaba unos segundos para seducirla y tenerla postrada a sus pies. Otra lágrima rodó por la mejilla, cruzó la barbilla, y se estampó en el vestido, dibujando una pequeña mancha en el brillante satén de color azul.

—Vamos, vamos, no llore, que ensuciará el bonito vestido de su madre. —La señora Box sacó un pañuelo y se lo ofreció a Felicity—. Es un milagro que el vestido se haya conservado en tan perfecto estado, y ahora lo echará a perder antes de la boda.

—¡Perfecto! ¡Entonces podré lucir el traje que me dé la gana! Quizá puedo vestirme con un saco y enmascararme el rostro con ceniza.

—Si quiere le puedo traer un saco —dijo la señora Box con tono impertinente—, pero después de haber tenido que desplazarme hasta la otra punta de Londres para comprar flores de naranjo, no pienso ensuciarle el pelo con ceniza.

—No sé por qué se ha tomado tantas molestias. Ian se merecería que apareciera sin flores en el pelo y con un traje feo sólo por el hecho de no haberme consultado el día de nuestra boda.

—Sí que lo hizo, y usted le contestó que no se casaría con él. ¿Qué más podía hacer el señor vizconde?

—Aceptar mi negativa como cualquier otro hombre decente habría hecho.

—Ningún hombre decente abandonaría a una mujer que se hallara en el mismo estado que usted. No, si la quisiera no lo haría.

—¿Quererme? ¡Él no me quiere! Sólo quiere a una mujer que acepte ser su esposa, y da la casualidad que yo estoy disponible.

—Bobadas. Los hombres no saben lo que quieren, querida, y seguramente tampoco saben cómo conseguirlo. Pero pierden la cabeza cuando una mujer se les acerca. Así que debería fijarse más en su actuación, en lugar de en sus palabras. Le pondré un ejemplo: usted criticó a ese hombre en su columna, y luego lo echó a gritos de esta casa, sin embargo él regresó en busca de más y aquí está, pagando todas sus deudas y enviando a James de nuevo a esa academia con la que tanto sueña. ¿Qué otras pruebas necesita para confirmar que la quiere?

Felicity necesitaba honestidad. Confianza. Pero no se lo podía decir a la señora Box. El ama de llaves no lo comprendería.

—Nada de eso cuenta porque se puede pagar con dinero. El dinero no significa nada para él. Sólo tiene que abrir la bolsa y ofrecer todo el dinero que le dé la gana, porque es rico.

—Quizá sí. O quizá haya decidido abrir la bolsa porque no sabe cómo abrir su corazón. Deje que primero abra la bolsa, querida, y un día él se sentirá más cómodo para abrirle el corazón.

Si pudiera creerlo. Pero Felicity dudaba de que él alguna vez llegara al punto de abrirle el corazón; Ian lo mantenía cerrado bajo llave en todo lo concerniente a su pasado. Si pudiera averiguar qué era lo que lo atormentaba, podría intentar ayudarlo. Pero nadie sabía la verdad excepto él. Y quizá la señorita...

Su cara se iluminó. ¡Claro! ¡La señorita Greenaway!

—¡Vaya despiste! ¡Tengo que irme! ¡He de hacer algo antes de la boda! —le dijo a la señora Box atropelladamente.

—¿Qué? ¡Pero si el carruaje del señor vizconde vendrá a buscarnos en menos de dos horas! ¡Y hay un montón de cosas por hacer!

—¡Lo sé, pero es importante! ¡Tengo que ir ahora, antes de que Ian me lleve fuera de Londres! —Felicity se llevó las manos a la espalda para desabrocharse los botones del vestido—. ¡Ayúdeme a quitarme esto!

—¡Dios mío! ¡La señorita ha perdido el entendimiento! —La señora Box sacudió la cabeza, pero empezó a desabrocharle el traje—. ¡Marcharse dos horas antes de la boda! ¡Menuda locura! ¡Si no llega a tiempo a la iglesia, el vizconde me retorcerá el pescuezo!

—¡No tardaré! ¡Se lo prometo! —Felicity saltó del taburete, asió un vestido viejo y se lo puso—. Regresaré antes de que ni usted se dé cuenta. Pero si no he regresado cuando sea la hora de partir, vaya sin mí y lleve el vestido. Nos veremos en la iglesia.

En menos de un minuto más tarde, la novia salió corriendo de la casa e hizo señales con el brazo al cochero de un carruaje de alquiler.

«¡Por favor, Dios, ayúdame!», suplicó cuando saltó dentro de la carroza. Le indicó al conductor la dirección en Waltham Street y luego se sentó, alzando la vista hacia el cielo. No había rezado desde que Dios la había decepcionado en casa de los Worthing, pero ahora lo necesitaba. «Haz que esa mujer se encuentre en casa, Dios. Haz que acceda a hablar conmigo. Y no dejes que llegue tarde a mi propia boda. Por favor, te lo ruego, hazlo por mí.»

Y Dios debía de estarla escuchando, porque veinte minutos más tarde, cuando llamó a la puerta de la señorita Greenaway, fue ella misma quien abrió, con el bebé entre los brazos.

—¡Usted! —exclamó la mujer asustada, y acto seguido intentó cerrarle la puerta en la cara.

Felicity deslizó el pie por la hendidura para bloquear la puerta, y lanzó un gritito de dolor cuando sintió el duro golpe de la madera en la bota. Era obvio que las botitas de las damas no estaban diseñadas para frenar los golpes de las puertas.

—¡Márchese! ¡No tengo nada que decirle! —chilló una voz a través de la abertura.

—¡Por favor, señorita Greenaway! ¡Déjeme pasar, sólo será un momento! —Cuando la mujer reaccionó propinándole una patada en el pie, Felicity gritó—: Soy la prometida de Ian.

Un repentino silencio se formó en el otro lado de la puerta. Entonces la señorita Greenaway asomó la cabeza por el resquicio, con el bebé pegado al pecho.

—¿Usted? ¿Su prometida?

—Así es. —Felicity se sacó la cadena que sostenía el anillo con el sello nobiliario de los Lennard y lo pasó por la puerta entreabierta—. Se lo aseguro.

Con una expresión desconfiada, la mujer alargó una mano e inspeccionó el anillo. Pero mientras observaba el objeto, la desconfianza en su cara dio paso a una mueca de confusión.

—No lo comprendo. El señorito Ian —quiero decir, lord Saint Clair— me dijo ayer que se iba a casar con una tal Felicity Taylor, pero no me comentó que usted también fuera... quiero decir, que jamás imaginé que...

—¿Que él iba a casarse con Lord X? No, yo tampoco lo habría creído hace unas semanas. —Así que Ian había estado en esa casa para comunicarle a la señorita Greenaway el anuncio de la boda. Ese motivo habría sido suficiente para incrementar los celos que Felicity sentía de no haber sido por la impasibilidad en la reacción de la mujer, quien no parecía en absoluto afectada por la noticia. ¿Y era posible que una amante se dirigiera a su hombre con el apelativo de su infancia?—. Pero es cierto. Soy Felicity Taylor y me voy a casar con él. De hecho la boda es a las once, así que no dispongo de mucho tiempo. Por favor, déjeme entrar. De verdad, necesito hablar con usted urgentemente.

La joven dudó sólo unos instantes antes de abrir la puerta.

—El señor vizconde se enfadará cuando se entere de esto.

—Entonces será mejor que no se entere —terció Felicity mientras entraba en el recibidor.

La señorita Greenaway la observó con una evidente curiosidad.

—De acuerdo, no se enterará. —Señaló hacia un colgador—. Por favor, cuelgue ahí el abrigo y sígame hasta la sala, donde estaremos más cómodas. Siempre tengo la cuna de Walter allí mientras la criada va al mercado, y ahora mismo iba a ponerlo a descansar. —Contempló la cabecita de su hijo, con sus bellos ricitos dorados—. Aunque me parece que ya se ha quedado dormidito.

El destello de amor en la cara de la mujer pronunció más sus facciones de muñequita de porcelana. «¿Cómo podía una mujer poseer esa excepcional belleza?», pensó Felicity, sintiendo una creciente envidia. Sólo las finas arrugas en las comisuras de los ojos de la señorita Greenaway delataban que era un poco mayor que Felicity. Y a pesar de que iba ataviada con un práctico vestido de lana que ocultaba cada centímetro de su piel, la prenda no conseguía ocultar su perfecta silueta. Felicity sintió la desapacible dentellada de los celos en el corazón.

Mientras avanzaban por el pasillo, Felicity dijo:

—Estoy segura de que se preguntará por qué estoy aquí...

—No —la atajó la mujer, mirándola de soslayo—. Ha venido para averiguar si realmente soy la amante de lord Saint Clair, tal y como aseveró en su columna.

Una desagradable sensación de bochorno se apoderó del cuello y de las mejillas de Felicity.

—No... Yo... lo que quiero es... bueno, yo...

—No se preocupe. Yo haría lo mismo si estuviera en su lugar. Así que no la haré sufrir más: no soy, ni jamás lo he pretendido, la amante del señor vizconde ni nada similar.

Felicity suspiró sonoramente sin poderlo remediar. Ian le había asegurado mil veces que la señorita Greenaway no era su amante. Sara no se había equivocado, ni tampoco lady Brumley. Pero hasta que Felicity no había escuchado las palabras en boca de la propia señorita Greenaway no se lo había acabado de creer. Y a pesar de que consideró que podía estarle mintiendo, no vio ninguna razón para hacerlo.

—Gracias —susurró Felicity mientras entraban en una pequeña sala.

—No hay de qué. —Con un susurro arrullador, la mujer depositó suavemente a su hijo en una cunita de madera instalada cerca de una silla de enormes dimensiones.

—Sería absurdo por mi parte pagar toda la gentileza del señor vizconde dañando los sentimientos de su futura esposa. —Hizo una señal hacia un bonito sofá blanco—. Por favor, siéntese, señorita Taylor.

Felicity accedió, sintiéndose un poco incómoda. Teniendo en cuenta la embarazosa situación, esa mujer estaba comportándose con una enorme nobleza.

—Antes que nada, deseo pedirle perdón por mi artículo. No debería haber especulado públicamente sobre su vínculo con Ian. Él ha hecho que me dé cuenta de mi gran error, especialmente cuando podría haber... dañado su reputación.

La señorita Greenaway sonrió.

—¿Mi reputación? —Con una gracia y unos ademanes que sólo podía tener una institutriz, la mujer flexionó las piernas y bajó con la columna recta hasta sentarse en la silla al lado de su hijo. Felicity jamás había visto a ninguna mujer capaz de mantener la espalda erguida con tanta elegancia. Desde luego, ella nunca lo habría logrado.

—Le agradezco su preocupación —dijo ella—, pero le aseguro que es del todo innecesaria. Usted no mencionó ni mi nombre ni el de Walter, y mi reputación se vio manchada hace muchos años. Además, su suposición era lógica, dadas las circunstancias. Como bien sabe, lord Saint Clair despierta rumores allá por donde pasa.

—Eso es cierto. —Felicity tragó saliva—. Ése es el verdadero motivo por el que he venido. Verá... Debido a mi profesión, estoy acostumbrada a oír innumerables rumores, y... bueno, algunos de los que he oído sobre Ian son particularmente desagradables. Esperaba que usted pudiera decirme qué hay de verdad en ellos.

—Entiendo, ¿y qué es lo que ha oído?

En otras circunstancias, Felicity habría sido más delicada a la hora de presentar su situación, y habría hecho todo lo posible para sonsacarle la verdad a su interlocutora. Pero precisamente ese día no tenía tiempo para esa clase de sutilezas, por lo que se veía obligada a exponer el tema en toda su crudeza. Afortunadamente, la franqueza que había mostrado la señorita Greenaway le había allanado el camino.

Con toda la brevedad que pudo, Felicity relató las dos conversaciones que había mantenido en la fiesta de lady Brumley. A pesar de que la expresión de la señorita Greenaway se alteró cuando ella mencionó al tío de Ian, se mantuvo en silencio hasta que Felicity acabó con su exposición.

—Así que ya ve —concluyó Felicity—, no sé qué creer, ni si esos cuentos contienen algo de verdad o no. Esperaba que usted pudiera explicarme los motivos por los que Ian se marchó precipitadamente de Inglaterra. Y por qué su tío intenta evitar que Ian se case.

—¿Qué es lo que le ha contado el señor vizconde?

Felicity no pudo evitar usar un tono sarcástico cuando contestó a esa pregunta:

—Dice que simplemente estoy celosa. Que no debería plagar mi bella cabecita con esas cuestiones. —Alzó la barbilla con petulancia—. Se niega a contarme nada. Y como su futura esposa, creo que tengo el derecho de saberlo.

—Estoy totalmente de acuerdo —repuso la mujer gentilmente—. Lo único que puedo decirle es que no debe fiarse del tío del señor vizconde. Aparte de eso, no puedo contarle nada más. Lord Saint Clair me hizo jurar que no diría nada sobre el asunto el día en que me trajo aquí, y le debo mucho como para traicionar su confianza.

«¡No!», gritó Felicity para sus adentros, sintiendo cómo se estrechaba el nudo de desesperación que se le había formado en el vientre. La situación se asemejaba a uno de esos jardines laberínticos que tanto odiaba, donde cada recodo conducía a más recodos. La frustración se apoderó de ella.

—Entonces, ¿cómo puedo saber si no estoy a punto de cometer el mayor error de mi vida, al casarme con él?

La frente de la bella mujer se arrugó en unas finas líneas de perplejidad.

—Dígame una cosa, señorita Taylor. Hace dos semanas, lord Saint Clair me pidió que no hablara nunca con usted, y sin embargo ahora está a punto de casarse con usted. ¿Cómo es posible que haya sucedido ese cambio tan brusco?

—Yo también me hago la misma pregunta —suspiró Felicity con el semblante abatido—. Al parecer, él ha pasado por alto nuestras numerosas batallas por culpa de mi columna, y ha llegado a la conclusión de que seré una buena esposa para él. No alcanzo a imaginar el porqué, puesto que no tenemos nada en común.

—Eso ya lo veo. —Los labios de la mujer se tensaron con una mueca divertida—. Excepto quizá una increíble habilidad para descubrir los secretos de los demás. Y una tendencia a actuar con inflexibilidad cuando desean conseguir lo que se proponen. Y tampoco podemos olvidar el amor que ambos profesan por los niños: me dijo que su prometida tiene cuatro hermanos y que él los mantendrá; además, el señor siempre ha sido muy considerado con mi hijo. —Su cara se iluminó con una amplia sonrisa—. Pero aparte de esos matices, no tienen nada en común, así que ¿qué es lo que puede haberlos atraído tanto?

A Felicity no le gustaba que se rieran de ella. Miró a la institutriz con un marcado enojo.

—Se equivoca completamente, si piensa que lo nuestro es

un matrimonio por amor. Ian no ha elegido casarse conmigo por ninguna de esas futilidades, se lo aseguro. Él sólo busca una yegua de cría, eso es todo.

—¿U... una yegua de cría? —repitió la señorita Greenaway.

—Una mujer que le dé un heredero. Y a cambio, él pagará todas mis deudas y cuidará de mí y de mis hermanos.

—Ah, así que se trata de un matrimonio de conveniencia.

—Eso es.

—Y el hecho de que usted sea una mujer bella, joven e inteligente no tiene nada que ver, del mismo modo que la atractiva apariencia del señor vizconde tampoco ha influido en su decisión.

Felicity se sonrojó.

—Desde luego que no.

—Entonces, ¿por qué muestra tanto empeño por averiguar su pasado? Si este matrimonio es simplemente un acuerdo de conveniencia y él ha accedido a mantener su palabra, ¿por qué le preocupa tanto lo que él hizo hace diez años?

—Porque —empezó a decir Felicity, con los dientes prietos— dentro de muy poco rato, estaré poniendo mi vida y mi futuro en sus manos, ¡y ese hombre es tan condenadamente cerrado que ni tan sólo sé si puedo confiar en él!

Eso no era del todo cierto, pero Felicity no tenía tiempo para explayarse en detalles.

—Oh, no se preocupe por eso. Puede confiar en lord Saint Clair. La tratará muy bien. —La señorita Greenaway se había acercado a Felicity, que ahora temblaba de nervios—. Pero creo que eso es algo que usted ya sabe. ¿Así que, qué es lo que realmente la atormenta tanto?

Felicity hundió la cabeza para ocultar las repentinas lágrimas que afloraban de sus ojos.

—Lo que me atormenta es que aún no estamos casados y estoy perdidamente enamorada de ese bribón.

Cuando acabó de confesar sus sentimientos, se puso rígida. Maldición. Era cierto. ¿Por qué si no se sentía tan aturdida ante el hecho de convertirse en su esposa y no ser la dueña de su corazón? ¡Y pensar que había luchado con todas sus fuerzas para evitar esa situación! Debería de haber supuesto que era una batalla perdida desde el primer momento en que él la amonestó en su despacho y le aseveró que se arrepentiría del día en que se le ocurrió meterse en sus asuntos privados.

Oh, sí, claro que se arrepentía. Se arrepentía de no haber sabido ganar su corazón a cambio de entrometerse en su vida. Las lágrimas rodaban libremente por sus mejillas, primero muy finas, pero acabaron por convertirse en sólidos regatos, peregrinos desamparados que se abrían paso hacia el sepulcro de un amor no correspondido.

La señorita Greenaway sacó de su bolsillo un fino pañuelo de algodón y se lo pasó a Felicity.

—Vamos, vamos, querida, seguramente no es tan terrible estar enamorada de un hombre como lord Saint Clair.

—Lo es, cuando él no me corresponde —susurró ella.

—¿Está segura?

Ella asintió.

—Ian tiene una espina clavada en lo más profundo de su corazón que no le permite corresponder a mis sentimientos. Necesita que alguien se la arranque. ¿Pero cómo puedo hacerlo si no sé de qué se trata? —Alzó la vista y miró a la señorita Greenaway con ojos suplicantes—. Ayúdeme, por favor.

—Oh, señorita Taylor —empezó a decir la mujer con una nota de condescendencia—. Se lo contaría todo si no hubiera hecho esa promesa. Tiene razón en cuanto a la espina en su corazón. Está tan profundamente clavada que ni tan sólo se atreve a hablar de ello conmigo, y yo sé lo que sucedió. Pero creo que lo que realmente necesita es hablar de ello.

—Si me cuenta lo que pasó, quizá pueda conseguir que él se anime a hablar del tema.

—No, esa espina ha de encontrar el camino hasta la superficie antes de que él pueda desprenderse de ella.

La desesperación se apoderó nuevamente de Felicity.

—¿Y no hay ninguna forma en que pueda ayudarlo?

La mujer se llevó los dedos a la barbilla y sonrió.

—Creo que ya ha empezado a ayudarlo. Cuando él vino ayer aquí a contarme lo de la boda, vi una luz en su mirada que no había visto desde que era un mozalbete. Hasta ahora, las descripciones que me ofrecía de las mujeres que cortejaba eran siempre listados carentes de emotividad sobre las cualidades de esas damas. En cambio, a usted la describió como «a la criatura más irritable de todo Londres: cabezota, obcecada, y con una imperiosa necesidad de dejarse guiar por la mano de un hombre». Me pareció bastante claro que él se moría de ganas de ser esa mano que la guiara.

—Pero eso no demuestra nada —farfulló Felicity—. A él le encanta liderar la voz cantante sin que le lleven la contraria, ya lo sabe.

La señorita Greenaway rio divertida.

—Sólo con usted, por lo que parece, y eso es porque está enamorado. Además, considero extremamente curioso que no haya querido revelarme que su prometida era ni más ni menos que el mismísimo Lord X. O bien pretendía protegerla, o bien no quería que yo pensara nada malo sobre usted. Y ambas posibilidades demuestran que la quiere.

Felicity retorció el pañuelo con dedos crispados.

—O que le importa mucho su opinión.

—Somos amigos, sí.

A pesar de que la declaración no contenía ninguna connotación capciosa, Felicity se sintió de nuevo asaltada por unos terribles celos.

—Entonces, contésteme: ¿por qué Ian no se ha casado con usted? Quiero... quiero decir, antes de que yo lo conociera. Usted es de baja extracción como yo. Algunas de las damas a las que Ian ha cortejado no eran nada apropiadas para él. Por lo menos, con usted él se habría sentido cómodo y no habría temido que lo rechazara.

—Mi querida señorita Taylor, el señor vizconde jamás me habría pedido que me casara con él. Verá, sé demasiado acerca de esa maldita espina, tal como usted la ha llamado, y a pesar de que simplemente lo considero un trágico incidente de su pasado, para él es un tema tan oscuro y tan profundo que supongo que ha de pensar que ninguna mujer querrá casarse con él si averigua la verdad. Por eso no quiere contárselo: porque teme que usted lo abandone cuando sepa lo que sucedió.

La señorita Greenaway depositó la mano afablemente sobre la de Felicity.

—Además, aunque él me lo hubiera pedido, yo no habría aceptado.

La declaración tomó a Felicity por sorpresa.

—¿Porque estaba enamorada de su tío?

—¡No! —Su tono se volvió más gélido—. Me convertí en la amante de Edgar Lennard porque no me quedó otra alternativa. Después de que su esposa muriera él me dejó claro que o me convertía en su amante y seguía ejerciendo de institutriz de sus hijos o me acusaría de asesinato y entonces me deportarían a Australia. Yo sólo tenía veintidós años, y ese hombre me provocaba pánico. Era huérfana, sin familia, así que no contaba con nadie que pudiera secundar mi causa, además, habría sido su palabra contra la mía. Así pues, acepté convertirme en su amante. Me alegré enormemente cuando me despidió, incluso aunque ello significara quedarme en la más absoluta miseria.

Ella sonrió con aire ausente.

—Pero por más que aprecié el acto valeroso de lord Saint Clair de venir a rescatarme en ese momento, no sentía ningún deseo de casarme con él. Eso sólo habría complicado más las cosas, teniendo en cuenta sus vínculos con Edgar y con mi hijo. Estoy segura de que él habría sido un esposo excepcional, pero yo no buscaba un marido que sintiera compasión por mí. En cierta manera usted y yo nos parecemos: a pesar de que había perdido mi reputación, deseaba casarme por amor.

Se retiró y lanzó un suspiro.

—Pero eso es muy poco probable que suceda. Sin embargo, me gustaría ver a lord Saint Clair casado feliz junto a la mujer que ama. Y creo que eso será posible, si usted está a su lado para sanar la herida cuando la carne entumecida alrededor de su espina se abra finalmente para dejarla salir. Usted estará allí, ¿verdad? ¿He ayudado a ahuyentar sus temores en cuanto al señor vizconde?

Felicity pensaba que no, a pesar de que se sentía reconfortada por el hecho de saber que la señorita Greenaway sabía todo lo que encerraba el pasado de Ian y no se mostraba escandalizada. Fuera cuál fuese el problema que a Ian le carcomía el corazón, no era nada que no se pudiera superar.

En esos instantes se oyó el ruido de una puerta al abrirse, y al cabo de unos instantes una jovencita asomó la cabeza por el umbral de la salita.

—Ya estoy de vuelta, señorita Greenaway. ¿Quiere que me encargue de Walter?

—No, gracias, Agnes. Está dormido.

—¿Debo decirle entonces al cochero que retire el calesín a los establos? —preguntó Agnes.

La señorita Greenaway se giró para mirar a Felicity.

—¿A qué hora ha dicho que es la boda?

Felicity se quedó helada. ¡Maldición! ¡Se había olvidado por completo de la hora! Barrió la habitación con la mirada en busca de un reloj, y profirió un gritó de angustia cuando avistó uno.

—¡Cielo santo! ¡Se supone que he de estar en la iglesia dentro de diez minutos! ¡No llegaré a tiempo!

—Sí que llegará. Iremos en el calesín. —La señorita Greenaway se dirigió hacia la puerta de la salita—. Puedo dejarla en la puerta de la iglesia sin que nadie se entere de que he estado allí. Agnes puede cuidar de Walter, y si no perdemos ni un segundo, todavía llegaremos a tiempo.

—¡Pero aún tendré que vestirme y arreglarme! —estalló Felicity en un ataque de pánico, mientras seguía a la señorita Greenaway—. El ama de llaves llevará el traje a la iglesia, pero llegaremos tan tarde que... ¡Oh, Ian me matará!

—No, no lo hará. Es muy probable que él también aparezca un poco más tarde de lo esperado. Llegaremos a tiempo, no se preocupe. —La señorita Greenaway echó un vistazo con inquietud hacia el reloj, agarró la mano de Felicity y la arrastró hacia la puerta de la salita—. ¡Vamos, señorita Taylor!

Capítulo diecinueve

¡Qué fatigosas resultan todas esas bodas tan de
moda en el frío mes de diciembre! Lord Mortimer
con lady Henrietta, el señor Trumble con la señorita
Bateson, y sir James con la señorita Fairfield.
¿Cómo se atreven las novias a torturar a sus amigos
con el inclemente invierno cuando es mucho más
placentero asistir a una boda en un cálido mes de
verano?

The Evening Gazette, 24 de diciembre de 1820
Lord X

*P*or décima vez en los últimos diez minutos, Ian se dirigió a
grandes zancadas hacia la ventana del vestíbulo en la capilla de
San Agustín. Pero la calle que se abría a sus ojos medio piso
más abajo sólo mostraba el mismo espectáculo: carruajes con
propaganda de Vauxhall Gardens y del bálsamo benigno del
reputado doctor Bentley, vendedores ambulantes de muérdago
y de acebo, y algún que otro flamante carruaje que pasaba a
toda velocidad entre las carretas y los calesines.

Ninguna señal de su novia recalcitrante. Hacia media hora
que los pasajeros se habían apeado del carruaje del vizconde,
pero ella no. Unos golpes sordos empezaban a machacarle la
cabeza, como si se tratara de un tambor desentonado. Quería
vomitar, pero no podía permitirlo. No el día de su boda.

No delante de la señora Box y especialmente de Jordan,
quien se apoyaba en la pared enyesada con una visible rigidez,
a escasos pasos. Los dos parecían sentir pena por él, malditos

fueran. A pesar de que la señora Box no dejaba de echar miradas furtivas hacia el interior de la iglesia para ver si sus pupilos todavía estaban sentados sin armar jaleo al lado de su ídolo Gideon, la anciana se pasaba el resto del tiempo mirando a Ian con ojos apenados, mientras éste deambulaba por el vestíbulo como una fiera en cautividad al tiempo que profería maldiciones a media voz. Jordan fingía no darse cuenta de nada, pero él también miraba insistentemente a Ian de soslayo.

Ian apoyó los puños en el alféizar de la ventana y se inclinó hacia el exterior, clavando en la piedra fría los nudillos blancos a causa de la tensión acumulada mientras oteaba la calle hasta que su vista se perdía en la distancia. Nada. Ningún carruaje de alquiler con pasajeros vestidos para la ocasión, ningún carruaje con cortinas discretas. ¿Dónde diantre se había metido?

Se giró como un torbellino hacia la señora Box.

—¿Está segura de que Felicity le dijo que la vería aquí?

—Sí, me dijo que si no regresaba a tiempo vendría directamente a la iglesia.

—¿Y no dijo nada acerca de dónde iba?

—Ni una palabra, milord. Pero me prometió que llegaría a tiempo.

Ian se sacó el reloj del bolsillo, abrió la tapa, observó la hora que marcaba, y cerró la tapa con exasperación.

—Ya hace veintitrés minutos que Felicity ha roto su promesa —gruñó al tiempo que volvía a girarse hacia la ventana—. Si no llega pronto, tendré que salir a buscarla. Ya conoce a Felicity. Es posible que se haya enzarzado en otra discusión con un cochero, o que el carruaje se haya quedado atascado en un callejón o que...

Lanzó un profundo suspiro y calló. Parecía uno de esos novios atontados que bebían los vientos por la novia.

—Vendrá, milord —se aventuró a vaticinar la señora Box—. Probablemente haya encontrado un poco más de tráfico del esperado. Hoy hay muchos más carruajes que de costumbre por las calles porque es el día de Nochebuena. Pero la señorita no es la clase de chicas que...

—¿Deja plantado a un hombre en el altar? —Maldición. No había querido decir eso, aunque la idea le parecía plausible. Pero no, ¿qué tonterías estaba diciendo? Felicity jamás actuaría impulsivamente cuando el futuro de sus hermanos estaba en juego.

Aunque por otro lado, ella siempre lo sorprendía. ¿Y si se trataba de una desagradable sorpresa? Sólo Dios sabía el castigo que él merecía por haber actuado de un modo tan despótico. Se frotó las sienes con manos temblorosas. Al tambor que retumbaba en su cabeza se habían unido ahora unos platillos y una trompeta muy entusiastas.

Jordan se acercó a su amigo.

—Supongo que si se lo pido, el vicario me dará un vaso de vino. ¿Quieres que vaya a buscarlo? Tienes aspecto de estar muy alterado; quizá no te vendría nada mal tomar un trago.

Ian no debería haber invitado a sus amigos. Lo cierto era que no esperaba que decidieran regresar precipitadamente a Londres, al haberles anunciado la boda con tan poca antelación, especialmente cuando Sara y Gideon se acababan de marchar de la ciudad. Pero habían venido, y ahora serían testigos de su humillación.

—No, sólo es un leve dolor de cabeza —mintió él, incapaz de mirar a su amigo a la cara—. Hace dos días que me acompaña. —Desde el momento en que cometió el terrible error de intentar obligar a cierta fémina testaruda a casarse.

—Pues no creo que sacar la cabeza por la ventana le ayude a calmarlo; hace mucho frío ahí fuera —intervino la señora Box—. ¿Por qué no se aleja de la ventana antes de que pille una pulmonía?

Ian la fulminó con una mirada implacable.

—Señora Box, si finalmente se celebra esta boda y usted empieza a trabajar para mí, tendremos que mantener una larga conversación acerca de ese mal hábito que demuestra de sermonear a su señor.

—Sólo intento ser útil —dijo la anciana alzando la barbilla con aire ofendido.

—«Útil» y «pesada» son dos cosas bien distintas. Y en este momento, usted está siendo...

—Mira —lo interrumpió Jordan, inclinándose sobre la ventana—. ¿No es ella?

Ian se había empezado a resignar con la idea de que Felicity no se presentaría, pero ante el comentario de su amigo, se precipitó hacia el alféizar y volvió a asomar la cabeza. Un calesín se había detenido delante de la iglesia, con dos mujeres en su interior. Una de ellas era Felicity, de eso no le cabía la menor duda. Ian suspiró aliviado. Entonces contuvo la respiración cuando reconoció al cochero, al que le había pagado de su propio bolsillo ese traje de lana que ahora lucía.

Maldición, ahora sí que tenía problemas. ¿Cómo diantre se le había ocurrido a Felicity traer a la señorita Greenaway a la boda?

—¿Quién es la mujer que va con la señorita Taylor? —inquirió Jordan.

Ian esbozó una mueca de fastidio.

—Mi amiga de Waltham Street.

El silencio de Jordan demostraba ampliamente que podía adivinar lo que eso significaba. Igual que Ian. Felicity únicamente podía albergar una razón para traer a la señorita Greenaway a la iglesia. Su novia celosa probablemente intentaba ponerlo en evidencia invitando a su «querida», a pesar de que le pareció intrigante que la señorita Greenaway hubiera aceptado venir. Seguramente no sabía lo que Felicity se proponía.

El gélido aire que penetraba en el frío vestíbulo coincidía con el sentimiento de frío que Ian sintió en el corazón mientras contemplaba cómo Felicity descendía del calesín. Ella se detuvo un instante para hablar con la señorita Greenaway. Entonces, para su sorpresa, Felicity dio media vuelta y corrió hacia las escaleras de la iglesia mientras la señorita Greenaway se alejaba en el calesín.

¿Qué demonios...? Ian enfiló hacia la puerta sin perder ni un segundo. Su futura esposa tendría que explicarle de qué iba todo ese embrollo. ¡Vaya si no!

La señora Box también se apresuró a seguirlo.

—¡Espere, milord! —dijo cuando logró asirlo por el brazo—. ¡Trae mala suerte que el novio vea a la novia antes de la boda!

—No habrá boda si no aclaro ciertos detalles con ella ahora mismo. —Zafándose de la mano de la mujer, Ian abrió la puerta del vestíbulo en el momento en que Felicity alcanzaba el último peldaño—. Llegas tarde.

Ella alzó la cabeza y se detuvo tan abruptamente que casi

perdió el equilibrio. Ian reaccionó rápidamente: alargó el brazo para agarrarla por el codo, y de ese modo evitó que Felicity se diera de bruces contra el suelo.

—¡Ian! Sí, llego... quiero decir... no quería, pero... cielo santo, ¿hace mucho que me esperabas aquí?

—Media hora. Y sí, he visto cómo llegabas con la señorita Greenaway.

En la etérea palidez de la cara de su prometida, los ojos brillaban oscuros y misteriosos como el mar.

—No es lo que crees...

—No, seguro que no querrás saber qué es lo que creo. —Ian la arrastró con fuerza hacia el interior del vestíbulo, y luego se giró y vio a Jordan y a la señora Box, que lo miraban con una visible inquietud, como si fueran parte del coro de una tragedia griega. Los amenazó con una mirada inclemente—. Por favor, Jordan, ve y dile al vicario que estaremos listos dentro de unos minutos, y avisa también a James, ya que él es quien ha de llevar a Felicity hasta el altar. Señora Box, haga el favor de ir a buscar a Sara y a Emily en la sala del coro y decirles que Felicity subirá a vestirse en unos instantes.

Cuando el ama de llaves dudó, mirando a su señora con aire intranquilo, Felicity dijo:

—Por favor, señora Box, haga lo que le pide el señor. Necesito hablar unos momentos con él a solas.

Su tono pausado sólo consiguió que Ian se irritara más. Tan pronto como los otros desaparecieron, él la miró con el ceño fruncido.

—¿Y bien? ¿Qué explicación tienes para lo que ha sucedido?

—Siento muchísimo llegar tarde, pero nos hemos puesto a hablar sin parar y no nos hemos dado cuenta de la hora...

—Sabes perfectamente bien que no me refiero al hecho de que hayas llegado tarde —la interrumpió él—. ¿Se puede saber por qué has ido a ver a la señorita Greenaway? ¿Y qué quieres decir con eso de que os habéis puesto a hablar sin parar? ¿Sobre qué?

—¿A ti qué te parece? Sobre ti, claro.

Una orquesta infernal retumbaba ahora en su dolorida cabeza.

—¿Qué te ha contado ella de mí?

—Oh, nada importante. —Con aire distraído, ella se giró para echar un vistazo al vestíbulo—. Es una iglesia muy bonita, Ian. ¿Vienes aquí todos los domingos?

—¡Maldita sea, Felicity! —La agarró por los hombros y la obligó a darse la vuelta y a mirarlo a la cara—. ¿Se puede saber qué diantre te ha contado esa mujer?

Ella lo miró con ojos serenos, sin perder la compostura.

—¿Y si te dijera que me ha contado toda la verdad?

Ian no tuvo que preguntar a qué clase de verdad se refería. Por Dios, no. No podía ser. Seguramente, si la señorita Greenaway le hubiera contado la verdad, Felicity no estaría ahora tan tranquila delante de él. Habría salido huyendo despavorida, bien lejos, lo más lejos posible, ¿no?

Sólo cuando ella alzó las manos para apartar sus dedos de los hombros, Ian se dio cuenta de que había estado clavándolos en su delicada carne con más energía de la necesaria.

Sin embargo, Felicity no le soltó las manos, sino que las apresó entre las suyas.

—Mira, la señorita Greenaway no me ha contado nada que tú no me hubieras contado ya. Me ha dicho que te juró silencio, por lo que tenías que ser tú el que me lo contara.

El furioso latido de su corazón se calmó, pero sólo un poco.

—¿Así que ella no ha colmado tu desbordante curiosidad acerca de detalles que no son relevantes?

—No.

—Y no obstante, has decidido venir.

La sonrisa fugaz que se dibujó en los labios de su prometida consiguió reconfortar a Ian.

—Sí, lo único que ella me ha dicho es que tu secreto probablemente no me hará daño.

—Pero eso ya te lo había dicho yo. —Era mucho más probable que quien saliera herido de toda esa historia fuera él, cuando Felicity lo repudiara por despecho; por eso su intención era casarse con ella cuanto antes, acostarse con ella, y dejarla embarazada—. ¿Qué más te ha contado?

Felicity suspiró.

—También me ha dicho que serás un buen esposo y que me tratarás muy bien.

Una leve esperanza brotó dentro de su cuerpo atormentado.

—¿Y tú la crees?

—Creo que tienes el potencial para convertirte en un buen esposo. —Su tono se volvió más frío—. Pero no lo conseguirás si continúas tratándome como lo hiciste la otra noche. Ya es suficientemente duro soportar tu secretismo, pero si encima me amenazas de un modo tan despreciable con aprovecharte de mi terrible situación financiera... —Ella alzó la barbilla con altivez—. No me gusta que me traten mal, Ian.

La magnitud de ese sentimiento de desprecio se materializó en cada una de las líneas rígidas de su esbelta figura femenina. Ian apretó los dientes con rabia. Ya había planeado pedirle disculpas, pero ahora que había llegado el momento, las palabras parecían haberse quedado atascadas en su garganta.

—Hice lo que consideré más conveniente.

—¿Así que consideras que es correcto obligarme a que me case contigo?

Ian apartó las manos de las de ella.

—Era la única forma que se me ocurrió de que te dieras cuenta de todo lo que ganarás.

—¡Qué seguro que estás! —Felicity cruzó los brazos por encima de su descolorido vestido de lana.

Ian soltó un estentóreo bufido y luego desvió la vista hacia la pared.

—No —suspiró finalmente—. Lo siento. No me daba cuenta de lo que hacía. No tendría que haberte obligado.

—¿Lo dices de todo corazón?

—Sí.

—Así que, ¿si no me caso contigo, no harás nada para detenerme?

Ian giró la cara rápidamente para volver a mirarla mientras notaba la desagradable sensación del frío sudor que empezaba a anegarle la frente. Por Dios, ¿sería ella capaz de rechazarlo ahora? ¿Con todo el mundo esperando en la iglesia? Escudriñó su cara en busca de alguna señal sobre sus intenciones.

Y no vio ninguna. Sin embargo, Ian sabía que únicamente una respuesta podría demostrar su sinceridad, aunque le dolía el orgullo tener que darla.

—No. Sí. Quiero decir, no haré nada para detenerte.

La sangre se agolpaba en sus orejas mientras esperaba escuchar la respuesta a través de los labios de Felicity, pero al parecer, ella aún no había acabado con él.

—Tengo una pregunta más. Si considero que tu respuesta es satisfactoria, me casaré contigo, Ian.

La condición lo puso en guardia.

—Si te refieres a todos esos cuentos de lady Brumley...

—No, es algo que... que me ha inquietado desde que me hiciste el amor. ¿Por qué me elegiste a mí? ¿Por qué quieres casarte conmigo? ¿Por qué no escoges a una de esas mujeres a las que has cortejado?

Sara le había hecho la misma pregunta, y su respuesta no había cambiado.

—Porque te quiero más que a ninguna de ellas.

Por primera vez desde que habían iniciado esa discusión absurda, Felicity se mostró turbada.

—Si cuando dices que me quieres te refieres a que me deseas, entonces será mejor que te prevenga de que todavía no pienso acostarme contigo hasta que limemos nuestras diferencias.

—De acuerdo. —Esa amenaza en particular no le preocupaba. Ninguna mujer con la pasión de Felicity aceptaría abstenerse del placer después de haberlo catado. No cuando el hombre que estaba a su lado ardía en deseos de seducirla—. Pero no me refería a eso. Te quiero, Felicity; ninguna otra mujer puede hacerte sombra. Tú... tú me intrigas. —Ante la pequeña sonrisa que coronó los labios de ella, Ian se sintió inexplicablemente más seguro—. Y no sé el motivo, así que no me pidas que te dé más detalles ni que me explaye ensalzando todas tus virtudes.

—No es eso lo que quiero. Si empiezas a catalogar mis virtudes, seguramente acabarás listando también mis defectos, y no me cabe ninguna duda de que mis defectos superarían mis virtudes en tu mente. —Su sonrisa se agrandó—. Pero supongo que tu respuesta me sirve. Al menos de momento.

Ian se sintió alarmado ante la ola de alivio que lo invadió, tanto que no consiguió hablar con un tono suave a continuación, cuando decidió presionarla:

—¿Entonces te parece bien si nos casamos de una vez?

—Sí. Quiero decir, después de todas las molestias que te has tomado, no me gustaría nada decepcionarte. Ni humillarte públicamente.

Ian soltó un bufido de fastidio.

—Ya, siempre tan cuidadosa con ese aspecto, ¿verdad?

Felicity únicamente contestó a la indirecta con una sonrisita maliciosa. Pero cuando se alejó de él y se precipitó hacia las escaleras que conducían a la sala del coro, Ian notó que el bloque de hielo que se le había formado alrededor del corazón empezaba a fundirse. Le importaba un bledo si lo amenazaba con no acostarse con él. Primero dejaría que ella se divirtiera un poco pensando que tenía la situación bajo control. Pero tan pronto como se celebrase la boda y ella se convirtiera en su esposa, todas sus ridículas amenazas quedarían en agua de borrajas.

Porque al final, sería él quién ganaría.

«Qué boda más peculiar», pensó Felicity. La novia conducida hasta el altar por su hermano de doce años. Sólo dos testigos, y ellos eran hermana y hermano —Sara de pie junto a ella y Jordan de pie junto a Ian—. Y un antiguo capitán pirata flanqueando a los hermanos trillizos de la novia en el lado izquierdo mientras el ama de llaves estaba sentada a la derecha. El único otro invitado era Emily, así que se les podría definir como un elenco de asistentes reducido y abigarrado.

Sin embargo, la comitiva destilaba alegría por todos los costados, mucha más alegría que el novio y la novia, de eso seguro. Mientras el párroco leía el sermón, Jordan sonreía complacido y Sara sonreía con indulgencia. La señora Box lloraba emocionada sin poderse contener, y los muchachos se movían eufóricos, alborozados con la idea de agregar un vizconde a la familia. Y la cara normalmente sobria de Gideon se mostraba jubilosa con todo el evento, incluso mientras agitaba la mano con brío para intentar separar a dos de los trillizos que se habían enzarzado en una repentina pelea.

Mientras el vicario leía los votos, Felicity miró a su futuro esposo de soslayo, y pensó en lo apuesto que era, tan alto y fuerte, embutido en ese chaleco blanco de terciopelo y esa elegante levita y pantalones de color azul sajonia con botones áureos. Seguramente, cualquier persona ajena a los avatares que lo acongojaban pensaría que ésa boda resultaba un acto tan llevadero para él como un simple paseo a caballo por la campiña inglesa.

Pero ella sabía que eso no era cierto. Durante unos breves momentos en el vestíbulo, Felicity había podido vislumbrar su tremenda inseguridad, la profunda intensidad de su deseo por casarse con ella y su intenso miedo a que ella lo rechazara. Esa visión la había animado a aceptar incluso cuando todos los pensamientos que afloraban en su cabeza le daban a entender que estaba a punto de cometer una locura.

Pero en lo más recóndito de esa fachada fría se ocultaba una herida tan profunda que era obvio que Ian no conseguiría amar a nadie hasta que sanara su corazón. Y ella ansiaba sanarlo. Tenía que hacerlo. Se había enamorado perdidamente de él, y por consiguiente no pensaba tirar la toalla en esa batalla, a menos que fuera Ian quien decidiera tirarla.

Ian se puso a repetir los votos y la solemnidad en su voz penetrante apaciguaron todas las preocupaciones que plagaban la mente de Felicity al tiempo que una vocecita interior empezó a insistir: «Todo saldrá bien, no te preocupes; todo saldrá bien».

Cuando llegó su turno, Felicity habló lentamente, articulando cada una de las palabras como si éstas, al ser los votos más solemnes que iba a pronunciar en su vida, ejercieran un peso sobre su lengua. Si se equivocaba con Ian, un día esas palabras podrían emerger a la luz para mortificarla. Pero la presencia serena de Ian a su lado la dotó del valor que necesitaba para acabar de recitarlas.

Ella e Ian intercambiaron anillos. Felicity le ofreció el viejo anillo de bodas de su padre —era todo lo que se podía permitir— pero el anillo que Ian le colocó en el dedo era obviamente nuevo y muy caro. Ciertamente hablaba en serio, cuando le prometió que sería un esposo muy generoso.

—Ahora puede besar a la novia —entonó el vicario.

Felicity notó cómo se le desbocaba el corazón cuando Ian la miró y le alzó el velo. Había olvidado por completo esa parte de la ceremonia, y habían transcurrido dos días desde la última vez que la había besado. Fue un beso rápido y circunspecto, una mera presión de sus labios contra los de ella, pero las llamas le abrasaron la boca ante el mero roce y el fuego de la pasión se encendió en todo su cuerpo. Felicity sabía que no se equivocaba cuando divisó el destello posesivo en esos ojos tan oscuros como la noche, cuando él se apartó. Ella respondió con una sonrisa que no pudo refrenar y que coronó bellamente sus labios.

Oh, maldición. Felicity se daba cuenta de que no tenía remedio. Cualquier movimiento que Ian hacía le despertaba todos los sentidos, que a su vez reclamaban la atención de él. Una mirada por aquí, un roce por allá... cualquier acción encendía llamas en los lugares más prohibidos.

¿Y pretendía resistirse a sus encantos? Si apenas se había fijado en las amplias sonrisas de los invitados de la ceremonia mientras ella e Ian recorrían la alfombra hasta el portón. La mano enguantada de Ian cubría la suya, que se mantenía apoyada en el codo de su esposo, pero incluso ese contacto tan casto demostró ser demasiado para su descocada imaginación, que se empecinaba en recordarle esas manos desnudas sobre sus pechos y su vientre y sus muslos.

Felicity tragó saliva. Gracias a Dios que Ian llevaba guantes, porque si no, seguramente sus manos se habrían fundido juntas a causa del calor que emanaba de sus pensamientos. Embriagada por el ambiente sensual, se dejó guiar por él hasta el vestíbulo y ambos entraron en una estancia donde el vicario los esperaba para que firmaran todos los papeles necesarios.

A pesar de que se trataba sólo de pocos minutos, a Felicity le pareció que transcurrían horas antes de que finalmente abandonaran la iglesia y enfilaran hacia el carruaje que los llevaría a degustar el delicioso almuerzo al que Sara había insistido en invitarlos. Cuando llegaron al carruaje, Felicity se sentía invadida por una imperiosa necesidad carnal, un deseo incontrolable, y todo por culpa de un levísimo contacto con su esposo.

Si pudiera escapar aunque sólo fuera un momento de él, sólo para recuperar el aliento antes de quedarse a solas con Ian. Pero eso era imposible. Ahora estarían solos en el carruaje durante todo el trayecto hasta llegar a casa de Sara, donde se celebraría el almuerzo. Bien, seguramente él no se atrevería a hacer nada indecoroso, en una distancia tan corta. Quizá incluso ella tendría tiempo para aplacar las lascivas necesidades que la acosaban antes de que emprendieran el camino de dos horas que los llevaría a las tierras de su querido vizconde.

Lamentablemente, cuando se encaramaron al carruaje, Ian tomó asiento justo a su lado. Las cortinas estaban cerradas y la cabina del vehículo era tan acogedora como un aposento. Felicity soltó un fuerte bufido de desolación y él la miró con aire preocupado.

—¿No te ha gustado la boda? —le preguntó mientras se quitaba el abrigo.

—Oh, ha sido perfecta. —Fue todo lo que ella acertó a decir. La cabina era espaciosa, pero Felicity no podía evitar tocarlo porque estaban sentados en el mismo asiento, y la presión del muslo de Ian sobre el de ella le ofrecía nuevas tentaciones. El hecho de haberse acostado con ese hombre debería haber aplacado su sed, pero en lugar de eso lo que había conseguido era que aún lo deseara más.

—Me alegro de que finalmente hayas accedido a casarte conmigo —dijo él—. Además, he de decirte que estás guapísima; la elección del traje ha sido excelente. ¿Cómo lo has conseguido, con tan poco tiempo?

—Era el vestido de novia de mi madre. La señora Box lo ajustó a mi figura.

—Con un arte admirable. Te sienta fenomenal.

Cielo santo, ¿tenía que halagarla con esa voz gutural tan masculina, que conseguía que incluso los comentarios más inocuos parecieran una bella melodía de seducción?

—Le transmitiré tus cumplidos.

Cogiéndola de la mano, Ian entrelazó los dedos con los de ella.

—Estás realmente bella.

Ahora sí que él intentaba actuar como un tenorio. No debía permitir que la conversación discurriera por ese cauce peligroso.

—Si hubiera tenido más tiempo —comentó Felicity, intentando mostrarse enojada—, podría haberme confeccionado un

traje más actual, pero claro, tenías tanta prisa en zanjar el negocio que...

Su intención era irritarlo para que Ian le soltara la mano,
pero él simplemente aflojó la presión de su garra, y acto seguido le acarició la muñeca con el dedo pulgar. Felicity podía
notar el tacto sensual incluso a través de los guantes.

—Te puse en un compromiso, ¿recuerdas? Teníamos que
actuar con rapidez si queríamos salvar tu reputación.

—Sí, y así poder reclamar cualquier heredero que quizá ya
hayas engendrado. Realmente has pagado un precio muy alto
por ese heredero.

El comentario mordaz tampoco funcionó. Como si él comprendiera por qué intentaba pincharlo, se puso a reír, luego le
soltó la mano, pero sólo para quitarse los guantes con unos
movimientos lentos que consiguieron encender aún más la
llama del deseo de Felicity.

Ella tragó saliva y añadió:

—Bueno, supongo que te quedarás bastante decepcionado
cuando descubras que no has hecho un buen negocio.

Ian lanzó los dos guantes a un lado.

—¿Y por qué no?

—Diría que las deudas de mi padre ascienden a una suma
bastante sustancial, y mis hermanos probablemente acabarán
de arruinarte, con su apetito voraz y todos los gastos que con-
llevan; incluso puede que yo misma decida que ya es hora de
satisfacer mi gusto por todos los caprichos y lujos que hasta
ahora me han estado prohibidos.

Con otra risotada, Ian se acomodó en el asiento almohadi-
llado y apresó sus delicadas manos enguantadas entre las suyas. Le dio la vuelta a una y se la llevó a los labios para estampar un beso en la palma arqueada.

—Puedes disponer de todos los caprichos que siempre hayas soñado, *ma chérie*. Cuando tú y el abogado de tu padre es-
tudiasteis los términos que convinimos ayer para fijar el matrimonio, estoy seguro de que él te comentó la paga anual que
te ofrezco a ti y a tus hermanos.

—Sí. —Lo cierto era que a partir de ahora Felicity dispon-
dría de más dinero para «pequeños gastos» al año que lo que
podría gastar en toda su vida entera. Alzó la cara para mirarlo

y refunfuñó—: No veo cómo sacarás partido de todo ese dinero que piensas regalarme.

Felicity se maldijo por medir tan poco sus palabras cuando divisó el innegable deseo que emanaba de los ojos de su marido.

—Habría accedido a zanjar el pacto incluso si me hubieras pedido que triplicara el precio —adujo él, con una voz gruesa llena de necesidad.

Oh, no. Felicity sabía lo que significaba esa mirada, sabía a lo que inevitablemente conducía. Sin embargo, se lo quedó mirando con estupefacción, sin poder reaccionar, cuando Ian inclinó lentamente la cabeza hacia ella. Cuando la besó, con su boca cálida, firme y aromatizada con vino, Felicity ansió más. La certeza de que él era su esposo ahora, y que por consiguiente cualquier acto íntimo que llevaran a cabo sería no sólo aceptado sino esperado, únicamente logró incrementar su apetito sexual, aplacar sus miedos, hacerla claudicar tan gradualmente que ella no reconoció sus movimientos como una claudicación hasta que ya fue demasiado tarde.

Ian se tomó su tiempo, saboreando su boca, primero con unos suaves roces de labios y luego con unas tiernas embestidas con la lengua. Cuando ella alzó las manos para emplazarlas en sus mejillas, él la invitó a sentarse sobre su regazo para poder explorar más cómodamente esa boca licenciosa. El beso ya no era tierno ni gentil; era el resultado de la explosión de toda su sed y la de ella, unas bocas que buscaban placer con un entusiasmo indómito.

Ian deslizó una mano por debajo de su vestido de novia y levantó las enaguas hasta alcanzar el punto donde éstas confluían con sus calzas. Luego se dedicó a buscar el punto sagrado entre sus piernas y deslizó el dedo pulgar dentro de la ranura de las calzas para acariciar la piel suave hasta encontrar la pequeña perla que confinaban los delicados pétalos. Felicity se acomodó para permitir que Ian la acariciara mejor y él se aprovechó de la situación, deslizando un dedo dentro del pasaje resbaladizo. La masturbó con tanto descaro que ella lanzó un sonoro jadeo que él acalló con un beso feroz.

Qué placer entregarse a esas caricias cuando sólo una cortina y una fina lámina de cristal los separaba del resto de Londres. El pensamiento la excitó tremendamente. Y ella no era la única excitada. El pene de Ian, duro e hinchado, clamaba debajo de sus nalgas en busca de atención inmediata.

Felicity ni tan sólo se habría dado cuenta de que el carruaje se había detenido si Ian no hubiera cesado abruptamente de besarla y de acariciarla. Incluso cuando él se retiró hacia atrás, Felicity notó que la cabeza seguía dándole vueltas vertiginosamente.

Entonces Ian clavó sus pupilas en las suyas, y su boca —esa desfachatada boca tan juguetona— se curvó en una sonrisa.

—Tendré a mi heredero antes de la próxima festividad de San Martín —le recordó él con un susurro—. O me atrevería a decir que incluso mucho antes.

Mientras el vaticinio caía entre ellos con un peso incuestionable y los ojos de Ian refulgían con triunfo, todo el placer que Felicity sentía se desvaneció en un pispás. ¡Maldito fuera él, una y mil veces! ¡Maldito fuera! ¡Si incluso había conseguido hacer que se sentara en su regazo como si fuera una simple mujerzuela y le había metido la mano debajo de la falda! ¿Cómo podía dejarlo ganar tan fácilmente?

—Suéltame —susurró ella, incapaz de pensar en otra salida más decorosa para ocultar su mortificación.

—¿Estás segura de que eso es lo que quieres? —Ian tuvo la audacia de acariciarle el pequeño y delicado nódulo de carne.

Ella apartó esa mano perversa de debajo de su falda.

—Sí, suéltame ahora mismo. Ya hemos llegado a casa de Sara. Será mejor que entremos.

—O podríamos dirigirnos directamente a Chesterley... El trayecto dura dos horas; tendríamos tiempo de sobra para... pasarlo bien. Si te soy sincero, estoy deseando saltarme ese almuerzo de Sara...

—Pues yo no —espetó ella, alzándose atropelladamente del regazo de Ian—. No he probado bocado desde el amanecer, así que será mejor que tome algo sustancial para reponer fuerzas, milord.

—Yo puedo darte algo sustancial, *ma chérie* —susurró él mientras ella se inclinaba hacia la puerta.

Loca por desembarazarse de él, Felicity abrió la puerta enérgicamente.

—No sólo de sexo vive el hombre. —Dio un saltito para salir del carruaje sin tan sólo esperar a que él la ayudara a apearse—. Ni tampoco la mujer.

Ian sonrió socarronamente mientras la seguía.

—Muy bien; supongo que puedo esperar hasta más tarde.

—No habrá un «más tarde» —murmuró ella como si quisiera convencerlo no sólo a él sino también a sí misma—. La próxima vez, no me pillarás desprevenida.

Rechazando el brazo que él le tendía, aceleró el paso hacia los cuatro escalones que había delante de la puerta principal de la mansión. Miró hacia atrás y vio a su esposo rezagado, enfundándose parsimoniosamente los guantes, y notó cómo se incrementaba la rabia que la invadía. Los mismos guantes que él se había quitado para poder manosearla. Lo había hecho aposta, maldito fuera, para demostrarle que podía seducirla siempre que quisiera. ¡Qué ingenua había sido! Debería haber esperado esa reacción. Ian interpretaba su negativa a acostarse con él como un reto, y él jamás se batía en retirada en un reto.

Pues bien, el muy engreído se iba a llevar una desagradable sorpresa. Esta vez había conseguido enojarla lo suficiente como para que Felicity decidiera oponer resistencia. Cuando Ian intentara algún truco de seducción más tarde, no obtendría el resultado esperado.

Ian se felicitó a sí mismo mientras contemplaba la espalda completamente erguida de su nueva esposa. Le había resultado increíblemente fácil demostrar que ella no podía mantenerse impasible ante las pasiones carnales. Probablemente no tendría que haberla importunado de ese modo al final, con ese comentario tan arrogante, pero ¿cómo iba a resistirse, cuando ella se deshacía entre sus manos como la mantequilla tan sólo una hora después de haberle asegurado que no pensaba acostarse con él?

Su pequeña fierecilla hipócrita, eso era lo que era. Y él disfrutaría como un enano, despojándola de su hipocresía cuando la despojara de su traje un poco más tarde.

Felicity se detuvo en lo alto de la escalera para esperarlo, con los dientes prietos de rabia. En cambio él, en un alarde de malicia, aminoró el paso para contemplarla de arriba abajo con ojos sedientos. Le gustaba verla con ese traje, el de su madre. De eso se desprendía un interés sentimental por ella, ¿no era cierto?

Seguramente, una vez se hubieran amoldado a la vida matrimonial, a ella se le pasarían esos recelos por sus secretos. Todo sería más fácil, puesto que pronto engendraría un heredero. Y no había ninguna razón para pensar que no lo conseguiría, ahora que estaba tan seguro de que ella no podía resistirse a sus tácticas seductoras. El padre de Ian no había sido hijo único sino que era el mayor de dos hermanos, y Felicity era la única chica de cinco hermanos. Sí, tendría su heredero. Quizá antes de la festividad de San Martín, quizá para la festividad de San Miguel, el 29 de septiembre.

Ian volvió a ofrecerle el brazo cuando alcanzó el último peldaño.

—¿Cuánto rato tenemos que quedarnos para que puedas saciar tu necesidad alimenticia? Es que dudo que los Worthing puedan ofrecerme nada que satisfaga mi apetito.

—Eso es porque tu apetito está saciado —replicó ella impertinentemente.

—No... lo que pasa es que mi apetito es... carnal. Y la verdad, satisfacer esa clase de apetito aquí, probablemente sobresaltaría a mis amigos. —Se inclinó hacia ella para susurrarle al oído—: Aunque estoy seguro de que a mi mujer le encantaría.

—Me parece que sobreestimas tu capacidad de seducción —gruñó ella apretando los dientes cuando la puerta se abrió delante de ellos.

—Y tú, tu capacidad de resistencia.

Mientras los sirvientes descendían para apoderarse de la capa de ella y del abrigo del señor, Ian adivinó por el subido tono de las mejillas de Felicity que ella sabía que él tenía razón, y que en cambio no estaba tan segura de su propia aseveración. Esa idea hizo que se sintiera hilarantemente satisfecho consigo mismo.

Tan pronto como llegaron al imponente comedor, la pareja fue rodeada por sus amigos, pero ni tan sólo esas muestras de acoso consiguieron menguar el excelente humor que se había adueñado de él. Las mujeres se llevaron a Felicity hacia un lado, suplicándole que las ilustrara con todos los detalles acerca de su repentina boda. Ian se preguntó qué era lo que ella les estaría contando. ¿La verdad? Lo dudaba.

Fuera lo que fuese, Felicity apenas había empezado su relato cuando fue interrumpida por el estruendo que provocaron las dos enormes puertas de la sala al abrirse de par en par para dar paso a los tremendos Taylor, que corrieron hacia ella a pleno galope. Felicity se arrodilló para abrazar a los trillizos, y sus caderas se expandieron bajo el traje de seda azul. En un destello de la memoria, Ian se vio a sí mismo besando esas caderas redondeadas y luego invitándola a darse la vuelta para separarle los muslos y...

Su miembro viril recalcitrante exigió una atención inmediata dentro de sus pantalones ajustados. Maldición, no lograría sobrevivir hasta esa noche.

Jordan se le acercó y le ofreció una copa de champán. Puesto que Ian no podía apartar la vista de Felicity y su maldita polla abultada parecía llamarla a gritos para que calmara su imperiosa necesidad, amenazando con estallar debajo de los pantalones, decidió cambiar de ubicación para escudarse detrás de una silla que bloqueara la vista de la parte inferior de su cuerpo.

Al fijarse en la maniobra nada sutil de su amigo, Jordan sonrió maliciosamente.

—Enhorabuena. Has conseguido una esposa la mar de atractiva, aunque me parece que viene cargada con mucho equipaje. Eres el único hombre que conozco que accede a hacerse cargo de una familia tan numerosa y bulliciosa por una mujer.

—Ella vale su peso en oro. —Ian se oyó a sí mismo decir, y tras reflexionar unos instantes aceptó que eso era realmente lo que pensaba.

—Seguro que sí. —Jordan tomó un sorbo de su copa de champán—. Sabes, Emily me ha contado algo realmente increíble. Según ella, tu esposa es el famoso Lord X.

Las carcajadas de Felicity flotaban en el aire, e Ian notó un repentino nudo en la garganta. Tomó un sorbo de champán.

—Así es, por lo que te advierto que será mejor que vayas con sumo cuidado con todo lo que le cuentas. No creo que tenga ninguna intención de retirarse de su profesión simplemente porque se haya casado conmigo.

—Y todas esas columnas sobre ti...

—Oh, eran una forma peculiar de hacerme la corte, por decirlo de algún modo. —Ian la miró mientras ella se levantaba y empezaba a hablar con los chicos con una expresión de absoluta honestidad—. Otros prefieren enviar regalos; en cambio, Felicity y yo nos cortejamos difundiendo rumores el uno del otro.

Un repentino grito de angustia se escapó de la boca de uno de los trillizos. El chiquillo atravesó la estancia corriendo en dirección a Ian y se le agarró a los pantalones, sollozando sobre una de sus rodillas.

Absolutamente atónito, Ian acarició el pelo del pequeño y le preguntó con una voz calmosa:

—Vamos, tranquilo, ¿qué pasa?

Cuando el chiquillo alzó la cara llena de lágrimas, Ian reconoció a William por el diente que le faltaba.

—¡Lissy di... dice que se... se la llev... ará a vivir con... con usted! —tartamudeó el pobrecillo entre sollozos—. ¡Y que nos... otros nos qued... aremos a vivir aquí sin ell... ella!

Felicity se acercó, con la mirada fija en Ian.

—Lo siento... No se lo había dicho a los muchachos hasta ahora. Sabía que se lo tomarían muy mal.

—¡Por favor! ¡No se lleve a nuestra herm... hermana! ¡Necesitamos a Lissy!

Ian se arrodilló delante del muchacho y estrechó la carita anegada de lágrimas entre sus enormes manos.

—Yo también la necesito. Y vosotros tenéis a la señora Box, para que se ocupe de vosotros. En cambio, ¿a quién tengo yo? A nadie. Además, sólo será por una semana. El día de Nochevieja regresaremos para recogeros y entonces viviremos todos juntos en mi casa. ¿Te parece bien?

—¡Sí, pero ya habrá pasado Navidad! —masculló William—. ¡Y no podemos pasar ese día tan chulo sin Lissy!

El llanto lo torturaba terriblemente. Navidad. Por supuesto. Hacía años que no celebraba una Navidad como mandaba la tradición, y a pesar de que había pensado vagamente que Felicity y los chicos estarían separados durante esas fiestas, no le había parecido un hecho preocupante. Había enviado una selección de juguetes a la casa de los Taylor suficientemente impresionante como para hacer las delicias de cualquier niño, y había considerado que con ello cerraba el problema.

¡Qué idiota que había sido! Esa mujer era lo que más se asemejaba a una madre para esos chiquillos, y ahora la estaba apartando de ellos en una fecha tan especial como el día de Navidad. ¿Qué diantre le estaba pasando esos días, para actuar como un verdadero botarate? El Ian Lennard que había sido espía al servicio de Su Majestad habría reconocido de inmediato la importancia de que los chiquillos tuvieran a Felicity cerca en un día tan memorable. El Ian vencido y entontecido por culpa de su esposa, sin embargo, sólo pensaba en los segundos que faltaban para quedarse a solas con ella.

Abatido, clavó la vista en Felicity, quien a su vez contemplaba a William con los ojos empañados. Maldición. Se levantó y le acarició el brazo.

—¿Por qué no me habías dicho nada?

Felicity desvió la vista antes de contestar con la voz entrecortada:

—¿Sobre... sobre qué?

—Tú también quieres pasar el día de Navidad aquí, ¿no es cierto? Lo siento, no me di cuenta de... —Soltó un bufido, con aire derrotado—. No soy tan tirano como para apartarte de tu familia en una fecha tan especial.

Bajó la vista y contempló la nariz enrojecida de William y los movimientos convulsos de su pecho. Enemistarse con los hermanos de su esposa no era lo más adecuado para iniciar una vida feliz en común. Aunque la única solución tampoco era de su agrado.

Así que se quedó absolutamente sorprendido cuando se oyó a sí mismo decir:

—¿Qué te parece si Lissy y yo nos quedamos en vuestra casa esta noche, William? Podemos celebrar la Navidad todos juntos, mañana por la mañana, y partir hacia mis tierras después de la cena. ¿Te gustaría ese plan?

A William se le iluminaron los ojos.

—¡Oh, sí! ¿Has oído, Lissy? ¡Celebraremos la Navidad todos juntos! —Salió disparado a contárselo a sus hermanos.

—¡Pero sólo será esta noche! —gritó Ian para que lo oyera el muchacho que se alejaba a toda velocidad. Luego suspiró. Otra noche compartiendo a Felicity con sus hermanos. Fantástico.

Felicity deslizó la mano hasta emplazarla en el codo doblado de su esposo, y luego lo besó en la mejilla.

—Gracias —le sonrió dulcemente—. Pero es posible que más tarde te arrepientas de tu sugerencia, cuando mis hermanos te asalten sin piedad.

—Ya me arrepiento ahora —refunfuñó Ian, rodeándola por la cintura con los brazos—. Quizá pueda convencerlos de que Santa Claus vendrá más temprano de lo esperado, si se van a dormir temprano.

—Buena suerte. —La sonrisa de Felicity se tornó más picarona—. Mis hermanos esperan siempre el día de Navidad con tanto nerviosismo que tendremos suerte si podemos pegar ojo esta noche.

—¿Y por qué han de dormir? Nosotros no dormiremos.

Felicity se quedó paralizada, luego se ruborizó e intentó apartar las manos de él.

—Habla por ti. Yo pienso dormir la mar de bien. Nunca tengo problemas de insomnio, cuando duermo en mi cama... sola.

—¿Sola? Ni lo sueñes. —La estrechó con más fuerza—. Ahora eres mi esposa y no toleraré que tus criados vayan por todo Londres cotilleando sobre por qué el vizconde de Saint Clair no se acostó con su esposa la noche de bodas.

La mirada fría y penetrante de Felicity le dio a entender que había comprendido su posición y que sabía que no podía hacer nada por evitarlo.

—De acuerdo. Dormiremos juntos. Pero eso será lo único que hagamos juntos: dormir.

—Si tú lo dices —se jactó él. Muy bien, la dejaría continuar con su hipocresía un rato más. Después de todo, tenía toda la noche para despojarla de ese mal hábito, prenda a prenda.

Capítulo veinte

La deplorable tendencia que muestran algunos individuos a beber más de la cuenta durante las fiestas
navideñas causará estragos en nuestra sociedad si
no atacamos ese problema a tiempo.

The Evening Gazette, 25 de diciembre de 1820
LORD X

*F*elicity se despertó con una gran sensación de pesadez, mientras la luz de la mañana se filtraba a través de sus párpados en-
tornados. Abrió los ojos y vio las molduras familiares en el techo. Estaba en su propio lecho y llevaba puesto el camisón, pero
¿cómo había llegado hasta allí? La última cosa que recordaba era
que estaba contando un cuento a Georgie en la habitación de los
chiquillos. Y luego, un sueño extraño... unos brazos alzándola en
volandas... una voz melosa... una sensación de estar flotando...

¡Ian! Se incorporó de la cama como una bala y entonces lo
avistó, sentado en una silla cercana. Sin camisa y descalzo, iba
ataviado únicamente con su ropa interior. Tenía las piernas ve-
lludas totalmente abiertas, y los brazos cruzados sobre el pecho
desnudo. También tenía las pupilas clavadas en ella, con una
oscura intensidad que le provocó un desapacible escalofrío.

Nunca antes lo había visto con un semblante tan amenazador. O tentador.

—¡Por fin se despertó la Bella Durmiente! —la saludó él,
arrastrando la voz con una evidente pereza. Ian se desperezó
en la silla y un espasmo de dolor se dibujó en su cara pálida,
algo muy raro, puesto que Ian nunca estaba pálido.

—¿Te encuentras bien? —inquirió ella, súbitamente preocupada.

Ian se inclinó hacia delante para recoger algo del suelo y mostrárselo a ella. Una botella de brandy. Y a juzgar por la apariencia, estaba prácticamente vacía.

—¡Santo cielo! ¡Pero si estás borracho! —exclamó Felicity.

Ian alzó la botella, inspeccionando el poco líquido que quedaba en el interior.

—No lo suficientemente borracho. Ya estaba medio vacía cuando la encontré.

Qué extraño que Ian bebiera en exceso. Emborracharse significaba perder el control de la situación, y él nunca perdía el control. ¿Qué lo había impulsado a beber?

—¿Pasó algo ayer por la noche que yo no recuerde?

—No, no pasó absolutamente nada. —Se recostó en la silla y la miró con el semblante ensombrecido al tiempo que se propinaba golpecitos en la pierna con la botella—. Ése es el problema. Entre la celebración de Navidad, todo el tiempo que dedicamos a llenar los calcetines colgados en la chimenea y a cantar villancicos con tus hermanos, y tu insistencia de acostar a los pequeños, no sucedió absolutamente nada. No aceptaste que subiera contigo; me diste una burda excusa sobre que era la última noche que pasarías con ellos durante un tiempo. Así que como un idiota, bajé aquí a esperarte.

Alzó la botella y sorbió el resto de su contenido. Los músculos en su garganta se movieron convulsivamente mientras Ian bebía. A continuación se secó la boca con el reverso de la mano.

—Cuando vi que no bajabas, subí a buscarte y te encontré dormida en la cama de Georgie.

Ian sonaba tan decepcionado que a ella se le escapó una sonrisa.

—Oh, seguramente fue por culpa del champán. Siempre me provoca somnolencia. Y además, ayer me había despertado muy temprano para...

—Intenté despertarte. Pero todo fue inútil, así que finalmente decidí llevarte a la cama. —Ian desvió la vista hacia su cuerpo y se detuvo en sus pechos.

La repentina alteración en su expresión, de enfado a deseo, hizo que ella también bajara la vista hasta su camisón. Por todos los santos. Estaba abierto y los lazos desatados. Se los ató ágilmente, procurando no mirar hacia esos ojos hambrientos.

—¿Fuiste tú quien... me desvistió?

—Sí. No podía permitir que te acostaras con el vestido, ¿no te parece?

Un calor asfixiante se apoderó de ella al imaginar a Ian desabrochándole el vestido y quitándoselo muy despacio. ¿La había tocado? Quizá sí. Pero no se había acostado con ella, de eso no le cabía la menor duda. Lo recordaría, si eso hubiera sucedido. Además, si le hubiera hecho el amor, probablemente ahora no estaría borracho.

Ian alzó más la botella, la contempló con cara apesadumbrada, y luego la lanzó a un lado como un niño malcriado que acabara de cansarse de un juguete.

—Está vacía. Maldición. ¿Hay más brandy en esta casa?

—Si lo hubiera, no te lo daría —lo amonestó ella con un tono puritano—. No deberías estar bebiendo a estas horas, por el amor de Dios.

—Me atrevería a decir que cualquier hombre que se pase su noche de bodas contemplando cómo su esposa arrulla a una pandilla de críos desagradecidos y cómo luego se queda dormida junto a ellos debería estar bebiendo a estas horas.

Ian hablaba con tanta tristeza, pobrecito. Su actitud casi satisfizo la sed de revancha de Felicity; se lo merecía por haberse pasado la noche anterior intentando derribar la resistencia que ella le oponía: una caricia cuando sus hermanos no miraban... un brazo alrededor de la cintura... arrumacos provocativos. Y tampoco podía olvidar los dos besos robados en el pasillo y otro más descarado cuando pasaron por debajo del ramo de muérdago. Oh, sí, Ian merecía pasar la noche de bodas a solas, después de todo lo que ella había tenido que aguantar.

Felicity no se dio cuenta de que estaba sonriendo hasta que él refunfuñó enojado:

—Te parece muy divertido, ¿verdad? Estás muy orgullosa de todas tus tácticas para retrasar que nos acostemos juntos.

—La verdad es que no lo había planeado, así que difícilmente puedo sentirme orgullosa de ello. Pero he de reconocer que ha funcionado a mi favor. —Ella se incorporó de la cama y se arropó con un batín, luego enfiló hacia la puerta y la abrió.

—¿Se puede saber adónde crees que vas? —Ian se alzó de la silla, con unos movimientos sorprendentemente serenos.

Felicity lo miró a la cara, y al instante notó una tremenda sequedad en la boca al tiempo que se le aceleraba el pulso. La escasa ropa que Ian llevaba puesta no dejaba lugar para la imaginación, ya que matizaba su erección con un detallismo delicioso. Además, el hecho de tenerlo delante medio desnudo le confería la oportunidad de contemplar sin inconvenientes ese físico glorioso. Maldito fuera ese hombre. Incluso borracho la seducía.

Pero no podía permitir que esa visión la abstrajera de su propósito esta vez. Mientras intentaba pensar con rapidez, se apoderó de la llave de la puerta para que él no pudiera cerrarla de nuevo.

—Estaba pensando que sería una buena idea ir a buscar algo que te alivie el dolor de cabeza. Los chicos no tardarán en despertarse, y...

—Cierra la puerta —ordenó él mientras avanzaba a grandes zancadas hacia ella—. Es evidente que hemos echado a perder nuestra noche de bodas, pero nada nos impide gozar de una fabulosa mañana después del día de nuestra boda.

Con el corazón desbocado, ella abrió la puerta, pero en tan sólo dos pasos Ian consiguió colocarse a su lado. Sin perder ni un segundo, cerró la puerta con un sonoro golpe antes de que Felicity pudiera escapar. Luego la apresó entre su cuerpo y la pared. Cada centímetro de su cuerpo duro y varonil estaba pegado al de ella.

—Dame la llave —ordenó, con unos ojos destellantes de furia.

Con porte desafiante, ella la lanzó al otro lado de la alcoba.

—Recógela tú mismo.

Ian dudó unos instantes, como si estuviera sopesando cómo coger la llave sin darle a su esposa la oportunidad de escaparse. Entonces sonrió y depositó la mano sobre la cadera de Felicity.

—Bueno, no importa.

Mas cuando se inclinó para besarla, ella se escurrió como un pez por un lado y se separó rápidamente de él.

—No estás en condiciones de hacer el amor —proclamó al tiempo que le daba la espalda.

—Ningún hombre ha estado jamás en más óptimas condiciones para hacer el amor, *ma chérie*. —Se abalanzó sobre ella como un león—. Ahora eres mi esposa. Y ahora mismo consumaremos este matrimonio.

La serie de golpecitos intermitentes en la puerta los tomó a ambos por sorpresa. Ian se detuvo, girándose expeditamente hacia la puerta.

—¡Lissy! —exclamó una vocecita infantil desde el otro lado de la puerta—. ¿Estás despierta, Lissy?

—No digas nada, y seguro que esos malandrines se marcharán —gruñó Ian en voz baja.

Ella se echó a reír, en parte porque lo que él acababa de decir era del todo improbable y en parte porque se sentía aliviada de haberse librado de nuevo de esa situación tan apurada.

—Hoy es Navidad, Ian. No se marcharán. Tendrías que estar contento de que no hayan entrado con el arrebato de un torbellino sin llamar. Eso es lo que suelen hacer.

El comentario sólo consiguió enfurecerlo más. Sin perder ni un segundo, se precipitó hacia la puerta y gritó:

—¡Marchaos, muchachos! ¡Vuestra hermana aún no está lista! Cuando lo esté, ya vendrá a vuestro cuarto a buscaros.

Felicity sonrió burlonamente.

—Nada de lo que digas los convencerá. No en el día de Navidad.

Como si los pequeños pretendieran apoyar su alegato, el tirador de la puerta se movió varias veces seguidas al tiempo que una vocecita infantil voceaba:

—¿Estás ahí, Lissy? ¡Queremos ver qué es lo que Santa Claus nos ha dejado en los calcetines!

—¡Pues id a verlo vosotros solos! —gritó Ian a través de la puerta.

—¡No podemos! ¡Lissy ha cerrado la puerta de la salita con llave!

Ian la fulminó con una mirada asesina.

—No habrás sido capaz de hacer eso.

—Siempre lo hago. Si no, esos pillos bajarían a media noche.

Él la miró con el ceño fruncido.

—Diles que esperen hasta que hayamos acabado.

—Lo tienes claro. —Soltando una risita triunfal, Felicity exclamó—: ¡Esperad un momento, chicos! ¡En un segundo estoy vestida!

—¡Date prisa! ¡Es Navidad! —alborotó Georgie a través de la puerta.

Ian profirió una maldición a media voz. Su mirada iba de Felicity al tirador de la puerta, y luego otra vez hacia su esposa mientras ella se encaminaba al vestidor situado en el otro extremo de la habitación. No era difícil adivinarle el pensamiento: ¿Qué tenía que hacer? ¿Abrir la puerta y ordenar a los chicos que se marcharan? No, esos traviesos se abalanzarían sobre él y entrarían en la habitación, y entonces no habría forma de librarse de ellos. ¿Apartarse de la puerta e ir en busca de la llave? Entonces ella podría escaparse.

Felicity sonrió victoriosa. Con eso se vengaba de él por todas sus mezquinas maniobras en el carruaje el día anterior y sus caricias y carantoñas la noche pasada. Sacó una blusita interior limpia, unas enaguas, y luego eligió un traje que se abotonaba por delante que podría ponerse fácilmente, ya que no deseaba la ayuda de su marido. Se dirigió hacia el biombo, pero se detuvo en seco mientras se le ocurría un pensamiento perverso.

Quizá aún había otra forma mejor de vengarse de él.

Sintiéndose muy segura de sí misma, se encaró a él desde cierta distancia y se quitó el camisón con toda naturalidad, como si Ian no la estuviera mirando con ojos selváticos desde su posición junto a la puerta. Dudó un momento, sin estar segura de si su plan era acertado. Pero él tenía un hombro apoyado contra la puerta y no podía moverse. Sí, estaría totalmente a salvo.

Además, ya era hora de recordarle lo que se estaba perdiendo mientras la considerase únicamente una yegua de cría y no una esposa. Lentamente, se desató los lazos del camisón y tiró de una manga, luego de la otra.

Ian abrió los ojos descomunalmente.

—¿Pero se puede saber qué diantre estás haciendo?

—Me estoy cambiando de ropa. He de vestirme. —Con una sonrisa guasona, dejó caer el camisón en el suelo, y sus pechos desnudos quedaron al descubierto.

Ian la devoró con una mirada hambrienta.

—Ven aquí, deja que te ayude —dijo él en esa voz grave que tanto la excitaba.

Felicity se sintió tentada. Pero no pensaba caer en la trampa, especialmente después de que él se hubiera mostrado tan prepotente y tan seguro el día anterior.

—No, gracias, no necesito ayuda. Además, tú tienes que mantener la puerta cerrada. Quién sabe, quizá los chicos intentan entrar.

Felicity se inclinó para asir las vetas de las enaguas, y él suspiró, sin dar crédito a lo que veía.

—¡Ni te atrevas a hacer eso!

Disfrutando de la sensación de ejercer tal poder sobre él, Felicity se desabrochó las enaguas lentamente, recordando sus endiabladas caricias el día anterior y lo que había sucedido después.

Ian se la estaba comiendo con la mirada.

—No es divertido, Felicity.

—¿Ah, no? ¿Tienes miedo de no tener finalmente ese deseado heredero antes del día de San Martín? —preguntó ella con un tono sarcástico. Acto seguido, se quitó las enaguas.

Ian resopló al tiempo que se alejaba de la puerta.

—¿Chicos? —gritó ella.

Los pequeños intentaron entrar, y el abatido vizconde volvió a pegar la espalda a la puerta y a ejercer presión para no dejarlos entrar.

—¡Marchaos! —exclamó Ian a través de la puerta, sin apartar ni por un momento la vista de ella.

Felicity se solazó ante el perverso escalofrío que sintió en la columna mientras veía cómo él contemplaba con ojos selváticos cada centímetro de su cuerpo desnudo. Era un acto vil, de una audacia extrema. Tendría que haberse sentido avergonzada de sí misma, pero no lo estaba. Ian merecía sufrir esa dulce tortura a la que él la había sometido el día anterior.

—Al menos ten la decencia de utilizar el biombo —espetó él.

—O tú podrías cerrar los ojos.

—No, no puedo —repuso Ian con voz ronca.

En realidad, él parecía una figura congelada, la viva imagen de un hombre terriblemente frustrado, apoyado en la puerta, que seguía sin parpadear cada movimiento que ella hacía mientras se mantenía absolutamente rígido como el dilatado bulto que se ocultaba detro de sus calzoncillos. Felicity enarcó una ceja y alzó una media, luego alzó el pie y lo apoyó en la cama para ponerse la media. Desde ese punto de visión aventajado, Ian disfrutaba de una excelente vista de determinada área de su anatomía femenina.

Un murmullo entrecortado, una mezcla de gemido y de maldición, se escapó de la boca de Ian. Felicity se ciñó la media a la liga, luego bajó la pierna y se inclinó para recoger la otra media.

—¡Ya basta! —bramó él. Cuando ella lo miró con cara de sorpresa, él se puso totalmente erguido.

—Por si no lo sabías, este juego es más divertido si lo practican dos en vez de uno. Continúa mostrándome tus posaderas, *ma chérie*, y te describiré lo que me gustaría hacerte. Y lo haré en voz alta. Quizá ya va siendo hora de que eduquemos a tus hermanos en las artes de la seducción, puesto que me parece que están con la oreja pegada al otro lado de la puerta.

Felicity dudó. Desde luego era cierto que del pasillo no llegaba ningún ruido, y conocía demasiado bien a sus hermanos como para pensar que se habían marchado.

—No serás capaz de cometer semejante indiscreción.

Ian achicó los ojos.

—¿Ves ese trozo de piel que asoma por encima de la liga? Quiero pasar la lengua por encima y lamerte...

—¡De acuerdo! ¡De acuerdo! —Felicity recogió toda la ropa con la celeridad de un rayo y se precipitó hacia el biombo.

El suspiro de alivio de Ian resonó en toda la habitación. Ella se vistió en un pispás. Cuando volvió a aparecer delante del biombo, descubrió que Ian se estaba poniendo la camisa y los pantalones con cara de malas pulgas. Había atrancado la puerta con una silla, pero era obvio que había desistido de cualquier intento de acostarse con ella esa mañana, ya que los muchachos estaban armando tanto jaleo en el pasillo que quedaba claro que nadie tendría paz en esa casa hasta que alguien abriera la maldita puerta.

Sin embargo, mientras ella pasaba a toda velocidad delante

de él, Ian la agarró por el brazo y la atrajo lo suficiente como para susurrarle:

—Esta noche, mi querida esposa juguetona, no habrá chicos pululando cerca de nuestra puerta.

Felicity sintió un escalofrío en la columna vertebral. Quizá su método de venganza no había sido una idea tan brillante, después de todo.

—Esta noche yo dispondré de mi propio aposento.

—Sólo para dormir. —Su sonrisa de bribón consiguió que a ella se le erizara el vello en todo el cuerpo—. De hecho, quiero que repitas tu espectacular actuación de esta mañana en la intimidad de mi aposento en Chesterley.

Ella alzó la barbilla con petulancia.

—Encantada. Tan pronto como me cuentes todo lo que deseo saber, estaré más que contenta de reunirme contigo en tu aposento.

La sonrisa de Ian se desvaneció.

—¿No piensas claudicar nunca?

—No. Prefiero abstenerme de determinados placeres que puedas ofrecerme que pasar un momento en tu cama sabiendo que para ti lo que hacemos no es más que un acto para engendrar un heredero.

Por un momento, Ian abrió la boca como si fuera a decir algo. Entonces su mandíbula se tensó y desvió la vista hacia la puerta.

—Será mejor que abras antes de que esos toritos la derriben a patadas.

«Ahora sí que no me queda ninguna duda al respecto: me he casado con una fémina impúdica y caprichosa», se dijo Ian malhumoradamente mientras se sentaba en la sala donde los tremendos Taylor procedían a destripar un montón de cajas y de paquetes envueltos en papeles de vivos colores. Tenía la mirada fija en su nueva esposa —lo cierto era que había sido incapaz de apartar la vista de ella desde su increíble actuación en la alcoba—. Su atractiva melena le cubría los hombros como un manto de terciopelo, y una dulce y fresca sonrisa curvaba su boca cada vez que sus hermanos abrían uno de los numerosos regalos. Sentada en el suelo con su cuerpo oculto tras montones de papeles arrugados y lacitos enredados, cualquiera la habría confundido con uno más de los niños.

Pero él no. Por Dios, esa mañana, cuando se había quitado las enaguas...

Ian lanzó un bufido de exasperación. Tenía una figura divina. No podía apartar de su mente la imagen de ese cuerpo desnudo, bañado por los rayos del sol que besaban los pequeños pechos erectos y respingones, y los tentadores rizos entre sus piernas. Igual que tampoco podía olvidar su sonrisita morbosa como diciéndole: «Puedes mirar pero no tocar». Si no la hubiera desvirgado él mismo, ahora tendría serias dudas acerca de su virtud, pero al parecer, sus instintos provocadores eran tan naturales como su afinidad por escribir cotilleos. Esa mujer acabaría con él.

Una sonrisa de autocomplacencia coronó los labios de Ian. ¡Y pensar que el día anterior él había tenido la arrogancia de especular que todo sería tan fácil! Si no andaba con pies de plomo, ella conseguiría sonsacarle no sólo todos los secretos referentes a su pasado sino miles más, cualquier cosa con tal de recuperar el privilegio de separar esos deliciosos muslos nacarados y...

Maldición. Había llegado el momento de pensar en una nueva estrategia. ¿Pero cuál? Los intentos directos de seducirla meramente servían para reafirmar la determinación de su esposa de oponerle resistencia, y los intentos indirectos conseguían que ella respondiera con buena disposición, pero sólo para echarse atrás antes de llegar al acto sexual.

William se le acercó, arrastrando un magnífico caballito de madera que había recibido de Santa Claus, un juguete de artesanía, con la crin confeccionada con pelo de un caballo de verdad, que Ian había elegido pensando especialmente en el muchacho. George y Ansel habían salido disparados hacia la puerta para probar los suyos en las escaleras, y James estaba sentado al lado de su hermana, maravillado ante un estuche de herramientas para tallar madera.

Pero William se acercó a Ian con una sonrisa tímida.

—¡Mire, lord Saint Clair, si incluso tiene las riendas de piel y todo!

La excitación del muchacho disipó cualquier rastro de resentimiento que él pudiera aún sentir hacia los chiquillos por haber arruinado sus planes para la luna de miel.

—Sabes, William, ahora que me he casado con tu hermana, tú y yo somos hermanos. ¿Así que por qué no me llamas Ian?

William lo miró extasiado.

—¿De verdad?

—De verdad. —Ian alzó al muchacho para sentarlo en sus rodillas, sorprendido ante el inesperado afecto familiar que lo había abordado—. Y cuando tu hermana y yo regresemos a la ciudad la semana que viene para recogeros a ti y a tus hermanos y llevaros a Chesterley, veremos qué hay que hacer para compraros a todos unos ponies de verdad.

—¡Hurra! —William abrazó a Ian con entusiasmo—. ¡Eres el mejor hermano que nunca he tenido!

—O por lo menos el más rico —lo corrigió Felicity. Cuando Ian sonrió abiertamente ante la repentina intromisión de su esposa, ella se apresuró a añadir—: Los malcriarás a todos, si continúas con esa actitud.

—Sólo busco formas de mantenerlos ocupados en las primeras horas del día, para que no vayan por ahí llamando a la puerta de las habitaciones.

Felicity enarcó una ceja.

—Pues creo que te estás excediendo —agregó al tiempo que señalaba con la mano el suelo de la sala—. Santa Claus ha sido demasiado generoso.

—Lo celebro, porque creo que en los últimos años Santa Claus dejaba esta casa para el final de su trayecto, así que ese anciano les debía a tus hermanos algunos regalos atrasados, ¿no te parece? —Le hizo cosquillas a William en la cintura—. ¿A ti te importa que Santa Claus os haya dejado tantos regalos de golpe?

La respuesta fue un predecible y sonoro «no».

—¿Lo ves? —Ian continuó riendo—. A los chicos de esta familia no les cuesta nada mostrar su conformidad con mis comentarios. Tú eres la única que pone trabas.

Felicity irguió la espalda.

—Porque soy la única persona sensata en esta casa.

—¿Significa eso que no quieres el regalo que te he comprado?

Sus finas mejillas se sonrojaron de emoción.

—¿Me has... me has comprado un regalo?

—Pues claro. Eres mi esposa.

Tapándose la cara con disimulo para que él no viera su estado de azoramiento, Felicity tartamudeó:

—Sí, pero... pero yo no... yo no te he comprado nada... quiero decir que... que no he tenido tiempo para... para...

—Ni tiempo ni dinero. No te preocupes, no pasa nada.

Colocó a William a un lado y el muchacho salió disparado de la sala para unirse a sus hermanos, gritando:

—¿A que no sabes una cosa, George? ¡Ian me ha dicho que nos comprará ponies de verdad!

Ian se levantó, luego avanzó hacia la ventana y recogió un grupo de regalos ocultos detrás de la cortina.

—Yo no necesito nada. En cambio tú sí.

Los ojos de su esposa brillaban de ilusión cuando aceptó los paquetes que él le tendía.

—No sé qué decir.

—Ábrelos antes de decir nada; a lo mejor no te gustan.

Ian se sintió tenso mientras ella se disponía a abrir la cajita rectangular que coronaba la pila. No tenía demasiada experiencia haciendo regalos a mujeres, pero sin saber porqué había asumido que Felicity no era como sus escasos ligues y que no le harían gracia los adornos ostentosos ni los lazos vistosos. Pero ahora tenía serias dudas. Quizá se había equivocado; a lo mejor ella odiaba esos envoltorios tan insulsos. Bueno, ya era demasiado tarde para poder remediarlo.

Felicity abrió la caja y sacó un objeto cilíndrico y plateado. Lo contempló con curiosidad, con una concentración perpleja.

James había regresado para sentarse con las piernas cruzadas al lado de su hermana en el suelo, y echó un vistazo al objeto por encima de su hombro.

—¿Qué es?

—Es un bolígrafo —explicó Ian—. Un hombre llamado John Scheffer obtuvo la patente del producto el año pasado. Con esto ya no será necesario recurrir más al tintero. —Se lo quitó gentilmente de las manos para mostrarle el funcionamiento, presionando un pequeño botón que mandaba la tinta hasta la punta—. He invertido en la compañía de Scheffer.

Creo que este invento tendrá un éxito enorme. Le pedí que hiciera este ejemplar especialmente para ti cuando regresamos de casa de los Worthing la semana pasada. Fíjate, lleva tus iniciales grabadas.

Tras usar un pedazo de papel de envolver para limpiar un poco de tinta que se había concentrado en la punta, Ian volvió a entregárselo a su dueña. Ella lo asió con un silencio tan espectral que a Ian se le formó un nudo de angustia en la garganta. Maldición. No le gustaba. Tendría que haberle comprado otros perifollos como los que contenían las otras cajas en lugar de arriesgarse con un regalo tan descabellado.

Un bolígrafo era un objeto demasiado práctico, no lo suficientemente apasionado para la naturaleza felina de su mujer. ¿Qué diantre sabía él de comprar regalos para una esposa, especialmente una tan poco convencional como Felicity?

Ante su prolongado silencio, Ian balbució desanimado:

—Vamos, abre los otros. El bolígrafo es más un experimento que un regalo. Pensé que podrías usarlo y decirme si funciona bien.

Entonces ella alzó la cabeza, con lágrimas brillando en sus ojos.

—¡Es la cosa más maravillosa que me han regalado nunca!

El semblante de su cara hizo que a Ian le diera un vuelco el corazón, con una sensación desconocida.

—¿Te gusta?

—¡Oh, Ian! ¡Me encanta! Odio esos engorrosos tinteros. Seguramente será muy útil. —Secándose las lágrimas de los ojos con una mano, depositó con mucho cuidado el bolígrafo dentro de la cajita—. Siempre lo tendré como un preciado tesoro.

Él se aclaró la garganta; no estaba acostumbrado a esos agradecimientos tan efusivos.

—Vamos, abre el siguiente —la animó, entregándole el segundo regalo.

—No deberías haber comprado tantos. Me siento fatal por no tener nada para ti.

No obstante, Felicity lo abrió con todo el entusiasmo del mundo. El resto de los regalos eran más típicos: un abanico de encaje, unas medias de seda y un par de exquisitos pendientes con rubíes por los que él había pagado una fortuna. A pesar de que ella exclamaba alegre con cada nuevo regalo, cuando acabó de abrirlos todos volvió a coger el bolígrafo para examinarlo otra vez. Mientras lo acariciaba, su cara se iluminó de ilusión, y él recordó cómo esas mismas manos habían acariciado su cuerpo esa noche inolvidable. Por Dios, estaba dispuesto a darlo todo con tal de sentirlas de nuevo sobre su cuerpo.

De repente, ella alzó la vista y lo miró a los ojos, y su bonita cara se iluminó todavía más.

—¡Un momento! —Se giró hacia James, le susurró algo al oído, y acto seguido el chiquillo salió disparado.

—¿Qué estás tramando ahora? —preguntó Ian, con una mueca de desconfianza.

La sonrisa de Felicity era enigmática.

—Ya lo verás.

James regresó unos momentos más tarde con un cuadro enmarcado. Se lo entregó a su hermana, quien a su vez se lo ofreció a Ian.

—Era el cuadro favorito de papá —explicó—. No podía soportar la idea de venderlo. Pero ahora que estamos casados... Bueno, no veo ninguna razón por la que no puedas admirarlo.

Ian aceptó el cuadro y lo contempló con una sorpresa palmaria. Podía comprender perfectamente por qué a su padre, que tenía fama de vividor, le gustaba tanto. La escena reproducía un harén; probablemente había sido pintado para alguien que poseyera una colección de arte erótico, y no estaba nada mal. Un sultán con la piel aceitunada se hallaba de pie en medio de un estrado con el pecho desnudo y los brazos cruzados. Debajo de él unas mujeres jóvenes muy ligeras de ropa posaban en varias posiciones sobre un estanque pintado con colores fascinantes.

—¿Me regalas un cuadro erótico? —inquirió él.

Su repentino rubor y las miradas furtivas hacia James, que los escuchaba con avidez, le dieron a entender a Ian que ella no lo había interpretado de ese modo.

—No, es... bueno... el pintor es español. Por eso me hizo pensar en ti. Aunque no sea un artista muy conocido.

—Eso lo supongo. —Ian examinó el cuadro con más detenimiento, incapaz de borrar la sonrisa de sus labios. Sólo a Fe-

licity se le ocurriría entregarle a su esposo algo tan patente-
mente escandaloso por una razón tan aparentemente inocente.

—Papá lo compró porque admiraba los colores y los trazos
—insistió ella.

—Estoy seguro de que eso era precisamente lo que más le
llamaba la atención —bromeó él—. Especialmente los colores
de la carne y los trazos voluptuosos.

—¡Ian! —exclamó ella lanzando una mirada molesta hacia
James, quien había perdido el interés por la conversación y
ahora se dedicaba a examinar el nuevo bolígrafo—. El sultán
también parece muy real, ¿no te parece?

¿El sultán? Ian volvió a mirar la figura. Entonces se dio
cuenta del motivo por el que había decidido regalarle el cuadro.
Estaba tan claro como el agua. Clavó sus pupilas en ella por encima del lienzo.

—Efectivamente, está muy bien hecho.

—Se nota que el pintor era español —farfulló ella, sintiéndose ahora un poco intimidada—. Ese sultán parece español;
sus rasgos son castellanos, y no turcos.

—Sí, castellanos. —Él bajó la voz—. Como los míos.

Felicity clavó la vista en el suelo y tragó saliva. Los movimientos convulsos de su garganta consiguieron excitar a Ian.

—Bueno, la cuestión es que creí que te gustaría. Y ahora
será mejor que vaya a ayudar a la señora Box con los preparativos para la cena. Si no te importa vigilar a los chicos, mientras tanto...

—Claro, ningún problema.

Así que ella pensaba que podría escurrir el bulto sin más
comentarios después de entregarle ese cuadro sorprendente,
¿verdad?

—Ya hablaremos más tarde sobre esta pintura.

Felicity lo miró con recelo.

—¿A qué te refieres, con eso de que hablaremos de la pintura?

—Verás, tengo curiosidad por saber qué es lo que a ti te
atrae de ese cuadro.

—¿A mí? Nada. —Pero el color encarnado de sus mejillas
confirmó las sospechas de Ian—. Sera mejor que... me vaya.

Él la observó, intentando no reír mientras ella abandonaba

la sala volando. Por lo menos se le había ocurrido una estrategia para seducirla. Era cierto que no había hecho progresos por la vía de intentar conquistarla con sutileza, pero era evidente que ella lo deseaba tanto como él la deseaba. Lamentablemente, cada vez que intentaba acorralarla contra una pared, su orgullo emergía contra él.

No, tenía que recurrir a sus propias necesidades para vencerla. Debía provocarla, tentarla. La alegría que ella había demostrado ante sus regalos, su tímida oferta de un cuadro indiscutiblemente erótico, demostraban que ella sentía suficiente ambivalencia por él como para ser vulnerable a un cortejo. Ahora que lo pensaba, Felicity había sucumbido a sus artes seductoras después de esa semana en que él había intentado ponerla celosa y del día en que él la había encontrado en la ciudad con sus hermanos.

Así que aunque estaba impaciente por acostarse con ella de nuevo, procuraría progresar lentamente, adulándola sin tocarla hasta que la tuviera a sus pies implorándole que le hiciera el amor.

Estarían solos una semana. Si al final de ese intervalo de tiempo no había conseguido que ella se acostara con él por voluntad propia, abandonaría cualquier táctica imaginable y pasaría a la acción.

Capítulo veintiuno

El enlace matrimonial entre el vizconde de Saint Clair y la señorita Felicity Taylor, hija del fallecido arquitecto Algernon Taylor, ha tomado a toda la sociedad por sorpresa. A pesar de los rumores que circulaban acerca de los dos, nadie esperaba esa boda tan inesperada.

The Evening Gazette, 27 de diciembre de 1820
Lord X

*E*n la tercera noche después de su boda, Felicity se hallaba sentada, escribiendo con su nuevo bolígrafo en la mesa de su espacioso aposento en Chesterley. Pero su mente pronto se desvió de la columna a su esposo enigmático.

¿Qué se podía suponer del comportamiento de Ian? Después de su confrontación la mañana del día de Navidad, había esperado una batalla prolongada y amarga. Una batalla que ella podía ganar, por descontado, pero no obstante una batalla. Había tomado la determinación de hacerle ver las ventajas de un matrimonio real, en el que los dos miembros de la pareja lo compartían todo. La abstinencia de las relaciones maritales le había parecido el único camino viable para que él la escuchara.

Pero ahora ya no estaba tan segura. Después de que ella se hubiera pasado toda la mañana y toda la tarde del día de Navidad autoconvenciéndose de que debía resistirse a los besos y a las caricias tentadoras que seguramente le regalaría su esposo, se había quedado desconcertada, ya que Ian no la había tocado ni una sola vez. Él le había ofrecido una razón para explicar su conducta el día que la llevó a Chesterley, alguna sandez sobre concederle tiempo para acostumbrarse al matrimonio, pero ella no se había creído esa burda excusa ni por un momento. Ian jamás le había concedido tiempo para acostumbrarse a nada antes. ¿Por qué iba a mostrar ahora tanta consideración? Además, Ian jamás se movía sin un propósito; seguro que tramaba algo.

Muy bien. Su esposo podía ser un genio de las estratagemas, pero ella se había pasado más tiempo del deseado estudiando los comportamientos de los hombres y de las mujeres que constituían la sociedad londinense. Seguramente podría averiguar sus intenciones.

Pero esa noche no, pensó ella con cansancio. No era el momento idóneo para tales cavilaciones, no cuando se sentía tan incómoda y malhumorada porque le había venido la regla. Tendría que intentar levantar los ánimos pensando en cosas que la hacían feliz, como por ejemplo en lo mucho que le gustaba Chesterley y todos los criados que trabajaban en esa mansión y en esas tierras, y que la habían sorprendido tan gratamente con su efusiva bienvenida. Pero cuando le venía el período menstrual no podía pensar racionalmente. De un grano de arena hacía una montaña y lloraba sin ningún motivo aparente, lo cual no era una ventaja cuando tenía que lidiar con las tácticas maquiavélicas de su esposo.

«Mi esposo», pensó entristecida. ¡Oh! ¿Por qué el mero pensamiento de que él era ahora su esposo mitigaba su resolución?

Quizá porque como lord Saint Clair, él había sido su enemigo, y como Ian, la había irritado, incluso tentado, pero sin ser alguien capaz de alterar su vida sustancialmente. Como esposo, en cambio, él era la criatura más peligrosa sobre la faz de la Tierra, un demonio proveniente del infierno que le exigía el alma a cambio de satisfacer sus deseos más perversos... sus sueños calientes, decadentes... sus fantasías flagrantes...

Suspiró y volvió a asir el bolígrafo. Esos días deseaba tanto arrojarse a sus pies totalmente desnuda... Pero claro, eso era precisamente lo que él quería que ella hiciera.

Se sobresaltó al oír unos golpecitos en la puerta que unía su alcoba con la de Ian.

—¿Quién es? —bramó de malos modos sin poder contener su rabia.

—Tu marido, ¿acaso esperas a alguien más? ¿Puedo entrar?

—Por supuesto. —Por todos los santos, ¿cómo conseguía él hacer eso? ¿Aparecer cada vez que ella pensaba en él? ¿E incluso usar el tono burlón y las palabras calculadas que lograban ablandarla al instante? ¡Ese hombre era el mismísimo diablo en persona!

Especialmente ahora, que había entrado en la habitación sólo con una camisa medio abrochada que no lograba ocultar la magnífica amplitud de ese esplendoroso pecho de piel oscura, y unos pantalones ajustados que marcaban los muslos con una perfección exquisita. Sólo faltaba que alguien le diera un turbante persa para que se convirtiera en el sultán de sus sueños, con esos rasgos tan marcados y duros, y esos músculos que despertaban pasiones, y esa gracia innata al caminar.

Tampoco era que Felicity se sintiera sorprendida al verlo medio vestido a esas horas del atardecer. Sin embargo, él sólo parecía entrar en su alcoba cuando podía hacerlo razonablemente medio desnudo, como si usara la dejadez de su atuendo para reforzar la intimidad que se desprendía del hecho que ahora eran marido y mujer. A continuación deambulaba por la habitación con imperturbabilidad, o peor todavía, se tumbaba en la cama para comentar los eventos o planes para la mañana siguiente.

Ese hombre no perdía ni una sola ocasión para intentar erosionar su fortaleza. Gracias a Dios, Felicity tenía una buena razón para rechazarlo esta noche si él la provocaba, ya que seguramente él no querría acostarse con ella durante esos días del mes.

Además, esa noche Ian no parecía tener ganas de seducir a su mujer. Llevaba un periódico bajo el brazo, y a pesar de que ella iba vestida con ropa ligera, Ian apenas parpadeó con interés al observarla.

—Te he echado de menos durante la cena. Tu sirvienta me ha dicho que estabas indispuesta.

Felicity se sonrojó.

—Sí. —No dijo nada más. Ian podía ser su esposo, pero le

parecía impensable hablar con él sobre sus ciclos menstruales; era un tema demasiado personal.

—Te he traído la última edición de *The Evening Gazettte*; pensé que te levantaría los ánimos. —Su expresión era inescrutable—. Veo que Lord X ha anunciado nuestro matrimonio.

—Parecería extraño que Lord X no se hiciera eco de esa boda. —Felicity tragó saliva. ¿Había leído todo el artículo? ¿Y qué opinaba al respecto? Dos días antes, ella había considerado que era fácil alterar a su querido esposo con una pequeña escenificación erótica, pero ahora ya no estaba tan segura de que su actuación hubiera sido acertada—. Supongo que no te importa —se aventuró a decir.

—¿Que todo el mundo sepa que me he casado contigo? ¿Y por qué habría de importarme? —Se inclinó hacia ella—. Pero tal y como ya debes saber, eso no es todo lo que has comentado en tu columna.

Ian alzó el periódico y leyó en voz alta:

Algunos se preguntarán cómo es posible que lord Saint Clair se haya esposado con una mujer respetable y que esa relación pueda funcionar, dado que ese hombre oculta un pasado tan misterioso. No obstante, a pesar de lo que vuestro fiel corresponsal escribió anteriormente acerca del vizconde, ahora me atrevo a decir que el honor de ese hombre lo empujará a ser honesto con su esposa.

—Sí —respondió ella nerviosamente—. Inserté mi típico comentario.

—Querrás decir tu típica reprimenda. —Ian dobló el periódico con una sonrisa—. Dime, *ma chérie*, ¿acaso pretendes aleccionarme en cada edición de tu columna?

Maldición, él no estaba ni tan sólo enojado.

—Pues mira, no lo había pensado —replicó ella con impertinencia—. Por lo menos conseguí captar tu atención en el pasado, ¿no es así?

Con una sonrisa llena de picardía, Ian le lanzó el diario sobre la falda.

—Sí, pero si te dedicas a mencionar nuestro matrimonio en cada columna, incluso tus lectores más ingenuos acabarán por averiguar tu identidad.

Sus continuas muestras de buen humor consiguieron que Felicity se sintiera derrotada. Retomó la tarea de escribir.

—Estate tranquilo, no tengo ninguna intención de cometer un error tan estúpido. —Especialmente cuando él ni se había molestado ante su única mención a su esposo.

—¡Vaya alivio! —Inclinándose sobre ella, le quitó el artículo que estaba escribiendo. Rápidamente ojeó todas las líneas, y su sonrisa se desvaneció abruptamente—. Hummm... Qué interesante, querida. Así que no necesitas mencionar nuestro matrimonio para convencerme; ahora simplemente recurres a esos pequeños chismes que circulan por la ciudad para ilustrar nuestra situación.

Su tono divertido se había endurecido con una nota de sarcasmo.

—¿La misteriosa pelea de Merrington con su tío? ¿La última querida de Pelham y la patética falta de interés por parte de su esposa hacia su actitud intolerable? Eres muy lista, si crees que puedes darme lecciones de una manera que nadie más comprenda, excepto tú y yo. —Lanzó la hoja garabateada sobre la mesa con aire disgustado.

Ahora sí que Felicity había conseguido hacerlo reaccionar, aunque no del modo que ella anhelaba.

—No pretendía aleccionarte en esta columna. Me he limitado a escribir cotilleos como siempre. Me parece que eres tú quien está haciendo una segunda lectura del texto que he escrito.

—Oh, sí, claro, es una mera coincidencia que menciones a Merrington y a su tío.

—¡Esa habladuría está en boca de todos en Londres, y lo sabes!

El tono de Ian cuando volvió a hablar había recuperado la seguridad:

—¿Ah, sí? ¿Y qué me dices de Pelham? No me dirás que el comentario de que «ese desgraciado sin sentimientos que disfruta riéndose de su ingenua esposa pasándole a sus amantes por la cara» no va dirigido a mí. Te conozco mejor de lo que crees.

A Felicity le dolió esa acusación injusta. Jamás se le habría ocurrido comparar a Ian con ese tipo tan asqueroso.

—Pues al parecer no me conoces tan bien como crees. No me estaba refiriendo a ti, Ian.

—Pero disfrutas escarneciéndome en tu columna. Y eso del «desgraciado sin sentimientos que disfruta riéndose de su ingenua esposa»...

—Para que te enteres, señor arrogante, no todo lo que digo va dirigido a ti. —Se levantó de la silla, y un cúmulo de emociones la asaltó con tanto vigor mientras cruzaba la habitación para situarse tan lejos como fuera posible de su esposo—. ¿Cómo he de decírtelo? ¡Si ni siquiera estaba pensando en nuestra situación cuando escribí ese comentario!

Ian apoyó la cadera en la mesa y la miró con hosquedad.

—Olvidas que soy un experto en tu columna. Jamás levantas ampollas con los indefensos o los débiles como lo haces con la patética esposa de Pelham.

—Quizá sea porque esa dama no es patética, y nunca me he referido a ella en esos términos.

Ian ignoró la puntualización.

—Además, de tus palabras se desprende demasiada pasión hacia esos personajes como para que no se trate de un sentimiento personal ¿«desgraciado sin sentimientos»?, ¿«que disfruta riéndose de su ingenua esposa»? Como espía tenía fama de ser muy diestro descifrando mensajes codificados. Pero tú ya lo sabías, ¿no es cierto? Por eso escribes esas cosas, para que pueda comprender lo que quieres decir incluso cuando nadie más alcanza a entenderlas.

—¡A veces eres un odioso cretino arrogante! —El botarate de su esposo se negaba a escucharla, y ella no estaba de humor para esas tonterías. Con paso firme se dirigió hacia la puerta—. Mira, piensa lo que quieras. Está claro que no soy la única persona en este matrimonio que llega a conclusiones infundadas.

En tan sólo un par de zancadas, Ian se colocó a su lado y la agarró por el brazo para detenerla.

—¿Me estás diciendo que criticaste a Pelham y a su esposa porque sí, sin más? Él es un idiota vanidoso, de eso no me cabe la menor duda, y siempre se le van los ojos con las muchachas jóvenes, pero... —No terminó la frase, y Felicity notó como la fulminaba con una mirada confusa—. Espera un momento...

Tu padre diseñó una de las casas de Pelham, ¿no es así? Recuerdo que el duque lo mencionó una vez.

Los viejos recuerdos emergieron en la mente de Felicity, y ella asintió con la cabeza, incapaz de articular palabra alguna.

Los dedos de Ian se tensaron en su brazo.

—En el baile de lady Brumley, Pelham hizo algún comentario soez sobre ti, pero no le hice caso porque siempre habla así cuando ve a una mujer joven, pero... —Ian la forzó a mirarlo a la cara, y ella vio en los de su esposo una expresión de puro arrepentimiento—. ¡Por Dios, no me digas que ese cerdo te hizo algo! ¡Por eso lo criticas tanto en tu columna! ¿Te hizo daño?

—No fue nada... bueno, casi nada.

Felicity se inclinó para ocultar sus lágrimas, pero Ian la agarró por la barbilla para escudriñar su rostro. Cuando vio las lágrimas en sus ojos, bramó entre dientes:

—Obviamente fue algo más que un «casi nada».

El comentario desató un torrente de lágrimas que se escaparon de los ojos de Felicity y rodaron libremente por sus mejillas.

Con el semblante afligido, él la estrechó con ternura y la arrastró suavemente hasta la cama, luego la invitó a sentarse sobre su regazo para arrullarla entre sus brazos.

—Vamos, vamos, *ma chérie*. —Le acarició la espalda, el pelo, los brazos—. No llores, pequeña; ese desgraciado no te hará daño nunca más.

—Lo sé. —Felicity se secó las lágrimas con la mano y maldijo el estado de melancolía que la asaltaba siempre que le venía la regla—. No le tengo miedo.

Ian le colmó el pelo de besos suaves, casi como un penitente.

—¿Qué te hizo? ¿Y dónde estaba tu padre? ¿Por qué no estaba a tu lado para protegerte de ese viejo verde?

—¡No acepto que le eches la culpa a mi padre! Él siempre estaba tan inmerso en su trabajo que jamás se dio cuenta de los excesos de esos cerdos.

Ian la miró atónito, con una mezcla de horror y de incredulidad a la vez.

«¿Cerdos?» ¿Pelham no era el único? ¿Pero qué le habían hecho? ¿Cómo había podido suceder esa barbaridad?

—De verdad, no es tan grave como parece. —Felicity alzó la cara, ahora más sosegada—. Papá me llevaba con él cuando iba a visitar a sus patronos, y alguna vez... algunos de ellos o sus hijos se sobrepasaban un poco, eso es todo.

—¿Eso es todo? —A Ian se le tensó la mandíbula con rabia, y sus pupilas refulgieron con el brillo del fuego—. Dime quién te hizo daño y te juro que...

—Nadie se excedió más de la cuenta. Sólo me robaron uno o dos besos —mintió impulsivamente, alarmada ante el repentino arrebato de furia de su esposo—. Sabes perfectamente bien que era virgen cuando hicimos el amor.

—Ya, pero existen otras formas de hacerle daño a una mujer sin desvirgarla. Pelham debió de haber sido muy cruel, si sientes el impulso de criticarlo con tanta saña en tu columna. No muestras ni un ápice de misericordia por ese tipo.

Felicity se encogió de hombros y bajó la cabeza, pero él la agarró por los hombros.

—Dime, ¿qué te hizo ese desgraciado?

Ella había deseado durante tanto tiempo poderse desahogar con alguien contándole todo lo que sucedió, y su esposo la sorprendía ahora en un estado anímico tan bajo, que las palabras fluyeron por su boca sin que lo pudiera remediar.

—Me acorraló en la biblioteca de su casa. Papá no me necesitaba en ese momento, así que fui allí a leer un rato.

La imagen retornó a su mente al instante... Pelham entrando en la biblioteca, la grotesca sonrisa dibujada en sus labios, cómo la había acorralado entre la butaca y su orondo cuerpo. Lo confesó todo, como casi en un estado de trance:

—Me besó a traición, y por eso no reaccioné al principio, pero cuando él... cuando él me puso las manos encima, lo abofeteé. —Lo cual no sirvió de nada, por supuesto; ese tipo reaccionó con una estentórea risotada y le manoseó los pechos con crueldad. Pero no podía contarle eso a Ian—. Final de la historia.

—¿Que te puso las manos...? ¡Maldito cerdo! ¡Ya le pondré yo las manos dentro de los pantalones para arrancarle las pelotas! Mejor aún, ¡pienso estrangularlo con alevosía!

—¡No! Eso sucedió hace mucho tiempo, Ian, ahora ya no importa.

—Claro que importa. —Él la miró fijamente a los ojos—. Y yo conozco a Pelham. Sé que una bofetada no es suficiente para detenerlo.

Felicity desvió la vista, incapaz de mentir de nuevo.

—Cuéntame el resto, *ma chérie* —le pidió Ian.

—No hay mucho más que contar. Me agarró la mano y me obligó a colocarla sobre sus pantalones. Así que... que yo lo pellizqué tan fuerte como pude y él soltó un alarido de dolor. Gracias a Dios, su grito atrajo a su mujer, quien entró en la biblioteca justo en el momento en que Pelham alzaba la mano para pegarme.

—¡Por Dios! —pronunció Ian consternado—. Te escapaste de las fauces de ese animal por los pelos.

Felicity no había considerado la situación en esos términos anteriormente, pero era cierto. Todo habría podido ser peor. Pelham no la había violado, ni tan sólo había tenido la ocasión de pegarla. Sin embargo, durante años ella no había podido perdonarlo por tal afrenta, ni a él ni a su esposa. A raíz de ese susto —y por otros incidentes menores— ella había fomentado una terrible aversión hacia los tipos del mismo rango social que Pelham. Por más que fuera del todo ilógico, no podía remediarlo.

—Me hubiera gustado estar allí para presenciar la tremenda reprimenda que le debió de soltar su esposa —concluyó Ian.

—A la única persona a la que riñó fue a mí. —Aunque pareciera extraño, sin embargo, Felicity pronunció las palabras sin rencor. Era como si al contárselo a Ian se desvaneciera todo el poder dañino que le infligía ese horrible recuerdo—. Lady Pelham me llevó ante mi padre y le dijo que yo era una fresca y una calientabraguetas y que él debería darme una buena tunda de azotes.

—¡Vaya por Dios! ¡Menuda bruja asquerosa!

Felicity lanzó una carcajada.

—No te cuesta nada soltar tacos, ¿verdad?

—No veo por qué he de reprimirme. —Él la estrechó con fuerza—. Yo no escribo para el público. Si tuviera que redactar tu columna, habría sido mucho menos educada con esa arpía que tú.

Su columna. Se había olvidado de ella por completo.

—No debería haber mencionado ese chisme esta noche, que me encuentro tan... indispuesta. Tienes razón en que es algo personal. Normalmente no suelo atacar de uno modo tan directo, ni tan sólo cuando escribo comentarios acerca de los antiguos patronos de papá, pero esta noche me siento irascible.

—Y estoy seguro de que yo no he contribuido a sosegar tus ánimos, comportándome como un «odioso cretino arrogante».

Felicity lanzó un suspiro de desfallecimiento.

—No debería haberte insultado, lo siento.

—Pero tenías razón. Me he comportado de un modo tan egoísta como Pelham.

—¡No!

—Sí, yo también te besé contra tu voluntad, y te ataqué en casa de los Worthing...

—¡Tú no me atacaste! —Contempló esos ojos llenos de remordimiento—. Contigo fue muy distinto. Me gustó lo que hiciste. Pelham me hizo sentir sucia y usada, en cambio tú me hiciste sentir deseable. Y cuando te apartaste a tiempo, como era de esperar de un hombre honorable, me convenciste de que no todos los hombres de vuestro rango social son como Pelham.

A Ian le brillaron los ojos.

—Pero te seduje una semana después. Yo...

Felicity emplazó un dedo sobre sus labios para silenciarlo.

—No permitiré que te compares a ese tipo tan repugnante. No te pareces en nada a Pelham, en nada, te lo aseguro. Tú jamás me has obligado a entregarme a ti. Lo he hecho libremente, por puro deseo, y no me arrepiento.

Su tono fervoroso debió de convencerlo. Pero además consiguió algo más, algo que ella no había esperado. Felicity se dio cuenta incluso antes de que él inclinara la cabeza hacia ella.

Y para su vergüenza, ella aceptó el beso, aceptó esa muestra efusiva con un pasmoso abandono. Él era su esposo. Ella era su mujer. Por lo tanto, no había nada de malo en ello. El beso de Ian estaba cargado de ternura y de pasión al mismo tiempo, y consiguió despertar todos sus recuerdos de la última vez que habían estado juntos de ese modo tan íntimo.

Ian le quitó el chal que le cubría los hombros, y ella se acomodó para poder abrazarlo mejor. No fue consciente de cómo ese cambio de posición había arrimado peligrosamente sus pechos al torso de él hasta que Ian deslizó una mano dentro de su blusita para acariciarle la piel tersa y suave.

—Mi dulce diosa —murmuró él contra sus labios al tiempo que frotaba su pezón con el pulgar y el dedo índice hasta que éste adquirió la dureza de una piedra.

A Felicity se le desbocó el pulso, y sintió cómo el calor se iba extendiendo por sus venas con el efecto de una droga.

«Mi amor, mi dulce amor», pensó ella a modo de respuesta.

Ian tiró del camisón hacia abajo para liberar uno de sus pechos, y a continuación lo cubrió con la boca y lo succionó y lo chupó como enloquecido; cada nueva lamida de su lengua le provocaba a Felicity unos placeres exóticos indescriptibles. Ella se aferró a su cabeza, la atrajo más hacia sus pechos y la bañó de besos que sólo consiguieron excitar más a su esposo.

Entonces todo sucedió muy rápido. Él la invitó a tumbarse en la cama, y después cubrió su cuerpo casi por completo con su cuerpo, mientras que con las manos le acariciaba la parte interior de los muslos por debajo del camisón. Un pánico repentino se apoderó de ella. ¡Cielo santo! Tenía la regla... él no podía... no debía...

Lo agarró por la muñeca frenéticamente.

—¡No, Ian! No puedes...

—No me hagas lo mismo otra vez, *ma chérie* —bramó él al tiempo que alzaba la cabeza para mirarla con ojos implorantes—. ¡No puedo creer que quieras detenerme esta vez!

—¡Pero si no quiero, de verdad que no! Pero... pero yo... mi... ¡Cielos! ¡Qué situación más embarazosa! —En ese momento se ruborizó y sintió un insoportable calor en las mejillas. Tragó saliva—. Hoy me ha venido la regla. Por eso me sentía tan decaída; ni siquiera tenía apetito para cenar.

Ian se apartó ligeramente de ella y la miró desconcertado. Entonces, como si acabara de procesar la información que ella le había transmitido, resopló con fuerza y dejó caer la cabeza sobre el hombro de Felicity.

—Maldición. ¿Cómo es posible que tenga tan mala suerte?

Ella se quedó tumbada debajo de él sin moverse, sintiendo un enorme remordimiento.

—Lo... lo siento. Debería haberte dicho algo antes... pero es que... de verdad que me apetecía... ya me entiendes...

—Bueno, habrá más noches. —Ian estampó un beso forzado en su mejilla, como si cualquier otro roce pudiera poner a prueba su resistencia. Luego se apartó y esbozó una mueca indecisa—. Porque habrá más noches, ¿verdad?

Felicity sabía lo que él le estaba preguntando, y ahora estaba segura de la respuesta. Había llegado la hora de consumar el matrimonio. Sus intentos por coaccionarlo a hablar no estaban dando el fruto esperado, porque en el fondo él no se fiaba de los motivos que ella albergaba para mostrar tanto interés por su pasado. Se había dado cuenta al verlo tan iracundo a causa de los comentarios de su columna.

Así que debía demostrarle que sus motivos no eran capciosos, que lo amaba tanto que ya no le importaba si se lo contaba o no. Esa era la forma de conseguir que su matrimonio funcionara de verdad.

—Sí —repuso Felicity con suavidad—. Y afortunadamente la regla sólo me dura pocos días, así que pronto podremos...

—No sigas, *ma chérie*. —Ian sonrió con amargura—. A menos que desees atormentarme más, te pido que no me digas que dentro de pocos días podremos hacer el amor, porque para mí unos pocos días suponen toda una eternidad.

—Y para mí también —respondió ella con porte recatado.

Ian suspiró y se acomodó en la cama al lado de ella, con la vista fija en el dosel. Se mantuvo inmóvil y callado durante un largo rato, tanto que ella se preguntó qué más podía hacer para demostrarle que no intentaba embaucarlo. Entonces él habló con la voz entrecortada:

—Supongo que eso significa que no estás embarazada.

—No, no lo estoy, lo siento.

Ian volvió el rostro hacia ella y apoyó la cabeza en el codo.

—No tienes que disculparte; eso es algo que sólo la naturaleza puede controlar. Pero tendremos muchas más oportunidades.

Entonces, ¿por qué se mostraba tan decepcionado? ¿Por qué manifestaba ese interés casi enfermizo por engendrar un heredero cuanto antes?

Ian se incorporó y se quedó sentado a su lado.

—Será mejor que te deje. Probablemente necesitarás descansar.

Pero Felicity no estaba lista para quedarse sin su compañía, todavía no, por lo que también se sentó e intentó detenerle agarrándolo por la mano.

—Podrías dormir aquí esta noche. —Trazó los largos dedos ligeramente flexionados, la amplia palma de la mano con las pequeñas cicatrices que probablemente eran un recuerdo de su etapa de soldado.

—¿Dormir contigo sin tocarte? —dijo él con voz melosa—. Imposible. Perdóname, *ma chérie*, pero la última vez que compartí el lecho contigo sin hacerte el amor tuve que emborracharme para soportarlo. Y me temo que tendría que hacer lo mismo esta noche. Así que será mejor que regrese a mi habitación.

Se incorporó para marcharse, y ella lo llamó:

—¿Ian?

—¿Sí?

—Te aseguro que hablo en serio. Desisto de seguir luchando contra ti. Soy tu esposa y a partir de ahora procuraré comportarme como tal en todos los aspectos.

Él le acarició una mejilla.

—Que duermas bien, bonita. —Se detuvo, y luego agregó—: Si te encuentras bien mañana por la mañana, podríamos ir a visitar a los labriegos de nuestras tierras, para que pueda presentarte como es debido.

Ella sonrió.

—Me encantaría.

—Eso es todo lo que se me ocurre para intentar distraer nuestras mentes de otros pensamientos —admitió él con una sonrisa picarona.

Y después se marchó. Sintiéndose inmensamente sola, Felicity se levantó y se dirigió hacia la mesa. Su artículo todavía yacía inacabado en el mismo lugar donde Ian lo había tirado. Se sentó delante de la mesa y lo leyó otra vez. Las líneas le parecían rebuscadas ahora, como si las hubiera escrito un chiquillo que pretendiera sacarles la lengua a los que lo habían atormentado.

Por primera vez en muchos años, su amargura hacia Pel-

ham se desdibujó, y su lugar lo ocupó un sentimiento de absoluta pena. Ya que probablemente ese tipo jamás gozaría de una
mujer que lo quisiera de verdad sin tenerla que forzar a ello. Y
también sintió pena por su esposa, porque la pobre mujer tenía
que convivir con ese desgraciado. Nada de lo que Lord X pudiera decir alteraría esa situación; no, eso era imposible.

Se quedó meditando durante un largo rato. Entonces asió el
bolígrafo y tachó las líneas que se referían a Pelham y a su esposa.

Capítulo veintidós

Cuando las palabras no bastan, los hechos por sí solos hablan.

The Evening Gazette, 30 de diciembre de 1820
LORD X

*M*ientras Ian abandonaba la alcoba de Felicity, las últimas palabras que ella le había dicho resonaron dulcemente en su mente: «Desisto de seguir luchando contra ti. Soy tu esposa y a partir de ahora procuraré comportarme como tal en todos los aspectos». Por fin la había conquistado, y sin tener que confesarle sus secretos.

Pero más tarde, mientras yacía tumbado solo en su lecho, examinó esas palabras con más detenimiento, y se entristeció ante la evidencia. Felicity no había dicho: «Desisto de seguir luchando contra ti porque te quiero», a pesar de que él sabía que lo deseaba. Pero ella no había mencionado el hecho de «querer» ser su esposa en todos los sentidos. No, había hablado de su voluntad: «a partir de ahora procuraré comportarme como tal», como si comprendiera su deber, o se hubiera cansado de luchar inútilmente contra él.

Eso no era lo que él deseaba —una esposa a la fuerza—. Él quería que ella lo quisiera libremente, que fuera su esposa porque eso era precisamente lo que deseaba, no porque se sintiera atrapada en ese papel. Había conseguido casarse con ella a costa de tener que pagar un elevado precio a su propia conciencia.

La mañana siguiente, Ian envió a un criado para que presentara sus excusas por tener que cancelar la visita a los labriegos. No podía soportar mirar a su esposa a la cara. Ella había hablado más de la cuenta la noche anterior, había revelado justo lo suficiente de su pasado como para hacerle ver su comportamiento bajo una nueva luz.

Y examinar su propia conducta —o más bien, contemplar sus numerosos pecados— fue todo lo que hizo durante los siguientes tres días. Procuró no acercarse en ningún momento a su pobre y querida esposa, que tanto había sufrido en la vida. Por el amor de Dios, ¿qué podía decirle que pudiera excusar su execrable arrogancia? Simplemente el mero hecho de pensar en ella ya le torturaba la conciencia, así que ¿qué sucedería si tuviera que mirarla a la cara?

Era el atardecer de la víspera de Nochevieja, y él se hallaba en un dilema: al cabo de dos días tenían que regresar a Londres, ¿qué iba a hacer con Felicity?

Deambulando por su estudio sin hallar sosiego, hizo una pausa para mirar por la ventana y se quedó inmóvil al ver a la persona de sus pensamientos de pie, en el jardín, anotando algo en una tablilla. ¿Qué tramaba? ¿Rediseñar el jardín? ¿Aplanar el terreno para incorporar un pequeño estanque? ¡Difícil de saber, con su querida esposa!

Sin embargo, ella parecía tan relajada que la visión le sirvió para aliviar la conciencia. Aunque la tregua duró poco.

Dio la espalda a la ventana para contemplar con expresión alicaída el impresionante estudio, un verdadero bastión de masculinidad, gracias a las preferencias decorativas de su padre y a la propia falta de tiempo de él mismo para hacerse cargo de la redecoración. El mobiliario de caoba, las cortinas de terciopelo y los adornos en bronce viejo conferían a la estancia un ambiente oscuro, casi tenebroso. Lo odiaba.

Pero no sólo por la apariencia. Por Dios, esa impresionante mesa tan horrorosa... Cuántas veces se había escondido debajo de ella mientras su padre lo buscaba para azotarlo con la vara, y eso que ninguna vara le había hecho más daño en el trasero que las que rutinariamente tenía que sufrir en el elitista colegio Eton, pero en el caso de los azotes que le propinaba su padre, el dolor iba directo a su orgullo. Detestaba que se los diera el hombre al que más deseaba complacer. Odiaba verse obligado a someterse contra su voluntad. Sobre todo porque se sentía terriblemente humillado las pocas veces que su padre había logrado arrancarle alguna lágrima.

Ian siempre había considerado que era una cuestión de orgullo no llorar, y su padre siempre había considerado que era una cuestión de orgullo hacerlo llorar. Nadie comprendía su duelo privado. Su madre había implorado a Ian que fingiera las lágrimas para terminar con esos azotes tan crueles. Jordan le había dicho que era una locura contener las lágrimas verdaderas. Pero cada vez que Ian yacía tumbado sobre el regazo de su padre sin llorar mientras éste lo azotaba sin piedad, lo consideraba un triunfo sobre todo el proceso degradante.

De esa lección había aprendido que la fuerza bruta no daba resultado, que la manipulación y la estrategia eran las claves para obtener lo que uno deseaba, porque los azotes de su padre jamás habían conseguido nada más que fortificar su resistencia.

Ahora Felicity le había enseñado algo más: que existían otras clases de abusos que no eran físicos y que tenían el mismo poder destructivo. Sin querer le había enseñado esa lección en innumerables ocasiones, por ejemplo con sus lágrimas delante de Sara que aparentemente habían sido genuinas, o su horror ante las amenazas por parte de él para obligarla a casarse a la fuerza y, sobre todo, la forma en que había rechazado acostarse con él después de su boda: «Si me obligas a casarme contigo, será la última vez que te acuestes conmigo, a menos que me obligues también a hacer eso a la fuerza», le había dicho, y él había sido tan arrogante como para ignorar su queja legítima.

En lugar de eso, se había comportado exactamente como los viejos nobles que se hacían llamar «caballeros», como Pelham y Faringdon y el resto de esos mal nacidos. La había subyugado. Se había aprovechado de ella. La había seducido. La lista de sus ofensas era tan larga que se atragantó de asco.

Sin embargo, aún había logrado que ella se casara dando su consentimiento —bueno, quizá todo el consentimiento que una mujer puede dar cuando ha visto cómo pisotean su orgullo, una mujer a la que ya no le quedan energías para luchar—. Él había vencido sin dar el brazo a torcer ni tan sólo en la petición más simple de su esposa: que le contara la verdad acerca de su pasado.

¡Qué vacuo que resultaba ese triunfo!

Porque tarde o temprano ella averiguaría la verdad —si no por él, por otra persona—. Alguien dejaría caer un comentario fortuito, o tío Edgar se lo contaría sólo para desquitarse con él. Entonces ella tendría todos los motivos del mundo para abandonarlo, puesto que la verdad probablemente rompería todo vínculo de deber que él hubiera conseguido imponerle a su esposa.

Ian volvió a mirar por la ventana. Felicity se veía tan cómoda, encajaba tan bien en su jardín... No le costaría nada acostumbrarse a verla siempre así, deambulando relajadamente entre las flores. Y el pensamiento hizo que imaginarla abandonándolo le pareciera una posibilidad aún más aterradora. ¿Qué obtenía si ganaba la batalla contra su tío, si ella no estaba a su lado para saborear la victoria? O peor todavía, ¿y si ella se quedaba, a la fuerza o por resignación, pero sintiendo asco por él cada vez que se le acercara? Esa idea aún lo derrumbó más.

No, tenía que hacer algo para limpiar su conciencia. Había cometido un craso error al obligarla a casarse con él a la fuerza, ahora lo veía. Pero el destino lo había castigado negándole de momento un hijo; o quizá no fuera un castigo después de todo, sino una oportunidad para enmendar su error.

Aunque para ello tuviera que hacer de tripas corazón.

—Buenos días, milady. —Spencer, el mayordomo de Ian, saludó a Felicity mientras ella entraba en el comedor y se sentaba en su lugar acostumbrado.

«Milady.» Felicity siempre se sentía tentada a mirar a su alrededor para descubrir al elegante y distinguido personaje al que él seguramente se refería.

Spencer se inclinó a su lado para llenarle la copa de vino de Borgoña.

—El señor vizconde me ha pedido que le comunique que hoy no bajará a cenar, milady.

La cara de Felicity mostró toda su decepción. Se había vestido con tanto esmero, con la ilusión de poder anunciar a Ian que ya no tenía la regla...

—Ah.

El anciano mayordomo dudó unos instantes. Cuando ella lo miró perpleja, él añadió:

—Si necesita ver al señor, no obstante, él estará en su aposento.

A Felicity se le iluminó la mirada.

—¿Ha sido él quien le ha pedido que me lo dijera?

—No, milady, simplemente he pensado que quizá consideraría la información de interés.

De nuevo su estado de ánimo cayó por los suelos.

—Y se lo agradezco. Gracias.

El mayordomo hizo una señal al criado para que éste procediera a servirle el primer plato, consistente en un consomé. Ella se quedó mirando fijamente el plato, pero su mente voló lejos, muy lejos. La ausencia de Ian a la hora de la cena en los tres últimos días había conseguido incluso captar la atención de los criados. No le cabía ninguna duda de que también se habían dado cuenta de que él la evitaba a toda costa. La visita prometida a los labriegos no se había materializado; él había enviado a un criado para comunicarle que estaría demasiado ocupado con otras cuestiones y que no podría salir con ella a pasear y a presentarla al resto de los jornaleros de sus tierras.

Felicity detestaba ese enunciado: «enviar a un criado para comunicarle que...». Ian siempre «enviaba a criados para comunicarle algo». Que no podría acompañarla al pueblo, que estaría todo el día ausente, inspeccionando sus tierras, que no bajaría a cenar... Oh, qué ganas tenía de que él «enviara a un criado para comunicarle» qué era lo que ella había hecho la otra noche para que él la evitara con tanto descaro.

—¿Milady? —Spencer interrumpió sus pensamientos.

Felicity alzó la cara y vio al criado a su lado.

—¿Sí?

—¿No le... no le gusta la sopa?

Ella se había quedado mirando fijamente el plato durante varios minutos.

—No, no es eso. —Apartó la silla de la mesa—. Es que no tengo hambre. Me parece que esta noche yo tampoco cenaré.

—Muy bien, milady —murmuró el mayordomo, con una leve inclinación de cabeza.

Felicity se levantó abruptamente, tomó un buen trago de vino para reunir fuerzas y luego depositó la copa sobre la mesa y se dirigió hacia la puerta. Estaba harta de esa ridícula situación. Había visto menos a Ian en los últimos tres días de casados en Chesterley que en un único día de su vida cuando aún era soltera en Londres. No era propio de él mostrarse tan evasivo simplemente porque no pudiera acostarse con ella a causa de que tenía la regla. ¿Pero por qué otro motivo la rehuía?

Pronto lo descubriría. Estaban casados, por el amor de Dios, y si él pensaba que estar casado significaba ignorar a su esposa cuando no podía acostarse con ella, se equivocaba de lleno. Ya era hora de que se lo hiciera saber.

Cuando llegó a la habitación de Ian, se sintió aliviada al constatar que la puerta estaba abierta y su esposo claramente visible. Probablemente acababa de salir de la bañera, ya que su pelo aún estaba mojado y llevaba puesto un batín de seda anudado a la cintura con un lazo. Se hallaba de pie, junto a la cama, dando instrucciones a su ayudante de cámara, quien estaba...

Guardando sus ropas en un arcón abierto.

—¿Adónde vas? —preguntó ella con un tono irritado desde el umbral de la puerta.

El sirviente alzó la cara sorprendido, pero sólo fue necesario que Ian hiciera un rápido movimiento de cabeza señalando hacia la puerta para que el mozo abandonara la alcoba y se perdiera rápidamente por el pasillo.

—A Londres —contestó él.

Felicity pensaba que el corazón le iba a estallar de indignación. Entró en la habitación con paso inseguro y cerró la puerta tras ella.

—Pensaba que no íbamos a regresar a Londres hasta pasado mañana.

Ian retomó el trabajo inacabado del criado, lanzando un par de calzoncillos en el arcón.

—Ha habido un cambio de planes. Tú querías asistir al baile de Fin de Año que ofrece lord Stratton, ¿no es verdad? Porque así podrías obtener cotilleos para tu columna. Pues eso significa que tenemos que marcharnos mañana. Había pensado comunicártelo esta noche.

—Ah. —respondió Felicity con cara de pocos amigos. Lo

cierto era que habría preferido que él se lo hubiera consultado primero. El baile no era tan importante para ella como el acto de consumar su matrimonio, y ahora sólo dispondrían de una noche antes de reunirse de nuevo con sus hermanos.

Sin embargo, sólo necesitaban una noche para engendrar el hijo tan deseado. Sintiéndose un poco nerviosa, Felicity avanzó a toda velocidad hacia la cama y se sentó en uno de los extremos.

—Yo... yo he venido a decirte que ya no tengo la regla.

Obviamente, a Ian no se le escapó el significado de ese comentario. Sus manos abandonaron la tarea de buscar algo en la consola.

—Perfecto.

Felicity aguardó a que él dijera algo más... que la mirara o que la besara... cualquier reacción. Cuando él retomó el trabajo de hacer el equipaje, ella no podía creerlo. ¿Qué le había pasado a su esposo? Tres días antes, no la habría dejado sola en esa cama por más de un segundo después de tal enunciado.

—Ian, eso significa que no hay ningún motivo por el que no podamos...

—Ya sé lo que significa. —Se había colocado de perfil, y los músculos de su barbilla estaban tan duros como el mármol—. Significa que deberíamos habernos marchado a Londres hoy mismo.

Ella se lo quedó mirando con perplejidad.

—¿Y se puede saber por qué?

—Mira, Felicity. —Su voz se quebró un poco al pronunciar su nombre. Puso la espalda completamente erguida como si se preparase para una tarea desagradable. Cuando la miró a los ojos, su expresión era grave—. Mañana regresaremos a Londres temprano por otra razón.

La situación no pintaba bien, nada bien.

—¿Ah, sí?

—Hoy he enviado un mensaje a un abogado, solicitándole una cita mañana. Supongo que me la concederá. —Hizo una pausa—. Este abogado está especializado en anulaciones matrimoniales.

Felicity se incorporó de un brinco de la cama sintiendo unas terribles punzadas de dolor en el pecho.

—¿Qué... qué quieres decir?

Ian la miró sin parpadear.

—Ya es hora de que reconozcamos que nuestro matrimonio fue un error.

¿Un error? ¿Él pretendía anular su matrimonio? ¡Cómo se atrevía!

—¿Por qué? ¿Porque me he negado tantos días a acostarme contigo?

—¡Por supuesto que no! Pero gracias a tu abstinencia, todavía no te has quedado embarazada. A los ojos de la ley, el matrimonio aún no se ha consumado. Deberíamos sacar ventaja de la situación y obtener la nulidad ahora que aún estamos a tiempo.

—¡Pero yo no quiero la nulidad!

Ian suspiró.

—Si lo que te preocupa es el dinero, te aseguro que convendré una asignación anual que os permitirá vivir con todo tipo de comodidades tanto a ti como a tus hermanos.

—¡Maldito seas, Ian, no se trata de dinero! ¡Me importa un pito el dinero! ¡Siempre me ha importado un pito! ¡No, sólo te quiero a ti! ¡No quiero una anulación, ni tú tampoco!

—Lo que yo quiera ya no importa. —Siguió mirándola con unos ojos que destilaban una dolorosa honestidad—. Una vez pensé que era... que mi necesidad de hallar esposa superaba cualquier alegato de moralidad o de conciencia o incluso de simple cortesía. Quería una esposa, así que salí a pescar una. Y me fijé en ti. Cuando me rechazaste, te seduje. Cuando te negaste a casarte conmigo para salvaguardar tu reputación, te puse entre la espada y la pared para que no pudieras escapar. Y todo porque te quería.

Felicity abrió la boca para protestar que ella también lo quería, pero Ian alzó una mano para que no lo interrumpiera.

—Ahora he descubierto que no puedo vivir con este remordimiento de conciencia. La única solución es anular esta farsa de matrimonio.

¡Y ella que se había propuesto seducirlo esa noche!

—Maldita sea, Ian, ¿por qué has de elegir este momento preciso para arrepentirte de tus pecados? —«Ahora que estoy profundamente enamorada de ti», pensó, aunque no se atrevió a decirlo en voz alta.

—Vale más tarde que nunca, ¿no crees?

—¡No! ¡No estoy de acuerdo! No quiero que tus remordimientos de conciencia pongan fin a nuestro matrimonio. ¡Yo no me casé contigo para apaciguar tu conciencia!

—Tú no te casaste conmigo por ningún motivo. ¡Fui yo quien te obligó a casarte conmigo!

—¡Eso no es cierto! ¿Recuerdas la conversación que mantuvimos en el vestíbulo de la iglesia? Si yo hubiera querido librarme de ti, te habría rechazado en ese momento. ¡Pero no lo hice! —¿Debería decirle el motivo? ¿Serviría para hacerlo cambiar de opinión? Tenía que arriesgarse—. Fue el amor que sentía por ti lo que no me permitió rechazarte, maldito seas. Y lo sabía incluso antes de llegar a la iglesia. ¡Me casé contigo porque te quiero, Ian!

Las palabras tuvieron un impacto visible en él. A pesar de que Ian no se movió, ella se sintió reconfortada por su expresión, que mostraba incertidumbre, pero no enojo. Seguramente eso era un buen inicio.

Ian apartó la vista de ella y se pasó los dedos por el pelo.

—Pues no alcanzo a comprender el porqué —remató él finalmente.

—¿Ah, no? —Felicity avanzó hasta quedarse a escasos centímetros de él, deseando que la mirase a los ojos—. Eres generoso y paciente con mis hermanos. Me escuchas cuando hablo, a diferencia de otros hombres que piensan que la opinión de una mujer no vale nunca la pena. Eres considerado con tus criados y conmigo.

—Ésa es sólo una faceta de mi personalidad. Ya has visto un poco de la otra cara, la que te manipuló para que te casaras conmigo. Pero te aseguro que si realmente pudieras ver la oscuridad en mi alma, no estarías aquí hablando de... —Su voz se apagó en un murmullo—. Me estarías implorando que te concediera la nulidad de nuestro matrimonio.

Ah. Así que ésa era la verdadera razón por la que Ian deseaba la anulación. La espina en su corazón. Finalmente ella había conseguido sacarla a la superficie, y él no sólo se negaba a dejar que se la arrancara sino que insistía en apartarla de su vida antes de que ella pudiera verla con toda su crueldad.

Pues bien, su plan no iba a funcionar. Felicity había luchado con todas sus fuerzas por vencer los prejuicios contra él y ahora lo amaba demasiado. Quizá él no estaba aún preparado para confesarle su tórrido pasado, pero tarde o temprano lo haría, y cuando lo hiciera ella estaría a su lado, y no en Londres viviendo lejos de él.

—Te conozco mejor de lo que crees.

—¿De veras? —Ian la fulminó con unos peligrosos ojos oscuros—. ¿Sabías que durante todo este tiempo te he estado mintiendo acerca de mis motivos para casarme?

Felicity apretó los puños en un intento de mantener la calma y no reaccionar ante tal provocación. Era evidente que él quería apartarla de su vida, pero no estaba dispuesta a permitirlo.

—¡No me digas!

—Necesito un heredero porque si no lo tengo dentro de dos años perderé Chesterley y la mayor parte de mis ingresos. Ostentaré el título de vizconde, pero poco más.

Ella lo miró con la boca abierta.

—¿Cómo... cómo es posible? Seguramente tu padre te legó el derecho de mayorazgo de estas tierras...

—No. Mi abuelo murió cuando mi padre era aún un muchacho, así que aunque mi padre dispuso del derecho de usufructo que la ley le concedía, no pudo hacer nada para cederme las tierras. Y puesto que mi padre tenía unas ideas bastante peculiares en cuanto a los derechos de la heredad, decidió no hacer valer su poder para vincular estas tierras a mi nombre. Por consiguiente, no existía ningún documento legal que protegiera mi derecho cuando decidí marcharme de casa y abandoné Inglaterra.

Sus labios varoniles se tensaron hasta formar una fina línea.

—Entonces fue cuando, al parecer, mi padre decidió que sólo podría heredar las tierras bajo ciertas condiciones. Su testamento estipula que he de tener un heredero antes de que cumpla treinta y un años; de no ser así, mi tío se lo quedará todo.

—¡Tu tío! —exclamó ella horrorizada.

—Sí, y después de haber tenido evidencia de su carácter, supongo que comprenderás qué es lo que sucedería en dicho caso: ese desgraciado arruinaría estas tierras sin ningún miramiento hasta que lo único que quedara fuera una mancha imborrable en el condado. —Le dio la espalda y apoyó una mano sobre el travesaño de la cama—. Así que ya ves, Felicity, cuando me acusaste de buscar a una «yegua de cría» estabas muy cerca de la verdad. Hace un mes cumplí veintinueve años, así que me queda este año y el próximo para tener un heredero. Por eso te obligué a casarte conmigo.

—Comprendo, lo que me estás diciendo es que tenías una razón todavía de mayor peso que la que creía para obligarme a casarme contigo. No estabas simplemente actuando como sueles hacer, con despecho, como un desalmado tirano, sino que te sentías desesperado. ¿Y por eso debería de culparte, incluso despreciarte?

—¡Deberías culparme por haberte mentido acerca de los motivos! Podría haberte contado la verdad, expuesto toda la historia sin tapujos, pero no quería arriesgarme a que te negaras a ser mi «yegua de cría», así que me comporté como siempre lo he hecho contigo: seduciéndote y manipulándote y engañándote.

Felicity eligió las palabras con un medido esmero:

—Hace tiempo que te perdoné por esos pecados, del mismo modo que tú me perdonaste por todos mis prejuicios contra ti. Ya no me importa si me mentiste acerca de tus razones para casarte. Aunque ahora que sé los verdaderos motivos, no considero que fuera una traición tan flagrante como aseveras. Me habías dejado claro que te casabas conmigo por motivos prácticos. Averiguar que esos motivos eran más apremiantes que lo que me había imaginado inicialmente altera muy poco la diferencia, y realmente no es una razón para pedir la nulidad de nuestro matrimonio. Ni tampoco cambia lo que siento por ti.

Un músculo se tensó en la mandíbula de Ian.

—Pues debería hacerlo.

—Pues no es así. No soy tan ingenua como para creer que un pequeño fallo pueda definir el carácter de un hombre.

Él se acercó a ella, con un brillo oscuro en la mirada.

—¡Maldita sea! ¡Tú no sabes cómo soy! Todos esos años lejos de Inglaterra... ¿qué crees que estuve haciendo? Fui un espía, Felicity, y eso significa que llevé una vida de constantes engaños y traiciones. Porque no era un espía normal y corriente, era un buen espía. ¿Sabes lo que hay que hacer para convertirse en un buen espía?

La vehemencia que transmitía la pregunta la pilló desprevenida. Lo único que Felicity pudo hacer fue negar efusivamente con la cabeza.

—Significa que a uno le ha de importar un bledo lo que pueda sucederle o lo que le ordenen que haga. No hay lugar para pensamientos morales en dichas acciones... Uno tiene que hacer lo que el gobierno considere necesario. En esa época creía que el mundo me había dado la espalda, así que yo hice lo mismo. Le di la espalda a mi familia, a las tierras de Chesterley, a todo lo que me importaba. Me enseñé a mí mismo a no dejarme guiar por las emociones y los sentimientos. Me basé únicamente en consideraciones pragmáticas, y gracias a ello llegué muy lejos. Mis superiores pronto descubrieron que aceptaría cualquier misión siempre y cuando fuera lo suficientemente peligrosa como para hacerme olvidar...

Ian bajó la vista, con la expresión torturada.

—No importa lo que Wellington dijera; no me siento orgulloso de las cosas que hice. Sí, descubrí información allá donde otros fracasaban, y sí, gracias a mi aspecto español y a mi dominio de varias lenguas, logré infiltrarme en el ejército de Napoleón en España. ¿Sabes a cuántos «amigos» franceses y españoles traicioné para lograrlo? ¿Cuántas mentiras dije?

—Pero eran tus enemigos...

—Ésa también era mi excusa. Pero no todos ellos eran enemigos. Había ayudantes de campo y civiles españoles y... Te lo aseguro, los espías somos seres repugnantes; pronto el trabajo salpica de mierda nuestra vida privada. No puedes llegar a figurarte cuántas cosas hice de las que ahora me arrepiento —pronunció las últimas palabras con un tono tan empañado de tristeza que a Felicity se le partió el corazón.

—Pero el hecho de que te arrepientas sólo demuestra tu naturaleza noble, y ésa es una de las razones por las que te quiero, Ian.

—¡Deja de decir eso! ¡Es imposible que quieras a un tipo tan despreciable como yo!

Era obvio que con palabras no conseguiría convencerlo, así que se acercó más a él y dijo:

—Veo que no me queda más remedio que demostrarte que te quiero.

Y antes de que Ian pudiera detenerla, enredó los brazos alrededor de su cuello y lo obligó a bajar la cabeza para besarlo.

Capítulo veintitrés

La Nochevieja promete innumerables atracciones, entre las que destacan el castillo de fuegos artificiales en Vauxhall, la fiesta del señor y la señora Locksley, el baile anual de lord Stratton, y la fastuosa cena que ofrecerá Su Majestad en Frogmorelodge. La diversión está asegurada para todos, sea cual sea su condición social, así que no hay excusa para no pasarlo bien en esa noche tan singular.

The Evening Gazette, 30 de diciembre de 1820
LORD X

*I*an se quedó paralizado al notar la boca de su esposa sobre la suya. ¡Maldita fémina! ¡No, no podía permitir que eso sucediera! Si se acostaba con ella le resultaría del todo imposible solicitar la nulidad de su matrimonio. ¿Por qué no había tenido en cuenta el temperamento apasionado de su esposa mientras planeaba la estrategia?

Porque él no sabía que Felicity creía estar enamorada de él. Por eso ella estaba intentando convencerlo con esa maldita maniobra. Su esposa pensaba que puesto que él le había hecho el amor previamente, ella sentía amor por él, lo cual no era lo mismo. Las cosas que Ian le había dicho no habían surtido el efecto deseado, porque sólo eran una fracción del verdadero horror. Cuando Felicity supiera toda la verdad, sus sentimientos se disiparían en un santiamén. Así que no le quedaba más remedio: tenía que contárselo todo. Entonces ella lo repudiaría y la batalla culminaría.

Ian alzó las manos para apartar esos brazos enredados en su cuello, pero ella se resistió, y con los dedos depositados sobre esas finas muñecas percibió el ritmo desbocado de los latidos del corazón de su esposa. Pero todavía fue peor cuando ella movió levemente los labios sobre su boca. Maldición, eran tan dulces, literalmente tan dulces con sabor a vino de Borgoña, que le hicieron sentir un irrefrenable deseo de chupar esa fruta sabrosa y madura, tan madura y sabrosa como los pechos que tenía pegados al torso por la posición forzada que ella había adoptado.

Por Dios, esos pechos... Se moría de ganas de tocarlos. Con un gran esfuerzo podría ignorar sus labios, sí, posiblemente sí. Si mantenía la boca cerrada y no aspiraba su aroma.

Pero lo que no podía hacer era ignorar su cuerpo, toda la extensión de ese cuerpo tan suave, pegado a él... Eso era imposible. Sobre todo después de haber rasgado las sábanas de su cama durante una semana intentando no pensar en volver a poseerla. La agarró con más fuerza por las muñecas en un intento frenético de separar esas manos que parecían haberse encadenado a su cuello.

Ella se retiró hacia atrás y lo observó con el ceño fruncido.

—¿Has olvidado cómo besarme, Ian?

—No —respondió él con la voz ronca mientras notaba cómo un fuego interno lo consumía lentamente—. No quiero besarte.

Una sonrisa curvó los labios sensuales de Felicity.

—Sí que quieres. Lo que pasa es que eres más terco que una mula, pero para que te enteres, no pienso transigir. Quiero que me vuelvas a hacer el amor.

Unas imágenes eróticas danzaron ante los ojos de Ian: lanzarla sobre ese lecho y hacerle el amor una y otra vez...

—No, tenemos que hablar. Todavía he de contarte más cosas...

—Después; primero hazme el amor.

«¡Hacerle el amor! ¡Sí! ¡Sí!», imploraba su cuerpo. Gracias a Dios que su mente aún razonaba y contrarrestaba sus impulsos con un «no» rotundo, a pesar de que ese «no» era cada vez más débil.

A continuación Felicity arrimó la parte inferior del cuerpo

a su miembro viril completamente erecto, y él tuvo que realizar un enorme esfuerzo para recordar por qué debía decirle que no.

—Te deseo, Ian, ahora. —Ella se soltó de su cuello súbitamente, y él le soltó las muñecas incluso más rápidamente, pero Felicity se llevó las manos al pelo y empezó a quitarse las horquillas con unos movimientos sensuales.

Ian la miró con ojos severos.

—No hagas eso.

—No me das ninguna otra alternativa. Si te niegas a hacerme el amor, me obligas a recurrir a las mismas tácticas que usé la mañana después de nuestra boda.

¡Maldición! Esas palabras activaron más imágenes eróticas en su mente; imágenes de ella poniéndose un par de medias de seda, y alzando una pierna, y...

Ian volvió a agarrarla por las muñecas y la obligó a bajar las manos.

—No permitiré que hagas una locura.

—No puedes detenerme, y lo sabes. —Felicity arqueó la pelvis para unirla más al cuerpo de su esposo, y él creyó que iba a enloquecer de placer—. Si no me dejas que me desnude, recurriré a tus tácticas de esa mañana... te contaré exactamente qué es lo que deseo hacer con cada parte de tu cuerpo.

Felicity se puso a mirarlo con concupiscencia, y acto seguido bajó la vista lentamente hacia su barbilla y su cuello.

—¿Ves esa línea de vello justo aquí, en tu pecho, la que nace en tu garganta? Deseo deslizar lentamente el dedo por esa línea, lentamente, hacia abajo...

Su mirada lasciva reflejaba las acciones que describía. Ian notó cómo se le endurecía la polla, tanto que pensó que reventaría los calzoncillos que la apresaban. Si Felicity no se callaba...

—Quiero seguir esa línea intrigante hasta tu vientre, y después dibujar un círculo alrededor de tu ombligo. Incluso podría estampar uno o dos besos en ese punto. Sí, creo que continuaré con unos cuantos besos cálidos y húmedos por todo tu vientre hasta que mi boca alcance tu...

Ian no la dejó concluir la frase. Sofocó su boca con la suya, devorándola, invadiéndola con la lengua en el instante en que ella separó los labios. Los pensamientos de anular su matrimonio y los planes de mitigar el peso de su conciencia se desvanecieron. Estaba estrechando a Felicity entre sus brazos, y la deseaba.

Oh, sí, la deseaba con todas sus fuerzas. Sólo ella era capaz de combinar los impulsos más sensuales de una cortesana y el espectacular regocijo de una criatura inocente, una combinación a la que ningún hombre se podía resistir. Al menos él no.

Ian aún mantenía apresadas sus muñecas a ambos lados, pero no se resistió cuando Felicity forcejeó para soltarse, y luego ella deslizó las manos dentro de su batín para acariciarle las costillas. La ayudó ávidamente cuando vio que intentaba desabrocharle los botones de los calzoncillos, y se deshizo de ellos y del batín en un santiamén.

Las ganas que Felicity mostraba por desnudarlo lo impulsaron a desvestirla también con arrojo, casi arrancándole los botones, desbaratando los lacitos y las vetas hasta que ella se quedó sólo con la blusita interior y las medias. No llevaba enaguas, y esa constatación lo excitó tanto que pensó que jamás en su vida su pene había estado tan duro.

Se separó unos centímetros de ella, asió los lacitos de la blusita e intentó desatarlos con tanta torpeza que resopló con impaciencia. Entonces Felicity suspiró nerviosa, y él alzó la cabeza. En ese momento se fijó en la expresión angustiada en la cara de su esposa.

¡Claro! ¡Qué necio! Por más que quisiera actuar como una mujer impúdica, Felicity aún era novata. Sólo había hecho el amor dos veces, y los movimientos violentos y exasperados de Ian al intentar desnudarla la habían atemorizado.

Ian se esforzó por calmarse y respirar hondo en lugar de derribarla sobre la cama y hacerle el amor fieramente tal y como soñaba. Felicity no merecía esa falta de consideración, se merecía ser tratada con más respeto. Pero tampoco podía detenerse ahora, no, no podía; tenía que acabar lo que ya habían empezado. Le rogó a Dios que lo ayudara a continuar sin perder la cabeza.

Necesitaba distanciarse un poco más de ella, eso era. Soltó la blusita al tiempo que le pedía con una voz ronca:

—Acábate de desvestir tú sola. —«Así no tendré la tentación de rasgarte la blusita y devorarte con avidez», pensó.

Felicity puso morritos de gatita enfurruñada, pero asintió con la cabeza. Se alejó unos pasos más de él, bajó la cabeza y se concentró en desatar los lazos de la blusita, y ese breve intervalo le confirió a Ian unos momentos para respirar y disfrutar de la visión sensual de su esposa ataviada con esa blusita tan transparente. Era la primera vez que se la veía puesta; parecía una prenda propia de una esposa en su luna de miel, confeccionada con una gasa sedosa, lo suficientemente fina como para revelar más de lo que debería y menos de lo que a él le habría gustado.

La blusita mostraba claramente las perlas de color melocotón oscuro de sus pezones pegados a la tela, pero el resto de sus pechos no quedaban de manifiesto. La redondez femenina de su vientre también permanecía oculta, pero el vello oscuro en forma de triángulo entre las ingles destacaba sinuosamente debajo de la gasa. Ian tuvo que ordenarles a su cuerpo y a sus manos que se estuvieran quietos para no abalanzarse sobre ella y rasgar la condenada tela por la mitad para deleitarse con la visión de ese espléndido cuerpo desnudo.

Felicity asió el dobladillo de la blusita para quitársela por encima de la cabeza.

—No —le ordenó él—. Hazlo como lo hiciste la mañana después de nuestra boda. Bájatela despacio, muy despacio.

Ella lo miró a la cara. La alarma se había borrado de su expresión, y ahora lo observaba con las pupilas inmensamente dilatadas, que mostraban su incipiente excitación. Hizo lo que él le pedía, y mientras revelaba su grácil cuerpo femenino centímetro a centímetro, a Ian se le iba secando la boca. La titilante luz de las velas proyectaba sinuosos reflejos sobre su piel sedosa. Sus pechos eran tan adorables como los recordaba, firmes y erectos y con la talla justa: no demasiado grandes, ya que jamás se había sentido atraído por mujeres pechugonas.

Luego se fijó en su vientre, con el grácil agujero del ombligo, y luego...

—Quítate del todo la blusita —carraspeó.

Ella accedió, y él ahogó un bufido. Unos delicados rizos protegían esa carne que él tanto deseaba acariciar y besar y chupar.

Felicity empezó a quitarse una liga, pero él la interrumpió.

—Espera, déjatelas puestas. —Inclinándose hacia delante,

la estrechó entre sus brazos para darle un beso generoso. Luego la alzó en el aire y se giró para depositarla de pie sobre el lecho, de modo que ella quedó alzada por encima de él.

—Ian, ¿qué estás...?

—Chist —la acalló mientras le acariciaba las caderas y los muslos con las manos. ¿Cómo podía ser que existiera una mujer con un cuerpo tan perfecto? ¿O acaso era que su incontenible necesidad por ella hacía que la viera sin ningún defecto?—. Apóyate en el travesaño de la cama, *ma chérie*.

Cuando ella hizo lo que él le pedía, Ian le cogió la otra mano y la emplazó en su hombro. Entonces alzó la pierna opuesta y la colocó por encima de su otro hombro, con lo que consiguió que su pubis quedara absolutamente expuesto a su mirada, y a su boca.

—¿Ian? —dijo ella al tiempo que sentía un horroroso sofoco en todo el cuerpo.

—¿Recuerdas lo que te dije que quería hacerte esa mañana? —Estampó un beso en la parte del muslo que sobresalía por encima de la liga—. ¿Lo que quería hacerte con la lengua?

Felicity jadeó con sorpresa cuando él cumplió con precisión su amenaza, deslizando la lengua lentamente hacia arriba, desde el interior de su muslo hasta acercarse peligrosamente a su vello rizado.

—Cielo santo... —murmuró ella mientras la boca de su esposo hurgaba el espacio que tanto anhelaba besar—. No irás a... a... es... es... Ohhhhh, Ian...

No protestó. Y él la besó con pasión, solazándose en el aroma que emanaba de ella, encantado con los murmullos de aprobación que Felicity susurraba mientras él lamía ávidamente los pétalos de piel. Ella se había soltado del travesaño de la cama y ahora lo agarraba por la cabeza con ambas manos con fuerza, para mantenerlo más pegado a su pubis. A Ian le gustó su reacción, le gustó la forma desvergonzada con que su esposa se entregaba al acto más íntimo del matrimonio.

Ahora lo único que tenía que conseguir era no perder el control. El aroma profundo que emanaba del cuerpo de Felicity y la sensualidad de sus movimientos ondulantes le estaban provocando una tensión insostenible, por lo que no estaba seguro de cuánto rato podría continuar sin ponerse en evidencia.

—Sí... sí... Ian —gimió ella—. Sí, así... Ohhhh... eso aún me gusta más... por Dios... ¡Cielos!

Su explosión llegó tan rápidamente que Ian tuvo que agarrarla con fuerza por las caderas para evitar que perdiera el equilibrio mientras ella, convulsa, gritaba su nombre. Después se quedó oscilando como si estuviera suspendida del techo, con la pierna todavía reposando encima de su hombro.

Luego se arrodilló sobre la cama despacio y lo miró a los ojos con el brillo del placer todavía latente en su cara.

—Jamás me habría imaginado que...

—Ni yo tampoco. —Ian jamás habría pensado que dar placer a una mujer pudiera ser un acto tan sublime. O que pudiera desear tanto a una mujer pero al mismo tiempo desear aún con más fervor darle placer. O que pudiera estar tan enamorado de ella como para anhelar estar siempre junto a ella.

Felicity bajó la vista hasta su pene excitado, y esbozó una mueca de sorpresa.

—¿Y qué pasa con...?

Ian se quedó helado. Podían concluir ahora la relación y aún estarían a tiempo de solicitar la nulidad del matrimonio. Ella había tenido un orgasmo, así que a él tampoco le importaba tanto quedarse a medias.

Pero Felicity debió de haberle leído el pensamiento, ya que murmuró:

—Oh, no, no puedes quedarte así. —Y acercó la cara a la de su esposo.

Después de eso, Ian apenas fue consciente de cómo ella acabó tumbada en la cama con las piernas abiertas y él arrodillado entre sus muslos. Su miembro viril había asumido el control de la situación y lo guiaba irremediablemente hacia ella. Cuando quiso darse cuenta, ya la estaba penetrando y jadeando de placer.

—Por Dios, *ma chérie*, estás tan caliente... —Caliente y tersa e increíble. ¿Era posible morir de placer? Porque si alguien podía provocar una muerte tan placentera, sin lugar a dudas ésa era su querida esposa.

Como una descocada con experiencia, lo rodeó por las caderas con ambas piernas de un modo instintivo, atrayéndolo más hacia ella, aspirando su cuerpo con fuerza para que se hundiera más en el pasaje húmedo y tentador. Ian no podía mantener un ritmo lento, no, lamentablemente no podía. Se sentía tan a gusto dentro de ella, enredado entre esas piernas y notando cómo el cuerpo de Felicity se contorsionaba para amoldarse más a sus embestidas que clavó su miembro dentro de su esposa sin poder oponer ninguna fuerza para evitarlo.

Quería penetrarla hasta el fondo, para que ella jamás pudiera olvidarlo, para que jamás quisiera abandonarlo. Quería encajarse dentro de ella como una llave insertada a presión en un candado, sólo como su cuerpo y el de Felicity eran capaces de encadenarse.

—Estás a punto de... de perder... la posibilidad de... de que nos concedan la nulidad... —la previno Ian mientras aceleraba el ritmo de sus embates.

—Perfecto. —Felicity lo besó en los labios para sellar el acuerdo. Metió la lengua juguetona dentro de su boca y él la succionó con codicia, queriendo... deseando todo lo que ella le pudiera dar.

Felicity era suya, por fin, para siempre. Se sintió encantado ante tal pensamiento, tan encantado que decidió hundirse profundamente dentro de ella con una fuerte embestida y entonces derramó su semilla casi en el mismo instante.

—¡Te quiero! —gritó ella pegada a su boca mientras por segunda vez alcanzaba el éxtasis—. Te quiero... te quiero... te quiero...

«Yo también te quiero. Que Dios me ayude, porque yo también te quiero», pensó Ian en ese momento.

Y eso significaba que no le quedaba otro remedio que contárselo todo. No podía permitir que Felicity viviera bajo la ilusión de que estaba enamorada de él cuando realmente no lo conocía. Se merecía saber dónde se había metido.

Pero ahora no. Por la mañana. Ahora deseaba pasar una noche de placer con su esposa.

Algo le hacía cosquillas a Felicity en la oreja y la había despertado de su profundo sueño. Un susurro. Alguien le estaba susurrando su nombre al oído. Se desperezó con gusto debajo de las sábanas que la tapaban hasta la barbilla.

—Déjame en paz —gruñó ella.

Pero una voz masculina repuso:

—No puedes dormir todo el día, *ma chérie*.

Felicity abrió un ojo para mirar a Ian, y luego lo cerró.

—¿Por qué no?

—Hoy tenemos que regresar a Londres, ¿o ya no te acordabas?

Ella necesitó unos segundos para procesar la información, pero cuando lo hizo, abrió los párpados súbitamente. Ian estaba sentado en el borde de la cama junto a ella, con la mano apoyada sobre su cadera cubierta por las sábanas. Una rabiosa luz iluminaba cada recodo de la alcoba, lo cual seguramente tenía algo que ver con el hecho de que él estuviera completamente vestido.

—¿Qué hora es?

—Las doce.

—¿Ya es mediodía? ¡Cielos! ¿Cómo es posible que haya dormido hasta tan tarde?

—Bueno, eso es comprensible; ayer por la noche no dormiste demasiado.

«Huy, es cierto», pensó al instante, mientras se ruborizaba. ¡Vaya nochecita de juerga! Si él no había engendrado un heredero esa noche, no había sido por falta de ganas.

Una cálida oleada de agradables recuerdos la hizo sonreír tímidamente.

—Pues tú tampoco dormiste mucho, que digamos. Quizá deberías meterte de nuevo en la cama.

Ian se echó a reír.

—Según las palabras del propio Lord X: «No sólo de sexo vive el hombre». Será mejor que te levantes, *ma chérie*. Me gustaría ponerme en camino dentro de una hora.

Felicity lo miró cohibida mientras el corazón se le aceleraba.

—¿Por qué tan pronto?

—¿No quieres pasar unas horas con tus hermanos antes de la fiesta? Además, necesitarás un buen rato para vestirte.

Un suspiro de alivio se escapó de sus labios.

—Así que no vas a... ¿Has descartado la visita al abogado para solicitar la anulación de...?

Ian desvió la vista.

—Me temo que esa opción ya no es posible. Ahora que hemos consumado el matrimonio no podremos retomar ese asunto hasta que no tengamos la certeza de que no estás embarazada. Ningún juez que se precie de tener ojos en la cara creerá que no mantenemos relaciones conyugales, aun cuando tú no puedas probar que estás embarazada.

La punzada de arrepentimiento en el tono de su esposo hizo que ella alzara la barbilla con petulancia y concluyera:

—Pues me alegro.

Ian volvió a emplazar la mirada en el rostro de su esposa.

—Ya veremos si opinas lo mismo más tarde.

—¿Qué quieres decir?

—Tenemos que hablar. Deberíamos haberlo hecho ayer por la noche antes de que fuera demasiado tarde, pero nos animamos y...

—No me arrepiento de lo que pasó ayer por la noche.

El breve destello de satisfacción en los ojos de Ian le dio a entender a Felicity que él tampoco se arrepentía, aunque dijera lo contrario.

—Sólo espero que puedas decir lo mismo después de que hayamos hablado. Pero podemos hacerlo en el carruaje, de camino a Londres. —Ian agarró la punta de la sábana que ella sostenía con la barbilla—. Y ahora sal de la cama y vístete, remolona, o tendré que vestirte yo mismo.

Con una sonrisa picarona, Ian apartó las sábanas y entonces se quedó helado. Al parecer había olvidado que ella se había quedado dormida sin ponerse de nuevo el camisón. Con una mirada hambrienta, repasó el esplendoroso cuerpo desnudo.

—¿Vestirme? —bromeó ella—. Nunca lo conseguirías. —Se inclinó hacia su esposo y lo agarró por la corbata para luego atraerlo hacia ella.

Ian empezó a hablar con porte pensativo.

—Bueno, supongo que podríamos marcharnos un poco más tarde —asintió mientras inclinaba la cabeza para lamerle el lóbulo de la oreja—. Por una hora más no pasa nada.

—O dos, o tres... —Felicity le desabotonó el chaleco—. Según las palabras del propio Lord X: «A la pasión no hay que tratarla nunca con prisa».

—Lord X jamás dijo eso.

—Lo acaba de hacer. —Acto seguido Felicity ahogó la carcajada de su esposo con un beso.

Cuatro horas más tarde, la pareja se encaramaba al carruaje de Saint Clair. Ahora que se había hecho tan tarde, todos los planes para pasar por casa de los Taylor habían quedado olvidados, ya que Felicity no deseaba alentar a sus hermanos quedándose sólo una hora con ellos y luego marchándose atropelladamente a una fiesta. De todos modos, los chicos no la esperaban hasta la mañana siguiente, por lo que ella y su esposo irían directamente a la casa de los Saint Clair en la ciudad para cambiarse de ropa.

Felicity se hundió en su asiento, sintiéndose a gusto, saciada y amada. Ian todavía tenía que decirle las palabras mágicas, pero ella podía sentir su amor en cada caricia, en cada mirada. Estaba segura de que él la amaba. Y un día conseguiría que Ian pronunciara las palabras tan anheladas. De eso no le cabía la menor duda.

Pero no iba a ser precisamente esa tarde. A juzgar por la mirada taciturna de él, sentado frente a ella, Ian mostraba su inquebrantable intención de querer hablar, y la situación no pintaba como si fuera a ser agradable para ninguno de los dos.

El carruaje se puso en marcha, y ambos permanecieron en silencio durante casi un kilómetro. Felicity contemplaba el paisaje bucólico a través de la ventana, como si pretendiera rehuir la futura conversación. Y el día tampoco parecía incitarlos a hablar. El sol luminoso que había brillado con tanto esplendor mientras hacían el amor se había ocultado detrás de un manto de nubes hinchadas que amenazaban con descargar en forma de nieve. Sin lugar a dudas, un día triste y monótono.

De repente, Ian carraspeó.

—Creo que ha llegado el momento de contártelo todo.

Felicity podía sentir la poderosa fuerza de los desbocados latidos de su corazón cuando se giró para mirarlo.

—¿Sobre qué? —Aunque lo cierto era que lo sabía, tenía miedo de averiguar lo peor que uno pudiera imaginar.

—Sobre mi pasado. Toda la verdad que tanto empeño tenías en conocer hace escasamente una semana.

—¿Y por qué ahora? —Por más que le costara admitirlo,

Felicity tenía tantas ganas como miedo de saber la verdad, puesto que la confesión podría afectar el modo en que veía a su esposo de un modo irrevocable.

—Mereces saber la verdad. Ya no podemos anular nuestro matrimonio, pero aún podríamos hallar la forma de disolverlo de alguna manera. Con el divorcio, o la separación, o lo que prefieras. Quiero que sepas con qué clase de hombre te has casado antes de que continúes con esta... esta ilusión de que me amas.

De su tono se desprendía un dolor tan insoportable que Felicity se llenó de coraje para escuchar la confesión. Ian necesitaba exponer la espina que tanto atormentaba su corazón, y ella creía estar en posición para soportarlo.

—El amor que siento por ti no es una ilusión —dijo suavemente—. Nada de lo que me digas cambiará ese sentimiento.

Ian fijó la vista en la ventana y un músculo se tensó en su mandíbula.

—¿Y si... Y si te digo que hice algo tan grave que sembró de miseria la vida de varias personas?

—Si te refieres a esa historia acerca de que sedujiste a tu tía...

—La verdad es aún peor que esa historia, diez veces peor.

¿Significaba eso que la oscura acusación de su tío era verdad? No, no podía creerlo.

—En el fondo de mi corazón sé que eres un hombre bueno y decente, aunque te empecines en argumentar lo contrario.

—¿Estás segura? —Ian hizo una pausa—. Muy bien. Veremos qué opinas después de que te lo cuente todo. Verás, no seduje a mi tía como lady Brumley declaró, ni tampoco la violé como asegura mi tío.

Ian apartó la vista de la ventana para fijarla en su esposa, y le mostró unos ojos cargados de pena y de culpa y de odio hacia sí mismo.

—La verdad es que... yo la maté.

Capítulo veinticuatro

En la noche de Fin de Año la tradición dicta no mirar hacia el futuro sino reflexionar sobre el pasado. El hombre que no puede aprender de los errores de su pasado tiene escasas posibilidades de sortear los errores futuros con éxito.

The Evening Gazette, 31 de diciembre de 1820
Lord X

*F*elicity se quedó inmóvil, en el asiento, sin saber cómo interpretar las terribles palabras de su esposo.

—Quieres decir que ella se suicidó porque te quería...

—No. Ella jamás me quiso, y no se suicidó, ni por amor ni por ningún otro motivo. Yo la maté.

A Felicity le empezaron a temblar las manos de una forma tan estrepitosa que tuvo que entrelazarlas con fuerza y apresarlas en su regazo.

—No... no te creo. ¿Cómo pudo suceder algo así?

Ian suspiró profundamente.

—Será mejor que empiece por el principio. Cuando cumplí diecinueve años pasé una larga temporada en Chesterley con mi padre, de vacaciones. Nos peleábamos por todo. Mi tía y mi tío a menudo eran testigos de esas trifulcas. Tío Edgar siempre se ponía del lado de mi padre, lo cual sólo conseguía agravar la situación. Pero mi tía...

Su voz se suavizó.

—Mi tía intentaba poner paz. Escuchaba mis quejas con ademán comprensivo porque ella misma llevaba tres años casada con mi tío, soportando todos sus ataques de mal humor. A pesar de que ella no era mucho mayor que yo, era una mujer sensata que ofrecía unos consejos maravillosos, así que yo pasaba muchas horas con ella, y era tan amable conmigo que acabé por sentir un enorme aprecio por ella.

Al pasar por encima de una piedra, el carruaje se ajetreó bruscamente, pero Ian no pareció darse cuenta.

—Y sí, supongo que me sentía atraído por ella y que la deseaba, aunque a esa temprana edad cualquier mozalbete se siente atraído por cualquier cosa que lleva corsé. Dudo que ella se diera cuenta de mis sentimientos. A pesar de los cuentos que hayas podido oír, tía Cynthia fue siempre consciente de su deber y vínculo con mi tío y nunca demostró ninguna clase de atracción hacia mí.

A pesar de que Ian la miraba fijamente, Felicity podía adivinar que no la veía. Estaba inmerso en su propio pasado, y su expresión desesperada le partía el corazón. Ella deseó sentarse a su lado mientras él le relataba esa historia tan triste, pero Ian no era la clase de hombre a los que les gustaría que una mujer los consolara en tales circunstancias. Además, temía que con esa actuación frenara la efusión de sus palabras.

—Una tarde —continuó él—, estaba paseando cerca de una casita de leñadores en la finca de mi tío cuando oí unos ruidos que provenían del interior de la cabaña, como si alguien estuviera propinando una paliza a alguien. Una mujer sollozaba, y un hombre gritaba; reconocí la voz de mi tío.

Su enorme mano se cerró en un puño crispado y apoyó los nudillos en los muslos.

—Ya me había fijado en los moratones de mi tía antes de darme cuenta de que sus explicaciones no eran más que burdas mentiras. Pero en ese momento no podía obviar lo que estaba escuchando, así que me detuve delante de la puerta.

Le parecía tan propio de su esposo saltar en defensa de una dama, que a Felicity no le costó nada imaginar el intenso dolor que él debía de haber sentido al oír los sollozos de su adorable tía, a la que en esos precisos instantes la estaban maltratando.

Ian murmuró una maldición entre dientes.

—Si me hubiese parado siquiera un segundo a pensar, me habría dado cuenta de que cualquier intromisión directa por mi parte sólo conseguiría exaltar más a mi tío. Tendría que haber salido corriendo en busca de mi padre e implorarle que me acompañara, o haber llamado a la puerta con cualquier pretexto, aduciendo que necesitaba la ayuda de mi tío... —Ian se detuvo, como si le faltaran las fuerzas para continuar.

Ella lo animó silenciosamente a proseguir. Ian volvió a fijar la vista en la ventana.

—Pero no lo pensé ni un momento. Actué exactamente del mismo modo intempestivo que mi padre tanto criticaba. De una patada abrí la puerta.

Ian se quedó en silencio durante tanto rato que Felicity finalmente susurró:

—¿Y él estaba...? ¿La estaba...?

—¿Golpeando? Sí. Mi pobre tía tenía marcas rojas en las mejillas y un ojo amoratado. Estaba hecha un ovillo en una esquina, sollozando mientras él se desahogaba con ella con los puños —¡con los puños!—. Por Dios, ella era una mujer pequeña y delicada, ¡y ese... ese desgraciado la estaba golpeando con los puños!

Felicity se sintió anegada por un sentimiento de horror, que se acrecentó aún más al imaginar cómo esa pavorosa visión debió de torturar a su querido esposo.

—Oh, Ian... —murmuró intentando insuflarle ánimos.

Pero él no parecía escucharla.

—Me volví loco. Me lancé a la espalda de ese indeseable. Nos peleamos, pero él no podía ganar contra un joven furibundo como un demonio y casi veinte años más joven que él. Pronto lo reduje en el suelo y empecé a propinarle puñetazos en la cara sin parar... Estaba tan ciego de ira que no habría parado hasta haberlo matado.

Ian aspiró aire lentamente.

—Y cuando mi tía se colocó detrás de mí y me agarró por el brazo para detenerme, me zafé de ella con tanta fuerza que... —Su voz se quebró. Hundió los hombros y volvió a fijar en su esposa la misma mirada torturada—. Que ella perdió el equilibrio y cayó de espaldas. Se dio un golpe contra la mesa de piedra... en la cabeza. El médico dijo que había muerto al instante.

—¡Dios mío! Tu pobre tía... —susurró Felicity, tapándose la boca.

Aunque lo cierto era que no era Cynthia lo que le había partido el corazón sino él, su querido esposo, quien había cargado con ese horrible drama durante tanto tiempo y en silencio. ¡Cómo desearía haber sabido la verdad antes!

—Sí, mi pobre tía. —Las palabras estaban cargadas de reproche hacia sí mismo—. Atrapada entre dos criaturas violentas como mi tío y yo, no tenía ninguna posibilidad de ser feliz en la vida.

Ian hundió la cara entre las manos. Desesperada por reconfortarlo, Felicity se inclinó hacia él y emplazó una mano sobre su espalda. Durante un rato continuaron el viaje en silencio, con el único ruido del rechinar de las ruedas y el sonido de los cascos de los caballos sobre la calle empedrada, y la respiración torturada de Ian.

—Comprendo cómo te sientes, amor mío, pero no fue culpa tuya...

—¿Que no fue culpa mía? —rugió él al tiempo que alzaba la cabeza perdiendo la serenidad—. ¿Cómo que no fue culpa mía? ¡Entré arrebatadamente en la cabaña y me metí en un asunto que no era de mi incumbencia! ¡Permití que mi temperamento me dominara y empujé a una mujer menuda con tanta brusquedad como para hacer que se cayera y se matara!

Frenéticamente, Felicity buscó las palabras adecuadas que pudieran aplacar los sentimientos de culpabilidad que parecían devorar el alma de su esposo.

—Pero ella podría haber caído sobre una almohada, y entonces el desenlace no habría sido tan fatídico. No puedes acusarte por las circunstancias injustas. Además, es probable que tu tío la hubiera matado de todos modos si no hubieras intervenido.

Los ojos de Ian refulgían de ira mientras la miraba.

—¡Pero él no la mató! ¿No lo comprendes? ¡La maté yo!

—¡Pero... pero tú sólo intentabas protegerla! ¡Nadie podría acusarte razonablemente por ese accidente!

—¡Mi familia lo hizo!

Felicity se quedó helada.

—Tu tío...

—No, mi tío no. —Los rasgos de su cara atormentada adoptaron la dureza de la piedra—. Quiero decir, él sí que me acusó, y todavía lo hace, pero no puede hacer nada al respecto. No es tan idiota. En ese momento sabía que si me acusaba de asesinato, yo lo acusaría de maltratar a su esposa, así que no le interesaba sacar a relucir la verdad. Además, tampoco deseaba que mi padre descubriera su verdadero talante agresivo.

—¿Así que ninguno de vosotros dos le contó a tu padre lo que realmente había sucedido?

Ian volvió a erguir la espalda, separándose de las caricias solícitas de Felicity. Se removió incómodo en el asiento y tensó y destensó los puños varias veces seguidas.

—Cuando fueron a avisar a mi padre y él me encontró portando a mi tía en brazos y maldiciéndome a mí mismo, tío Edgar había recuperado la compostura lo suficiente como para presentar su propia versión de lo que acababa de suceder. No incluía ninguna mención a los maltratos a su esposa, te lo aseguro. Le dijo a mi padre que... que me había sorprendido seduciendo a tía Cynthia, y que por eso nos habíamos enzarzado él y yo en una pelea, y que ella había intervenido para intentar separarnos, y entonces se había caído de espaldas.

—¡Vaya miserable! —exclamó Felicity, aún más furiosa con el tío de Ian que antes. ¿Cómo se atrevía ese tipo a hacerle chantaje a Ian ante su padre cuando el viejo vizconde ya se fiaba tan poco de su hijo?—. Bueno, al menos tu pérfido tío es consistente con sus mentiras. Ese relato es una variación de la historia que me contó —agregó con sequedad—. Conmigo tampoco mencionó los maltratos, aunque me sorprende que no te acusara simplemente de asesinar a su esposa.

—Supongo que siempre ha temido que si lo hacía, yo simplemente mentiría y lo acusaría a él de asesinato. Mi versión resultaría más plausible para la mayoría de los oyentes. Yo sólo era un mozalbete de diecinueve años, en cambio él era un hombre hecho y derecho. Esa mujer era su esposa. Yo tengo testigos de que la había maltratado antes: la señorita Greenaway estaría más que encantada de atestiguar lo que vio en una ocasión.

Lo cual explicaba el interés continuado por parte de Ian hacia esa mujer. Como de costumbre, su esposo había desarrollado una estrategia, manteniendo a la señorita Greenaway a su lado por si la necesitaba en el futuro. Y Felicity había supuesto lo peor. No le extrañaba que él se hubiera enojado tanto con ella.

—No —continuó él—, estoy seguro de que mi tío pensó que con sólo decirte que la había violado cumplía su misión sin arriesgar su posición. Su cuento coincide con las historias que circulan acerca de mí, que me presentan como a un miserable truhán, y le permite a él adoptar un papel hecho a su medida: el de marido traicionado. Pero no obstante, mi tío jamás difundió ampliamente esa patraña. Debía de suponer que si yo averiguaba lo que él les contaba a las mujeres que intentaba cortejar, adoptaría medidas más drásticas contra él. Y te aseguro que lo habría hecho, si no me hubiera casado a tiempo para engendrar un heredero.

—Lo que no comprendo es por qué tu padre redactó un testamento tan abominable. Le contaste lo que verdaderamente sucedió ese día en la cabaña, ¿verdad?

—Sí, se lo conté —asintió Ian abrumado—, pero él simplemente optó por no creerme.

—¿No creyó a su propio hijo? —A Felicity la magnitud de esa afrenta le heló la sangre—. ¿Prefirió creer a su hermano antes que a ti? ¿Qué clase de padre haría algo así? —¡Oh, cómo debía de haber sufrido su pobre amor, teniendo que soportar tantos tormentos y sentimientos de culpa, acusado directamente por el dedo de su propio padre! Le estrujó cariñosamente la pierna, preguntándose cómo Ian había podido sobrevivir sin sucumbir a tanta pena.

Ian se encogió de hombros, como si ya nada importara, pero ella sabía que ese mal trago era muy difícil de digerir.

—Mi padre ya me había acusado de la muerte de mi madre. Me consideraba un joven exaltado y con muy mal carácter, y supongo que tenía razón. Así que no necesitó ninguna prueba para creer que yo había seducido a mi tía. De todos modos, mi adoración por ella era evidente.

Felicity permaneció quieta y sin decir nada. ¿Qué posible aliento podía ofrecer para paliar el dolor de una traición tan terrible? ¡Qué suerte que el padre de Ian estuviera muerto, porque si aún estuviera vivo, ella misma habría intentado matarlo!

—Esa misma noche me marché de Inglaterra —continuó

Ian—. Dejé a los dos hermanos, solos, para que decidieran qué cuestiones y qué rumores iban a difundir. Si hubiera sabido en ese momento lo que supe más tarde —que la señorita Greenaway y que la mayoría de los criados de tío Edgar sabían que él maltrataba frecuentemente a mi tía— me habría quedado y hubiera intentado convencer a mi padre. Pero no lo sabía, y no podía soportar la idea de vivir siempre bajo el yugo de la implacable condena de mi padre, teniendo que ver a mi tío cada día, y ocultando el terrible secreto. —Su voz se quebró—. De todos modos, yo la había matado. Lo único que quería era escapar de esa pesadilla.

Felicity se levantó para sentarse al lado de su esposo y acto seguido tomó su mano entre las suyas. Él las estrujó con tanta fuerza que ella pensó que le dejaría una marca que sería visible durante un buen rato.

—Por supuesto, mi padre interpretó mi huida como una abierta demostración de mi culpabilidad —continuó Ian—. Fue una reacción estúpida, pero entonces sólo tenía diecinueve años. Aún no había aprendido a pensar antes de actuar. Si lo hubiera hecho, Cynthia aún estaría viva.

Felicity no podía soportar la tortura que se infligía su marido por más tiempo.

—Tienes que dejar de acusarte de ese accidente, amor mío. Tus acciones fueron absolutamente comprensibles.

Los ojos acuosos de Ian le indicaron que sus palabras no cambiaban nada.

—Comprensible o no, dejé a dos niños sin madre. Me atrevo a decir que a mis pobres primos les importa bien poco lo que realmente sucedió. —Le soltó la mano y miró hacia la ventana opuesta—. Para ellos yo la maté, tan seguro como si la hubiera apuntado con una pistola directamente en la frente.

Felicity quiso rebatir el alegato, mas entonces pensó que ésa no era la vía de convencer a su esposo.

—¿Me estás diciendo que una muerte accidental es lo mismo que un asesinato?

—El resultado es el mismo, ¿verdad? —espetó él.

—Bien, pues entonces tienes muchos más crímenes que penden sobre tu conciencia.

—¿Qué quieres decir?

—Tú me violaste, ¿no?

—¿Qué? —Ian giró la cabeza con la rapidez de un rayo para mirarla con estupefacción—. Tú dijiste que querías...

—No importa si yo quería o no. El resultado es el mismo, ¿no es eso lo que acabas de decir? Ya no soy virgen, por consiguiente de ello se desprende que tú me violaste, porque la violación y la seducción y hacer el amor por mutuo acuerdo conducen a los mismos resultados, ¿no es así?

Ian permaneció callado unos instantes, con los músculos de su cara tan tensos que ella temió que fueran a estallar.

—Ya veo lo que estás intentando hacer, pero no funciona. No puedes disolver mi culpabilidad con la retórica.

—No estoy intentando disolver nada, quizá sólo suavizar tus sentimientos de culpa, pero no diluirlos. Si pudiera borrarlos de tu mente con sólo unas cuantas palabras, demostrarías ser un hombre de poco carácter. —Apoyó la mano en su rodilla de nuevo—. Lo único que te pido es que me dejes ayudarte a vivir con esa pena.

Ian sintió un escalofrío a lo largo de la columna vertebral.

—No tengo derecho a esperar ese sacrificio por tu parte —anunció con el semblante grave—. Cuando te casaste conmigo desconocías el tremendo secreto oscuro que empañaba mi corazón. Si no te lo contaba, no te daba la posibilidad de rechazarme; ahora que sabes la verdad, en cambio, nadie te echará en cara que me abandones.

—¿Y por qué desearía abandonar al hombre que quiero?

—¡Maldita sea! ¡El hombre del que dices estar enamorada no es el hombre con el que te has casado! —Ian rechazó la mano de Felicity, aún apoyada en su rodilla con la intención de infundirle ánimos—. No soy el tenorio que creías, pero soy un tipo desalmado y sin principios. ¡No merezco estar casado contigo ni con ninguna mujer que se precie de ser decente!

Sus ojos permanecían duros y fijos en la lejanía, a través de la ventana del carruaje.

—Jamás debería de haberme casado. Si no hubiera tenido la certeza de que tío Edgar arruinaría Chesterley, nunca habría buscado esposa. Por eso intenté elegir a una mujer que se casara conmigo por otras consideraciones, para que no se quedara devastada cuando supiera cómo soy realmente. —Soltó un gemido angustiado—. Pero entonces apareciste tú, y sentí una atracción tan irrefrenable que... que justifiqué mis acciones argumentándome a mí mismo que sin mí tú no tenías futuro...

—¡Y era cierto! —aseguró ella.

—No, podría haberte ayudado sin casarme contigo. Y además, también estaba ese maldito Masefield...

—Él nunca se habría casado conmigo, y lo sabes. Y te aseguro que yo no deseaba casarme con él, no si podía hacerlo contigo. —Felicity hundió la mano debajo de su brazo doblado—. ¿Acaso no ves que todo tu esmero por elegir esposa prueba tu bondad? Un hombre desalmado habría elegido a cualquier mujer que le hubiera servido para su propósito. Sin embargo, tú cumpliste tu deber mientras además intentabas proteger a las damas que cortejabas.

—¿Del modo en que te protegí a ti? ¡Por Dios! ¡Mira cómo te traté! Te manipulé, te mentí, te obligué a casarte conmigo...

—Si comparamos abusos, me temo que yo tampoco salgo nada bien parada. —Un nudo se instaló en su garganta—. Tú guardabas este terrible secreto en lo más profundo de tu corazón, y yo he hecho todo lo posible para sacarlo a la luz. Mis acciones estaban motivadas por emociones tan perversas y despiadadas como las tuyas, excepto que yo no puedo recurrir a la excusa de la juventud ni a ninguna circunstancia atenuante para mitigar mi culpa. No obstante, me atrevo a pedirte perdón y a seguir adelante, ¿por qué no puedes hacer tú lo mismo?

Ian sacudió la cabeza con aire cansado y finalmente la miró con porte inseguro.

—Lo que yo hice fue mucho peor. Dices que no te importa, pero después de que hayas considerado todas sus implicaciones...

—Seguiré amándote. Cuando mi corazón adopta una decisión, nadie ni nada puede alterarla, y mi corazón no se equivoca sobre lo que siente por ti.

Ian le cogió la mano y la contempló fijamente, como hipnotizado.

—Olvidas que aún no se ha acabado esta pesadilla. Si por algún motivo no tenemos un hijo antes de la fecha fatídica, perderemos Chesterley.

Felicity se sintió aliviada ante la constatación de que él había dicho «perderemos» en vez de «perderé».

—Cuando te conocí no tenía nada —absolutamente nada— que perder. Así que, ¿cómo voy a lamentarme de no tener nada?

Una sonrisa fugaz tocó los labios de Ian.

—Tienes una forma muy rara de enfocar los problemas.

—Por eso me quieres, supongo. —Al instante de haber soltado las palabras, Felicity se arrepintió de haberlas pronunciado; por una razón obvia: Ian nunca le había dicho que la quería.

Pero él alzó la cabeza, y con unos ojos imperturbables y solemnes proclamó:

—Te quiero. Te quiero como a nadie más en mi vida. No debería confesarte mis sentimientos, puesto que con ello sólo conseguiré vincularte más a mí, pero es cierto. Y el mero pensamiento de poder perderte me vuelve loco.

—¡Oh, Ian! —exclamó ella, tan dichosa que apenas podía contener la emoción—. ¡Nunca te abandonaré!

Los dedos de Ian estrecharon los suyos con firmeza.

—Escucha, Felicity, es necesario que sepas que el problema con mi tío puede derivar en otras batallas campales. Si no cumplimos los términos que estipula ese maldito testamento, mi intención es luchar con dientes y uñas para defender mis tierras. Mi tío ya ha arruinado sus propias tierras, y no pienso permitir que haga lo mismo con Chesterley. Pero eso significaría que tendría que llevar el caso hasta los tribunales, y con un jurado público siempre existe el riesgo de que esta nefasta historia salga a la luz.

—Ya abordaremos ese problema cuando llegue el momento.

—Pero aún hay más. Si cumplimos los términos del testamento, es posible que mi tío intente adoptar represalias contra mí. Hasta que no me contaste lo que ese desgraciado te había dicho, no sabía hasta qué punto estaba dispuesto a atacarme para conseguir la propiedad de mis tierras. Mi tío es un cobarde, como todos los que abusan y maltratan a la gente, y por eso se ha dedicado a esa sucia labor de contarles mentiras a todas las mujeres que he cortejado. Pero si él descubre que no tiene nada que perder, no me atrevo a predecir qué nueva patraña será capaz de ingeniar. Es posible que te veas repudiada por la alta sociedad, y oigas cómo envilecen el nombre de tu esposo, y tus hermanos y tus hijos tengan que soportar injurias. Te quiero demasiado para desearte esa clase de suerte.

—Y yo te quiero demasiado para dejarte solo ante esta horrorosa posibilidad. —Felicity le estrujó las manos cariñosamente.

Ian escrutó su cara durante un largo momento.

—Pareces muy segura de tu decisión. De acuerdo, te propongo un trato: esta noche, en el baile, la gente especulará —algunos comentarios serán de muy mal gusto— acerca de por qué nos hemos casado tan precipitadamente. Los viejos rumores sobre mí volverán a ponerse en circulación gracias a nuestra boda. Si corroboras que puedes soportar los chismes más malignos, puesto que sé que sólo constituirán una fracción de lo que podría suceder más adelante si continuamos con nuestro matrimonio, no volveré a pronunciar la posibilidad de separarnos o divorciarnos.

Felicity lo miró perpleja.

—No necesito esta prueba para saber que quiero continuar casada contigo.

—No lo interpretes como una prueba. —Ian sonrió vagamente—. Es tu última posibilidad de escapar. Aunque verte marchar me destrozaría el corazón, podré soportarlo si sé que eso significa que con ello serás feliz. —Su mirada solemne la enterneció—. Pero si después de esta noche decides seguir a mi lado, nunca te dejaré marchar, ¿entendido? Haga lo que haga mi tío, te quedarás encadenada a mí para el resto de tu vida; así que te aconsejo que consideres detenidamente tu decisión.

—Lo haré. Y ahora es mi turno de establecer las condiciones en este pacto, mi querido lord Saint Clair. Cuando te declare mi decisión inamovible después de esta noche, tendrás que cumplir lo que has prometido. No quiero oír más amenazas de separación, ni tampoco frasecitas como: «Sé lo que más te conviene» o «Te arrepentirás de tu decisión». Empezaremos de cero, como dos personas que se aman y que simplemente se han casado por ese motivo.

Ian vaciló unos instantes, luego suspiró.

—Como siempre, me planteas un dilema complejo.

—Entonces, ¿estamos de acuerdo?

Ian inclinó la cabeza hacia ella y le plantó un beso fervoroso en las manos entrelazadas con las suyas.

—Trato hecho, vida mía.

Capítulo veinticinco

Los rumores siempre abundan en la noche de Fin de
Año, cuando el anuncio del nuevo año que está a
punto de empezar tienta a los chismosos a hablar
con más osadía.

The Evening Gazette, 31 de diciembre de 1820
Lord X

$\mathcal{F}$elicity observó a Ian de soslayo cuando el carruaje se aproximó a la fastuosa mansión que lord Stratton poseía en la ciudad. Se había quedado muy callado después de la larga conversación, durante todo el rato que se habían dedicado a ponerse guapos para la fiesta e incluso durante el trayecto hasta su destino final. Ahora su semblante era indiscutiblemente sombrío. Felicity deseaba que no se sintiera obligado a pasar por esa prueba de amor, pero lo comprendía. Ian no podría aceptar su amor hasta que se pudiera perdonar a sí mismo, y ella estaría a su lado para ayudarlo cuando llegara el momento.

A pesar de sus preocupaciones, ahora estaban verdaderamente casados. Felicity se moría de ganas de ver a la señora Box para contarle lo satisfecha que estaba con la situación —más que satisfecha—. Una vida entera al lado de Ian, libre de secretos y de incertidumbres... ¿Qué mujer no se mostraría entusiasmada ante tal pensamiento?

—¿Qué estás pensando que te hace sonreír tan risueña? —le preguntó él.

Felicity no pudo evitar la tentación de bromear con su esposo.

—Es mi primer baile como vizcondesa de Saint Clair. Si la señorita Taylor conseguía ganarse las confidencias de tanta gente, ¡imagina cuántos cotilleos podrá obtener la vizcondesa de Saint Clair para Lord X!

—Entonces me alegro de que el nombre que aparezca en tu columna sea el de Lord X, eso es todo lo que tengo que decir —murmuró, aunque una leve sonrisa coronó sus labios—, porque entonces me vería obligado a batirme en duelo cada semana.

Encantada de que las palabras de su esposo denotaran un futuro para los dos juntos, Felicity se apresuró a añadir:

—¡Oh, qué pena! ¡Y yo que pensaba utilizar mi verdadero nombre a partir de ahora! Cuando fui a ver al señor Pilkington para decirle que me casaba, me sugirió que a partir de ahora podría firmar la columna con el nombre de: «Los secretos de la muy honorable vizcondesa de Saint Clair». ¿No te parece que suena la mar de bien?

Ian enarcó una ceja.

—¿Acaso pretendes enviarme a la tumba antes de tiempo?

—Hummm... si mueres, seré la honorable vizcondesa viuda de Saint Clair, que tampoco suena nada mal. —Cuando él la miró con cara de pocos amigos, ella se apresuró a agregar—: Era broma, hombre. ¿Es que siempre he de aclararte cuándo hablo en broma?

—Cuando tus bromas no tienen gracia, sí.

Él no sonreía, y ella se arrepintió de haber intentado hacerse la graciosa. Aún tendría que pasar bastante tiempo antes de que su esposo confiara en ella, eso era más que evidente. Pero Felicity podía esperar. Mientras él la amara, podía esperar.

—No te preocupes, no tengo ninguna intención de usar mi verdadero nombre —se excusó ella suavemente—. Le dije a Pilkington que tú jamás lo consentirías. Se mostró decepcionado, pero cuando lo amenacé con que la otra única posibilidad era dejar de escribir para él, accedió a que continuara como hasta ahora.

Su comentario logró dibujar una sonrisa en los labios de Ian.

—De eso no me cabe la menor duda. Pilkington no tiene ni un pelo de tonto. Sabe que es más conveniente claudicar que intentar convencerte, vida mía.

«Vida mía. Eso sí que suena bien», pensó ella.

El carruaje se detuvo, y los dos se apearon. Ian le ofreció el brazo, y ella lo aceptó con una agradable sensación posesiva. Empezaron a subir las escaleras, pero apenas habían avanzado unos pasos Jordan llegó corriendo para recibirlos.

—¡Ian! —gritó sin ningún preámbulo—. ¡Hace rato que te buscaba!

Los músculos en el brazo de Ian se tensaron bajo los dedos de Felicity.

—¿Qué sucede?

—Tu tío está aquí.

Felicity sintió un desapacible escalofrío en la espalda.

Jordan se apresuró a continuar:

—Se ha enterado de tu boda y... ejem... está difundiendo historias que probablemente no te parecerán nada halagüeñas... sobre ti y Felicity.

—¿Qué clase de historias? —inquirió Felicity.

Jordan apartó la vista de su amigo y la emplazó en ella.

—Bueno, no sé cómo lo ha hecho, pero ha descubierto que tú eres Lord X. Ha hecho correr la noticia como la pólvora.

—Por lo que parece, ahora ya podrás utilizar el nuevo apelativo que proponías —repuso Ian con el semblante divertido.

Felicity puso morritos de malhumorada.

—Está claro que el señor Pilkington ha decidido que necesitaba un empujoncito por parte de alguien para convencerme, y tu tío le ha venido como anillo al dedo.

—Sí, pero Lennard ha tergiversado la noticia para hacer que encaje en sus propios propósitos maquiavélicos, sean cuáles sean —añadió Jordan—. Se ha dedicado a decirle a todo el mundo que tú descubriste los secretos más oscuros de Ian tras la máscara de Lord X, así que Ian te obligó a casarte con él para que mantuvieras la boca cerrada. Por eso os casasteis tan precipitadamente, y por eso tú escribiste esos comentarios acerca de que Ian sería un hombre honesto con su esposa.

Felicity pestañeó. ¿Por qué todo lo que escribía en sus columnas tenía que salir a colación para salpicarla en plena cara? Observó la cara rígida de Ian. Era fácil ver que él detestaba todo ese circo, y que se culpaba a sí mismo por lo sucedido.

—Pero aún hay más, mi querido amigo —continuó Jordan—. Tú tío va por ahí diciendo otras barbaridades... sobre ti en particular.

El brazo de Ian era como una barra de hierro bajo los dedos de su esposa.

—A juzgar por tu tono, supongo que no son los típicos comentarios soeces. ¿Qué es lo que cuenta?

Jordan se encogió de hombros incómodo.

—Mentiras... rumores... estupideces. Pensé que era mejor prevenirte.

—¿Qué clase de mentiras? —preguntó Ian con templanza.

Jordan miró a Felicity con ojos angustiados.

—Quizá sería mejor que habláramos en privado, Ian.

—No tengo ningún secreto para mi esposa —replicó Ian—. Agiliza, Jordan.

—Como quieras. Dice que violaste a su mujer, y que luego huiste de Inglaterra para evitar el escándalo cuando ella se suicidó. Dice que también te has aprovechado tanto de Felicity como de la señorita Greenaway. Te está dejando como la persona más ruin y malvada que jamás haya existido.

Mientras Ian se zafaba del brazo de ella para agarrarse a la barandilla de la escalera con los dedos crispados, una rabia incontenible se apoderó de Felicity. El pérfido tío de Ian ni tan sólo había tenido la decencia de esperar hasta estar seguro de que Ian engendraría un heredero antes de la fecha límite que dictaba el testamento. ¡Cobarde sabandija! ¿Cómo osaba airear la enemistad personal con su sobrino de una forma tan despreciable?

—¿Eso es todo? —espetó Felicity a Jordan—. ¿Y por qué no se atreve a acusar a Ian de beber la sangre de vírgenes y de torturar a mujeres en su mazmorra?

—Ya te avisé de que esto podía pasar —apostilló Ian en un tono de voz muy bajo que sólo iba dirigido a ella—, lo único es que no esperaba que sucediera tan pronto.

—¡Pues no se saldrá con la suya! ¡No lo permitiré! —prometió Felicity, airada.

—Si intentas negar sus insultos sólo conseguirás empeorar las cosas —intervino Jordan—. Todos pensarán que Ian te está obligando a defenderlo. Ian siempre se ha mostrado tan misterioso acerca de su pasado que creerán cualquier cosa que les cuente su tío. Y vuestra repentina boda ha sorprendido a todo el mundo. Lo mejor que podéis hacer es no prestar atención a las habladurías y no comentar nada. Emily y yo estamos de vuestra parte, así como Sara y Gideon...

—¡No! —Ian se giró vertiginosamente para mirarlos a los dos a la cara—. Esto es un problema personal entre mi tío y yo. No quiero que nadie más se meta. Será mejor que tú y Emily y los demás mantengáis la distancia conmigo hasta que esto se acabe. Y Felicity, tú te vas a casa ahora mismo.

—¡Ni lo sueñes! ¿Huir de esas pérfidas acusaciones? ¡Jamás!

—Estoy totalmente de acuerdo contigo, Felicity. —Jordan cruzó los brazos por encima del pecho y miró a Ian con porte retador—. No pienso mantenerme alejado de nadie.

Ian lanzó a su amigo una mirada asesina.

—Ya hablaremos de eso en unos instantes. Pero primero necesito mantener unas palabras en privado con mi esposa.

—Por supuesto. —Jordan se retiró un poco de ellos, sin borrar la mueca de afrenta de su cara.

Ian clavó una mirada furibunda en Felicity.

—No quiero que salgas lastimada por culpa de esta locura. No permitiré que mi tío te haga daño.

—Y yo no permitiré que ese cretino te haga daño a ti. Esos rumores nos afectan a los dos, así que tengo el mismo derecho que tú a intervenir en esta batalla. Además, sé precisamente cómo lidiar con esta clase de situaciones grotescas. —Cuando Ian empezó a protestar, ella agregó suavemente—: Me prometiste una oportunidad para demostrarte que te quiero esta noche, pues bien, ésta es mi oportunidad, y no pienso desperdiciarla.

—¡Maldita sea! Tú jamás has sido el centro de unos rumores tan maliciosos. En cambio yo sí, y te lo advierto, no consentiré que arriesgues tu dignidad. ¡No sabes con qué crueldad pueden actuar a veces las personas!

—¿Que no lo sé? ¿Acaso has olvidado con quién estás hablando? La mejor forma de combatir contra un cotilleo es con otro cotilleo, y por si no lo recuerdas, eso es precisamente mi punto fuerte. Dame la oportunidad de pisotear a esa cucaracha con mi zapatito, Ian, puedo hacerlo, sé que puedo hacerlo.

Bueno, al menos Felicity creía que podía hacerlo. Había tenido toda la tarde para pensar qué haría si algunos de los temores de Ian se hacían realidad, y había maquinado un plan. Era arriesgado y podía no dar el resultado esperado, pero había que intentarlo.

—No tienes que sacrificar tu reputación para demostrarme que me quieres —argumentó Ian.

—Me importa un bledo mi reputación. Además, no estoy intentando demostrarte que te quiero. Estoy intentando demostrarte que puedes confiar en mí. Siempre. Confía en mí, Ian. No traicionaré tus secretos más oscuros.

—¡Eso ya lo sé, maldita sea! Pero no quiero que te involucres. Jamás debería de haberte arrastrado hasta este matrimonio en primer lugar...

—¡Basta ya! Llevas demasiado tiempo soportando solo este pesar, tanto tiempo que has acabado por creer que mereces ser castigado, y por eso te niegas el placer de disfrutar de nuestro amor. Pues escucha bien lo que te digo: ahora estamos casados. Si decides castigarte, también me castigarás a mí, ¿comprendes? No dejaré que alivies tu conciencia rompiendo este matrimonio y obligándome a vivir en un constante estado de tristeza lejos de ti. Y mi decisión es inamovible.

Ian se quedó mudo ante tal declaración de principios. La observó con aire pensativo.

—Nada desearía menos en este mundo que saber que no eres feliz, vida mía. —Le acarició cariñosamente la barbilla con el dedo pulgar y luego suspiró—. Está bien. Cuando te pones de esa manera, no dejas demasiadas alternativas.

Con el corazón aliviado, Felicity le estampó un beso en la palma de la mano, luego miró hacia Jordan, que deambulaba arriba de las escaleras lanzándoles unas miradas largas y exasperadas.

—Y eso también va para tus amigos, Ian. Ellos confían en ti tanto como yo, y no quieren perder tu amistad. Quieren ayudarte. Necesitas su ayuda, lo admitas o no. Una cosa es que Edgar Lennard se atreva a atacar a su sobrino, pero otra cosa bien distinta es enfrentarse al vizconde de Saint Clair, al conde y a la condesa de Blackmore, y al conde y a la condesa de Worthing. Si permites que ellos se pongan de tu parte obtendrás una ayuda muy valiosa para ganar tu causa.

Ian soltó un bufido de cansancio.

—¿Me estás pidiendo que permita que ellos sufran a mi costa? Al menos tú sabes toda la verdad de lo que sucedió, pero ellos no. No tengo ningún derecho a solicitar su ayuda cuando desconocen la verdad.

—Entonces cuéntales la verdad. Puedes confiar en ellos, lo sabes. Son gente buena y honrada; sin lugar a dudas agradecerán que les abras el corazón. Te prometo que no te defraudarán. —Lo agarró por las solapas y le sonrió para infundirle ánimos—. Ni yo tampoco.

La luz de las lámparas de gas titilaba sobre la expresión apesadumbrada de Ian. Lentamente deslizó la mano por la mejilla de Felicity para acariciarla con ternura.

—Tú no serías capaz de defraudarme ni aunque entraras en esa fiesta, te desvistieras hasta quedarte en cueros y les sacaras la lengua a todos los allí presentes.

Felicity notó que parte de la tensión se alejaba y sus músculos se relajaban. Quizá aún había una vía abierta hacia la esperanza de poder ayudar a su esposo.

—Ahora que lo dices, igual podría ser una excelente idea —bromeó ella—, aunque pensándolo bien, esta noche hace demasiado frío. No, creo que primero intentaré poner en práctica mi plan, si no te importa.

—Por Dios, ¿qué he hecho para merecerte? —exclamó Ian con la voz entrecortada de emoción.

—Lo mismo que yo he hecho para merecerte: nada. Te has mostrado tal como eres, y con eso basta.

Felicity le sonrió, y sin previo aviso él la estrechó entre sus brazos y le regaló un beso largo y profundo. Cuando la soltó, ella se lo quedó mirando desconcertada.

—¿A qué viene eso?

—Es mi forma de desearte buena suerte.

—¿Suerte? —repitió ella con altivez—. No necesito suerte. Quiero que recuerdes esto: ahora soy la vizcondesa de Saint Clair, y pronto me convertiré en la más reputada escritora de cotilleos de Londres. Si yo no soy capaz de darle la vuelta a los rumores para que jueguen a mi favor, ¿quién puede hacerlo?

Las comisuras de la boca de Ian se arquearon hacia el cielo.

—Le pido perdón, señora; mi intención no era cuestionar

sus capacidades. —Le ofreció el brazo—. ¿Le parece bien si entramos en esa jaula y nos enfrentamos a los leones y otras fieras, milady?

Felicity alzó la barbilla con petulancia mientras hundía la mano en el pliegue del codo de su esposo.

—Por supuesto, milord.

Jordan los esperaba en lo alto de las escaleras. Los tres entraron en la mansión de Lord Stratton juntos y fueron conducidos hasta la sala de baile por un lacayo. Cuando un criado anunció sus nombres, hubo un murmullo general en la sala.

Felicity tragó saliva. No era como la vez que se marchó corriendo de una abarrotada sala de baile después de que Ian la besara. Esta vez, el cotilleo podría arruinar su honor, y el de Ian. Si su plan fallaba, su marido quedaría peor de lo que ya estaba. Alzó la vista para mirar a Ian a los ojos y se llenó de valentía al ver su expresión arrogante. Si él era capaz de mirar a toda esa multitud con desafío, ella también podía hacerlo.

Mientras entraban en la sala, Emily y Sara se les acercaron con el semblante agitado. Pero antes de que Felicity pudiera decir nada para paliar sus preocupaciones, avistó a lady Brumley que se dirigía hacia ellas, probablemente para comentarle todos los chismorreos que habían nacido sobre ella. Súbitamente sintió las manos empapadas por un sudor pegajoso.

Felicity se giró hacia Ian y le susurró:

—¿Por qué no te vas a dar una vuelta con Jordan y le explicas unas cuantas cosas? Puedo manejar la situación mejor si tú no estás aquí, con esa actitud beligerante, mirando a todo el mundo con cara de malas pulgas como dándoles la razón de que en verdad eres el mismísimo diablo en persona.

Su comentario consiguió arrancarle a Ian una sonrisa.

—¿De verdad tengo cara de malas pulgas?

—Sí, de «muy» malas pulgas. —Felicity apartó la mano de su codo—. Vamos, vete, habla con tu amigo; te sentirás mejor cuando lo hayas hecho. Y no te preocupes por mí. Sé cuidarme sola.

Ian la miró con unos profundos ojos de enamorado antes de declarar:

—Te quiero.

—Qué bien. No dejes nunca de quererme. —Porque después de lo que ella se proponía hacer, probablemente él querría estrangularla; especialmente si su plan no salía como esperaba.

Jordan e Ian apenas se habían alejado de las damas en dirección a una de las salitas de la mansión cuando lady Brumley y su séquito la rodearon. Había llegado el momento: Era ahora o nunca.

—¡Mi querida niña! —exclamó lady Brumley, destellante de placer—. ¡Qué alegría verte! ¡Y además, casada! ¡Qué noticion! No te lo creerás; hemos oído las historias más inverosímiles sobre ti que te puedas llegar a imaginar, pero no me he cansado de repetir a todo el mundo que sólo son cuentos chinos.

—¿Cuentos? ¿Sobre mí? —inquirió Felicity en su tono más inocente, preguntándose cómo se las apañaría para convencer a esa señora tan sagaz.

Sara y Emily sacudieron la cabeza al unísono, como si intentaran avisarla, pero ella no les prestó atención. Tenía que intentarlo a su manera. Si no, Ian continuaría sufriendo por culpa de todas esas interminables habladurías y especulaciones.

—Un indeseable enredador va diciendo por ahí que tú eres Lord X. —Lady Brumley rozó más que besó las mejillas de Felicity en señal de saludo—. Y yo digo que eso no puede ser cierto.

—Pues se equivoca, lady Brumley, sí que lo es —replicó Felicity sin alterarse—. Ahora que estoy casada, no veo ninguna razón para mantenerlo en secreto.

Su confesión pilló a todos por sorpresa, no tanto porque confirmaba el cotilleo sino porque ella no parecía inmutarse porque alguien hubiera revelado su identidad.

—¿Lord Saint Clair la está obligando a que dé por concluida su colaboración con ese periódico, a que no escriba más su columna? —preguntó un contertuliano curioso.

—De ningún modo. —Ella esbozó una sonrisa brillante—. Mi esposo es un ferviente admirador de mi columna, de hecho estábamos hablando precisamente de mi trabajo mientras veníamos hacia aquí. Estoy pensando en llamarla: «Los secretos de una vizcondesa», pero Ian considera que el título puede conducir a malos entendidos, puesto que no se supone que sean «mis» secretos, sin embargo a mí me parece que suena la mar de bien. ¿Qué opinan?

Lord Jameson, quien siempre la había tratado como a una hija, apuntó con un tono inseguro:

—¿Su... su esposo no desaprueba la columna?

—¡Por supuesto que no! ¿Por qué iba a hacerlo?

El anciano parecía incómodo.

—Bueno, no me negará que... que... usted ha sido más bien crítica con él en algunas de sus anteriores columnas.

—Ah, es por eso. Ian ya me ha perdonado esa tontería. Después de todo, si no hubiera sido por mis columnas sobre él, jamás nos habríamos conocido y nos habríamos enamorado.

Entre sus interlocutores se formó un incómodo silencio. Entonces lady Brumley decidió intervenir a favor de su amiga.

—Esta gente de poca fe sospecha que el amor no tiene nada que ver con tu relación con Saint Clair, sino que el vizconde te ha hecho chantaje para que te cases con él.

Felicity abrió los ojos como un par de naranjas, expresando una desmedida sorpresa.

—¿Que me ha hecho chantaje?

—Sí, les he dicho que eso era una ridiculez como la copa de un pino, pero alguien les ha contado que tú descubriste los secretos de tu esposo y que él te obligó a casarte para que tengas el pico cerrado sobre sus cuestiones privadas. Algún pedazo de zoquete asevera que el vizconde te amenazó con arruinar tu honra si no te casabas con él.

El tío de Ian se había acercado mucho a la verdad. Pues bien, Felicity no pensaba consentir que ese mequetrefe se saliera con la suya. ¡De ninguna manera! Miró a lord Jameson y al resto de los congregados, que evitaban mirarla directamente a la cara. Entonces estalló en una deliberada risotada.

—Pues es verdad. Es absolutamente cierto.

Ahora había conseguido captar la atención de todos, que la miraban con cara de sobresalto. Lady Brumley, Emily y Sara también la miraban como si pensaran que se había vuelto loca.

Felicity continuó con un tono dramático, aunque las rodillas le temblaban como un flan debajo del vestido.

—Lord Saint Clair descubrió que yo era Lord X, vino a verme a mi casa y me exigió que dejara de escribir acerca de él.

Me negué, por supuesto, así que él me dio un ultimátum: o me casaba con él o arruinaría mi reputación. —Hizo una pausa para incrementar el efecto dramático de su narración—. Era una decisión muy difícil. Quiero decir, ¿qué mujer desea casarse con un rico vizconde cuando puede ser una pobre don nadie que se dedica a escribir columnas para un periódico?

Cuando Sara sonrió y Emily también puso cara de divertida, Felicity se sintió más confiada. Se propinó unos golpecitos en la barbilla antes de proseguir:

—Lo estuve meditando durante... ejem... digamos que medio minuto. Y decidí que aunque ser testigo de cómo un hombre con unos atributos tan contrastados como lord Saint Clair arruinaba mi reputación debía de ser una experiencia maravillosa, prefería convertirme en una rica vizcondesa. De ese modo podría disfrutar de todos esos «atributos» que él podía ofrecerme, ya me entienden...

Por un momento, cuando su audiencia continuó observándola boquiabierta, como si todos consideraran que había perdido el juicio, Felicity pensó que había cometido un grave error.

«Por favor, Dios mío, haz que muestren una pizca de humor», rezó ella.

De repente, lady Brumley soltó una estentórea carcajada, y algunos de sus seguidores la imitaron con un poco más de discreción.

Deseosa de sacar ventaja del cambio en la situación, Felicity suspiró con grandes muestras de exageración.

—Así que aquí me tienen, encadenada a un joven extremadamente atractivo y rico —¡y encima con un título nobiliario!—. Es horrible, ¿no creen? ¡Ahora no me podré casar con un viejo verde o con el abogado más pobre que las ratas del que me había enamorado perdidamente! ¡Ay, qué pena tan grande!

Ahora las risotadas fueron en aumento, tanto en cantidad como en el tono.

—Además, Ian es un esposo tan problemático... —continuó rápidamente en un intento de sacar tajada de que todos los oyentes se mostraran tan complacidos con su relato—. Siempre está insistiendo en que me compre cosas, ¡y eso que sabe que odio ir de compras! ¿Quién quiere una alcoba abarrotada de joyas y de sedas y de pieles de visón? ¡Me saca de quicio! Y la forma en que trata a mis hermanos... —Hizo una mueca de fastidio—. No paro de decirle que deje de malcriarlos, ¡pero no me hace caso! Ha decidido enviar a mi hermano mayor a una escuela muy cara y elitista, y está constantemente comprando regalos para los otros tres. Créanme, ¡no seré capaz de hacer nada bueno con esos chicos si mi esposo no deja de malcriarlos!

Su teatralidad había conseguido atraer a bastantes más invitados, y la mayoría de ellos estaban o bien riendo o bien solicitando a otros congregados que les contaran de nuevo lo que ella acababa de relatar.

—¿Y qué tal es en la cama? —vociferó una de las desvergonzadas hermanas March—. ¿También es una persona problemática en la cama?

Felicity no tuvo que fingir su bochorno.

—¡Uf, no se lo puede ni llegar a imaginar! Quiero decir, ¿a quién le gustaría meterse en la cama con un hombre como él? ¿Tan alto, tan viril y con una complexión tan atlética? ¡Y yo que suspiraba por casarme con un tipo calvo y con una ostentosa barrigota! ¡Pero qué le vamos a hacer! —agregó con un guiño de ojo—. Aunque si les soy sincera, lo que más me molesta es cuando se pone estupendo y exige sus derechos como esposo, porque entonces consigue que yo quiera comportarme del modo más impropio...

No había ni una sola alma en toda la audiencia que no estuviera sonriendo, y la mayoría reía abiertamente. Lady Brumley no podía parar de reír, e incluso tenía los ojos llenos de lágrimas a causa de la gratificante diversión. Y Sara y Emily asentían con la cabeza hacia su amiga para mostrarle su complacencia.

Felicity empezó a oír algunos susurros que decían: «Lo sabía desde el principio», y «¿A que forman una pareja adorable?».

De repente, la conversación se apagó. Una mujer con porte altivo se abrió paso directamente hacia Felicity, y la multitud se apartó con un interés palmario.

Era la duquesa de Pelham en persona.

La dama se detuvo delante de Felicity y la barrió de arriba

abajo con esa mirada de desprecio que Felicity recordaba tan bien.

—Todo lo que cuenta es muy divertido, lady Saint Clair. —La mujer pronunció el título con sorna—. Pero a mí no me engaña con esas tonterías acerca de las buenas cualidades de su esposo. Por lo que he oído, tiene fama de comprometer a mujeres indefensas. Incluso si no recuerdo mal, usted misma mencionó a una de esas mujeres en su columna. Y su propio tío alega que el vizconde huyó de Inglaterra después de violar a su tía. Estoy segura de que sabe a qué me refiero.

Un silencio espectral abordó a la multitud ante la deliberada crueldad de la duquesa. Ninguna mujer con una pizca de sentimientos sería capaz de mencionar una acusación tan terrible sobre un hombre directamente a su esposa.

Por un segundo, Felicity se sintió transportada a la biblioteca de los Pelham cuando la duquesa había hecho esas viles acusaciones a su padre y la había humillado.

Pero la imagen de Ian la devolvió a la realidad. Esa vieja arpía odiaba a todas las mujeres que habían tenido alguna relación con su esposo, sin importarle si esas mujeres habían accedido gustosas o a la fuerza. Y ahora intentaba usar a Ian para degradar a Felicity públicamente.

Observó a la duquesa con unos ojos tan fríos como un témpano de hielo.

—¿El tío de Ian? ¿Se refiere al señor Lennard?

—Sabe perfectamente a quién me refiero.

Felicity se esforzó para poner carita indulgente.

—¡Oh, pobre hombre! ¿Aún sigue repitiendo ese cuento después de tantos años? ¡Qué tristeza! Jamás se recuperó de la muerte de su esposa. Creo que se culpa a sí mismo, aunque sólo fuera un accidente. La pobre se cayó y se golpeó la cabeza. Estaban discutiendo, o al menos eso fue lo que me contó... la amante del señor Lennard.

El comentario pilló a la duquesa por sorpresa.

—¿Su amante?

—Sí. —Felicity deseó que la señorita Greenaway pudiera perdonarle esa indiscreción si no citaba su nombre—. Esa mujer que mencioné en la columna, la que vive en Waltham Street. Parece ser que me equivoqué cuando la vinculé con mi esposo. Él la ayudó porque ella había sido la amante del señor Lennard durante un tiempo y estaba atravesando una etapa difícil. Había abandonado al señor Lennard porque no podía soportar por más tiempo la pena que lo ahogaba. Yo misma hablé en persona con esa mujer.

—¿U... usted habló con ella? —tartamudeó la duquesa.

Ninguna mujer se atrevía a hablar con alguien que se suponía que era la amante de su esposo, por lo que Felicity esperaba que ese golpe de efecto ayudara a dar crédito a su alegato.

—Sí, quería saber si podía hacer algo para aliviar la pena que sentía nuestro querido señor Lennard. Al fin y al cabo, ahora somos familia. Ian y yo estamos muy preocupados por él, porque parece que ese pobre anciano ha perdido completamente la chaveta. —Felicity se inclinó hacia delante y bajó la voz como si se dispusiera a referir un gran secreto—: Defiende la pretensión de que debería haber sido él quien hubiera heredado Chesterley en vez de mi esposo. ¿Puede creerlo, señora duquesa?

Su comentario despertó nuevamente una retahíla de cotilleos, tal y como Felicity había esperado. Una «pretensión» de ese tipo era una afrenta directa para aquellos que defendían los derechos de mayorazgo. Además, todo el mundo asumía que Ian era el heredero legítimo de esas tierras, por lo que la «pretensión» de Edgar Lennard sólo demostraba su demencia.

—Pero eso no explica por qué su esposo se marchó de Inglaterra —insistió la duquesa.

Felicity se quedó sorprendida al ver que lady Brumley se le adelantaba para contestar esa provocación:

—Se marchó para luchar en la guerra, es del dominio público. Su padre —un hombre muy cabal— se negó a dejar que su heredero se alistara en el ejército, pero ya se sabe, los chicos jóvenes siempre son tan intrépidos y osados, y lord Saint Clair quería servir a su país.

—De verdad, lady Brumley —contraatacó la duquesa—, ¿espera que creamos que el heredero de un vizconde...?

—Pues pregúntele a Wellington —intervino Sara—. Mire, el otro día precisamente mencionó los servicios de lord Saint Clair a mi esposo. Le dijo que Inglaterra no habría ganado la guerra sin la ayuda del vizconde de Saint Clair.

Sin abandonar su porte escéptico, la duquesa de Pelham se dio cuenta de que tenía a más interlocutores en contra que a favor. Lanzando una mirada de desprecio hacia todos los que la rodeaban, alzó la barbilla con altivez y se alejó del grupo.

Felicity casi se cayó al suelo a causa de la terrible tensión acumulada en las rodillas. ¡Cielo santo, lo único que deseaba era no tener que lidiar con esa mujer nunca más!

Lady Brumley se fijó en la palidez de su cara y la agarró por el brazo.

—Vamos, querida, ven y cuéntame más cosas sobre tu esposo tan problemático —dijo al tiempo que arrastraba a Felicity fuera del círculo de curiosos—. Quiero saber hasta el más mínimo detalle.

Con una enorme sensación de alivio, Felicity permitió que la mujer la llevara hasta un rincón de la sala de baile, lejos de todos los invitados. Cuando tuvieron la certeza de que nadie podía oírlas, le preguntó a lady Brumley en voz baja:

—¿Cree que han dado crédito a mis palabras?

—Los que no lo hayan hecho, se guardarán mucho de expresarlo en voz alta. —Le propinó unas palmaditas en la mano a Felicity—. Lo has hecho muy bien, querida. Ahora debes dejar que los rumores se extiendan. Con la evidencia de tu amor por Saint Clair, tu historia ganará más adeptos que la de Edgar, así que relájate; has ganado.

Eso era lo que Felicity esperaba. Ian ya había sufrido suficiente. Lanzó una rápida plegaria a Dios: «Por favor, Dios mío, haz que funcione, por favor. Nunca más volveré a quejarme de nada si me haces este favor; hazlo por Ian».

—Así que cuéntame, ¿qué hay de verdad en todo ese cuento que te has inventado? —preguntó lady Brumley.

Felicity abrió los ojos desmesuradamente.

—¿Cómo es posible? ¿No me cree?

Lady Brumley se puso a reír.

—Ni una sola palabra. Bueno, excepto por esa parte sobre los «atributos» de tu marido. Me da la impresión de que estás encantada con tu esposo tan problemático.

Una sonrisa cohibida se perfiló en los labios de Felicity.

—Más que encantada.

—Pues me alegra oírlo. Algunas jovencitas son incapaces

de reconocer a un buen hombre incluso cuando lo tienen delante de sus mismísimas narices.

Ella recordó lo que Ian le había contado acerca de su tío y de lady Brumley.

—Eso es porque los hombres —tanto los buenos como los malos— saben ocultar su verdadero carácter con una gran maestría. Por ejemplo, para algunas jovencitas Edgar Lennard tiene aspecto de ser un tipo entrañable, pero cualquier mujer que se haya librado de casarse con él debería considerarse muy afortunada. Según tengo entendido, tiene muy mal carácter, digamos que incluso violento, y una tendencia a maltratar a las mujeres.

Lady Brumley se la quedó mirando con el rostro visiblemente afectado, pero Felicity no pestañeó ni una sola vez ni apartó la mirada. En ese momento, las dos mujeres fueron conscientes de la complicidad que las unía.

—Creo que en el fondo lo sabía —dijo finalmente la marquesa—. Aunque sinceramente espero que su sobrino no se le asemeje en ese respecto.

—En absoluto. Pero eso es algo que usted ya sabía, ¿no es cierto? —Felicity le propinó un cálido apretón de manos—. Gracias.

La marquesa parecía incómoda.

—¿Por qué me das las gracias?

—Por tener fe en él cuando nadie más la tenía, ni tan sólo yo.

Lady Brumley se encogió de hombros con cara de picarona antes de añadir:

—De nada, Lord X. Y si alguna vez necesitas que alguien te eche una mano en la redacción de esa columna...

Felicity se echó a reír.

—No se preocupe. Usted será la primera persona que tendré en cuenta.

Ajenos a la música y a los sonidos de los pies que se movían al compás de las notas en la sala de baile, Ian y Jordan permanecían de pie en silencio en la salita desierta. Ian acababa de relatarle a su amigo su triste historia, sorprendido de que le hubiera resultado mucho más fácil ahora que la contaba por segunda vez. Animado por la anterior reacción de Felicity, decidió no omitir ningún detalle. Además, era evidente que la verdad afloraría a la luz muy pronto a causa de la obstinación de su tío por hundirlo, y prefería que Jordan escuchara su versión en vez de la de Edgar Lennard.

Jordan se lo quedó mirando un buen rato sin decir nada. Había hecho preguntas durante la exposición, pero no había emitido ningún comentario que pudiera revelar lo que pensaba, y eso le preocupaba a Ian.

Finalmente, su amigo suspiró.

—Por Dios, cómo me gustaría haberlo sabido antes. ¡Tienes que haber sufrido muchísimo!

La reacción dejó a Ian estupefacto. Esperaba más muestras de impresión, más repulsión. Pero al parecer su esposa era tan perspicaz en esos asuntos como en cualquier otro tema. Sus amigos lo querían. Y comprendían —al igual que Felicity— que se había tratado de un accidente.

—Si lo hubiera sabido, habría intentado ayudarte —continuó Jordan.

—Pero no había nada que hacer, me temo.

—De todos modos podrías habérmelo dicho. Soy tu mejor amigo. ¿Por qué no me lo contaste?

Ian se encogió de hombros.

—Por vergüenza, por un sentimiento de culpabilidad... no sé, me odiaba a mí mismo. Y no tenía ningún motivo para creer que mis amigos no sentirían esa misma repulsión hacia mí.

—Sin embargo, ahora algo ha cambiado, ¿no es cierto?

Una sonrisa iluminó la cara de Ian.

—Sí, mi esposa. Finalmente ha conseguido que acepte que todos cometemos errores, y que vivir con esos errores no significa tener que torturarse constantemente con ellos, ni tampoco soportar solos todo el peso del dolor que estos nos provocan, sin compartirlos con nadie.

Jordan le estrujó el brazo a su amigo afectuosamente durante un momento y luego lo soltó.

—Tu esposa es una mujer especial. Casi tanto como la mía.

—Sí, lo sé. —Para él, Felicity era más especial, pero dudaba que Jordan estuviera de acuerdo con él en ese punto.

—Y en cuanto a tu tío... —El tono de Jordan se volvió más inflexible—. No puedes dejarlo vencer esta batalla. Aunque jamás hubiera sabido la verdad, habría considerado una verdadera abominación que tu tío se quedara con Chesterley. Me pregunto cómo es posible que tu padre fuera capaz de plantearse esa posibilidad.

Ian ignoró el súbito pinchazo de dolor en el corazón. Ese tormento en particular no iba a desaparecer tan fácilmente.

—Mi padre pensaba que yo estaba menos preparado que mi tío para gestionar esas tierras.

—Eso no es cierto. —Los ojos de Jordan se achicaron—. De ser así, te habría desheredado directamente, y sin embargo no lo hizo. ¿Es posible que redactara ese testamento como una forma de hacerte ver tus responsabilidades? Cuando murió, él no tenía ni idea de dónde estabas o de si ibas a regresar algún día. Quizá tu padre temía que no regresaras si no tenías una buena razón para hacerlo. Y la amenaza de que tu tío heredara Chesterley habría sido un buen motivo.

Ian jamás lo había considerado de ese modo, pero tenía sentido. Era la clase de prueba que su padre le habría planteado. Y quizá significaba que su padre había creído en su versión, después de todo. Le reconfortó pensar en esa posibilidad.

—Quizá tengas razón, amigo —le respondió a Jordan—. De cualquier modo, jamás lo averiguaremos. De momento lo que quiero es procurar que Felicity no sufra a causa de los crueles rumores que yo he tenido que soportar durante los últimos años. Así que creo que ya es hora de que regresemos a la sala de baile.

—Tienes razón —convino Jordan, y acto seguido enfilaron hacia la puerta.

Cuando los dos amigos entraron en la sala de baile unos minutos más tarde, Ian notó instantáneamente un cambio en la forma en que la gente lo miraba. La frialdad que había estado presente previamente se había esfumado. Incluso algunas mujeres lo miraban con un descarado interés.

Sin embargo, él sólo quería a una mujer. Mientras se reunían con Gideon junto a la mesa del ponche, Ian sólo necesitó unos minutos para distinguir a su esposa, que se hallaba con lady Brumley en medio de un corro de matronas. Una de ellas lo avistó, entonces dijo algo a Felicity que la hizo reír y luego la anciana le lanzó una sonrisa complacida. Él le devolvió la sonrisa. ¿Qué diantre estaba pasando?

No tuvo que esperar mucho rato para averiguar la respuesta. Emily y Sara se precipitaron sobre ellos con evidentes muestras de excitación y de regocijo.

—¿Se puede saber dónde os habíais metido? —preguntó Sara—. Os hemos estado buscando por todas partes. ¡Os lo habéis perdido todo!

—¡No me digas! ¿Qué es lo que nos hemos perdido? —inquirió Jordan, intercambiando miradas con Ian.

—¡Tu esposa es sorprendente! —exclamó Emily a Ian.

—Eso ya lo sabía, créeme. ¿Qué ha hecho esta vez?

—Bueno, diría que ya no tendrás que preocuparte más por los comentarios mordaces de tu tío —proclamó Sara.

Emily y Sara necesitaron varios minutos para referir la historia. Mientras explicaban con toda riqueza de detalles los contraataques que Felicity había ofrecido ante cada una de las graves acusaciones que había hecho Edgar, Ian se maravillaba más y más. Tenían razón: Felicity era sorprendente. Jamás se le habría ocurrido abordar el problema del modo que ella lo había hecho. De una manera absolutamente prodigiosa, ella había logrado darle la vuelta a todas las mentiras de su tío hasta convertirlas en cumplidos hacia su esposo sin necesidad de llamar mentiroso a Edgar. ¡Increíble!

Las pupilas de Sara brillaban con malicia cuando culminó la historia.

—Me parece que aún sigue quejándose de su esposo tan problemático y de lo apenada que está por haberse casado con un hombre que se preocupa tanto por sus hermanos, la apoya en su profesión y, tal y como ella lo describe, la impulsa a «comportarse del modo más impropio». Felicity ha conseguido que todos se rían de las alegaciones de tu tío sobre que la obligaste a casarse contigo, y a que sientan pena por él por las otras acusaciones que ha formulado, ya que sólo evidencian que ha perdido la cabeza.

Ian apenas podía respirar. Su garganta estaba tan tensa de orgullo y amor... Felicity le había dicho que no lo defraudaría, pero había superado todas sus expectativas. ¿Cómo podía ser tan afortunado? ¡Había encontrado a la mujer más maravillosa de Londres, cuando lo único que buscaba era alguien que le diera un heredero! Ahora ya nada de lo que pasara le importaba; mientras ella estuviera a su lado nada importaba.

Alzó la vista para volver a observarla y la vio enfrascada en una conversación con lord Jameson, otro de los notorios chismosos de la ciudad. Sin duda estaba sacando información suculenta de una de las fuentes más fértiles posibles.

Como si ella notara su incisiva mirada, Felicity alzó la vista, lo vio rodeado de sus amigos y le lanzó una sonrisa tentativa, como si intentara determinar si él aprobaba sus tácticas. Ian puso un enorme empeño en contestarle con una amplia sonrisa, y a Felicity se le iluminó la cara. Él notó las miradas de varias personas que los contemplaban descaradamente con curiosidad, pero sólo podía pensar en ella. Y en las enormes ganas que tenía de quedarse a solas con ella esa noche para conseguir que «se comportara del modo más impropio».

De repente, Ian se fijó en alguien que se acercaba a su esposa, y su sonrisa se desvaneció. Tío Edgar. Maldito fuera.

—Disculpadme un momento —murmuró inquieto a sus amigos, y acto seguido se dirigió hacia Felicity atropelladamente.

Su tío le dijo algo a ella y luego los dos abandonaron la sala de baile por uno de los pasillos que conducía a las estancias privadas.

«Perfecto», pensó Ian mientras los seguía. Era mejor que nadie oyera lo que tenía que decirle a su tío.

Los vio entrar en una salita aledaña al vestíbulo principal. Ian aceleró el paso, pero lo aminoró cuando se acercó a la puerta entreabierta y escuchó lo que su tío decía.

—No quiso escucharme, ¿verdad? Al final se ha casado con él. Y encima ha salido a defenderlo y a mí me ha dejado como a un pobre idiota. Pues bien, espero que haya disfrutado con el espectáculo que ha montado, lady Saint Clair —pronunció el título de cortesía con un tonillo condescendiente—. Usted y su maldita ingenuidad. Cuando sepa toda la verdad...

—Ya sé toda la verdad —espetó ella con fiereza—. Ian me lo ha contado todo. Y es más, si hubiera querido contar toda la verdad, me habría asegurado de dejarlo no como un idiota sino como la persona más ruin y malvada que existe en este mundo.

Pegado a la puerta, Ian contuvo la respiración.

—Aunque lo cierto es que tampoco me apetece contar toda la verdad —continuó ella—, simplemente porque no deseo causarle más dolor a mi esposo. Pero si usted se atreve a revelar lo que sucedió esa noche en la cabaña, ¡no dudaré en denunciarlo públicamente por maltratos continuados a su esposa!

—¡Eso no evitará que mi sobrino vaya a la cárcel por haber matado a mi mujer!

—Quizá se sorprenda... Estoy segura de que su ex amante —que por cierto, lo detesta— estaría más que encantada en alegar que usted fue quien empujó a su esposa. Y también estoy segura de que un buen número de sus antiguos criados testificarían sobre sus sórdidos hábitos. Así que adelante, lo emplazo a que intente acusar a Ian de asesinato. La señorita Greenway y yo ya nos aseguraremos de enviarlo derechito a la prisión de Newgate. ¡No permitiré que haga más daño a mi esposo! ¿Queda claro?

—Hay otras formas que puedo usar para hacerle daño —dijo el sujeto con una voz taimada que le provocó a Ian un desagradable escalofrío en la espalda—. Me pregunto cómo se sentiría mi sobrino si descubriera que me he acostado con su esposa, ¿qué le parece? ¿Lo probamos?

En el instante en que su tío se abalanzaba sobre Felicity para atacarla, Ian emergió como un animal herido, propinando una patada tan estrepitosa a la puerta que todas las paredes de la salita retumbaron.

—¡Tócala y te juro que te despedazaré con tanta saña que nadie será capaz de recomponer tu cuerpo nunca más! —lo amenazó Ian.

Felicity jamás se había sentido tan feliz de ver a su esposo. A pesar de que probablemente habría recurrido al típico rodillazo en las partes íntimas del individuo, prefería tener a su esposo a su lado en este lamentable asunto.

—¡Oh! ¡Estás aquí, amor mío! Mira, precisamente ahora mismo le estaba comentando a tu tío lo encantada que estoy de formar parte de la familia Lennard. Pero por algún motivo que desconozco, él se niega a congratularme.

—Ven aquí, Felicity —le ordenó Ian sin perder de vista a su tío—. Te esperan en la sala de baile. Nuestros amigos deben de estar buscándonos en estos momentos.

—Supongo que sí —contestó ella animadamente mientras alcanzaba la puerta. Ahora que Ian estaba allí empezaba a sentirse más cómoda. Le había dicho a ese desgraciado todo lo que quería decirle, y tenía la impresión de que ese tipo se lo pensaría dos veces antes de volver a molestarlos.

Felicity apoyó la mano en el codo doblado de su esposo y le dio un reconfortante estrujón. Ian la miró rápidamente a los ojos.

—¿Estás bien?

—Perfectamente bien —le aseguró ella.

Ian volvió a fijar la mirada en su tío.

—Te lo advierto, tío Edgar, protegeré con uñas y dientes todo aquello que es mío. Si alguna vez te atreves a acercarte de nuevo a mi esposa, te juro que te mataré. Conmigo puedes hacer lo que quieras, pero a ella déjala en paz. ¿Ha quedado claro?

Su tío lo miró con inquina.

—Tú y yo no hemos terminado. Chesterley será mío. Aún has de engendrar un heredero.

—Créeme, tengo unas enormes ganas de ponerme la labor para lograrlo. —Ian miró a su esposa, y a ella no le quedó ninguna duda del amor que destilaban sus ojos—. Así que será mejor que empecemos a intentarlo cuanto antes, ¿no crees, querida?

—Estoy totalmente de acuerdo —respondió ella, sonriéndole triunfalmente—. Será mejor que empecemos ahora mismo.

Los dos dejaron a su tío rezagado, maldiciéndolos a viva voz.

Antes de que alcanzaran la sala de baile, sin embargo, Ian la llevó hasta lo que parecía un estudio, cerró la puerta y corrió el cerrojo.

—¿Se puede saber qué estás haciendo? —preguntó ella, sorprendida ante el repentino destello selvático en las pupilas de su esposo.

—Prométeme que jamás te quedarás a solas con ese hombre. Si te hiciera daño, te juro que...

—Pero no lo ha hecho.

—¡Prométemelo, Felicity! O no te dejaré salir de este cuarto hasta que lo hagas. Y a los Stratton les parecerá raro encontrarte aquí mañana por la mañana.

—Lo prometo —dijo ella suavemente. Ahora que ya había hablado con su tío, no necesitaba ver nunca más a esa hiena. Ian se relajó visiblemente, pero cuando no hizo ningún movimiento para salir del estudio, ella agregó:

—¿No deberíamos regresar al baile? Dijiste que nuestros amigos estaban esperándonos.

—Mentí. Además, todavía queda un tema del que hablar.

—¿De qué se trata?

Con los ojos brillando peligrosamente, Ian deslizó los dedos por encima de su mejilla.

—He oído que me consideras un esposo «problemático».

Felicity contuvo la respiración. ¿Qué era lo que Sara y Emily le habían contado? ¿Era posible que él desaprobara sus métodos? Después de todo, Ian era una persona muy reservada con su intimidad. Cuando volvió a hablar, mantuvo un tono sosegado deliberadamente:

—¿Dónde lo has oído?

—Oh, todo el mundo habla de ello. Al parecer, has estado tan ocupada esta noche difundiendo chismes sobre mí como mi tío. —Ian escondió los dedos por debajo de las mangas del vestido de su esposa y empezó a tirar de ellas lentamente para separarlas de sus hombros.

A Felicity se le aceleró el pulso, ya que la cara de Ian reflejaba una intención decididamente lasciva. Él le desabrochó el vestido.

—Según dicen, tengo la desagradable costumbre de conseguir despertar en ti unos deseos indecorosos.

Sólo Ian era capaz de usar sus propias palabras contra ella con tanto acierto.

—Y es verdad. —Felicity apretó la mano de él contra su pecho para que pudiera notar el ritmo desbocado de su corazón—. ¿Lo ves? Es lo que estás haciendo ahora mismo.

—Eso es lo que te pasa por dejar que un vizconde «tan alto, tan viril y con una complexión tan atlética» te obligue a casarte con él. —Deslizó el dedo dentro del escote hasta que llegó a su pezón, y Felicity contuvo la respiración—. En lugar de «con el abogado más pobre que las ratas del que te habías enamorado perdidamente».

Ella se sonrojó.

—¿Te... te lo han contado todo, palabra por palabra?

—Verás, es que Sara tiene una memoria portentosa.

Obviamente, Ian no estaba enojado. O si lo estaba, tenía una forma muy extraña de demostrarlo.

Le bajó el vestido y la blusita interior hasta que los hombros y los pechos quedaron expuestos a su ávida mirada.

—He de decir que la parte que más me ha gustado ha sido lo de que te comportas del modo más impropio cuando yo estoy cerca.

Felicity estaba perdiendo la capacidad de respirar.

—Lo que quería decir era que... bueno, que hago cosas como... —Y sin acabar la frase, empezó a desatarle la voluminosa corbata.

—Exactamente —Ian hizo un movimiento para soltarle el pelo.

—¡No! ¡El pelo no! —protestó ella—. Jamás conseguiré volvérmelo a recoger con tanto primor, ¡y entonces todo el mundo se imaginará lo que hemos estado haciendo!

Con una sonrisa oscura, él empezó a quitarle las pinzas.

—Perfecto. Después de todo, tengo que hacer justicia a mi reputación. No me gustaría que la gente opinara que mi esposa es una mentirosa. —Inclinó la cabeza para besarla en el cuello—. Especialmente cuando ella ha puesto tanto empeño en enumerar todos mis defectos.

—¡No los he enumerado todos! —replicó Felicity con morritos de enfurruñada mientras su melena se desplomaba sobre sus hombros—. Me olvidé de mencionar tu mala costumbre de intentar salirte siempre con la tuya... y tu arrogancia... y tu tendencia a elegir los momentos y los lugares más inoportunos para seducirme. ¿Quieres que continúe?

—No, ahora no, mi querida vizcondesa —susurró él mientras le plantaba un espléndido beso en la concavidad de la garganta—. Deja algo para tu columna. Porque en estos momentos mi intención es ilustrar mis defectos haciendo la cosa que «más te molesta» de mí.

—¡No me digas! ¿Y se puede saber a qué te refieres?

—Me parece que tú lo has descrito con mucha gracia, aduciendo que te molesta «cuando me pongo estupendo y exijo mis derechos como esposo».

Y para el mayúsculo placer de Felicity, eso fue precisamente lo que hizo su problemático esposo.

Epílogo

Probablemente los lectores estarán encantados con la noticia de que lady Saint Clair ha dado a luz a un precioso niño —el heredero de su esposo, el vizconde de Saint Clair— al que han bautizado con el nombre de Algernon Jordan Lennard. Tanto la madre como el bebé se hallan en perfecto estado, y no nos cabe ninguna duda de que muy pronto la vizcondesa retomará su excelente trabajo como redactora de la columna que tantas satisfacciones nos da. El honorable señor Edgar Lennard, el tío del vizconde, ha abandonado Inglaterra con la intención de instalarse en una plantación que recientemente ha adquirido en América. Tanto a él como a su familia le deseamos mucha suerte en su nuevo hogar.

The Evening Gazette, 11 de noviembre de 1821
(festividad de San Martín)
Lady Brumley

*T*res idénticas cabecitas rubias se postraron bruscamente sobre Felicity mientras ella se incorporaba para sentarse en la enorme cama de matrimonio en Chesterley sin dejar de acunar a su retoño de tres días de vida.

—Dejadle un poco de espacio al pobre Algernon para que pueda respirar, chicos —reprochó a los trillizos que se agolpaban alrededor de ella—. Tendréis muchas oportunidades de verlo, os lo aseguro.

—¿Por qué está tan arrugado? —inquirió Ansel—. Parece un viejo.

—Pues tú eras igual cuando naciste —le contestó ella—. Todos los bebés tienen el mismo aspecto cuando nacen.

—¿Sabe que somos sus tíos? —preguntó Ansel.

—Todavía no, pero ya lo sabrá, no te preocupes. Y seguramente estará encantado cuando sepa que sus cuatro tíos viven en la misma casa que él.

Georgie observó con más detenimiento al recién nacido.

—Se pasa muchas horas durmiendo, ¿no parecéis?

—«¿No os parece?» —Una severa voz femenina lo corrigió automáticamente.

—¿No os parece? —repitió Georgie, lanzando una mirada furtiva a la mujer que se acercaba.

Felicity sonrió a la señorita Greenaway.

—Por lo que veo estáis haciendo unos magníficos progresos.

La señorita Greenaway esbozó una mueca de fatiga.

—Sí, ahora sólo he de corregir al señorito George diez veces al día en lugar de veinte.

—Me creo que no... quiero decir, creo que no lo hago tan mal —refunfuñó Georgie.

Tanto Felicity como la señorita Greenaway estallaron en una sonora carcajada. El sonido despertó al bebé, que inmediatamente se puso a llorar.

La señorita Greenaway miró entonces a los trillizos con una mirada seria muy propia de una institutriz antes de anunciar:

—Vamos, tenemos que acabar la clase de latín, y vuestra hermana necesita descansar.

Sus quejas y sus caritas enfurruñadas no consiguieron convencer a la joven mujer, y en cuestión de segundos ella y los tres pequeños emprendieron la marcha hacia la puerta con paso militar, como si fueran unos verdaderos soldados. Felicity sacudió la cabeza impresionada. Sin lugar a dudas, pedirle a la señorita Greenaway que fuera la institutriz de sus hermanos había sido la mejor decisión de su vida. Esa mujer tenía un don natural para educar a los niños, y el comportamiento de los trillizos lo evidenciaba. La señorita Greenaway se había mostrado entusiasmada con el ofrecimiento, puesto que al ser madre soltera era poco probable que pudiera encontrar un trabajo respetable.

Últimamente Felicity se había fijado en que el administrador que llevaba todos los negocios de Ian mostraba algo más que una patente curiosidad por la señorita Greenaway. La señorita Greenaway había rechazado la petición inicial del joven para cortejarla, argumentándole a Felicity que un hombre de su inteligencia y posición merecía una mujer «casta y pura».

Pero Felicity sabía que el administrador acabaría por convencer a la señorita Greenaway. Cuando lo único que se interponía en el amor era un pasado oscuro, los dos implicados aún gozaban de una oportunidad. El amor siempre triunfaría. Se apostaba todo el dinero que Ian le daba para «sus pequeños gastos» a que pronto se celebraría otra boda en Chesterley.

La boquita de Algernon se abría y cerraba como la de un pez. Sin perder ni un segundo, Felicity se bajó el camisón y el pequeño se enganchó a su pezón, succionándolo con energía. Felicity lo contempló y pensó que era perfecto, con esa naricita aplastada, las dos orejitas que parecían dos conchas diminutas recién sacadas del mar, y los ojos todavía azules que probablemente se tornarían negros para hacer juego con la mata de pelo negro y rizado que destacaba en el centro de su delicada cabecita.

Se parecía a su padre, por supuesto. Un pequeño sultán a imagen y semejanza del gran sultán. Bueno, al menos no habría ningún harén destinado a su querido retoño, si ella podía evitarlo. No, Algernon encontraría a una chica decente y graciosa... la adorable hija de algún conde o incluso de un duque...

Felicity suspiró. Sería mejor que tuviera cuidado o acabaría por volverse como una de esas mujeres a las que siempre criticaba en su columna.

Algernon había acabado de mamar y se había quedado dormido sobre su pecho con carita de satisfacción. Con mucho cuidado, ella volvió a cubrirse el pecho con el camisón.

—Oh, por mí no hace falta que te tapes —pronunció una voz ronca desde el umbral de la puerta.

Felicity alzó la vista con ilusión.

—¡Ian! ¡Ya has vuelto!

—Sí. —Él entró sonriendo en la alcoba y luego bajó la mirada ardiente hasta los pechos de su esposa que ahora quedaban ocultos por ese pedazo de tela—. ¡Qué pena que no haya regresado unos minutos antes!

—No te burles de mí —lo reprendió ella—. Sabes que nos quedan aún seis semanas más antes de que podamos «divertirnos» de nuevo.

Ian resopló con cara de fastidio.

—Créeme, vida mía, soy plenamente consciente de cada día que falta. —Avanzó con paso presto hasta la cama y se sentó en el borde, luego se inclinó hacia su hijo para acariciarle la mejilla—. ¡Qué guapo es! ¿Verdad?

—Sí —convino ella con orgullo maternal.

—Y ahora es además el heredero legítimo de unas grandes extensiones de tierra.

Felicity contempló a su esposo con una visible euforia.

—Entonces, ¿todo está arreglado?

Ian asintió.

—Tío Edgar no puede tocarnos. Creo que se dio cuenta de ello esa noche, en el baile en casa de los Stratton.

La señora Box entró en la alcoba sin llamar.

—Acaba de llegar el señor y... ¡Ah! ¡Pero si está aquí, milord! Así que me ha ganado en la carrera para venir a ver a su esposa. —Se acercó a la cama, con una sonrisa de oreja a oreja—. ¿Quiere que me lleve al pequeño, querida? Veo que se ha vuelto a quedar dormido.

Felicity le entregó su hijo a la señora Box. La mujer estaba demostrando ser una excelente asistenta con el recién nacido, y a Felicity no le cabía la menor duda de que continuaría ayudándola con los futuros Lennard que nacieran.

Tan pronto como la señora Box desapareció, Ian se tumbó en la cama al lado de su esposa.

—Me he enterado de algo muy interesante mientras estaba en Londres, reunido con mi abogado. —Sacó una hoja de papel doblada—. Parece ser que mi padre dejó instrucciones para que me entregaran esto si conseguía tener un heredero antes de la fecha estipulada.

Ella escrutó la expresión de Ian para averiguar si se trataba de buenas o de malas noticias, pero él se limitó a mirarla fijamente de ese modo impenetrable al que a veces aún recurría.

Felicity asió la hoja con manos temblorosas, la desdobló y leyó la nota:

Hijo mío, si estás leyendo estas líneas querrá decir que no me has defraudado. Estoy seguro de que considerarás mis métodos demasiado extremos, siempre pensaste lo mismo. Pero tenía que asegurarme de que te ocuparías de Chesterley cuando yo faltara, y me pareció la mejor forma de obligarte a reconocer tus responsabilidades. Perdóname, si algún día eres capaz de hacerlo.

Felicity tiró el papel al suelo con indignación.

—¿Esto es todo? ¿Ni una sola palabra más para disculparse por todo el daño que te hizo, por haberte tratado tan mal? ¿Ningún indicio de que él nunca dudó de tu inocencia?

—Ésta es su forma de disculparse, cariño —o al menos lo más cerca que ha estado nunca de pedirme perdón—. Una vez Jordan me dijo que si mi padre me hubiera considerado realmente indigno de ser su heredero no se habría tomado la molestia de redactar ese extraño testamento sino que simplemente habría dejado las tierras a mi tío. Pero no lo hizo, porque quería asegurarse de que yo regresaría para hacerme cargo de ellas.

Felicity notó la resignación en su tono y le estrechó la mano con ternura.

—¿No estás enfadado con él? Después de todos estos años de tortura, de creer que él te despreciaba...

—Si he de serte sincero, estoy más enfadado conmigo mismo que con nadie más. Si me hubiera quedado, es posible que hubiéramos limado nuestras diferencias. Pero permití que mi orgullo venciera y me llevara lejos de este lugar. —Sonrió—. Pero claro, si me hubiera quedado, quizá no te habría conocido.

Ella esbozó una mueca burlona.

—Oh, estoy segura de que nos habríamos conocido de todos modos. Eres un hombre tan problemático que tarde o temprano habrías hecho algo para merecer una mención en mi columna. Y entonces te habrías personado en mi estudio y me habrías amenazado con que si no me apartaba de tu camino...

—Y te habría seducido, y habría planificado la estrategia más maquiavélica que uno pueda imaginar para casarme contigo. —Le apretó la mano—. Tienes razón, *ma chérie*. De todos modos el resultado habría sido el mismo. Un único encuentro contigo habría bastado para hacer que te deseara, igual que sucedió la primera vez que te vi.

—¿Qué? Pues ese día no actuaste como si me desearas. Te comportaste como un verdadero déspota.

Ian enarcó una ceja.

—Pero no me negarás que conseguí mi objetivo, porque tú continuaste escribiendo sobre mí.

—Y hablando de escribir —apuntó ella mientras le guiñaba un ojo—, ya es hora de que retome mi trabajo. ¿Cuál crees que debería ser el tema de mi primera columna después del nacimiento de nuestro hijo? ¿Cómo el vizconde de Saint Clair sacó al médico de la cama a medianoche unos breves momentos después de que su esposa se quejara de los primeros dolores de parto? ¿Cómo nuestro querido vizconde, que goza de fama de tener tan buen humor, perdió los nervios cuando el doctor dijo que todavía podían faltar bastantes horas para el alumbramiento y se le ocurrió sugerir que dormiría un poquito más? ¿Cómo nació el bebé, entre los constantes consejos de su papá, que creía saber algo acerca de las leyes de la naturaleza cuando era evidente que no tenía ni idea?

—Se me ocurre una forma mejor —apostilló Ian con una sonrisa peligrosa—. ¿Por qué no escribes una columna acerca de los diversos modos en que nuestro querido vizconde pretende torturar de placer a su esposa cuando el doctor les diga que ya pueden retomar sus relaciones maritales?

—¡Oh, no! ¡No podría escribir algo así! —exclamó Felicity, fingiendo cara de espanto.

—¿Es demasiado escandaloso incluso para ti?

—No, no es eso —respondió ella con coquetería—. Sería un artículo demasiado largo. Necesitaría más de una columna para ilustrar ese tema.

Lord Peligroso

SE ACABÓ DE IMPRIMIR

EN MAYO DE 2009

EN LOS TALLERES DE BROSMAC, CARRETERA

VILLAVICIOSA DE ODÓN

(MADRID)